KB174009

중국 현대문학사조사

중국 현대문학사조사
中国现代文学思潮史

刘中树 · 许祖华 저

권혁률 역

역락

한국어판 서문

내가 화중사범대학교 서조화(许祖华) 교수와 주관 편집한『중국 현대문학사조사』는 2009년도에 출간되었다. 이 저서는 주로 "중국 현대문학사조" 연구의 역사와 현황에 대한 반성과 중국 현대문학사조사의 수업을 위해 학술성이 보다 강한 교재를 제공하자는 데에 그 목적을 두었다.

"중국 현대문학사조사" 연구의 역사와 현황에서 볼 때, 그것은 중국 현대문학과 동시에 발생하고 발전한 하나의 중요한 문학현상이라고 하지만 그에 대한 해석과 연구는 줄곧 저조한 편이었다. 그리하여 중국 현대문학의 기타 현상, 가령 작가작품에 대한 연구, 특정 그룹이나 유파에 대한 연구와 같이 체계적인 규모를 이루지 못했다. 1939년 이하림(李何林) 선생의 저서『근20년중국문예사조론』이 출간하기에 이르러서야 중국 현대문학사조에 대한 연구는 비로소 처음으로 체계적인 성과를 보였다. 이하림 선생의 이 저서는 연구대상의 선별과 확정, 연구 구도의 기획 및 연구방법의 선택과 운용 등 면에서 중국 현대문학사조에 대한 종합연구의 물꼬를 트였으며 훗날 중국 현대문학사조의 연구를 위하여 가치판단 기준의 설정, 문학사조 주류의 획분, 대표인물의 선정 등 면에서도 일정한 토대를 마련했다.

이하림 선생의 저서가 출간된 20세기 80년대 초, 여러 가지 원인으로 인하여 중국 현대문학사조 연구는 상대적으로 침체상태에 처해 있었다. 이 시기에 중국 현대문학 연구 영역에 여러 가지 성과가 선을 보였고 단편적인 연구 논문도 있었지만 이하림 선생의 저서와 같이 전문적이고 체계적인 연구성과물은 거의 없었다고 해도 과언이 아니다. 20세기 80년대 중반 이후로 중국의 학술계, 특히 중국 현대문학의 연구 영역에는 문학사조의 시각에서 중국 현대문학을 연구하는 붐이 일어났다. 이는 40여 년래 중국 현대문학사조 연구 영역의 저조를 철저히 깨뜨림으로써 특색이 선명한 일련의 연구저서와 논문집들이 우후죽순마냥 선을 보였다. 그중 대표적인 성과물로 마량춘(马良春) 등의 『중국현대문학사조류파토론집』(인민문학출판사 1984년 판) ; 허회중(许怀中)의 저서 『루쉰과 문예사조유파』(호남인민출판사, 1988년 판) ; 위소형(魏绍馨)의 저서 『중국현대문학사조사』(절강대학출판사 1988년 판) ; 가식방(贾植芳)이 주관 편집한 『중국현대문학의 주조』(복단대학출판사 1990년 판) ; 류증걸(刘增杰) 등의 『19~20세기 중국문학사조』(총 5권, 하남대학출판사 1992년 판) ; 소백주(邵伯周)의 저서 『중국현대문학사조연구』(학림출판사 1993년 판) 등이 있다. 21세기에 들어 또 일련의 중국 현대문학사조에 관한 학술저서들이 나타났는 바, 가령 노홍도(卢洪涛)의 저서 『중국현대문학사조사론』(중국사회과학출판사 2005년 판) ; 유조평(俞兆平)의 저서 『중국현대3대문학사조신론』(인민문학출판사 2006년 판) 등이 그 대표이다.

이러한 연구성과들은 "문학사조"라는 용어에 대한 상이한 이해를 바탕으로 두 개의 기본적인 연구 구도를 형성했다. 첫 번째 구도는 "문학사조"라는 협의적 개념에 의거한 전개양상이다. 이들은 "문학사조"를 일정한 역사시기에 나타나 나름대로의 영향력을 지닌 "문학주장"으로 간주하고 연구실천에서 특정한 "문학주장", 가령 "인생을 위하여"라는 현실주의적 문학주장 또는 "예술을 위하여"라는 낭만주의문학적 주장 등에 대한 연구 실천을 주장했다. 이 연구 구도의 첫 주창자는 이하림선생인 바 그 뒤를 이은 연구들에서 비록 폭 넓은 시간범주, 대상의 나열,

논술방식 등 면에서 일정한 창의적인 일면을 보였지만 그 연구 구도는 여전히 이하림선생이 개척한 양식의 연장에 머물고 있었다. 두 번째 구도는 "문학사조"의 광의적인 개념에 의거한 전개양상을 보였다. 이들은 "문학사조"를 일정한 역사시기에 나타나 나름대로의 영향력을 지닌 문학사상적 경향과 문학창작의 경향으로 간주하고 연구실천에서 중국현대의 여러 가지 문학현상, 가령 문학이론의 전개 양상, 문학비평의 양상, 문학주장의 양상, 문학창작의 양상 등을 아울러 연구대상으로 삼을 것을 주장했다. 이 연구 구도는 근 20년 이래 중국 현대문학사조의 주요 연구실천이 되었다. 이상의 두 가지 연구 구도는 중국 현대문학사조의 연구에서 각자 특징을 보임과 동시에 효과적으로 중국 현대문학사조 연구 에 대한 추진과 완벽화에 기여했다. 하지만 취득한 성과와 함께 뚜렷한 문제점을 보이기도 했다. 그 문제점이란 주로 아래와 같은 세 가지 측면에서 나타났다. 첫째, "문학사조"의 이해와 그에 대한 해석이 모호하고 여러 연구저서와 논문에서 문학의 특수한 현상으로서의 "문학사조"의 질적 특성과 그 양상의 계정(界定)에 대한 논리적인 해명, "사조" 개념의 의미와 전개과정에 대한 근원적인 고찰이 결여되어 있다. 이는 두 번째 문제점을 야기하는 두 개의 이유를 제공하게 되는데, 1. 본디 문학사조에 속하는 문학현상을 연구시야 밖에 방치하고 오히려 "사조"적 성격을 지니지 않는 문학현상, 가령 문학창작에서 나타난 언어풍격, 서사풍격 등을 연구대상으로 편입시키는 오류를 초래했다. 그리하여 "사조"와 "유파"의 개념과 연구대상이 지칭하는 바를 혼동하고 그 결과 "문학사조" 연구의 장력을 직접적으로 분산시켜 일정한 의미에서 본다면 "문학사조" 연구의 과학성을 대거 약화시켰다. 2. 이러한 연구 성과들은 대개 개인적인 저술로서 일정한 개성적인 특징과 우세를 확보하고 있지만 필경 개인의 연구정력과 연구시야의 제한 때문에 일부 필연적인 한계점을 노출했다. 가령 일부 저서 중 특정의 문학사조에 대한 연구에서 저자의 농후한 기호에 따른 충분한 조사준비 등으로 인해 깊은 연구와 치하할 만한 분석이 이루질 수 있었지만, 또 일부 문학사조의 연구에서는 겉핥기에 그치거나 심지어는 오독, 오해의 경우까지 비일비재했다. 그 결과 직접적으로 연구의 질에까지 피해가 된 것이다. 이 외에 중국 현대문학사조에 관한 종합성적인 연구저서들은 대개 각종 문학사조들의 출현시간을 순서로 부동한 시기에 대한 연구를 전개하고 있는데, 이는 그 장점에도 불구하고 뚜렷한 폐단을 보인다. 바로 중국 현대문학사의 전반을 관통하는 문학사조, 가령 현실주의문학사조, 민족화대중화의 문학사조를 분할하여 논술하고 있다는 것이다. 이러한 문학사조들은 총체적으로 일치한 속성을 지니고 있는 것으로서 다만 부동한 시기에 드러낸 구체적인 양상이 다를 뿐이다. 가령 5・4시기의 현실주의문학사조와 20세기 30년대의 현실주의문학사조는 여러 모로 다른데, 이를 완전히 갈라놓고 연구한 결과는 그 자체가 지니고 있는 여러 가지 규범적인 성격을 투시할 수 없게 되고 실제에 있어서 논술 설득력의 약화를 초래하게 된다. 한 가지 더 곁들인다면 중국 현대문학사조의 유형 선택에서 대개 개인의 이해와 호오여부에 따라 실천을 보임으로써 비록 시대적으로 소극적인 의의를 보였지만 거대한 영향력을 과시했던 문학사조를 무의식가운데 간과하게 되는 현상도 있다. 이러한 연구는 중국 현대문학사조의 전반적인 특징을 반영하기에 역부족이 되거나 또는 중국 현대문학사조의 풍부하고 다채로운 면모를 완전히 드러낼 수 없게 된다.

전술한 상황을 감안하여 길림대학교, 화중사범대학교, 호북대학교, 산서대학교, 호남사범대학교, 절강이공대학교, 광동제2사범학원, 호북제2

사범학원 등 8개의 대학교에서 중국 현대문학 연구에 임하고 있는 연구 동료들은 뜻을 모아 이 『중국 현대문학사조사』를 집필하게 되었다. 이 책의 특징은 주로 다음 4개 측면으로 개괄할 수 있다.

1. "문학사조"에 대해 비교적 자세한 근원적인 고찰과 분석을 통하여 이론적으로 "문학사조"의 개념을 "명명(正名)"함으로써 연구대상의 선택 및 중국 현대문학사조의 체계적인 연구를 위한 이론적인 근거를 제공했다. 따라서 중국 현대문학사조 연구의 과학성과 가능성을 효과적으로 보장한 작업이 되었다.

2. "문학사조"란 개념의 규범에 따라 중국 현대문학사의 여러 가지 문학현상에 대한 선별을 거쳤다. 그리하여 학술계에서 공인받은 다양한 문학사조적 성격을 지닌 문학현상을 섭렵했는데, 현실주의, 낭만주의, 현대주의 등 문학사조 등은 물론 "문학사조"의 개념의 범주에 들지만 기존의 학술연구에서 섭렵하지 않았던 문학현상, 가령 "백화문학사조", "민족화와 대중화의 문학사조" 등에 대해서도 전면적이고 체계적인 연구를 실시하여 이 영역 연구의 공백을 메웠다.

3. 전문적이고 심도 있는 연구 성과물이다. 이 책 매 장의 저술자는 모두 이 분야에 대한 장기적인 연구실천을 거쳐 성과를 이룩한 전문가이다. 이러한 필진이 참여함으로써 저서의 질을 보장하였고 섭렵한 사조들에 대한 연구에서 가장 훌륭하고 가장 최근의 학계의 연구수준을 보였기에 가장 깊이 있는 성과를 선보일 수 있었다.

4. 저서의 체계는 주로 문학사조의 양상을 한 단원으로 정함으로써 기존의 주로 문학사조 출현의 순서로 한 단원을 정하는 관례를 타파하였다. 그리하여 형식적으로 특정한 사조연구에서 전면성과 연속성 그리고 논술의 심도 있는 전개를 보장할 수 있었다. 또한 이는 학생이나 독

자들이 여러 가지 사조를 비교하는 방식으로 사조들에 대한 이해를 돕는 데에도 일정한 편의를 제공하며, 전면적이고도 체계적이며 깊이 있게 섭렵한 사조의 특징, 법칙, 가치와 의의를 이해하는 데에도 일정한 도움이 될 것이다. 하석장(何锡章), 진국은(陈国恩), 방장안(方长安), 이계가(李继凯), 조학용(赵学勇), 담계림(谭桂林), 조수금(赵树琴) 등 학자들은 이 저서는 개성이 뚜렷하고 학술관점, 저술체계 등에서 여러 가지 창의성을 보였으며 중국 현대문학사조 교재의 편찬에 유익하고 현실적인 의미가 큰 경험을 제공했다고 평가했다.

본 저서의 한글 번역자 권혁률 박사는 한국문학연구자로서 중국 현대문학에도 깊은 관심을 갖고 풍성한 관련 업적을 이룩한 전문가로서, 현재 길림대학교 외국어대학 부학장으로 재직하고 있는 전임교수이다. 본 저서는 행운스럽게 권혁률 교수의 탁월한 번역으로 중국 "국가사회과학기금중화학술외국어번역프로젝트"에 선정되었고 "인문정신의 요람"으로 불리는 역락출판사에서 출판되어 한국독자들에게 선을 보이게 되었다. 한국 관련학자들의 허심탄회한 비평과 조언을 기대하는 바이다. 번역자 권혁률 교수의 노고에 감사드림과 아울러 중한문화교류를 위해 노력하는 한국 역락출판사의 이대현 사장님께도 감사의 뜻을 전한다.

2014년 11월 25일

중국 장춘에서 刘中树

역자 서문

이 번역서는 중국 국가사회과학기금 중화학술외국어번역프로젝트의 지원으로 이루어진 학술저서이다.

과거 한국 유학생활 중 역자는 중국문학에 관한 한국어판 역서를 많이 접할 수 있었다. 문학전공자로서 장래 연구 활동 외에 자신의 이중모어의 우월한 조건을 바탕으로 중·한 두 나라 전공자들에게 양국의 우수한 전공저서들을 번역소개 할 의향은 그때부터 있었던 터이다.

이 역저가 길림대학교에서 최초로, 길림성에서 최초로, 중국 한국학계에서 최초로 중화학술외국어번역프로젝트에서 갓 시작된 한국어번역지원에 선정된 데에는 먼저 집필 주관이신 길림대학교 전 총장 류중수(刘中树) 교수님, 화중사범대학교의 허조화(许祖华) 교수님의 흔쾌한 수락이 있었기 때문이다. 그리고 원서 출판기관인 화중사범대학교출판사의 판권사용 허락도 효과를 냈다. 번역과정에서 한국 인하대학교 안정헌 선배의 깐깐한 전문교정으로 번역수준이 한결 더 격상될 수 있었다. 한글판 번역서의 출판은 역락출판사의 이대현 사장님의 배려, 그리고 책임편집 이소희 대리님의 책임성 있는 편집으로 순조롭게 이루질 수 있었다. 이 자리에서 함께 고마운 인사를 전한다.

역자의 초지가 이 번역서를 통해 어느 정도까지 이루어질지는 아직 미지수이다. 단 초지의 보다 큰 효과의 창출을 위해 꾸준히 노력할 것만은 분명하다. 정진의 길에서 후원을 보내주시는 모든 분들에 대한 고마움을 명심할 것이다.

2014년 한해가 저물어가는 12월

중국 장춘 靜遠齋에서 역자 씀

차 례

제3장 현실주의 문학사조 / 187

제4장 낭만주의 문학사조 / 309

제5장 좌익문예사조 / 385

서론

1. 중국 현대문학사조의 연구대상

중국 현대문학사조는 중국 현대문학의 중요한 현상으로서 중국 현대문학과 불가분의 혈육적 관계를 맺는 한편 자체 독립적인 존재규범을 갖추고 있다. 양자가 관련을 맺는 기본방식의 차원에서 볼 때 중국 현대문학사조와 중국 현대문학은 같이 존재하고 발전한 것이며, 시간적 범주에서 볼 때 양자는 모두 '5・4'에서 1949년에 이르는 기간에 속해 있다. 이러한 선명한 연관성으로 인해 중국 현대문학사조의 본질적인 특징, 기본 모순은 전반 중국 현대문학과 일치성을 이루고 있다. 하지만 독립된 문학현상으로서 중국 현대문학사조는 또 자체의 규범성과 지향이 있는 바, 바로 이 점이 그 연구대상의 특수성을 직접 결정하고 있다.

중국 현대문학사조는 어떠한 것들을 가리키는 것인가? 국내 학술계의 보편화된 관점에 의거하면 중국 현대문학사조는 중국 현대문학에 나타난 특유의 사회사상적 경향이다. 하지만 실제연구에서는 두 가지 부동한 견해가 있다. 하나는 중국 현대문학사조를 보다 넓은 범주에서 이해하고 있는 바, 즉 중국 현대문학사조를 '5 · 4'에서 1949년에 이르는 기간 중국 여러 문학사실에서 나타난 일정한 영향력을 지닌 사상경향으로 보고 있다. 다른 하나는 상대적으로 좁은 의미에서 '5 · 4' 이후 중국 현대문단에 나타난 자체의 특색과 일정한 영향력을 확보한 여러 가지 문학적 주장으로 간주한다. 따라서 중국 현대문학사조의 연구대상에 관해서도 부동한 계정과 연구 경향을 이루고 있는데, 전자(넓은 범주)는 이론적 형태에서 출발하는 중국 현대문학사조를 연구하는 한편 일정한 시기에 영향력을 지니고 특정한 문학주장에 따른 창작과 결합시켜 해석함으로써 두 단계를 종합하여 중국 현대 여러 가지 문학사조의 내포와 특징, 법칙을 규명하고자 하고, 후자(좁은 의미)는 주로 각 시기에 영향력과 특색이 있었던 문학적 주장을 연구대상으로 삼아 이론적 형태에 착안하여 여러 가지 문학사조의 특징과 법칙을 해석하고자 한다.

그렇다면 '중국 현대문학사조'가 가리키는 범주를 과연 어떻게 한정할 것인가? 이를 위해 먼저 핵심적인 개념—사조에 대한 이해를 분명히 해야 한다. 소위 '사조'란 외래적 개념으로서 영어 표현으로는 a trend of thought(or an ideological trend)인데, 그 뜻인 즉 '사상경향'을 말한다. 하지만 '문학사조'의 영어 표현은 a trend of thought in literature로서, 그 뜻인 즉 '문학 속의 사상경향'이다. 게다가 문학은 또 두 가지 주요 형태, 즉 문학의 일반원리, 문학적 주장 및 원리와 주장의 지도 아래 진행되는 문학비평을 망라한 이론적 형태와 인간의 본원과 생활을 토대로 하는 정감의 표현, 인간의 언어예술의 서사를 망라한 창작형태로 나뉜다. 우리가 말하는 문학사조는 바로 전술한 문학의 두 가지 형태가 보이는 일정한 역사시기에 일정한 영향력을 확보하고 자체의 개성적인 특색을 형성한 '사상경향'이다. 따라서 중국 현대문학사조의 연구대상은

'5・4'에서 1949년에 이르는 단계에서 여러 가지 이론적 형태 또는 창작형태가 보인 중국 문학영역의 사상경향이라고 할 수 있다. 그 중에서 중요한 것은 이론형태인 바, 명랑하고 적확하며 사상경향면에서 비교적 엄격한 규범하다는 것이 그 이유이다. 창작 중의 사상경향은 이와 비교할 때 비교적 '다의(多義)'적이고 그리 엄밀하지 못하다. 이는 주로 창작의 특징에 의해 결정되는 것인데, 한 작품의 사상경향은 일반적으로 단 한 가지에 머물지 않기 때문이다. 아울러 중국 현대문학의 발전역사를 고찰할 경우 일부 사상경향이 선명한 '사조'는 종종 창작이 부재한 이론뿐인 경우, 또는 단 몇 편의 창작에 그치기에 큰 영향력을 형성하지 못하는 경우가 있는데 가령 임서(林紓)를 대표로 하는 복고파, 30년대의 '민족주의문학' 등이 그러한 경우이다. 하지만 창작만 있고 이론이 부재한 '사조'는 거의 찾아볼 수 없다. 그리하여 이론적 형태의 고찰에서 완전히 효과적으로 중국 현대문학의 여러 가지 사조의 기본적인 면모를 일별할 수 있다.

문학이 표현하는 '사상경향'은 그 가치적 내용(가령 선악)과 가치적 형태(역사가치의 형태, 현실가치의 형태, 예술가치의 형태 등)에 관계없이 단지 그 존재로서 인간의 흥미를 불러일으켜 그 어떤 '사상적 조류'를 형성하기에는 모두 필연적으로 다음 세 가지 조건이 필요하다. 첫째, 일정한 철학적 기초, 유물적이거나 유심적 또는 휴머니즘, 유의지론, 생명철학, 과학철학과 뉴휴머니즘 등의 토대가 있어야 한다. 둘째, 비교적 명확하고 대체로 일치한 문학주장이 있어야 한다. 이러한 주장은 그 형태와 내용이 복잡다단할지라도 반드시 '명확'해야 한다. 셋째, 대표성적인 이론적인 문장이거나 창작이 있어야 한다. 이 세 가지 조건은 어떤 문학현상이 '문학사조'의 표준을 만족시킬 수 있는가 하는 것을 판별하는 기준이고,

또한 본 저서에서 연구대상을 선정하는 기본적인 근거이기도 하다.

2. 중국 현대문학사조의 본질 및 특징

본질이란 사물의 근본적인 속성이며 다른 사물과 구분하는 주요 특징으로서 그 사물을 규정하는 가장 중요한 내용이다. 그렇다면 중국 현대문학사조의 본질은 무엇인가? 간추려본다면 바로 특정한 시공간 속에서 문학의 형식으로 표현된, 일정한 사회적 의의를 지닌 문화사조이다. 과거에 일반적으로 문학사조의 본질을 '사회사조'의 일부분[1]으로 간주하는 경향이 있었다. 이러한 견해는 도리가 없다고 할 수는 없지만 너무 넓은 범주라는 데 문제가 있다. '사회사조'의 외연이 너무 넓기에 그 내포 또한 아주 복잡할 수밖에 없다. 지금까지 인간에게 사조적인 현상으로 분류되는 것은 모두 사회사조란 개념 속에 포함되어 있기에 사조의 내표 또한 예외없이 모두 사회성을 지니게 되고 따라서 모든 사조의 내포 또한 예외없이 사회성을 지니게 된다. 우리는 문학사조의 본질을 '문화사조'로 규정하는 것이 문학사조 자체의 특징에 가장 근접한 것이라고 생각한다. 왜냐하면 문학은 본래부터 문화의 일부분으로서 문화의 여러 가지 풍격을 지니고 있는 것이지 '사회'와 가까운 것이 아니기 때문이다. 더구나 문학은 특수한 이데올로기문화로서 그 정신적 특질에는 사회적 물질적 본질을 포괄할 수 없는 것이다.

---

1) 陳遼,『新時期的文學思潮』, 遼寧大學出版社(1987), p.1；孫書第,「當代文藝思潮小史・前言」,『當代文藝思潮小史』, 遼寧大學出版社(1986), p.1；馬良春 等,『中國現代文學思潮流派討論集』, 人民文學出版社(1985), p.41.

문화사조로서 중국 현대문학사조는 어떠한 특징을 구비하고 있는가? 요약한다면 주로 다음과 같은 4가지로 귀납할 수 있을 것이다.

첫째, 참신한 역사와 논리적 기점을 토대로 이룩된 문화사조이다. 그 역사적 기점이란 바로 '인간의 발견'이고 논리적 기점이란 '인간의 의식'으로서, 양자는 중국 현대문학사조의 가장 근본적인 특징을 이루고 있다. 중국 현대문학사조가 전통문학 및 문학사조와 다른 점도, 현대화의 내재적 규정성도 주로 여기에서 찾아볼 수 있다. 중국 현대문학과 사조가 발발할 때 전통과의 결렬에로 인도한 것이 바로 '인간의 발견'과 '인간의 의식'이었고, 그 후 줄곧 이 원칙에 따라 발전해왔으며 이로써 '문이재도'의 전통문학과 사조와 대결했다.

둘째, 중국 현대문학사조는 직접 외국문학사조의 영향을 수용하였는바, 이는 중국 현대문학사조의 다른 중요하고 뚜렷한 특징, 개방성을 이룩했다. 전반 형성, 발전과정에서 중국 현대문학사조의 이론형태와 창작형태, 취득한 성취와 부족한 점 등은 모두 외국문학과 문학사조의 영향과 직접 또는 간접적인 연관이 있는 것이다. 이러한 연관은 다원성, 지구성, 긴밀성을 지니는 바, 중국 현대문학사조로 하여금 이전의 문학사조와 판이한 '개방성'의 특징을 지니도록 했다.

셋째, 중국 현대문학사조는 자체의 발전과정에서 전통을 반대하는 한편 전통과 단절할 수 없는 미련을 보이는 자체의 갈등을 초래했다. 이러한 갈등은 중국 현대문학사조의 민족화의 복잡한 특징을 형성하기에 이르도록 촉구했다. 이러한 복작한 특징의 기본적인 내용은 즉, 중국 현대문학사조 내의 두 가지 민족화의 사상경향이다. 그 하나는 루쉰(魯迅)을 대표로 하는 현대화의 토대위에 형성된 민족화의 문학사조이고, 다른 하나는 조수리(趙樹理)를 대표로 하는 조야한 민간문예의 토대 위에 형성된 '공농병을 위하여'를 특징으로 하는 문학사조이다. 이 양자는 모두 중국 당대문학사조의 발전에 직접적인 영향을 끼쳤다.

넷째, 중국 현대문학사조는 아주 뚜렷한 정치화, 사회화 특징을 지니고 있다. 이는 중국 현대문학사조의 가장 복잡한 특징으로서 해석에도 가장 큰 어려움이 따르는 특징이기도 하며 또한 반드시 분명한 해석이 필요한 특징이다. 이 특징의 적극적인 가치는 중국 현대문학사조로 하여금 사회, 정치적 배경 아래 시련을 거쳐 그 가운데서 중국 사회, 문학 발전의 실제에 부합여부를 점검함으로써 모든 적극적인 문학사조가 충분한 발전이 가능한 정치, 사회적 환경을 얻도록 하는 데 있다. 한편 이 특징의 소극적 가치는 일정한 범주 내에서 문학사조의 개성을 말살함으로써 문학의 현대화와 민족화에 일정한 과오를 초래하는 면에서 나타나는데, 가령 좌익문학사조, '농공병문학사조' 등이 그 대표적인 사례이다.

본 저서는 주로 중국 현대문학사상 가장 중요한 영향력을 과시한 8가지 문학사조를 다루고자 한다. 이 8가지 문학사조는 중국 현대문학사조의 가장 주요 구성원일뿐 아니라 중국 현대문학사조 자체의 생성, 발전 과정에서 드러낸 법칙과 규범을 가장 충분하게 보여주고 있는 것이다.

제1장 계몽주의 문학사조

제1절 배경 : 계몽주의와 중국 현대문학사조

'5・4'는 중국 현대문화의 시점이자 근대문화의 종점이며 동시에 현대문화 생성의 표지이기도 하다. 중국 현대문화정신의 응집물으로써 '5・4'는 무궁한 해석의 공간이 되고 있는 바, 시기마다 새로운 내용이 첨가되어 풍부화되고 있다. 따라서 '5・4'는 공시적인 영구성을 띠고 세월의 흐름에 따라 중국 현대, 심지어 당대 문학 속에서 연면히 그 맥을 이어가면서 거듭 태어나고 있다. 그 전반 과정에서 '5・4'의 내면에 감추어진 '유령'은 항구불변의 모습을 띠고 있는 바, 그것이 바로 계몽주의이다.

계몽주의 문학사조는 중국 현대문학사조의 주류로서 그 중요한 지위와 의의를 확보하고 있다. 리얼리즘, 낭만주의 또는 모더니즘, 자유주의 등 문학사조들은 상호 길항을 겪으면서 모두 계몽주의가 조성한 현대문학의 가치의 틀에서 벗어나지 못하고 결국은 계몽과 계몽윤리 범주의 틀 안에서 자신의 의미를 나타냈다. 따라서 계몽문학에 대한 정리는 근원을 밝히고 미래를 구축하는 이중적인 의미를 가지는 작업이다. 본 저술에서 계몽주의 문학사조를 우선적으로 논하는 것 역시 전술한 중국 현대문학사조의 전술한 논리적인 관계를 염두에 두었기 때문이다.

1. 계몽의 개념 정리

계몽이란 지식계보의 범주에는 그 나름의 이론적인 사슬이 내장되어 있다. 계몽의 발원지는 17세기와 18세기의 유럽으로 그 개념은 여러 나라의 사상해방운동 과정에서 탄생한 것이다. 하지만 중국의 전통문화에서 계몽의 개념은 또 자체의 이론적인 연원이 있는 바, 그 기원은 동한(東漢)시기 응소(應劭)의 저서 『풍속통·황패(風俗通·皇霸)』에서 찾아볼 수 있다. 응소는 "일상 겪는 좌절이나 실패만이라도 족히 과오를 시정하고 계시를 얻을 수 있다(每輒挫衄, 亦足以祛蔽啓蒙矣)."라고 했는데 몽매함을 계발한다는 데에 그 핵심이 있다. 몽매라는 데에는 미개, 불가개화(不可開化)라는 의미가 담겨져 있다. 보편적인 의미에서 계몽의 개념은 모든 나라, 민족, 종족, 사회의 발전과정에서 겪게 되는 낡은 관념의 교체와 선진적인 사상조류의 흥기를 일컫는 것이다. 하지만 중국 전통개념으로서의 계몽은 일반적으로 미개한 어린이에 대한 교육을 가리키는 전문용어로 사용되었는데, 그 뜻인 즉 초학자에게 기본적이고 입문적인 지식을 전수하여 문명교화의 규범 속으로 편입시킨다는 것이다. 이러한 의미에서 기원한 계몽의 개념은 점차 모든 구체적인 기능과 전문기술 영역의 습득과정에까지 영향을 미치게 되었다. 과거의 역사문헌에 기록된 중국 봉건전통문화 영역에서의 계몽은 단지 자체의 선정적인 이론체계에 의거한 것이었다. 따라서 진정 사람을 계몽하는 실천에로 옮겨질 수 없었다. 환언한다면 중국 농업문명속의 '전근대'사회에서 계몽은 실질적으로 단순한 지식에 대한 습득단계에 머무르고 있었을 뿐이다.

하지만 위원(魏源)에 이르러서 오랜 세월동안 벼른 중국의 촉각은 점차 낯설고 신비한 서양세계로 뻗어갔다. 그때부터 근대계몽의 의미가 비로소 불가항력적인 태세로 중국의 사상사와 문화사에 틈입하게 되었다. 중국의 근대화 과정에서 명말청초의 지식인들은 근대유럽의 계몽운동에서 직접 계몽이론을 도입했다. 17세기와 18세기 유럽에서 특히 영국과 프랑스 및 독일에서 일어난 사상해방운동은 진정 근대적 의미에서의 계몽운동이었다. 이는 서구 부르주아의 역량이 점차 성장된 후 나타낸 정신적 가치에 대한 갈구였다. 이성을 사상과 행위의 토대와 기준으로 추앙하고 비판을 행동지침으로 삼아 과감하고 결단성 있게 일체 권위를 반대하며 종교영역의 교회통치와 속세의 봉건제도를 직접적인 공격 목표로 삼아 중세기 이래 정신영역에서 절대적인 권위와 통제를 감행하던 신학체계에 반항하며 사람들을 몽매와 미신으로부터 해방시키려는 것이 이 계몽운동의 가장 주된 특징이었다. 유럽에서 발생한 계몽운동은 르네상스시기에 이미 사상적 맹아상태를 선보였다. 당시 휴머니즘이 이미 성행하였고 휘황한 성취를 이룩한 문학예술을 통하여 끊임없이 인간의 존엄과 생명의 가치를 선전하였으며 인간의 자연적인 천성을 존중하고 인간의 능력을 중요시해야 함을 역설했던 것이다. 이러한 인성의 회복과 해방을 향한 움직임은 계몽운동의 발발을 위해 상당히 훌륭한 토대를 마련했다. 17세기 명석한 두뇌를 가진 유럽의 철학가들, 즉 볼테르, 몽테스키외, 디드로, 루소, 흄 등은 각자의 입장에서 계몽정신을 해석하고 주장하는 가운데 계몽의 문화적인 내용을 풍부히 함과 아울러 계몽의 사회적 영향력을 극대화시켰던 것이다. 그리하여 계몽은 후세에 깊고도 넓은 영향을 끼칠 수 있는 시대적인 정신으로 부상할 수 있었다. 칸트는 계몽시대의 사상이 이룩한 성과를 토대로 1784년 "계몽운동이란 바로 인간이 스스로 초래한 미성숙 상태로부터 벗어나는 것"이라고 명확하게 계몽의 정의를 내렸으며 "자기의 이성을 사용할 수 있는 용기를 가져라"는 계몽구호를 제안하였다.

계몽사상의 충격을 겪은 서양사회는 실제적인 사회적 효과를 창출했는데 프랑스대혁명을 통하여 확립한 "천부인권"의 부르주아 사회이념과 정치체제가 바로 그 하나이다. 이를 계기로 자본주의 자유경제는 휘황찬란한 물질적 문명을 이룩하게 되었고, 계몽담론의 공간 또한 극도의 확장을 가져왔는바 계몽의 무소불능의 신화적 성격도 이때에 비로소 사람들에게 침투되었다. 계몽이 현대사회의 규범이 된 오늘 계몽과정을 거쳤는가의 여부는 종종 사람들이 어느 하나의 사회형태가 현대문명과 진보를 이룩했는가를 판명하는 가치 기준이 되고 있다.

현대화가 고조되던 시기에 겪은 제2차 세계대전은 인류에게 치유하기 어려운 막대한 정신적 상처를 초래했다. 극심한 대가를 치른 후에 서양의 문화가치 체계는 심각하게 문화적 성찰을 하였으며, 계몽을 통하여 확립된 인간 중심의 '이성왕국'조차 회의의 대상이 되었다. 많은 문학자들은 계몽과 이성 정신을 심각하게 재반성했다. 그 결과 계몽정신 자체의 '마력을 제거'하는 것이 신문화 담론에서 중요한 사회사상으로 부상하게 되었다. 독일의 학자 막스 호르크하이머(Horkeimer)와 아도르노(Adorno)는 계몽운동 시기에 주장하던 지식·이성이 무한대로 팽창한 결과, 마치 세계의 종말에 이른 듯한 고통과 절망을 인류에게 가져다주고 있음을 감지했다. 그들은 저서 『계몽변증법』에서 계몽적 이성은, 한편으로 인간을 신화의 세계로부터 해방시켜 자연에 대한 통치를 완성하였지만, 다른 한편으로 자연스럽게 신화를 대체함으로써 인간관계의 소외와 인간자신의 소외라는 결과를 초래했다고 주장하였다. 계몽운동은 발전과정에서 계몽수단인 '과학과 이성'을 그 목적으로 삼았기에 인간으로 하여금 새로운 질곡에 빠져들게 하여 오히려 계몽의 대립 면에 위치시켰다. 포스트모더니즘 학파인 푸코(Paul michel Foucault)는 계몽을 새롭게 정의하고 해석하였다. 「계몽이란 무엇인가」에서, 그는 칸트의 계몽개념은 그 자신의 3대 비판이론과 밀접한 연관이 있다고 하면서 칸트가 자신이 처한 시대에서 출발하여 부정의 방식으로 계몽을 '출로'라고 정의하고 계몽사건을 새로운 세계가 군림하게 되는 전환점으로 간주했다. 그리고 계몽으로부터 발단한 비판적 사고를 후세의 철학적인 새 방법으로 정했다고 지적하였다. 그리하여 계몽정신은 '부정·차별'과 연관을 맺게 되었으며 오늘날에 이르러서도 여전히 그 가치와 의미를 지니게 된다는 것이다. "우리와 계몽의 연관은 어떤 교조적인 것에 충실하자는 것이 아니라 일종의 태도의 영원한 부활—이러한 태도는 철학적 기질의 하나로서 우리 역사시대에 대한 영원한 비판으로 진술 가능한 것이다."[1] 계몽은 시대적 정신과 연관을 맺는 일종의 규범적인 목표와 결과에서 하나의 과정, 즉 하나의 진행형의 과정으로 전환되는데 그것은 지나간 역사에 대한 반역과 거부로 표현된다. 푸코가 칸트의 텍스트에서 추출한 계몽적 비판의 정신적 기질은 권위적인 체제에 대한 저항과 선입견의 방식으로 재차 계몽의 원초적인 정신을 활성화했다. 계몽운동은 우선 신학과 종교에 대한 반역으로 출현하였던 바, 반권위, 반독재적이고 인성을 중시하는 선(善)의 도덕적 의미를 지닌다. 그것은 자연과학의

1) [法], 福柯：「什么是啓蒙」, 汪暉·陳燕谷 編,『文化与公共性』, 北京三聯書店, 1998, pp.433~434.

원칙과 유사한 것으로 전환하여 보편적으로 운용될 경우, 우선 '진'이란 가치를 주창하는 것이어야 하며 도덕규범의 가치 의미로서 모습을 드러낼 때는 불가피하게 '진'의 회의를 거쳐야 한다.

중국 지식인들이 서양의 문화사상으로부터 계몽이론을 취할 때, 그 의미는 일정한 정도 내에서 '변이'를 일으켰다. 계몽의 개념은 단일한 문화공간에서 횡적으로 이동하는 것이 아니었는데, 20세기 중국의 특정한 문화적 담론 아래에서 계몽이론은 자체의 문화적 특징에 부합되는 '재창조'가 진행될 수밖에 없었다. 그리고 수입자의 여러 가지 논술, 특정시대의 선택, 수용자에 의한 이해, 심지어는 오독에 의하여 계몽은 각양각색으로 대립되는 주장까지 허용하는 담론의 집합체로 변신하였다.

20세기 중국의 계몽사조는 두 차례에 걸쳐 주류적인 위치를 점했다. 1919년 '5 · 4'를 표징으로 하는 사상문화 계몽운동, 1976년 '문화대혁명'이 종말을 고한 후에 시작된 '휴머니즘'을 이론적 핵심으로 한 새 시기의 계몽이 그것이다. 이 두 차례의 계몽은 중국문화 특히 문학의 발생과 발달에 모두 심각한 영향을 끼쳤다.

2. 중국 계몽과 서양의 담론

'5 · 4'신문화운동의 사상적 원천이 서양의 계몽운동에 있었다는 점은 조금도 의심할 바가 없다. 하지만 중국의 계몽운동은 절대로 유럽의 계몽담론이 횡적으로 이식된 것이 아니다. 이러한 현상이 초래된 것은 시대적, 국가적 상황 그리고 사상문화의 전통이 서로 다른 것이 그 한 원인이다. 한편 중국의 선진적인 지식인들은 가장 넓은 시야를 확보하고 외래의 사상문화의 자양분을 가장 잘 수용하는 그룹으로 필경 자체의 문화전통과 단절할 수 없을 뿐만 아니라 스스로가 처하고 있던 구체적인 역사적 조건 아래 중국에서 낡은 것을 버리고 새로운 것을 도모하고, 개성의 해방과 민족의 존속 문제를 해결해야 했다는 점 역시 한 이유로 작용했다.

유럽의 계몽은 종교 신학의 억압에서 해방되는 것이었기에 계몽사상가의 공격 대상은 우선 종교의 교의, 교회와 선교사였다. 하지만 중국에서는 우선 봉건적 예의, 예법과 도덕적 굴레에서 벗어나는 것이었기에 사상계 선구자들의 공격의 주요목표는 유가의 예법, 가족종법제도 및 낡은 인습이었다. 물론 계몽의 근본적인 목적은 인간 해방과 자유에 있다는 점은 동일했지만 여건의 차이로 말미암아 중국과 서양에서 계몽의 내용은 상당한 차이가 있을 수밖에 없었다. 18세기 유럽의 계몽학자들은 종교의 사상적 굴레에서 벗어나기를 갈망했고 중국의 지식인들은 자체 신상의 노예근성을 개조하기 위해 몸부림을 치고 있었던바, 이러한 노예근성의 근원은 가정의 권위였지 신권의 독재가 아니었다. 역사적 조건의 차이는 계몽에서도 서로 다른 내용을 갖도록 하였다. 칸트 시대에 계몽이 각성을 의미하였던바 자연왕국에서 진리를 발견하고 그 진리로써 종교미신을 대체하는 것이었다면, 20세기 중국에서의 계몽은 일종의 반역으로 수천 년 전래되어 오던 '임금은 신하의 강이요, 부친은 자식의 강이며 남편은 처의 강'이라는 봉건적 삼강오륜의 예법과 도덕규범의 족쇄를 깨뜨리는 것이었다. 보카치오(Giovanni Boccaccio)의 『데카메론』과 루쉰의 「광인일기(狂人日記)」는 중국과 서양이란 두 계몽양상의 상징적인 작품이다. '5·4' 연구자라고 한다면 모두 당시의 계몽사상가가 단지 서양 담론을 그대로 옮겨온 것이라는 관점은 지나치게 경솔한 판단이라는 점을 인정할 것이다. 그들이 유학의 전통을 공격하고 나선 것은 정통적인 지위를 점하고 인습을 고집하던 수구적인 학설이 이미 말로에 이르렀고, 당시 나라의 정세가 위급한 나머지 그것을 보완할 여유조차 가질 수 없던 지경이어서 오로지 낡은 것을 버리고 새로운 것을 도모할 수밖에 없었기 때문이다. 한편 계몽사상가가 무작정 전통에 반기를 들었던 것은 아니다. 그들은 전통의 비주류를 이용하여 주류에 반대하거나 유학의 인성, 민주성에 근접한 요소들을 동원하여 전통을 반대했다. '5·4'계몽의 원류를 고염무(顧炎武), 황종희(黃宗羲), 왕부지(王夫之), 대진(戴震)의 사상이나 주장에서 찾는 견해도 없지 않지만 많은 연구자들은 강유위(康有爲), 장병린(章炳麟)의 사상이 '5·4'세대에 끼친 영향을 인정하고 있다. 강유위는 실제적인 중국 국정에서 전통을 포기하기보다는 근대 서양의 학설로 전통을 새롭게 해석하려는 데에 주력했다. '천리를 존속시키고 인욕을 멸하자'는 설에 대해 강유위는 '천욕인리(天欲人理)'라는 슬로건을 내걸었고, 장병린은 대진의 주장에서 '이리살인(以理殺人)'의 설을 발견했다. 강, 장의 반전통 사상에서 외래적인 영향을 간과할 수 없지만 청나라 학술의 자연스러운 전환은 내부의 영향이 보다 중요한 원동력으로 작용했음을 말해준다.

사실 유구한 역사를 지닌 중국의 전통문화는 내용이나 이치에서 모두 정치한 것이었다. 이에 비해 서양의 담론은 생소한 것으로 거리감을 자아낸다. 따라서 당시 가장 급진적인 면을 보였던 계몽사상가, 예를 들면 '가져오기주의(拿來主義)' 또는 '완전서구화(全盤西化)'를 주장했던 루쉰, 호적(胡適) 등도 외래의 신식 학문을 수용했지만, 본질적으로 내면은 전통적인 구식 학문에 토대를 두었던바 절대로 서양담론의 메가폰은 아니었다.

우리는 루쉰의 경우를 보기만 해도 '5·4'신문화운동을 이해할 수 있는 바, 그것이 옛 전통에 얼마나 깊이 의지하고 있는가를 알 수 있다. 당시 사상계에서 영향력이 있는 인물들은 반전통, 반공자(孔子)의 현장에서 우선 의도적 또는 무의식 간에 전통속의 비정통적인 것 혹은 반정통적인 원점으로 찾아가 근거를 찾고자 했다. 그 이유는 바로 그러한 것들이 자신들에게 가장 익숙한 요소였다는 것인데, 외래 사상은 그에 비해 접촉한지 오래지 못하고 이해도 깊지 못하여 단지 전통의 일부 기성적인 관점에 부합될 경우에만 비로소 진정한 의미를 지니게 되었다. … 그들의 글들에서 많은 외국의 새로운 명사를 볼 수 있지만 자세한 관찰과 분석을 거친다면 여전히 전통의 구식 틀을 완전히 벗어나지 못했음을 발견할 수 있다.[2)]

한편 간과할 수 없는 것은 중국 계몽운동이 유럽 계몽운동에 직접 영향을 받은 것도, 그 뒤를 바로 이어서 발생한 것도 아니라는 점이다. '5 · 4'계몽운동이 발생했던 당시와 발생하기 전에 이미 유럽의 계몽정신과 상이한 심지어 대립되는 여러 가지 사조가 유행하고 있었는데, 사회진화론, 실증주의, 생명력론, 사회주의 등등이 그러한 것들이다. 당시 사상학술 수준의 제한으로 중국의 계몽사상가들은 그러한 사조와 계몽사조를 엄격히 구분하는 능력을 결여한 채 단지 자신의 전통적인 교양을 바탕으로 구국과 실존 및 새로운 인간창출의 동기 아래 무릇 중국에 도움이 될 것이라고 판단되면 닥치는 대로 받아들였다. 계몽운동과 함께 유행한 민족주의, 국가주의, 사회주의 등 사조들은 전체주의, 평균주의적인 계몽 사상가들이 전통과 국정의 제한에서 벗어나지 못한 상태에서 서양의 '후(後)계몽사상'과 계몽사상을 구별하지 않고 유입한 결과물이다. 그들은 중국의 '5 · 4'문화운동이 대체적으로 유럽의 계몽담론을

2) 余英時, 「五四運動与中國傳統」, 蕭延中, 朱藝 編, 『啓蒙的价值与局限－台湾學者論五四』, 山西人民出版社, 1989, p. 81.

중국에 평행 이식한 것으로 판단했는데 이는 실제와 어긋나는 행위였다.

'5・4'신문화운동과 마찬가지로 1980년대 중국을 휩쓴 '문화열' 역시 허풍스러운 문화운동이 아닐 뿐더러 간단하게 서방담론을 추종한 움직임은 더더욱 아니다. 그것은 당시의 역사적 상황에 뿌리를 두고 중국의 실제적인 문제를 해결하기 위해 발발한 사상해방운동이었다. 1980년대의 계몽은 '문화대혁명'의 암흑, 독재에 대한 교정의 움직임이었고 문화비극을 초래한 원인에 대한 반성이었던바, 그 주장은 아주 명백한데 바로 일상적인 도리와 상식을 회복하고 존중하자는 것이다. '문화대혁명'이란 비극의 재발생을 방지하기 위하여 또한 중국을 문명하고 건전한 발전도상에 올라서도록 하기 위하여, 아울러 당시 넓은 시장을 확보하고 있던 극'좌'의 구식담론과 항쟁하기 위하여 지식계에서는 인도주의, 과학적 이성, 자유, 민주, 법치 등 여러 가지 담론을 주창했는데 이는 유럽의 계몽담론과 사전 약속이나 한 듯 일치했다. 하지만 그것은 필경 중국인들이 고난을 겪은 후에 얻은 깨우침과 추구의 결과이다.

1980년대의 문화열 속에서 대량의 서양학설과 사조들이 소개되었지만 그렇다고 하여 중국의 지식계가 서양의 계몽담론을 무조건 수긍했다는 것을 의미하지는 않는다. 일시에 유입된 그것들은 30년의 빚을 탕감하는 것, 특히 '문혁(文革)' 10년 동안 폐쇄적인 정책의 빚을 탕감하기 위한 것이었다. 특별히 지적해야 할 것은 서양의 학설을 유입할 당시 가장 눈에 띄었던 부족한 점은 바로 유럽의 계몽사상에 대한 집중적 조명이 결여되었다는 것이다. 대체적으로 볼 때 1980년대 중국에서 가장 관심 가진 서양학설은 니체(Friedrich Nietzsche), 하이데거(Martin Heidegger)의 사상과 마르크스주의였는데 이러한 사조들은 기본적으로 유럽의 계몽사상과는 대립되는 것들이었다. 1980년대 말 문화열은 갑작스럽게 식어버리고 계몽적 담론은 심하게 저지를 당하였다. 일부 '후학'자들은 이에 흥분되어 '후주의'적 담론으로 계몽담론을 대체할 시기가 되었다고 판단하고 "담론의 전환은 이미 불가피한 것"이라고 하면서 그 원인을 글로벌화와 국내의 시장화[3]에로 돌렸다. 이러한 분석은 물론 근시안적이고 천박한 것으로서 사실의 회피와 곡해에서 비롯된 주장이다.

3. 중국의 계몽과 문학

1) 계몽의 생성

근대 중국이 당면했던 망국 멸종을 초래할 정도의 민족위기는 중국 지식인들의 우환의식을 극도로 자극함과 아울러 변혁과 새것에 대한 지향의 절박성을 감지케 했다. 그 뒤를 이었던 '양무운동(洋務運動)'은 바로 이러한 위기에 대한 인식 위에 진행되었던 국가의 부강과 왕조의 부흥을 목적했던 역사적인 변혁의 움직임으로써 중국 역사에서 현대를 향한 전환의 서막을 열었다. 하지만 이러한 기물적인 영역에 그친 현대화를 향한 표층적인 노력은 중국의 전통사회제도의 심층적인 구조와 정신적인 핵심을 수호하는 데에 그 목적을 둔 것이다. 양무운동은 최초의 기물(器物)차원에서 점차 서학으로 심입되는 추세를 보였지만 시종 전통문화의 핵심가치체계를 건드리지 못했고 단지 개념적으로 약간의 변동, 나아가서 여러 가지 해석 가능성을 보였을 뿐이다. 현대화의 첫 도미노 골패는 이렇게 무너졌고 그 뒤 역사상 필연적인 구성으로서 나타난 것은 일련의 연쇄반응이었다. 갑오전쟁의 실패는 중국 사람들의 '견선이포(堅

3) 張頤武, 「闡釋"中國"的焦慮」, 『二十一世紀』, 1995年, 4月.

船利炮)'식의 강국의 꿈을 순식간에 파탄으로 몰아갔고 뒤에 이어진 '무술변법(戊戌變法)'은 양무운동시대의 기물 차원의 변혁에서 보다 심층적인 제도적 차원의 변혁을 향한 전환점이었다. 하지만 '무술변법' 또한 결국 실패로 돌아갔다. 무술변법의 실패는 보수세력의 강대함 또는 강유위 등 변법옹호자들의 정치변혁에서의 미숙함에서 그 원인을 찾기보다 봉건독재체제가 사상문화적인 유기체로서 이미 응변의 극치에 이르러 왕조의 위급한 국면을 타개할 가능성조차 잃어버렸다고 해야 할 것이다. 따라서 전통지식분자들이 추진했던 체제 내의 기술적인 보완조치는 숙명적으로 실패의 종말을 맞이하게 되었고 이는 더욱 심도 있는 변혁을 위한 계기를 마련하게 되었다. 변법의 실패를 촉매로 태어난 선진지식분자들은 보다 각성한 군체일 뿐더러 시대를 초월한 사상영역의 선구자 양계초에 의해 새로운 사상의식의 시대—현대사상문화의 계몽시대를 개척했다.

양계초는 도일한 후 예전의 역사적 행위와는 완전히 다른 반성의 모습을 보였는데 이는 역사적인 변혁의 내용이 이미 심각한 변화를 일으켰음을 의미한다. 즉 전통문화 내부에 대한 보완으로부터 근대 서양문화에 따른 변혁으로, 제도차원의 변혁에서 사상문화계몽의 차원으로 전환했다는 것이다. 양계초는 중국의 과거에 '신법'을 포함한 모든 변혁은 근본적인 것을 파악하지 못한 것이며 중국문제의 관건은 바로 역사침전에 의해 형성된 문화적 고질 및 그와 밀접한 관계를 맺고 있는 국민성의 문제라고 하면서 이를 바탕으로 '신민설(新民說)'을 제기했다. 환상에서 깨어난 양계초가 '신민'을 중국의 제1급선무라고 했을 때 이는 그 본인이 이미 유신파의 역사적 음영에서 벗어났음을 의미할 뿐만 아니라 중국역사의 중심적인 행동 또한 이미 정치차원의 변혁에서 "신민"을 핵심으로 한 사상계몽 운동으로 심입되었음을 의미한다. 이는 또한 중국의 사상문화와 문학의 새로운 단계 진입을 의미하며 중국의 20세기 '계몽'에 자체 고유의 기본적인 역사적 내용과 가치관을 부여했다. 우선, 진화론의 가치관으로부터 역사를 개변시키려는 격정이 발발했다. 양계초식의 '소년중국'이란 새 중국의 상상방식 그리고 중서, 신구의 가치에 대한 비교와 취사양식 등은 '5・4'세대들의 사고와 표현방식에 직접적인 영향을 끼쳤다. 다음, 전통문화의 고질과 그에 따르는 국민성에 대한 비판이 20세기 사상계몽의 가장 기본적인 주제가 되었다. 양계초는 국민 열근성(劣根性)을 6개로 개괄하였는데, 즉 노예근성, 우매, 개인중심, 위선, 비겁, 감동부재 등이다. 특히 중국인들이 노예로서 자부하면서 또 다른 사람을 노예로 간주하는 데 대한 개괄 및 냉담한 '방관'적인 심리에 대한 질타는 '5・4'계몽의 선구자인 루쉰의 소설에서 생생하게 재현되었다. 국민의 정신적 고질을 치료하는 처방으로 양계초는 서양의 '인권', '민주'와 '자유' 등 현대가치 관념에 주목했는데 특히 '자유'와 '개성'을 숭배했다. '5・4'정신 속에 담긴 이러한 가치에 대한 계승은 아주 분명한 것이다. 이외에 중서문명의 가치대비와 취사방식 또한 마찬가지로 '5・4'의 출발점이 된다. 이때 양계초가 보인 것은 문화 급진주의적 역사태도—문화 전환기에 있어서 '파괴'의 필요성과 그 중요한 가치를 극구 주장하는 것 등은 모두 '5・4'시기 동일한 문제에 대한 사고와 이러한 문제의 기본적인 가치에 대한 인지양식을 직접적으로 자극했다. 물론 상술한 가치범주에 대한 논술과 기본적인 태도는 아직 '5・4'시기의 강도와 심도와는 상당한 거리를 두고 있었지만 한편 그것들은 '5・4'시기의 계몽화제와 사고방식과 접목을 맺지 않을 수 없었고 아울러 '5・4'계몽의 남상이 되었다.

2) 혁명적 지향

청조말기의 정치, 문화운동 과정에서 준비단계를 거친 중국 계몽주의 문화사조는 '5·4'신문화운동 속에서 역사의 무대에 모습을 드러냈으며 최종적으로 리얼리즘, 낭만주의, 자유주의 등 문화사조와 한데 어울려서 고조를 이루었다. 하지만 '5·4'운동이 점차 저조기에 접어들면서 그 속에서 발발되었던 계몽사조 역시 중국 현대화 과정에서 위치 바꿈, 심지어 분열현상까지 초래하게 되었다. 그리하여 이 계몽사조는 기타의 문화사조와의 애매한 상호 영합과 배척 가운데 점차 중국의 현대화 과정을 '공모(共謀)'하게 되었다.

1928년 2월 창조사 후기의 주창자였던 이초리(李初梨)가 혁명문학을 창도하는 「어떻게 혁명문학을 건설할 것인가」라는 문장을 ≪문화비판≫에 발표하였다. 그리하여 애초부터 '5·4'신문화운동이란 거대한 역사적 담론 속에 가려있던 계몽주의 문학사조와 무산계급 문학사조 사이의 갈등과 분기는 결국 중국 무산계급 혁명정치운동의 활발한 전개 및 마르크스주의가 신속히 전파되고 있는 형세 아래 그 모습을 드러냈으며 최종적으로 '문학혁명'에서 '혁명문학'으로의 전환을 실현했다.

창조사 후기의 문학이념과 '5·4'시기 지식분자들이 주창했던 '인간의 문학', '개성의 문학', '평민문학' 등 계몽문학관은 심미적 차원에서 상당한 차이가 있었다. 그들의 문학관에는 당시 공산당 내에서 주도적 지위를 차지했던 '좌'경노선의 영향이 컸던 바, 중국 무산계급혁명이 저조기에 처했을 때 국가 상층 건축 이데올로기의 일부분으로서 문학은 혁명의 발전을 추진할 수 있어야 하며 따라서 문학과 정치는 친밀한 접촉뿐만 아니라 심지어 특별한 '인연'까지 맺을 수 있다는 것이었다. 또한 창조사의 주요 구성원들의 대부분은 모두 일본유학이란 인생경력을 지녔기에 당시 소련과 일본 등의 나라에서 흥행했던 무산계급운동 가운데 나타난 '좌'경 기계론을 추호의 회의도 없이 고스란히 받아들였다. 특히 소련의 '무산계급문화파'와 '문학조직생활'을 창작핵심으로 하는 '라프'의 이론은 그들의 문학창작에서 "성경"과도 같은 존재가 되었다. 전행촌(錢杏邨)은 「죽어버린 아Q의 시대(死去了的阿Q時代)」에서 '5·4'계몽문학의 엽기적인 성격을 진일보 규명하면서 '5·4' 이래 인간을 핵심으로 하는 '인생을 위한 문학'으로서 소설이 집중적으로 중국 사회와 삶의 문제를 표현하고 고발했지만 그것은 이미 중국 역사와 동떨어진 것이라고 했다. 이어서 그는 현재의 문학은 당연히 중국혁명의 경과와 들끓는 계급투쟁을 반영해야 한다는 주장과 함께 '5·4'시기의 지식분자들은 역사의 무대에서 사라져야 마땅하다는 주장을 펼쳤다. 그들은 루쉰, 모순(茅盾), 욱달부 등에 대해 혁명급진적인 청산과 비판을 가했는데 특히 중국 현대계몽사상의 대표적인 인물인 루쉰에 대해 '전략적' 비판을 가했다. 그들은 루쉰의 사상은 여전히 중국 '전현대'시기에 머물러 있기에 그의 사상에는 분명 현대의식이 결여되어 있다고 하면서 '봉건적 잔여', '이중적 반혁명인물'이란 황당무계한 논리로 루쉰을 재평가했다. 다른 작가들도 당연히 액운을 회피할 수 없었는데 무조건 "유산자와 소유산자의 대표"란 누명을 억지로 들씌워 "그들을 도와 보따리를 정리해서 쫓아내버려야 한다."[4]고 했다. '5·4'시기 작가들에 대한 후기 창조사와 태양사의 '모독' 및 혁명문학에 관한 논쟁은 그 실질에 있어서 단지 '계몽문학'에 대한 혁명문학의 소규모적, 국지적인 '침략'일 뿐이었다. 1930년 3월 2일 상해에서 '중국좌익작가연맹'의 성립이야말로 진정 '계몽문학'이 혁명의 지향을 알리는 사건이었다. '좌련(左聯)'이 존재하던 6년간

4) 成仿吾, 「打發他們去」, ≪文化批判≫ 1928年 第2號.

의 짧은 시기에 루쉰을 포함한 '좌련'작가들이 주력했던 마르크스 문예 이론의 번역과 연구, 소련 무산계급문학에 대한 번역, 세계 무산계급문학과의 연계 강화, 대중문예운동의 보급과 추진, 혁명적 취향을 지닌 '리얼리즘'에 대한 탐색과 추진 등등은 모두 그 뚜렷한 방증이 된다.

전술한 문학행위들은 사실 '5・4'시기 구축한 '계몽문학'을 전반 문학사조에서 주변화시켰다. 하지만 '계몽문학'은 그대로 소실되지 않고 주변화된 지위에서 계속 존속하면서 '혁명문학'과의 끊임없는 논쟁 가운데 자기의 생명을 지속시켰다. 양실추(梁實秋), 주광잠(朱光潛), 심종문(沈從文)을 대표로 한 자유주의 작가들은 이론의 구축과 심미적 실천이란 두 면에서 '인성의 문학'을 수호하면서 "나는 감정이 이성보다 중요하며 사람의 마음을 깨끗이 하는 과정은 단지 도덕가의 몇 마디 말로 끝낼 수 없기에 반드시 '이성양정(以性養情)'으로부터 시작해야 한다고 굳게 믿어 마지 않는다. 사람의 마음을 정화시키려면 먼저 인간의 삶을 미화시켜야 한다."[5]는 주장을 펼쳤다. 이 주장은 '인간의 문학'과 사람의 영혼을 부각한다는 점에서 '5・4'시기의 계몽문학과 역사적인 동질적인 대화를 이룬다. 따라서 문학자체의 심미성을 높이고 공리성을 제거한다는 문학자체의 계몽에서 일정한 의미를 가진다. 그리고 '신월파(新月派)'가 주창했던 '성령문학(性灵文學)', '경파(京派)'작가들의 전통문화에 대한 새로운 시각, '해파(海派)'작가들의 인간의 '정욕'에 대한 과감한 표현, 유서 깊은 상서(湘西)벽지에서 고독 속에 구축한 자체의 '인성의 자그마한 묘' 등등은 모두 나름의 심미적 실천과정에서 산발한 계몽의 빛이다.

5) 朱光潛, 「談美・開場話」, 『朱光潛全集』 第2卷, 安徽教育出版社, 1987, p.6.

3) 국가와 민족 구원의 지향

중국의 현대문학은 그 발생시초부터 중국 현대화의 진척과 얼기설기 엉켜져 있었다. 현대문학은 '5·4'반제·반봉건을 주제로 한 정치혁명의 추진과 필요에 의해 발발한 것이고 또한 심미적인 글쓰기로 중국의 현대화 진척을 증명했다. 문학과 정치의 이러한 자연적인 연분은 중국의 계몽문학으로 하여금 그 탄생일부터 '연체인(連體人)'과 같은 존재가 되었고 따라서 '5·4'시기의 계몽주의 사조는 '구국'과 '계몽'이란 쌍방향으로 된 교차로에서 진행되었다. 청조말기의 '양무운동'이 "기물차원에서 서양을 향해 배움을 청"했든, 아니면 '무술유신'시기 위로부터 아래로 제도 차원에서의 개량을 했든, 또 '신해혁명'이 폭력혁명으로 황제제도를 전복했든, '5·4'신문화운동은 '과학'과 '민주'의 깃발을 높이 추켜들고 그 최종적인 정신의 지향을 시종일관 국가와 민족의 '민주'에 두었다. 따라서 '구원'은 자초지종 계몽의 다른 한 얼굴이었다.

1937년은 중국의 현대화 진척에서 결정적인 의미를 지니는 한 해로서 중국의 역사적 흐름은 이 해 7월 7일을 계기로 중대한 전환점을 맞이했다. 항일전쟁의 전면적인 개시는 전반 중화민족을 피비린 전화 속에 몰입시켰는데 전쟁의 지속과 확대는 중국을 비상적인 전란사태로 몰아갔다. 특수한 역사 환경은 중국의 사회발전이 특수하고도 민감한 의식의 문학을 필요로 함과 아울러 특정한 역사적 사명을 부여했는데 바로 문학 심미적 실천으로 '구원'의 사명을 담당하도록 한 것이다.

계몽주의 문학사조가 생성한 이래로 '계몽'과 '구원'은 상호 아우러진 상태에서 변화를 거듭했던 바, '구원'은 1940년대 문학의 주류였다. 문학과 구원은 긴밀한 연관을 가지게 되었고 전쟁이란 특수한 정치 문화적 분위기는 작가의 사고방식, 주체의식, 심미취향 및 작품의 장르, 제재, 심미풍격의 선택을 포함한 여러 방면에서 종전과 전연 다른 변화를 일으켰다.

'5・4'시기의 계몽문학이 주창했던 '인간의 문학', '인성의 문학'은 이 역사시기에 이르러서 전쟁 장면을 그리거나 전쟁 가운데 출현한 민족영웅의 사적을 노래하는 문학으로 대체되었다. 1940년대의 문학에서 '5・4'시기의 노은(廬隱), 빙심(冰心), 엽성도(叶圣陶) 등 '인생을 위한' 작가들의 사회, 인생에 대한 개인적인 체험을 찾아보기 어려울 뿐만 아니라 욱달부식의 "성적 고민"과 같은 내면의 울부짖음도 들을 수 없으며 '5・4'시기 지식분자들의 고민, 유예, 방황과 같은 내적 감수성은 더구나 종적을 찾기 어렵다. 이 시기의 문학은 '구원'이란 시대적 핵심주제에 대한 봉사를 강조하고 문학의 공리성으로 문학의 심미성을 교체할 것을 강조했으며 전쟁을 통한 국가와 민족의 재생을 표현하는 데 주력했으며 인생의 투쟁과 비약의 일면만 강조하고 있었다. 작가들은 "염가적인 감정의 발설 또는 정치입장의 전달"에 만족하고 있었고 "정치임무의 과도한 긴박함, 그리고 작가 자체의 과도한 흥분은 비단 계속되었을 뿐만 아니라 더욱 조장되었다."[6] 특히 해방구의 문학창작은 '5・4' 이래의 신문학과 완전히 다른 새로운 '풍경'을 개척했다. 자아 내면에 대한 정신세계의 탐구, 개인 감정체험의 대담한 묘파, '국민성' 주제에 대한 비판적 외침, 중국전통문화에 대한 급진적인 단열 등 '5・4'시기의 지식분자들의 특징은 흔적도 없이 사라지고 새 제도에 대한 노래 및 인민의 뜨거운 투쟁생활에 대한 찬미가 그 자리를 차지했고, '5・4'시기 피계몽 대상이었던 일반 민중이 '신인'의 자태로 역사무대에 재등장하

6) 胡風, 「民族革命戰爭与文藝」, 『胡風評論集』, 人民文學出版社, 1984, p.78.

여 농민, 노동자, 군인들이 지식분자에 대해 지속적인 사상 '개조'와 '계몽'을 전개하는 국면이 조성되었다. 해방구의 문학창작은 형식적인 면에서조차 '5・4' 이래 신문학과 멀어졌는데 다시 전통문예형식의 '뿌리찾기'를 단행하여 농민들의 심미적 문화심리의 수요에 부합되도록 했다. 그리하여 당시 전통문예형식, 평서(評書), 대고(大鼓), 전통희곡, 장회소설 등 예술형식들이 다시 작가들에게 채용되어 '5・4'시기 중국에 상륙했던 여러 가지 서양의 문화사조와 문예형식에 대한 안티와 개변을 시도했다.

1942년 모택동의 「연안문예좌담회에서의 강화(이하 「강화」로 약칭함—역자)」의 발표는 전쟁시기 혁명문예 발전의 기본방향을 지적함과 아울러 계몽에 대한 새로운 해석을 가했다. 혁명문학 진영은 문학의 사회적 기능을 극치로 끌어올려 심지어는 문학과 정치의 차이까지 해소해버렸다. 이는 종국에 사상적으로 청조 말엽 이래의 계몽전통을 정치적 해방과 경제적 변신이란 역사적 조류에 합병시켰고 작가의 사상과 예술적 입장 역시 역사적 수요란 이름하에 점차 체제화되어 갈수록 정치적 격려와 제약을 받을 수밖에 없었다.

그럼에도 불구하고 중국의 계몽문학은 여전히 자체의 완강한 생명력을 과시했다. 해방구는 물론 국민당 통제구역에서까지 계몽문학은 굴곡적인 형식으로 발전하고 변화하고 있었다. 해방구 계몽문학의 주제는 단순하게 중단되었다고 판단하기보다 변이를 보였다고 하는 편이 정확하다. 사상계몽, 정치적 해방과 경제적 변신은 계몽을 확대했는데 이는 모두 '인간해방'이란 목표의 부동한 단계와 범주로서 '대계몽'에 속한다. 손리(孫犁)의 문학창작은 지속적으로 '5・4'계몽시기의 '사랑과 아름다움'의 주제를 표현하고 있는 한 사례이다. 항일전쟁 후기의 국민당 통치구역에서 장천익(張天翼), 사정(沙汀), 애무(艾芜) 등은 국민당 통치구역의 암흑한 현실을 고발하고 풍자하였으며 인성의 고질병을 풍자했고 시골의 우매한 문화를 깊이 파헤쳤으며, 호풍과 노령(路翎)을 대표로 한 '7월파'작가들은 이론적으로는 '주관전투정신'과 '정신노예상처'를 주장, 실천영역에서 노령은 「지주의 아들딸들」로써 한 시대 지식인들의 내면세계의 성장과정을 진실하게 그려냈다. 이러한 현상에서 우리는 '5・4'시기의 계몽문학에 이어 받은 '국민성' 비판의 혈맥을 찾아볼 수 있다. 일본 침략자들이 엄밀한 문화적 통제를 실시하고 있던 피점령구역에서도 계몽문학의 전통은 중단되지 않았던 바, 아속의 경지를 넘나들었던 장애령(張愛玲)은 일상생활의 심미적 체험과 인성의 내면세계에 대한 사상계몽을 멈추지 않았던 대표자이다.

제2절 역정 : 청조말기 계몽사조에서 '5・4'계몽주의 문학까지

'5・4'시기의 신문화운동을 중국 계몽운동의 시작으로 간주하는 견해가 일반적이다. 가령 '5・4'를 중국의 전통문화에 대한 급진적인 반역으로 간주할 때 '5・4'를 계몽운동의 시작으로 간주하는 견해는 합리성을 지닌다. 하지만 만약 중국 계몽운동이라고 호칭해야 할 경우 이러한 견해는 중국의 계몽운동을 너무 협소화하여 처리한 것이 된다. 사실 중국의 계몽운동은 '5・4'보다 훨씬 앞서 시작되었는데, '5・4'는 단지 중국계몽운동을 연결하는 중요한 일환이며 특정한 단계일 뿐이다. 중국 계몽운동의 시작은 위원과 공자진(龔自珍), 양무운동, 무술유신운동과 신해혁명에까지 소급된다.

1. 무술유신 : 계몽주체의 각성

청조말기에 엄복(嚴复), 강유위, 양계초, 담사동(譚嗣同) 등 지식분자들이 발동한 '무술변법'운동은 중국 사상사와 특정한 시대적 담론 속에서 특수한 의의를 지닌다. 강국부민에 목적을 둔 이 정치개량운동은 위에서 아래로 진행되었는데 그 강렬한 정치적 목적은 그 시작부터 계몽운동의 '피비린 참혹함'을 예시하고 있었다.

이 역사적 시기에 서구 열강들의 폭력적인 침입은 중화민족에게 가장 침통한 집단적 기억이 되었는데 중국의 현대화 추구는 민족의 쇠퇴과정이란 부득이한 상황에서 얻은 각성이었다. 국민들은 현대에 진입한 서구에로 시야를 돌렸고 국문은 군함과 대포에 의해 격파됨과 동시에 이로부터 서양세계에 완전히 개방되었다. 이러한 분열의 역사적 풍경 속에서 중국의 현대화 과정, 중국의 계몽운동은 필연코 '구원'과 '계몽'의 교착 속에서의 파행이란 점이 확실시 되었다. 민족의 비감한 정서는 소란과 성급함, 불안과 긴장된 문화적 대항 속에서 길항을 거듭하며 온양되었다. 이러한 민족정서는 국가의 상부구조를 여러 방면에서 흔들었고 은연중에 심미의식 형태로서 문학에까지 일련의 변화를 초래했다. 중국 전반의 역사발전 과정에서 '무술변법'은 몰락의 순간에 지성인들에 의한 '구국'의 행보였다. 정신적 자아구조를 기조로 한 계몽은 바로 이렇게 서막을 올렸고 그 뒤로 간단없이 진행되었다. 구국과 계몽이란 두 개의 위도와 같은 존재는 이렇게 온갖 문제가 난무하고 있는 중국의 현대화 과정에서, 동서양 문명의 대충돌이라는 전환기에 형성되었다.

전술한 바와 같이 현대 중국의 계몽운동은 애초부터 서구의 부르주아 계몽운동과 같이 단순하고도 단선적으로 발생한 사상문화영역의 내적이며 정신적 사건이 아니라는 것을 알 수 있다. 중국의 계몽운동은 중국 현대화의 역사적 과정에서 구체적인 역사적 담론환경과 사회적 전환과 밀접한 관계를 맺은 복잡다단한 현대적인 사건이다. 서양의 부르주아 국가의 현대화 과정 및 결과를 참조체계로 삼아 오랜 중화민족을 세계의 현대화 범주에 위치시킬 때 '국가', '민족', '종족'의 구원을 정치적 계몽의 주요 목표로 하였다. 즉 중국의 계몽이 중요시한 것은 계몽사상의 공리적 이성이다.

'무술변법'운동은 봉건체제의 내부에서 돌파구를 찾으려는 정치적인 목적 아래 위로부터 아래로 진행된 정치개량운동이었고 그 유신운동에 수반한 계몽운동 역시 봉건체제 내부에서 돌파구와 균열을 찾으려는 시도였다. 1895년 봉건 '천국' 외의 동방의 소국 일본이 중일 갑오해전에서 현대화 무기로써 중국에게 패배의 쓴맛을 안겼다. 이 사건은 봉건문화 구조의 심층으로부터 중화의 옛 문명을 뒤흔들었고 중화민족의 위기를 전에 없었던 준엄한 고비에 빠뜨렸다. 그리하여 '공거상서(公車上書)', '무술변법' 등 사건이 발발했고 중국의 근대계몽사상은 민족 위기란 역사적 공간에서 신속히 발발하였는바, "마치 전기마냥 수많은 청년들의 마음속에 강렬한 경련을 일으켰다."[7]

서양의 지식인들이 계몽을 신학의 구속에서 탈출하려는 자아구출의 사상자원으로 간주했다면 중국의 지식인들은 그와 달리 계몽을 현대화 국가를 창출하려는 사상적 도구로 삼았다. 이는 지식인들에게 봉건체제

7) 梁啓超, 『中國近三百年學術史』, 中國書店, 1985, pp.28~29.

의 속박에서 탈출하여 스스로 독립적인 사상의식과 비판정신을 구축하여 종래의 정치적 체제의 부속물이 되지 말 것을 요구했다. 바로 이러한 시기에 중국에는 지식인들에게 독립적인 사상담론을 발표할 수 있는 공공 공간이 나타났는데 그것이 바로 계몽담론이 생존하는 문화적 토양이 되었다. 천 년간 지속되던 과거제도의 파멸은 지식인들이 정치권력의 분배에 직접 참여할 수 있는 기회를 박탈하여 지식인들은 부득이하게 체제 밖으로 유리될 수밖에 없었다. 소외된 지위는 오히려 자아독립 의식의 구축을 가속화했다. 비록 18세기 프랑스의 독립된 지식인계층과 유사한 수준에 이르지 못했고 통일된 사상이론체계 역시 갖추지 못한 상태였지만 은연중에 그들은 강대한 계몽주체를 형성했다. 주변적 지위와 망명생활은 중국 근대 계몽자들에게 사상적 자유를 제공하는 계기가 되었지만, 현실개입이라는 전통은 그들로 하여 정치적 종속성을 탈피할 수 없게 했다. 이러한 이유로 그들은 정통성에서 벗어나 독립된 비판적 지식인으로 성장하지 못했으며 불가피하게 주류의식이 농후한 문화단체로 변모했다. 이러한 자리매김은 중국식 계몽으로 하여금 시작부터 편집증을 띠게 하였고 내면분열의 다중성과 함께 문화 현대성의 토대가 되었으며 문학의 현대화 전환에 깊은 영향을 미쳤다.

중국의 제1세대 계몽자들은 '선비'의 문화전통과 생존환경에서 탈피하여 점차 주변화적인 사회적 지위로 전락하였다. 그들은 주류의식형태와 애매한 타협을 멀리하고 체제 밖에서 사상자유의 공간을 개척했다. 그렇다면 봉건체제의 정치적 지지를 상실한 제1세대 계몽자들은 어떤 매체형식을 통해 자아독립의 계몽의식을 표현한 것일까? 청조말기 문화영역에 나타난 공공 공간이 바로 이 시점에서 체제핵심으로부터 유리된 지식인들과 조우했다. 청조말기 봉건적인 체제는 민족위기와 내부 혼란이란 이중의 협공 아래 점차 쇠락의 길을 걷고 있었다. 봉건정권과 그 이데올로기는 이미 몰락의 추세를 걷잡을 수 없었고 중화민족의 구원과 현대화로 진출하는 중임을 감당할 수 없었다. 내우외환을 앞두고 봉건정권은 이미 문화계의 움직임에 대해 관여할 여유조차 없었기에 문화에 대한 직접적인 간섭이 상대적으로 감소하였다. 봉건정권의 통제를 멀리하게 된 문화영역에서는 점차 반전통의 이기적인 역량이 나타나 봉건적 전통문화에 대한 간단없는 해체작업을 시작했다. 유신운동 기간 전국 각지에서는 여러 종류의 학회, 사회단체가 42개 설립되었고, 학회 아래 등록한 각 계층의 인사들은 1,000명을 웃도는 상황이었다. 근대성격의 신문발행도 아주 활발하였는데 '마관조약(馬關條約)' 체결 전까지 중국은 아편전쟁 이래로 50년 간에 해외에서 중국문자로 발간된 신문까지 포함하여 불과 110여 개밖에 되지 않았지만 '마관조약'이 체결된 1897년과 1898년 2년 내에 104개의 신문이 창간되었다. 양계초는 일찍이 1895년에 신문편찬 사업을 시작했는데 ≪만국공보(万國公報)≫를 시작으로 1896년에는 ≪시무보(時務報)≫의 주필을 담당하였고 '무술변법' 실패 후 일본 망명시절에도 ≪청의보(淸議報)≫, ≪신민총보(新民叢報)≫와 ≪신소설≫ 등을 창간했다. 이러한 잡지들의 명망은 그로 하여금 20세기 초 '여론계의 총아'로 그 영향을 넓힐 수 있도록 했다. 근대성격의 이러한 신문들은 정론과 뉴스 외에도 부간 형식으로 문예작품도 게재했다. 그 후로 전문적인 문학계간지가 연이어 나타났는데 조사에 의하면 청조말기에 이미 20여 종의 전문적인 소설잡지가 있었다. 양계초가 창간한 ≪신소설≫, 이보가(李宝嘉)가 주간을 담당한 ≪수상소설(綉像小說)≫, 오요요(吳沃堯), 주계생(周桂笙)의 ≪월월소설(月月小說)≫, 왕마서(王摩西)의 ≪소설림(小說林)≫은 당시에 '4대문학지'로 유명했다. 이러한 신문과 잡지 외에 상무인서관(商

務印書館) 등 일부 민간출판기구가 민족구조운동 중에 태어났고 전문적인 소설출간기관도 나타났다. 소설림사(小說林社), 신세계소설사, 개량소설사 등이 그러한 사례이다. 청조말기 중국 연해도시의 현대화 과정은 국문이 개방된 후 한층 더 빠른 진척을 보였는데 끊임없이 변하는 도시의 일반 민중의 문화적 욕구는 소비나 소한거리를 목적으로 하는 통속문학에 대한 수요를 날로 증장시켰다. 잠재된 소비독자, 시장화운영체제, 직업화된 작가의 출현 등은 일정한 한도 내의 소비문학의 존속을 보장했다. 이는 또한 지식인에게 생활에 필요한 물질적 보장과 정신적 자유의 공간을 제공함과 아울러 독립적인 견해를 발표할 기회를 제공했다. 이를 계기로 상업의 발전, 시민계층의 흥기, 공공 공간의 건립 등은 문학이 다시는 국가의 정치적 이데올로기의 간단한 도해가 아니라 지금부터는 개체적인 생명으로서 자아가 진실한 목소리와 독립적인 사상의 견해임을 과시했다. 제1세대 계몽자들은 공공 영역에서 계몽을 자신들의 책임으로 간주했으며 봉건체제를 이탈한 이후에 이를 입신양명의 소재로 삼았다. “신문을 읽을 때 우리는 모든 사람들이 공히 하나의 공간속에 살고 있으며 공동의 일상생활을 하고 있다는 것을 느낀다. 이러한 공동적인 일상생활은 공동의 시간으로 통제하는데 이로써 공동사회를 형성한 것이다. 이러한 추상적인 상상이 있음으로 말미암아 비로소 민족국가의 토대가 형성되는 것이다.”[8] 소외된 지식인들은 공공 공간의 개척에 의거하여 문학적 창작으로 중국 계몽의 문학적 상상력을 영위하였고 또한 계몽적 상상 속에 현대적인 민족과 국가를 건설하는 데에 관한 진지한 소망을 기탁했다.

8) [美] 李歐梵, 「晩淸文化、文學与現代性」, 『李歐梵自選集』, 上海教育出版社, 2002, p.270.

2. 만청의 '3계혁명' : 계몽의 문학적 리허설

만청의 지식인들은 서양의 문명을 기물로부터 정신에 이르는 이중적인 구축물로서 분할할 수 없는 총체로 인식했다. 물질문화로부터 정신문화로의 이행에서 서양을 참조로 삼는 것은 중국 현대화 과정이 이탈할 수 없는 운명이었다. 강유위 등이 봉건체제의 정치적 개혁을 고취하고 있음과 동시에 엄복, 양계초 등 지식인들은 진부한 중국에 새로운 사고방식과 새로운 사상자원을 주입시키는 것이야말로 중국사회 현대화의 '근본'임을 의식하고 국민정신을 개조하는 '신민(新民)'운동을 사상계몽의 핵심으로 삼았다. 깊은 우려와 열렬한 기대가 충만된 이러한 사상계몽 운동 속에서 중국 문학은 비로소 자체의 현대적 전환기를 시작했다. '시계혁명(詩界革命)'에서 '신문체(新文体)', '소설계혁명'에 이르기까지 청조말기 일련의 문학적 혁신은 모두 이러한 사상계몽을 위해 나타난 것이다.

1) 백화문 운동

전통이란 인간의 여러 가지 활동영역에서 세세대대를 거치면서 이루어진 행동방식으로서 사회행위에 대해 규범역할과 도덕적 호소력을 행사할 수 있는 일종의 문화역량이며 오랜 역사의 흐름 속에서 형성한 창조적 상상력의 침전이다. 인간사회는 전통에 의지하여 존속하며 전통의 초월을 통해 발전하는데 이는 상호 의존하면서도 대립되는 한 쌍이다. 문화적 전통은 사회의 진보에 유익하거나 방해가 되거나를 막론하고 항상 거대하고 강력하다. 하지만 진부하고 오랜 문화전통 앞에 일종의 새로운 문화적 요소가 나타난다면 분열은 불가피하게 된다. 중국 제1세대 계몽자들은 오랜 역사를 지닌 중국의 현대화 과정을 추진하기 위해서는 필연코 낙후하고 경직화된 중국의 문화전통에 대해 급진적인 해체와 재개조를 감행해야 한다는 점을 잘 알고 있었다. 그리하여 만청의 제1대 지식인들은 중국 봉건 전통문화의 전형이고 집중적인 대표 — 문언문(文言文)을 역사의 심판대에 올렸다.

계몽은 사상문화운동으로써 자아사상자원을 해석하는 가장 기본적인 도구는 물론 언어이다. 언어는 일종의 기호일 뿐만 아니라 복잡한 문화적 표의체계로서 언어와 사유는 직접적인 대화를 구성한다. "언어는 단지 일종의 표현 도구일 뿐 아니라 한 민족의 문화심리, 사고방식과도 밀접한 관계를 맺고 있다. 언어 자체가 바로 사회와 문화의 산물이기에 언어체계는 사실 일종의 사회 가치체계이다."[9] 고대 중국의 서면어로서 문언한어(文言漢語)의 표의체계와 내부구조는 1,000년의 변천과 문화적 침적을 거쳐 상대적으로 폐쇄적인 한편 안정성과 보편적 적응력을 확보하였다. 구어와 완전히 다른 표의방식으로서 문언의 습득에 극도의 어려움을 조성하여 통치계층의 특권이 됨과 아울러 지식인들의 사상을 구속하는 새장이 되고 말았다. 지식인들은 문언에 전몰되어 지식면이 협소하고 자부심만 넘치는 그룹이 되어 새로운 사상을 수용하기 어렵게 된 한편, 문언 자체 또한 근대적인 민주와 과학의 풍부한 내용을 표현하기에는 너무나 많은 어려움을 안고 있었다. 가령 무리하게 표현을 한다고 할지라도 문언을 모르는 민중에게 있어서 그것은 난해한 천서(天書)일 따름이었다. 말하자면 만청시기에 이르러 문언은 이미 근대적인 민주사상의 전파를 엄중히 저해하고 있었으며 백화문으로 문언문을 대체해야 함은 중국 현대화 과정에서 반드시 해결해야 할 시급한 과제가 되고 있었다.

9) 陳平原, 錢理群, 黃子平, 『20世紀中國文學三人談・五：藝術思維』, ≪讀書≫, 1986年 第2期.

이러한 형세 아래 만청시기에 백화문운동이 일어났던 바, 그 구체적인 주장은 다음과 같은 것이다. 첫째, 적극적으로 '속문화(俗文化)'를 제창하고 개량주의의 '사상 보급'을 위해 봉사한다는 주장이다. 이 주장의 두목 양계초는 송나라 이후 문학에는 두 개의 유파가 있었는데 하나는 유가, 선가(禪家)의 어록이고 다른 하나는 소설이라고 하면서 소설이란 절대로 고어의 문체로써 만들어낼 수 있는 것이 아니라고 역설했다. 그의 기본 사고방식과 백화문학의 주장은 '5・4'시기 호적 등의 주장과 극히 유사했다. 둘째, 언문일치에 관한 주장이다. 이는 중국문학의 언어형식 면에서의 고질을 지적했을 뿐 아니라 중국문학의 필연적인 발전방향을 제시한 것이다. 셋째, 신문과 저서, 편찬서들을 백화문으로 바꾸어 민지(民智)를 개발한다는 주장이다. 넷째, 명확하게 "백화문을 숭상하고 무언문을 폐지하자"는 슬로건을 제안하고 백화문의 "8가지 유익한 점"을 구체적으로 설명했다. 구체적으로 말하면 1. 시간을 절약한다, 2. 나약함을 제거한다, 3. 오독을 피면한다, 4. 유교를 지킨다, 5. 어린이들의 배움에 편리하다, 6. 사상을 양성한다, 7. 인재를 보호한다, 8. 일반 민중에게 편리하다 등이다. "8가지 유익한 점"은 백화문을 제창한 지식인들의 역사적 진보성을 반영하는 한편 백화문으로 "유교를 지킨다"는 역사적 한계성을 나타내기도 했다. 다섯째, 60개의 '관화자모(官話字母)'를 창조하고 두 가지 맞춤법을 채택하여 "백화문을 전용 맞춤법"으로 하는 병음화 노선의 주장이다. 이렇게 양계초, 황준헌(黃遵憲), 진자포(陳子褒), 구정앙(裘廷梁), 엄복, 하증우(夏曾佑), 왕조(王照) 등은 백화문 주장의 지도 아래 부르주아 개량주의 정치활동의 수요에 적응하면서 동남연해지구 특히는 양자강 중・하류의 각 성에서 백화문운동을 불러일으켰다. 이것이 바로 세차게 불었던 '5・4'백화문학 흐름의 남상이었다. 이 백화문의 주장은 '5 · 4'문학혁명의 백화문 이론과 많은 면에서 일치하고 있을 뿐만 아니라 '5 · 4'문학혁명의 선구자들에게도 많은 면에서 백화문의 충격을 느끼도록 했다.

중국의 백화문학은 상당히 긴 노정을 겪었는데 그 과정에서 새 세대 지식인들의 강렬한 우환의식, 변혁의식과 비판의식을 보였으며 그 시기 과학, 민주적인 계몽사상의 초창기 양상 및 계몽과 종족혁명의 주제 아래 일어난 여러 가지 이념의 갱신도 반영했다. 실제에 있어서 만청의 문단을 주도했던 조류는 여전히 문언과 백화문의 병존이었지 그 어느 하나의 독단적 상황은 아니었다. 백화문을 사용한 번역과 창작은 성공을 운운하기 어려웠는데 설사 백화를 제창하는 이론적인 글조차 이해하기 쉬운 문언으로 씌어진 것이지 진정한 의미에서의 백화문이 아니었다. 한편 백화문의 평이함은 도리어 근현대사상의 전파와 현대의식의 표현을 제한했다. 이는 전통의 잔여 또는 과도시기의 흔적문제에 그치는 것이 아니라 '운용'책략의 내재적 모순에서 기인된 것이다. 새로운 언어체계로 하여금 현대사상 및 심미관과 배척되지 않고 융합을 이루어 스스로 완전한 일치에 이르도록 하자면 반드시 사상문화계몽이 고조되어 재차 발발될 때를 기다려야 했다.

2) 시계혁명

시가는 줄곧 중국 고전문학의 주류였다. 왜냐하면 시는 "세상을 흥하게 하고 널리 관찰하게 하며 무리를 모으고 원망을 토로할 수 있어 가깝게는 부친에게 효도하고 멀리로는 임금을 모실 수 있게 할 수 있다."[10]

10) 『論語 · 陽貨』, 程樹德, 『論語集釋』 第四冊, 中華書局, 1997, p.1212.

는 이유 때문이다. 시가는 시대와 밀접한 관계를 유지하면서 그 변화에 따른 자체의 변화를 보이면서 시대의 변화를 반영했다. 하지만 중국의 시가는 당나라 이후에는 점차 하락의 길을 걸었고 만청에 이르러서는 이미 쇠퇴하였다. '3계혁명' 발기 시초에 양계초의 의도는 중국 시문 전통의 질곡을 극복하고 고대 전통문화의 황무지에 새 시대의 시가세계를 재확립하려는 데 있었다.

양계초는 「하와이유람기」에서 "요컨대, 지나에 시계의 혁명이 일어나지 않는다면 시운(詩運)은 위태롭거나 끊어져버리고 말 것이며 시도(詩道) 역시 천명을 끝낼 시점이다. 오늘 혁명의 시기가 점차 무르익어가고 있으니 콜럼버스, 마젤란의 출세 역시 그리 멀지 않을 것이다!"라고 하면서 시가의 혁신에 관하여 세 가지 면을 주장하였다. "첫째, 새로운 경지를 개척해야 하고, 둘째, 새로운 시어를 개척해야 함과 아울러 반드시 고대 시인의 풍격을 본받아야 비로소 시라고 할 수 있다. … 이 세 가지를 구비해야만 비로소 20세기 지나의 시인이 될 수 있다."[11]는 것이다.

새로운 경지, 새로운 시어, 고대 시인의 풍격, 이는 양계초가 시의 혁명을 위한 처방이며 시계혁명에 대한 3가지 구체적 요구였다. 새로운 경지와 새로운 시어는 양계초에게 있어서 '유럽의 경지와 시어'였던 바, 즉 서양의 사상과 학술문화는 물론 자연과학과 사회과학영역을 아우르는 것이었고, 고대 시인의 풍격이란 중국 고전시가의 제재와 율격 등으로 작가가 창작실천에서 점차 형성해야 할 바이며 시인의 심미감이 독특한 예술형식을 통해 표현되는 것이다.

전반적으로 볼 때 이번 시계혁명은 전통시가의 창작이 시대와 동떨어

11) 梁啓超, 「夏威夷游記」, 『飲冰室合集 · 文集』, 中華書局, 1989, p.189.

진 현상에 대한 비판에 그 목적을 두고 시가 '재도'의 기능을 다시 발휘하자는 것이었다. 양계초는 서양 자본주의의 과학, 민주, 자유, 인권 및 이를 토대로 건립된 자본주의 정치제도, 정치사상을 수입함으로써 중국의 낡은 문학, 낡은 정치를 개혁하자는 주장을 펼쳤다. 그는 1902년부터 1907년에 걸쳐 창작된 『음빙실시화』에서 '시계혁명'을 단지 새로운 명사의 사용이 아니라 "옛 풍격에 새로운 경지를 담는 것, 이러한 것이야말로 실속있는 혁명이라고 할 수 있다."[12]고 역설했다. 양계초가 '시계혁명'의 주장에서 강조한 것은 시 형식의 변혁이 아니라 시가 정신의 변혁이었다. 첫 번째 시계혁명의 주장과 달리 양계초는 '새로운 경지', '낡은 풍격'을 좋은 시가 반드시 갖추어야 할 두 가지 기본조건으로 간주하고 '새로운 시어'에 대한 요구는 제외시켰다. 이는 '새로운 시어'는 "새로운 명사의 단순 나열" 현상을 조성하여 새로운 사상을 표현하려는 시가의 창출에 불리하기 때문이었다. 양계초는 『음빙실시화』에서 여러 가지 신시의 창작자들을 열정적으로 호평하였는데 그 중에서 특별히 황준헌의 시에 대해 "새로운 이상을 낡은 풍격에 용해"시키고 있기에 "시를 논할 때 평생 황공도의 시에 가장 경도되는데 그것들을 전집에 묶어 내지 못한 것이 안타깝다."고 했다. 그는 황준헌의 시를 "시사(詩史)"라고 극찬하면서 그 가운데 망국의 참상을 표현한 「조선탄(朝鮮嘆)」, 「베트남편(越南篇)」, 「류큐가(琉求歌)」, 「대만행(台湾行)」 등을 특별히 선택하여 자신의 『음빙실시화』에 수록하고 좋은 시의 전범으로 평론했다. 이로부터 우리는 양계초가 추앙하는 "좋은 시"란 바로 시대의 변화를 반영하고 애국사상을 표현하는 시가이었음을 알 수 있다.

12) Ibid., p.23.

양계초가 펼친 시가의 변혁에 대한 구체적인 주장은 「하와이유람기」에서 『음빙실시화』에 이르기까지 비록 일부 변화가 있었지만 시계혁명에 관한 최종목적은 변함없었다. 그것은 바로 중국 전토시가의 형식으로 근대사회의 현실적 모순을 반영하고 자신의 개량주의적 정치이상을 표현한다는 것이다. 그가 창도했던 새로운 이상, 새로운 경지의 시는 다음과 같은 시, 즉 "개인의 정감과 시국의 안위, 국가의 강약, 민족의 존망을 연관시키려는 사상의식의 시화였다. 환언하면 새로운 사상의식의 충격 아래 처한 동란의 그 시대, 파편화된 국가, 치욕을 겪는 민족에 대한 관심을 갖고 그것들을 구출하려는 시, 변화를 꾀하고 새로운 것을 추구하는 의식의 지도 아래 창작된 우국우민의 시, 시대와 세상을 감지하고 비분강개한 위기극복의 격정과 정의롭고 늠름한 기질을 보인 시야말로 양계초가 인정하는 새로운 이상과 새로운 경지를 갖춘 시였다."[13)]

3) 소설계의 혁명

'소설계의 혁명'은 일반적으로 근대에서 장르의 가장 큰 전복으로 인정되고 있다. 왜냐하면 오랜 시일동안 소설은 줄곧 '소도(小道)'와 "고상한 자리에 오르지 못하는"[14)] 보잘 것 없는 재주로써 사대부와 상류사회에서 따돌림의 대상이었던 것이다. 양계초가 소설을 '문학의 최상류'로 끌어올리려고 했던 내면에는 시가를 정종으로 삼았던 전통을 타파하고 새로운 규칙을 세우려는 의도가 깔렸던 것이 분명했다.

'규칙'이란 무엇인가? 다우브 W. 포케마(Douwe Fokkema), 엘루드 쿤네-

---

13) 姜桂華, 「梁启超"詩界革命"論新解」, 『沈陽師范學院學報』, 2002년, 第5期.
14) 梁启超, 「論小說与群治之關系」, 陳平原,夏曉虹編, 『20世紀中國小說理論資料』 第1卷, 北京大學出版社, 1997, pp.51~52.

입쉬(Elrud Lbsch)는 "규칙이란 개념은 미리 대타행위에 대한 동일한 기대감을 갖고 있는 일군의 사람을 상정하고 있다 … 따라서 이러한 규칙은 명확한 또는 피차 이심전심의 묵계를 이룬 협의이다."15) 그들에게 있어서 장르는 기존의 규범에 의거하고 있는 것이었다. 중국의 담론에서 시가의 고전적인 지위는 『시경』과 같은 경전 텍스트와 함께 꽤 일찍 확정되었다. 하지만 규범은 생산, 구축되고 공인을 받으며 전파되려면 권위적인 판단과 합법적인 해석이 필요하다. 또한 규범은 고정불변한 것이 아니라 "새로운 역사 환경과 조우할 때마다 새로운 문제에 봉착하게 되고 그 해결을 위한 또 하나의 새로운 규범적인 방안의 출범이 필요하게 된다."16) 만청시기 양계초는 시가의 귀족적인 신분표징, 기존 사회질서와 윤리규범과 함께 쇠퇴되어가는 추세를 파악하고 입법자의 과단성으로 결연히 시가를 포기했다. 양계초의 탁월한 점은 바로 대담하게 전복함과 동시에 조심성 있는 평가를 겸하고 있다는 데에 있다. 기존의 관례적인 정통 사고방식에 따라 고전적인 장르를 전환하는 것은 양계초가 심사숙고한 후에 확정한 계몽책략의 하나이다. 이와 동시에 양계초는 포케마의 '문화유입'의 의미에서 서양의 장르 변화에 주목했다. 그리하여 "미국, 영국, 독일, 프랑스, 오스트리아, 이태리, 일본 등 여러 나라들의 정계가 날로 진보를 보일 수 있었던 것은 정치소설의 공로가 가장 컸다."는 판단에 이른다. 선형의 진화를 추앙하는 현대적인 관념과 서양을 최종의 목표로 삼는 움직임이 나타나는 초기의 근대중국에서 이는 새로운 규범의 합법적인 토대를 구축하는 가장 효과적인 첩경이었으며

15) [荷蘭], 佛克馬・蟻布思, 『文學研究与文化參与』, 俞國强 譯, 北京大學出版社, 1996, pp.122~127.
16) [荷蘭], 佛克馬・蟻布思, 『文學研究与文化參与』, 俞國强 譯, 北京大學出版社, 1996, p.128.

이러한 담론의 방식은 후세에도 가장 효과적인 수사방식이 되었다.

1902년 양계초는 일본에서 ≪신소설≫을 창간하고 그 창간호에 깊은 영향력을 남긴 역사적인 문헌—「소설과 군치의 관계를 논함」이란 글을 실어 소설의 계몽적 역할을 분명히 했다. "한 나라의 국민이 새롭게 탄생하려면 먼저 그 나라의 소설을 쇄신하지 않으면 안 된다. 따라서 새로운 도덕을 창출하려면 반드시 소설을 쇄신해야 하고, 새 종교를 창출하려면 반드시 소설을 쇄신해야 하며, 새 정치를 하려면 반드시 소설을 쇄신해야 하고, 새 풍속을 세우려면 반드시 소설을 쇄신해야 하며, 새 학예를 수립하려면 반드시 소설을 쇄신해야 하고, 심지어 인간의 마음을 새롭게 하는 데도 반드시 소설을 쇄신해야 하며, 새로운 인격에도 반드시 소설을 쇄신함이 필요하다. 이는 무엇 때문일까? 그것은 소설이 사람을 지배할 수 있는 불가사의한 힘을 보유하고 있기 때문이다."[17] 여기에서 양계초가 의도적으로 소설의 지위를 높이려는 것은 아니었음을 상기해야 한다. 그는 계몽과 당시의 대중문화의 접합점을 찾았고 무의식 가운데 새로운 문학의 구도를 재건할 돌파구를 찾았던 것이다. 이로써 소설은 자연스럽게 시문과 같이 '문학'이란 신성한 이름 아래 나열되었고 '소도'란 칭호를 멀리하였으며 진정으로 '유교의 설교', '역사 서술', '국치에 대한 분발', '정의 토로' 등에 관한 대학문이 되었다. 그 중에서 양계초가 가장 주목한 것은 당시 사회개혁과 직접적인 관계를 맺고 있는 정치소설이다. 그는 ≪청의보≫에 일본의 정치소설 「경국미담(經國美談)」, 「가인기우(佳人奇遇)」 등을 번역, 연재하여 국내에 한때 센세이션을 불러일으키기도 했다. 그는 또 자체 창작한 「신중국미래기」 등 정치소

17) 梁啓超, 「論小說与群治之關系」, 陳平原・夏曉虹編, 『20世紀中國小說理論資料』 第1卷, 北京大學出版社, 1997, p.38.

설에서 주인공을 통하여 자신의 정치적 견해를 피력함으로써 '훈(熏), 침(浸), 자(刺), 제(提)' 등 불가사의한 힘으로 국민들의 뇌리에 깊이 침투하고자 했다. 사실상 서양소설 번역본의 대거 출현은 이미 중국소설의 전통의식과 도식화된 격식을 점차 개변시키기 시작했다. 이 역시 '소설계혁명'의 진정한 혁명적 의의로 간주할 수 있다.

양계초가 '3계혁명'을 주장했을 때 마침 중화중심주의와 유교적 전통은 거대한 충격에 직면하여 현실적 문제의 해결에서 쇠약하고 부패하고 속수무책으로 인하여 생존의 근거를 상실하고 여러 모로 회의를 받고 있을 시점이었다. '3계혁명'은 전통과 일정한 맥을 잇고 있는 한편 또 그것에 대한 안티와 창신적인 자태로 그 비어낸 자리를 메우고 민중의 사기를 돋우고 민심을 구원하려는 효력을 보임으로써 인심을 얻었다.

하지만 1903년 이후로 '3계혁명'의 영향은 전 시기보다 훨씬 약화되었고 점차 쇠락의 길로 나아갔다. 따라서 중국의 현대화 과정은 보다 더 큰 한 차례의 문학계몽사조를 기대할 수밖에 없었다.

3. '5・4'를 향하여 : 계몽의 현대적 생성

'5・4'신문화운동 과정에 장성한 현대 비판적 지식인들은 중화 문화질서의 전반에 대한 깊이 있는 질의와 새로운 평가를 시도함으로써 현대사고방식의 전환을 시작했다. 그들은 계몽책략을 이성적인 법정위에 구축하고 전통의 가치취향에 대한 전면적인 반성으로 수천 년의 봉건전통문화 토대에 대한 가장 강력한 충격을 가함과 아울러 중국의 사상계로 하여금 최초로 중국의 계몽이성과 비판적 기능에 생기를 부여하도록 했다.

'5・4' 계몽사상가들은 공격의 화살을 집중적으로 봉건주의의 정통사상—유학 및 그 인격적인 대표—인 공자에게 돌렸다. 그리하여 "공가점을 타도하자"는 슬로건 아래 투쟁의 화살은 곧장 사람을 잡아먹는 봉건예교를 향했다. 진독수(陳獨秀)의 주장에 따른다면 당시의 중국인들은 '최후의 각성'의 실현이 필요했고 '최후의 각성'은 바로 윤리적인 각성으로 기존의 윤리규범과 각종 종속관계를 탈피하는 것이었다. 따라서 '5・4' 계몽주의자들은 먼저 전통적인 윤리규범을 집중적으로 규탄했다. 그들은 일제히 '3강5상'에 대한 맹렬한 규탄을 가함으로써 전통적인 윤리질서를 가차없이 뒤엎었다. 1916년 11월, 진독수는 ≪신청년≫에 「헌법과 공교(孔教)」를 발표함으로써 공교에 대한 전면적이고도 강력한 공격을 시작했다. 진독수는 3강5상은 공교의 핵심으로 지적했다.

> 임금이 신하의 강이라 함은 백성을 임금의 부속물로 취급하는 것으로써 독립자주의 인격이 없음을 말하는 것이요, 부친은 자식의 강이라 함은 자식을 부친의 부속물로 취급하는 것으로써 자식에게 독립자주적인 인격이 없음을 말하는 것이요, 남편은 아내의 강이라 함은 아내를 남편의 부속물로 취급하는 것으로써 아내의 독립자주의 인격을 무시하는 것이다. 무릇 천하의 남녀는 신하, 자식, 아내이거늘 그렇다면 독립자주의 인격 소유자는 한 사람도 없게 만드는 것이 바로 3강지설이다. 여기에서 금과옥율로 생겨나는 도덕적인 명사가 있거늘—왈 충, 왈 효, 왈 절애려니 전부 자신을 주인의 도덕에 종속시키고 자신을 타인의 노예로 전락시키는 도덕이었다.[18]

그는 또 공자를 역대의 제왕전제제도의 호신부라고 하면서 공교와 제왕제도간의 불가분리의 인연관계를 고발했는데, 공자를 숭상한다면 기

18) 陳獨秀, 「吾人最后之覺悟」, ≪青年雜志≫ 第1卷, 第6号, 1916年, 2月.

필코 임금을 추켜세우게 되고 임금을 추켜세운다면 기필코 옛날로 복귀할 것이라고 지적했다. 따라서 복벽을 반대하고 공화국을 수호하려면 반드시 공교에 대한 맹렬한 규탄을 가해야 한다는 것이 그의 주장이었다. 루쉰의 소설 「광인일기」에서 "내가 역사책을 펼쳐보았더니… 책장에는 온통 '걸인'이란 두 글자뿐이었다."고 했다. 그는 '광인'의 입을 빌어 2,000여 년 동안 행세하여 온 봉건예교의 '걸인(吃人)'의 본질을 고발하고 "아이들을 구하라"고 호소했는데 그야말로 예리한 간파였다. 이로써 루쉰은 중국문화의 대표자로서 정통의 지위를 차지하고 있던 유교문화 및 그 전통을 부정했고 허위적 가운을 벗겨버렸다.

계몽사상가들의 이러한 고발과 비판은 중국을 수천 년래 중국을 통치하면서 사람을 잡아먹고 있던 봉건예교에 대한 근본적인 부정이었는데 봉건적 윤리도덕의 통치적 지위를 뒤흔들었을 뿐만 아니라 중국인에게 인간의 주체성을 찾기 위한 현실적인 방향을 제시했다. 이는 중국인들이 현대적 의미에서의 중국인으로 등장하는 최초의 기점으로서 중국 현대화 진척을 가로막고 있던 봉건세력에 대한 심각한 타격이었으며 중국인이 현대적 의미의 사상적 자유를 취득하기 위한 기점이었다. '전면적인 반전통' 책략은 일반적이고 쉽게 보편적인 공인을 받아 형성된 문화적 조류거나 또는 주류의 사회적 사상이념의 여러 제약과 속박을 일탈 또는 돌파하여 국민들이 점차 독립적인 사고의 습관과 권위적인 것을 감히 의심하는 이성적인 정신을 함양하는 데에 그 목적을 두고 있었다. 이렇게 현대적인 사고방식을 획득한 '5·4'문학은 농후한 개성적인 자유의식과 휴머니즘적인 배려의 색채를 지니고 점차 정치적, 사회적, 이데올로기의 영역에서 벗어나 자주적인 발전영역으로 진입했다.

'5·4'계몽운동을 "중국의 르네상스"라고 비유한 호적은 현실적인 안목으로 중국의 문제점, 즉 빈곤하고 쇄약하고 낙후한 국가, 우매하고 노예근성적이고 방관적이며 자아 만족하고 진취심을 상실한 민족적 심리 등을 예리하게 간파했다. 이러한 나라의 이러한 문화가 그러한 민족적 심리를 초래함과 아울러 그 국민성이 또 그러한 사회를 조성했다. 그리하여 사회에서 개인에 이르기까지, 다시 개인에서 사회에로 악성 순환을 거듭하면서 점차 그 지경으로 전락된 것이다. 호적은 사회적 고질의 근원을 찾아내고 중국 전통문화에 대한 자신의 깊은 이해와 당시 세계, 중국현황에 대한 관찰을 토대로 개인은 독립적인 사상을 지니고 문제를 연구해야 하며 회의와 비판의 태도로 모든 가치에 대한 재평가를 거쳐야 하는 바, 이러한 태도야말로 유가의 전통적인 권위주의를 탈피하고 진부한 윤리도덕에 대한 비판적 의미를 지니게 되며 그러한 윤리도덕 아래 형성된 노예근성적인 인격에도 해방적인 의의를 지니게 된다고 주장했다. 호적은 "사회 최대의 죄악은 개인의 개성을 몰살하고 인간의 자유 발전을 막은 것이다."[19] 그는 개인의 독립, 자주, 자아 발전, 온전한 인격 등을 보장하는 것은 현대인의 주체성, 자아관의 형성에 건설적인 역할이 있다고 강조했다. 그는 또 개인 역시 사회에 대한 해당 책임을 감당하여야 하는데 역사는 개인을 육성함과 동시에 개인 역시 역사를 창조함을 강조했다. 세계는 단지 자연법칙의 지배를 받는 것이지만 인간은 그 법칙을 인식하고 자유를 획득할 수 있다는 주장은 유가전통의 '군기관(群己觀)', '천명관'에 대한 돌파에 다름없다.

1918년 주작인(周作人)은 ≪신청년≫에 「인간의 문학」을 발표하여 '인간의 문학'을 주장함과 아울러 '비인간적인 문학'을 반대했다. 그는 "인

19) 胡适, 「易卜生主義」, 『胡适文存』, 亞東圖書館, 1925.

간의 일체 생활 본능은 모두 아름다운 것이며 선량한 것이므로 완전한 만족을 얻어야 마땅하다. 무릇 인성의 위반한 부자연스러운 습관적인 제도는 모두 마땅히 배척하고 개변해야 한다."[20]는 주장을 펼쳤다. 아울러 그는 중국에서 '인간'의 문제는 종래로 해결을 얻은 적이 없기에 지금부터 '인간'을 발견하고 "인간세상의 불모지를 개척"해야 한다고 했다. 그는 먼저 '인간'의 본질에 대한 분석을 거친 후 인간의 이성화에 끼친 전통문화의 폐단을 두 가지로 분명하게 지적했는데, 그 하나는 '동물로부터' 진화한 것이고, 둘째는 동물로부터 '진화'한 것이다. 그는 반드시 인간의 영육(灵肉) 2분법을 취소하고 야수성(獸性)과 신성(神性)의 결함을 인성으로 간주해야 함을 주장하면서 양자의 유기적인 관계가 바로 감성과 이성의 통일이라고 강조했다. 그는 또 개성을 말살하는 전통문화의 폐단에 대하여 '휴머니즘을 제창'해야 한다고 하면서 자기가 말하는 휴머니즘은 "항간에서 말하는 소위 '비탄과 연민' 또는 '널리 은혜를 베풀어 뭇사람을 구제'하는 자선주의가 아니라", "개인의 인간본위주의"라는 점을 특별히 강조했다. 이러한 휴머니즘적인 문학이론은 전통 문학관에 대한 치명적인 타격이었다. "휴머니즘을 강조하고 인간을 사랑하려면 먼저 스스로 인간의 자격을 갖추고 인간다운 자리를 차지해야 한다." 인간본위주의의 원칙에서 출발하여 봉건전제주의의 윤리 관념이 '인간'에 대한 구속을 반대하는 것 자체가 바로 계몽운동에서 인성의 해방과 각성의 뚜렷한 표현이며 '5・4'계몽운동 주류사조의 표현이다. 따라서 호적은 후에 신문학운동의 이론 건설에 대한 총화에서 "이는 당시에 문학의 내용을 개혁하는 것에 관한 가장 중요한 선언"이며 "가장 소

20) 周作人,「人的文學」,『周作人代表作』, 華夏出版社, 1997, p.27.

박하면서도 위대한 선언"이라고 했는데 그 의의는 계몽문학의 실질적인 강령뿐만 아니라 최초로 인간과 문학을 의식적으로 연계지었다는 데 있다. 그는 어떠한 백화문학을 건설할 것인가 하는 문제를 해결하여 중국문학의 현대화 전환의 진척을 가속화했다. '5·4'시기 자주적인 회의의 사고방식은 '자아'의 확립을 직접 자극했고 자아의식의 강화를 문학운동으로 전환시킴으로써 예술창조의 과정을 보여주었다.

'5·4'혁명 실천은 성공적이었고 창작 주체의 의식과 표면적인 형식의 현대화 역시 기본적으로 일치한 것이다. 하지만 재차 지적해야 할 바는 주체의 집단무의식 가운데서 사고방식을 포함한 안정된 문화측면의 전환은 완전히 철저할 수가 없기에 '전면적인 반전통'의 계몽책략 가운데 이성적인 면은 문학영역에 의연히 유감스러운 표현을 남겼다. 그리고 이 책략을 열심히 주도할 당시에 누가 전통사유방식의 이해와 수용을 얻어 "계몽은 문화비판과 같다"는 천박한 성과로 타협할 줄 알았으랴? '5·4' 이후에 계몽과 문화비판은 기본적으로 상호 전환할 수 있는 개념으로 되었고 '전면적인 반전통'은 끊임없이 오독, 심지어는 소외될 경지에 이르러 점차 하나의 책략과 정신적 기질로부터 일종의 이데올로기로 변했으며 실천과정에서의 행동과 결과는 도처에서 신문학이란 편제의 건설을 위해 봉사했다. "5·4는 자체에 대한 이해를 소홀히 함으로써 중국문화 자체에 대한 오해를 심화시켰고 따라서 중서문화의 융합과정에서 착란을 일으켰다. 비록 중국문제의 문화적 근원을 탐색하고 중국 민족문화의 각성으로 표현되었지만 단지 파괴뿐 새로운 창출이 결여된 낡은 것을 제거하는 운동은 사람들에게 단지 '갱신'적인 운동의 인상밖에 남기지 못했다. '갱신'의 '신' 역시 파괴의 일면을 지닌 것은 당연한 일이다."[21] 이러한 평론은 실로 '전면적인 반전통'의 책략이 초래한 후유증이 결코 기여도보다 적지 않다는 점에 대한 정확한 평가가 아닐 수 없다.

제3절 특징 : 인간의 각성, 국민성의 문제, 비판의 경향

1. '타자'의 전복과 '자아'의 확립

사상사의 시각에서 중국 현대사의 '5・4'운동을 해명한다면 '5・4'운동은 대립된 2원적 사고방식의 긴장과 대립의 담론장이었다고 할 수 있다. 즉, 현대와 전통, 중국과 서양의 상호 단절, 대치, 교착의 과정에서 서양의 각종 주의와 사조가 물밀듯이 밀려들었고 중서문화의 우열에 관한 논쟁이 활발히 전개되었던 것이다. 하지만 정신적 영역의 심각한 변혁으로서 그 복잡다단한 표상 아래는 필연적으로 어떤 공동의 정신적 지향 또는 보편적인 가치지향이 숨겨져 있었다. 환언한다면 급진주의자의 전면적인 서양화설이든 자유주의자의 보수적인 개량설이든 아니면 마르크스주의자의 지양설이든 인간의 각성과 발견이란 과제는 공동의 지향점이었다. '국민'에서 '인간'에 이르는 담론의 전환은 회의주의 시대의 도래를 예시했고 '자아'와 '타아'를 대립시켜 인간의 존재를 새롭게 규정지었다.

'5・4'운동의 발기는 전통에 대한 단열과 반역이 그 시작이었고, '5・4'세대의 지식인들은 대부분 전통문화에 대해 회의주의적 태도를 보였

21) 王躍・高力克 編, 『五四：文化的闡釋与評价-西方學者論五四』, 山西人民出版社, 1989, pp.39～40.

으며 '5 · 4'시기의 회의주의는 시대정신의 주류를 이루었다. '5 · 4'문학운동의 주요 발기자로서 호적과 진독수는 모두 급진적인 태도로 회의정신을 주장했다. 1919년 호적은 「신사조의 의의(新思潮的意義)」에서 "자세히 밝힌다면 비판의 태도에는 몇 가지 특별한 요구가 포함된다."고 했는데 구체적으로 다음과 같다.

> 1. 세습적으로 전해내려 온 제도와 풍습에 대해서는 꼭 "이러한 제도가 현재에도 존재 가치가 있는가?"를 따져야 하고, 2. 고대로부터 유전되어 내려 온 성현의 교훈에 대해서는 "이 말은 오늘날에도 정확한가?"를 꼭 따져야 하며, 사회적으로 흐리멍덩하게 공인하고 있는 행위와 신앙에 대해서는 꼭 "여러 사람이 공인한 것이라 하여 착오가 없는가? 다른 사람이 이렇게 한다고 하여 나도 그대로 따라야 하는가? 이보다 더 좋고 더 이치가 있고 더 유익하며 더 묘한 방법은 없단 말인가?"를 따져야 한다.

진독수, 호적, 루쉰, 주작인 등 신문학의 선구자들은 계몽을 목표로 변혁의 지식계에 종합적인 문화영역과 분위기를 형성했다. 그리하여 현대계몽의 핵심적 이념—'인간'의 발견, 예하면 인성, 개성, 인권, 자유, 민주 등 일련의 개념을 도입했고 그것들은 아무런 논란의 여지도 없이 현대문학 주체의 역사적 가치관과 문화적 인격에 융합되었으며 이로써 계몽자라는 새로운 역사주체의 기본적 소질을 이루었다. "해방이란 노예적 구속에서 이탈하여 자주, 자유의 인격을 완성한다는 것을 일컫는다.", "무릇 스스로 자주 독립의 인격을 갖추었다고 하는 자는 일체 품행, 일체 권리, 일체 신앙에서 오로지 자신의 고유한 지능에 의지해야지 절대로 타인의 논리에 망종하거나 예속되어서는 안 된다."[22) 만약 사람들이 모두 이렇게 봉건 전제주의 정치와 사상 통제하의 '노예적 구속'에

22) 陳獨秀, 「敬告青年」, ≪新青年≫, 第1卷 第1號, 1915.

서 벗어나 자기의 가치와 존엄, 그리고 신앙을 갖추고 행위와 권리의 자유의지를 회복하고 완전히 '망종'과 '예속'의 심리상태를 제거한다면 사회 전반의 정신과 사상적 분위기는 필연코 본질적인 변화를 일으킬 것이다. 이러한 본질적인 변화를 거친다면 사회와 정치영역에서 그들의 지위와 역할 역시 본질적인 변화를 일으키게 된다.

'5・4'세대의 지식인들은 회의주의 정신의 인도 아래 반역의 화살을 자연스럽게 중국 고대 봉건문화 전통을 향했다. 중국 고대 "선비"세대 지식인들의 이상적 인격의 참조로써 역대 제왕들의 숭상과 유가학설의 공모 아래 공자는 이미 풍부한 은유의 내용을 포함한 초인간적인 우상이 되었다. 따라서 공자는 당연히 '5・4'세대 지식인들이 특수한 역사적 환경 아래 급진적으로 비판하는 "문화적 기호"가 되었다. 계몽의 선구자들은 ≪신청년≫, ≪매주평론≫을 진지로 공자학설에 대한 맹렬한 비판으로 후세에 "공가점을 타도하자"라는 사회적인 붐을 일으켰다. 공자가 구축한 봉건 윤리도덕에 대해 이대소(李大釗)는 "내가 규탄하고자 하는 공자는 공자 본신이 아니라 공자가 역대의 군주를 위해 조각한 우상의 권위이고 전제정치의 영혼이다."[23]고 지적했다.

이대소, 진독수, 호적, 루쉰 등 '5・4'의 선구자들은 허장성세하는 회의론자가 아니며 니힐리즘분자는 더구나 아니다. 그들은 우상의 파괴와 자아의 재건을 동시에 진행했다. 루쉰은 일찍이 1907년 전후에 개성의 해방에 관한 주장 아래 정신계 전사의 궐기를 호소하면서 '입인(立人)'을 시작으로 '모래성같은 나라'에서 '사람의 나라'가 되기를 희망했다. 하지만 당시는 두 차례 계몽주의 사조의 고조 사이에 처했던 저조기이어

23) 李大釗, 「自然的理論觀与孔子」, 『李大釗文集』上冊, 人民出版社,, 1984, p.264.

서 두 번째 문학계몽사조가 영향력을 형성하지 못하고 있던 시기에 선각자들은 잠시 참기 어려운 고독과 적막을 겪을 수밖에 없었다. 그럼에도 불구하고 '입인'의 신호에서 사람들은 "최초 문학혁명가의 요구는 인성의 해방으로서 그들은 단지 진부한 법도를 소탕하기만 하면 나머지는 원래의 사람이고 좋은 사회일 것이라 생각했다."[24] 루쉰의 '입인'사상은 '5·4'신문화인들의 공동 인식이 되었다. 욱달부는 5·4문학운동의 특징 및 역사적 의의를 피력할 때 "5·4운동이 문학상의 촉매적 의의는 바로 자아 발견이다."[25]라고 했다.

이론영역에서 공식적으로 인간 해방이란 기치를 추켜세운 사람은 주작인으로서 그는 「인간의 문학」에서 다음과 같이 통절히 호소했다.

> 인간의 문제는 종래로 해결을 보지 못했는바 여인이나 애들은 말할 여지도 없다. 현재 첫 걸음은 먼저 인간으로부터 시작해야 한다. 인간이 출세한 지 4,000년도 넘은 오늘날 아직도 인간의 의미를 이야기하고 있으며 새롭게 '인간'을 발견하고 '인간의 황무지'를 개척하려고 하니 실로 가소로운 일이다. 하지만 늙어서 배우려 함은 평생 배우지 않는 것보다는 한 수 높은 것이다. 우리가 문학을 시작으로 조금이라도 휴머니즘 사상을 제창하려는 것도 바로 그러한 의미다.[26]

가령 「문학개량추의(文學改良芻議)」가 문학혁명의 선언이었다면 「인간의 문학」은 '5·4'문학의 강령이라고 할 수 있는바, 그 가장 중요한 가치는 우선 '인간'의 발견을 표현하려는 데에 있으며 서양 휴머니즘사상의 이론적 토대 위에 최초로 명확하고도 온전하게 신문학에서 '인간'의 기본

24) 魯迅, 「"草鞋脚"(英譯中國短篇小說集)小引」, 『魯迅全集』 第6卷 人民文學出版社, 1981, p.20.
25) 郁達夫, 「五四文學運動之歷史意義」, ≪文學≫ 創刊号, 1933年 7月 1日.
26) 周作人, 「人的文學」, ≪新青年≫, 第5卷 第6號, 1918年 12月 15日.

적인 시점을 밝혔으며, 인간 해방이란 주제를 위해 중요한 참조체계를 제시했다는 것이다. 주작인은 문학을 사상계몽의 선전도구로 삼는 것에 관한 주장을 명확히 했다. 그는 특히 "내가 말하는 휴머니즘은 항간에서 말하는 소위 '비탄과 연민' 또는 '널리 은혜를 베풀어 뭇사람을 구제'하는 자선주의가 아니라 개인주의적 인간본위이다."[27]라고 밝혔다. 루쉰은 자기의 각성으로부터 '인간'의 각성문제를 도출하면서 "동방이 밝아오자 인류가 각 부족에게 요구하는 것은 '인'이었다. … 하지만 마귀의 손아귀에도 빛이 누설되는 곳이 있으니 광명을 막아내지는 못했다. 인간은 깨어나자 인간 세상에 반드시 애정이 있어야 함을 알았고 종전의 젊고 늙은 자들이 저지른 죄악을 알았다. 그리하여 고민 끝에 입을 크게 벌리고 이 소리를 질렀던 것이다."[28] 그리고 '인간'이 전통적 타자인 우상의 악몽에서 벗어나 '개인의 탁월'을 가치취향으로 삼고 "무리에 의지하는 애국자의 우쭐거림"을 반대하기를 희망했다.

통시적인 관점에서 인류의 문명이 중세기에서 현대로의 전환은 인류 자체가 끊임없이 자아를 모색, 인식하는 과정이며 현대 인류문명의 발전과 역사적인 진보는 인간 해방을 표지로 하며 또한 그것을 목표로 한다. 총체적으로 볼 때 중국의 현대화는 물질변혁(양무운동), 제도변혁(신해혁명), 사상변혁('5・4'신문화운동)의 세 단계를 거쳤는데 첫 두 단계의 변혁은 단지 표층적인 하드웨어 차원에서의 서양 현대화에 대한 적응에 불과했고 '5・4'신문화운동 단계에 이르러서야 중국 현대화의 중심은 비로소 진정 사람을 핵심으로 하는 현대화 기점을 확립하였다. '5・4'세대의 지식인들은 단지 물질차원과 제도차원에서의 현대화 추구로는 미

27) Ibid.
28) 魯迅, 「熱風・四十」, 『魯迅全集』 第1卷, 人民文學出版社, 1981, p.322.

흡한 것이며 현대화는 인간 자체의 현대화가 그 근본이라는 점과 인간 현대화를 완성하는 것은 사상차원에서의 철저한 현대적 계몽이 필요함을 강조했다. "'5·4'신문화운동은 처음으로 중국에서 개체적인 인간을 역사의 주체로 추앙했다. 이러한 문화적 태도는 인류문명의 발전 추세에 순응한 것이며 처음으로 중국인을 인류문명 발전의 단계로 진입시킴과 아울러 중국 문화로 하여금 세계와의 접속이라는 기나긴 여정을 시작하도록 했다."[29)]

2. '인간'의 심미적 실천

모순은 "40,000자 정도의 중편소설 「해변의 고인(海邊故人)」에서 우리는 모든 '인물' 거의 전부가 '인생의 의의를 추구'하는 열정의 소유자임과 동시에 공상에 빠져 고민과 방황을 일삼는 청년들 또는 몇 천 년의 전통사상의 속박 아래 '자아발전'만 외치고 있는 청년들을 만날 수 있는데 그들의 나약한 마음에는 늘 여러 가지 망설임으로 가득했다."[30)]고 지적했다. 이러한 '인생의 의의를 추구'하는 것은 자연 '인간을 주목'한 결과의 필연적인 연장이었다. '인간을 주목'했다는 것은 '5·4'정신의 가장 중요한 핵심이며 또한 형이상학적으로 중국문학이 중요한 한 걸음을 내디뎠다는 것을 의미한다. '5·4'문학의 영역에서 리얼리즘이 창작 주류를 이루어 '문제소설'이 풍미하게 되었다. 일찍 ≪신청년≫이 센세이션을 일으키고 있을 때 가정문제, 혼인문제, 정조문제, 효도문제 등이

29) 李新宇, 『魯迅的選擇』, 河南人民出版社, 2003, p.77.

30) 茅盾, 「中國新文學大系. 小說一集. 導言」, 茅盾 編, 『中國新文學大系·小說一集』, 上海良友圖書印刷公司, 1935.

논의의 중심으로 부상된 적이 있었다. 1921년 이후 문학은 자체의 특수한 형식으로 이러한 문제들의 논의에 참여하였고 그 범주는 점차 넓어져 교육문제, 청년문제, 세대차이 문제, 구국문제 등으로 연계되었다. 바로 문학이 리얼리즘이라는 예리한 도구를 채용했기에 시대적 계몽의 요구를 섬세하게 문학 창작에 용해시킬 수 있었다. 빙심은 '문제소설'의 첫 효시를 보인 작가로서 가정과 개인의 충돌을 중심으로 작품을 전개하였으며, 황로은(黃廬隱)은 청년들이 가장 관심을 갖는 '사랑'에 주목하여 전환기 지식인 여성들의 내적 고통을 묘파했으며, 엽성도는 냉정한 관찰과 객관적인 필치, 섬세한 정신으로 분석을 거친 후 국민성에 대한 비판을 가함으로써 루쉰이 개척한 지식분자의 반성적인 해부과정에 참여했으며, 허지산(許地山), 왕통조(王統照) 등은 직접 하층 일반인의 생활을 주목했다. 이러한 창작실천들에는 모순이 지적했던 '천박', '이념선행', '정밀한 묘사의 결여', '선전식의 창작' 등 문제가 어느 정도 존재했다. 이러한 작가들의 창작이 사회 전반의 광범위한 반응을 일으켰던 것은 종국적으로 '계몽'의 내재적 품질이 작용했기 때문이다. 그 후에 궐기한 '향토문학파'는 루쉰과 문학연구회의 두 가지 전통을 이어서 '인생을 위한 문학'을 새로운 차원으로 이끌었다.

'인간의 문학'은 전체 '5·4'작가의 창작 과정에서 점차 역사적 지표위로 떠올라 '현학(玄學)'이 되었다. 이렇게 인물의 내적 정신세계에 대한 깊이 있는 탐구는 '5·4'문학의 중요한 위도가 되었다. 루쉰은 중국 현대사회에서 농민들의 무감각, 냉담, 우매와 지식인들의 우울, 방황, 고독의 정신세계에 관한 창작으로 '5·4'시기 '인간의 문학'의 극치를 창신적으로 보여주었다. 주작인의 '인간의 문학', '평민문학'에 관한 이론적 건설과 루쉰의 문학적 실천은 공동으로 '5·4'시기 '인간의 문학'을 추켜세웠다. 이러한 가치 관념의 범례 아래 기타 작가들의 작품 역시 선명한 흔적들을 보였다. 허걸(許杰)의 「참무(慘霧)」, 「도박꾼 길순(賭徒吉順)」은 만청(晩淸)의 단순한 서사구조, 원앙호접파(鴛鴦蝴蝶派)의 지루한 서정의 탈에서 벗어나 스토리 측면에서부터 정신세계의 깊은 차원을 드러내보였다. 「참무」는 경작지를 둘러싸고 벌어진 싸움에 관한 이야기이지만 그 중점은 옥호장(玉湖莊)에 본가집을 두고, 환계촌(環溪村)에 시집 온 향계자(香桂姊)에 두고 있다. 심한 기복을 이룬 심리적 변화와 어느 쪽으로 치우치기 어려운 난처한 갈등이 이 소설의 가장 '이채'를 띤 부분이다. 「도박꾼 길순」은 인성의 가치를 보여주고 있다. 도박에 빠져 아내를 저당잡히기 전후 가정과 식구들에 대한 자책과 참회를 겪는 마음의 움직임을, 특히 도박꾼의 형상을 부각시켜서 이토록 세밀하게 묘사한 것은 처음이었다. 가치 일원화의 사회적 환경에서 작가는 이토록 섬세하게 도박꾼의 심리적 갈등을 감지할 수 없으며 설사 감지하였다고 할지라도 그것은 문학적인 표현의 필요에 따른 가공일 뿐이다. 하지만 인성과 가치라는 2차원적인 전제 아래 이념과 가치는 대립을 이루고 있으며 인성에 대한 탐색에서도 이와 같은 종횡적인 깊이를 이룰 수 있었던 것이다.

'5·4'시기 '인간의 문학'은 사람의 정신적 세계에 대한 탐색에서 인성의 항구불변의 요소인 '정'과 '욕망'에 대한 깊은 관심을 보였다. 서양 휴머니즘 문화사조의 영향 아래 욱달부는 '성'적 고민에 대해 대담한 해부와 탐색을 시도했는데 자연스러운 인성을 선양하고 낡은 도덕과 사회를 규탄했다. 그의 소설은 독특한 경험으로 시대의 공명을 관통하였을 뿐만 아니라 그 과정에서 세상을 놀라게 하는 변태적인 성 심리에 대한 묘사를 보였다. '성'에 대한 욱달부의 집착은 절대로 저급적인 육체적 욕망도 엽기적이거나 장난기 어린 묘사가 아니라 개체의 생명체험과 심리욕구에 대한 진정한 고백이며 인성으로의 복귀를 알리는 첫 호소였다. 개체로서의 인간은 자연속성과 사회속성, 이성과 비이성적인 요소의 결합체이다. 문학은 인간학으로써 인성을 표현해야 하며 인성, 섹스, 성욕, 정서 등 비이성적인 요소의 표현은 문학의 심미적 대상이 되어야 한다. 하지만 수천 년 이래 봉건 전제통치 아래 중국에서 인간의 원초적인 욕망은 심각한 속박을 받아 작가로 하여금 성과 사랑을 분리시키도록 하는 기형적인 성의식을 초래했다. 신체와 인성에 대한 스스로의 존중과 긍정에 출발점을 두고 욱달부는 '성'을 자신의 심미적 대상으로 선택하였던바 애절함과 절절한 필치로 각성한 청년들이 겪고 있는 성적 고민과 초조함에 대해 호소했다. 이는 신체의 발견이고 청춘기의 각성인바, 수천 년의 낡은 도덕적 죄악을 고발하고 건전한 인성의 복귀를 호소했다. 완전히 새로운 하나의 가치평가 규범이 이로부터 확립되었다. 이 규범 아래 인성에는 완전 새로운 내용이 부여되었는바, 생리현상과 정욕의 고민, 감상과 우울한 정서, 불가사의한 신경질 등은 모두 인성의 자연스럽고 무의식적인 표현으로 간주되었고 억압과 도피는 허위적인 낡은 도덕의 옹호자가 되었다. 그리하여 인성의 모든 요소들이 적나라하게 표현될 수 있는 시대가 도래하였다. 욱달부는 성이란 도구로써 생명력의 약동과 항쟁을 표현하였으며 만족을 얻지 못한 인간의 정상적인 성욕, 영혼과 육체의 괴리로 인한 고통과 도피할 수 없는 상태를 그려냈다. 「침륜(沈淪)」과 1930년대 초기의 일련의 작품 「지계화(遲桂花)」, 「동자관(東梓關)」, 「표박스님(瓢儿和尙)」 등은 모두 이러한 부류의 작품에 속한다. 엽령봉(叶灵鳳)의 작품 역시 영혼과 육체의 문제를 회피하지 않고 대담하게 성심리에 관한 문제를 다루고 있는데 「탄화암의 춘풍(曇華庵的春風)」은 한층 심도있게 청년 수녀 월제(月諦)의 성에 대한 각성을 그려냈다. 「욕

(欲)」은 청춘기 소녀의 나르시시즘과 성에 대한 각성을 표현했고 「누나 시집가는 날 밤(姊嫁之夜)」은 누나가 시집가는 날 동생 순화가 겪는 성심리와 여러 가지 번뇌를 그렸으며 「마가의 시탐(摩伽的試探)」은 7년간의 수행을 겪은 마가(摩伽)가 여전히 성의식을 제거하지 못하고 산 속의 새소리, 들고양이의 울음소리에도 억제할 수 없는 강한 원초적 욕망을 느끼며 종국에는 일장춘몽에서 자신의 자제력 부족을 후회하면서 스쳐간 현세의 수많은 향락을 후회하는 이야기이다. 정령(丁玲)의 「사비여사의 일기(莎菲女士的日記)」는 여성작가가 여성을 그렸기에 그 대담함과 솔직함이 한층 돋보이는 작품이다.

'5 · 4'시기 작가들이 인간의 "정"과 "욕"을 그려낸 그 배후에는 인성의 자유의지에 대한 긍정이 뒷받침되어 있다. 가치의 근거 차원에서 본다면 자유에 대한 갈망 역시 인성에 대한 자연성의 일익에서 오는 한 갈래의 흐름이라고 할 수 있다. 한편 사상과 혼인의 자유는 가장 보편적인 자유이고 당시 청년세대들이 가장 강렬히 요구하였던 자유이다. 따라서 혼인의 자유는 신속히 '5 · 4'시대 문학이 가장 자주 다루는 주제가 되었으며, 또한 당시의 청년세대들이 봉건문화전통의 금기를 돌파하는 전투무기로서 그들이 사랑을 신앙으로 삼아 봉건예교의 속박과 항쟁하는 의지가 되었다. 사랑은 정성껏 찬미하는 대상이 되었고 사랑의 자유는 그 시기 청년들의 사업과 사명으로서 심지어 생명까지 서슴지 않는 고상한 신앙이 되었다. 풍원군(馮沅君)의 「차단이후(隔絶以后)」의 주인공 준화(鐫華)는 생명을 대가로 자유와 사랑에 대한 추구를 바꿈으로써 사상의 신성성과 지고무상을 보여주었고, 노은은 「연애는 장난이 아니다(戀愛不是游戱)」에서 "진실한 사랑은 절대 장난이 아니고 타락한 인간마저 체험할 수 있는 가치가 아니라 인간을 높은 경지로 이끌어가는 편달의 힘을 가지고 있다. 사랑은 또한 위대하고 사심없는 지상의 정조이며 더구나 아름다움의 상징이기도 하다.", "가령 한 쌍의 남녀가 순결한 사랑을 나누고 있을 때 그와 그녀의 내심에는 사람을 놀라게 하는 거대한 힘이 충만되어 있고 그들의 영혼은 모든 속박을 벗어나 자유를 획득하며 위협을 두려워하지 않고 유혹에 넘어가지 않는 경지에서 현실을 초월하고 그들만의 이상적인 낙원을 만들어간다." 풍원군 작품 속의 사랑은 완전히 반역을 목적으로 하고 그 목적을 신성한 지위로 이끌어내고 있으며, 노은의 작품에서 사랑은 그러한 목적 외에 사랑 본신의 승화에 주목하고 있는데 그것을 신성화함과 아울러 그 당시 여성 청춘기의 앳된 모습을 보이고 있다. 작가들은 주로 외재적 충돌을 통하여 사랑을 표현하고 있는데 두 대립면의 대치과정에서 사랑을 신성화하고 사랑을 위해 항쟁을 전개한다. 주작인의 명시 「소하(小河)」는 더구나 자유에 대한 단순한 부름의 차원을 넘어서 어떻게 자유의 붐을 대할 것인가 하는 사변의 차원에 이르고 있다. 여권 존중과 남녀평등은 물론 휴머니즘에 관한 내용들이다. 1919년 12월 진독수는 「신청년선언」에서 "우리는 여자의 인격과 권리를 존중하는 것이 이미 현재 사회생활에서 진보의 실제적 수요임을 굳게 믿는다. 아울러 그들 개인 스스로 사회에 대한 책임에 대해 철저한 각오가 있기를 기대한다."[31]라고 했다. 곽말약(郭沫若)은 「세 반역 여성의 뒤에(寫在三個叛逆的女性後面)」에서 보다 더 명확히 "여자와 남자는 똑같은 인간이다. 한 사회의 제도 또는 도덕적 정신은 매 사람이 모두 평등하게 자신의 개성을 발전시킬 수 있도록 해야 한다."[32]

---

31) 阿英 編, 『中國新文學大系・史料索引』, 上海良友圖書印刷公司, 1935, p.55.
32) 洪深, 『中國新文學大系・戲劇集』, 洪深編編, 『中國新文學大系・戲劇集』, 上海良友圖書印刷公司, 1935, p.49.

이와 동시에 '5 · 4'는 또한 신앙의 시대로 민족 위기의 심화는 지식인들의 책임정신을 분발시키는 데 절실했던 '종족의 보존', '구원'이든 아니면 아득한 '계몽', '인성'이든 그들은 마치 약속이나 한 듯이 국민의 '사상', '성격'에 주목했다. 그리하여 문학을 다시는 정치투쟁을 위한 유세와 선동의 역할을 하는 선전도구로 간주하지 않고 간절한 희망을 기탁하여 '불굴'의 민족영혼을 부각함으로써 평생의 사상을 '좌우'했다. 국민성 비판, 민주, 과학사상의 전파, 나아가서 민족국가의 독립을 실현하는 것은 '5 · 4'문학의 다른 한 얼굴이었다.

3. '국민성'에 대한 반성과 비판

'국민성'의 개념은 서양문화를 참조로 태어나 '5 · 4'시기 특수한 '담론의 장'을 이루었다. 청조말기까지 분명하지도 엄밀하지도 못했던 이 개념은 당시에 아주 많은 이름, 즉 '국혼', '국민정신', '국민품격', '국민성질', '국민덕성', '국인특점', '민족성', '민족혼' 등등으로 불렸는데 모두 일괄적으로 국민성을 가리키는 용어였다. 국민성은 비록 정확한 범주의 확정은 없지만 모호한 가운데 그나마 대체적인 범위는 있었다. 청조말기의 사상계에서 소위 국민성이란 주로 국민의 심리소질, 가치관념, 사고방식, 행위방식 등을 가리키는 용어였는데 때로는 풍속습관, 문명정도, 지식수준 등까지 망라했다. 그들은 '국민성' 이론으로써 시대의 발전에 적합하지 못한 찌꺼기들이 중국 민중의 심리와 성격 속에 남긴 깊은 흔적을 관조하면서 '국민성 비판'이란 형식을 이용하여 진일보 개량을 거친 후 서양을 참조로 하여 보완코자 했다. 만청의 양계초를 대표로 한 지식인들은 '국민성' 이론 중 중화민족의 정신과 민족 흥망과의 관계에 관한 주장을 인정하면서 '국민성' 개조의 기회를 빌려 국민의 소질을 높이고 민족의 피압박과 노예화의 지위에서 탈피하여 민족의 독립과 부강을 쟁취하고자 했는데 '국민성'은 그들의 민족국가 이론 가운데 가장 중요한 내용이었다. 중국 지식인들은 '국민성' 이론을 받아들이는 그 시작부터 단지 계몽주의적 입장에서 이해하고 운용하였는데 그 시작부터 서양 식민주의자들의 민족적 침략과 압박에 대해 반항적이었으며 민족부흥을 지향한 것이었고 현실에 대한 만청시기 지식인들의 깊은 관심을 담고 있었다. 하지만 '5 · 4'신문화운동은 만청의 계몽사조에서 '국민성'이라는 핵심사상을 지속시켰고, '인간'의 차원에서 초월하였으며 '국민성' 비판은 더구나 봉건전제체제와 봉건전통문화의 내부에까지 심입하였으며 미증유의 '입인(立人)'의 사상혁명, 윤리혁명과 문학혁명의 고조를 불러일으켰다.

비효통(費孝通)은 "기층에서 볼 때 중국 사회는 향토적이다. 중국 농촌사회의 종법제 문화는 근본적으로 대륙문화 및 농업 · 사회 · 문화와 3위1체를 구성하고 있는데 전통적이고 향토적인 중국의 농후한 촌락군체 문화적 색채 및 풍속습관을 주체로 한 사회구조는 본질적으로 그것을 민속사회로 귀속시켰다."[33]고 중국 사회구조를 분석했다. 만청시기에 시작된 '국민성' 사조는 '5 · 4'시기 예술실천의 문화적 시각에서 먼저 중국 향토사회로 이어졌고 국민성 비판의 이성적인 조명 역시 향토적인 대지, 종법제도와 민간풍속문화와 일체를 이루고 있는 농민을 목표로 삼았다. 향토문화에 대한 이성적인 조명 그리고 자각적으로 그것을 '국민성'을 관찰하는 문화적 시각으로 간주함으로써 1920년대 향토소설의

33) 費孝通,『鄕土中國』, 北京三聯書店, 1985, p.1.

중요한 특징을 이루었다. 아울러 '5・4'신문화운동의 이성적인 정신은 향토문화를 관조하기 위한 새로운 시각을 제공했고, 보다 심오한 투시력을 부여했으며 현대계몽의 안광으로 허허벌판을 바라봄으로써 '5・4'시기 향토소설로 하여금 보편적인 처량한 의식을 획득하도록 하여 '국민성' 반성의 문화적 토대를 두터이 했다.

루쉰은 만청시기 문화계몽 거장들의 직접적인 침윤과 영향을 받은 '5・4'세대 계몽주의자의 걸출한 대표자로서 향촌에 대한 그의 주목과 정감은 강렬한 이상주의적 색채를 드러냈다. 그는 중국의 전통사회와 문화를 철저히 재구성하려는 총체적인 위대한 이상을 품고 중국의 현대 향토문학의 영역을 개척했는바 우울하고 비통한 시각으로 유서 깊고 재난 많았던 향토를 상대했으며 특히 이 신비스러운 대지에서 세세대대를 이어 생존을 위해 억척스레 살아 온 "고국의 백성들"에게 주목했다. 그중에서도 그는 지속적으로 악화되어가는 현대의 생존환경에서 날로 경직되고 변질되어가는 그들의 정신과 심리세계에 관심을 두었다. 이로써 루쉰은 민족정신의 병폐적인 일면에 대한 고발과 '국민성'을 개조하려는 계몽적 주제를 향토문학의 표현영역으로 끌어들였다.

루쉰은 "진실한 혁명가는 나름대로 독자적인 견해가 있어야 한다. 가령 블라디미르 선생은 '풍속'과 '인습'을 모두 '문화'에 포함시키고 그것들을 개혁하는 것은 아주 어려운 일"[34]이라고 했는데 그는 여기에서 풍속습관 개혁의 중요성, 지난성과 필요성을 강조하고 있는 것이다. 그는 "민중 속으로 깊이 들어가서 그들의 풍속습관을 연구하고 해부하고 우열에 따라 이어가거나 폐지할 표준을 세우지 않으면 안 된다. 한편 이어

34) 魯迅, 「二心集.慣与改革」, 『魯迅全集』, 人民文學出版社, 1981, p.224.

가든 폐지하든 그 방식에서 신중해야지 그렇지 않을 경우 어떠한 개혁이든 모두 인습의 압박 아래 망가지거나 또는 단지 표면에 겉돌고 말 것이다."라고 했다. 그는 또 거듭 "반드시 먼저 습관과 풍속을 잘 알아야 하며 그 암흑면의 용맹과 의지력을 정시해야 한다. 왜냐하면 정확하게 보지 못할 경우 개혁을 실시할 수 없기 때문이다."[35]고 강조했다. 이러한 주장은 비록 30년대에 글로 표현되었지만 사실 모두 20년대에 그가 경험하고 사색했던 내용들이었다. 향토생활은 민족정신의 산화석으로서 민족의 풍부한 집단무의식을 내장하고 있다. 「광인일기」, 「아Q정전」, 「약」, 「공을기(孔乙己)」, 「축복」, 「풍파(風波)」, 「고향」, 「이혼」, 「장명등(長明灯)」 등의 소설에서 루쉰은 작중인물들의 향토적인 특성 및 그들이 생존하고 있는 풍토를 소설의 배경으로 삼아 풍속습관, 향토신앙 등 민간문화의 형태가 향촌인물의 정신세계에 대한 다방면으로 제약과 조절의 역할을 보여주었으며, 이로써 여러 측면에서 민족문화의 명시와 비판을 실현했다. '아Q'의 신상에서 드러나고 있는 존비등급에 대한 인정은 유가의 '성경현전(圣經賢傳)'의 심각한 영향이며 그의 '정신승리법'에는 또 민간 도교에서 궤변술수의 흔적이 뚜렷했고 사형 전에 누가 가르친 바도 없는 상태에서 스스로 "20년 후에 또…"라는 일갈에는 불교의 생사윤회 관념이 깃들어 있었다. 「약」에서 '인혈만두'로 병을 치료하려는 화로전(華老栓)일가의 미신, 「축복」에서 '지옥'에 대한 상림아주머니의 공포, 「고향」에서 향로와 촛대와 같은 운명의 기호에 대한 윤토(閏土) 숭배, 「풍파」에서 '황법'에 대한 사람들의 두터운 신임, 「장명등」에서 옛 풍습에 대한 길광둔(吉光屯) 사람들의 고수 등은 모두 이러한 의식의 표

35) Loc. cit.

현이다. 민간에서 큰 영향력을 행사하고 있는 귀신에 대한 신앙, 인과윤회 관념과 전통적인 주류문화는 한데 얽혀 있거나 또는 공모를 이루고 있다. 그리하여 공동으로 인간의 영혼을 학살하여 종신토록 모호한 도리 또는 예로부터 전해내려 오는 인습에 빠져 스스로를 망칠 뿐만 아니라 다른 사람에게까지 피해를 끼치고 있는 현상을 초래하게 된다. 이는 바로 루쉰이 말한 "가느다란 허리를 가진 왕벌의 독침"과 같은 거대한 힘을 행사하고 있는 것이다. 루쉰은 '국민성'의 사고에서 출발하여 역사문화에 대한 비판으로 진입하고 있으며 지방의 풍토인정을 묘파하는 과정에서 전통문화를 진단하고 있는데 이는 '문화고고학'의 사상과 '동질' 관계를 이루고 있다. 국민성을 개조하는 계몽의 시야 아래 풍속, 습관, 지역특색 등은 모두 특별한 가치를 지니게 되는데 거기에 따른 계몽의식 역시 두드러진 표현력을 가지게 된다.

바로 루쉰의 이러한 영향 아래 그 뒤의 '5・4'신문화운동의 향토소설가들은 '5・4'신문화운동의 계몽과 비판의 개성을 계승하는 한편 작품의 기본적인 주제에서도 루쉰의 '국민성'에 대한 해부전통을 자각적으로 이어서 모두 고전으로 된 '아Q상'을 모방하였다. 예를 들면 허흠문(許欽文)의 「코흘리개 아얼(鼻涕阿二)」, 왕노언(王魯彦)의 「천덕꾸러기 아창(阿長賊骨頭)」, 팽가황(彭家煌)의 「진사아범의 소(陳四爹的牛)」, 왕임숙(王任叔)의 「아꾸이 유랑기(阿貴流浪記)」와 「지친 사람(疲憊者)」, 건선애(蹇先艾)의 「수장(水葬)」, 허걸의 「도박꾼 길순」과 「야채싹과 송아지(菜芽与小牛)」, 대정농(台靜農)의 「천얼꺼(天二哥)」와 「오씨아범(吳老爹)」 등이 그러한 작품군들이다. 이 일군의 작품들은 사상적인 면에서는 루쉰의 깊이에 이르지 못했지만 국민성과 지방성을 연관짓고 있기에 절동(浙東), 운귀(云貴), 파촉(巴蜀), 상계(湘界) 등 여러 지역 '아Q'들의 본질적인 일치성이란 경이로운 일면과 각자의 특색을 함께 보여주었다. 허결과 왕임숙은 대개 우둔하고 무지한 원시적이고 야만적인 인습의 자장 속에 살고 있는 '아Q'의 가엾고 비참한 상을, 왕노언, 팽가황, 허흠문이 부각한 인물들은 우매하고 완고하고 교활한 불량배 상을 그려내고 있다. 왕노언의 「유자」에 등장하는 "둥글고 매끄럽고 싼" 호남의 유자와 호남사람의 머리에 대한 묘사는 표면상으로는 약간의 풍자와 조롱이 섞여 있는 듯하지만 실제로 그것은 사람과 지역문화의 관계에 대한 생동한 표현인 것이다. 여러 작가들의 이러한 모사(模寫)는 모두 '아Q'원형에 대한 반복적인 고발과 보충의 역할을 하였다. 다른 면에 있어서 몽매, 미개화한 종법제가 조성한 향토사람들의 병적인 영혼에 대한 비판은 원시적이고 야만적인 향촌의 풍속습관에 대한 묘사에서 나타났다. 허걸의 「참무」에 등장하는 종족혈육의식의 원시적인 영향력이 초래한 인성의 비극이 있는가 하면 「도박군 길순」에서는 '아내를 저당 잡히는' 제도 아래 여성 존엄에 대한 엄중한 유린을 보여주고 있다. 건선애의 「수장」에서는 귀주의 향촌에 잔존하고 있는 인습의 원시적인 냉혹함을 보여주고 있다. 노모와 의지하여 살아가고 있는 낙모(駱毛)는 도둑질을 했다는 이유로 촌민들에게 '예로부터 전해내려 오는' '문명'적인 처리법에 의해 '수장'형식의 사형에 처하게 된다. 그리하여 그 동네 남녀노소가 법석을 떨며 그 장면을 구경하러 나선다. 야만적인 살인행위가 그들의 눈에는 마치 명절을 맞이하는 열렬한 장면보다 더 자극적이었던 것이다. 종법제도 아래 야만적인 풍속과 무감각한 인성이 한데 융합되어 인정없고 마비된 영혼의 내재적 근원을 고발하고 있다.

향토는 '국민성'에 대한 작가의 이성적인 비판을 감당하고 있을 뿐만 아니라 이 부류의 작가들에게 있어서는 복잡한 정감이 엉켜져 있는 존재이기도 하다. 루쉰은 「중국신문학대계 · 소설2집 · 서언」에서 20년대 향토작가들을 이렇게 평가하고 있다.

> 무릇 북경에서 붓을 들고 자신의 흉금을 털어내는 사람들은 주관 아니면 객관 그 무엇을 자칭함에 관계없이 그 실제에 있어서는 대개 향토문학에 임하고 있고 북경에서 말한다면 그들은 교민문학의 작가들이다. 하지만 이는 브란데스(G · Brandes)가 말하는 그러한 '교민문학'은 아니다. 타향의 거주란 말은 단지 작가에 한하는 것이지 작가가 써낸 글에 해당하는 것이 아니기 때문이다. 따라서 은연중에 드러난 향수만 볼 수 있을 뿐 이역의 분위기에 맞추어 독자의 마음을 연다든가 또는 자신들의 견문을 자랑하는 것은 보기 드물다.[36]

'향수'란 도시에 표류하고 있는 향토작가들의 복잡한 감정의 표현이다. 고향에 대한 이러한 애착과 이성적인 관조 아래 작가의 모순된 심리는 이미 루쉰의 「고향」에서 선을 보인 바 있다. '5 · 4' 이후 향토문학의 뿌리찾기 의식은 날로 농후해지기 시작했다. 피와 눈물 어린 그 향토세계의 생존양상 전모에서 작가는 우매하고 나약한 국민의 열근성(劣根性) 및 민족 생명력의 근원을 찾아냈다. 루쉰의 산문집 『저녁에 아침의 꽃을 줍다』 및 30년대 이후 심종문을 대표로 하는 경파 향토소설의 창작은 '국민성' 주제의 예술적 탐색을 진일보 계승 발전시켜 유서 깊은 민족의 '국민성'의 감동적 일면을 전개하는 국면을 열어놓았다. 현대문학에서 '국민성' 주제의 변천은 시종 향토와 그 위에서 살고 있는 농민형상을 부각시키는 데 그 초점을 맞추고 있었고 비판과 뿌리찾기라는 이중적인 발전양상을 보였다.

---

36) 魯迅, 「中國新文學大系 · 小說二集.導言」, 魯迅 編著, 『中國新文學大系 · 小說2集』, 上海文藝出版社, 2003, p.9.

제4절 대표적인 문학주장에 대한 분석

문학이론은 일반적인 의미에서 문학의 특질에 대한 개체의 깨달음 및 깊은 이해를 표명하는 데에 운용되는데 이 역시 문학이론의 의미 소재이다. 개괄적으로 말한다면 문학이론은 문학의 본질, 기능, 기원, 범위 등에 대한 인식, 관점과 주장으로서 체계성, 안정성과 맞춤성을 지닌다. 체계성은 이론성과 엄밀성을 가리키는바 반드시 추상적인 이론적 언어만이 아니라 논리의 엄밀함과 판단 추리의 치밀함을 가리킨다. 안정성이란 문학이론이 역사 발전의 과정과 부동한 시공간 속에서의 상대적 독립성을 가리킨다. 사물은 언제나 형성 과정을 갖게 되는데 안정성이 그 토대를 이루고 전반 과정의 부동한 단계의 부동한 환경 아래 온전한 일면은 안정성의 보장이 된다. 맞춤성이란 역사적 맞춤성도 있고 현실적 맞춤성도 있는데 이는 문학이론의 생명선으로 맞춤성을 떠난 문학이론은 결국 용속하고 허무로 귀결될 수밖에 없다.

'5 · 4'세대의 지식인들은 문학의 현대성의 전환을 철저히 완수하자면 반드시 새로운 문학이론체계를 구축해야 한다는 점을 잘 알고 있었다. 주작인은 바로 이때 이론가의 자태로 문단에 선을 보였다. 1918년 주작인은 「인간의 문학」에서 대량의 지면을 할애하여 '인간'을 논했다. 그 후에 주작인은 또 연이어 「평민의 문학」, 「개성의 문학」, 「신문학의 요구」 및 「귀족적인 것과 평민적인 것」 등 일련의 문장을 발표하여 자신의 문학이론과 이념을 펼쳤다. 이러한 글들에는 시종일관 '인간'이란 이념이 관통, 발전되고 있는데 이로써 그는 종국에 자신의 문학이론의 체계를 구성했던 것이다. 아래와 같은 4개면에서 그 체계를 해독해보기로 한다.

1. '인성'을 위한 문학

주작인은 처음으로 집중적이고도 명확하게 신문학이 응당 포함해야 할 내용—휴머니즘을 천명한 일인자로서, 양계초에서 호적에 이르기까지 단지 공허한 슬로건에 그쳤던 문학내용의 혁명을 실행 가능한 것으로 낙착시켰다.[37]

서양에서 인간학의 발전은 하나의 역사적인 과정으로 장장 5, 6백년의 발전과정 속에서 끊임없이 보완되면서 여러 가지 복잡다단한 상황이 연출되었다. 구체적으로 말하자면 르네상스 시기 '인간'의 발견으로부터 18세기 개인의 주체적 지위 확립에 이르기까지 그리고 19세기 현실생활 속에서 고립된 개체의 생존상황과 정신상태에 대한 주목 등 3개의 부동한 단계를 거쳤는데 매 단계에서 각각 서로 다른 특징을 드러냈다. 서양의 계몽사조와 르네상스운동에 대한 반성을 토대로 1918년 12월 주작인은 「인간의 문학」을 발표하여 보다 체계적인 "인간학"의 관점을 제안코자 했다. 이러한 인간학관은 두 가지 부분을 망라하고 있는데, 하나는 영혼과 육체의 1원론을 핵심으로 한 자연인성론이고, 다른 하나는 휴머니즘을 핵심으로 한 사회-도덕이상이다. 자연인성론은 진화론의 영향하에 생물학과 인류학을 토대로 하고 있으며 그 핵심사상은 영혼과 육체의 1원론이다. 주작인은 사람은 "동물로부터 진화되어 온 인류"로서 여기에 두 가지 의미가 포함된다는 주장을 펼쳤다. 첫째는 사람은 '동물로부터' 진화된 결과물로 이때 중점은 '동물'에 있기에 사람은 생리욕구를 생존의 토대로 삼으며 자연속성에서 존재의 합리성을 인정해야 하고 "따라서 우리는 인간의 일체 생활본능이 모두 아름답고 선량한 것이며

37) 余宏, 『革命・審美・解构』, 广西師范大學出版社, 2001, p.89.

응당 완전히 만족시켜야 한다."[38]는 점이다. 둘째는 인간은 동물로부터 '진화'되어 온 결과물로 이때 중점은 '진화'에 있기에 사람은 동물계를 이탈하여 고상하고 평화로운 경지로 진화된 상태에서 점차 사회적 속성을 발전시켜야 한다는 것인데, 즉 "사람은 동물로부터 진화된 생물의 일종으로서 그 내면생활은 동물보다 훨씬 더 복잡하고 고차원적이며 점차 진보하는 과정에 있으며 생활을 개조할 수 있는 능력을 지닌다."[39] 사람은 영혼과 육체가 일치된 통일체로 수성(獸性)과 신성(神性)이 결합된 결과가 바로 인성이다. "요컨대 그에게 적당한 인간성을 부여하면 되는 바 많지도 적지도 않아야 한다." 주작인은 우선 인간도 동물의 일종이라는 것을 인정한 전제 아래 단지 동물의 단계에 머무르는 것이 아니라 저급동물에서 고급동물로 진화된다는 점을 강조했다. 인간의 동물본성을 긍정한 전제에서 인간 역시 일반 동물의 자연속성을 지니고 있음을 승인한 것이다. 그리고 자연적인 인성론에서 출발하여 주작인은 인간관계의 사회-도덕이상을 건립하려는 시도를 보였는데 그것은 휴머니즘을 핵심으로 삼기에 휴머니즘적 사회-도덕이상이라고도 할 수 있다. 이것이 바로 주작인이 주장하는 이상적인 생활이었다.

휴머니즘은 근대 이래로 계몽가가 애용하는 사상무기로써 한 세대 또 한 세대의 지식인들에 의해 전해지고 있었다. 하지만 그것이 직접적으로 문학계에 적용되어 휴머니즘의 개념범주에서 이론적인 형태로 제안된 것은 많지 않았고 순전히 휴머니즘의 각도에서 창작에 임했던 소위 '휴머니즘'작가는 더구나 찾아보기 힘들었다. 이러한 상황에서 주작인은 특이한 사례가 된다. 주작인은 문학에서 휴머니즘 사상의 주창은 아래

38) 周作人, 「人的文學」, 『周作人文類編・本色』, 湖南文藝出版社, 1998, p.32.
39) Loc. cit.

두 가지 면에서 실행되어야 한다고 했다. 첫째, 작가는 본격적인 생활 또는 사람의 이상적인 생활을 그릴 수 있다는 것인데 즉 인간의 지속적인 진화과정을 그린다는 것이다. 주작인은 중국문학 및 '5·4'시기의 신문학 비평은 바로 이러한 높이에서 고려하고 평가되어야 한다고 주장했다. 둘째, 측면으로 인간의 생활을 표현할 수 있다는 것인데 즉 작가는 인간 생활의 밝은 면을 그리거나 또는 어두운 일면, 즉 비인간적인 생활도 그릴 수 있다는 것이다. 그리하여 인간의 진실한 생활 양상을 발견하고 이상적인 생활과의 차이를 밝힘으로써 그 개선 방법을 얻을 수 있다는 주장이다. 그리하여 주작인은 '비인간적인 문학'이란 개념을 제안했는데 비인간적인 생활을 그린 문학은 종종 비인간의 문학과 혼동을 일으켜 세간의 오해를 사기 일쑤지만 사실 두 가지는 큰 구별이 있다고 했다. '인간의 문학'과 '비인간적인 문학'은 재료의 사용, 창작방법에 그 차이가 있는 것이 아니라 근본적인 차이는 '저작자의 태도'에 있다. 동일한 인간의 욕망을 그린 문학일지라라도 모파상의 『여자의 일생』은 '인간의 문학'에 속하고 중국의 「육보단(肉蒲團)」은 '비인간적인 문학'에 귀결되는 바, 그 차이점은 전자의 작가는 엄숙한 창작 태도를 보였지만 후자의 작가는 장난식의 태도였고 전자는 비인간적인 생활에 대한 비애 또는 분노를 보였지만 후자는 만족, 희롱, 이간질을 일삼고 있다는 것이다. 주작인은 구체적이고도 정치한 논리로써 작품의 주제와 작가의 경향관계의 문제에 대해 논의하면서 창작에 대한 작가의 사상경향의 중요한 지도적 역할을 피력했다. 주작인은 급진적인 비판적 태도에다가 '인간' 개념 내포의 추상성까지 가세하여 비판의 예봉을 『서유기』, 『수호전』, 『요재지이』 등 고전 명작으로 돌렸다. 이러한 명작들은 당시 시대적 조건의 제약으로 인성과 괴리된 면이 없지 않지만 일괄 배척하는 주작인의 논리는 필경 세밀한 분석과는 일정한 거리가 있었다. 다른 한편 이는 신문학의 추구에 대해 주작인이 절박함과 집착을 보임으로써 현대계몽 문학 이론가의 시대적 특색을 보여주는 일면이기도 했다.

가령 호적, 진독수의 이론의 입각점이 '파괴'에 있었다고 한다면 주작인은 '건설'에 착안점을 두었는데 특히 근본적인 내용의 건설을 꾀하고 있었던 바 이는 계몽주의와 휴머니즘의 핵심을 직접적으로 문학영역에 접목시키는 성공적인 실험이었다.

2. '인생'을 위한 문학

사마장풍(司馬長風)은 『중국신문학사』에서 바로 주작인의 '인간의 문학'이 "인생을 위한 예술의 대문"을 열었다고 했는데 이는 그야말로 적중한 평가였다. 주작인은 인생의 시각에서 문학적 특질을 "오로지 진실을 주된 것으로 간주하면 미는 자연 그 안에 포괄된다."고 개괄했다.

주작인은 '인생의 예술파'와 관련된 논술에서 문학과 인생에 대한 사색이 포함된 자신의 독특한 문학이론을 주장하였다. 그의 입론은 이미 논의가 있는 '예술파'의 주장과 '인생파'의 주장에 대한 불만에서 비롯되었다. 그는 '예술파'는 예술의 독립적인 가치만 역설하고 실용적인 것과 연계 지을 필요가 없다고 주장하면서 인간세상의 여러 가지 문제를 고려하지 않고 일체 공리적인 것들을 떠나 예술만 독립시키려 하는데 이는 기술적인 것만 중요시하고 감정적인 면은 고려하지 않는 것으로서 뚜렷한 한계가 있다고 했다. 한편 '인생파'는 예술이 인생과의 관계를 맺어야 한다는 점은 강조하지만 일부 예술작품이 인생을 초월한다는 주장은 자칫 예술을 윤리교화 도구로의 전락을 초래하여 단상의 설교가

되어 예술 특유의 특질을 상실할 수 있기에 인정할 수 없다는 주장이다. 주작인은 이 양파의 관점을 조화시켜 예술성과 인생을 겸용한다는 전제 아래 특유한 이론적 주장을 제기했다. 즉 "정당한 해석은 문예를 궁극적인 목적으로 삼아야 한다는 것이지만 한편 문예는 마땅히 저자의 정감을 통하여 인생과 접촉을 이루어야 한다. 바꾸어 말한다면 저자는 응당 예술적 수단을 사용하여 인생에 대한 자신의 정감을 표현하며 독자들로 하여금 예술의 향수와 인생의 해석을 동시에 얻도록 해야 한다는 것이다."[40] 주작인은 그 후로 '자기를 표현'한다는 주장을 펼치는 가운데 '인생의 예술' 문제를 언급했는데 그의 관점이 인생을 벗어나 단지 '개성'의 문제에만 집착하고 있어서 타당하지 못하다는 지적이 있었다. 그는 '개성의 문학'에서 한걸음 더 나아가 예술은 독립적인 한편 또한 그 본신은 인성적이므로 그것을 인생과 격리시키지도 인생에 봉사하도록 하지도 말고 오로지 "혼연일체를 이룬 인생의 예술"이 되도록 해야 한다고 주장했다. 문학의 인성문제의 논의에서 예술성 논의로 전환한 것은 주작인 자신의 관념이 끊임없이 보완, 심화되고 있는 표현의 일종이다. '인간의 문학'이 탄생한 이후 주작인은 모순, 정진탁(鄭振鐸) 등과 함께 문학연구회를 성립하여 '문학은 인생을 위하여'라는 창작 강령을 사회로 보급시켰으며 다음과 같은 이론적인 선언을 발표했다.

> 문예를 기쁠 때나 즐기는 게임으로 삼거나 또는 불우할 때 소일거리로 삼는 시대는 이제 완전히 지나갔다. 우리는 문학이 일종의 공작일 뿐 아니라 인생에서 아주 절실한 일종의 공작이라는 점을 믿어야 한다. 문학에 종사하는 사람 역시 이 일이 자신 종신의 사업으로서 마치 농사일과 동일하다는 점을 알아야 한다.[41]

40) 周作人, 「新文學的要求」, 『周作人文類編・本色』, 湖南文藝出版社, 1988, p.47.

이 선언은 중국 현대문학의 발전에 깊은 영향을 끼쳤다. 여기에서 20년대 '인생파'와 주작인의 '인간을 위한 문학'의 이론은 분명 내재적 추이의 관계가 존재하고 있었음을 알 수 있다.

3. '평민'을 위한 문학

'5·4'신문학 목표의 하나는 일반 민중을 상대로 한 사상계몽이다. 문학은 사상계몽의 주요 실천양식으로서 필연코 엘리트 지식인의 심미적 관성을 떠나 대중을 상대해야 하고 또 대중에게 쉽게 수용될 수 있어야 한다. 주작인의 「평민의 문학」은 바로 이러한 시대 조류의 흐름에 부응한 것인데 그는 이 글에서 '인간의 문학'의 토대 위에 또 구체적으로 '평민문학'과 '귀족문학'이란 개념을 창출하였다. 그는 '계급론'을 사용하지 않고 '귀족'과 '평민'이란 범사회학적인 개념으로 '평민문학'이란 개념의 범주를 확정지었다. 주작인은 '귀족문학'의 형식과 내용면에서의 부족한 점은 바로 "부분적이고 가식적이며 향락적이고 또 장난식"이라는 데에 있으며 '평민문학'은 이와 정반대로 "내용이 충실하고 보편성과 진지함 두 가지가 충족되어야 한다. 첫째, 평민의 문학은 일상적인 문체를 사용하고 보편적인 사상과 사실을 그려내야 한다. 우리는 영웅호걸의 사업이나 재자가인의 행복 따위를 기억하지 말고 오로지 세간의 일반 남녀의 애환 또는 승패를 기록하면 된다. 왜냐하면 영웅호걸, 재자가인은 세간에서 흔히 볼 수 있는 사람들이 아니지만 일반 남녀는 대다수로서 우리 역시 그 중의 일원이기에 그들의 사실은 보다 보편적이고 자

41) 周作人, 「文學硏究會宣言」, 賈植芳編, 『文學硏究會資料』 上冊, 河南人民出版社, 1985, p.1.

기와 관련을 이루는 것들이다. … 둘째, 평민문학은 진지한 문체를 사용하고 진지한 사상과 사실을 기록하며 높은 지위의 재자가인으로 자처하지도 그 아래로 영웅호걸을 칭송하지도 말아야 하며 오로지 스스로 인류의 한 개체로 간주하고 인간 속에 위치시켜 인간의 일 자체가 스스로의 일이 되도록 해야 한다."[42] 이러한 점에서 본다면 주작인이 주창했던 '평민문학'은 어느 한 단계에 국한된 것이 아니라 '보편'과 '진지'라는 두 개의 특점에 착안한 것으로서 '평민문학'의 실체는 '인간의 문학'의 다른 한 이름이며 인간정신을 구현하는 특수성을 띤 문학창작 방식이다. 주작인이 말하는 '인간의 문학', '평민문학'은 사실 계급성을 초월한 문학적 개념이다. 주작인은 '인간'에서 '평민'에 이르는—'평민으로서의 인간'을 주목했는데 그 시각은 아래로 향해 있어 리얼리즘을 휴머니즘으로 규범화함과 아울러 심안빙 등의 '현실주의'와 분기점의 복선을 깔았다. 주작인에게 있어서 주체는 '사회'가 아니라 사람으로서 후자는 영원히 사회보다 더 의미 있는 존재였다. 이러한 문학관은 봉건적인 이성에 대한 근본적인 해체이고 그 의의는 새로운 구성에 있다. '비판'의 강도는 전통문화에 대한 고발과 전복이었으며 본질적으로 문학을 사실화, 해체화 문화화의 방향으로 인도하는 것이었다.

진일보하여 자기의 관점을 해명하기 위해 주작인은 1922년 「귀족적인 것과 평민적인 것」을 발표했다. 이 글에서 그는 인간 정신의 표현을 두 가지로 개괄했다. 귀족적 정신과 평민의 정신은 모두 인간의 정신으로서 양자는 옳고 그름이 없이 비록 보기에는 상치되는 것 같지만 사실은 병존하고 있다. 양자는 각각 하나의 정신적 측면을 대표하고 있으며

42) 周作人, 「平民的文學」, 『周作人文類編・本色』, 湖南文藝出版社 1998, p.42.

상호 호혜적이고 보완적으로 인간의 정신적 공백을 메우고 있다. 주작인은 또 인간의 생명과 승리를 갈망하는 의지에 대한 해석으로부터 출발하여 진일보한 평민정신과 귀족정신을 해명했다. 즉 "평민의 정신은 쇼펜하우어가 말한 생명의 의지라 할 수 있고 귀족적 정신은 니체가 말한 승리의 의지라고 할 수 있다. 전자는 한정적인 평범함의 존재를 요구하고 후자는 무한한 초월의 발전을 요구하며, 전자는 완전히 사회 참여적이고 후자는 거의 초탈적이라고 할 수 있다."[43] 그는 전자는 인간의 생명에 대한 의지의 구현으로서 유한한 평범함의 존재를 요구하지만 후자는 인간의 승리에 대한 의지의 구현으로서 무한한 초월을 요구한다고 주장하고 있다. 또한 전자는 완전히 사회 참여적이지만 후자는 초탈의 풍격을 다소 지니고 있으며 양자는 토대와 승화의 관계이지 대립의 양면이 아니라고 하면서 "생명에 대한 의지는 물론 생활의 근거이지만 승리에 대한 의지가 사람으로 하여금 '진선진미'한 생활을 위하도록 이끌지 않는다면 적응해가는 생존은 쉽게 타락될 것이며 진화적일 수가 없다."[44]고 지적했다. 구체적으로 문학예술의 영역에서 본다면 최고의 경지는 평민의 귀족화, 즉 범인의 초인화이다.

전술한 주작인의 구체적인 해명에서 본다면 그의 휴머니즘 문학관은 '인생을 위한 예술'파와 상통하며 또한 '예술을 위한 예술'파와도 연관이 있다. 그 연결점은 바로 계몽사조 가운데서 신문학건설의 기점과 토대를 찾는 데에 있다. 창작의 시각에서 볼 때 '5·4'시기에는 완벽한 의미에서의 '휴머니즘' 유파의 작품이 없었다. 하지만 '휴머니즘'은 하나의 의식, 정감 또는 생활의 접합점으로 많은 작가들에게서 뚜렷한 모습

---

43) 周作人, 「貴族的与平民的」, 『周作人文類編·本色』, 湖南文藝出版社, 1998, p.74.
44) Loc. cit.

을 보이고 있다. '평민' 형상이 대거 출현 '자아'의 깊이 있는 발굴, 혼인애정 묘사에서 '인간' 의식의 만연 등의 사례는 부지기수이다. 시대계몽의 주제는 '인간'에 대한 특별한 관조로 일관함으로써 '휴머니즘'을 보편적인 의식으로 성장시켰으며 '5·4'시기 문학창작과 이론의 장에서 역할을 일으켰다.

4. '계몽'을 위한 문학

요사(姚思)는 문학의 가치는 일종의 위치에너지를 점진적으로 방출하는데 이러한 에너지는 작품 가운데 내장되었다가 각 역사단계에 운동에너지로 전환하여 그 기능을 발휘한다고 했다. '인간의 문학'은 각기 다른 시기에 서로 다른 역할을 일으키게 되는 바 이론의 배후에 내장된 잠재능력이 발생하는 가치적 효능 역시 다른 것이다. '5·4'시기에 '인간의 문학'관의 가치는 전술한 창작실천에서의 지도적 의의 외에도 결코 간과해서는 안 될 계몽의 이상주의정신이 있었다. 주작인은 '인간의 문학'관을 계몽주의사상의 높이에서 피력했는데 문학의 매력은 그의 시야에서 무한대로 확대되었다. 그는 개인과 문학의 해방을 동등한 정신적 서열에 놓고 있었던 것이다. 진사화(陳思和)는 지식인의 이러한 계몽주의 사상과 과장된 계몽주의 의식을 지식인의 '광장의식'으로 명명했다. 소위 '광장의식'이란 "중국 지식인들이 마치 런던의 하이드공원을 모방하는 일종의 실험과 같은 것이다. 그들은 드넓은 광장에서 파란 하늘과 명랑한 태양을 머리에 이고 발 아래는 중생들을 밟고 서서 불결한 얼굴과 우매한 표정으로 놀랍게 그 우상들을 바라보고 있다. 그리고 민중들에게 어디가 빛이고 어디가 불인지를 가리키는데 이로부터 세계에는 빛과 불이 있게 된 것이다."[45] '5·4'시기 주작인 역시 스스로를 광장에서 있는 것으로 상상하고 있는 것과 다름없었다. 그것은 바로 그가 열심히 세운 '인간의 문학'이론이 문학의 성공적 실천의 증명을 거친 중국의 현실상황에 적합한 문학이론이 아니라 먼저 이론체계를 세운 후에 그 이론의 요구에 따라 문학작품이 생산되기를 기대하는 꼴이었기 때문이다. 그리고 이러한 작품들은 출범 즉시 중국민중들에게 읽히고 신속히 그들의 우매하고 무감각한 사상 상태를 개변시켜 자아를 되찾고 기대하던 바에 따라 종래로 향수하지 못했던 인간적인 생활을 찾아가야 한다는 것이었다. 주작인의 소원과 이론적 출발점은 물론 아름답고 진정어린 것이다. 하지만 현실적으로 문학이 사회적 기능을 발휘하는 속도와 힘은 그의 의지에 따라 실현되는 것이 아니다. 주작인의 이 시기 문학관은 그 뒷면에 농후한 유토피아적 이상에 기탁하고 있었다. 바로 이러한 유토피아적 색채 때문에 그것은 필연적으로 불가피하게 가상적인 성격을 지니게 된다. 비록 '인간의 문학'관이 신문학에 대한 영향은 간과할 수 없는 것일지라도 신문학 작품의 수용범위는 근근이 일부 지식인계층에 한정되어 있었고 그 계몽적 역할도 단지 이 계층에만 한정되어 있었다. '5·4'의 고조가 점차 저락된 후에 이 문제는 비로소 분명하게 드러났고 그 당시 격동의 시기에 주작인 역시 은연중에 그러한 느낌이 있었지만 보다 깊은 사색이 없이 단지 이상적인 격정의 도가니에 빠져 있었기에 이 단계가 그의 평생에서 가장 이채로운 시기가 되었다.

---

45) 陳思和, 「試論知識分子轉型期的三中价值取向」, ≪上海文化≫, 1993年 1月.

제5절 대표적인 문학창작에 대한 분석

계몽문학의 가장 걸출한 창작 장르는 소설이었다. 그 가운데서 루쉰의 소설이 계몽소설의 선구자이고 최고 성과물의 대표라는 점은 의심할 여지가 없다. 그의 소설 「광인일기」의 발표는 중국 현대문학에서 각성의 한 표지이다. 바로 「광인일기」의 시범역할이 있었기에 그 뒤로 '5·4'문학은 비로소 진정한 계몽의 길을 찾게 되었다. 이러한 상황은 '5·4'가 지난 20년대 계몽소설에서도 흔히 볼 수 있는 현상이었다. 물론 20년대 최초의 몇 년간 계몽소설의 창작 실천은 상대적으로 큰 어려움을 겪었다. 왜냐하면 '5·4'시기 문학청년들이 중국의 전통문화를 비판해야 했고 '공가점을 타도'해야 했다. 그리고 루쉰 「광인일기」의 반봉건적인 주제가 무엇인지는 잘 알고 있었지만 그들 스스로가 자신의 주제를 선택하고 주제의 승화를 완성한다는 것은 아직 그리 쉬운 일이 아니었기 때문이다. 「광인일기」는 사실 계몽주제에 대한 루쉰 개인의 문학적 실천의 역사적 선택이다. 「광인일기」 이후 루쉰의 「공을기」, 「풍파」, 「아Q정전」 등 소설의 창작은 기본적으로 모두 계몽주제의 범위 내에서 진행된 것이다. 기타 작가의 창작, 특히 소설 창작은 다른 측면에서 루쉰이 개척한 계몽주제를 풍부히 했다.

계몽소설은 주로 아래와 같은 3대 주제를 둘러싸고 창작되었다.

1. 봉건전제 문화에 대한 비판

'5·4'운동에서 반제·반봉건은 하나의 중요한 '주제'였다. 이를 수반한 것은 '5·4'운동보다 조금 더 일찍 시작했던 신문화운동으로서 그 주요 역사적 동기와 목적은 역시 애국과 반제였다. '5 · 4'시기의 선구자들이 발견했던 상황은 "애국을 하려면 제국주의를 반대해야 하고 국가와 민족의 강성이란 목표에 도달하자면 반드시 봉건주의의 전제문화와 제도를 반대해야 한다."는 것이었다. 그리하여 '5 · 4'신문화운동의 핵심은 봉건전제의 제도와 문화를 철저히 비판하는 것이었다. '5 · 4'신문화운동의 주요한 '물질적 담당자'로서 신문학이 부담한 주요한 임무는 민중을 상대로 봉건전제 문화를 반대하는 것에 관한 계몽이었다. 따라서 전반 '5 · 4'운동을 전후하여 계몽문학(주로 계몽소설)은 중국의 전통적인 봉건주의 문화를 비판하는 임무를 담당했다. 이에 맞추어 봉건주의 전제문화를 비판하는 것 또한 당시 계몽소설의 기본 주제형식이었다.

여기에 분명히 해야 할 아래와 같은 문제가 있다. 즉 '5 · 4'계몽문학의 발생과 발전과정에서 봉건전제문화의 비판은 아주 넓은 범주의 주제이다. 계몽소설의 구체적 실천에서 이 큰 주제는 일부 구체적인 '주제방향'을 이루었는데 주로 아래와 같다.

1) 애국주의의 창도와 봉건전제 문화의 비판

'5 · 4'운동의 발생을 추진한 기본적인 역사적 동기는 애국주의이다. 하지만 이는 고전시대 애국주의와 다른 바, 즉 '5 · 4'애국주의 운동은 봉건주의 문화에 대한 비판적 토대 위에 수립된 것이다. 환언한다면 '5 · 4'신문화운동에서 애국주의의 주요 표현방식은 바로 봉건전제문화에 대한 무자비한 비판이었다. 그리고 봉건전제문화에 대한 비판은 또 애국주의와 연계를 맺었는데 이러한 이유로 '5 · 4'소설의 주제선택에서도 이 양자는 늘 병존했던 것이다.

주지하는 바와 같이 봉건주의의 낡은 문화와 사상에 대한 비판은

'5·4'시기 사상영역에서 상당히 오랫동안 진행되었다. 하지만 이는 사상이론영역에서의 비판으로 지식인계층에는 깊은 영향을 미쳤지만 문화소질이 낮은 민중에게 미친 영향은 미약했다. 그렇다면 어떠한 방식 또는 수단으로 사회계몽에 더 유리하도록 할 것인가? '5·4'시기 민중적 의미가 가장 농후했던 문화형식—소설을 어떻게 여기에 활용할 것인가? 어떻게 소설이란 이 대중적인 문학 장르가 신문화 계몽운동에서 더욱 많은 역할을 하도록 할 것인가? 이와 동시에 어떻게 이러한 사회비판을 소설영역에서 구체적으로 실현할 것인가? 또는 문학(소설)은 어떻게 어떠한 방식으로 문화 비판이란 임무를 감당할 것인가? 이러한 문제들은 루쉰의 「광인일기」 이전에 누구도 실천해보지 못했던 문제들이었다. 구체적으로 말한다면 루쉰이 「광인일기」를 발표하기 전에 누구도 현대백화로 계몽소설을 어떻게 써야 할지 모르고 있었다는 것이다.

루쉰의 「광인일기」는 계몽주제와 백화로 된 현대소설형식을 잘 결합시켰을 뿐 아니라 소설 가운데서 단도직입적으로 봉건주의 문화의 "사람을 잡아먹는" 본질을 고발했다. 그 고발의 철저함은 실로 경이로운 사건이었다. 이 점에 대해 루쉰은 1918년 8월 20일 허수상(許壽裳)에게 보낸 서신에서 자신이 「광인일기」에서 표현한 봉건예교제도에 대한 인식을 이렇게 귀납했다. "우연하게 『통감(通鑒)』을 읽으면서 중국 사람들이 아직도 식인민족에 지나지 않는구나 하는 점을 깨달았고 그래서 그 작품을 쓰게 된 것이지요. 이 발견은 참으로 의미가 큰데 그 사실을 아는 사람은 몇 사람에 지나지 않아요."

그 후 그는 또 「등하만필(灯下漫筆)」에서 이 문제에 대해 재차 "소위 중국의 문명이란 사실 부자들이 향유할 사람 고기로 된 연회를 준비하는 것에 불과하다."는 설명을 덧붙였다. 바로 중국 봉건문화 전통에 대한 이러한 깊은 인식을 토대로 루쉰은 「광인일기」에서 광인의 형상을 부각시켰다. 일기체로 된 이 '무스토리'(스토리와 구성을 무시)의 소설에서 루쉰은 단지 13편의 일기와 개가 '나'를 보는 눈빛, 외간인이 '나'를 보는 눈길, "년대도 밝히지 않은" 역사, '인의도덕'의 허울 밑에 숨겨진 '사람을 잡아먹는' 등에 대한 간단한 스케치로 수천년 동안 전해내려 오던 중국 전통문화의 본질을 고발했는데, 작품의 제10절이 이 부분이다 : "나는 아무리 뒤척거려도 잠이 들지 않는지라 한밤중까지 자세히 들여다보았다. 그제야 행간에 쓰인 글을 보아낼 수 있었는데 온통 '사람을 잡아먹는다(吃人)'라는 두 글자뿐이었다."

루쉰의 「광인일기」와 마찬가지로 직접 봉건전제문화를 비판하는 주제의 소설로 이힐인(李劼人)이 1925년에 발표한 「편집실의 풍파(編輯室的風波)」[46]가 있다. 이 작품에서 작가는 '어떤 성도'에서 1,000여 부씩 발행되는 ≪일일보(日日報)≫에 대한 '신문검열'에 관한 이야기를 쓰고 있다. ≪일일보≫의 편집장은 그 지방의 여러 '신선'(특히는 지방의 군벌)들의 비위를 건드리는 일을 미연에 방지하여 신문의 간행을 보장받기 위해 신문통신에 대해 일일이 '자아검열'을 실시했는데 "모든 단평들은 거의 한 장의 백지와도 같도록 만들며 본성의 신문 역시 구절구절 자세히 연구한다." 그리고 군벌 통치자들에게 어떤 빌미가 되지 않도록 하기 위해 그들은 "□를 활용하는 묘법을 발명하여 일부 요약의 문구나 본성 요인들의 성명은 모두 이 □로 대체했다." 이러함에도 불구하고 종국에는 '군부'의 강제폐간의 액운을 면치 못하게 되고 신문사의 편집일군들 역시 '군부'에 체포된다. '군부'의 장관은 명령서에 "성 위수사령 항필달은 즉시

46) ≪文學周報≫ 第179期, 1925年 6月 28日.

≪일일보≫ 신문사를 폐쇄하고 편집인원들을 체포하여 중형에 처하여 일벌백계함으로 공중치안을 보장하라."고 했다. 여기에서 이힐인이 우리에게 보여준 것은 단지 신문자유에 관한 이야기가 아니라 전제제도 아래 '아첨쟁이' 노릇조차 하기 어려운 언론인들의 입장이다. 루쉰의 「광인일기」와 마찬가지로 직접 봉건전제제도 또는 국내의 진부한 문화에 대한 비판을 주제로 한 신소설은 '5・4'시기에 그리 많지 않았다. 유사한 주제를 다루었던 소설들은 애국주의와 봉건전제문화에 대한 비판이란 양자를 결합하는 형식을 취했는데 이러한 작품이 다수를 점했다. 예하면 빙심의 「두 가정(兩个家庭)」, 「거국(去國)」,[47] 정백기(鄭伯奇)의 「첫 수업(最初之課)」[48] 등이 그러한 작품이다. 욱달부의 「침윤」(1921) 역시 그 주제의 주요경향에 따라 이 부류의 소설에 귀속된다.

빙심의 처녀작 「두 가정」은 강렬한 보국이상을 품고 영국에서 유학한 수재 진화민(陳華民)의 형상을 부각했다. 진화민은 외국에서 배운 지식과 재주로써 가난하고 낙후한 조국을 개변하려고 한다. 하지만 귀국 후 국내의 낙후한 사회문화와 민중 의식, 그리고 집안의 불행 등 연이은 타격은 결국 진화민으로 하여금 분투의 신심을 상실토록 한다. 그리하여 나라에 보답하려던 자신의 포부를 실현하지 못한 채 그는 우울하게 죽어버린다. 전통적인 낡은 문화에 대한 동일한 비판, 나라에 헌신하려는 지식인의 처지에 관한 주제 등은 빙심의 작품 「거국」에서도 여지없이 표현되고 있다. 진화민과 마찬가지로 「거국」에서도 나라를 위해 큰 일을 하려는 웅대한 포부를 가진 미국 유학생 영사(英士)란 인물이 등장한다. 하지만 진화민과 마찬가지로 국내에서 그의 처지는 아주 어렵고 곡절적

47) ≪晨報≫, 1919年 11月 22日~26日.
48) ≪創造季刊≫ 第1卷 第1期, 1922年 3月 15日.

이다. 나라에 보답하려는 모든 환상이 수포로 돌아가자 영사는 사회의 여러 가지 암흑세력의 핍박 아래 부득이 재차 조국을 떠나게 된다. 조국과의 이별을 앞두고 영사는 고통스러운 나머지 아래와 같은 독백을 남긴다: "조국이여 이 영사가 그대를 버리는 것이 아니라 그대가 이 영사를 버리는 것이오!"

정백기는 「첫 수업」에서 애국주의를 주제로 다루었다. 일본으로 유학 온 중국학생 병주(屛周)는 모 학교에 가서 첫날 수업을 듣게 된다. 수업 전에 그는 일본 학생들이 무슨 전공을 선택할 것인가에 대한 의논을 듣게 된다. 일본 학생들의 전공 선택은 당시 일본인들의 '제국주의' 국가 의식과 밀접한 관계가 있었다. 하지만 중국 학생으로서 특별히 듣기 거북한 모욕적인 말들, 예를 들면 "친구야… 우린 동아시아 주인이잖아, 가지고 싶은 거 다 가질 수 있지. 우리 제국의 이웃에 그나마 피둥피둥 살찐 돼지가 있으니"라는 것들이다. 수업시간 출석을 체크할 때 일본인 선생님은 병주에게 어느 나라 사람인가 물었다.

"군은 일본인이 아니지요. 그러면 조선인? 아니면 청국인?"

병주는 "저는 중화민국 사람입니다."라고 대답했다. "뭐요, 중화민국? 나는 왜 모르지? 지나를 말하는 것이겠지."

작가는 그 장면을 이렇게 그려내고 있다.

"이렇게 응대하는 선생은 병주에게 경멸의 눈길을 던졌고 교실의 모든 사람들은 와하하-하고 웃음을 터뜨렸다."

소설의 결말에 병주는 이 '첫 수업'을 총화할 때 "이것이 바로 나의 첫 수업이었다! 이것이 바로 내가 처음 얻은 교훈이었다!"

정백기의 「첫 수업」은 알퐁스 도데의 「마지막 수업」의 주제형식과 아주 근접해 있다. 작가는 이러한 장면을 설정함으로써 소설에서 애국주의 주제를 강화하는 효과를 높였다.

이러한 애국, 보국과 중국의 봉건제도 및 문화에 대한 비판을 주제로 한 움직임은 '5・4'시기를 거친 후에도 한동안 지속되었던 창작 경향이다.

2) 국민의 봉건문화의식(국민성)에 대한 비판

봉건주의 전제문화에 대한 '5・4'소설의 비판은 두 개 방면에서 진행되었다. 그 하나는 루쉰의 「광인일기」, 이힐인의 「편집실의 풍파」와 같이 직접 봉건주의에 반대하는 주제를 택하여 봉건제도와 전제문화 전통에 대해 직접적인 비판을 가하는 부류이다. 다른 하나는 국민성의 시점에 입각하여 국민의 우매하고 보수적인 봉건의식에 착안하여 중국사회의 국민소질과 국민문화에 대한 '현대성'의 고문과 비판의 부류이다. 「광인일기」 이후 루쉰은 「공을기」, 「약」, 「내일」, 「사소한 일」, 「풍파」, 「고향」, 「단오절」, 「백광」 등 작품을 발표했는데 대개 그러한 주제의 범주에 속하는 작품들이었다.

「광인일기」의 "아이들을 구원하라"라는 직접적인 호소와 외침과는 달리 후기의 소설에서 루쉰은 중국 국민문화의 봉건성과 반동성에대한 깊이 있는 고발로써 중국 봉건주의 전제문화의 반동성과 부패성에 대해 철저한 청산을 시도했다. 이러한 형식의 청산은 「광인일기」의 외침보다 무게 있고도 정곡을 찌르는 것이었다. 「약」에서 루쉰은 1907년 민주혁명의 여성 영웅 추근(秋瑾)의 취의를 소설의 배경으로 삼아 당시 사회민중의 우매하고 무지함을 비판함과 동시에 일반 백성들에 대한 봉건제도와 문화의 정신적 도살을 비판했다. 화로전(華老栓)일가는 자그마한 찻집으로 근근이 먹고 사는 빈민이다. 집안에는 폐병을 얻어 백방으로 치료해도 효과를 보지 못한 독자 소전(小栓)이 있다. 무지몽매한 화로전은 아들의 병을 치료하기 위해 고생스럽게 모아두었던 금전을 살인자에게 건네주고 그 대가로 혁명당인의 선혈을 듬뿍 묻힌 만두를 약으로 바꾸어 자기 아들의 목숨을 구하고자 한다. 소설 「약」에 등장하는 주요인물은 사형에 처한 혁명당인 하유(夏瑜), 인혈만두를 사는 화로전, 폐병을 앓고 있는 소전, 찻집의 흰 수염쟁이와 강아저씨(康叔)로 불리는 찻집 손님, 그리고 각자의 아들에게 성묘하는 화씨 어멈과 늙은 여인 등 몇 사람밖에 되지 않는다. 작가는 스케치의 수법으로 독자들에게 한 폭의 무지몽매하고 무감각한 중국민중의 화상을 보여주고 있다. 혁명가는 영웅다운 일생을 마감했지만 그 죽음은 결코 민중의 각성을 환기시키지 못했다. 혁명가 하유의 죽음과 화소전의 죽음은 소설의 두 개 스토리이다. 하유의 죽음은 영용하고 비장하였지만 민중에게 아무런 파문을 일으키지 못했고, 화로전의 죽음은 신체상의 질환과 부모의 무지몽매함이 함께 초래한 죽음이었다. 화로전까지 죽었지만 주변사람들은 여전히 무감각한 상태로 추호의 각성 기미조차 보여주지 못했다. 「약」과 유사한 이야기는 루쉰의 소설에서 반복적으로 나타나는데 「공을기」가 그러한 한 사례이다. 문화가 없는 촌민들의 눈에서 수재가 되지 못한 공을기는 아무런 쓸모도 없이 심지어 인간의 존엄까지 상실한 사회의 폐물이었다. 하지만 소설속 인물로서 공을기는 봉건사회에서 "죽은 교육"의 영향 때문에 결국은 독서 과정에서 스스로를 아무 짝에도 쓸모없는 사회의 폐물로 전락되고 만다. 만약 제정 러시아문학에서 '잉여인간'의 존재가 사회가 진보한 현상이라고 한다면 공을기의 존재는 인간과 인성에 대한 봉건문화와 교육의 철두철미한 박해를 증명하는 사례였다.

루쉰의 국민성 비판의 의미에서 볼 때 「아Q정전」과 「풍파」는 가장 깊이 있는 작품이라고 할 수 있다. 「풍파」에서 루쉰은 장훈(張勛)의 복벽이라는 역사적 배경 아래 절강의 시골 촌민들의 복고적이고 혁명에 대한 배타적인 심리에 대해 정치한 정리를 하고 있다. 소설에서 작가는 집중적으로 79세의 나이로 곳곳에서 혁신을 반대하는 아홉근 할머니(九斤老太太), 종종 복벽을 이루어 용좌에 앉은 황제를 생각하는 조씨 일곱째 나으리(趙七爺), 혁명당에 의해 변발을 잘려 항상 전전긍긍하는 일곱근(七斤) 등등의 담이 작고 겁이 많으며 세상변화에 적응하지 못하는 보수적인 농민들을 부각했다. 그리고 이러한 무지몽매한 인물들의 입을 빌려 간단없이 사회변혁에 대한 저촉의 발언을 하게 한다. 아홉근 할머니의 "대대로 점점 못하다.", 조씨 일곱째 나으리의 "변발이 없으면 어떠한 죄에 해당되는지 책에 조목조목 분명하게 씌어 있다.", "그래 자네 알기나 아는가, 이번에 황제를 옹위하는 사람은 장 총수란 말일세, 장 총수는 연인 장익덕의 후손이라네. 그 양반 장팔사모창에 만부부당지용을 자랑하지, 그 누가 당한단 말인가." 등등이 그러한 것들이다. 신해혁명이 발발한 지 몇 년이 지났고 봉건황제제도 또한 이미 무너진 지 오래지만 시골에 살고 있는 사람들은 아직 그 혁명에 대해 격세감을 나타내고 있으며 혁명의 과정과 문화는 아직도 여기까지 그 영향을 미치지 못하고 있는 현실이었다. 그리하여 이 곳의 사람들은 여전히 옛날과 같이 살고 있으며 아무런 삶의 목표도, 희망도 없이 무감각하게 살아가고 있는 것이다. 이러한 점에서 본다면 '국민성'의 고발과 비판에서 「아Q정전」은 「풍파」보다 직접적이었다. 구체적으로 한쪽 머리를 땅에 묻고 의도적으로 세상을 멀리하려는 천치 '아Q'라면, 다른 한쪽은 단지 속으로만 다른 사람을 자기의 조상과 비교하면서 스스로 만들어낸 '역사'로써 자기가 "다른 사람보다 한수 높음"을 증명하는 바보 '아Q'이며, 한쪽이 다른 사람 모르는 자리에서만 자고자대하는 소인 '아Q'라면 다른 한쪽은 죽을 때까지 자아의식이 무엇인지도, 자기의 목숨을 왜 바쳐야하는지도 모르는 장승같은 '아Q'로서, '정신승리법'으로 조립된 '아Q'로서 바로 루쉰이 우리에게 보여준 특수한 인물이다. '아Q'의 정신세계는 중국 전통문화에 의해 만들어진 것인 동시에 중국의 전통문화의 노역과 유린 아래 형성된 것이다. 따라서 '아Q'는 이미 기본적인 생활권조차 이미 잔혹한 사회현실에 의해 박탈당한 농민의 전형이다. 농민에 대한 사회의 압박과 약탈은 이미 다수의 농민을 적빈으로 전락시켰으며 '아Q'와 같은 대부분의 중국 농민들의 생활은 이미 존엄도 기본적인 보장도 상실하고 말았다. 그들은 정신적으로 '자아오락'을 즐기거나 또는 '정신승리법'으로 살아가는 외에 아무런 정신적 생활의 행복도 운운할 수 없는 상태였다. 물론 루쉰이 이러한 인물을 부각할 때 압박자에 대한 피압박자의 반항의식을 주입한 것 또한 무시할 수 없다. 소설에서 작가는 이미 '성공'한 '기이한 혁명'을 스토리 전개의 무대로 삼고 '가짜 양놈'조차 혁명당에 혼입할 수 있는 현상에 견주어 혁명에 대한 비판을 가했다. '5·4'소설, 계몽소설에서 '아Q'라는 인물의 중요의미는 주로 역사 발전과정속의 중국 농민의 형상임과 아울러 작가에 의해 본질화된 농민의 형상이라는 데에 있다. 모든 출로가 차단된 중국 농민에게 있어서 그들은 오로지 '아Q식'으로(정신승리법으로) 살아가는 외에 별다른 선택의 여유가 전혀 없었다. 루쉰은 중국 농민들의 현실적인 처지에 대해 무한한 동정을 보내고 있었지만 혁명적인 계몽사상가로서 또한 그들의 무지몽매하고 무감각한 일면과 보수적이고 인습만 고수하며 혁명을 두려워하며 '대담하지 못한' 나쁜 관습을 통한했다. 루쉰이 "그들의 불행에 슬퍼하고 투지의 전무에 분노한다."는 것은 바로 그러한 면을 가리키고 있다.

루쉰과 같이 소설을 통하여 국민성 문제에 주목하고 국민성에 대한 비판의 방식을 취했던 계몽소설가들 역시 국민계몽에서 노력을 멈추지 않았다. 엽성도의 「밤(夜)」(1927), 왕노언의 「유자」(1924), 고사화(高士華)의 「스스로의 배를 가라앉히다(沉自己的船)」(1923) 등의 작품들은 모두 그러한 노력의 구체적인 표현이 되는 작품들이다.

2. 개성해방과 개인의 자유, 행복에 대한 추구

'5 · 4'문학과 20세기 전반 중국문학에서 개성해방과 개인의 자유 · 행복 · 사상에 대한 계몽은 시종일관 하나의 중요한 문학적 임무였다. 물론 이 임무는 '5 · 4'시기 보다 절박하고 중요했던 바 그 이유는 신문화운동의 종국적인 목표가 그것이었고 실제로 그것은 인간의 해방을 의미하는 것이었기 때문이다. 인간의 해방은 개성의 해방과 개인의 자유, 행복의식의 영위와 갈라놓을 수 없다. 만약 개성의 해방과 개인의 자유에 대한 추구, 그리고 개인 행복의 수요와 만족이 없었더라면 '5 · 4'운동은 아마 '공중누각'이 되고 말았을 것이다. 왜냐하면 과학이든 민주이든 모두 인간 개체의 자유를 전제로 하기 때문이다. 아울러 신문화운동은 청년들의 지지와 참여의 폭을 필요로 하는 역사적 활동으로서 자체 해방에 대한 청년들의 참여가 없었더라면 신문화운동의 사회계몽 목표 역시 근본적으로 실현되기 어려웠다.

개성의 해방과 개인의 자유, 행복 추구 그리고 봉건가정의 전제에 대한 반항의 주제는 '5 · 4'문학의 광범위한 주제양식이었다. 이러한 주제 내에는 두 개의 주제적 경향이 포함되는데 그 첫 번째가 바로 가정 내의 봉건적 전제에 대한 반항이다. 이는 전술했던 "봉건전제문화에 대한 비판"과 여러 면에서 연계가 있다. 그럼에도 불구하고 그것과 구별되는 점은 '5·4'문학에서 이러한 봉건주의 문화에 대한 비판은 '가정'의 범위에서 진행되었던 것으로서 사회적인 반봉건주의와는 일부 차이를 보였다. 한편 가정 내의 봉건전제에 대한 반항은 '5·4'와 그 이후 오랜 기간 늘 청년들의 개성해방과 개인의 자유, 행복에 대한 추구의 전제조건이 되었다. 두 번째는 개성의 해방과 개인의 자유, 행복에 대한 추구이다. 구체적인 소설작품에서 "봉건가정의 전제에 대한 반항"은 때로 독립적인 주제를 이루기도 하고 때로는 "개성해방과 개인의 자유, 행복에 대한 추구"라는 주제와 병존하면서 "개성해방과 개인의 자유, 행복"의 주제를 '일반'적인 '전제(前提) 성격의 주제'로 삼았다.

1) 가정 내 봉건전제에 대한 반항의 주제

빙심은 1919년 10월 (7일~11일) ≪신보부간(晨報副刊)≫에 소설 「홀로 초췌해지다(斯人獨憔悴)」를 발표했다. 작품은 갓 거쳤던 '5·4'학생운동을 배경으로 청년학생 영석(穎石), 영명(穎銘), 영정(穎貞) 3남매와 봉건가정의 가장인 부친 화경(化卿) 사이에 벌어진 사상의식의 충돌을 그리고 있다. 소설에 의하면 화경은 천진에 살고 있는 고급관리 또는 군벌("문 앞에 4~5대의 자가용이 세워져 있고 대문설주에 달아놓은 전등이 백주처럼 환하게 비추고 있었다. 두 군졸이 총을 들고 그 전등 아래 서 있었는데")이었다. 부친 화경은 자녀들을 학생운동에 참가하지 못하게 하는 독재적인 가장이다. 소설의 발전과정을 볼 때 이야기의 줄거리는 제목 「홀로 초췌해지다」와 별로 관계가 없어 보인다. 소설은 이렇게 결말을 맺는다 : 한 주일 후에 학교의 개학일자를 알리는 공문이 도착했다. 영석 형제는 모두 기뻐서 어쩔 줄을 모른다(끝내 음울한 봉건적인 가정과 독재적인 부친을 떠날 수 있는 기회가 온 것이다). 하지만 부친의 "갈 필요 없다. 지금은 아직 운동중이고 앞으로 또 소란을 피울 테니. 너희 둘에게 사무직을 마련해 두었으니 먼저 몇 년간 근무하면서 성질도 누긋히는 편이 나을 게다. 공부는 일후에 다시 이야기하기로 하자!"는 한 마디에 결정되고 그들의 운명은 철저한 개변을 겪을 위기에 처한다. 아무런 반항능력과 반항정신이 없는 부잣집의 두 자식은 이렇게 인생을 선택할 권리와 학생운동에 참여할 권리를 박탈당한다. 영명은 마지막에 오로지 "천천히 거닐며 절통한 목소리로… 이 큰 경성 땅에 나 홀로 초췌해가노라!"라고 읊을 뿐이다.

루쉰은 1925년 소설 「이혼」을 창작한다. 「이혼」은 편폭도 그리 길지 않고 '5·4' 이후 가정 내의 봉건에 반대하는 주제로 작품에 흔히 나오는 "청춘 남녀가 가장의 혼인결정에 반대하는" 식의 "이혼주제의 소설"도 아니다. 루쉰은 이 작품에서 봉건혼인제도와 문화로 인해 발생한 이혼사건을 다루었다. 작품에서 아이꾸우(愛姑)와 시(施)씨 가문의 아들 '새끼짐승'은 "중매인을 통한 공식적인 혼인" 절차를 밟아 결혼하여 몇 년간 부부로 지낸 사이이다. 그런데 두 사람은 결혼한 지 얼마 되지 않아 '아마도' 감정상의 문제가 생겼던 모양이었다. 여자 측의 말을 빌면 "내가 시집온 이후로 정말로 항상 머리 숙이고 드나들면서 예의에서 어긋나는 일은 한 번도 없었어요. 그런데 저 사람들은 일부러 나를 미워하면서 사람마다 '종규(鐘馗)의 극물'처럼" 자신을 대했다는 것이다. 아이꾸우와 '새끼짐승'의 혼인 '희극'은 3년 동안 지속되었다. 그 동안 아이꾸우의 부친 장목삼(庄木三)은 '작년'에 여섯 아들을 데리고 시씨 집안의 부엌을 뜯어내어 일을 크게 저지르기도 했다. 스토리는 장목삼이 딸을 데리고 중간인 위(慰) 나으리 집안에 인사하러 가는 데에서 시작된다. 위 나으리 집에서 성안의 권위적인 인물 '일곱째 나으리'가 중재를 맡았다. 원래 아이꾸우는 '일곱째 나으리' 앞에서 한바탕 소란을 피우면서 자신의 이유를 말하여 '명목상의 권리'를 얻으려고 작심했다. 하지만 '일곱째 나으리'의 어림도 없는 그 위엄 앞에서 아이꾸우와 부친은 끝내 아무런 반항을 할 엄두도 내지 못하고 말았다. 3년에 걸친 이혼전쟁은 종국에 시씨 집안에서 원래 제시한 가격 위에 10원을 더 보탠 90원의 '대가'로 결말을 고했다. 루쉰의 이 작품에서 반봉건문제를 '거론'하지 않았지만 '이혼사건'을 통하여 독자들은 봉건 전제권력이 혼인가정문제에 대한 '통치'의 상황을 엿보게 된다. 그리고 20세기 상반기 무렵이란 시점에서 신문화혁명의 영향은 아직도 농촌에까지 미치지 못하고 있으며 봉건전제 앞에서 농민들은 아무런 반항능력도 없음을 알게 된다. 봉건적 독재의 상징인 '일곱째 나으리' 앞에서 위 나으리의 중재까지 감히 거부하였고 아들을 데리고 시씨 집안의 부엌까지 뜯어내었던 장목삼도 다시는 감히 그런 짓을 못할 뿐만 아니라 심지어 반대의 뜻을 밝힐 엄두조차 내지 못한다. 아이꾸우의 이혼이야기를 통해 작가는 중국가정을 통제하고 있는 봉건전제문화 및 봉건문화전통이 민간의 혼인생활에 대해 통제하는 것을 보여주었으며 가정 내 반봉건의 노정이 아직도 상당히 길다는 점을 암시했다. 루쉰은 또 1925년에 창작한 이 소설을 통하여 당시 농촌에 보편적으로 존재하고 있던 봉건적인 혼인상황을 그려냈으며 중국에서 농민들의 반봉건적 문화계몽의 임무가 간거함을 알려주고 있다.

2) 개성의 해방과 개인의 자유행복 추구에 관한 주제

'5·4'신문화 계몽운동의 지지와 참여자는 주로 지식청년들로 모두 개혁과 혁명에 상당한 격정과 용기를 가진 사람들이었다. 특히 주목해야 할 점은 단지 지식청년들로 이루어진 이 그룹이야말로 글을 알고 문학의 기본적인 기능을 갖추고 있었으며 따라서 '5·4'계몽문학의 주체는 필연코 이 부류의 청년들이 담당하게 되었다. '5·4'신문화운동 성원의 이러한 구성은 지극히 객관적이고도 자연스럽게 계몽문학(소설)의 기본적인 방향을 결정지었다. 그리하여 '5·4'계몽문학에서 "개인의 자유와 행복의 추구"는 중요한 주제의 선택항이 된 것이다.

1919년 3월 호적은 ≪신청년≫ 제6권 제3호에 단막극 「종신대사(終身大事)」를 발표했다. 이 극은 신지식 여성이 자신의 혼인에 대한 봉건식 가정의 간섭에 반항하는 단막극이었다. 호적의 '서'에 의하면 이는 미국에서 유학하는 동창생의 요청에 그곳에서 연회를 위해 하루 만에 영어로 창작한 것이라고 한다. 환언한다면 「종신대사」는 '급조'한 것이고 심하게는 장난으로 만들어낸 작품이다. 그럼에도 불구하고 이 단막극은 '5·4'문학의 반봉건 계몽문화의 중요한 주제, 즉 청년들의 혼인에 대한 봉건가장의 무단간섭 심지어 독단적인 처사를 반대하고 청춘 남녀들이 자신들의 행동으로 인생의 자유와 행복을 쟁취함을 표현했다.

「종신대사」에서 호적은 5명의 등장인물, 향불에만 전념하는 불교신자 전(田)씨 부인, 문명개화 인사인양 하는 전(田)선생, 전씨 부인의 '이론적 근거'인 장님 점쟁이, 여자 종 이(李)어멈, 가장 중요한 인물인 당사자 전아매(田亞梅) 여사 등을 설정하고 있다. 「종신대사」의 줄거리는 아주 간단하다. 전씨와 진(陳)씨 집안은 수년간 가깝게 지내는 사이다. 전아매와 진씨 집의 서양에서 유학중인 아들 역시 다년간의 친구로서 본래 두 사람은 곧 결혼식을 올리게 되어 있다. 이때 전씨 부인이 장님 점쟁이를 불러 따님과 미래의 사위의 혼인에 관한 점을 보았다. 점쟁이는 '명에 따르면' 두 사람의 혼인은 "자세히 보면 남자의 명이 훨씬 강하기에 남편이 부인의 명을 상극하기에 여인이 일찍 죽을 것"이라고 했다. 전씨 부인은 또 며칠 전에 딸과 사위를 위해 받아 온 관음보살의 점괘를 보았는데 그 시구 역시 "부부의 인연은 생전에 정해진 것이니 인연은 강구할 것이 아니로다. 하늘의 뜻을 거역한다면 종국에는 화가 미치고 혼인은 좋은 끝이 없을 터다."라고 써 있었다. 그것을 굳게 믿은 전씨 부인은 딸과 사위의 궁합이 맞지 않는다는 이유로 딸의 결혼을 막고 나섰다. 전아매는 어머니가 반대하고 나서니 사상이 개명한 부친 전씨를 기다리기로 한다. 귀가한 전씨는 과연 "자신도 믿지 못하는 주제에 그래 흙이나 나무로 만들어놓은 보살은 믿을 수가 있는가."라고 하면서 부인의 점괘에 의거한 태도를 반대하고 나섰다. 아버지의 지지태도에 전아매는 기뻐한다. 그런데 부친은 금방 말을 바꾸어 역시 그 혼인을 반대하고 나선다. 그와 아내의 이유는 겉보기에는 다른 것 같지만 본질적으로는 일치하는 것이다. 전씨가 반대하고 나선 이유는 "『논어』에 진성자(陳成子)가 나오는데 다른 책들에서는 모두 전성자(田成子)라고 한다. … 그러니 2,500년 전 진씨와 전씨는 원래 한 집안이었다. … 그러니 두 성씨 집안의 사람들은 통혼할 수 없다."는 것이다. 전씨는 딸에게 이러한 궤변을 부렸다. "내가 그것을 무시해도 소용없다. 사회가 그것을 신용하고 어른들이 그것을 믿고 있으니 말이다. 그러니 나더러 어쩌란 말이냐?" 봉건사상이 농후한 양친의 '양면협공' 아래 신교육을 받은 신여성 전아매는 부모에게 아래와 같은 내용의 글을 남긴다 : "이는 저의 종신대사이니 스스로 결정해야 할 줄로 압니다. 지금 저는 진선생의 차를 타고 갑니다. 이렇게 글로써 작별인사를 드립니다."

호적의 「종신대사」에서 가정의 봉건의식에 대한 반대와 개인의 자유와 행복에 대한 추구는 한 주제의 두 개 방면이다. 호적은 이 짧은 이야기에서 보기에는 간단하지만 결코 간단하지만은 않은 문제를 드러내고 있다. 즉 '5 · 4'전후의 중국사회에서 봉건적인 가정에서 인간에 대한 구속을 벗어나 청년들의 자유로운 혼인과 사랑의 행복을 이룩하자면 오로지 가정과 관계를 끊을 수밖에 없다는 것이다. 작품에서 전아매의 가정은 당시 중국사회에서는 "문명한 가정"에 속한다. 부친은 대학교육(혹시 유학경력의 소유자일 수도 있음)을 받은 소위 "지식계급"이고 모친 또한 예의범절에 밝은(높은 교육경력의 소유자일 수도 있음) 사람으로 사상이 개명한 편이었다. 신문화지식과 사상을 대량 수용한 집안에서조차 전아매의 혼인대사는 자칫 봉건문화의 제압으로 요절할 위기를 겪었다. 작가는 비록 심심풀이로 이 시나리오를 완성한 것이지만 '5 · 4'시기에 이는 가정내의 봉건문화를 반대하고 개인의 자유와 행복을 추구하는 사상의식의 반영으로서 당시 청년들에게 상당한 영향을 끼쳤다. 20세기 중국의 리얼리즘 문학에 있어서 호적의 이 시나리오는 단순히 '리얼리즘'의 범주에 귀속시키기는 어렵다. 하지만 그 사상계몽의 가치와 리얼리즘의 가치 — 요컨대 그 문학 역사적 가치는 아주 높은 평가를 받아 마땅하다.

호적이 「종신대사」를 발표하는 그 해에 빙심은 「가을바람 가을비속에 속 태운다(秋風秋雨愁煞人)」를 발표했다. 빙심은 작품에서 원대한 포부를 품은 지식인 여성 영운(英雲)을 부각시키고 있다. 영운은 중학교를 졸업한 후 대학에 진학한 다음 사회에 진출하여 봉사하고자 한다. 하지만 신해혁명 후의 젊은 지식인 여성으로서 그녀가 아무리 원대한 이상과 풍부한 환상을 지녔다고 할지라도 봉건가정으로부터 오는 혼인에 대한 독단은 어쩔 수 없는 일이었다. 영운은 이렇게 이모집의 사촌오빠에게 시집가게 되고 장에 갇혀 바깥세상을 바라볼 수밖에 없는 '행복한 새'가 되고 말았다. 작가는 작품에서 현실생활과 사회공작에 대한 영운의 갈망을 돌출하게 표현함과 동시에 자신의 운명에 대한 무기력을 표현했다.

소설의 결말에 작가는 영운이 소설 속의 "나"에게 아래와 같은 내용의 '절필'(사실은 목숨을 끊기 전의 '절필'이 아니라 정신과 영혼의 '절필'서였다)을 남기도록 설정했다.

> 사랑하는 빙심씨! 내 마음 속의 비통은 이루 다 말로써 표현할 수가 없구나. 숙평(淑平)은 죽었다, 나 역시 죽은 몸이라고 할 수 있지. 오직 너만 아직도 팔팔하게 살고 있구나! 나와 숙평의 책임과 희망은 이제 너 한 몸에 맡긴다. 노력하고 분투하기 바란다. 너의 기회와 지위는 얻기 어려운 것이란 점을 기억해다오, 우리의 목적이 '자기를 희생하고 사회에 봉사하자'는 것이었다는 점을 잊지 말아다오. 27일 밤 3시 영운이가.

빙심은 이 작품을 통하여 봉건적인 혼인으로 지식인 여성은 비록 생명은 살아남을 지라도 정신은 실질적으로 죽은 것이나 다름없다는 사실을 알리고 있는 것이다.

1921년 1월 10일 허지산은 ≪소설월보(小說月報)≫에 그의 첫 소설 「명명조(命命鳥)」를 발표한다. '명명조'는 불교 경전에 나오는 전설속의 새로, 두 개의 머리에 몸은 하나로 '똑같이 운명을 같이 하는' 동고동락의 새라고 한다. 허지산은 작품에서 불경고사의 새를 빌려 작품 속 인물의 운명을 상징했다. 「명명조」는 미얀마를 배경으로 한 청춘 남녀의 연애이야기인데 당사자들은 최후에 쌍쌍이 호수에 몸을 던져 순정의 길을 선택한다. 주인공 명민(明敏)은 15세의 불교 여신자로 취학하고 있는 '법륜학교'의 동학 가릉(加陵)과 이미 7, 8년간 함께 공부하고 있었다. 명민의 부친 송지(宋志)는 조예가 아주 높은 강호의 예인인데 자기 나이를 고려해 딸을 전승자로 삼고자 한다. 명민과 가릉은 한 사람은 뱀띠, 한 사람은 쥐띠인데 이는 미얀마 문화에서는 상극하는 띠였다. 그리하여 송지는 그들의 혼인을 반대한다. 부친이 명민을 데리고 순회공연을 떠나야 하기에 명민은 학교를 떠난다. 가릉의 부친 파다와저(婆多瓦底)는 가릉이 스님으로 되기를 희망하지만 아들은 동의하지 않고 서양학교에 가서 대학교(서양학교)에 진학하기를 희망한다. 부친은 아들이 살인을 일삼는 서양인을 따라 배우는 것과 불교문화에 대한 서양학교의 모독에 반대하는 입장이지만 결국은 아들의 의견에 동의한다. 이리하여 가릉은 대학교에 진학하는데 3개월이 지난다. 가릉이 떠나간 후 명민의 부친은 딸의 연애를 막기 위해 고사(蠱師)를 불러 억지로 두 사람을 갈라놓고자 한다. 마침 그 의논을 엿듣게 된 명민은 우울하게 하루하루를 보낸다. 그 와중에 명민은 서대광탑의 빛을 바라보면서 최면상태에 들어간다. 꿈에서 명민은 부처의 부름을 받고 자기와 가릉이 한 쌍의 명명조로서 세속의 피안까지 함께 날아갈 수 없음을 알게 된다. 부처의 계시 아래 명민은 세상을 하직하기를 결심한다. 저녁에 명민은 푸른 호수에 몸을 던져 세상을 하직할 준비를 한다. 이때 가릉이 그녀를 찾아 호숫가에 왔다. 가릉은 명민의 타산을 듣고 동감을 표했다. 이리하여 교교한 달빛 아래 두 사람은 "마치 신혼의 남녀가 손에 손을 잡고 신혼 방에 들어가는 것처럼 자연스럽고도 두려움 없이 호수로 들어간다. 달빛 아래 조용한 물결 가운데 가릉의 말소리가 은은히 퍼진다 : '우린 생명의 여객이야, 이제 새로운 세계로 가게 되니 정말 즐겁구나.'"

허지산의 「명명조」에서는 봉건 가정 내 '황세인의 빚 재촉'식의 고도의 압력은 찾아볼 수 없다. 가릉의 부친은 심지어 반대의 말 한마디도 없었다. 겉보기에 명민과 가릉의 자살은 마치 불교신앙의 결과처럼 보인다. 작가 본인의 종교문화 배경을 감안할 때 이러한 결론 도출 또한 가능한 것이다. 하지만 작품을 자세히 살펴본다면 비록 봉건적인 세속문화가 직접적으로 두 젊은이의 죽음에 간여하지는 않았다고 할지라도 명민과 가릉이 그 속세에 용납되지 않았다는 점만은 분명한 것이다.

1922년 2월 허지산은 ≪소설월보≫ 제13권 제2호에 「그물 치는 거미(綴网蜘蛛)」를 발표했다. 「명명조」와 마찬가지로 이 작품 역시 종교적 색채가 비교적 농후한 소설이다. 허지산은 소설에서 개명한 지식인 가정의 여성 상결(尚洁)을 부각했다. 상결은 원래 다른 집의 민며느리였는데 그 집에서 학대를 받다가 장손 가망(可望)에 의해 구출되었다. 그리하여 상결과 가망은 '부부'가 되었는데 상결은 가망에 대해 별로 사랑하는 마음이 없었다. 이리하여 이 혼인에는 어두운 그림자가 드리워져 있었다. 가망은 늘 집에 붙어 있지 않아 상결은 하인과 집에 있기가 일쑤였다. 어느 날 도둑이 상결 집의 뜰 안에서 다리가 부러졌다. 상결은 하인에게 그 도둑을 자기의 '귀비침대'에 눕히게 하고 상처를 치료해 주었다. 바로 이때 집에 돌아와 그 광경을 본 가망은 상결의 외도 증거를 잡았노라고 노발대발하면서 칼로 그녀를 찔렀다. 상결은 그 상처를 치료하기 위해 말레이시아반도의 사화(士華)로 간다. 사화에서 3년 동안 상결은 일을 찾아 하는 한편 가정과 딸 배하(佩荷)를 그린다. 어느날 갑자기 오랜 이웃 사(史)선생이 딸을 데리고 상결을 찾아와서 남편 가망의 침통한 후회를 전한다. 가망은 2, 3년 동안 목사가 늘 자신을 찾고 자기도 종종 목사를 찾아가서 설교를 듣는다고 하면서 목사가 그에게 읽어주는 ≪마르코복음≫ 10장에서 교훈을 얻었다고 했다. 가망은 목사의 훈시를 통해 자기가 "아주 비열하고 흉악하며 음탕"하다는 것을 알았으며 상결에게 아주 미안하다고 했다. 가망은 상결이 귀가하기를 청했으며 과거 자신이 그녀에게 진 감정의 빚을 갚기 위해 자신을 '추방'하겠노라고 했다. "지금 그는 종전의 사악한 행위와 난폭한 성격을 점차 개변하고 있다. 그리고 이 몇 년 동안 당신이 수궁했던 고통의 빚을 청산해주기 위해 잠시 당신을 멀리하기로 하겠다."는 것이다. 「명명조」와 마찬가지로 「그물 치는 거미」는 표면적으로 볼 때 농후한 종교적 색채를 드러내고 있다. 하지만 종교 이면에는 여전히 전통적인 봉건적 혼인제도에 대한 '5·4'청년들의 반항과 이탈의 노력, 그리고 현대식의 사랑과 혼인에 대한 동경을 찾아볼 수 있다.

'5·4'신문학이 활발하던 시기부터 좌익문학이 도래하기 전까지 호적의 「종신대사」, 빙심의 「가을바람 가을비속에 속 태운다」, 허지산의 「명명조」와 「그물 치는 거미」 등 유사한 주제를 다룬 작품이 상대적으로 많았던 편이다(이는 당시의 '신소설' 작품이 '5·4' 전과 '5·4'가 방금 끝난 그 시기에 그리 많지 않았기 때문이다). 예를 들면 1921년 1월 10일 ≪소설월보(小說月報)≫ 제12권 제1호에 발표된 왕통조의 「깊은 사색(沉思)」, 1925년 3월 21일 ≪현대평론≫ 제1권 제15기에 발표된 능숙화의 「수놓은 베개」, 1926년 「침종(沉鐘)」 제4기에 발표된 진상학(陳翔鶴)의 「서풍이 베개에까지 불어 들어온다(西風吹到了枕邊)」, 1928년 4월 ≪동방잡지≫ 제25권 제8호에 발표된 모순의 「창조」 등은 모두 이러한 주제의 '연장'이었다. 이러한 주제의 소설보다 독자들의 주목을 끌었던 작품은 1925년 루쉰이 발표한 「상사(傷逝)」로서 그 이유는 루쉰이 "노라가 가출한 후에 어떠했는가."하는 신문화의 자유와 행복의 문제에 대해 진일보한 사색을 보였기 때문이다.

3. 사회 하층의 생활에 대한 관심과 동정

계몽의 목적성은 '5·4'문학과 그 전의 중국 봉건사회의 문학(근대문학을 포함)에 큰 차이점을 초래했는데 즉, 문학의 관심의 대상과 제재에 역사적인 전환—사회 하층 생활로의 전환을 실현했음을 의미하는 것이다. 중국의 전통문학은 발전과정에서 기본적으로 이상주의 측면에서의 "표류"와 "존속"을 유지했던 것이다. 문화적 측면에서 본다면 중국 문학은 기본적으로 "귀족문화"의 유도체이고 "귀족문화"적 성격의 것이었기에 그 배려의 초점을 민중의 생활에 맞추기 어려웠다. 그 와중에서 일부 기간 일부 사회의 하층생활에 일정한 배려를 가진 작가, 예를 들면 이백, 백거이, 이신(李紳), 양만리(楊万里), 범성대(范成大)와 송나라 원나라 이후의 희곡 가운데 비극작가들이 있기는 했지만 이러한 사례는 잠깐이었고 집중적이지 못했다. 이러한 상황은 만청시기의 문학계 '혁명'에서도 진정으로 개변하지 못했다. 신해혁명을 전후하여 무학개량과 백화문의 논쟁은 사실 모두 귀족문화전통과 평민문학의식 간의 투쟁과 관련되는 것이었다. '5·4'시기 신문학운동의 전개는 주로 지식분자들 사이에서 진행되었는데 당시의 보편적인 사회상황에서 볼 때 청년들의 독서를 허하는 가정의 경제적 상황은 모두 일반 가정의 상위였다. 그 중의 다수의 가정은 또한 상당한 경제력을 보유하고 있었던 것이다. 따라서 '5·4'지식인그룹과 일반 사회 하층 간의 문화와 경제적 거리는 사실 더욱 멀어진 것이나 다름없었다. 이는 '5·4'시기에 청년 지식인들이 무엇 때문에 늘 문단중의 중요한 인물로 부상할 수 있었는가 하는 원인이 되기도 한다. 따라서 '5·4'시기 신문학의 제재와 주제 면에서 일으킨 변화는 더욱 소중한 것이다.

'5·4'시기 신문학의 "사회 하층의 생활에 대한 배려와 동정"은 아래와 같은 두 가지 면에서 구현되고 있다.

첫째, 초근화의 평민의식이 '5·4'신문학에서 보다 강화되었다.

구 계몽시기의 문학 기본의식과 달리 '5・4'계몽문학의 시각은 상당한 조정을 거쳤다. 이 조정 가운데 가장 주요한 변화는 바로 평민화를 향한 조정이다. 이러한 문학(특히 소설)시각의 '평시(平視)'는 '5・4'문학의 계몽경향에도 아주 큰 "인도"적인 역할을 일으켰다. 루쉰의 소설집 『납함』에서 「광인일기」, 「두발의 이야기」, 「단오절」, 「토끼와 고양이」, 「오리에 관한 희극」 등 5편 이외에 기타 9편의 작품의 시각은 모두 "하향"적인데 「아Q정전」, 「공을기」, 「백광」도 여기에 포함된다. 이러한 작품들에서 등장인물은 모두 사회와 시대에 의해 '소외'된 작은 인물로서 사회에서 주변화된 하층계급의 성원들이었다. 루쉰은 신 백화문학에서 솔선적으로 자기의 시점을 "하향"조절하여 당시 사회 하층인물과 평민(빈민)의 형상을 문학세계에 끌어들였다. 「아Q정전」의 아Q, 「공을기」의 공을기, 「약」의 화로전, 「내일」의 선씨 넷째 아주머니(單四嫂), 「고향」의 윤토 및 「풍파」의 몇몇 인물 등은 모두 이러한 '초근인물'에 속한다. 루쉰의 「방황」에는 11편의 작품이 수록되었는데 그 중 「축복」의 상림아주머니, 「장명등」의 몇몇 인물, 「조리돌림」의 형상만 있고 이름이 없는 인물, 「이혼」의 장목삼, 아이꾸우와 분명한 신분을 드러내지 않는 몇몇 부수적인 인물들 역시 이러한 부류에 속한다. 신문학의 선구자로서 루쉰의 이러한 문학적 시각의 선택은 당시 문학에 커다란 영향을 끼쳤다.

루쉰의 뒤를 이어서 그와 같이 문학창작에서 평민에게 배려를 돌리는 '5・4'문학작품(소설이 위주)이 점점 많아지기 시작했다. 비교적 일찍 자기의 창작 시야를 '평민생활'에로 돌렸던 엽성도는 1919년 3월 1일 ≪신조(新潮)≫ 제1권 제3기에 소설 「이 역시 사람이란 말인가?(這也是一个人?)」를 발표했다. 작품의 줄거리는 아주 간단하다. '그녀'는 한 농가의 '각시'(혹시 나이가 조금 많은 민며느리일 수도 있음)인데 출가 이후로 줄곧 고

통과 피곤함으로 부대낀다. 출산한 애는 요절하고 얼마 되지 않는 혼수품까지 남편이 저당잡혀버린다. 시아버지와 시어머니로부터 오는 욕과 매, 그리고 멸시는 매일 끊이지 않는다. 최후에 그는 도주하여 성안에 들어가 하인 노릇을 한다. 이러한 '자유'를 향유한지도 며칠 되지 않아 시아버지가 찾아온다. 죽은 남편의 장례를 위해 그녀는 다른 집에 팔려간다. 주제 면에서 볼 때 엽성도의 이 작품은 여성해방을 선전하는 작품이다. 하지만 당시의 '5・4'문학의 측면에서 본다면 이 소설 역시 '평민시각'으로 '초근의식'이라는 의미에서 중요한 가치를 지닌다. 마찬가지로 '시각의 하향조정'으로 창작된 작품은 그 후로 「네댓 말 더 거두었건만」 등이 있다. 거의 엽성도와 같은 시기에 욱달부도 자신의 '소설시각'을 '평민생활 측면으로 맞추었다. 창조사의 성원으로서 욱달부는 소설창작에서 창조사의 일반성원들과 같은 낭만주의와 이상주의를 고집하지 않았다. 그의 소설은 "시각"에서 상당히 '평민'적일 뿐만 아니라 문학의식에서도 거의 '5・4'문학에서 흔히 보이던 그러한 "문학귀족적인 기질"을 드러내지 않았다. 그의 소설속의 인물은 항상 "정상적"이고 '평민화'된 인물들이었다. 이 점은 그의 「침륜」(1921), 「춘풍에 심취하던 저녁(春風沉醉的晚上)」(1923), 「간단한 장례식(薄奠)」(1924) 등 작품에서도 일별할 수 있다. 유사한 상황으로는 허흠문, 대정농, 고세화(高世華), 건선애 등 '5・4'시기 작가의 20년대 작품에서도 모두 나타난 현상들이다.

둘째, 평민의 각색과 평민의 이야기가 '5・4'신문학의 적극적인 한 선택이 되었다.

'5・4'신문학으로서 "사회 하층생활에 대한 배려와 동정"은 '초근화의 평민의식'과 동시에 또 다른 하나의 현상, 즉 점차 문학에 수용되고 이해를 얻은 평민과 빈민의 각색으로 구현되었다. 주지하는 바와 같이

'5 · 4'전의 '구문학'에서 문학의 주요 각색은 본질적으로 '형이상학'적인 인물이었다. 그들은 혹은 추상화된 영웅이거나 나쁜 사람, 또는 이상화된 제왕장상이거나 재자가인이다. 평민화된 각색은 대개 비극형의 작품이거나 비현실적인 '패러디화'의 필요로 있었을 뿐이다. 총체적인 면에서 본다면 '5 · 4'신문학 이전 근대와 고전의 서사문학의 주요인물은 기본적으로 계몽의미에서의 '평민 각색'이 전무했다. 따라서 '5 · 4'신문학전 중국 구 문학의 인물과 이야기는 모두 "봉건사회"의 '이상적인 형식' 혹은 '양식'이었다. 물론 그러한 인물들은 현실생활과 현실 미학의 요구와 상당한 거리를 둔 것이다.

'5 · 4'신문학단계에 이르러서 상황은 현저하고 거대한 변화를 일으켰다. 루쉰을 비롯하여 신문학은 비록 부분적이었을지라도 필경 상당한 주의력을 평민에게로 돌렸다. 이러한 경향과 신문학의 평민의식의 강화와 더불어 과거 문학에서 전혀 찾아볼 수 없었던 사회 하층의 평민화(심지어는 빈민화)의 생활이 점차 '5 · 4'신문학에서 '표현'되기 시작했다. 사회 하층의 생활에 대한 배려의 결과는 신문학 '평민의식'의 구체적 표현이며 그에 수반된 것은 평민화적인 인물과 이야기의 출현이다. 이로써 문학의 계몽의의는 평민시각과 평민화적인 인물 이야기에서 보다 충분한 전개가 이루어질 수 있었다.

제2장 백화문학사조

'백화문학사조'란 '5·4'시기에 창도했던 백화와 백화문을 주요 내용으로 한 문학사조이다. 이 사조는 문언과 문언문을 비판하는 과정에서 발아하고 발전한 문학사조로 가장 먼저 '5·4'문학혁명의 발단과 가치취향을 구현하였으며 '5·4'문학혁명의 진행에 따라 발전했다. 이는 계몽문학에 앞서 발생했을 뿐만 아니라 자체의 탁월한 성과와 호탕한 기세로 계몽문학과 함께 '5·4'문학혁명의 실적을 과시했다. 일반적으로 계몽문학사조는 주로 '5·4'신문학의 사상내용에 관련되는 것이고 백화문학사조는 주로 신문학의 형식적인 문체와 관련되는 것이다. 효능 면에서 볼 때 백화문학사조는 보다 완벽한 발전을 이룩한 사조로서 이론적 형태가 완벽하고 관련된 문제 또한 아주 중요한 것이며 논의 역시 보다 충분했다. 따라서 중국 현대문학발전 과정에서 이 문학사조는 간과할 수 없는 의의와 가치를 지닌다.

제1절 백화문학사조 발발의 원인

중국문학의 역사를 살펴본다면 백화문학운동은 '5 · 4'시기에 시작된 것이 아니라 근대문학사에서 이미 선을 보였다는 사실을 발견할 수 있다. 하지만 근대문학사의 백화운동은 최종적으로 성공을 이루지 못하여 문언이 여전히 중국문학에서 정통적인 용어의 지위를 지켰고 백화는 주요 용어로 자리매김을 하지 못했다. 하지만 '5 · 4'시기 백화문운동은 완벽한 성공을 이룩했는바 그 표지는 바로 백화문이 전면적으로 문언을 대체하여 중국 신문학 및 이후 중국문학의 정통적인 용어로 자리 잡음으로써 문화영역 전반을 점령했다는 것이다. 백화문운동은 무엇 때문에 이러한 성공을 거둘 수 있었을까? 여기에 주로 두 개 방면에서 그 원인을 찾아볼 수 있다. 첫째는 객관적 사회역사이고 둘째는 창도자 주체 면에서이다. 이 두 가지 원인은 마치 두 개의 제방인 듯 절대적인 의미에서 백화문사조를 질서 있는 발전을 규정하면서 객관과 주관 두 가지 영역에서 백화문운동의 성공을 보장했다.

1. 사회역사적 원인

20세기는 중국 역사 이래로 가장 풍부하고 복잡한 동시에 가장 휘황찬란한 단계였다. 이 풍부하고 복잡하며 또한 휘황찬란한 역사의 흐름 속에 가장 주목할 만한 두 가지 사건으로는 바로 두 가지 전환인 바 그 하나는 중국 사회의 전환이고 다른 하나는 중국 문화의 전환이다. 중국 사회전환의 직접적인 수확은 "정치－윤리 일체화의 봉건왕조가 붕괴되고 전통국가에서 현대국가에로의 급진적인 전환의 발생"[1]으로서 그 결과는 '중화민국의 만청왕조 대체'로서 중국 사회는 비로소 공화체제 시험을 시작했다. 이번 전환의 결과는 단지 형식적인 민국의 건립에 그쳤고 중화민족 역시 봉건주의, 제국주의 압박을 이탈하려는 소원성취를 이룩하지 못하여 민주공화의 길에 오르지 못했다. 하지만 이로써 필경 봉건왕조라는 제도적 형식을 종결지었고, 전연 새롭고 현대적 의의를 지닌 인민공화국의 아름다운 꿈을 분명히 하였으며 백화문학사조의 출현을 포함한 문학혁명을 위해 그 존재의 토대를 제공했다. 호적이 문학혁명 발발의 중요 원인을 "만청황실과 전제정치의 근본적인 전복, 그리고 중화민국의 성립"에 있다고 주장한 것은 "이 정치 대혁명이 비록 대성공을 이루었다고 할 수는 없을지라도 그 후 여러 가지 혁신사업의 총출발점이 되었고 또한 그 완고하고 부패한 세력의 본부를 뒤엎지 않았다면 모든 새로운 인물과 새로운 사상은 두각을 나타내기 어렵기 때문이다."[2] 이와 달리 문화차원에서의 전환은 거대한 성공을 이루었는데 현대적 의미의 신문화는 파죽지세로 낡은 문화를 소탕하고 중국문화의 전통에서 현대로의 전환을 완성했다. 바로 이러한 두 개의 대전환이 중국 역사의 참신한 새로운 페이지를 장식했던 바, 이는 20세기를 중국 역사에서 변화가 가장 뚜렷하고 의의가 가장 중대하며 내용이 가장 다채롭고 가장 시적인 정취가 넘치는 한 단계로 만들었다. 바로 이 화려한 역사적 단계에 그 탄생과 초창기를 맞이한 백화문학사조는 이 단계의 초기에 이룩한 사회와 문화전형에서 비롯된 폭넓고 탁월한 성과를 숙명적으로 부담하고 직관적으로 반영하는 한편 이 역사적인 혜택의 직접적

1) 黃曼君, 『新文學傳統与經典闡釋』, 湖北教育出版社, 2005, p.425.
2) 胡适, 「中國新文學大系・建設理論集・導言」, 胡适編著, 『中國新文學大系・建設理論集』, 上海良友圖書印刷公司, 1935, p.16.

수혜자로서 간난신고를 뚫고 자체의 추구하던 바를 지향하였다. 따라서 이 단계의 역사는 백화문학사조 발발의 사회역사적 원인이 되었다. 이 원인은 두 가지 방면이 포함된다.

우선, 사회, 문화적 전환 및 이에 따른 신사조의 간단없는 용솟음은 중국 전통문학의 정통적인 용어—문언으로 하여금 점점 사회역사 변혁의 현실을 담당하고 신사조 내용을 표현하는 업무를 감당하기 어렵도록 했으며 새시대 문학의 새로운 요구는 더구나 만족시키지 못하는 처지로 몰아갔다. 새로운 개념, 새로운 낱말의 대거 출현에 문언은 대응할 단어를 찾지 못했고, 사람들의 생활관념, 심리습관, 사회리듬의 변화는 문학의 용어 역시 그에 맞게 간결하고 분명할 것을 요구했다.

> '5·4' 전후라는 획기적인 역사 전환기에서 사회구조, 가치관념, 심리상태는 모두 폭넓고 거대한 변화를 일으켰다. 그리하여 원래의 개념, 범주, 어휘체계는 이미 날로 늘어나는 새로운 내용과 의의를 수용하기 어려웠다. 따라서 낡은 언어체계의 파멸과 새로운 언어체계의 탄생은 역사발전의 필연적인 결과였다.[3]

요컨대 시대의 수요 및 문언이 시대 발전에 적응하지 못하는 이러한 부조화 현상과 심각한 갈등은 백화문학사조가 발발한 가장 직접적인 사회적 원인이다. 진독수는 "백화문의 이 국면은 호적, 진독수 등이 창출한 것이라고 말하는데 사실 이는 과찬의 평가이다. 근래 중국에서 산업이 발달하고 인구가 집중되고 있는데 백화문은 완전히 이러한 수요에 맞추어 발생하고 존재하는 것이다."[4]라고 했다. 이는 역사유물주의 관

3) 黃曼君, 『新文學傳統与經典闡釋』, 湖北教育出版社, 2005, p.425.
4) 胡适, 「中國新文學大系·建設理論集·導言」, 胡适編著, 『中國新文學大系·建設理論集』, 上海良友圖書印刷公司, 1935, p.15.

점으로부터 출발하여 사회적 존재가 사회의식을 결정한다는 마르크시즘의 철학적 원리를 활용한 논단으로서 사회적 존재가 백화문학사조의 출현에 대한 직적접인 역할과 의의를 밝힌 것이다. 실제로 진독수뿐만 아니라 루쉰 역시 30년대에 신문학 발발의 원인을 정리할 때 "사회적 요구가 그 한 개 방면이었다."[5]고 지적했다. 이는 비록 전반 '5·4'신문학의 발생요인을 말하는 것이지만 백화문학사조 또한 '5·4'신문학의 한 구성부분이었으니 그 발발의 원인 해석에도 마찬가지로 적용되는 것이다.

다음, 당시 중국의 교육체제에 중대한 변화가 나타났는데 서양식 '학교'교육체제로 중국의 '학당'교육체제를 교체했다. 교육체제의 변화는 3개면에서 직접 문언의 기능과 가치를 해체시켜 백화문운동의 발발을 위한 사회, 교육적 풍토를 마련했다.

첫째, 중국의 전통적인 학당교육체제에서 교육의 내용은 거시적으로 본다면 주로 인문, 사회과학적인 내용이고 구체적으로 본다면 주로 4서5경 등 중국의 전통적인 윤리문화에 관한 내용들로 집약되며 교수실천에서는 기본적으로 문언을 매개로 진행되었다. 교육체제의 개변에 따라 '학교'교수의 내용과 학생의 학습내용은 근근이 문언을 매개체로 하는 중국의 고전문화 특히는 4서5경에 한정되지 않고 서양에서 유입된 대량의 자연과학, 인문과학, 문화학의 내용으로 바뀌었다. 양실추(梁實秋)는 1915년 청화학교에서 배웠던 일부 과목에 "예를 들면 영문, 작문, 공민(미국의 공민), 수학, 지리, 역사(서양사), 생물, 물리, 화학, 정치학, 사회학, 심리학"[6] 등이 있었다고 했다. 이러한 과목들은 중국 전통학당의 교육에서는 기본적으로 섭렵하지 않는 생물, 화학, 심리학 등의 내용으로써

5) 魯迅, 「且介亭雜文. "草鞋脚"小引」, 『魯迅雜文全集』, 河南人民出版社, 1994, p.709.
6) 梁實秋, 『梁實秋散文』 第1輯, 中國广播電視出版社, 1989, p.212.

문언은 그것을 담당하기 어려웠다. 가령 사회, 인문학에 속하는 정치학, 서양사, 공민학 등의 내용조차도 문언으로 감당하기 어려웠다. 문언이 그러한 참신한 과목의 교수내용을 감당할 수 없다는 것은 교수의 수요에 이미 적응할 수 없다는 것을 의미한다. 양실추에 의하면 "예를 들면 영문, 작문, 공민(미국의 공민), 수학, 지리, 역사(서양사), 생물, 물리, 화학, 정치학, 사회학, 심리학 등은 미국에서 출판한 교과서를 사용하여 일률적으로 영문으로 강의하였다."[7] 따라서 설사 교사가 중국어로 미국에서 출판한 교과서의 내용을 강의할 때 백화 외에 문언을 사용할 수 없는데 그렇지 않을 경우 학생이나 청중들이 이해할 수 없기 때문이다. 호적은 "현재의 관료들은 회의장에서 연설을 할 때 문언으로 된 연설문을 꺼내 들고 흥얼거리지만 누구하나 알아듣는 사람이 없다."[8]고 했다. 호적은 단지 '연설문'을 이야기하고 있는 것이지만 이러한 문언으로 된 연설을 알아듣지 못하는 현상은 교학실천에서의 효과와 똑같은 것이다. 이로부터 문언은 교과목 내용의 수업을 훌륭하게 감당할 수 없을 뿐만 아니라 교학의 수요에도 완전히 적응할 수 없는 꼴임을 알 수 있다. 이러한 결과는 실제 교학실천에서 교학자와 피교육자로 하여금 새로운 담당 도구를 고안하도록 하였는데 백화문운동은 바로 그 선택의 결과물이었다.

둘째, 교학내용의 개변에 따라 여유 있게 중국 전통문화와 학당교육의 내용에 적합했던 문언의 어휘체계의 곤궁한 처지는 날로 심각해졌다. 새로운 교학 내용 가운데 나타나는 일부 기본적 개념과 범주, 예를 들면 자연과학의 '전력', '원자', '기계', '운동 에네르기' 등, 사회과학의 '정

7) Loc. cit.
8) 胡适, 「國語的進化」, 胡适 編, 『中國新文學大系・建設理論集』, 上海良友圖書印刷公司, 1935, p.237.

치학', '법률학', '경제학', '사회학' 등, 인문과학의 '인류학', '심리학' 등은 문언의 어휘체계에서 찾을 수 없기에 백화문에서 창조할 수밖에 없었다. 이는 문언이 역사의 무대에서 물러나고 백화문의 탄생을 재촉하는 직접적인 계기가 되었다. 그리하여 호적은 "이 20년간의 교육경험은 문언이 절대적으로 부족한 점을 보여주었다. 20년 전 교육은 극소수인의 특수한 권리로 문언의 결점은 그다지 큰 영향이 없었다. 20년 이래 교육은 사람마다 향유하는 권리와 의무가 되었기에 문언의 부족한 점은 점차 전국 교육계에서 공인하는 상식이 되었다."[9]고 지적했다. 호적이 여기에서 말하는 '문언의 부족점'은 사실 두 차원의 의미가 포함된다. 하나는 일상 교재의 도구로써 문언이 인간의 교류활동에서의 '부족점'을 가리키는 것이고, 다른 하나는 문언의 어휘량이 부족함을 가리키는 것이다. 이 두 차원의 의미는 밀접한 관계를 이루고 있는데 그 중에서 어휘량의 부족은 '문언의 부족점'의 기본적인 부분이다. 왜냐하면 '교재'의 언어는 단어로 구성되기 때문이다. 바로 문언의 이러한 기본적인 부족점 때문에 교학실천, 그리고 여러 가지 교류활동에서 그 지위는 자연 미약할 수밖에 없었다. 이러한 추세에 맞추어 백화문운동의 발발은 역사의 필연적인 추세로 나타났다.

셋째, 더욱 중요하며 사회 실천적 의의를 지니는 것은 사람들이 이미 문언으로 글의 중요성을 강조할 수가 없다는 것이다. 문언으로 된 글의 우열이 이미 인간의 재주를 가늠하는 유일한 표준이 아니기 때문이다. 전통사회에서 교육의 목적은 '학업이 뛰어나면 관리가 된다'는 것, 즉 공부를 하는 것은 관리가 되기 위함이었고 관리가 되려면 재주를 가늠

---

9) Loc. cit.

하는 가장 중요한 형식인 과거시험에 참가해야 했다. "과거는 단지 하나의 허명일 뿐만 아니라 사실 사회 전반에서 일반인의 실제적인 생활을 지배하고 있다. 공명을 이루어야 큰 관리가 될 수 있고… 큰 벼슬을 해야 횡재할 수 있었다."[10] 과거시험에서 좋은 성적을 따내려면 반드시 문언에 능해야 했기에 문언으로 된 글의 우열은 인재여부를 가늠하는 가장 중요한 표준이었고 일반인들이 자아가치를 실현하는 가장 중요한 요소였다. 이러한 상황에서 문언문은 물론 교육영역에서 학생의 우열을 가리는 유일한 척도였던 것이다. 가령 과거에 문언문으로 글을 잘 지을 수 있는 자가 과거에 참가하여 공명을 이룩했다면 과거가 폐지되고 "팔고(八股), 시첩시(試帖詩), 그에 따라 책론(策論)조차 폐지되어 전국 문인의 마음속에 드리웠던 그림자로서의 과거제도는 이제 고문학을 대신하는 무적의 보장이 될 수 없었다."[11] 문언문은 사회, 정치, 경제적 의미에서 그 존재의 직접적인 가치를 상실했기에 문언문에 아무리 능하다고 할지라도 재부로 이어지지 않으면 결정권도 획득할 수 없었다. 따라서 문언은 인재가치의 확정에서 그 지위가 저락되었고 백화문이 오히려 이러한 교육적 배경 아래 선을 보였다. 호적은 당시에 아주 감개무량하여 "가령 과거제도가 지금까지 있었다면 백화문학 운동은 결코 이렇게 쉽게 승리를 이룩할 수가 없었을 것이다."[12]라고 했다. 호적의 이 논단은 실로 적확했다. 과거와 문언문은 혈육과 같은 관계로서 불가분적인바 과거제도는 문언문 존재의 토양과 조건이었고 문언문 교학, 학습의 목표, 가치와 의의의 소재였다. 하지만 과거제도의 폐지 및 현대교육체제 — 학교의

10) 胡明, 『正誤交織陳獨秀』, 人民文學出版社, 2004, p.14.
11) 胡适, 「中國新文學大系・建設理論集・序言」, 胡适 編, 『中國新文學大系・建設理論集』, 上海良友圖書印刷公司, 1935, p.16.
12) 胡适, 「五十年來中國之文學」, ≪胡适文存≫ 第2輯, 黃山書社, 1996, p.246.

출현으로 말미암아 인재를 가늠하는 표준은 철저히 개변되었고 문언문 가치의 해체와 함께 백화문학사조의 출현 또한 그 발전추세의 필연적인 산물이었다.

2. 주체적 원인

백화문학사조가 출현한 이래 장족의 발전을 이룩할 수 있었던 것은 신문학 선구자들의 유력한 창도와 직접적인 관계가 있다. 한편 그들이 그토록 정의감에 젖어 전력으로 백화문을 창도할 수 있었던 것은 백화문 자체 및 백화문과 사람, 문학과의 관계에 대한 깊은 인식, 중외문학의 변화법칙에 대한 인식과 갈라놓을 수 없는 것이다. 정신문화의 창조라는 의미에서 볼 때 이 두 방면에 대한 명철한 인식이야말로 백화문사조가 신속하고도 건전하게 발전할 수 있는 가장 직접적인 요소이다.

1) 언어와 문학에 대한 사유 및 인식

'5・4'시기 사회와 문화의 전환기에 '인간의 발견'은 이 시기의 문학과 문화혁명의 선구자로서의 지식인들에게 인간의 입장에서 중국문학의 발전에 관한 문제를 사고하도록 했다. 그들이 인간의 입장에서 문학의 문제를 사고할 때 백화, 문언과 같이 인간의 실제적 수요 및 문학의 실제 수요와 관련되는 구체적이고 형이하학적인 문제뿐만 아니라 백화, 문언과 문학적 사유와 관련되는 형이상학적인 문제도 그 범주에 들었다. 이러한 것들이 그들 사상의 핵심적 일면을 이루었다.

주지하다시피 사유는 언어를 떠날 수 없다. "언어는 우리가 대상을 경험하는 전제이며 소위 외부세계를 사고하는 선결적인 조건이다."[13]

사유가 지구상의 가장 아름다운 꽃이라고 한다면 언어는 그것을 재배하는 토양과 햇볕이다. 문언과 백화는 모두 문학의 도구로써 인간의 사유와 표현과정에 직접적으로 영향을 미치지만 그 규범과 기능의 부동함에 따라 두 가지 다른 결과를 초래한다. 이 두 결과는 또 직관적인 대조의 형식으로 문학창작에서 문언의 폐단과 백화의 우세를 보여준다.

그렇다면 문학창작에서 문언은 어떠한 폐단이 있는가? 부사년(傳斯年)은 문언을 이용한 문학창작을 이렇게 표현했다. 작가가 "한 새로운 사상이 있었을 경우" 그는 "먼저 백화의 뜻을 가지고"—말하자면 작가는 사유할 때는 백화를 사용한다는 것이다—"표현할 경우에는 스스로 문언으로 번역한다."는 것이다. 즉 마지막 표현은 문언으로 완성해야 한다는 것이다.

이는 문언이 창작의 도구가 될 경우 사유와 표현 사이에 '2차 번역'의 과정을 거쳐야 한다는 것인바 문언을 운용한 창작의 폐단이 그대로 드러난다. "사상이 언어로 전환하는 과정에 1차례의 번역을 거쳐야 하는데 그 과정에서 어느 정도의 사상이 분실될 것인가.", "언어가 문자로 바뀌기 위해 2차의 번역을 거쳐야 하는데 그 과정에서 또 얼마의 사상이 분실될 것인가."[14] 사상의 분실 결과는 표현에서 어쩔 수 없는 것인데 호적은 "가령 『수호전』에서 석수가 '이놈, 종놈의 종놈아!'라고 했는데 이 말을 언문으로 바꾸어 '노복지노복아!'라고 한다면 아무래도 원문의 풍격을 제대로 살리기 어렵다."[15]고 그 상황을 설명했다.

13) [德], 恩特斯.卡西爾, 『語言与神話』, 于曉 譯, 北京三聯書店, 1988, p.130.
14) 傳斯年, 「文學革新申議」, 胡适 編, 『中國新文學大系・建設理論集』, 上海良友圖書印刷公司, 1935, p.117.
15) 胡适, 「逼上梁山」, 胡适 編, 『中國新文學大系・建設理論集』, 上海良友圖書印刷公司, 1935, pp.9~10.

동시에 문학작품을 낭독하는 경우 문언 표현을 선택한다면 "독자는 백화문으로 바꾸어 이해"[16]해야 하기에 이러한 번거로움은 정감의 교류를 방해할 뿐만 아니라 상상력까지 제한받기 때문에 심미적 효과를 창출하지 못하여 '진의를 전부 상실'하게 된다. 특히 "옛 사람의 단어로 현세의 감정이나 어투를 표현하려면 너무 큰 거리가 생겨 그 요구를 충족시킬 수 없다."[17] 예술의 전당은 바로 이러한 '너무 큰 거리' 때문에 점차 대중의 흥미를 상실하게 되는데 문언의 신비하고 심오함의 베일은 점점 예술을 난해하게 만든다. 중국의 문언문학은 바로 이러한 자아도취 속에서 스스로 영광스러운 사명을 마치고 드디어 역사의 무대에서 물러나게 되었다.

이와 반대로 백화는 문학의 도구로써 사유에서 표현까지 그 언어가 통일되어 있다. 그리하여 언어적 측면에서 사유의 성과를 보장하였고 서면어 또는 구두어의 형식으로 그것을 표현할 때 그 내용과 풍격이 기본적으로 손상을 받지 않을 수 있었다. 따라서 백화가 감정 표현의 도구로 활용될 때 사유와 표현의 과정은 도식적으로 아래와 같은 것이다.

'사유'시 '백화'를 사용 ;
'백화'로써 '표현'을 완성.

나가윤(羅家倫)은 "백화문은 가장 상상력, 감정, 성격을 확보할 수 있는 것으로 인생을 표현하고 비평하기에도 가장 적합하며 가장 좋은 사상을 장애없이 가장 효과적으로 전파할 수 있다고 생각한다. 무엇 때문일까?

16) 羅家倫, 「駁胡先驌君的中國文學改良論」, 鄭振鐸 編, 『中國新文學大系・文學論爭集』, 上海良友圖書印刷公司, 1935, p.110.
17) Loc.cit.

우리가 평소에 사용하는 것이 모두 백화이고 무의식간에 드러내는 여러 가지 감정도 모두 백화로써 표현한다. 그러므로 백화로써 문학을 한다면 유난히 친절하고 표현에 적합하며 비평도 가장 진실할 수 있다."[18] 이러한 우세는 백화의 경지를 전면적으로 과시했다. '유난히 친절'하다는 것은 바로 백화와 일상 생활간의 친근함을 가리키며, '표현에 적합하다'는 것은 사유, 표현, 용어 3자의 완벽한 결합에 따른 보상이며, '비평의 진실'은 또한 백화문의 풍격을 구현하는 것이다. 바로 백화와 사유, 표현의 거침없는 일치로 인해 현대인은 백화를 문학창작의 도구로 삼았으며 이는 또한 필연적인 추세였다.

깊이 있는 인식은 명확한 목표를 제시했던 바, '중국의 이번 문학혁명운동'은 "우선 언어문자와 문체의 해방을 전제한다."[19] 백화문학사조는 바로 문학선구자들이 문언, 백화와 인간 및 문학관계에 대한 깊은 인식을 토대로 발동한 것이다.

2) 중외문학발전의 계시

주지하는 바와 같이 '5·4' 신문학선구자들은 '이중의 지혜'를 소유한 일군의 인물들이었다. 그들이 중외문화에 입각하여 중외문학의 역사를 고찰할 때 발견했던 역사적 사실은 다음과 같다.

외국문학의 경우, "유럽은 300년 전 각국의 국어로 된 문학이 라틴어 문학을 대체할 때 언어문자의 대해방을 맞았고, 18세기 프랑스는 영국의 윌리엄 워즈워스(Wordsworth) 등과 같이 문학개혁을 운운할 때 시의

---

18) Ibid., p.109.

19) 胡適, 「談新詩」, 胡適 編, 『中國新文學大系·建設理論集』, 上海良友圖書印刷公司, 1935, p.295.

언어문자의 해방을 맞이했으며, 최근 수십 년래 서양의 시계혁명은 언어문자와 문체의 해방이었다."[20] 중국의 문학사를 살펴보면 "중국문학사는 단지 문자형식(도구)의 신진대사의 역사이며 단지 '살아 있는 문학'이 수시로 '죽음의 문학'을 대체하는 역사이다."[21]라는 점을 알 수 있다. 이러한 인식은 분명 편파적이지만 만약 문학개혁의 선차로 볼 때 문학적 내용과 형식의 관계에 한해서는 일리가 있는 견해로 중국문학 발전의 법칙에 부합된다. 중국문학사에서 시경으로부터 명청의 소설에 이르기까지, 한유가 창도한 '고문운동'의 '문종자순(文從字順)'에서 근대 양계초 등의 '신문체'에 이르기까지 매 차례 문학혁명의 최종적인 목표는 반드시 형식적인 개혁은 아닐지라도 문학의 언어개혁을 선도로 삼지 않는 적이 없다. 따라서 호적을 대표로 한 신문학 선구자들은 "유럽 각국의 문학혁명은 단지 문학 도구의 혁명이었다. 중국 문학사에서 몇 차례의 혁명 역시 모두 문학 도구의 혁명이었다."[22]는 결론에 이르게 되며 다시 진화론의 관점에서 "한 세대의 문장의 풍격은 필연코 그 세대의 언어에 의하여 바뀔 것이다."[23]라는 논단을 이끌어냈다. 이러한 문학변혁의 역사적 사실 및 법칙에서 얻은 계시를 근거로 신문학 선구자들은 강인하고도 충만된 자신감으로 "중국에서 현재 필요한 것은 백화로 고문을 대체하는 혁명이며 산 도구로써 죽은 도구를 대체하는 혁명이다."는 주장을 제안하는데 이는 백화문학사조가 흥기한 또 하나의 중요한 원인이 된다.

---

20) Loc. cit.

21) 胡适 編, 『中國新文學大系・文學論爭集』, 上海良友圖書印刷公司, 1935, p.9.

22) 胡适, 「逼上梁山」, 胡适 編, 『中國新文學大系・建設理論集』, 上海良友圖書印刷公司, 1935, p.10.

23) 傅斯年, 「文學革新申議」, 胡适 編, 『中國新文學大系・建設理論集』, 上海良友圖書印刷公司, 1935, p.117.

제2절 백화문학사조 부정의 내용—문언에 대한 비판

문언에 대한 비판은 전면적으로 전개되었던바, 즉 문자에서 어휘로, 문법에서 실용적인 기능으로, 마치 죽순을 벗기듯이 문언의 진부하고 노쇠한 면모를 한층한층 벗겨냈다. 아울러 문언의 불합리성에 대한 게시 또한 다방면적이었던 바, 외부로부터 내면에로의 투시가 있는가 하면 내부에서 외부로 향한 파생도 있었으며 본체의 불합리성에 대한 비판이 있는가 하면 그러한 불합리성을 사회진화의 배경 아래에서 조명한 면도 있었다. 아울러 이러한 비판은 순수한 언어비판에서 문화비판으로 승화함으로써 문언 비판에 대한 가장 선명한 특징을 이루었다.

1. 한자에 대한 비판

문자는 언어의 물질적 형태 또는 외형으로서 그 난이도는 해당 언어의 발전 수준의 표지일 뿐만 아니라 현실적으로 해당 민족지혜의 발전을 좌지우지한다. 표의체계로서의 중국문자는 음, 형, 의 3자가 분리되어 있기에 '어려움'이란 최대의 문제점이 있다. "중국 문자 공부의 어려움은 실로 세계에서도 유일무이한 것이다."[24] 그 '어려움'은 글자의 수량이 많고 적음에 있는 것이 아니라 문자의 성질에 달려있는데 "문자는 형태를 떠나 독립적이고 형태는 형태다운 형태가 전무"하기에 그 어려움은 더 심해지는데 "청년아동은 반드시 한 글자 한 글자씩 그 음과 형태를 기억해야 함으로 10년 정도의 정력은 쏟아야 이 도구를 장악할 수

24) 胡适, 「逼上梁山」, 胡适 編, 『中國新文學大系・建設理論集』, 上海良友圖書印刷公司, 1935, p.148.

있다. 설사 이 도구를 장악했다고 할지라도 정력의 절반은 이미 소모된 상태이다."[25] 이러한 이유로 부사년은 한자는 "대다수를 위한 교육보급을 방해할 뿐만 아니라 소수인의 지혜의 발전도 저애한다."[26]고 했다. 이 시기 신문학동인들은 일반적 의미에서 중국 문자의 어려움을 지적하고 있지만 그들의 분명한 의도는 문언이 어떻게 그 어려움을 더 가중시켰는가를 밝히자는 것이다. 어휘의 차원에서 본다면 문언의 기본 단어는 백화문의 단어와 상당한 차이가 있으며 대량의 전고와 과도한 수식을 사용하고 있기에 표현이 애매하고 난삽하여 이해하기 어렵다. 특히 현세의 사람들이 문언으로 글이나 시를 짓는다면 종종 미움을 사거나 웃음거리가 되기 십상이다. 호적은 「문학개량추의」에서 호선소가 문언으로 지은 아래와 같은 시 한 수를 예로 들었다.

> 가물거리는 야등은 콩알 같고, 고독한 그림자 마구 어른거리네.
> 차가운 비취금에 원앙일불은 냉랭한데

이로 보아 현대사회에 사는 사람이 억지로 옛 사람의 느낌을 쓰고자 하거나 새로운 시대에서 하필이면 문언의 단어를 사용한다면 이것도 저것도 아닌 꼴이어서 웃음거리밖에 되지 않는다. 호적은 단어와 사회발전의 관계라는 관건적인 점에 주목하여 강렬한 역사의식을 지니고 문언체계에서 많은 '상투적 문구'의 불합리성을 지적했다. 문법 차원에서 본다면 문언의 문법은 '지극히 정밀하지 못'한 바 그것은 단지 밀폐된 체계로서 상응한 '상호 비교할 평등한 언어문자'[27]조차 없다. 이는 객관적

25) 傅斯年, 「漢語改用拼音文字的初步談」, 胡适 編, 『中國新文學大系・建設理論集』, 上海良友圖書印刷公司, 1935, p.148.

26) Loc.cit.

으로 문언 문법의 발전을 제약하였으며 여러 가지 실용적 기능의 퇴화를 초래할 수밖에 없었다. 그러니 감정 표현이든 교육실천이든, 사실의 기록이든 인물의 창조이든 아니면 사회의 매개물이든 호적은 시대의 척도에서 문언은 어느 하나 '퇴화'되지 않은 것이 없다고 했다. 문언의 이러한 여러 가지 폐단을 간파한 20세기 신문학 선구자들은 신속히 발전하고 있는 현대문명시대에 문언은 "새로운 시대의 학리사물을 발휘하기에 실로 부족하다."는 점을 강렬하게 감지했다.

2. 문언에 대한 문화학적 비판

문언에 대한 전면적인 해부와 이해를 전제로 하나의 결론이 도출되었는데, 즉 "지식의 보급을 특별히 방해하지는 않지만 문화적 진취를 저애한다."는 것이다. 이리하여 신문학선구자들은 문언에 대한 비판을 전개하는 과정에서 자연적으로 언어에 대한 비판으로부터 문화적 비판으로 전환한다. 이러한 전환은 시대의 필연적 요구이며 또한 언어비판의 논리적 발전의 결과이다. 어떤 측면에서 보더라도 문언의 폐단에 대한 고발은 순수한 언어학의 차원에서 그 목적에 도달하기 어렵게 된 상황이 문화적 비판을 요청했던 것이다. 언어의 본질에서 볼 때 모든 언어체계는 자체의 법칙이 있으며 그 자체에 우열의 구분이 없다. 따라서 그 좋고 나쁨을 설명하려면 반드시 사회 실천과정에서 고찰해야 비로소 가치의 유무, 합리의 여부를 증명할 수 있는 것이다. 사람들은 사회를 떠나 '언어를 위한 언어'에 대한 연구에 몰두할 수 있지만 언어 자체는 '사회

27) 胡适, 「國語的進化」, ≪新青年≫ 第7卷 第3號, 1920年 2月.

생활의 일부분'이고 인류사회의 가장 위대한 성취의 하나로써 사회를 떠나서는 존재할 수 없다. 언어의 활력과 다채로움은 모두 사회가 부여한 것이다. 따라서 이는 사회사상과 문화정수의 매개체인 언어의 천부적인 사명이다. 신문학 선구자들은 바로 언어의 이러한 본질을 잘 이해하고 있었기에 "문자는 모든 문화교육의 결정"이며, "사상이 언어에 의지하지만 언어는 더구나 사상에 의지한다."[28]라는 명제를 도출한다. 문언도 당연히 특정한 시대, 특정한 사회의 사상문화를 부담했으며 그러한 사상문화 또한 그 자체가 겪었던 역사처럼 유서 깊고 무게 있는 것들이었다. 중국의 사상문화체계가 형성된 춘추, 전국시기부터 청왕조가 무너질 때까지 수천 년의 역사적 침전, 수십 세대에 일관되어 온 공맹의 도는 모두 문언을 통하여 표현되었다. 때문에 문언에 대한 문화적 비판은 가능한 것이며 또한 필요한 것이다. 신문학 선구자들은 이러한 점에서 문언에 대한 비판에 대해 더욱 넓은 시야를 확보했다. 전현동은 "지금 우리는 백화를 문학의 정통으로 공인하고 있는데 이는 소박한 문장을 주장하고 계급제도하의 야만적인 형식을 폐지하기 위함이다."고 했다. 그는 그러한 '야만적인 형식'은 야만적인 내용을 포용하고 있으며 봉건적 등급관념의 내용으로 충일되었고 그러한 등급관념은 또 언어, 문장에서 귀족의 심리를 표현하게 된다는 것이다. 그리하여 "문장은 읽기 힘들고 정력은 오히려 많이 들며 다른 사람들이 이해하지 못하고 스스로만 이해할 수 있기에 자체의 존귀함을 과시한다."[29] 그 결과는 대다수 사람들이 문학, 문자와 격리되고 문장 또한 소수인의 특혜가 되어

28) 錢玄同, 『嘗試集』序, 胡适 編, 『中國新文學大系・建設理論集』, 上海良友圖書印刷公司, 1935, p.109.

29) 朱希祖, 「白話文的价値」, 鄭振鐸 編, 『中國新文學大系・文學論爭集』, 上海良友圖書印刷公司, 1935, p.91.

버린 것이다. 동시에 이러한 귀족 형식의 언어문자는 오랜 세월동안 귀족화를 거쳐 원래 아무런 계급의식이 없었던 도구에 강렬한 계급적 색칠을 함으로써 귀족사상 특유의 표징이 되어버렸다. 주작인은 「사상혁명」에서 이러한 상황을 아주 명쾌하게 짚어내고 있다.

> 이러한 유가와 도가가 합성된 부자연스러운 사상은 문언을 통해 수천 년 동안 전해 내려오면서 그 뿌리를 깊이 했는데 종래로 청산을 거치지 않아 거의 불가분의 동일체로 융합되었다. 그 어떤 언문으로 된 책을 펼쳐보아도 대저 이러한 황당한 사상에 대한 기록을 볼 수 있다. 현대인이 언문으로 지어낸 글일지라도 고전적인 숙어를 사용하기 마련인데 그 가운데 역시 황당한 사상이 이미 행간에 끼어들어 자연스럽게 표현되고 있다.[30]

이러한 상황에서 일반적인 교류의 도구와 사상을 표현하는 언어는 점점 막다른 골목으로 몰려가고 그 직접적인 성과는 문화의 정체와 문학의 귀족화이다. 문화의 정체, 그 가장 선명한 특징은 바로 언어가 단지 성현의 말씀만 담당하고 문학의 "언문은 거의 귀족의 문학"[31]이라는 것이다. 그리하여 신문학 선구자들은 문화적 시각에서 언어를 조명한 결과로 "문자는 일국의 문명의 기호로써 정치를 바로 잡으려면 반드시 그 문자를 바로잡아야 한다.",[32] "우리가 언문을 반대하는 것은 태반은 그것이 난삽하고 이해하기 힘들어 국민의 사상을 추상적 상황에 빠뜨리기에 표현력과 이해력이 모두 발달하지 못하게 하기 때문이다."라는 결론에 이른다. 이러한 의미에서 볼 때 문언에 대한 비판은 일반적인 문화적

30) 周作人, 「思想革命」, 胡适 編, 『中國新文學大系·建設理論集』, 上海良友圖書印刷公司, 1935, p.200.
31) 周作人, 「平民的文學」, 『文學運動史料選』 第1冊, 上海教育出版社, 1979, p.114.
32) 易白沙, 「孔子平議」(下), ≪新青年≫ 第2卷 第1號, 1916年 9月.

의미에서의 비판일 뿐만 아니라 이러한 비판은 외재적 사회에 대한 비판에서 내재적 이데올로기에 대한 비판으로 연계가 가능하여 일반적인 문화형태의 반성으로부터 인성에 대한 반성으로 이끌어갈 수 있다. 따라서 신문학 선구자들의 언문에 대한 비판은 그 폭을 넓혀가고 시야가 전환됨에 따라 그 의의도 현저히 확대됨으로써 보다 참신한 영역—즉 백화의 영역을 개척하기에 이르렀다.

제3절 백화의 주장과 인간의 척도

주지하는 바와 같이 백화문학사조는 백화의 문학도구화 주장을 주요 내용으로 하는 문학사조이다. 따라서 이 사조를 고찰할 때 특히 백화에 대한 주장에 유의해야 한다.

문언에 대한 신문학 선구자들의 비판이 거둔 직접적인 수확은 바로 백화에 대한 주장이다. 한어 언어체계속의 언문은 선구자들의 시각에서 그 성격상 형이상학적 또는 형이하학적인 특징을 지니고 있었다. 형이상학적인 면에서 그들은 "언어는 본시 사상의 예리한 무기로써 사상을 선전하는 데 사용된다."[33]는 주장을 세웠다. 백화는 바로 사상을 선전하는 중요한 무기이다. 형이하학적인 면에서 그들은 "'수레 끌고 콩물이나 파는 자'들이 사용하는 속어는 문학적 가치가 있는 언어로써 가치와 생명이 있는 문학을 창출할 수 있다."[34]는 주장을 세웠다. 하지만 형이하

---

33) 傅斯年,「文學革新申議」, 胡适 編,『中國新文學大系・建設理論集』, 上海良友圖書印刷公司, 1935, p.117.

34) 胡适,「中國新文學大系・建設理論集・序言」, 胡适 編,『中國新文學大系・建設理論集』, 上海良友圖書印刷公司, 1935, p.14.

학적이든 형이상학적이든 간에 그들의 입각점은 모두 일반 대중에게 있음이 분명하다. 그들은 "각종 사상의 표현은 백화로 더욱 쉽고 분명히 할 수 있다."35)는 데에 긍정적인 합의를 보았는데 여기에서 '분명히 할' 수 있는 그 대상이 무엇임은 자명한 일이다. 바로 인간을 출발점으로 삼은 이러한 특징으로 인하여 선구자들이 주장하는 백화와 문언은 선명한 경계선이 있게 되었다. 문언은 난삽함으로 국민의 사상을 추상적인 상황에 빠뜨리며 귀족의 자세로 언어를 독재하는 특권을 누리며 인간과 인간 사이에 거리감을 조성한다. 하지만 백화를 주창하는 목적은 언어가 진정으로 인간들에게 교류의 도구 역할을 하도록 함으로써 어떤 형식이로든 인간 사이에 소통의 목적을 이룩할 수 있다. 그 형식은 문학적일 수도 구어적일 수도 있지만 소통이란 지향은 분명한 것이다. 인간을 백화가치의 척도로 삼는 이러한 주장은 백화가 언어 본체의 의미로 회귀한다고 할지라도 시대의 휘황함을 이미 자신의 양식에 수용하고 있으며 백화의 의의 또한 더욱 선명해진다.

언어의 본체적 의미에서 본다면 언어는 인간의 창조물로 인간을 위해 봉사한다. 언어는 어떠한 형태(병음이거나 상형이거나를 막론하고), 어떤 형식(서면어이거나 구두어이거나를 막론하고)으로 존재하든 간에 모두 인간을 위해 봉사하는 것이 그 취지이다. 모든 사람들이 잘 이해할 수 있고 쉽게 수용할 수 있는 백화를 사상의 매개로 한다면 지혜를 개발할 키를 사람들에게 돌려준 것이나 다름없게 된다. 그리하여 백화로 하여금 진정으로 사람들에게 지혜의 기점이 되도록 할 수 있는 것이다. 희곡가 조우(曹禺)는 "언어는 사람들이 사상 감정을 표현하는 도구이며 사람들의 거울

35) 羅家倫, 「駁胡先驌君的中國文學改良論」, 鄭振鐸 編, 『中國新文學大系・文學論爭集』, 上海良友圖書印刷公司, 1935, p.110.

이다."[36]라고 했다. 이 '거울'은 인간내면의 사상활동뿐만 아니라 인간의 지식, 지혜의 경지도 비추어낼 수 있는 바, 인간의 일체 사회활동은 모두 이 언어를 통해 진행된다. 언어가 있음으로 하여 인간은 비로소 체계적인 이론을 형성할 수 있으며 더욱 훌륭한 창조활동을 전개하고 그 전제 아래 전정으로 오랜 잠언, 즉 스스로에 대한 인식을 실현할 수 있다. 신문학 선구자들이 적극적으로 백화를 창도하고 나선 것은 바로 언어라는 이 도구를 진정 인간 자신의 수요에 맞도록 하기 위함이며 진정 인간에게로의 회귀를 실현하기 위함이다.

백화의 가장 선명한 시대적 특징은 가장 광범위한 민중들의 수요에 부합되며 그들의 수요에 대한 중요시로서 이는 '5·4'시기 인간의 각성과 발견의 적극적인 성과가 언어영역에서의 표현인 것이다. 임서(林紓)는 백화와 백화문은 조야하고 빈약하며 고상함과 거리가 멀다고 극구 공격했다. 이에 호적은 소위 '조야'하다는 것은 간단한 의미에서 '통속'적이라는 것 즉 더욱 민중에게 가깝다는 것을 말한다고 반박했다. 민중에게 가깝다는 사실은 일반 사회적인 의미에서는 인간사이의 소통에 유리하다는 것이며 '교육의 보급'에 유리하며 계몽과 인간 해방에 유리하다는 것이다. 문학에서 있어서 백화의 보급은 "누구나 글을 지을 수 있다."[37]는 것과 상통함으로 그 무슨 독재나 특권을 배제할 수 있다. 이러한 주장의 내재적 근거는 "글을 짓는다는 것은 자기가 생각하던 바를 직접 써내거나 또는 외부 사실을 직접 서술할 수 있다."[38]는 것이다. 이러한

36) 北京師范大學中文系文藝理論教研室 編, 『文學理論學習參考資料』 上冊, 春風文藝出版社, 1981, p.1210.

37) 錢玄同, 『嘗試集』序, 胡适 編, 『中國新文學大系·建設理論集』, 上海良友圖書印刷公司, 1935, p.109.

38) Loc. cit.

주장은 사회적 의미나 문학창작의 법칙으로나 모두 인간의 가치에 대한 수긍과 중시를 보여주었으며 이러한 수긍과 중시는 또 백화의 합리성을 위해 광범위한 사회적 토대를 확보함으로써 신문학의 도구로써 백화의 창도가 시대적 의의를 확보하도록 했다. 실제로 인간의 각성시대에서 민주의식이 보편화됨에 따라 신문학 동인들의 모든 주장은 이러한 특징을 떠날 수 없었다. 진독수는 문학혁명의 기치를 추켜세울 때의 목표는 '문학의 민주'에 있다고 했고 주작인은 백화와 신문학의 관계를 논할 때 '백화는 대개 평민의 문학'이라고 했다. 인간, 이는 신문학 선구자들이 백화를 창도하는 출발점이었으며 인간 또한 그들에게 자신들의 주장을 실현할 수 있는 용기와 신심을 부여했다. 이리하여 백화는 이데올로기 전반에서 전개되었으며 최종적으로 국민교육의 정통적인 용어로 자리매김했다. 이 시점에 이르러서 백화는 문화영역에서 문언을 철저히 전승하고 새로운 탄생을 맞이했다.

백화의 시대적 특징은 가장 광범위한 대중의 수요를 만족시켰다는 것 외에도 구어에 근접한다는 점으로 말미암아 여러 가지 규범이 모두 인간의 정리(情理)에 부합되었다. 그리고 이 점은 보편적이지도 않고 시간적 의미도 없이 '금세의 인정에 부합'[39]되는 것, 즉 '5·4'시대 인간이 자신을 해방하려는 인정에 적합한 것이었다. 루쉰은 언문을 비판할 때 "한자의 어려움은 중국의 대다수 백성들을 문화와 영원히 격리시켰다." 고 했다. 하지만 백화는 인정에 근접하기에 다수 사람들을 선진적인 문화와 연관을 맺도록 했다. 그리하여 문화의 전진에서 스스로 해방을 맞이했고 자아 창조를 실현했다. 이러한 전진이 바로 진화이며 그 속에는

39) 傅斯年,「文言合一草議」, 胡适 編,『中國新文學大系·建設理論集』, 上海良友圖書印刷公司, 1935, p.124.

인간의 진화뿐만 아니라 백화 자체의 진화도 포함된다. 그리고 이러한 진화의 법칙은 백화가 문언을 대체하는 필연성에 유력한 근거를 제공하였으며 백화가 항상 활력을 확보할 수 있는 내재적 근거이기도 하다. 백화의 진화목표는 형이하학적 의미에서 스스로를 사회발전과 일치시켜 "오늘날의 말로써 오늘날 사람들의 정감을 표현"하고, 형이상학적 의미에서는 "국어 향상의 책임뿐만 아니라 더욱이 사상으로 언어를 개조하고 언어의 힘으로 사상을 개조하는 책임까지 부담"[40]해야 했다. 사회가 절대적으로 진화하는 일환으로 백화의 진화는 이론적으로나 가능성으로나 모두 절대적으로 진화하는 것이어야 한다. 하지만 백화 자체의 언어적 속성은 또 그 진화가 사회적 진화처럼 돌변적이지 못하도록 결정짓는다. 일반적으로 볼 때 그것은 점진적이며 습관에 따른다. 하지만 이 진화는 또 어떠한 특징을 띠고 있을지라도 출발점은 모두 인간의 수요에 맞추는 것이다. 오직 이 점만 파악한다면 백화는 시종 활력이 넘칠 뿐만 아니라 그 가치 또한 인간의 수요에서 자연적으로 실현될 것이다. 이것이 바로 신문학 선구자들의 백화에 대한 주장과 인간 척도의 참뜻이다.

제4절 백화 결실에 대한 점검

백화운동의 결실에 대한 점검은 백화를 신문학 도구로 삼은 후의 실제적 효과에 대한 문학비판의 작업이다. 이 작업과 그에 따라 형성된 판

40) 傅斯年,「怎樣做白話文」, 胡适 編,『中國新文學大系・建設理論集』, 上海良友圖書印刷公司, 1935, p.224.

단, 관념, 주장 등은 백화문학사조의 중요한 내용이다.

이러한 점검 작업은 내재적인 것과 외재적인 것, 두 가지 요소의 작용 아래 진행된다. 내재적 요소란 신문학 자체 발전에 따른 필연적 요구를 말한다. 어떠한 사물이든지 자체의 유용한 가치를 확인하려는 것과 마찬가지로 백화 역시 신문학의 용어로 확정된 후 자체의 유용여부를 확인하려는 요구가 있게 된다. 이러한 확인 작업은 단지 주장이거나 예언으로 완성될 수 있는 것이 아니라 반드시 창작실천과장에서 확인해야 하며 또한 반드시 풍부한 성과로써 자체의 생기발랄한 일면을 과시해야 했다. 신문학의 백화이론 역시 그 실천성과를 총화하고 해석하는 과정에서 비로소 진일보 발전을 도모할 수 있다. 외재적 요소란 '백화'의 영역에서 신문학 진영에 대한 봉건 복고파의 도전을 가리킨다. 이는 곧바로 신문학의 백화영역의 성과에 대한 직접적인 도전으로 신문학이론 역시 이에 대응한 신예를 보일 것을 요구한다. 백화성과의 점검은 바로 위의 내재적, 외재적 요소의 작용 아래 시작되는 데 그에 걸맞게 이중의 의미를 가진다. 그 하나는 신문학의 형식적인 본체(주로 언어 관념)의 발전에 대한 추진이고, 다른 한 면으로는 구체적인 문제에서 적대적인 진영의 신문학운동에 대한 공격에 대한 반격이다. 이 양자의 교차지점이 바로 '백화' 지위의 최종적인 확립점이다.

백화문학사조의 시각에서 본다면 백화 결실에 대한 점검은 사실 백화와 신문학의 관계에 대한 재인식이다. 백화는 문학 내포의 척도에서 엄격한 시련을 겪게 되는 바 내용과 형식의 법칙은 마치 하나의 지렛대처럼 백화가 이룩한 결실에 대한 점검을 추진하게 된다.

백화운동 결실의 점검에서 시가는 전반 과정의 중점이다. 이러한 국면의 형성은 역사적 원인과 현실적 원인이 작용한 결과이다. 역사적 시각에서 볼 때 중국의 문학사에서 소설, 산문영역에는 이미 『수호전』, 『홍루몽』 등 천고절창으로서의 백화명작이 있었지만 시가 영역은 시종 문언의 통제구역이었다. 유평백(兪平伯)은 당시에 이러한 평가를 내렸다.

> 현재 신문예영역에는 희곡, 소설, 시가 3종의 작품이 망라된다. 희곡과 소설을 백화로 창작할 수 있다는 것은 거의 공인하는 바이다. 사회 전반에서 환영을 받고 있는 '경극(京劇)'과 '친창(秦腔)'이 백화로 창작, 공연되고 대중의 환영을 받는 『홍루몽』, 『수호전』 역시 백화로 된 것이기 때문이다. … 시가는 중국문학에서 오랫동안 극히 중요한 지위를 차지하였으며 수천 년 이래 명 시인과 작품은 이미 '한우충동'의 상태를 이룬 현황이다. 그리고 구절과 각운이 엄밀한 문언작품들이 대다수였다.[41]

유평백은 이어서 이러한 작품들은 역사가 유구하고 내용이 풍부한 바, "중국 고시의 수명은 맹아로부터 장성하여 노사할 때까지 상당히 긴데 그 과정에 무수한 천재와 극치의 작품이 생겨났다."고 했다.[42] 그 가운데 간혹 선을 보였던 백화시는 휘황한 문언시가의 대가족에서는 한갓 조열한 몇 가지 액세서리에 지나지 못했기에 등급에는 낄 수도 없이 초라했다. 그러니 백화시는 종래로 시가의 가족에서 고정된 위치가 없었다. 현시적인 원인을 본다면 "근 2년 이래의 성적으로 국어로 창작된 산문은 이미 논쟁의 시기를 지나 다수인들이 실행하는 단계에 진입했다. 오직 국어로 창작한 운문 — 소위 '신시' — 가 아직도 많은 사람들의 회의를 받고 있는 실정이다."[43] 이러한 상황에서 백화가 모든 문학양식의

41) 兪平伯, 「社會上對于新詩的各种心理觀」, 胡适 編, 『中國新文學大系・建設理論集』, 上海良友圖書印刷公司, 1935, p.350.
42) Ibid., pp.353~354.
43) 胡适, 「談新詩」, 胡适 編, 『中國新文學大系・建設理論集』, 上海良友圖書印刷公司, 1935, pp.294~295.

용어로 자리 잡으려면 물론 시가 용어의 자리도 차지해야 했다. 만약 시가라는 이 영역을 차지하지 못할 경우 최종적으로 '신문학은 바로 백화의 문학'이란 명제를 만족시킬 수 없게 됨은 당연했다. 호적은 후에 이 상황을 일컬어 "백화문학의 작전에서 10개 전역이라면 7, 8개의 전역에서 이미 승리를 거두었다. 현재 시가라는 한 보루만 점령하기만 하면 되는데 반드시 전력을 다 해야 한다. 백화가 이 시가의 영역을 점령한다면 백화문학의 승리 역시 완벽하게 된다."[44]라고 했다. 당시 봉건 복고파들, 가령 '학형파'들이 감히 신문학 진영에 도전할 수 있었던 이유는 바로 시가라는 이 보루에 기대를 걸고 있었기 때문이다. "우리나라의 5언 고시를 살펴본다면 그야말로 그것이 우리나라의 고율격의 가장 뛰어난 체재라고 할 수 있다. … 오늘날에 이르러서도 그것을 대체할 자는 없는 줄로 안다."[45]는 그들의 주장의 요지는 바로 "소설이나 희곡 등은 백화로 창작이 가능하나 시문은 불가하다."[46]는 것이었다. 역사적으로 보든 현실에 착안하든, 또는 신문학의 내재적 수요(백화로 모든 문학영역을 점령)와 외재적 수요(복고파와의 투쟁)를 막론하고 시가영역은 당연히 백화 결실 점검 작업의 초점이 되었다. 더구나 용어의 요구에서 볼 때 시가 용어의 엄격함은 다른 문학 장르를 초월하는 것이다. 그러므로 백화로써 시가를 창작한다는 것은 다른 문학 장르에서 백화의 사용보다 그 의의가 더 컸다. 호적은 이 부분의 역사적 경험을 총화하면서 "시가에서 완전히 백화를 사용하고 심지어 운율을 사용하지 않는 것… 그 혁신의 성

44) 胡适,「逼上梁山」, 胡适 編,『中國新文學大系・建設理論集』, 上海良友圖書印刷公司, 1935, p.19.

45) 胡先驌,「'評『嘗試集』」, 鄭振鐸 編,『中國新文學大系・文學論爭集』, 上海良友圖書印刷公司, 1935, p.271.

46) 梅光迪語, 胡适,「逼上梁山」, 胡适 編,『中國新文學大系・建設理論集』, 上海良友圖書印刷公司, 1935, p.18.

격은 소설과 산문보다 훨씬 크다. 그러므로 이 영역에서 그들의 논쟁도 특별히 많았다."[47]라고 했다. 이는 백화로 하여금 더욱 신문학의 충실한 동반자로 자리 잡도록 했으며 그 때문에 시가 영역에서 겪은 시련 또한 다른 문학 장르에서 겪었던 시련보다 더 심하고 엄격했다. 바로 이러한 엄격한 점검과정을 거쳤기에 백화의 가치도 더욱 범상하지 않음을 보였으며 신문학의 이상적 도구가 되었으며 문학용어의 강자로 군림했다. 백화는 이렇게 비평가의 척도와 복고파 비판의 고비를 넘겨 자신의 위치를 돈독히 했다.

백화가 시가의 용어로 자리 잡을 수 있는가 여부는 백화시 점검의 기본적 내용이며 신문학 동인들이 복고파와 겨룸의 주요 명제의 하나이기도 하다. 이 문제에서 신문학 동인들과 복고파가 사용했던 참조체계는 완전히 동일했는데, 전통적인 문언시지만 얻어 낸 결론은 완전히 상반되었다. 신문학 동인들은 백화는 당시 시 창작에 가장 적합한 도구[48]로 아직은 진일보 보완시킬 필요가 있지만 이미 이룩한 성과는 말살할 수 없다는 태도를 취했다. "가장 뚜렷한 사례는 주작인군의 장시 「소하」로서… 그처럼 세밀한 관찰, 그처럼 곡절적인 이상은 결코 구식 시의 용어가 도달할 수 있는 바가 아니다."[49] 오직 신선하고 포용적이며 활발한 백화의 체제만이 비로소 그 '세밀'하고도 '곡절'적인 내용을 담을 수 있으며 아울러 형식적인 법칙으로 그 내용에 작용을 미치며 시의 경지를 승화시킬 수 있는 것이다. 상대적으로 '약간 복잡하고 세밀한' 정감 또는 풍경은 '구시가 드러내기 어려운 부분'이라는 것이다. 복고파의 주

47) 胡适, 「中國新文學大系 · 建設理論集 · 序言」, op. cit., p.31.
48) 兪平伯, 「社會上對于新詩的各种心理觀」, op. cit., p.353.
49) 胡适, 『談新詩』, op. cit., p.295.

장은 이와는 완전히 상반되는 것으로 그들은 호적의 『상시집』류의 신시는 백화를 사용하였기에 '전아'한 수식이 결여되었고 돈후한 이상적 경지와 "메아리처럼 울려 퍼지는 여운", "시의 이미지는 조금도 찾아볼 수가 없다."50)고 했다. 그러므로 백화시는 아무런 가치도 없으며 그 자체로 시창작이 가능하다는 점을 부정했다. 이와 대조적으로 고시의 근엄함, 유력한 음조, 무궁한 여운을 띤 이성적인 정취 등은 모두 문언이 시의 도구가 되기에 손색이 없음을 보여준다는 것이 복고파의 주장이다. 객관적으로 평가를 내린다면 호적의 『상시집』은 내용이나 언어 형식면에서나 모두 선명한 결점이 있기에 복고파의 비평이 전혀 도리가 없는 것도 아니다. 하지만 한 방울의 물이 태양빛을 굴절하여 보일 수는 있어도 그것이 절대 태양이 될 수는 없듯이 최초의 백화시 '실험(嘗試)'으로서 그것은 백화시의 최초 모습의 일정한 반영이 될 수는 있어도 절대 백화시 전반을 대체할 수는 없었다. 일반적인 의미에서 볼 때 한 시대를 대표할 수 있는 시가는 반드시 성숙한 시작이어야지 '상시'작이 되어서는 안 된다. 따라서 비평의 대상이 만약 전형적인 것이 아닐 경우 결론은 종종 편파적이거나 사실과 어긋나게 된다. 복고파는 비평의 대상을 호적의 『상시집』으로 정하고 부정했지만 곽말약, 문일다(聞一多), 주자청(朱自淸) 등이 보였던 백화시의 풍격과 경지는 부정할 수 없었기에 '백화로 시를 지을 수 없다'는 복고파의 결론은 설득력이 부족했다. 이러한 상황에서 백화가 시의 용어로 될 수 있는가 하는 문제에 대한 점검과 논쟁은 대량의 걸출한 백화시의 끊임없는 출현으로 인해 그리 많지 않은 사변을 들이지 않고 비교적 순조롭게 그 목적에 도달했다. 비록 학형

---

50) 胡先驌, 「評 "嘗試集"」, ≪學衡≫, 1922年 2月 第2期.

파들이 '중서의 학문을 통달'했다는 자태로 증거를 들추면서 백화시의 천박함, 속세적 일면, 문언의 경지에 도달하지 못한다는 등 약점을 공격하고 신문학 동인들 역시 부족한 점이 적지 않았지만 '백화는 현재 시 창작에 가장 적합한 도구이다'라는 결론은 수많은 높은 수준의 백화시가 뒷심이 되었기에 그에 대한 부정적인 결론이 오히려 설득력을 잃어버리는 꼴이 되었다.

백화로 시를 창작할 수 있다는 것이 백화의 성과를 점검하는 기본적인 명제라고 하지만 절대로 그것은 최고의 목표는 아니다. 하나의 용어라는 시각에서 볼 때 단지 문학의 도구가 되었다는 점은 자랑거리가 아니다. 좀 더 보람 있는 일은 반드시 스스로 모든 사람들에게서 표현력을 치하 받는 그러한 경지에 도달해야 하는 바 그 표현력이 바로 '미'이다. 현대 철학가들은 세상은 언어적인 의미에서 지배되는 세계로 '이해 가능한 존재는 바로 언어'[51]인바, 언어의 본질은 곧 일종의 도구이며 세계에 존재하는 모든 존재를 진술할 능력을 보유하여 형식적인 수단으로 그 존재들을 자체로 물화시킨다고 주장한다. 백화는 신문학의 도구(구체적으로 신시의 도구)로써 일반적인 의미에서 특별한 형태에 지나지 않지만 그것은 사람들이 치하하는 표현력, 즉 '미'적 능력이 있음으로 인해 가장 현저한 형식의 지위로 부상하여 일반적 언어의 의미와 구별되기에 "백화는 속되지 않을 뿐만 아니라 아주 아름답다."는 평가를 받는다. 모든 유동적이거나 응고된 객관적인 존재, 모든 진실한 생명적 감수 혹은 마음의 감동 등은 문학적 용어인 백화에 의해 물화된 후 단지 일반적인 의미에서의 객관적 사실이 아니라 생기를 띤 아름다운 사실이 된다. 미

51) [德], 伽達默爾(Hans-Georg Gadamer), 『眞理与方法』, 王才勇 譯,遼宁人民出版社, 1987, p.44.

는 사람들이 선호하는 신문학 용어의 표현력으로서 객관세계와 예술세계, 일상교류의 용어와 신문학 용어의 계선을 갈라놓았다. 신문학 선구자들은 "백화는 현재 가장 적합한 시 창작의 도구이다."라는 점을 가장 근본적인 점으로 간주했다.

하지만 백화의 이러한 표현력은 백화 자체를 통하여 증명할 수 있는 것이 아니라 오로지 백화와 신시가 창출한 새로운 경지와 연관을 지어야만 분명해진다. 신시의 아름다움은 감각의 쾌감이 얻은 미의 제2층에,[52] 즉 내용에 있다는 것이다. 그러므로 백화와 시의 내용은 자연 백화 결실의 점검에서 최고의 목표가 된다. "시적 미의 하나로 내용적 미는 특히 중요"[53]한 것으로서 백화의 결실에 대한 점검은 "마땅히 언어의 내용, 문장의 질, 내재한 정신에 집중되어야 한다."[54] 내용이 없는 시는 존재하지 않으며 내포, 구조적 경지, 시의 사명을 완성하는 문학적 용어가 결여된 시는 더구나 상상하기 어렵다. 중요한 점은 여기에 사용되는 용어가 어떠한 '경지'를 창출하는가에 의해 결정된다. 이 점에서 신문학 선구자들과 복고파의 주장 역시 대립된다. 복고파는 이러한 구조적 차원에서 백화는 문언에 미치지 못하며 문언의 표현은 무소불능한 것으로서 경전을 인용하는 데 있어서 더구나 편리하다고 주장하면서, "높은 경지의 창출에서 타의 것들이 어찌 비길 수 있는가."[55]라고 했다.

신문학동인들은 이에 맞서서 문언은 난삽하고 진부하여 백화보다 '평이'하고 유창하지 못하고 표현력도 깊지 못하며, 백화는 사실적으로 인

52) 康白情, 「新詩底我見」, 胡适 編, 『中國新文學大系・建設理論集』, 上海良友圖書印刷公司, 1935, p.326.

53) 鄭振鐸, 「何謂詩」, ≪文學≫ 第84號, 1923年 8月 20日.

54) 胡适, 「寄陳獨秀」, 胡适 編, 『中國新文學大系・建設理論集』, 上海良友圖書印刷公司, 1935, p.32.

55) 胡先驌, 『中國文學改良論』(上), 鄭振鐸 編,

생의 3미를 표현할 수 있을 뿐만 아니라 구조적인 면에서까지 미묘한 경지를 창출할 수 있기에 '단어와 문장의 '평이'함으로 심오한 내용과 흥미로운 풍격을 이룬다고 주장했다. 논쟁의 쌍방은 비록 문학용어의 차원에서 논박을 펼치고 있었지만 사실 비평의 촉각은 내용과 언어형식과의 관계에 맞추고 있었으며 양자는 모두 시의 내용이란 면에서 자기가 주장하고 있는 언어의 표현력을 증명하고자 했다. 하지만 복고파는 유력한 현대 문언시가 없었기에 비평의 근거가 결여되어 문언의 표현력을 주장할 때 단지 역사적 기억에서 미약한 근거를 찾을 수밖에 없었다. 따라서 진정으로 백화의 표현력에 대한 유력한 비판의 화력을 조직할 수가 없었다. 하지만 신문학 동인들은 끊임없이 용솟음치고 있는 백화시를 근거로 삼을 수 있기에 비평의 전개는 대범하고도 태연자약했다. 아울러 백화의 표현력에 대한 자신감은 그들로 하여금 지속적으로 백화의 표현력을 세상에 과시하게 하였으며 점검 과정에서 백화의 표현력에 대한 반성의 기회까지 확보할 수 있게 했다. 물론 그들의 반성은 백화에 대한 복고파들의 비판과는 이질적인 것이다. 복고파들의 저의는 백화를 문학의 정통적인 용어로 삼는 주장에 대한 부정이었지만 신문학 동인들의 백화 표현력에 대한 반성은 "진보에 노력하여 보다 완벽화 하기 위한" 일환이었다. 그들은 "백화는 비록 문언보다 훨씬 편리하지만 결점 또한 적지 않다."고 하면서 그 결점은 정감을 표현하는 백화의 능력에 있는 것도 아니고 자체의 미적 품격에 있는 것도 아닌, '미술 배양의 결여', 즉 구어에서 문학적 서면어로의 '의도적' 배양의 결여에 있다고 주장했다.

의도적인 미의 양성의식이 결여된 백화가 시의 창작에 이용된다면 "종종 메마르고 천박한 지경"[56]에 빠지게 된다는 것이다. 이러한 반성은 백화 결실에 대한 신문학동인들의 점검이 단지 백화의 표현능력에 그치지 않고 백화형식미의 법칙을 토대로 새로운 예술적 표준을 세우고 그것으로 백화가 진정 자신의 신문학 용어의 척도를 확보하도록 했음을 말해준다. 더구나 신문학 용어의 부족점에 대한 반성에서 그들이 사용했던 참조적 체계는 때때로 자신들이 반대하는 문언시라는 점은 특이하다. 그들은 문언시는 "그 시체가 평이롭지 못하고 시의 사상도 아주 진부하다. … 그러나 그 예술은 정묘한바 우리를 아주 놀랍게 한다."[57]고 했다. 이러한 심미적 안광은 어떠한 의미에서 보더라도 아주 소중한 것으로서 전통적인 문화와 백화문학 관계에 대한 신문학동인들의 정확한 태도를 보였을 뿐만 아니라 대범하고 관용의 품격을 보여주었다. 관용의 태도로 감히 상대를 배우려는 이러한 자세는 바로 자신감과 실력의 한 표현이다. 아울러 이러한 개방적인 자신감이 있었기에 신문학동인들은 백화로 된 현대화와 민족화의 특징을 이룩할 수 있었다.

제5절 백화문학사조의 현대화와 민족화 특징

1. 현대화의 특징

'5·4'시기에 흥기한 백화문학사조는 선명한 시대적 특징을 지닌 문학사조이다. 내용면에서 볼 때 그 현대화의 특징은 아주 뚜렷한바 그것은 직접적으로 문학에 대한 시대적 요구를 반영하고 있기 때문이다. 하

56) 兪平伯, 「社會上對于新詩的各种心理觀」, 胡适 編, 『中國新文學大系·建設理論集』, 上海良友圖書印刷公司, 1935, p.353.
57) Ibid., p.354.

지만 역대 중외문학의 발전을 고찰할 때 매 시대의 문학사조는 모두 그 시대적 의미의 '현대'적 특징을 지녔다고 할 수 있다. 당나라의 한유(韓愈)가 창도했던 '고문운동', 근대 양계초 등이 창도했던 '시계혁명', '소설계혁명' 등이 모두 그러한 사례이다. 그렇다면 '5·4' 신문학운동 과정에서 백화문학사조의 현대화적 특징은 무엇인가? 총체적으로 그 개성적 특징은 선명하고도 농후한 "인간의 의식"인바, 구체적으로 말한다면 아래 몇 가지로 귀납할 수 있다.

첫째, 새로운 문학사관에서 출발하여 '백화문학을 중국문학의 정통으로 삼는다'는 관념을 명확히 제출했다.

'백화문학을 중국문학의 정통으로 삼는다'는 관념은 전통적인 문학관념과 대립되는 참신한 것이었다. 이에 맞선 전통적인 문학 관념은 문언문학이야말로 문학의 정통이라는 주장을 세웠다. 참신한 관념은 '백화문학'의 문학적 지위에 대한 전통문론의 부정을 부정했을 뿐만 아니라 '새로운 문학사관'58)에 입각하여 전통문학사관을 대체했으며 자각적이고 의식적인 주장이라는 점에서 그 참신한 의의를 보였다. 이에 호적은 "1,000년 이래로 중국에 일부 가치 있는 백화문학이 있었다고는 하지만… '의식적인 주장'이 아니었기에 백화문학은 종래로 '죽은 문학'과 '문학의 정통적인 위치'를 다투지 않았다."라고 했다. 그는 또 "우리가 특별히 백화문학을 중국문학사의 '자연추세'라고 지적한 것은 역사적 사실이다. 아울러 우리는 또 특별히 이 '자연추세'에 의지하여 죽은 문학적 권위를 뒤엎는 것은 부족하기에 반드시 일종의 자각적이고 의식적인 주장을 세워야만 비로소 문학혁명이 기대하던 효과를 달성할 수 있

58) 胡适, 「中國新文學大系·建設理論集·序言」, 胡适 編, 『中國新文學大系·建設理論集』, 上海良友圖書印刷公司, 1935, p.26.

다고 했다. 유럽의 근대국어문학의 흥기는 모두 이러한 자각적인 주장이 있음으로 해서 신속히 기대하던 효과를 창출했다. 중국에는 1,000여 년에 걸친 백화문학이 있었지만 어느 누가 감히 백화문으로 고 문학을 대체하자는 주장을 제기하지 못하였기에 백화문학은 시종 민간의 '속문학'으로 치부되어 우아한 자리에서 운운하지 못하도록 되었고 사문학을 대체한다는 것은 더구나 불가능한 일이었다."[59] '5・4' 신문학의 선구자들은 중국문학사에서 처음으로 '의식적'이고 자각적으로 그러한 주장을 제기함으로써 중국문학사에서 백화문학의 가치를 발견한 그룹으로 스스로를 위치시켰다. 스위스의 역사학자 야콥 부르크하르트(Jacob Burckbardt)는 저서 『이딸리아 르네상스의 문화』에서 "진정한 발견자는 처음으로 우연한 그 무엇을 건드리는 자가 아니라 스스로 자기가 찾던 그 무엇을 찾은 사람이다."[60]라고 한 바 있다. 신문학 선구자들이 제기한 새로운 주장은 그들이야말로 '자기가 찾던 그 무엇을 찾은 사람'이라는 점을 증명하였으며 실제로 그들은 자각적으로 그 무엇을 찾던 일꾼이었다.

둘째, 문학 형식의 본체에서 출발하여 '신문학은 바로 백화문학이다'라는 주장을 명확하게 제출했다.

중국문론의 발전 역사와 문학 자체의 형식적 규범의 시각에서 본다면 이 주장은 언어예술로서 문학의 법칙을 적중했을 뿐만 아니라 전통문학관의 체계에서 볼 때는 철두철미한 반역이었다. 이 주장은 '나라를 경영하는 대업'이라는 전통적인 문학의 사회가치에 입각한 것도 아니요, 전

---

59) Ibid., pp.20~21.

60) [瑞士], 雅克布.布克哈特, 『意大利文藝夏興時期的文化』, 何新 譯, 商務印書館, 1979, p.302.

통적인 문학 속에 내재한 "미는 마음에서 우러난다."는 문학창조론에서 시작한 것도 아니다. 이는 문학형식에 착안하여 '신문학'의 본질과 특징을 규정함으로써 가장 기본적인 의미에서 문학의 본 문제를 적중, 즉 문학은 언어 예술이라는 명제를 제출한 것이다. 따라서 이는 새로운 관념이고 '새로운 사유'(문학 형식의 시각으로 볼 때)가 탄생하는 새로운 시점이었다.

1) 국어의 문학과 문학의 국어

호적은 '문학혁명론의 건설'의 취지를 국어의 문학, 문학의 국어라고 한 바 있다. 이 취지는 호적이 선택한 문학혁명의 우선적인 목표로 호적을 대표로 하는 문학혁명 동인들의 신문학과 백화와의 관계에 대한 인식을 표명했다. 이 취지는 '신문학은 바로 백화문학이다'라는 주장이 실천적 의의를 띤 방침임을 말해준다. 이 취지에 착안하여 우리는 구체적으로 '신문학은 백화문학이다'라는 명제의 풍부한 내용과 중요한 의의를 감지할 수 있다.

칸트는 엄숙한 농담, 즉 나에게 '물질'을 주면 모든 것을 창조할 수 있다는 농담을 한 적이 있다. 이는 논박이 불가능한 명제이다. 왜냐하면 세계는 물질로 구성되었으니 물질을 준다면 당연히 모든 것을 창조할 수 있기 때문이다. 하지만 세계는 오직 구체적인 물질의 형식이 존재할 뿐 추상적인 물질은 없다. 따라서 어느 누구에게 물질을 준다는 것은 마치 그에게 정신을 준다는 말처럼 단지 농담에 지나지 않는다. 하지만 이 농담은 또 단순히 황당한 것이 아니라 진리적 의미와 합리성을 띤 농담으로 실로 '엄숙'한 농담에 속한다.

호적 등 신문학 선구자들이 백화문학을 창도할 시초에 중국 문단에도 이러한 엄숙한 농담이 있었는데, 즉 나에게 문학의 백화를 준다면 나는 백화문학을 창조할 수 있다는 것이었다. 이 농담 역시 논리성을 지니고 있는바, 언어라는 도구가 없으면 문학 창조 또한 불가능하기 때문이다. 하지만 추상적인 '문학의 백화'는 마치 추상적인 물질이 부재한 것과 마찬가지로 존재하지 않는다. 백화는 문학의 도구로써 오로지 문학실천을 통해서야만 창조되고 보완될 수 있다. 호적은 이러한 문제를 인식한 첫 사람으로서 여러 편의 글에서 반복적으로 문학과 백화의 이러한 관계를 천명했다.

그 뒤를 이어서 부사년, 주작인도 이에 호응하였는데 그들의 노력 아래 신문학의 형식적 본체언어를 어떻게 완벽하게 할 것인가 하는 문제의 현실적 대안이 나타나게 되었다. 그것은 바로 문학의 국어가 있어야 하며 우선 국어의 문학을 창조해야 한다는 것으로서 "국어의 문학이 있으면 자연 국어가 있게 된다."[61]는 논단이다. 마찬가지로 국어가 있어야만 비로소 효과적으로 국어의 문학을 창조할 수 있다. 꼭 짚고 넘겨야 할 것은 여기에서 말하는 '국어'가 바로 백화라는 것이다. 호적은 '국어'를 사용하고 '백화'라고 지칭하지 않은 것은 "'백화문학'을 '국어문학'이라고 이름 지은 것은 '속어', '이어(俚語)'에 대한 일반인들의 경멸이나 혐오감을 줄이자는 의도였다."[62]고 했다. 이 사안은 국어와 국어의 문학은 불가분적이며 양자의 관계가 아주 밀접하며 국어의 문학은 국어 형성의 토대일 뿐만 아니라 국어의 실험장이고 점검장으로서 국어문학의 창출이 대량적일수록 국어에 대한 실험 또한 다량적이며 따라서 국어의

---

61) 胡适, 「建設的文學革命論」, 『文學運動史料選』 第1冊, 上海教育出版社, 1979, p.69.

62) 胡适, 「中國新文學大系・建設理論集・序言」, 胡适 編, 『中國新文學大系・建設理論集』, 上海良友圖書印刷公司, 1935, p.24.

순화와 발전 역시 더욱 충분하고 신속할 것임을 말해준다.

국어의 이러한 진보는 국어문학의 발생에 당연히 또 하나의 새로운 추진력이 되었다. 따라서 국어의 문학과 문학의 국어는 나선상승의 태세를 이루었고, 그 상승 결과는 당연히 백화문학과 일상백화의 완벽화였다. 이러한 완벽화는 문학형식으로서 백화의 특징을 더욱 원만하도록 했으며 백화로 창작한 문학에서는 당연히 그 형식적인 특징을 충분히 과시하는 상황으로 이어졌다. 이러한 차원의 관계 속에서 백화문학은 오로지 언어예술의 형식적 의의를 지닐 뿐 시간적, 공간적 개념은 전무한 것이다. 그리하여 외재적 조건(사회적, 역사적)의 영향을 받지 않을 뿐더러 내재적 조건의 제약도 받지 않는 바, 그것을 제약할 수 있는 유일한 요소는 백화와 백화문학이란 양자의 관계일 뿐이다. 때문에 백화와 백화문학 양자 사이에는 단지 형식적인 논리관계 외에 의식적인 논리관계는 존재하지 않는다.

물론 백화와 백화문학의 관계가 상호 추진의 관계라는 것은 주로 일반적인 호응점검의 의미에서 얻은 결론이다. 실제로 어떤 관계이든지 그 속에 관련된 사물이 절대적 균형을 이룰 수 없는 것과 마찬가지로 '백화와 백화문학'의 관계 역시 완전히 균형을 이룬 것이 아니다. 이러한 불균형, 또는 어느 한 쪽으로의 경도는 주관적인 원인도 있거니와 명제 자체의 원인 또한 무시할 수 없다. 주관적인 원인에서 호적 등이 제기한 "국어의 문학, 문학의 국어"는 문학으로써 국어를 실험하고 국어의 완벽화에 이르자는 것으로서 물론 '국어'에 주안점을 두고 있는 것이다. 한편 명제 자체의 원인에서 볼 때 신문학의 특징은 '백화'로 귀결되기에 형식 또한 당연히 명제의 중심으로 부상된다. 따라서 '백화와 백화문학'(즉 문학의 국어와 국어의 문학)이라고 했을 때 거기에서 전도된 내용과 형식을 볼 수 있는 바, 즉 문학은 백화를 만들어내는 용광로로서 형식이며, 백화는 문학이란 용광로에서 시련을 거치는 내용이 되는 것이다. 백화의 본체적 관념은 이러한 논리 속에서 얻어진 것이다. 이러한 국면에 직면한 모순은 충만된 자신감으로 신문학 "최초의 성공은 꼭 문학의 국어라는 점이며 이는 이미 결론지어진 것이다."[63]라고 했다. 신문학동인들은 문학에서 백화의 지위를 이토록 강조했는데 이는 자연스럽게 전술한 칸트의 그 엄숙한 농담을 상기하게 하며 그 농담이 신문학 초기에 가지는 의미를 연상시킨다. 만약 칸트가 말하는 '물질'이 논리적으로 존재하지만 실제적으로는 존재하지 않는 그러한 실체라고 한다면 신문학동인들이 말하는 백화는 논리적일 뿐만 아니라 실제로도 존재하는 것이다. 그리고 칸트의 농담이 단지 불멸의 영원한 존재로서 상상가능할 뿐 접촉할 수 없는 것이라고 한다면 신문학선구자들이 노력한 바는 오히려 문학과의 영원한 동반자로서의 존재 — 언어를 실제적으로 접촉 가능한 존재로 만드는 것이었다. 그들은 문학이란 이 용광로를 통하여 백화라는 문학용어를 창출시킬 뿐만 아니라 신문학의 용어는 실천을 통해서 얻어낼 수 있다는 진리를 세상에 과시하고자 했다. 물론 문학비판이란 형식을 통하여 신문학용어로서 백화의 기능에 대한 전면적인 고찰 또한 여기에 속하는 바, 즉 '백화 결실에 대한 점검'이 바로 그것이다.

2) 백화의 의의

'신문학은 바로 백화의 문학이다'라는 명제는 비록 백화를 신문학의 중심에 위치시켰지만 신문학의 도구로써 필경 문학이 종국의 귀결점이

---

63) 沈雁冰, 「新文學研究者的責任与努力」, 鄭振鐸 編, 『中國新文學大系·文學論爭集』, 上海良友圖書印刷公司, 1935, p.146.

되어야 한다. 문학을 떠난다면 백화는 문학의 도구로써의 의의를 상실하기 마련이다. 따라서 백화와 신문학의 관계 속에서 백화는 비록 내용이고 문학의 용광로와 형식의 역할을 담당하고 있었지만 "국어는 문학이 없다면 생명력이 없고 가치가 없으며 성립될 수도 없고 발달할 수도 없다."[64] 가령 백화가 문학의 도구와 기초라고 한다면 백화문학은 백화 발전과 보완의 조건이다. 양자는 상호 조건이 되고 상대방의 존재를 자체 존재의 의거로 삼고 있는 것이다. 따라서 백화문학은 백화를 육성하는 실험기지로서 그 존재의 의의는 절대로 백화와의 관계에서 '형식'적인 지위에 있다고 하여 쇠약되지 않는다. 오히려 백화문학은 용광로로써 백화발전의 토대에 직접적인 영향을 미치며 그 수량과 질량으로 백화의 가치와 진화의 속도에까지 직접적인 영향을 미친다. 그리고 근본적으로 볼 때 백화문학의 모든 작업과 지불한 대가는 다른 영역으로 유입되는 것이 아니라 자체의 형식을 풍부히 하고 발전시키는 데에 기여하게 된다. 그리하여 백화문학은 실제로 이중적 신분, 즉 자기를 위해 언어적 도구를 만들어내고 있는바 형식－언어 실험의 용광로로써의 역할을 하는 동시에 내용－백화의 목적이기도 하다. 이러한 신분은 바로 '신문학은 바로 백화의 문학이다'라는 명제의 출발점이자 귀결점인바 양자가 중첩된 가운데 두 개의 중요한 과제가 포함되어 있다.

첫째, 백화는 신문학의 도구이자 또 신문학이 성숙한 표지인 한편 진일보 발전하는 기점이라는 점을 설명한다. 하지만 이 기점은 백화문학사조가 흥기하던 초기에 출현한 것이 아니라 백화가 진정으로 문학의 수요를 만족시킬 수 있는 시점에서 형성된 것이다. 즉 백화의 성숙은 백

64) 胡适, 「建設的文學革命論」, 『文學運動史料選』 第1冊, 上海教育出版社, 1979, p.69.

화운동의 종점임과 동시에 신문학이 바야흐로 발전하는 기점이 되었던 것이다. 이러한 종점과 기점의 관계는 다른 한 방면에서 신문학운동에서 가지는 백화의 의미 그리고 신문학 동인들이 '백화문학'을 규정하는 합리성과 내재적 의미에 대한 설명이 된다. 오직 백화가 신문학의 수요를 만족시킬 때만이 신문학은 비로소 자유롭게 활용할 수 있는 도구를 소유하게 되는 한편 신문학이 큰 걸음으로 전진할 때만이 백화가 발전하는 탄탄대로도 비로소 형성된다는 데에 그 의의가 있다. 1923년 성방오(成仿吾)는 「국학운동의 아견」에서 "최초에 우리가 일컫던 국어운동은… 드디어 성공했다."고 했을 때는 신문학이 장족의 발전을 이룩할 때였고 그 조건의 하나로 백화는 이미 문학의 진지를 완전히 점령했다. 한편 신문학의 이러한 장족의 발전은 가장 현실적으로 신문학의 도구로써 백화의 성숙된 상황을 말해주고 있었다.

둘째, 백화의 성숙은 신문학 형식에서 성숙의 표지일 뿐만 아니라 신문학 내용에서 성숙의 외재적 표현이기도 하다는 점을 설명하고 있다. 백화의 성숙이 신문학발전의 기점이라면 그 역으로 '국어의 소설, 시가, 시나리오가 유행하는 날'은 당연히 신문학의 백화가 성립되는 날이어야 했다. '유행' 가능한 문학이라는 점에서 볼 때 성숙한 언어형식이 있어야 할 뿐만 아니라 문학적인 언어가 부담하고 있는 내용도 포함되어야지 내용이 없는 문학은 '유행'될 수가 없는 것이다. 따라서 하나의 문학형식이 유행할 경우 그러한 형식은 이미 문학의 내용을 감당하고 있다는 점을 표명한다. 이는 '신문학은 바로 백화문학이다'라는 순형식적 명제가 성립되는 내재적 근거이다. 하지만 특별히 지적해야 할 점은 이러한 근거는 그 명제 속에 존재하는 것도 아니고 백화와 백화문학이라는 관계적인 구조 속에 존재하는 것도 아니다. 이는 선험적인 전제로서 백화문학이 성숙하는 과정에 존재하는데 그 은폐성은 '신문학은 곧 백화문학이다'라는 명제를 단지 순 형식에 그치는 명제로 쉽게 착각하여 문학의 내용을 배제하게 만든다. 이러한 착각 그리고 그에 따르는 이 명제에 대한 비평은 그것이 단지 문학 본체의 형식 — 백화(언어)만 언급했다는 차원에서 이치가 있는 것으로 판정되기 쉽다. 하지만 형식적인 차원에서 제기된 어떠한 주장일지라도 내적인 논리에서는 모두 내용을 목적으로 한다는 이치 또한 잊지 말아야 한다. 호적이 "'문자형식'은 종종 문학의 본질적인 면을 방해하고 속박한다."[65]고 한 바와 같이 우리는 자연히 다음 문제를 언급할 수밖에 없다.

3) '신문학은 바로 백화문학이다'는 주장과 '인간의 문학' 등 관념과의 관계

신문학선구자들의 '신문학은 바로 백화문학이다'라는 주장은 문학형식에서 출발한 것이지만 보다 시야를 넓힌다면 이 주장이 '인간의 문학'관, '평민문학'관, '국민의 문학'관, '사회의 문학'관 등 '5・4'시기 기타 신문학의 관념과 밀접한 내재적 연관이 있다는 것을 발견할 수 있다. 그 연관이 바로 '백화'이다. 실제로 '5・4'문학의 새로운 관념을 거론할 때 백화에 관한 주장을 회피할 수 없으며 그러한 경우 신문학관 전반을 떠날 수 없다. 비록 표면적으로 백화와 '인간의 문학', 사실문학 등 관념의 관계를 간파하기 어렵지만 워낙 일체를 이루고 있기에 마치 포백(蒲伯)의 "모든 불화는 조화가 아직 이해되지 못한 것"이라는 지적처럼 일단 그 '조화'를 이해할 시점에 이르면 그 상황이 다르게 된다.

진독수, 주작인 등은 문학 내용의 혁신을 주장했던 선구자이고 호적

65) 胡适, 「逼上梁山」, 胡适 編, 『中國新文學大系・建設理論集』, 上海良友圖書印刷公司, 1935, p.9.

은 문학 형식의 혁신을 주장했던 맹장이라는 점은 공인받는 사실이다. 실제에 있어서 어느 면에서 볼지라도 이러한 판단은 긍정적인 것이다. 하지만 이러한 판단을 내릴 때 간과할 수 없는 점, 즉 내용의 차원에서 문학을 논하는 어떠한 이론일지라도 종래로 형식적인 문제를 거론하지 않을 수 없다는 것이다. 이는 형식에 입각하여 문학을 논하는 이론일지라도 내용을 무시할 수 없다는 이치와 동일한 것이다. 호적은 아래와 같이 말했다.

> 내가 최초에 제출한 '8가지 일(八事)'과 진독수가 제안한 '3대주의'는 모두 형식과 내용 두 면을 주목했다. 내가 제안한 '언지유물(言之有物)', '고대인을 모방하지 않는다', '병 없이 신음하지 않는다'는 것은 모두 문학 내용에 관한 문제이다. 독수가 주장했던 3대주의 — 귀족문학을 뒤엎고 국민문학을 건설하며, 고전문학을 뒤엎고 사실문학을 건설하며, 산림(山林)문학을 뒤엎고 사회문학을 건설하자 — 는 주장 역시 종래로 내용과 형식을 갈라놓은 적이 없다. 전현동선행이 우리의 첫 서신에 호응하였을 때도 이 두 방면을 갈라놓지 않았다.[66]

과연 그들은 이론이거나 주장에서 형식을 거론하든 내용을 거론하든 모두 문학적 기본요소인 양자를 갈라놓은 적이 없었다. 먼저 진독수의 「문학혁명론」을 살펴보기로 하자. 그가 극력 주장했던 '3대주의'에서 어느 하나 문학의 언어문제를 떠나지 않았다.

> 왈, 수식하고 아부하는 귀족문학을 타도하고 평이하고 서정적인 국민문학을 건설하자, 왈, 진부하고 과장적인 고전문학을 타도하고 신선하고 진실된 사실문학을 건설하자, 왈, 애매하고 난해한 산림문학을 타도하고 명

66) 胡适, 「中國新文學大系・建設理論集・導言」, 胡适 編, 『中國新文學大系・建設理論集』, 上海良友圖書印刷公司, 1935, p.18.

료하고 통속적인 사회문학을 건설하자.[67]

'귀족문학', '국민문학' 등 기본 속성은 어느 하나 언어풍격에 관한 논의가 아닌 것이 없다. '수식'과 '평이'의 대칭, '과장'과 '진실'의 병렬, '애매, 난해'과 '명료, 통속'의 상치 등이 그러한 것이다. 언어란 유령은 번번이 '애매', '수식' 등 낱말을 고전문학과 산림문학의 부속물로 취급하면서 그들의 경직된 이미지를 부각시켰다. 아울러 또 '명랑', '신선' 등 색채를 국민문학에 돌림으로써 활력과 생기로 넘치는 이미지를 연출했던 것이다. 따라서 이러한 내용을 위주로 하는 문학관에는 언어적 풍격의 그림자가 드리우지 않은 것이 없다. '국민문학'은 평이와 서정적인 특징으로, '사실문학'은 신선한 특징으로, '사회문학'은 명료, 통속적인 특징으로 나타났는데 그러한 특징은 바로 '백화'의 풍격적 특징에 다름 아니었다. 호적은 가장 통속적인 언어로 백화의 특징을 논할 때 "백화의 '백'은 '청백'이란 백이오, '명백'이란 백이다.", "따라서 백화는 곧 속어"[68]이라고 해석했다. 환언한다면 속어처럼 '청백', '명백'한 백화는 일상에서 사용하는 교제용 언어로서 일상생활에서 직접 나온 것이며 사람들이 상용하는 단어와 전반적으로 일치한 것으로 그 기본풍격은 곧 '명백여화(明白如話)'[69]라는 것이다. 진독수는 이렇게 명백한 속어를 문학창작에서 활용할 때 찬란한 문학작품의 출현이 가능하며 심미적 가치의 경지 창출이 가능한 바, "국풍(國風)에는 속된 언사들이 많고 초사(楚辭)에

67) 陳獨秀, 「文學革命論」, 胡适 編, 『中國新文學大系・建設理論集』, 上海良友圖書印刷公司, 1935, p.44.

68) 胡适, 「答錢玄同」, 胡适 編, 『中國新文學大系・建設理論集』, 上海良友圖書印刷公司, 1935, p.86.

69) Loc. cit.

는 토속어와 지방풍물을 많이 사용했지만 훌륭하지 않은 것이 없다."[70] 고 했다. 그들의 이러한 직관적인 감수와 체험은 백화풍격이 기본적인 색조, '속된 아름다움(俗美)'에 대한 개괄이었다. 신문학 동인들은 백화를 "화장을 하지 않은 자연미인으로서 자연미"를 자랑한다고 단언했는데 그 '자연미'가 바로 백화의 본성이며 최고의 경지이다. 이러한 최고의 경지는 생활용어와 직접적인 연관을 가지는 동시에 또한 생활용어에 대한 일종의 순화이기도 하다. 실천적인 의미에서 백화의 '백'은 "무대 위의 '설백(說白)'의 백이고 속어 '토백'의 백이며", 본질적인 의미에서는 "'청백'의 백이고 '명백'의 백"이며, 수식적인 의미에서는 "'흑백'의 백" 인바, 즉 "백화는 곧 아무런 미사여구나 군더더기 없는 깨끗한 말"[71]이다. 한마디로 개괄한다면 '물위의 부용처럼 아무런 장식 없는 천연물'이 바로 백화의 경계이며 그의 미와 가치 또한 바로 이 '천연물'이라는 데에 있다.

그러므로 우리는 비록 '국민문학'의 전반적인 면모, '사회문학', '사실문학'의 확실한 내포를 파악하지 못할지라도 이 세 가지 문학을 수식하는 낱말을 통하여 그들이 풍기고 있는 농후한 시대적 숨결을 감지할 수 있으며 그들과 백화와의 갈라놓을 수 없는 관계를 감지할 수 있다. 어떤 의미에서 본다면 새로운 문학관념과 백화와의 이러한 관계로 인하여 원래 모호하던 개념들이 실감할 수 있는 시대적 숨결을 드러낸 것이라고 할 수 있다. 만약 이러한 관계를 차단한다면 그들의 청신하고 명랑한 이미지가 소실될 뿐만 아니라 소위 '새로운' 관념 역시 전통문학관의 복제

70) 陳獨秀,「文學革命論」,『文學運動史料選』第1冊, 上海教育出版社, 1979, p.23.
71) 胡适,「答錢玄同」, 胡适 編,『中國新文學大系・建設理論集』, 上海良友圖書印刷公司, 1935, p.86.

품에 지나지 않게 된다. 다시 말한다면 바로 백화의 선명한 풍격상의 우세가 새로운 문학관을 무장했고 새로운 문학관의 외재적 형상을 부각하여 빛나게 했으며 역으로 새로운 문학관은 또 아낌없는 자세로 백화에 보답함으로써 승화된 의의를 부여했다. 주작인은 '평민문학'관을 제안할 때 이미 최고의 영예를 백화에 부여했다. 그는 '백화는 대개 평민문학'인바 이러한 백화형식으로 된 문학은 전반적인 풍격에서 볼 때 "부분적이고 수식적인데 치우치는" 문체를 사용하는 귀족문학보다 형식미가 더 선명하다. 따라서 귀족문학의 "부분적이고 수식적인 데에 치우치는 폐단"은 "백화에는 아마 없다고 해야 한다."고 지적했다. 이러한 참신한 문학을 백화의 토대 위에 건립하려는 주작인의 노력은 신문학을 창도하던 시기의 일종의 보편적인 경향을 반영하고 있다. 그것은 새로운 관념은 항상 백화와 불가분적인바 단지 연계를 짓는 방식이 다를 뿐이라는 것이다. 가령 진독수의 3대주의와 같은 경우 백화를 통하여 굴절, 반영되기도 하고 평민문학의 경우처럼 직접적으로 연계를 짓기도 한다. 요컨대 신문학을 창도하던 초기 신문학관이 자체의 내용을 드러낼 때 거의 모두가 백화가 지닌 풍격을 그 토대로 삼았다. 백화와 신문학관과의 여러 차원에서 밀접한 관계를 맺고 있는 사실을 두고 호적은 전반 신문학운동을 총화할 때 "우리의 중심이론은 오직 두 가지가 있는바, 하나는 '살아 있는 문학'을 건설하는 것, 하나는 '인간의 문학'을 건설하는 것이다. 전자는 문자도구의 혁신이고 후자는 문학적 내용에 관한 혁신이다."[72] 라고 했다. 여기에서 호적은 내용과 형식이란 예술철학 일반에 관계되는 양자를 함께 논하면서 백화를 창도하는 자체가 바로 일종의 새로운

72) 胡适, 「中國新文學大系・建設理論集・導言」, 胡适 編, 『中國新文學大系・建設理論集』, 上海良友圖書印刷公司, 1935, p.18.

문학 관념이라는 점을 설명했다. 그러므로 백화와 전반 신문학 관념간의 관계는 이중적인 것, 즉 백화는 신문학 관념에서 '신'의 특점을 과시함으로써 신문학관이 전제와 형식의 역할을 맡음과 동시에 또 '인간의 문학', '사실문학' 등 새로운 문학관과 동등한 지위에서 그 자체 역시 신문학 관념의 일부가 되고 있었다. 이러한 점 또한 현대화란 특징의 하나로 꼽을 수 있다.

4) 문학의 예술적 법칙을 출발점으로 백화와 문학현대화의 관계를 그렸다

일반적으로 문학의 현대화는 주로 다음과 같은 두 개의 요소에 의해 결정된다. 하나는 외재적으로 시대적 요소이고, 다른 하나는 내재적으로 문학적인 문학용어이다. 그것을 도식적으로 표시하면 다음과 같다.

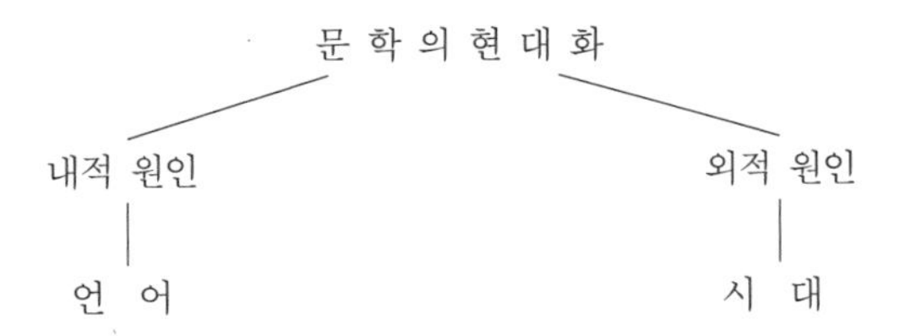

시대는 문학의 내용을 제약하지만 언어는 문학의 형식을 만족시키는 바, 그들은 두 개의 지렛대와 같이 문학을 받쳐주고 있다. 문학은 언어의 예술이라는 의미에서 언어는 또 토대가 되는데 문학이 시대 요구에 적응하려면 먼저 언어가 문학의 요구를 만족시켜줄 것을 요구한다. 신문학 선구자들에게 있어서 백화는 바로 신문학의 수요를 만족시킬 수 있는 이상적인 용어이었기에 당연히 문학현대화의 이상적인 선택이 되었다.

백화는 무엇 때문에 문학의 현대화를 만족시킬 수 있는가? 바로 백화가 문학의 법칙에 적응했기 때문이라고 할 수 있는데 그 법칙이란 바로 호적이 지적한 문학의 3개 필수적 조건이다. 즉, "첫째는 명백하고 분명해야 하며, 둘째는 힘이 있고 사람에게 감동을 주어야 하며, 셋째는 아름다워야 한다."는 것이다. 환언한다면 바로 진, 선, 미의 3위1체이다. 그 중에서 "명백하고 분명하다"(진)는 기초가 된다. 호적은 "문학의 기본적 역할(직책)은 아무래도 '뜻을 전달하고 감정을 표현'하는 것이기에 제일의 조건은 감정이나 뜻을 명백하고도 분명하게 표현하여 이해 가능하도록, 쉽게 이해하도록, 절대 오해가 없도록 해야 한다."[73]고 했다. 백화는 바로 이 점에서 절대적인 우세가 있었다.

'뜻을 전달한다'는 의미에서 볼 때 백화는 일상생활에서 생산된 구어로서 자체의 우세, 즉 인정스럽고 적절하게 인생의 진실을 재현할 수 있다는 우세를 확보하고 있다. 이에 반해 문언은 "분명히 시골 노파가 하는 말인데도 그들은 당송8대가의 어투를 따려 하고, 분명히 아주 비천한 기생이 하는 말인데도 그들은 호천유(胡天游), 홍량길(洪亮吉)의 변려문(騈文)의 어조를 따려한다."[74] 이렇게 세상물정과 맞지 않는 궁색한 모습은 바로 문언이 인정을 멀리한 필연적인 결과이다. 형식면에서 문언은 어떤 뜻을 표현하기는 하지만 그 '뜻'은 이미 문학적 의미를 상실했다. 문학의 생명으로 간주되는 '진'과 '미'의 경지는 모두 그 인정을 멀리하는 골계의 어조에 의해 탕진되었고, 문학으로 인간을 감동시키는 '선'의 경지 또한 더 이상 찾아볼 수 없게 된 것이다. 호적은 이러한 현상을 두

73) 胡适「什么是文學—答錢玄同」, 胡适 編, 『中國新文學大系・建設理論集』, 上海良友圖書印刷公司, 1935, p.214.

74) 胡适, 「建設的文學革命論」, op. cit., p.130.

고 "묻노니 이러한 문장이 어떻게 뜻을 전달하고 감정을 표현할 수 있단 말인가? 뜻의 전달도, 감정의 표현도 불가능하다면 어찌 문학이라고 할 수 있단 말인가?"[75]라고 힐책했다. 하지만 "백화로 된 문학은 글자마다 치밀한 표현이 가능하다. 대통령의 말을 표현할 때 절대 거지의 어투가 되지 않으며; 거지의 말은 절대 대통령처럼 우아한 품위를 뽐내지 못한다. 그 외에도 어떠한 사람, 어떠한 일, 어떠한 감정, 어떠한 경지든지 모두 장애없이 자유스럽게 표현할 수 있으며 매 사람, 매사가 자체의 개성적인 일면을 유지하도록 할 수 있다."[76] 문언은 모든 사람들로 하여금 동일한 어투로 서술하도록 하기에 "어떠한 사람이든지, 대통령이든 또는 거지이든 간에 모두 한 가지 어투를 사용하고 한 가지 모양을 하도록 한다."[77] 이와 달리 백화는 부동한 어투로써 각기 다른 사람들의 정감과 뜻을 표현할 수 있다.

그리고 문언의 서사와 인물의 대화는 동일한 구조방식과 서면어를 사용할 수밖에 없지만 백화는 아주 쉽게 작자의 서사어와 작품 중 인물의 구어를 구분하여 구사할 수 있다. 바로 가장 뚜렷한 이런 효과를 두고 부사년은 "문사(문언)는 인정과 먼 거리를 두고 있지만 언어(백화)는 그것을 적중하고 있다."[78]고 했다. 문언의 매개 폐단은 모두 "인정과 먼 거리를 두고" 있는 기능과 관련되고 백화의 모든 우세는 인간과의 밀접한 관계를 말해주는데 그 생명력과 활력은 모두 인간과의 관계 속에서 구현되고 발전되는 것이었다. 역사적으로 백화를 고찰할 때 고대 사람들

75) Loc. cit.

76) 羅家倫, 「駁胡先驌君的中國文學改良論」, 鄭振鐸 編, 『中國新文學大系・文學論爭集』, 上海良友圖書印刷公司, 1935, p.110.

77) Ibid., p.109.

78) 傅斯年, 「文言合一草議」, 胡适 編, 『中國新文學大系・建設理論集』, 上海良友圖書印刷公司, 1935, p.121.

의 생활과 근접한 백화는 그들의 사상정감을 생동하게 표현하는 것으로 감동적인 매력과 아름다운 경지를 창출했고, 현대인의 생활과 근접한 현대백화는 '4억의 목소리'로서 당연히 현대인의 인성과 생활을 잘 표현했다. 곽말약은 "고대 사람들이 그들의 언사로 자신들의 정감을 토로한 것이 고시이고 현세 사람들이 우리의 언어로 생생한 정취를 토로한 것이 바로 신시이다."[79]라고 했는데 이는 백화발전의 필연적 법칙에 대한 피력일 뿐만 아니라 백화와 문학현대화의 유기적인 연관에 대한 논단이었고 그 연관의 가장 내적인 근거는 바로 인간 및 인간의 생활에 있었다. 백화는 여기에서 자체의 생명을 얻었고 또 여기에서 문학적 사명을 담당하고 현대화로 나아갔다.

백화는 또 인간의 감정을 표현하는 면에 있어서 자체의 우세를 보였는데 이러한 우세로 말미암아 또 문학의 현대화를 완성할 수 있었고 자체의 가치를 실현할 수 있었다. 콜링우드(Robin George Collingwood)는 "표현되지 않은 정감은 존재하지 않는다."[80]고 했는데 '표현된 정감'이 인간의 정감과 무관한 상황 또한 있을 수가 없다. 인간의 감정은 다종다양하고 인간의 감각, 정서 또한 다채로운 것으로서 그것을 표현하는 문학용어 역시 풍부하고 다채로우며 생동하고 발랄해야 한다. 문학과 인간의 정감은 얼기설기 얽혀져 있는 것으로서 가장 선명한 논리로써 모든 문학용어에 관한 예술의 기본적 요구를 전시했다. 백화는 문학이 수용하는 정감을 철두철미하게 승화시키는 것으로, 문언은 갖가지 수식을 동원하여 자체의 궁색한 진모를 감추려는 모습을 드러냈다.

신문학 선구자들은 이 두 용어에 대한 대조를 거쳐 이 점을 분명히

79) 郭沫若, 「論詩三札」, 『郭沫若論創作』, 上海文藝出版社, 1983, p.23.
80) [英], 科林伍德, 『藝術原理』, 王至元 等 譯, 中國社會科學出版社, 1985, p.245.

했다. 문언의 특점은 반드시 대대로 인습되어 온 경전적인 상투어, 즉 '전고' 등에 의지해야 하는 바 그렇지 않을 경우 자체의 우아함을 과시할 수 없고 고문의 기려하고 고풍스러운 모습도 보일 수 없게 된다. 그리하여 정감을 표현할 때 "분명 객지에서 고향을 그리는 장면인데 그들은 반드시 '왕찬등루(王燦登樓)'나 '중선작부(忠宣作賦)'라 하고, 분명히 송별의 장면인데 그들은 반드시 '양관삼첩(陽關三疊)', '일곡위성(一曲渭城)'이라고 하며; 분명히 진보침(陳宝琛)의 70세 생신을 축하하는 장면인데 그들은 반드시 이윤주공전설(伊尹周公傳說)을 축하하는 것이라고 한다."[81] 여하튼 인간세상의 가장 일상적이고 솔직한 사향, 송별, 축수의 정감인데도 불구하고 경전이나 고전들을 들먹거리며 작가와 작품, 작품과 독자사이에 의도적으로 벽을 쌓아놓는다. 작가가 '사향'의 정감이 있을지라도 문언 표현의 제한으로 반드시 적당한 '경전'을 찾아야 했고 독자들은 그 글을 이해하기 전에 먼저 그 '경전'을 알아야 하는 순서가 된다. 그리하여 '객지의 사향'의 정서를 이해하는 전제 조건은 '왕창등루'에 관한 전고에 깃든 정서를 알아야 하는데 그렇지 않을 경우, 즉 그 벽을 넘지 못하는 경우 그 작품은 아무런 의미가 없게 된다. 아울러 이러한 전고는 그 당시 그 처지에 처한 타인의 정감체험의 결정체로서 그 내포는 고정적이고 제한적인바 사향에 관한 모든 감정을 거기에 맞춘다는 것은 그야말로 발을 깎아 신에 맞추는 꼴이 되기 십상이다.

진독수는 문언의 이러한 상투적인 서정표현을 가리켜 "부모의 출상기간에 화려한 거처에서 미식을 향수하다가도 일단 애도가 시작되면 '잠깐 졸음에 빠졌노라'고 거짓말을 할 것이다."[82]라고 비웃었다. 이러한

81) 胡适, 『建設的文學革命論』, 第1卷, 上海教育出版社, p.71.
82) 陳獨秀, 「文學革命論」, 『文學運動史料選』 第1冊, 上海教育出版社, 1979, p.24.

걸치레는 실감 있게 감정을 표현할 수 없으며 가령 진실한 감정일지라도 상투적이거나 전고를 찾아 맞추기에 급급하기에 왜곡되어 생동하고 생기발랄한 맛을 잃어버리고 경직된 문자만 남게 된다. 내용과 형식의 철같은 법칙은 바로 이러한 관계를 형성했다. 백화는 직설적으로 "무슨 내용이면 무슨 말을 하고 어떻게 말해야 하면 어떻게 말"하기에 어떠한 감정적 체험이든지 모두 직접적으로 표현할 수 있다. 그러니까 전고의 제한이라든가 빙빙 에두르면서 스스로 장벽을 쌓거나 발을 깎아 신에 맞추는 그러한 절차가 필요 없다. "백화는 바로 인정의 표현에 적절하기에 감정의 표현에 딱 적합하고 그 뜻의 전달 또한 마음속의 생각과 딱 들어맞는다."[83] 이러한 백화는 문언처럼 '상투'거나 '전고'의 힘을 빌려 스스로를 우아한 것처럼 위장하지 않고도 자체의 이채를 자랑할 수 있다. 자체의 이러한 이채로 백화는 정감의 원모습을 드러내고 최대한 정감을 표현하려는 문학의 수요를 만족시킨다. 인간의 정감은 문학 현대화의 가장 적절한 대표적 내용으로 백화의 이채에 힘입게 된다. 백화는 문학의 경지를 깊이있게 하는 동시에 문학 현대화의 풍채를 보여주며 자신 또한 신문학의 내용을 위해 봉사하는 가운데 자기의 가치를 실현한다.

5) 대담하게 백화의 '서구화'를 주장했다

서구화, 이 주장은 자칫 오해를 사기 쉬운 주장이지만 신문학 선구자들에게 있어서는 오히려 흥분을 자아내는 관점이었다. 호적은 「중국신문학대계 · 건설이론집 · 도언」에서 백화의 서구화는 백화문학의 초기에

---

83) 胡适, 「建設的文學革命論」, 胡适 編, 『中國新文學大系.建設理論集』, 上海良友圖書印刷公司, 1935, p.128.

이미 시작되었다고 했다. 그 이유에 대해 그는 "오직 서구화된 백화만이 새로운 시대의 새로운 수요에 부응할 수 있고… 우리의 문자로 하여금 복잡한 사상과 완곡한 이론을 전달할 수 있다."[84]고 했다. 그리고 당시 작가의 수양으로 볼 때 서구화는 필연성을 띠게 되는데 "초기의 백화 작가 가운데 일부는 서양언어문자의 훈련을 받아 일찍부터 적지 않은 '서구화'의 풍격을 띠고 있다. 물론 서구화의 정도는 다소 달랐다." 창작의 효과에서 본다면 "무릇 서양문학 준칙과 기교를 충분히 흡수한 작가들의 성취는 대개 특별히 좋았고 그들 작품의 풍격 또한 특별히 사랑스러웠다."[85] 이렇게 볼 때 백화의 '서구화'는 현실적 수요일 뿐만 아니라 문학의 수요이며 작가 자신들 수양의 지향이었다. 일정한 의미에서 본다면 외래어에 대한 흡수와 수용은 '문언합일(文言合一)'보다 더욱 자각적이었고 영향 또한 더욱 광범위한 일면을 보였다.

이 문제에서 부사년의 이론적인 논술이 가장 체계적이었다. 그는 백화문을 활용하려면 반드시 두개 방면에서 수양이 필요한데, 하나는 말에 유의하는 것이고 다른 하나는 '서구화'에 유의하는 것이라고 했다. 그 중에서 보다 중요한 것은 후자였다. 이는 백화문이 당시에 아직 그럴 만한 모델이 없었기에 외국을 배워야 했고 다른 한편으로 '말하기'에 사용되는 구어용 백화는 아직 신문학의 요구를 만족시킬 수 없기 때문이었다. 이러한 이유에서 그는 만약 "우리가 단지 대용어로써 백화문을 사용한다면 말하는 것으로 충분하다. 가령 독자적인 백화문을 세우자면 말하기의 백화를 초월한 창조적 정신의 백화문을 창립"해야 하는 바 그

84) 胡适, 「革命革新申議」, 胡适 編, 『中國新文學大系.建設理論集』, 上海良友圖書印刷公司, 1935, p.117.
85) 胡适, 「中國新文學大系・建設理論集・導言」, op. cit., p.24.

길은 오로지 "국어의 서구화"[86]뿐임을 강조했다. 이러한 서구화의 주장은 극단적인 일면이라는 지적을 면키 어렵고 뚜렷한 환상의 흔적도 있지만 다른 한편 '문언합일'보다 더욱 개방적인 안광을 보였고 '5·4'시기 바깥세상을 지향하는 중국인의 심정과 문학적 시야를 반영했으며 색다른 문학용어와 그에 관련된 수사방법을 신문학에 도입하려는 노력이 깃들어있기에 방법론적 의미에서는 수긍할만한 것이었다. 호적은 "중국의 언어문자는 수천 년 동안 고립상태에서 타의 고급적인 언어문자와 대조할 기회가 없었다."[87]고 했는데 이러한 상태는 객관적으로 중국 언어문자의 발전을 저해했다. 부사년이 적극적으로 서양의 단어, 방법을 유입하자는 주장을 펼쳤던 것은 전통적으로 폐쇄된 중국의 언어문자에 비교가 되는 참조체계를 제공했다.

노사는 1960년대에 이를 두고 "'5·4'전통에 훌륭한 점이 있는데 문법구조를 복잡하게, 논리적인 문자를 보다 정밀하게 만든 것이다."[88]라고 개탄했다. 사실 논리적인 문자가 외래문법과 낱말의 윤택을 받은 것이니 문학인들에게 어찌 서구화의 혜택이 없었으랴? 물론 문학용어의 서구화 주장은 부사년, 전현동, 루쉰, 류반농(劉半農), 호적 등이 모두 찬양해마지 않았던 바이고, 모두 아무런 구속 없이 대담하게 유입할 것을 주장했던 것이다. "방언을 사용하지 않으면 진수를 전할 수 없다. 방언뿐만 아니라 외래어일지라도 채용해야 한다."[89]는 것은 사실 그들의 공동 주장과 다름없었다. 그들이 '서구화'를 주장했던 것은 언어문자 자체

---

86) 傅斯年, 「怎樣做白話文」, 『文學運動史料選』 第1冊, 上海教育出版社, 1979, p.125.

87) 胡适, 「國語与國語文法」, 胡适 編, 『中國新文學大系·建設理論集』, 上海良友圖書印刷公司, 1935, p.230.

88) 老舍, 「關于文學的語言問題」, 老舍, 『出口成章』, 作家出版社, 1964, p.22.

89) 錢玄同, 「『嘗試集』序」, 胡适 編, 『中國新文學大系.建設理論集』, 上海良友圖書印刷公司, 1935, p.105.

에 그 목적이 있다기보다는 '인성에 근접'한 서양문학에 대한 지향이었으며 중국 구문학의 몰인정한 면에 대한 비판이었다. "우리가 구문학에 불만을 표하는 것은 그것이 몰인정하며 인지상정에 전혀 부합되지 않는 거짓문학으로서 '인화(人化)'가 결여"되어 있기 때문이다. 이와 반대로 서양의 근세문학은 전적으로 '인화'를 원칙으로 발전하였으며 "특별히 그것이 인지상정에 부합된다는 것뿐만 아니라 그 일언일어, 모든 단어의 표현력, 문장작법의 수단 등이 '우리의 마음을 사로잡기' 때문이다."[90] 따라서 서양문학을 거울로 삼고 서양의 단어, 문법을 도입하는 목적은 "그들을 배우고 그들의 감화를 받는" 데에 있으며 이로써 신문학 자체 역시 "'인화'의 경지에 도달"하기 위함이다. 순수한 언어문학의 문제에서 사회사상의식의 경지에로 승화되었다는 것은 '서구화'에 더욱 깊은 의의를 부여했다.

하지만 서구화는 보편적인 경향과 주장으로 전면적인 서구화의 태세를 완전히 갖추지는 못했다. 사실 완전히 서양의 단어, 문법을 따거나 이식하는 것은 실천적으로 불가능할 뿐만 아니라 이론적으로 역시 불가능하다. 신문학 동인들이 주장했던 '서구화'의 목적은 주로 민족문학의 부족한 부분을 보완하여 신문학으로 하여금 '인화'적인 면뿐만 아니라 단어, 문법적인 면에서 세계문학의 발전수준과 더 근접하도록 하는 것이었다. 따라서 외래적 단어, 문법 사용을 주장했다고 할지라도 그것은 문학 자체의 수요와 시대적 수요를 충분히 감안한 결과이다.

> 우리는 현재 사용하고 있는 백화가 특별히 이상하고 메마르며 빈약하다고는 생각지 않는다. 단지 글자가 너무 적다는 결함을 보완하기 위해

90) 傅斯年, 「怎樣做白話文」, 『文學運動史料選』 第1冊, 上海教育出版社, 1979, pp.128~129.

반드시 수시로 새로운 단어를 만들어내야 하고 그러한 단어들은 태반이 현대생활 속에 존재하는 사물이다. 그것들은 거의 전부가 서양의 문물이기에 그 단어에 관한 명명방법은 서양언어의 습관과 서양 사람들의 의미를 따를 수밖에 없다.[91]

1921에 이르러서도 정진탁은 여전히 "문학예술의 정진을 위하여 나는 백화문의 서구화를 극력 주장한다. … 하지만 백화문의 서구화는 절차가 있는바, 즉 중국인이 종래로 사용하던 백화문과 다르다고 중국인이 못 알아보는 것도 아니다."[92]라는 입장을 취했다. 이는 모두 서구화는 건강한 것이며 비록 부족한 일면, 공상과 실제에 맞지 않는 약점이 있을지라도 이론과 실천적으로 모두 가능한 것임을 의미한다. 아울러 이는 '서구화'의 실적에 대한 선명한 입장으로 이러한 서구화의 결과 역시 백화의 심미적 특징을 극대하게 강화하고 풍부히 했다. 백화의 현대화 과정은 여기에서 힘 있는 발자국을 남겼다.

2. 민족화의 특징

백화문학사조의 민족화 특징은 주로 중국의 전통적인 백화문학용어의 계승 및 그 토대위에서 진행된 혁신에서 나타났다.

문학적 차원에서 본다면 "언어는 문예작품의 제1요소이며 민족형식의 제1기치이다."[93]라는 명제를 부정할 수 없다. 한어(漢語)는 중국문학의 도구로써 의심할 나위도 없이 중국문학 민족적 특징의 제1기치이다. 하

91) Ibid., p.129.
92) 鄭振鐸, 「語体文歐化之我觀」(二, 賈植芳 主編, 『文學研究會資料』 上冊, 河南人民出版社, 1985, p.189.
93) 周揚, 「新的人民的文藝」, 『文學運動史料選』 第5冊, 上海教育出版社, 1979, p.689.

지만 역사적 원인으로 말미암아 한어는 또 인위적으로 백화(구어)와 문언(서면어) 두 가지로 구분되었다. 중국문학의 차원에서 정통적인 용어는 문언이었기에 문언으로 창작한 문학만이 정통적인 민족문학으로 간주되었다. 이에 반해 백화는 정통적인 문학용어가 아니었기에 당나라 이후로 양산된 많은 백화문학 작품은 비정통적인 민족문학으로 취급되었다. 가령 문학용어에 의거하여 중국문학을 구분한다면 전통 중국문학은 두 가지 계열의 민족문학으로 나뉘는데, 즉 정통적인 문언의 문학과 세속적인 백화의 문학이다. 주작인은 이러한 상황을 두고 문언의 문학은 대개 귀족적이고 백화의 문학은 대개 평민적이라고 판단한 바 있다. 신문학 선구자들이 백화를 창도하고 직접 '백화의 문학'을 신문학의 휘호로 삼았다는 것은 귀족문학—문언의 문학과 길을 달리하겠다는 분명한 표시로써 오랫동안 부당한 대우를 받아 온 백화문학을 문학의 정통으로 삼으려는 것이었다. 이러한 간단한 도치(倒置)는 신문학과 구문학의 근본적 대립의 시작을 알렸고 사실 신문학과 전통 문학의 완전히 다른 두 가지 관계, 즉 신문학과 전통 문언문학과의 관계, 신문학과 전통 백화문학과의 관계를 현시했다. 이 두 종류의 문학관계는 그 성질이 완전히 다른 것으로 신문학 용어와 전통문학 용어의 완전히 다른 두 가지 취향을 구성했는데 일언하자면 바로 '결렬과 융합'이었다.

'결렬'은 신문학 용어와 정통 민족문학 용어 간의 대립의 결과인데 신문학 용어는 백화이고 정통적 민족문학의 용어는 문언이다. 선구자들에게 있어서 문언은 '죽은 글'이었고 백화는 '살아 있는 문자'였다. 이러한 '죽은' 것과 '살아 있는' 것 간의 직접적인 대응은 두 가지 문학용어의 부동한 성질을 밝혔으며 그들이 결렬의 필연성을 형상적으로 표명했다.

그렇다면 신문학의 백화와 전통적인 백화문학의 백화는 어떠한 관계인가? 이는 오랫동안 간과된 문제인데 사실 이 점을 파악하기만 하면 신문학의 용어와 전통 백화문학 용어간의 관계를 탐구할 수 있을 뿐만 아니라 신문학 용어(백화)의 현대적인 함의가 전통에 대한 계승과 현대화로의 정진이라는 이중적 노력에서 형성되었음을 발견할 수 있다. 이러한 용어 건설의 위대한 점은 바로 전통에서 탈퇴하고 다시 전통을 초월하며 전통에서 영양을 섭취하여 자신을 풍부히 함으로써 참신한 자태로 전통과 현대의 계선을 갈라놓았다는 데에 있다.

언어의 발전과정에는 종종 구제도에 대한 고수와 즉흥적인 창조라는 두 차원의 충돌이 발생한다. 언어는 역사적으로 형성된 의미있는 기호로써 그 본질은 필연적으로 일정한 온정성과 타성을 결정한다. 그리하여 인류의 기타 문화현상, 의식형태 등과 달리 격에 매이지 않은 가변적인 특성을 지니게 되는데 일단 완성되기만 하면 종종 시공간을 초월하여도 그 상태를 유지하려는 속성을 지닌다. 이는 또 인간사회의 교류활동에서 반드시 공동으로 준수해야 하는 일반화된 언어규범을 생성하는데 작가 역시 이를 위반할 수 없다. 작가가 창작할 때에 반드시 광범한 토대와 역사적 근거가 있는 언어를 사용해야지 스스로 독창적인 새로운 용어를 만들어낼 수는 없다. 가령 작가가 억지로 누구도 이해하지 못하는 새로운 용어로 창작했을 경우, 생산물은 쓸모없는 쓰레기가 되고 그 역시 아무런 소득이 없게 된다. 언어의 안정성과 오랜 세월 속에서 일반화된 품격은 문학적 용어가 일정한 한도 내에서 종래의 규칙이나 관례를 지키는 데 대한 합리성과 필요성을 부여한다. 신문학 선구자들이 백화를 창도할 당시 강렬한 호응을 얻었던 것은 물론 시대적 위력에 힘입은 바 컸다. 진독수의 표현을 빌린다면 "호적 등이 만약 30년 전에 백화문을 제창했더라면 장행엄(장사초 필자 주) 한 편의 글조차도 감당하지 못해 패하고 말 것이었다."[94]는 시대적 상황이었다. 다른 한편 신문학 선구자들이 백화를 창도할 당시 언어 자체의 과학적 법칙을 준수하고 일정한 정도 내에서 백화문학 용어의 규범을 계승한 점 또한 큰 기여를 했다. 문학의 역사는 "어떤 예술가이든지 첫 시작부터 전연 새로운 형식을 갖춘 언어를 사용할 수는 없다."[95] 이는 만약 인습적으로 사용하던 언어적 규범을 완전히 벗어난 언어를 사용할 경우 그 시작부터 사상을 담당한다거나 감정을 전달할 수 없이 탄생 즉시 멸망으로 이어지기 때문이다. 따라서 사물의 발전, 특히 언어의 발전과정에서 종래의 규칙이나 관례를 지킨다는 것은 필요조건일 뿐만 아니라 충분조건이다. 신문학의 백화는 바로 그러한 '법칙'을 준수하는 가운데 자유를 얻었으며 인습적인 전통의 원칙 속에서 점차 자신의 천지를 개척했다.

신문학에 대한 조명에서 그 용어가 전통적인 백화문학의 용어와 여러 면에서 관계를 맺고 있음을 볼 수 있다. 그 원점에서 본다면 전통 백화문학의 언어와 신문학의 언어는 공동의 내원, 즉 일상구어를 확보하고 있음을 알 수 있다. 이러한 공동의 토대는 그들이 상호 연관을 맺는 천연적인 유대로서 시대가 다르고 일정한 변화가 일어났지만 기본적인 단어 및 문법 규범에서 상통하는 일면을 보였다. 이는 신문학의 백화와 전통적인 백화는 성질상으로 하나의 언어체계에 속한다는 사실을 증명하고 있다. 바로 신문학의 백화와 전통문학의 백화와의 이러한 긴밀한 연관으로 말미암아 선구자들은 최초로 백화를 창도할 때 하나의 보편적인 경향, 즉 전통적 백화문을 근거로 삼고 자신들이 제창하던 백화를 종종

94) 胡适, 「中國新文學大系・建設理論集・導言」, 胡适 編, 『中國新文學大系・建設理論集』, 上海良友圖書印刷公司, 1935, p.16.
95) [匈], 阿諾德・豪澤爾(Arnold Hauser), 『藝術社會學』, 居延安 譯, 學林出版社, 1987, p.22.

전통적인 백화와 동일시하면서 “3,000년 전의 죽은 문자를 사용하기보다 20세기의 살아 있는 문자를 사용하며, 전도가 없고 보급도 할 수 없는 진한6조시기의 문자를 사용하기보다 누구나 다 알고 있는 『수호전』, 『서유기』의 문자를 사용하는 것이 낫다.”[96]는 주장을 펼쳤다. 이러한 상황 아래 전통문학의 풍부한 백화는 신문학 백화의 근거가 되었을 뿐만 아니라 때로는 신문학 백화의 내용의 일부분이 되기도 했는데 ‘문언합일’의 주장은 바로 이러한 상황의 집중적인 반영이었다.

‘문언합일’의 주장에는 두 가지 의미가 들어 있다. 하나는 ‘문언’과 ‘백화’의 합일이고, 다른 하나는 서면어와 구어의 합일인데, 호적이 주장하던 ‘구어와 백화’ 및 ‘문학의 백화’[97]의 합일은 바로 이를 가리킨 것이다. 이러한 ‘합일’은 현실적 의의에 그치는 것이 아니라 백화를 신문학의 용어로 도입하는 이익에도 부합된다. 현실적인 의의에서 볼 때 ‘문언합일’은 물론 언어문자의 통일을 파괴하는 복고파와 같은 부류들에 대한 비판이다. 백화 자체의 차원에서 볼 때 여러 면에서의 전개보다는 하나로 귀결되는 편이 유리했고, 신문학 동인들의 차원에서 볼 때 백화미의 품격, 백화의 능력은 오로지 개방된 상태에서 더욱 선명하고 동시에 다른 언어의 장점을 흡수해야만 자체의 발전을 실현하고 분명한 취약점을 극복할 수 있었던 것이다. 부사년은 백화가 비록 ‘분명하고 똑똑한’ 품격을 소유하고 있지만 함축적이고 풍부한 운치가 결여되었기에 “우리는 현재 사용하고 있는 백화가 특별히 이상할 정도로 메마르지는 않지만 이상하게 부족함은 느끼고 있으며”, “바로 글이 너무 적다”고 지

96) 胡适, 「文學改良芻議」, 胡适 編, 『中國新文學大系・建設理論集』, 上海良友圖書印刷公司, 1935, p.43.
97) 胡适, 「國語与國語文法」, op. cit., p.229.

적했다. 심미적인 특징에서 본다면 백화는 비록 소박한 미를 보유하고 있지만 그 자체가 자연형태의 언어이기에 "여전히 적나라하고 미술적 배양이 결여"되어 있고 불가피하게 백화의 가치에 부정적 영향을 끼치게 된다. 따라서 그 단어체계를 풍부히 하고 그 표현력과 심미적 의미를 강화할 필요가 있게 된다. 문언합일은 한 길로 인도하는 것, 즉 "문언합일이 전문용 백화보다 우월한 것은 바로 문장, 단어의 장점으로 백화의 단점을 보완할 수 있기 때문이다."[98] 이것은 문언합일의 기본적인 지도사상이고 또한 문언합일의 실천원칙이기도 하다.

문언은 왜 '백화의 단점을 보완'할 수 있을까? 그 원인은 여러 가지로 복잡하지만 그 중의 하나, 즉 문언은 수천 년의 문학실천에서 "풍부하고 포만, 발달한 문장의 장점"을 이루었고 바로 그 수 천 년에 걸친 연마로 표현에서 많은 단어들을 확보했기에 백화보다 우월한 면을 이루었다. 그리하여 합일의 결과는 백화를 풍부하게 하고 소박한 품격에 전아한 일면을 추가하며 자연스러운 가운데 고상한 일면을 부여하여 상부상조 속에 더욱 다채로운 일면을 창출할 수 있게 된다. 이러한 추세는 "문언의 차원에서는 보다 평이로운 쪽으로 주력하여 백화에 근접하게 하고… 백화의 차원에서는 자체의 장점을 최대한으로 발전시키는 한편 문언의 장점을 흡수하여 그것을 모두 자체의 장점으로 전화시킴으로써 종내는 문언을 도태시키는 것이다."[99] 그러므로 합일은 단지 언어 자체의 법칙에 부합되는 것만이 아니라 전반적으로 볼 때 자연적인 추세로서 정확한 방향임에 틀림없다. 그러므로 개방적인 언어관은 활력적이고 성공적인 것이 될 수밖에 없었다.

98) 傅斯年,「怎樣做白話文」, op. cit., p.224.
99) 劉半農,「我之文學改良觀」,『文學運動史料選』 第1冊, 上海教育出版社, 1979, p.29.

‘문언합일’의 두 번째 의미, 즉 ‘구어의 백화’ 및 ‘문학의 백화’의 합일은 주로 백화의 내원에 착안한 것으로서 그 목적은 첫 번째 의미에서의 ‘합일’과 마찬가지로 신문학용어로서 백화의 표현력과 포용력을 높이는 데에 그 목적을 두고 있다. 여기에서 말하는 ‘구어의 백화’는 주로 방언, 속어 등 대중적 습관에 맞는, 즉 평이하고 쉽게 이해, 기억할 수 있으며 영활하고 순통한 용어를 가리키는바 그것이 바로 문학의 백화를 이루는 내원의 하나로서 일정한 의미에서 그것은 토대이다. 하지만 양자의 ‘합일’은 ‘문학의 백화’가 ‘구어의 백화’에 영합하는 형식이 아니라 전자가 후자를 더욱 정치한 수준으로 끌어올리며 후자는 전자를 더욱 풍부하게 만드는 것이다. 따라서 ‘합일’의 결과는 문학 백화의 충실이고 구어 백화의 제고로서 양자가 상호 작용한 공통의 결과로 신문학 용어의 발전을 이룬다. “신문학이 군더더기 없이 분명하여 쉽게 이해할 수 있으며 특히 일반인이 상용하는 명사를 사용하고 있기에 아속을 겸용하고 있다는 것은 공지된 사실이다.”100)

총체적으로 볼 때 양자는 긴밀한 연관을 맺고 있지만 또 각자의 영역이 있는데, 하나는 심미적 범주의 용어이고 다른 하나는 일상 교류의 도구라는 것이다. 일상적인 교류의 도구인 구두어로서의 백화는 내포와 색채가 생동하고 다채로운 한편 외연에서도 문학의 백화를 초월한다. 하지만 분명한 것은 기능면에서만은 문학의 백화에 훨씬 못 미친다는 것이다. 구두어로서의 백화는 사상을 전달하고 명백하고 똑똑한 풍격을 강조하지만 그 명백함은 인지적인 차원에 그치고 심미적인 차원에 이르지 못하였으며 그 묘사나 서술의 기능도 주로 대상의 외재적 특징과 내

100) 張厚載,「新文學及中國旧戲」, 鄭振鐸 編,『中國新文學大系.文學爭論集』, 上海良友圖書印刷公司, 1935, p.405.

재적 본질을 파악하고 구체적인 세계를 전시하는 데에 멈추었지 상상의 천지거나 감정의 소용돌이에까지 섭렵하여 환상적인 예술의 세계로 인도하는 데에는 미치지 못한다. 이와 대조적으로 문학의 백화는 뚜렷한 우세를 보일 뿐만 아니라 기능과 내포에서 구두어로서 백화의 모든 특징을 겸비하고 있다. 환언한다면 구어의 백화가 자체의 특징으로 도달한 목적은 문학의 백화가 도달한 목표의 기점에 지나지 않는다. 부사년은 구어의 백화가 비록 행동적 형태와 표의적 기능은 구비하고 있지만 직접적으로 문학창작에 원용할 수 없는 바, "설사 그 가장 훌륭한 자질을 문장에 옮긴다고 할지라도 지어낸 문장은 여전히 1등급에 들 수 없다."[101] 그 이유는 "우리의 언어는 실로 그렇다할 만한 점이 없다. 어떤 사물은 이름조차 없고 어떤 뜻은 말로 표현할 수도 없다. 그리고 너무 간단하고 너무 소박하며 곡절이 적고 층차가 분명하지 못하다."는 것이다. 그러므로 반드시 그것을 문학의 백화 속에 용해시켜야 비로소 그 생명력을 활성화시킬 수 있다. 그 문학적 의의는 오로지 문학의 백화와 결합되어야만 비로소 나타날 수 있다.

이상 두 가지 의미의 '문언합일'의 이론은 다른 차원에서 신문학 용어를 풍부히 하는 현실적 루트를 찾았으며 아울러 현실적으로 신문학 용어의 범주를 넓히기 위한 토대를 튼튼히 하고 시간적으로 고대 서면어(문언)와 현대 서면어(문학의 백화) 및 현대 서면어와 현대 구어와 관계를 맺어 신문학 백화의 개방적인 구조를 형성했다. 하지만 신문학의 백화는 '문언합일'의 결과물로 형성된 백화는 아니다. 신문학의 백화는 문언의 성분도 포함되고 구어의 성분도 포함되며 가장 중요한 점은 외래

101) 傅斯年, 「怎樣做白話文」, 胡适 編, 『中國新文學大系.建設理論集』, 上海良友圖書印刷公司, 1935, p.223.

어의 성분도 포함되어 있기 때문이다.

가령 '문언합일'을 본국 언어의 차원에서 실행한 작업이라고 한다면 외래어(서구화)의 흡수는 국경을 초월한 문학용어의 융합으로 "대담한 서구화의 일면과 대담한 방언화의 일면"을 이루어 고금, 중외 언어를 토대로 한 문학용어를 완성시켰는데 이것이 바로 신문학의 용어이다. 신문학 백화는 이렇게 3위1체의 토대 위에서 최종적으로 개방적인 구조를 형성했다. 그 구조가 개방적이라고 하지만 다시 참신한 시각으로 신문학의 백화를 점검할 때 그것은 여전히 인간세상을 떠난 제2의 언어가 아니라 여전히 민족 언어라는 모체를 두고 있으며 그것이야말로 강대한 생명력을 지닐 수 있는 내재적인 근거의 하나임을 알 수 있다. 신문학의 백화는 바로 이렇게 민족 언어라는 모체에 의지하여 점차 성장할 수 있었다. 문학용어로서 백화에 대한 위대한 보상으로 루쉰, 욱달부 등의 소설, 호적, 곽말약 등의 시가, 주작인, 빙심 등의 아름다운 산문이 탄생했으며 이로써 선구자들이 그려낸 민족적인 화폭을 이루었다.

물론 신문학의 백화는 필경 '20세기의 살아 있는 문자'로서 역사적으로 전통적인 백화와 차이를 보였다. 곽말약은 「문학혁명지회고(文學革命之回顧)」에서 "우리가 현재 통용하는 문체는 자연히 역대의 문언과 다른 바, 엄격한 의미에서 역대로 사용하던 백화가 아니다."라고 하면서 그 원인은 시대가 '끊임없이 자체의 백화를 창조'하기 때문이라고 강조했다. 곽말약은 시대를 출발점으로 백화 변화의 필연성을 설명했는데 이러한 논리는 조금이라도 역사의식이 있기만 하다면 보편적인 법칙을 반영하고 있는 그 논리에 수긍할 것이다. 가령 문학용어에서 관습을 꼭 지켜야 할 필요가 있다고 한다면 그보다 더 필요한 것은 바로 혁신적인 창조이다. 어떠한 문학용어일지라도 만약 관습만 고집한다면 필연코 생기를 잃게 되며 어떠한 용어의 규칙일지라도 만약 그것을 절대화한다면 그 규칙은 언어 발전에 도움이 되는 것이 아니라 오히려 방해가 될 뿐이다. 전통적인 백화는 신문학 백화의 개척에서 '조수'의 역할을 하였지만 백화의 현대화 과정에서는 '적수'의 입장이었다.

신문학 백화는 발전과정에서 전통 백화의 영향을 확대하고 그 장점을 빛내는 한편 일부 기성 규범을 돌파하고 지양했다. "현대인에게 공급되는 문학작품은 반드시 현대적 백화로 씌어야 한다."[102]는 것이 그 이유의 하나이다. 아울러 백화는 반드시 '현대화'를 실현해야 비로소 민족언어의 모체를 벗어난 후에 도달하려는 최종적이고도 최고의 목표에 도달할 수 있으며 그러한 최고 목표는 또한 신문학 백화가 꼭 전통적인 백화의 경지를 돌파하고 자체의 경지를 이룩할 수 있도록 보장해준다. 이 과정에서 곤란과 실수는 피할 수 없는 일이었다. 전현동은 심지어 한자를 폐지하자는 주장까지 했었고 부사년은 '이상적인 백화문'은 바로 '서구화된 백화문'이라고까지 했는데 이는 모두 신문학 용어의 현대화 과정에서 저지른 실수였다. 하지만 그러한 실수에도 불구하고 모두 진리적인 견해, 즉 '착오는 능력의 표현'으로서 "무릇 오해가 있다면 이해도 가능하다."[103]는 것처럼 백화의 현대화 과정도 변증법적 태도가 필요하다. 실제로 한자를 폐지하자는 진현동의 주장보다 루쉰은 더욱 급진적으로 "한자와 대중은 공존할 수 없다."[104]고 하면서 '신문자'로 한자를 대체할 것을 주장했는데 그 '신문자'는 바로 '병음문자'였다. 당시에 이처럼 지나치게 앞지른 이상은 '백화문은 바로 서구화된 글'이라는

102) 朱希祖, 「白話文的价值」, 鄭振鐸 編, 『中國新文學大系.文學論爭集』, 上海良友圖書印刷公司, 1935, p.92.

103) [英], 賴爾,(Gilbeyt ryle), 『心的概念』, 劉建榮 譯, 上海譯文出版社, 1988, p.57.

104) 魯迅, 「答曹聚仁先生信」, 『魯迅全集』 第6卷, 人民文學出版社, 2005, p.78.

주장과 같이 위대한 노력의 일환으로서 모두 신문학 용어를 세계 문자 발전의 궤도에 올려놓으려는 작업 중의 하나였다.

서구에서는 일찍이 문자의 병음화를 실현하여 바야흐로 세계 신문학의 선구자로 나아가고 있었기에 신문학이 국제화와 맞먹는 병음문자를 용어로 삼아야 한다는 주장은 나름대로의 도리가 있는 것으로서 그 과정에서 저지른 '실수' 또한 아름다운 소원성취를 위한 대가로 간주할 수 있다. 그러한 소원은 오늘날에 이르기까지 여전히 아름다운 이상으로 남아 있지만 당시에는 적극적인 효과를 낳았던바, 가장 실제적인 것은 서양의 일부 문법을 수용하고 대량의 외래 단어를 탄생시켰다는 점이다. 이는 신문학 용어의 건설에 하나의 거울을 제공했는데 호적은 이러한 상황을 다음과 같이 평했다.

> 유럽에서는 자고로부터 현재에 이르기까지 2,000여 년에 걸쳐 항상 몇 가지 평등한 언어문자가 상호 비교 속에 처해 있었는데 문법의 규칙도 더욱 쉽고 분명했다. 우리의 언어문자는 종래로 비교와 참조할 재료가 없었기에 왕년손(王年孫), 왕인지(王引之)와 같이 높은 학문과 정밀한 방법을 터득하지 않고서는 종내 문법학을 창조할 수 없다.[105)]

신문학은 서양문법을 도입하는 과정에서 스스로 외래 단어를 수용했고 그와 비교하는 과정에서 표현력을 더욱 풍부하게 했다. 외래어의 도입과 흡수에 관한 문제에서 전현동, 호적, 부사년은 많은 글을 남겼는데 그중 영향력이 컸던 것은 전현동의 「중국금후지문자문제」, 호적의 「국어여국어문법」, 「국어적진화」, 부사년의 「한어개용병음문적초보담」, 「전

105) 胡适, 「國語与國語文法」, 胡适 編, 『中國新文學大系・建設理論集』, 上海良友圖書印刷公司, 1935, p.230.

양주백화문」 등이었다. 그들은 모두 외래 단어를 흡수함으로써 백화의 단어를 풍부히 하고 서양의 문법으로 백화의 사용을 규범화하며 그 토대위에서 이상적인 백화와 현대적인 백화문을 창출한다는 점에서 의견이 일치했다. 자각적인 '백화의식'은 이러한 개방과 도입의 흐름 속에서 자연스럽게 형성되었으며 이러한 개방적이고 자각적인 백화의식은 신문학의 백화와 전통적인 백화의 구별을 더욱 뚜렷이 했다.

제3장 현실주의 문학사조

제1절 중국 현대 현실주의 문학사조의 발전과정

다미안 그란트(Damian Grant)는 '현실주의'란 단어는 가장 구속 없고 독립적이고 가장 신축성 있으며 가장 기이한 비평 용어라고 했다.[1] 이러한 이유로 현실주의는 발전 과정에서 모든 것을 수용할 수 있는 끝없는 의미의 장이 되었다. 중국 현대 현실주의 문학사조의 발전과정을 조명하려면 반드시 먼저 현실주의의 기본 내포를 규정해야 한다. 여기에서 말하는 현실주의 문학사조는 완전히 현대적인 산물로서 '5·4'신문화 운동 후에 출현한 현대문화 의식의 일부분이다. 이는 고대문학의 전통적인 연장선에서 발전되어 온 것이 아니라 외국문학의 횡적수용과 개조과정에서 형성된 새로운 문학사조로서 세계적인 현실주의 사조가 유입된 결과라고 할 수 있다.

중국 현대문학사에서 현실주의는 숭고한 지위와 상당히 큰 비중을 차

---

1) [英], 達米安.格蘭特, 『現實主義』, 周發祥 譯, 昆侖出版社, 1989, p.1.

지하고 있다. 1920년대부터 40년대에 이르기까지 현실주의는 기나긴 노정을 거쳐 점차 중국 현대문학의 주요 흐름을 이루었다. 현대 문학작가들은 '5・4' 후의 부동한 시기에 특정한 역사조건의 제약 아래 본토의 수요에 입각하여 외래의 현실주의 이론을 인식하고 선택하고 개조했다. 1920년대에 중국 현대 현실주의 문학사조는 주로 19세기 러시아의 현실주의를 포함한 유럽 현실주의의 영향 아래 탐구의 발걸음을 내디뎠다. 1930, 40년대 중국의 현실주의 문학사조는 점차 구소련의 사회주의 현실주의의 성분을 융합시켜 자체 운영의 논리를 초보적으로 형성함으로써 문단을 좌지우지하는 주류로 성장했고 그 후에 절대적인 우세적 지위를 차지하고 날로 '유아독존'의 추세를 드러냈다.

'5・4'시기 중국의 현실주의 문학은 아직도 창도와 탐색의 단계에 처해 있었다. '문학혁명'운동 가운데서 '사실주의'와 기타 문학사조들이 분분이 유입되었는데 진독수, 주작인 등은 그 중 현실주의 이론에 대하여 유익한 탐색을 시작했다. 1921년 후에 문학연구회 동인들은 현실주의 이론의 창도에 주력함으로써 탁월한 성취를 이룩했다. 20년대 중기에 이르러서 현실주의에 대한 루쉰의 체계적인 사고는 현실주의 이론을 심화시켰고, 20년대 후기에 이르러 '향토문학'과 '인생을 위한' 유파의 문학창작은 전기의 '문제소설'보다 풍성한 성과를 이룩함으로써 현실주의의 예술 수준을 향상시켰다.

중국의 현실주의 문학사조는 '5・4'를 전후하여 흥기하였는데 이는 세계적인 현실주의 사조보다 거의 반세기 정도 늦은 시점이었다.[2] '문학혁명'시기에 "여러 가지 주의와 유파가 중국에 유입될 당시 현실주의

2) 1830년대부터 60년대까지 현실주의는 문예사조와 운동으로서 유럽에서 흥기한 후 문단의 주도적인 지위를 차지했다.

는 그 중의 한 개 유파로서 스스로 현실주의자로 자칭하거나 그것을 신봉한다는 작가들은 그리 많지 않았다. 이러한 상황은 거의 30년대까지 지속되었다. 그 시기에 현실주의를 유일한 방법 또는 주류로 간주하는 사람은 보기 드물었다."[3] 현실주의는 당시에 단지 '사실주의'로 불렸다. 최초의 '문학혁명' 선구자들은 진화의 안광으로 유럽 현실주의 문학사조를 상대하면서 그것을 중국 현대문학 발전에서 우선 겪어야 할 단계로 간주했다. 1916년 10월 5일, 진독수는 ≪신청년≫에 「문학개량추의」를 발표할 당시 그에 관한 일을 논의하기 위해 미국에서 유학중인 호적에게 보낸 편지에서 '사실주의'라는 용어를 사용했다. 진독수는 유럽의 문학은 '고전주의'로부터 '이상주의'로 진화, 다시 '사실주의'로 이행하는 경과를 겪었는데 "우리나라의 문예는 아직도 고전주의, 이상주의 시대에 머물러 있는바 앞으로는 사실주의를 지향해야 한다."[4]고 명확히 주장하였다. 여기에서 진독수는 '사실주의'를 역사단계적인 문학형태로 간주한 것이다. 진독수가 문학발전 방향으로 지정했던 '사실주의'는 19세기 유럽의 '비판적 사실주의'와 비슷한 것이었는데 후자는 다음과 같은 3개 측면의 창작 특징을 지닌다.

첫째, 창작방식에서 사실주의 수법, 전형화 방법 및 진실의 원칙을 준수한다.

둘째, 창작 내용에서 사회의 암흑면에 관한 제재를 선택하고 현실을 비판하는 데 주제를 두었다.

셋째, 창작 태도에서 작가는 휴머니즘을 생활의 가치를 판단하는 기

3) 殷國明, 「再論中國新文學中的 "現實主義情結"」, 『文藝理論研究』, 1994年 第6期.
4) 胡适, 「寄陳獨秀」, 胡适 編, 『中國新文學大系・建設理論集』, 上海良友圖書印刷公司, 1935, p.31.

준으로 삼아 대중을 계몽하는 엘리트의 태도를 취했다.

'문학혁명'이 결국은 '사상혁명'을 유발하여 계몽과 반봉건에 그 목적을 두었기에 이 시기에 '사실주의'를 창도한 것은 '비판적 현실주의'의 창작방식에 주목했을 뿐만 아니라 특수한 창작내용과 창작태도에 주안점을 두었다. 1918년 말부터 1919년 초에 이르기까지 주작인은 「인간의 문학」과 「평민의 문학」 등의 문장을 발표하여 가장 체계적으로 "휴머니즘을 근본으로 삼는"[5] 19세기 유럽 현실주의 사조를 소개하면서 최초로 '인생을 위하여'라는 현실주의 창작사상을 제안했다. 「평민의 문학」은 분명하게 '평민문학'이란 슬로건을 내걸고 봉건적 '귀족문학'과 대항하였는데 이로써 휴머니즘과 연관되는 현대 민주관념을 더욱 유력하게 현대문학의 현실주의에 접목시켰다. 1919년 주작인은 ≪신청년≫ 제6권 제2호에 「'흑막'을 재론함(再論'黑幕')」을 발표하여 흑막소설을 비판함과 아울러 사실소설의 특징을 구체적으로 분석하면서 "'과학의 세례'를 받았고 해부학, 심리학의 수법으로 유물론진화론의 사상을 써내며", 예술적인 면에서 "비록 무해결 무감동의 태도를 주장하지만 항상 한 가지 인생관을 고집하며 은연 중 책에서 노출"한다고 하면서 "근대 사실소설의 목적은 '진솔하게 인생을 해석(尋求眞實解釋人生)'한다는 8자"라고 했다. 이는 현대문학의 초급단계에서 현실주의에 대한 가장 이르고 적당한 이론적 해석으로 극히 소중한 것이다. 주작인의 이러한 주장은 19세기 유럽의 현실주의와도 정신적으로 일맥상통하고 있는데 주작인은 여기에서 휴머니즘, 평민주의와 민주의식을 현실주의 문학관과 당연하게 결합시켰다. 그리고 주작인은 '인생 제 문제'의 '기록'을 강조함과 아울러 사회

5) 周作人, 「人的文學」, ≪新青年≫ 第5卷 第6號, 1918年.

와 인생에 대한 '연구'도 잊지 않고 그 '연구'방법을 제안하였다. 그는 진실하게 '일반인', '비인간적' 생활을 드러냄과 아울러 '이상적인 생활'을 보여주기 위해 노력해야 함을 요구했다. 동일하게 휴머니즘의 시각에서 현실주의의 주장에로 전환하고 있지만 주작인은 참조했던 유럽의 문학선구자들보다 문학의 도덕성과 사회적 공리성에 더욱 치중했음을 알 수 있다. 중국의 현대 현실주의 이론은 이렇게 그 초창기부터 자체의 시대적 특징을 드러내고 있었다.

1921년 1월 문학연구회의 성립은 '인생을 위한 예술'파의 형성을 선포했다. 그 뒤를 이어 성립된 창조사를 핵심으로 한 '예술을 위한 예술'의 추구자와 달리 문학사조와 이론의 귀속에서 볼 때 '인생을 위한'유파는 현실주의 유파라고 할 수 있다. 문학연구회는 「선언」에서 '인생을 위하여'를 문학의 본질로 삼고 문학을 "하나의 공작이며 그것도 아주 중요한 하나의 공작"[6]임을 강조했다. '인생을 위하여'라는 주장은 당시 러시아 현실주의 문학사조의 영향과 관계가 있는데 19세기 벨린스키(Vissarion Grigoryevich Belinsky), 체르니셰프스키(Nikolai chernyshevsky), 도브롤류브(Nikolay Aleksandrovich Dobrolyubov), 레브·톨스토이에서 고리키와 10월 혁명 이후의 일부 문예이론저술들은 모두 이 기간에 비교적 집중적으로 소개되었다. '인생을 위하여' 문학파는 러시아의 현실주의는 '프랑스 사실파'보다 더욱 진보적인 일면이 있는데 바로 "사회의 일각을 해부하는 데 그치는 것이 아니라" '여실한 묘사'를 "하나의 이상적인 목표 아래 위치"[7]시킨다는 것이다. '인간의 문학'이란 슬로건과 비교한다면 '인생을 위하여'란 주장은 문학의 사회적 공리성을 더욱 돌출히 내세운

6) 賈植芳 編, 『文學研究會資料』上冊, 河南人民出版社, 1985, p.1.
7) 沈澤民, 「克魯泡特金的俄國文學論」, ≪小說月報≫, 1921年 第12卷 號外.

것이라고 할 수 있는데 이는 실제로 그들이 러시아 현실주의를 포함한 유럽의 현실주의의 정신과 방법에 대한 보다 깊은 이해와 파악에 지장이 되었다.

유럽문학사의 한 단계인 현실주의는 설교와 개량적인 요소를 객관적 사실의 토대에서 이탈시키지 않고 오히려 양자를 긴밀하게 결합시켰다. 이는 유럽 현실주의 사조가 의지하고 있던 현대과학의 신앙과 일정한 관계가 있기도 하지만 현실주의자들이 객관적으로 진실하게 현실을 드러내기만 한다면 현실을 인식하고 개량할 수 있다는 생각과도 무관하지 않다. 그러나 '5・4'시기(심지어 '5・4' 이후 오랜 시기 동안)의 중국의 현실주의 창도자들은 유럽과 같은 과학사조의 세례(비록 '5・4'시기에 서둘러 '새선생'[賽先生]을 모시기도 했지만)를 경과하지 못했으며 현실혁명의 수요는 그들로 하여금 끊임없이 유럽의 현실주의 사조 속에서 설교와 개량적 요소를 찾아내도록 촉구하였기에 객관적으로 현실을 반영하는 토대를 간과했다. 이러한 편식은 극히 뛰어난 현실주의자, 즉 루쉰과 같은 작가만이 예외였다. 루쉰 역시 문학의 사회적 공리성에 주목하여 '하는 바가 있어야 한다(有所爲)'는 주장과 문학에 유리한 '사상혁명'의 주장을 펼쳤다. 하지만 그는 문학을 단순하게 '전문적인 선전에 종사'시키는 '선동'의 도구[8]로 만드는 것을 반대했다. 그는 외국의 현실주의 작품에서 현실을 정시하고 여실하게 그것을 그려내며 아무런 분식 없는 창작정신을 배울 것을 강조했으며 현실에 대한 묘사에서 작가의 '주아(主我)'적 풍격을 부여하는 작법[9]에 공감을 표했다. 그는 또 낙후한 '국민성'의 비판에 주력하면서 '국민의 영혼'을 그려낼 것을 강조[10]함으로써 현실주의를

8) 魯迅, 「"幸福"譯者附記」, 『魯迅全集』, 第10卷, 人民文學出版社, 1981, p.172.
9) 魯迅, 「"戰爭中的威爾柯"譯者附記」, Ibid., p.182.

목적성 있게 사회를 해부, 반영하는 자각적인 차원으로 끌어올렸다. 루쉰의 이러한 견해는 그가 러시아와 동유럽, 북유럽 등 외국작품 번역본의 서언에서 그 모습을 드러내는데 이는 러시아의 '인생을 위하여'를 포함한 유럽 현실주의 사조에 대한 문학경험의 총화였다. 1920년대 중기 현실주의에 대한 루쉰의 체계적인 사고는 당시 현실주의 이론과 창작발전의 수요를 충분히 만족시켰다.

중국 현대문학의 첫 10년 전반기에 현실주의의 발전은 아직 이론의 창도와 탐색에 편중했다. 그리하여 창작에서 루쉰의 「납함」 외에 보편적으로 아직도 상당히 유치하였고, 엄격한 현실주의 작품 또한 극히 드물었다. 최초로 ≪신조(新潮)≫ 잡지에 발표한 소설은 비록 사회인생을 비판하려고 노력했지만 단지 창작정신의 차원에서 현실주의 경향을 드러냈을 뿐이다. 창작의 방법에서 루쉰이 말한 "유치한바 종종 구소설의 작법과 어투가 남아 있다."[11]는 상황이었다. 그 후의 '문제소설'은 사회인생 문제를 제안하고 토론하는 것을 목적으로 했고 상당 부분의 작가들이 현실주의에 접근하려는 노력을 보였지만 보편적으로 감상적인 정조와 과도한 이성화의 추구로 인하여 역시 현실주의 방법의 운용을 방해했다. 20년대 후반기에 이르러 4, 5년간에 현실주의는 드디어 방대한 작가대오와 풍부한 창작성과로 현대문학영역에서 두각을 드러냈다. 후반기 현실주의 창작에서 가장 주목할 만한 두 개 유파, 즉 '향토문학파'와 '인생사실파'(일명 '인생파')가 활약했다.

'향토문학'의 창작 열풍 대개 1923년에 부흥했는데 거의 '문제소설' 열조를 뒤이어 나타난 것으로 완벽한 형태를 갖춘 첫 현실주의 문학유

10) 魯迅, 「俄文譯本"阿Q正傳"序及著者自序傳略」, Ibid., 第7卷, 人民文學出版社, 1981, p.81.
11) 魯迅, 「中國新文學大系・小說二集・導言」, Ibid., 第6卷, 人民文學出版社, 1981, p.239.

파였다. 이 유파의 창작동기는 모두 고향에 대한 그리움, 즉 사향의 정이었다. 그들은 절실한 체험과 가장 깊은 감동을 주었던 소재를 둘러싸고 고향의 생활을 객관적이며 진실하게 재현했다. 그 가운데 그들이 주력했던 것은 전형적인 환경의 구성과 구체적인 생활정경의 세밀한 묘사였다. '향토문학'은 고향을 그리는 '유랑자'의 산물로 작품에는 작가의 향수가 넘쳐나고 있으며 그 현실적인 내용은 다분히 감상적이다. 왕노언, 건선애, 허흠문, 허걸, 팽가황 등은 모두 대표적인 '향토문학' 작가이다. '향토문학'은 사실 스스로 루쉰의 현실주의 창작이론을 추수하고 실천하는 유파로서 그들이 참조로 삼은 대상은 러시아와 동구, 북구의 후기 현실주의이다. '향토문학'의 입장에서는 낙후한 향촌과 비참한 처지의 농민을 그린 러시아와 동구, 북구의 현실주의 작품이 초창기 유럽의 현실주의 작가들이 그려낸 도시생활 위주의 작품보다 더욱 참고적 가치가 있는 것으로 판단되었다. 여하튼 '향토문학파'의 출현은 현실주의 창작영역에서 루쉰이 '독보'의 국면을 전환시켜 현실주의 소설의 예술적 수준을 높였다.

첫 10년의 후반기에 탁월한 성취를 이룩한 현실주의 유파는 '인생파'였다. 문학사에서는 보통 문학연구회를 '인생파'로 간주하는데 이는 나름대로 논리가 있는 것이다. 1923년 이후, '인생파'의 다수 작가들은 점차 허황한 '사랑'과 '아름다움'에 대한 추구가 현실문제의 해결에 아무런 도움도 되지 않음을 자각하고 속속 낭만주의(또는 상징주의)에서 현실주의에로의 전환을 실현했다. 같은 시기 다른 유파에 비해 '인생파'의 창작시야는 더욱 넓었다. 그들은 시야를 학교와 남녀연애라는 소천지에서 점차 사회 각 계층, 특히 하층민의 인생에로 돌려 사회 전반을 창작배경으로 삼았다. 가령 엽성도가 그린 소시민의 회색적인 삶, 왕통조 작품의 산동농촌의 피눈물 어린 삶, 정진탁 작품에 나오는 지식인의 비애와 고통 및 정취, 서옥낙(徐玉諾) 작품 속에 나오는 중원의 병화(兵禍), 왕임숙이 그려낸 고용인부들의 비극 등등은 그 취재범위가 넓기로 전에 없던 것이었다. '인생파'는 모두 현실비판적 의미가 있는 내용의 개발에 유의하여 전보다 사상력과 비판력을 강화했다.

'향토문학파'와 '인생파'는 첫 10년 후반기에 가장 중요한 현실주의 유파로서 모두 소설창작 영역에서 실적을 올렸다. 1924년 후에 ≪어사(語絲)≫ 잡지를 진지로 일군의 산문작가, 가령 주작인, 손복원(孫伏園), 천도(川島), 임어당 등이 출현했는데 그 잡지는 현실에 직면하여 낡은 사물을 타파하는 면에서 루쉰과 같은 태도를 취했다. 그리하여 이 유파의 산문은 역시 현실주의 창작의 흐름으로 귀결되었다.

1930년대 중국의 좌익문학은 구소련의 문예이론을 추종했는데 '신사실주의(新寫實主義)', '변증유물론적 창작방법(辯証唯物論的創作方法)', '사회주의 현실주의(社會主義的現實主義)' 등 새로운 명사들이 유행하게 되었다. 1930년 5월 현대서국(現代書局)에서 『신사실주의논문집(新寫實主義論文集)』을 출판하였는데 일본 평론가 구라하라 고레히토(藏原惟人)의 「무산계급 현실주의 도로(无產階級現實主義道路)」, 「재론 무산계급 현실주의(再論无產階級現實主義)」 등을 수록했고, '좌련(左聯)' 집행위원회는 토론을 거쳐 1931년 11월에 「중국 무산계급 혁명문학의 신임무(中國无產階級革命文學的新任務)」를 통과했으며, 1933년 4월 구추백(瞿秋白)은 「마르크스 · 엥겔스와 문학상 현실주의(馬克思恩格斯和文學上的現實主義)」에서 현실주의의 창작방법과 유물변증법의 방법을 소개하였고, 1933년 주양(周揚)은 「'사회주의 현실주의와 혁명적 낭만주의'에 관하여」에서 공식적으로 '사회주의적 현실주의'를 소개함으로써 '사회주의적 현실주의'(또는 '혁명현실주의')가 주류 문학사조가 되었다. 이 시기 현실주의 사조의 발전은 '5 · 4'현실주의의 연장 또는 복귀로 간주하기보다는 오히려 사회화, 정치화, 이상화된 초월로 간주하는 편이 보다 더 바람직할 것이다.

1927년 정치형세의 역전으로 작가들은 창작제재를 '정치화'로 전향했다. 1928년 전후 '혁명적 로맨틱'을 특징으로 하는 창작열풍은 사실 낭만주의의 조류였다. 이 창작열풍은 주로 '개인영웅주의', '개념주의', '도식화주의(臉譜主義)' 등으로 이러한 경향은 잔혹한 혁명투쟁 현실을 신비화, 이상화, 단순화, 공식화, 추상화, 심지어는 범속화시켰다. 이러한 창작열풍은 현실주의에 강한 충격파를 가했으며 현실주의의 문단 주도적 지위를 대체하였는데 현실주의는 이로 인해 한 차례의 총결과 조절을 겪을 수밖에 없었다.

1928년 초에 시작된 '혁명문학'에 관한 논쟁은 현실주의에 관한 일련의 문학이론문제와 관련되었다. 루쉰, 모순 그리고 일부 '어사(語絲)'파의 작가들은 문예를 생활을 인식하는 수단으로 간주하고 생활을 진실하게 반영하는 현실주의 원칙을 주장했지만 창조사, 태양사(太陽社)는 문예창작의 실질은 "생동한 형상을 통하여 사회경험을 조직하는 것"이기에 "인간을 조직하는 수단"[12]이기도 하다고 주장했다. 그 결과는 문학을 단순한 선전도구로 전락시키는 것이었다. 이 논쟁은 비록 심도 있게 전개되지 않았지만 현실주의자들로 하여금 '5 · 4' 이래 현실주의가 어떻게 새로운 혁명시대에 적응해야 하고 어떻게 발전하여 자신을 초월해야 하는 등의 문제에 대해 엄숙하고도 진지한 사색을 하도록 촉구했다. 1929년 하반년 이후 '신사실주의'에 대한 탐구는 바로 이러한 문제에 대한 사고

12) 鄭异凡 編, 『蘇聯"无産階級文化派"論証資料』, 人民出版社, 1980, p.89.

의 연속이었다.

1929년 '신사실주의'는 '혁명문학'의 창작이 절실히 '혁명적 로맨틱'을 이탈해야 하는 상황과 공식화의 곤경 속에 처한 상황에서 소개된 것이다. 구라하라 고레히토의 '신사실주의'는 "엄정한 사실주의 태도"와 "무산계급문학 중의 '사실주의'의 중요성"을 돌출시킬 것을 주장했다. 그의 이론은 속수(勺水)와 임백수(林伯修)에 의해 중국에 소개된 후에 일부 '혁명문학'의 작가 극흥(克興), 한년(漢年), 이초리(李初梨), 모순 등은 '신사실주의'를 '혁명문학'의 곤경을 해결하는 응급약처럼 생각했다. 하지만 필경 이는 무산계급문학 발전에 대한 구상으로써 하나의 공허한 슬로건에 지나지 않았으며 결국은 완전히 전향하여 '유물변증법적 창작방법'에 의해 교체되었다.

'유물변증법적 창작방법'이 좌익문학의 '법정'의 '창작방법'으로 부상시킬 주장은 1931년과 1932년에 제안되었다. '유물변증법적 창작방법'은 '라프'(러시아무산계급작가연합회)에 의해 제안되고 1930년 11월 국제혁명작가연맹대표대회의 확인을 거쳤는데 작품성공의 관건은 구체적 인물과 생활에 대한 묘사를 통하여 유물변증법을 구현해야 하는 바 그러한 경우 정치개념의 해석 또한 합리적이 된다는 것이다. '좌련'이 당시에 '유물변증법적 창작방법'을 강조한 것은 주로 '관념론(유심주의)'과 '낭만주의'를 제거하기 위함이었다. 1932년 4월 양한생의 소설 「지천(地泉)」이 재 출판되었는데 문단에서 가장 활약하던 5명의 좌익문예평론가 구추백(瞿秋白), 모순, 정백기(鄭伯奇), 전행촌과 작가 본인이 동시에 서문을 써서 '유물변증법적 창작방법'을 제창하고 이로써 '혁명적 로맨틱'을 비판하고 정리하고자 했다. 하지만 '유물변증법적 창작방법'은 치명적인 오류를 범했는데 바로 도식적인 창작에 대한 세계관의 결정적인 역할을 강조하는 가운데 완전히 철학적 방법 또는 세계관으로 예술적 방법을 대체했고 창작의 주체성을 약화, 심지어 말살하였는데 이는 개성을 원칙에 순종시키는 공식화, 개념화 경향의 극복에 불리했던 것이다.

1933년 11월 주양은 ≪현대≫ 잡지 제4권 제1기에 「'사회주의 현실주의와 혁명적 낭만주의'에 관하여」라는 글을 발표하였는데 이는 당시 소련문예계의 사회주의적 현실주의가 중국에 유입되어 중국의 현실주의 사조를 좌지우지하기 시작했다는 표지이다. '유물변증법적 창작방법'이 정치개념에 대한 도식적 해석의 약점에 대하여 사회주의 현실주의는 '진실하게 그려내는 것'으로 현실주의의 회복을 제안하였다. 이 역시 당시 국제무산계급 문학운동의 급선무로서 '진실하게 그려내는 것'을 현실주의의 기본 원칙으로 간주했다. 하지만 사회주의 현실주의에 대한 주양의 해설은 단지 계급성과 시대성의 특징에만 치중하고 현실주의가 요구하는 '진실하게 그려내는 것'이란 핵심을 간과했다. 주양의 문장은 그 후 몇 년 동안 현실주의 사조의 발전과정에서 기본적인 논조가 되었는바, 사회주의 현실주의의 유익한 부분을 수용하여 중국의 현실주의 창작에 주로 사회화, 정치화, 이상화의 새로운 소질을 부여했고, 다른 한편 시종 '라프'와 '좌'적 기계론의 계선을 철저히 가르지 못하여 전반 현실주의 사조의 발전은 시종 '좌'적 사상의 교란과 방해를 받았다.

1932년부터 1936년까지는 현실주의 창작이 가장 번영하던 시기였다. 현실주의는 현대문학의 두 번째 10년의 중기, 후기에 창작의 주류로서 자리 잡았다. 이 주류의 핵심 및 그 방향을 좌지우지했던 기본적인 일군의 작가들로는 좌익작가군 및 '좌련' 이외의 일부 작가들이 포함된다. 제1세대 현실주의 작가 가령 루쉰, 모순, 엽성도, 왕통조, 왕노언, 왕임숙, 노사, 이힐인 등은 이 시기에 끊임없이 새로운 길을 개척하여 사조에 영향을 끼쳤다. 동시에 새로 등단한 신인들도 현실주의 창작의 중요한 역량으로 부상했는바 가령 정령, 파금, 사정, 애무(艾芜), 조우, 엽자(叶紫), 나숙(羅淑), 오조상(吳組緗), 구양산(歐陽山), 소군(蕭軍), 소홍(蕭紅), 단목홍량(端木蕻良), 사타(師陀), 소건(蕭乾) 등 역시 각자의 풍격과 부동한 사실적인 취향으로 뚜렷한 성취를 이룩했다. 현실주의는 이렇게 문단에서 절대우세적인 작가대오를 확보함으로써 성세호대한 발전을 추진할 수 있었다. 사회에 대한 해부의 치중은 이 시기 현실주의 사조와 창작이 전반 현실주의 발전에 대한 새로운 공헌이었다.

두 번째 10년의 후반기 현실주의 작가들은 몇 년 전처럼 기계적으로 생활소재들을 정치개념의 해석에 이용하는 것이 아니라 진정으로 계급과 계급투쟁 이론으로써 생활현장을 관찰하는 입장을 취했다. 자신들이 익숙한 생활에서 출발하는 입장을 견지하고 보다 높은 시각에서 생활의 진상을 밝히려고 하는 시점은 자연스럽게 생활에 대한 해부를 중요시하고, 특히 현실생활속의 계급상황 및 계급관계의 분석에 치중할 수 있는 상황을 만들었다. 사회의 해부에서 가장 큰 성취를 이룩한 대표적 작가는 모순으로서 그의 소설 「자야(子夜)」와 「농촌3부곡」이 대표작이다. 루쉰, 구추백, 가령(柯灵) 등의 잡문과 은부(殷夫), 장극가(臧克家), 전간(田間), 애청(艾青), 포풍(蒲風) 등의 신시, 홍심(洪深), 전한(田漢) 등의 희곡은 모두 마르크스주의 세계관으로 생활을 관찰하고 표현하는 데 주력하여 각종 사회관계를 깊이 있게 분석하였고 중대한 사회문제를 제안, 토론함으로써 두 번째 10년의 현실주의 창작에 시대가 요구하는 사회성과 사상력을 크게 강화했다.

노구교사변(盧溝橋事變, 1937년 7월 7일) 이후 새 중국 성립(1949년 10월 1일)까지는 중화민족이 새로운 시기로 나아가는 단계였기에 문학에 대한 정치적 제약도 전례없이 거대했다. 이 시기 현실주의 사조의 발전에는 아래와 같은 두 가지 특점이 있었다.

첫째, 논쟁이 많다는 것이다.

둘째, 현실주의가 보다 완벽한 체계를 갖추기 시작했는데 그 중 가장 뚜렷하고 영향력이 크며 주도적 지위를 차지한 것은 모택동의 「강화」를 대표로 한 이론체계이다. 이 외에도 호풍의 '주관전투정신'론을 특색으로 하는 현실주의 이론 역시 체계적인 특징을 보였다.

1937년 항일전쟁이 시작된 이후 전국은 구국운동에 투입되었다. 많은 작가들은 창작을 중지하고 종군생활을 하거나 또는 선전운동에 참가했기에 전쟁초기 현실주의 사조는 잠시 저조기에 처했다. 이 시기 대부분의 작가들은 모두 연해도시에서 내지로 옮겨 민간 또는 전쟁터에서 전전했다. 하층 민간인들과의 밀접한 접촉은 작가들의 생활체험의 영역을 넓혔고 따라서 풍부한 창작소재를 축적할 수 있었고 국가와 민족의 역사, 현실과 비전의 문제에 대해 보다 진지한 사색을 할 수 있었다. 이러한 경력은 모두 그 후 현실주의 창작실천에 유리한 조건이 되었다.

1938년 4월 장천익(張天翼)은 ≪문예진지≫ 창간호에서 단편소설 「화위선생(華威先生)」을 발표하여 고발과 풍자의 예봉을 항일진영내의 암흑면으로 돌려 '폭로와 풍자' 문제에 대한 열렬한 논쟁을 야기했다. 이 논쟁의 수확으로 '폭로와 풍자'의 필요성에 대한 긍정적인 결론을 얻었으며 '폭로와 풍자'의 전형화방법 및 어떻게 전면적으로 현실적 문제를 파악할 것인가에 대한 논의를 거쳤다. 모순과 주양은 찬송과 폭로는 모두 항일전쟁의 본질을 반영할 수 있기에 항일에 유리한 것인바 관건은 어떻게 항일필승이란 역사적 흐름 속에서 암흑적인 것들의 부패한 사회적 본질을 드러내는가에 있다고 하면서 전형화방법으로 그것을 고발하여 사회주의 현실주의의 영향을 과시할 것을 주장했다. 1942년을 전후하여 연안의 문예계에서는 재차 '찬송과 고발'에 대한 토론을 전개하였는데 이는 새로운 역사적 조건 아래 '폭로와 풍자'에 관한 토론의 연장이었다.

'민족형식'에 관한 논쟁은 이 시기에 가장 크고도 중요한 문학적 논쟁이었다. 이 시기 현실주의의 두 가지 주요한 이론적 체계는 이번 논쟁에서 피차간 최초의 분기의 단서를 드러냈다. 호풍은 '민족형식'을 형식, 내용과 창작방법의 종합적인 요구로 해석하면서 본질적으로 새로운 형세 아래 '5·4'현실주의 전통이 주동적으로 발전의 도로를 개척하는 것이라고 했다. 호풍은 예술에서 세계문학과의 대화가 가능한 현대적 의미에서의 문학형식에 대한 추구를 주장했다. 국민당 통치지역(이하 국통구로 약칭함—역주)에 대한 주도적인 의견은 '5·4' 이래 신문학이 외국배우기에 치중하던 데로부터 전통문학 형식을 배우는 데로 전환하고 형식상의 대중화에 착안하여 신속히 새로운 혁명형세의 요구에 적응하는 새로운 형식의 문학을 건설하자는 것이었다. 모택동의 「강화」는 '민족형식'의 명제를 이론화, 체계화함으로써 농공병과 새로운 생활을 특색으로 하는 대중화의 문학방향을 개척하여 문학을 새로운 경지에로 이끌었다.

1942년 모택동은 연안정풍기간에 「강화」를 발표하여 당 지도자의 신분으로 "우리는 사회주의적 현실주의를 주장하는 바이다."라고 공식성명을 발표했다. 「강화」 발표 이후 항일민주 근거지에서는 인민을 위해 봉사하자는 것을 취지로 사회주의 현실주의를 기본원칙으로 삼는 문학운동을 전개하여 현실주의는 새로운 단계로 진입하게 되었다. 「강화」의 뚜렷한 특징은 정치와 문예와의 관계에서 현실주의 문학은 강렬하고도 명확한 '기능'적 목표를 지니고 문학의 정치 교육적 기능에 주력할 것을 요구했다. 「강화」는 "밝은 면에 대한 묘사를 위주로" 내용뿐만 아니라 창작경향, 즉 작가의 입장, 태도를 포함한 전반에 대한 총체적인 요구를 제기했다. 현실주의 기초이론의 '반영론' 문제에 대해 「강화」는 문예창작이란 '노동'은 '창조'적인 것이기에 "일상생활보다 더욱 높은 차원"이며 따라서 '깨우침(惊醒)', '감동(感奮)', '추진(推動)'의 기능을 갖추어 최종적으로 '자신의 환경을 개조, 실행'할 수 있어야 한다고 했는데 여기에 낭만주의적 이상성이 융합되어 있었다. 「강화」에서는 직접적으로 진실성과 경향성에 관해 논하지는 않았지만 전편 글의 기본적인 정신은 경향성에 대한 특별한 강조에 치중했고 진실성이라는 현실주의의 토대에 대해서는 그다지 중요시하지 않았다.

1943년부터 국통구에는 5, 6년간 현실주의 문제에 대한 논의가 지속되었는데 그 쟁점은 호풍의 「주관전투 정신설」에 관한 것이었다. 이 논의 가운데서 모든 토론참여자들은 자기 스스로를 현실주의에 귀속시키면서 마르크스주의적인 관점으로 현실주의를 해석하고 있노라고 자칭했다. 이는 현실주의로 하여금 장족의 발전을 이룩함과 동시에 점차 이론상에서 '유아독존'의 국면을 이루었다.

이 논쟁에서 가장 주목해야 할 바는 호풍 등이 행한 이론적 차원에서의 탐색이었다. 호풍은 확고하게 현실주의자는 마땅히 '5·4'의 전통을 계승하고 발양해야 하며 보다 심도 있고 광범위한 차원과 시각에서 현대화주체로서 인민들의 어려운 각성과 추구를 파악해야 한다고 주장했다. 그는 또 봉건사회에서 받은 상흔을 지니고 여전히 생존을 위해 분투하는 삶, 진실하고 복잡하며 개성적인 감정을 지니고 있으면서 사회적인 의미가 있는 삶을 표현해야 한다고 했다. 호풍은 또 현실주의의 재해석에서 "주관정신과 객관적 진리의 결합과 융합"을 통해 현실적인 '육박', '돌진', '포옹' 등에 관한 문제에서 심미적 주체를 내세워야 하며 작가는 창작실천에서 반드시 부각시킨 인물의 내부에까지 투시해야 한다고 했다. '5・4' 이래, 특히 1930년 이후 현실주의의 발전은 원래 참조했던 유럽의 현실주의보다 인식기능을 더욱 중요시했다. 결국 극단적으로 현실주의를 현실의 본질과 사회발전법칙에 대한 형상적인 인식(해석)으로 이해함으로써 문학창작과 문학비평의 범속화한 사회학으로 하여금 일정한 지위를 얻게 했다. 이러한 상황에서 호풍은 현실주의 창작에서 감성적으로 현실을 파악하는 심미방식을 내세워 '주관성'의 역할에 주력할 것을 요구했다. 하지만 1940년대에 현실주의 주류는 아직도 현실을 공리적인 실천과 이성적 인식의 대상으로 간주하는 데에 치중하고 있을 때였기에 호풍의 관점은 이단으로 몰리기 십상이었다. 따라서 호풍의 현실주의 이론은 40년대에 주목을 받지 못했고 80년대에 이르러서야 비로소 각광을 받을 수 있었다.

40년대 문단의 현실주의 이론은 여러 면에서 편차와 인식상의 오류가 있었지만 현실주의 창작영역에서는 상당한 실적을 올렸다. 시가영역에서 서정시, 서사시, 풍자시, 산문시, 극시 등은 모두 현실주의의 판도에서 독특한 지위를 자랑했다. 종전의 현실주의 시인 곽말약, 포풍(蒲風), 목목천(穆木天), 양소(楊騷), 전간, 애청, 장극가 등은 모두 현실주의 기치를 높이 추켜들고 40년대 현실주의 시단을 장식했다. 종전의 은일적이고 음영풍월과 신변잡기를 일삼던 시인들은 약속이나 한 듯이 모두 시대적으로 가장 절박하고 실제적인 문제로 방향을 바꾸었다. 해방구의 시가는 기본적으로 현실주의에 속했고 국통구에서는 7월시파가 현실주의를 주류로, 9엽시파(九叶詩派) 역시 일정한 현실주의 경향을 띠고 있었다. 희곡영역에서 역사극 창작과 현실극 창작이 병행되고 있었다. 역사극 창작의 중요한 목적은 옛일을 빌려 현재를 풍자하는 것이었는데 곽말약의

'전국사극(戰國史劇)', 아영(阿英)의 '남명(南明)사극' 및 국통구 극작가들의 '태평천국(太平天國)사극'과 해방구 극작가들의 '이자성(李自成)사극' 등등은 모두 옛 일을 재현함으로써 현실적인 투쟁을 위해 봉사하는 것들이었다. 그들은 자기가 창작한 사극의 역사적 사실에 대한 나름대로의 독특한 이해를 가지고 있었는데 모두 자기의 현실감에 근거하여 선택하고 활용함으로써 강렬한 현실적 의의를 부여함과 동시에 역사적 정신도 위반하지 않았다고 주장했다. 그 가운데 비록 낭만주의 색채가 있었지만 근본적으로 볼 때는 현실주의였다. 40년대 현실을 제재로 한 희곡은 거의 모두 현실주의적인 것이었다. 이 시기에 현실주의 창작의 실적을 대표할 수 있는 것은 소설, 특히 장편소설이었다. 앞의 두 개의 10년에 이미 문단에서 각광을 받고 있던 작가 가령 모순, 파금, 노사 등은 세 번째 맞은 10년에 들어서 역시 적지 않은 수작을 내어놓았다. 이밖에도 소홍, 단무공량, 전종서, 오조상, 장애령(張愛玲), 노령(路翎) 등등은 모두 각기 다른 풍격과 수법으로 독특한 성취를 이룩했다. 해방구의 소설가 조수리(趙樹理), 손리(孫犁), 정령, 주립파(周立波) 등 역시 인민혁명투쟁의 재현 및 현실주의의 민족화, 대중화 면에서 전례 없는 업적을 이룩했다.

총체적으로 볼 때 40년대에 많은 현실주의 작가들은 '진실'을 문학의 생명으로, 문학본질이 지녀야 할 질적 보장으로 삼았는데 이러한 진실은 생활이 그 원천이었다. 따라서 작가들은 '생활에 깊이 천착'함과 아울러 진실에 대한 추구를 통일시킴으로써 혁명적 현실주의 문학의 질을 높이기에 주력했다. 대부분의 현실주의 작가들은 문학과 정치의 관계에 대한 정확한 인식을 가지고 현실주의가 정치에 개입해야 하지만 자체의 독립된 품위를 유지하고 정치적 참여 때문에 예술 차체를 망각하지 말아야 한다고 주장하면서 예술이 감화력을 잃어버릴 경우 정치라는 공리적인 목표도 원만히 이룩할 수 없다고 했다. 이러한 인식은 그들로 하여금 생활과 정치에 대한 예술적 파악과 표현을 가능토록 했다. 또 일군의 현실주의 작가들은 여러 가지 문예사조에 눈길을 돌려 낭만주의, 상징주의, 이미지즘 등 창작방법을 현실주의 틀 안으로 수용함으로써 현실주의 문학예술을 진일보 풍부히 하고 발전시켰다. 40년대는 현실주의의 통일천하를 이루었지만 예전보다 더욱 개방적인 일면을 보였다.

1917년부터 1949년까지 중국 현대문학은 간거한 32년의 노정을 겪었다. 중국 현대문학 30년의 발전은 세계문학과 '공동체'적인 관계를 유지하면서도 완전히 보조를 일치한 것은 아니다. 제1차 세계대전은 자본주의 문명에 심각한 위기를 초래했던 바 30년대 초반에 이르러서야 세계문학영역에 제1차 현대주의 조류가 흥기했다. 중국의 '5・4'문학운동은 단호하게 광명을 지향하면서 본질적으로 열정적, 이상적, 낭만적 운동을 지속했고 사상혁명에서는 오히려 현대문학의 현실주의를 추진했다. '문학혁명'의 주장들은 자각적으로 신문학건설과 사회, 국민에 대한 개조의 목표를 연관시켰다. 그리하여 20년대 '문학혁명' 선구자들이 주요 정력을 낭만주의와 현실주의에 둔 것에 반해 현실주의 이론은 주로 유럽과 러시아의 비판적 현실주의 영향의 파장속에 처해 있었다. 1930년대는 세계문학사상 소위 '홍색의 30년대'였다. 서양의 자본주의 경제는 총체적인 위기가 폭발하였지만 그에 반해 소련의 사회주의 혁명과 건설은 위대한 성취를 이룩했다. 이러한 정세는 세계의 많은 작가들을 '좌'경에로 전향시켰다. '5・4'의 열풍이 지나간 후에 중국의 혁명은 신속히 발전하여 정치혁명을 중심적인 임무로 간주하기에 이르렀고 사회혁명 역시 점차 심도 있게 전개되고 있었기에 문학이 보다 절박하게 현실에 참여할 시대적 요청이 있었다. '5・4'시기에 비해 30년대 중국 현대문학의 발전과 세계문학의 주도적 취향은 비교적 일치했는데 주로는 소련 사회주의 현실주의의 영향을 받고 있었다. 이 시기에 낭만주의 문학운동은 이미 쇠퇴되었고 '신감각파' 등 현대주의도 아직 진정한 성세를 이루지 못한 상황에서 사회에 대한 해부를 특징으로 하는 현실주의가 문단의 주류를 통제하고 있었다. 제2차 세계대전 이후 서양의 정신문명에는 여러 가지 새로운 문제가 초래되었고 국제공산주의운동 역시 일련의 좌절을 당했다. 이러한 정세 아래 서양의 실존주의 철학의 영향이 신속히 확대되었고 서양의 현대주의가 제2차 고조를 일으키기 시작했다. 40년대 중국은 항일전쟁과 해방전쟁 두 개의 역사단계를 겪는 가운데 전쟁동란의 소용돌이에 빠져 있었다. 이 시기의 신문학은 30년대와 마찬가지로 주로 소련의 사회주의 현실주의 이론의 주된 영향 아래 여전히 절대적인 우세의 지위를 유지하고 있었다. 그리고 날로 '유아독존'의 추세를 공고히 하고 있었기에 서양의 기세 드높은 현대주의는 자리 잡을 공간이 없었다. 요컨대 중국 현대문학은 외국문학사조의 자극과 영향 아래 발생했고 그 발전의 기본적 흐름은 주로 중국의 국정과 역사적 조건에 의해 결정된 것이다. 따라서 현실주의가 중국 현대문학의 주류로 될 수 있었던 것은 결국 역사적, 시대적 선택이었다. 또는 이를 주로 '비문학적인 요소', 가령 정치적, 사회적, 심리적 요소 등이 현실주의 발전의 중요한 계기가 되었다고 할 수도 있는 것이다.

현실주의가 중국 현대문학에서 점차 주도적 지위를 차지할 수 있었던 것은 중국의 현대문학이 '진실'이란 주체정신과 현실주의의 본질적인 특징이 상호 일치하기에 얻은 결과이다. 중국의 현대문학은 그 시작부터 '숨김(瞞)'과 '속임(騙)'이란 봉건문예와 예리하게 대치하고 있었으며 봉건적인 구문학의 '정시할 용기'가 결여된 채로 현실을 상대하지 못하며 자아조차 상대하지 못하는 그러한 허위적 성격과 맞서 싸우면서 '진실'을 창작정신과 원칙으로 삼았다. 이 '진실'에는 두 개 면이 포함되는데, 진실하게 인생을 대하고 진실한 태도로 인생을 대한다는 것이다. 전자는 진실하게 현실을 대하고 표현한다는 뜻이고 후자는 '진실한 목소리'로 인간의 진실한 감정을 표현한다는 것이다. 현실주의가 중국 현대문학에 수용되고 광범위한 호응을 얻을 수 있었던 것은 결국 진실을 추구하는 원칙의 매력에 힘입었던 것으로서 보다 광범위한 현실적인 토대를 확보할 수 있었던 것도 이것이 그 이유였다.[13)]

현실주의가 중국 현대문학의 주목을 받았던 것은 또한 중국 현대문학 작가들의 '입세(入世)'정신과도 연관된다. 대부분의 작가들은 '입세'를 출발점으로 현실주의를 수용하고 그것을 중국문학과 중국사회를 개조하는 수단과 루트로 삼았으며 이로써 중국사회와 문학의 역사적, 현실적 요구를 만족시키고자 했던 것이다. 현대문학의 현실주의의 발전과정을 고찰한다면 문학연구회의 '인생을 위한' 문학에서 '프로문학', 좌익문학에 이르기까지, 다시 40년대의 여러 가지 문학에 이르기까지 현실주의는 갈수록 강대하고 자각적이었다는 점을 파악할 수 있는데 이는 중국 작가들이 '입세'정신과 역사적 사명의식을 전승했다는 가장 훌륭한 증명이다. '입세'정신은 작가들을 시시각각 현실에 주목하고 참여하도록 촉구했으며 작가들은 아주 용이하게 현실주의의 기본 정신에서 공감대를 형성하여 문예사조의 선택에서 경이로운 일치를 달성할 수 있었으며 결국 현실주의가 불가피한 선택으로 되었던 것이다.

현실주의가 중국 현대문학에서 차지하고 있는 절대적인 우세는 또 중

13) 殷國明, 「再論中國新文學中的"現實主義"情結」, 『文藝理論研究』, 1994年 第6期.

국의 현대성에 대한 추구와 밀접한 관계가 있다. 위르겐 하버마스(Juren Habermas)는 "인간의 현대관은 신념이 다름에 따라 변화를 일으킨다. 이 신념은 과학의 촉구에 형성되는 것으로서 지식의 무한한 진보, 사회와 개량의 무한한 발전을 신임한다."[14]고 했다. 중국은 청말 이래로 서양의 자본주의와 조우했는데 이는 중국 현대성의 초기단계라고 할 수 있다. '5·4'계몽운동은 바로 현대성의 구현으로서 마르크스주의의 전파 및 이를 계기로 일어난 사회주의혁명은 현대성의 급진적 형식임에 틀림없다.[15] '현실주의'는 19세기에 문예사조로써 출현할 때 그 철학적 토대는 유물주의로 외부 세계에 대한 질실한 요구에 의해 발생했고 과학적인 훈련과 특권으로 자체의 존재를 유지했다. 19세기 현실주의 창도자 샹플뢰리(Champfleury)는, 현실주의는 1848년 혁명이 일으킨 "모모주의를 신앙하는 여러 가지 신앙"의 하나로서 "사람들은 그에 부가된 정치적 색채를 이해해야 한다."[16]고 했다. '5·4'시기를 시작으로 중국의 진보적 지식인들은 현대성의 기본내용이어야 할 과학, 이성, 민주, 혁명 등을 목표로, 그에 대한 끈질긴 추구로써 문학을 민족과 국가정신, 감정과 상상을 재건하는 효과적인 수단으로 삼았다. 유구한 역사를 지닌 중화민족은 현대성과 조우할 때 문학영역에서 자체 특유의 방식을 전개했고 거의 혼신의 정력을 쏟아 현대성의 급진적인 변혁을 위한 형상과 정감적 근거를 제공했다. 현대화의 시각에서 우리는 중국 현대 현실주의 문학사조의 정치와 역사적 내포를 분명하게 찾아볼 수 있으며 그 미학 차

14) [德] 哈貝馬斯, 「論現代性」, 王岳川·尙水 編, 『后現代主義文化与美學』, 北京大學出版社, 1992, p.10.

15) 陳曉明, 「現代性与中國当代文學史敘述」, ≪文藝爭鳴·史論≫, 2007年 11月.

16) [法] 尙佛勒里, 『現實主義』, [英] 達米安·格蘭特, 『現實主義』, 周發祥 譯, 昆侖出版社, 1989, p.28 재인용.

원에서 중국 현대성과의 우연한 일치도 찾아볼 수 있다. 현대성과 현실주의는 모두 과학, 진보, 혁명, 민주 등의 뜻을 포함하고 있으며 그것들은 또 현실주의의 진실에 대한 압도적인 요구에서 유기적인 통일을 이루고 있다. 현실주의와 중국의 현대와 진척과의 어떤 암묵적인 관계로 인해 현실주의는 최종적으로 중국 현대문학의 주류라는 역사의 필연성을 확보하게 된 것이다.

제2절 중국 현대현실주의 문학사조의 주제적 형태

중국 현대문학의 주요 사조로써 현실주의 문학사조는 가장 많은 문학작품을 보유하고 있고 그 장르 또한 소설, 산문, 시가, 희곡 4대 문학 장르를 망라하고 있다. 그리하여 다채로운 외관적 모습뿐만 아니라 표현하고 있는 풍부한 사회생활과 급변하던 시대적 변화 때문에 그 내용을 정확히 이해하는 데에 일정한 어려움을 주고 있다. 하지만 이러한 현실주의 문학작품은 공동의 사회역사단계에서 탄생했기에 공동의 시대적 과제를 안고 있으며 동시에 상대적으로 집중된 주제를 다루고 있다. 이처럼 상대적으로 집중된 주제는 텍스트가 표현하고 주목하는 대상으로 볼 때 거의 3개 방면에 집중되어 있다. 즉 인성에 대한 주목, 사회에 대한 비판과 중국 현대사에서 특수한 지위를 차지하는 중국혁명에 대한 표현이 그것이다. 이로써 중국 현대 현실주의 문학은 3대 주제형태, 즉 인성의 주제, 사회비판의 주제와 혁명의 주제를 형성하고 있다.

1. 인성의 주제

중국 현대 현실주의 문학사조에서 인성의 주제를 다루기는 '5·4'시기부터, 좀 더 정확히 말한다면 루쉰으로부터 시작되었다. 전통적인 중국사회는 가족본위의 사회로서 이러한 사회에서는 가정과 가족의 통제가 우선적이고 강대한 가정윤리 때문에 인간의 개성은 거의 소진된 상황이었다. 따라서 '5·4'는 중국의 사상사, 문화사와 사회사에 걸친 유명한 계몽시대로서 "5·4운동의 가장 큰 성공은 '개인'의 첫 발견이다."[17] 신문화 선구자들은 주로 서양의 사상문화 자원을 차용하였는데, 구체적으로 르네상스 이래 서양에서 창도했던 휴머니즘, 개성주의로써 전통적인 중국사회에서 개성에 대한 등한시, 냉담, 억압 등을 가늠하고자 했다. 고통스러운 것은 그들이 서양의 휴머니즘과 개성주의로써 중국인을 관찰하고 사색할 때 그들이 얻어낸 것은 중국인은 몰개성적이고 중국에서는 인성이 존중을 받지 못하며 오히려 상해받고 있다는 부정적인 결론이었다. 이러한 사상문화 분위기 속에서 개성을 포함한 인성의 문제는 처음으로 중국문학의 주목을 받게 되었고 또 처음으로 중국문학이 다루는 가장 중요한 주제로 부상되었다. 그리하여 인간의 개성을 선양한다는 것을 바로 '5·4'낭만주의 문학의 기본적인 주제로, 다른 한편 중국인의 개성, 인성에 대한 중국사회 및 사상문화의 속박과 상해에 대한 고발과 비판을 '5·4'현실주의 문학의 중대한 주제로 삼았다. 이러한 중대한 주제는 '5·4'시기 주로 루쉰의 계몽소설에 의해 실현, 완성되었다.

「납함」과 「방황」을 대표로 하는 루쉰의 계몽소설은 그 창작목적과 이

17) 郁達夫, 「中國新文學大系·散文二集·導言」(影印本), 郁達夫 편, 『中國新文學大系·散文二集』, 上海文藝出版社, 2003, p.5.

유를 '국민성에 대한 비판'에 두고 중국인의 영혼개조를 최고의 취지로 삼고 있었다. 그 대상이 인간이었기에 중국인의 정신세계에 대한 표현이 그 중심이었고 사회전반에는 하나의 배경으로 존재하였다. 루쉰이 현대문인의 혜안으로 중국인을 주목했을 때 그는 전통적인 중국사상·문화·제도 아래 생활하고 있는 중국인의 인성의 '병폐'를 발견했고 그가 할 수 있었던 일은 오로지 그러한 현상을 고발하고 '치료하도록 주의를 주는 것'[18]이었고 그 작업은 루쉰 소설에서 계몽사상의 근본적인 출발점이자 최종적인 귀결점이었다. 공을기, 화로전, 선씨 넷째 아줌마, 윤토, 상림아주머니 등 '관객'들… 그들은 모두 인성의 병태적인 모습을 보이고 있는 중국인의 대표적 인물이었다. 루쉰은 양적으로 결코 그리 많지 않은 단편소설로써 중국문학에서 '5·4전통'의 가장 중요한 일면, 즉 국민성 비판과 개조에 관한 주제를 개척했고 그 영향력은 지속적으로, 심지어 정치와 전쟁이 시대의 중심이었던 역사단계에서도 잠재적으로 세찬 흐름을 그치지 않았다. 오랜 세월에 걸쳐 봉건사상과 문화의 억압을 받고 있던 중국인의 인성은 중국 현실주의 작품에서 대개 원만하지 못하고 건강하지 못한 '병폐'(심지어는 변태)적인 모습을 보였다. 물론 원만하고 건강한 인성도 없지 않았지만 그것은 단지 일부 현실주의 작품에서만 볼 수 있었다. 따라서 실제로 중국 현대 사실주의 문학작품은 대부분이 '병폐'적인 인성에 대한 고발과 비판을 주제로 삼고 있었다.

많은 작가들이 작품에서 루쉰이 선두를 뗀 국민성 비판의 전통을 계승하고 있었지만 그 주목의 중심의 편차 또는 능력의 부족으로 일부 작품에서 그 주제는 다른 주제에 침몰되거나 담백화되는 경우도 있었다.

---

18) 魯迅, 「我怎樣做起小說來」, 『魯迅全集』 第4卷, 人民文學出版社, 2005, p.526.

단지 소수의 일부 작가들만이 인성의 고발과 비판에서 아주 뚜렷한 성취를 이루었다. 소홍, 조우, 장애령은 30, 40년대 이 영역에서 뚜렷한 성과를 이룩한 작가들이다. 하지만 그들 역시 루쉰과는 상당히 다른 면을 보였다. 즉 그들이 작품에서 표현한 것은 루쉰의 작품에서 지적했던 낙후한 국민성의 범주를 훨씬 벗어났는데 환언한다면 그들이 고발하고 비판했던 것은 이미 넓은 의미에서의 '인성'이었다.

소홍은 관례상 좌익작가로 구분되는데 재능이 출중한 여류작가로서 그녀는 사실 일반 좌익작가들보다 상당한 정도로 소원함을 보였다. 이러한 소원은 그녀의 작품 속에 나타난 인성의 모습이 완전히 다른 좌익작가들의 정치적, 혁명적 모습과 다른데서 나타났다. 그의 명작 「생사장(生死場)」은 비록 후반부에서 민중의 항일투쟁을 다루었지만 이 작품은 분열된 텍스트로서 전반부는 중국민중의 생존상태에 대한 서술을 위주로 인성의 잔혹함에 대한 고발이다. 바로 이 부분이 이 작품에서 가장 감동적인 부분이다. 여기에서 사람들의 생활은 극도로 빈곤하고 고생스러운데, "농가에서는 야채뿌리든 풀이든 모두 인간의 가치를 초과"하는 기이한 현상이 출현하여 인간의 생명은 생존이 압력 하에서 한 푼의 가치도 없었다. 특히 여인과 애들의 목숨은 그야말로 초개같았다. 소홍의 '세밀한 관찰과 탈선적인 필치 아래'19)에서 특이한 환경에서의 인성은 마치 선혈이 낭자한 장면마냥 사람의 마음을 뒤흔들었다. 호풍은 「≪생사장≫ 독후」에서 "무쇠로 만든 창살이 허공을 가르는 듯한 필치"라고 치하했다. 장편소설 『호란하전(呼蘭河傳)』은 호란하의 풍토인정을 묘사할 때 그 초점을 직접 '5・4' 이래 국민성 비판의 전통과 접목했다. 바로

19) 魯迅, 「≪生死場≫序」, 『魯迅全集』 第6卷, 人民文學出版社, 2005, p.422.

이러한 점에 주목하여 이 소설은 루쉰의 국민성 비판에 가장 접근한 작품으로 평가받았다. 소설의 제1장에서는 반복하여 동이도가(東二道街)의 진흙구덩이를 선염했는데 이는 소도시 주민들의 정신면모를 보여주는 거울 역할을 했다. 진흙구덩이는 갠 날이면 진흙탕물이고 비가 올 때면 강물이 되어 차가 뒤집히고 우마, 행인들이 그 물속에 빠지며 개나 고양이, 오리 등은 익사하기까지 한다. 이러한 진흙구덩이를 두고 양편의 담을 허물자는 자, 담을 따라 나무를 심자는 자 등 여러 의견들이 있었지만 그 어느 누구도 흙으로 그 구덩이를 메우자는 사람은 없었다. 사람들은 옛날 그대로 살아가기만 원하면서 고통을 인내할지라도 그 현황을 근본적으로 개변하기는 꺼려했다. 보수적인 일면과 마비된 정신상태를 엿볼 수 있는 장면이다. 그리고 결혼전후의 왕씨 큰 딸에 대한 사람들의 태도 역시 중국인들의 냉혹함, 세속적인 일면 그리고 일정치 않은 마음가짐 등을 충분히 보여주고 있다. 한편 소단원(小團圓)에서 신부의 죽음은 봉건예교, 무지몽매한 미신 때문에 생명을 학대하는 것을 폭로함과 아울러 중국인 인성의 잔인성을 드러내 보이고 있다. 소홍은 그 외에도 일부 단편소설에서 의도적으로 중국인의 병태적인 인성에 대한 고발과 비판을 시도했다. 그녀의 이러한 가치취향은 '5·4전통', 특히 루쉰 소설의 계몽전통에서 온 것이다. 그녀는 루쉰의 제자로 자칭했을 뿐만 아니라 자신과 '5·4'정신과 연관을 논할 때 솔직하게 자신은 '5·4'라는 이 "묘지에서 몇 년간 자고 있던 골격으로서 영혼의 무장을 거쳤다."고 하면서 자신을 '그 골격의 영혼', '신 5·4'[20]라고 했다.

현대희곡의 대가로서 조우는 루쉰과 유사한 관찰과 사고력으로 중국

20) 蕭紅, 「骨架与灵魂」, 香港 ≪華商報·灯塔≫, 1941年 5月 5日.

인의 인성의 사상자원, 즉 서양 인문전통을 대했다. 이는 그가 청화대학 서양문학계에 재학시절 셰익스피어, 입센, 체홉, 오닐(Eugene Gladestone O`nell) 등 희곡대사들의 작품에서 흡수한 인문사상의 혜택이었다. 따라서 그의 희곡창작은 첫 시작부터 높은 경지에서 시작했던 바, 주목한 초점은 자신이 관찰한 잔혹하고 복잡한 인간의 운명과 인성이었다. 「뇌우(雷雨)」가 표현하려는 것은 바로 인성, 운명에 관한 조우식(曹禺式)의 명제였던바, 바로 '잔혹함'이었다. 그는 "「뇌우」에서 우주는 마치 잔혹한 우물처럼 그 안에 떨어지기만 하면 아무리 소리쳐도 그 어두운 구덩이를 탈출하기 어려웠다."고 했는데 바로 인간이 아무리 악을 써도 실패할 수 밖에 없는 생존상태에 대한 표현임과 동시에 인간의 본성을 억압하는 우주공간, 그 어떤 신비한 힘의 공포와 자장을 벗어날 수 없는 인간의 정신상태를 보여주는 것이었다. 「일출(日出)」에서 작가는 표면적으로 "부족한 자를 갉아서 부유한 자를 봉양"하는 사회현상을 견책하고 항거하는 주제를 다루고 있지만 사실은 「뇌우」의 '잔혹'에 관한 주제처럼 '부족한 자'이든 '부유한 자'이든 모두 자신의 운명을 장악하지 못하고 오히려 '조롱'받는 지위에 처해 있음을 보여준다. 가령 「뇌우」에서 '인간의 발악'하지 않을 수 없는 곤경을 표현하였다면 「일출」은 '인간이 조롱당하는' 그러한 곤경을 표현했다. "사람과 사람 사이에 나타나는 극도의 사상과 미움에 관한 감정"을 표현한 「원야(原野)」는 '인간의 복수'에 관한 주제이다. 수호(仇虎)는 표면적으로는 복수에 성공하였지만 결국은 최종적으로 깊은 '죄악감'에 빠져 영혼의 분열과 발악의 수렁에 빠져들고 만다. 이 또한 '병폐'적인 인성이 아닐 수 없다. 「뇌우」의 번기(繁漪), 「일출」의 진백노(陳白露), 그리고 수호에 이르기까지 어느 하나 영혼의 분열을 겪지 않은 자가 없으며 인성이 복잡하지 않은 자가 없다. 조우는 바로 그들의 비극적인 운명을 통하여 운명과 인성에 관한 이중적 '잔혹함'의 주제를 다루고 있다. 여기에서 사회의 전반 상황은 그다지 중요하지 않다. 그러한 상황은 모두 '병폐'적인 인성의 전개를 위한 모호한 배경이며 오직 인성과 운명만이 그 희곡작품의 근본적 주제인 것이다.

장애령은 중국 현대문단의 재원이고 전기적인 여성인물이다. 함락기의 상해가 그녀의 성공 배경이었다. 일제의 고압정책 아래 작가들은 전쟁, 정치와 관련된 창작 그리고 진보적인 서적의 공개출판과 발행 등은 모두 금지당한 채였다. 일제는 오직 '순예술'잡지, 작품으로 간주되는 것만 허용함으로써 겉치레로 삼았다. 바로 이러한 형세 아래 항상 시대의 조류와 소원하고 오로지 일상인의 애환에 주목하던 장애령에게는 기회가 되어 자신이 흥취를 갖던 제재를 다룰 때 그다지 방해를 받지 않을 수 있었다. 그리하여 그녀는 상상을 초월하는 조숙한 여자애마냥 인생, 인성에 대한 일상인을 초월한 깊은 통찰을 보였다. 『홍루몽』을 비롯한 고전문학에 대한 심취와 루쉰이 개척한 국민성비판의 전통에 대한 수긍은 그녀의 작품으로 하여금 제재(가정생활이 위주)와 주제(인성에 대한 사고가 위주)면에서 독특한 품격을 보였다. 그녀의 민감함과 재주는 그의 창작이 첫 시작부터 일반 작가들이 넘보지 못하는 높이에 도달하도록 했다. 「전기(傳奇)」의 중단편소설 매 편이 도달한 인성의 깊이는 실로 사람들의 심금을 울린다. 「금쇄기(金鎖記)」의 조칠교(曹七巧)는 황금족쇄 때문에 필사적으로 자신의 정욕을 억제해야 했는데 결과는 심리의 변태를 초래하여 다른 사람의 행복을 적대시하기에 이르렀다. 그녀는 자신의 몸을 억압하던 그 황금족쇄의 '뾰족한 모서리'로 며느리를 학대하고 딸의 남자친구를 쫓아냄으로써 자녀 일생의 행복을 완전히 결딴내고 말았다. 그녀 또한 결국 주변 사람들의 증오의 눈길 속에서 비참한 일생을 마친다. 「말리향편(茉莉香片)」에서 섭전경(聶傳慶)은 전대의 감정의 문제 때문에 동창 언단주(言丹珠)가 자신이 향유해야 할 부친의 사랑(단주의 부친은 젊었을 때 그의 모친을 사랑한 바 있음)을 앗아갔다고 생각한다. 그리하여 어느날 밤에 그는 아무런 생각 없이 단주를 거의 주검이 되도록 때린 후 단주의 호의를 오히려 자신에 대한 조롱과 업신여김으로 간주한다. 「경성지련(傾城之戀)」의 백류소(白流蘇)와 범류원(范柳原)은 사랑과 혼인문제에서 지혜와 용기를 겨룬다. 사실 그 겨룸은 무료한 게임이지만 또 흥미로운 계략의 다툼이기도 하다. 결국 결혼할 생각이 전혀 없던 두 남녀는 홍콩 함락으로 결혼하게 되고 진실과 허위, 고전과 현대 사이에서 인성의 복잡함과 풍부함을 드러낸다. 이러한 장애령을 두고 "그녀는 한 성별을 대표하여 다른 성별에 도전하지도 않고 현재를 대표하여 역사에 보복을 가하지도 않는다. 그는 오로지 하느님의 원죄의식을 대표하여 인간에게 죄를 추궁하고 인성의 본질에 날카로운 질의를 보내며 인성의 약점에 대해 가차 없는 고발과 신랄한 풍자, 맹렬한 규탄을 가할 따름이다."[21] 고 했는데 이는 실로 정확하고도 선명하게 장애령 소설에서 인성의 주제를 평가한 것이다. 이 또한 장애령 소설이 시공간을 초월하여 지금까지 환영을 받고 있는 주요한 원인이기도 하다.

중국 현대 현실주의 문학사조의 인성에 관한 주제는 주로 사람과 사람의 대립, 거리감과 충돌을 통하여 표현된다. 그 해결할 수 없는 대립, 거리감과 충돌 중에서 인성의 암흑면, 복잡함, 잔혹과 허위, 분열과 무감각 등은 뚜렷한 모습을 드러낸다. 미학적인 차원에서 본다면 이러한 인성은 작가에 의해 고발, 비판 및 개조 가능하기 때문에 인성의 부정적

---

21) 秦弓, 『荊棘上的生命』, 春風文藝出版社, 2002, p.504.

인 면을 표현한 작품은 모두 어둡고 퇴폐적이며 비극적인 색채를 보이면서 전반 20세기 중국문학의 비극적 풍격과 내재적으로 고도의 접합점을 이루었다. 현대성의 시각에서 본다면 이는 신문학 작가들이 중국인이 인성에 채운 전통적인 멍에를 벗기고 보다 훌륭하고 신속히 현대인에게 현대적인 욕구로 전환하려는 시도를 반영한 것이라고 할 수 있는바, 이는 긍정과 제창의 가치가 있는 것으로서 신문학이 인성의 영역에서의 풍부화와 확장이다.

2. 사회비판의 주제

중국의 고전문학에는 종래로 사회비판의 전통이 부족하지 않았다. 『시경』의 정부시(征夫詩), 두보의 '삼리(三吏)', '삼별(三別)'을 대표로 하는 고발의 시, 청말의 견책소설 등이 그러한 점을 말해준다. 중국 현대문학이 서양의 현실주의에 대문을 활짝 열 때, 신문학 작가들이 가장 많이 수용한 것 역시 서양의 19세기 문학을 대표로 하는 비판적 현실주의 전통이다. 이 두 개 영역의 전통이 한 곳에 모여 중국 현대 현실주의 문학의 강대한 사회비판적 경향을 이루었다. 중국 현대의 사회상황에서 볼 때 이 역사단계는 복잡하고 고통스러운 현대 전환기에 처해 있어 훌륭한 전통은 이미 해체되고 새롭고 훌륭한 제도, 구조와 가치관은 아직 확립되지 못한 상태였다. 게다가 동란, 전쟁 등 내우외환으로 말미암아 작가의 눈에 비친 사회현실은 그야말로 온통 '암흑'이었다. 따라서 그에 대한 비판을 전개하여 하루 빨리 그 '암흑'을 제거하는 것이 급선무로 부상했다.

인간은 결국 사회의 인간이고 사회는 인간에 의해 구성된다. 그러므로 사회비판과 인성에 대한 고발과 비판은 상호 연관되면서 구별된다. 하지만 인성 비판의 주제를 다루는 작품은 인간과 인성을 대상으로 하기에 인간의 행위와 사상의 더욱 심층적인 면을 통제하면서 영향을 끼친다. 이러한 부류의 작품에서 사회는 하나의 통일체로서 단지 작품의 배경으로 존재할 뿐인데 전술한 장애령의 소설 상황과 같다. 사회비판이라는 주제 밑에 가령 개체적인 인간을 다룬다고 할지라도 실제에 있어서 표면적인 성격을 표현하는 데에 집중하게 되며 사회현상을 초래한 책임은 결국 사회와 시대가 담당하게 된다. 이러한 주제에서 전반사회는 다시는 단순한 배경이 아니라 그 자체 역시 표현되고 편달 받아야 할 대상이 된다. 설사 일부 장편소설에서 인성의 부각이 일정한 깊이에 도달했다고 할지라도 그것들은 보다 중대하거나 중요한 사회의 주제에 가리게 된다.

장천익의 풍자소설 「화위선생」에서 부각하려는 대상은 화위선생이었지만 주제로써 부각된 것은 화위선생과 같은 인물을 낳는 시대와 사회였던 바, 구체적으로 말한다면 항일시기에 후방에서 "화려(華而不實)하지만 실속 없이 자체의 위엄(徒有其威)만 자랑하는" 관료를 풍자한 것이다. 화위선생은 선명한 성격을 지니지만 심각하고 풍부한 인생까지는 논할 수 없으며, 작가의 진정한 의도는 한 인물을 통하여 수많은 인간이 초래한 추악한 사회현상을 풍자하자는 데에 있었다. 따라서 이 작품이 표현하려는 것은 사회비판이 그 주제이다.

엽성도의 장편소설 『예환지(倪煥之)』에서 예환지는 개성이 풍부한 인물로 부각되고 있지만 신해혁명으로부터 '4·12'정변까지 10여 년 간의 사회상황과 시대사조의 변천을 표현하려는 것이 이 장편소설의 진정한 주제였고 드러낸 것은 사회변혁을 갈망하는 지식분자에 대한 사회의 압제와 타격이었다.

사회의 삼라만상, 사회구성 층차의 풍부함과 복잡다단함(하층은 정치와 경제제도, 상층은 사상과 문화제도)은 사회비판을 주제로 하는 작품 역시 상당히 풍부하고 복잡하도록 만들었다. 중국 현대 현실주의 문학의 실제적인 상황에서 볼 때 사회비판을 주제로 한 작품군은 상호 구별되면서도 연관을 맺고 있는 '아류형(亞類型)'으로 나누어 고찰할 수 있다.

1) 일반적인 사회현실 비판

이 부류의 작품은 중국 현대에 존재하는 부조리한 사회현상에 대한 생동한 묘사를 통하여 독자로 하여금 사회에 대한 깊은 인식을 환기시키고 나아가서 정확한 가치판단을 형성하도록 한다. 그 대상의 선택에서 이 부류의 작품은 대상이 체계적이고 완벽할 것을 추구하는 것이 아니라 고발과 비판의 가치유무에 주목하기에 비록 사소하고 영성한 것일지라도 시대와 사회의 암흑면에 대한 심각한 해부의 목적에 도달한다. 가장 먼저 사회현실에 대한 비판을 전개했던 작품은 '5 · 4'시기의 '문제소설'과 20년대의 '향토소설' 그리고 문학연구회의 '인생을 위한' 작품들이었다. 이러한 작품은 비록 '5 · 4'시기 계몽담론의 장에 처했지만 대부분이 작가 능력의 제한으로 국민성 비판에서 루쉰과 같은 깊이에 도달하기 어려웠다. 단지 그 흐름 속에서 무의식간에 일종의 '사회비판'에 휩쓸렸고 비판대상을 사람으로부터 사회에로 전이했다. 가령 '문제소설'이 주목했던 것은 당시 사회에 보편적으로 존재하고 있던 가족예교, 혼인가정, 여성의 정조, 인부, 전쟁, 지식인의 운명 등 문제였기에 개인은 사회의 보편적인 문제에 함몰되는 꼴이 되었다. 당시의 '향토소설'은 중국의 광범위한 시골의 낙후한 지역에서 일어나는 일상의 비참함과 일부 원시풍속의 야만스러움을 표현하는 데 주력함으로써 인간의 우매와 미신적인 상태를 보여주고자 했다. 왕노언의 「유자(柚子)」는 당시 장사(長沙) 지역 군벌의 사형집행을 소재로 하였는데 인명을 초개로 여기는 군벌의 폭행에 대한 분노를 표현함과 아울러 앞 다투어 달려온 구경꾼들의 냉혹함과 이기심, 동정심의 결여 등 인간세태를 표현했다. 그의 다른 작품 「국영의 출가(菊英的出嫁)」는 시골의 '명혼(冥婚)'풍습을, 대정농, 건선애, 허걸은 '충희(冲喜)', '전처(典妻)', '수장(水葬)' 등 낙후한 풍속습관을 그려냈다. 이러한 풍습은 문명세계의 시각에서 볼 때는 신기하고 흥미로운 면이 없지 않았지만 작가는 분명 그에 대해 부정적인 가치판단을 보이고 있는 것으로서 엄숙한 사회비판이었다. 문학연구회의 대표작가 엽성도의 일부 작품, 가령 「난중의 번선생(潘先生在難中)」, 허지산의 「춘도(春桃)」 등은 백성들에게 재난을 초래한 군벌들의 혼전을 규탄했다.

30, 40년대에 더욱 많은 작가와 작품이 일반적인 사회비판의 조류에 가담하여 사회현실에 대한 비판이 보다 풍부하고 전면적인 상황을 이루었다. 통속문학 작가로 분류되는 장한수(張恨水)는 20년대에서 30, 40년대에 이르기까지 일부 시민문학 작품, 예를 들면 「춘명외사(春明外史)」, 「금분세가(金粉世家)」, 「제소인원(啼笑因緣)」 등에서 정부의 관리, 군벌, 상인, 하층공무원, 빈민, 차부, 기생, 학생 소지식분자 등 여러 계층의 운명에 대한 서술로써 광범위한 사회적 비판을 전개했다. 30년대 중국의 시가회(詩歌會)는 대개 사회 압박의 가장 하층인 농민을 표현대상으로 그들의 고난, 치욕과 불행 등을 그려내고 이로써 첨예한 사회모순을 반영하며 보편적이고 심중한 계급적 압박을 고발하였으며 진일보한 그들의 반항의식의 각성을 그렸다. 루쉰의 30년대 대부분의 잡문은 국민성 비판에 관한 본색을 유지하면서 아울러 시야를 더욱 넓혀 사회현상에 대한 '사

회비평과 문명비평'을 전개했다.

소설영역에서 30, 40년대에 일반적인 사회비판의 특색을 가장 잘 표현한 작가로는 파금과 전종서(錢鍾書)의 소설이었다. 전종서의 소설은 일반사회비판의 풍자 전통에로 귀결되는데 뒤에서 재론하기로 하고 먼저 파금의 소설을 보기로 한다. 파금은 30, 40년대에 대량의 소설을 집필했는데 그 작품들은 하나의 선명한 주선을 이루었던 바, 바로 암흑세력에 대한 저주이다. 그는 문학을 사회의 암흑면을 고발하는 무기로, 영혼의 외침으로, 광명을 추구하는 호소로 삼았다. "나의 적은 누구인가? 일체 낡은 전통관념, 일체 사회진보와 인성의 발전을 저애하는 인위적인 제도, 일체 사랑을 파괴하는 세력이다. 그들은 모두 나의 가장 큰 적이다."[22] 소설 「가(家)」에서 파금의 적은 봉건통치의 핵심인 봉건 체제 · 주의 · 제도였다. 「가」를 대표로 한 「격류삼부곡(激流三部曲)」에서는 시종일관하는 두 갈래의 지류가 교차되어 요동치고 있는데, 그 하나는 봉건전제제도의 붕괴와 단말마적 발악을 하고 있는 봉건통치의 세력이 악착같이 젊은 생명을 말살하고 있다는 것, 다른 하나는 시대적 조류의 부름에 따른 젊은 세대들의 각성, 몸부림과 투쟁이었다. 후기의 「계원(憩園)」은 봉건대가정이 붕괴된 후에 그 부랑자제들의 종말을 그렸고 후손의 모든 것을 관장하고 감싸주려는 봉건사상을 비판하고 인간에 대한 봉건 지주계급 기생생활의 부식을 고발했다. 파금의 다른 역작 「한야(寒夜)」는 자유연애를 통해 이룬 지식인의 가정이 현실사회의 억압 아래 파괴되고 해체되는 전과정을 그려냄으로써 항일전쟁 전후 중국의 병태적인 사회의 암흑과 부패를 고발하고 암흑 속에서 허덕이는 하층민들의 고통을 호소했다.

22) 巴金, 「寫作生活得回顧」, 李小林 外 編, 『巴金倫創作』, 上海文藝出版社, 1983, p.7.

파금의 이러한 소설들은 그가 겪은 그 암흑시대에 대한 생동한 기록으로서 인성을 억압하는 부조리한 제도, 사상, 부패한 세력에 대한 비판인 바, 이로써 자신의 작품세계에서 기본적인 주제를 이루었다.

일반적인 사회현실 비판은 그 표현형식에 있어서 집중적이고 과정적인 비판, 즉 풍자의 형식을 낳는다. 항일전쟁과 해방전쟁시기 중국을 통치하던 국민당정권은 날로 부패하고 고도의 독재와 전제정치를 실시하며 사상문화영역에서 엄밀한 통제를 실시하였다. 따라서 국가의 경제는 부패, 전쟁과 자연재해 등으로 날로 쇠락하여 거의 파산의 변두리에 직면했다. 이러한 곤궁에서도 국민당 당국은 여전히 천하태평을 위장하여 세상을 기만하였으며 일부인들은 여전히 취생몽사의 세월을 보내고 있었다. 이러한 추악한 현상에 대해 작가들은 일반적인 비판으로는 도저히 해결될 가망이 없음을 자각하고 역량을 집중하여 과장과 만화 성격의 풍자작품을 세상에 선 보였다.

장천익의 「화위선생」을 포함한 「속사3편(速寫三篇)」은 항일전쟁시기 항일에 참여한 관료, 투기자와 시대에 의해 버림을 받은 고독자 세 유형의 인물형상을 부각했고, 사정의 「방공(防空)」(원제는 「방공－캄차카의 일각에서(防空－在勘察加的一角)」), 「기향거차관에서(在其香居茶館里)」, 「도금기(淘金記)」 등의 소설은 사천성의 시골을 배경으로 국민당 통치 아래 살고 있는 하층관료, 지주, 악질, 깡패두목, 부랑자 등 인물들의 추태를 보여주었으며, 장한수(張恨水)의 풍자소설 「5자등과(五子登科)」는 국민당 인수, 인계 관리부문의 후안무치를 그려냄으로써 항일전쟁시기 중경의 난장판이 된 정국을 고발했다. 이 시기에 또 대량의 풍자 희곡도 있었는데 그 중에서 진백진(陳白塵)의 작품의 영향이 가장 컸다. 그는 작품 「마굴(魔窟)」에서 함락구의 적군과 괴뢰군의 추태를 고발했고, 「난세남녀(亂世男女)」에서는 반동통치 아래 형형색색의 사회 쓰레기 같은 인물들을 풍자했으며, 「금지소변(禁止小便)」에서는 관료기구의 멍청하고 무능한 면모를 폭로했고, 「승관도(升官圖)」에서는 국민당 관리사회의 부패를 여지없이 고발했다. 전종서는 자신의 장편소설 『위성(圍城)』으로 중국 현대문학사상 최후의 풍자소설가로 자리 잡았다. 작품은 주인공 방홍점(方鴻漸)의 경력을 주선으로 「유림외사(儒林外史)」와 같은 기백으로 항일전쟁시기 상층 지식계의 중생상, 그리고 중국사회의 다른 한 측면을 고발했다. 전종서의 고금중외를 관통한 학문과 생동한 언어, 유모 및 여러 가지 비유법의 교묘한 활용에 힘입어 『위성』은 '기지와 풍자(지성적인 풍자)'의 걸출한 대표로 부상했다. 이러한 풍자작품은 당대의 사회현실에 대한 작가들의 파악이었고 당시 사회현상에 대한 그들의 예술적 총화와 추출이었다. "현재의 소위 풍자작품은 대개 사실적이기는 하다.", "사실이 평범할수록 보편적이며 더욱 풍자에 가깝게 된다."[23]는 루쉰의 평가는 이러한 풍자작품의 예술적 비결에 대한 개괄이었다.

2) 총체적인 사회 비판

일반적인 사회비판과 달리 일부 중국 현대 작가들은 보다 광범위한 사회적 측면에서 사회에 대한 고발과 비판을 전개했는데 이 부류의 작품을 총체적인 사회비판으로 귀결시킬 수 있다. 유럽의 현실주의 문학발전사에서 비판적 현실주의 작가들은 '역사견증인'의 역할을 담당했다. 그들은 사회생활의 '서기(書記)'이고 '시대의 비서(時代的秘書)'로써 사회역사의 변동을 충실하게 기록함으로써 사회의 총체적인 발전과정에서 시

23) 魯迅, 「論諷刺」, 「什么是諷刺」, 『魯迅全集』 第6卷, 人民文學出版社, 2005, p.287, p.341.

대발전의 본질적인 추세를 파악하고자 했다. 루카치는 작가는 사회역사의 총체적인 면에서 진실하게 생활을 재현하고 "현실의 객관적인 총체성"[24]을 파악함으로써 현실주의의 창작에서 결정적인 역할을 담당해야 한다고 했다. 이는 바로 일반적인 의미에서 '서사시'의 표현방식으로 사회의 '총체'를 파악한다는 것을 가리키는 것이다. 헤겔은 '서사시'에 대한 첫 요구를 '대상의 총체성'[25]이라고 하면서 총체적으로 사회생활의 전모를 반영하고 시대와 사회의 발전방향을 장악해야 한다는 데에 두었다. 이는 작가에게 거시적인 안목과 사회정치가의 예리한 감각을 가지고 풍부하고 충실한 인생 경력을 확보할 것을 요구하는 바, 오직 이러한 작가만이 사회편년사식의 '거대한 서사'의 창작을 담당할 수 있다. 20세기 상반기 중국의 현대사회는 급속한 동란과 변화 속에 처하여 있어 전반 국가의 정세에 영향을 끼치는 사건들이 속속 발생했다. 과거제도의 폐지로 인해 시대의 흐름 속에 던져진 현대 지식인들은 고대의 지식인들과 같이 세상만사에도 불구하고 초연하게 단지 성현의 책만 읽을 수 없게 되었다. 그들은 시대의 흐름 속에 들어가 참여자의 역할을 담당해야 했다. 신문학은 30, 40년대의 발전단계에 이르러서 '5·4'시기의 초창기에 비해 서사예술에서 이미 일부 경험과 축적이 있게 되었는데 이러한 것들은 모두 30, 40년대 중국문학의 총체적 사회비판을 위한 훌륭한 준비였다.

중국 현대문학사에서 처음으로 서사시 성격의 창작을 시도한 작가는 아마 전술했던 엽성도일 것이다. 1928년 그가 창작한 장편소설『예환지』

24) [匈], 盧卡契,『盧卡契文學論文集』第2卷, 中國社會科學院外國文學研究所 編, 中國社會科學出版社, 1981, p.6.
25) [德], 黑格爾,『美學』第3卷 下冊, 朱光潛 譯, 商務印書館, 1981, p.161.

는 서사시적인 규모를 초보적으로 갖춘 비판적인 작품이었다. 작품이 발표된 이후 모순은 열정적으로 '강정작품(扛鼎之作)'이라고 극찬했는데 작품이 어느 정도로 비평가의 주목을 끌었던가를 짐작할 수 있다. 30년대에 모순의 사서적인 작품 외에 또 이힐인의 "대하소설"(3부 연작 장편소설 『사수미란(死水微瀾)』, 『폭풍우전(暴風雨前)』, 『대파(大波)』)이 있다. 이 3부작은 웅대한 기백으로 갑오전쟁으로부터 신해혁명 전야의 20년간 사천성의 역사풍운을 그려냈는데 곽말약으로부터 "소설의 근대 「화양국지(華陽國志)」"이며 "작자가 창조한 웅대한 규모는 이미 상당히 경이로운 경지에 이르렀다."[26]는 평을 받았다. 서사시 성격인 사회비판의 작품으로 꼽히는 것은 또 30년대 말에 출판한 단모공량(端木蕻良)의 『커얼친기초원(科爾沁草原)』과 40년대 노령의 『재주저아녀문(財主底儿女們)』이 있다. 이 두 장편소설은 모두 봉건대가족의 쇠퇴사를 선택하여 여러 인물과 역사적 사건을 엮었는데 거시적인 안목으로 사회 여러 측면을 현시하였다. 이 단계에서 사회와 역사에 대한 작가들의 기본적인 가치판단은 여전이 부정적인 면에 대한 고발과 비판이었다.

중국 현대사회에 대한 총체적인 비판에서 가장 대표적인 작가는 물론 모순이었고, 그의 대표적 작품은 『자야(子夜)』이다. 모순이 이 장편소설을 창작할 때의 취지는 아주 명백했던바 바로 형상적으로 중국 사회발전의 '시대성'을 파악하고 소설로써 시대의 중대한 문제에 대한 탐색에 참여한다는 것이었다. 그리하여 그는 "중국은 아직 자본주의 발전의 도로에 오르지 못하고 제국주의의 압박 아래 더욱 식민지화되고 있다."[27]는 결론을 도출했다. 『자야』는 정치경제적 시야에서 중국 근대민족공업자본

26) 郭沫若, 「中國左拉之期望」, ≪中國文藝≫ 第1卷 第2期, 1937年 7月.
27) 茅盾, 「"子夜"是怎樣寫成的」, ≪新疆日報・綠洲≫, 1939年 6月 1日.

의 비극적인 운명을 그려냈다. 작품에서는 패기 있고 전도 있는 민족공업의 거두가 어떻게 제국주의와 군벌정치라는 이중의 압력 밑에서 초기 노농혁명의 협공 아래 실패의 운명을 맞이했는가 하는 과정을 여실히 묘파했다. 도시에서 시골, 노동자의 파업에서 농민혁명, 공관에서 증권거래소, 투기합작에서 음모궤계, 소자산계급 지식분자에서 직업혁명가, 대자본가에서 조계지의 매판, 군벌에서 관료정객, 무릇 그 시대에 속하는 인물, 세태가 하나도 빠짐없이 모두 등장하고 있다. 특히 주목할 바는 모순이 이 시기에 시종 과학사회주의의 이성적인 분석정신으로 인간과 사물을 복잡한 정치경제관계 속에서 표현하고 있다는 점이다. 야로슬로브 프로섹(Prusek, Jaroslav)은 "과학적, 이성적, 심지어는 분석해부식의 태도로 생활과 사회를 관찰하고 있으며", "모순 특유의 예술심미의 예민한 감각"[28]을 보였다고 평가했다. 제재와 주제의 시대성, 중대성의 추구와 사회전모에 대한 이성적인 정치경제적 해부는 모순으로 하여금 중국 소설사에서 '새로운 문학적 전범을 개척'하도록 했으며 심원한 영향을 끼친 '사회해부소설'[29]을 창립했다. 그의 작품의 여러 가지 현상은 모순 자신조차 부정적, 고발과 비판의 태도를 취하고 있는 것들이었다.

3) 노사의 문화비판

중국의 많은 비판적 현실주의 작가들 가운데서 노사는 독특한 사회관찰과 비판의 시각을 보임으로써 독보적인 작가로 평가받고 있다. 그의 작품은 순수한 국민성 비판(그의 소설은 농후한 국민성 비판의 의미를 담고 있기는 하지만)도 아니고 낙후한 풍속 또는 봉건전제제도에 대한 비판도 아

28) 李岫, 『茅盾硏究在國外』, 湖南人民出版社, 1984, p.250.
29) 錢理群, 溫儒敏, 吳福輝, 『中國現代文學三十年』(修訂本), 北京大學出版社, 1998, p.222.

니며 정치경제적 비판은 더구나 아니다. 그의 작품은 현대문명의 높은 고도에서 북경문화를 대표로 하는 전통문화에 대한 꼼꼼한 관찰과 비판을 가하고 있다. 이러한 비판의 입장은 북경시민의 일상생활의 세계인 바 그의 대부분 소설은 이로써 광대한 '시민의 세계'를 이룩하고 있는데 거기에는 현대시민계층의 모든 생활영역이 망라되고 있다. "20, 30년대 주류문학이 통상적으로 현실사회의 계급에 대해 분석을 가하는 방법과 달리 노사는 시종 '문화'로 인간의 세계를 분할하고 특정 '문화'배경 아래 '인간'의 운명, 그리고 '문화'제약 속의 세태인정, '도시'적인 생활방식과 정신요소의 '문화'적 붕괴 등에 주목"함으로써 "노사가 그려낸 '인간'의 주목점은 '문화'였다."[30] 이러한 평가는 노사의 정신적 내용을 잘 파악한 평가라고 할 수 있다. 하층시민 가정 출신으로 오랜 세월동안 보고 들은 북경의 '황성벽 아래문화(皇城根文化)', 그리고 영국에서 양성한 중서문화를 비교하는 심리적 습관 등은 노사가 문화비판을 전개할 수 있었던 토대와 원인이었다.

장편소설 『이혼(离婚)』에서 장씨 형님은 북경시민사회의 어떤 환경일지라도 적응하려 애를 쓰는 소극적이고 소침한 '일상생활 철학'의 대표였다. 이러한 철학의 요지는 갈등을 얼버무리고 시비를 혼돈하며 얼렁뚱땅 소일하는 것으로서 사람으로 하여금 스스로 모든 애수와 고통을 해소하고 인습에 복종하게 하는데 전통문화 중의 소극적이고 나태하고 용렬한 일면을 보여주고 있다. 『낙타상자(駱駝祥子)』는 상자(祥子)의 비극을 통해 옛 도시에 내포되어 있는 '도시문명병'이 인성에 대한 상해를 보여주고 있는데 그 근원은 규범을 이탈한 전통문화가 초래한 "인심에 숨겨

30) Ibid., pp.243~244.

진 더러움과 짐승의 심보"이다. 그리하여 작가는 현실을 비판하는 동시에 현대문명의 병적 근원을 탐구하고 있는데 역시 문화적 시각이었다. 문화적 비판이 가장 현저하게 표현된 것은 '통사(痛史)'와 '분사(憤史)'로 불리는 서사시 성격의 장편소설 『사세동당(四世同堂)』이다. 이 소설은 일제의 침략에 대한 양보 없는 비판과 아울러 민족의 약점에 대한 자체의 문화적 반성을 보이고 있다. 작품에서 작가는 "이러한 사세동당의 가정에서 문화는 여러 측면을 이루고 있는데 마치 천층고(千層糕)와도 같다." 고 했다. 기나으리(祈老爺)는 종법제 가정의 위도자인데 특점은 경험에 따라 일을 처리한다는 것, 제2세대 기천우(祈天佑)는 전 세대의 부속물로 자신의 독립적 위치와 개성이 없으며, 제3세대 기서전(祁瑞全)은 과감히 민족해방사업에 투신한 중화민족 미래의 희망이며, 기서풍(祈瑞丰)은 집안의 불효자로 시민문화와 외래문화의 겉층만 알고 있는 '혼혈아'형이고, 그 가운데 공부를 가장 많이 한 맏형 기서선(起瑞宣)은 구문화의 담당자인 동시에 신문화의 추구자이다. 소설은 기씨 집안 외에도 부동한 '문화인물'을 대표하는 다양한 계층과 경력을 지닌 인물, 고전적인 풍격을 지닌 전묵음(錢默吟), 국난 속에 영혼을 팔아먹는 한간 관효하(冠曉荷), 열정적으로 다른 사람을 도와주는 '묵협(墨俠)'식의 인물 이씨 넷째 나으리(李四爺) 등등을 부각하고 있다. 이러한 '문화인물'의 설정과 생동한 부각은 소설로 하여금 "입체감과 역사감 있게 고난의 시대, 고난의 환경 속에서 중화민족의 유구한 문화의 구체적이고도 직관적인 형태를 묘사"[31]함으로써 작품으로 하여금 중국 현대사회의 문화적 비판에서 전에 없는 높이에 도달하도록 했다. 이는 작품이 당시에 아주 유행하던 항일전재의 주

31) 楊義, 『中國現代小說史』, 人民文學出版社, 1998, p.214.

제를 다루었다는 것과 무관하다.

인성의 주제가 표현하려는 것은 인간과 인간의 대립이지만 사회비판의 주제는 이와 달리 주로 사회와 인간의 대립을 표현하는 것으로 문화, 풍속, 사상, 제도적 힘으로 인성을 손상시키고 인간의 합리적인 요구에 대한 억압을 가하는 사회를 고발하고 있다. 막강한 사회 역량 앞에서 인간은 대개 실패자가 될 수밖에 없으며 이 때문에 이러한 주제의 작품은 비극적인 풍격을 형성하여 처량한 분위기를 조성한다.

인성을 주제로 작품과 사회비판을 주제로 한 작품은 모두 하나의 잠재적인 주제를 포함하고 있다. 이 잠재적인 주제는 두 개의 큰 주제에 그림자처럼 붙은 '반생품(伴生品)'인데 바로 휴머니즘적인 동정, 환언한다면 휴머니즘의 주제이다. 공을기, 상림아주머니 등 인물은 비록 여러 가지 국민성의 약점을 지닌 자이지만 다른 한편 분명 동정의 대상이었고 작가의 작품도 바로 이러한 점을 드러내고 있는 것이다. '노예의 모친을 위하여' 실패한 상자 등등의 인물에도 작가는 역시 휴머니즘적인 동정을 보내고 있다. 사회와 시대는 비판받아야 마땅한 대상이지만 그 대립면을 이루는 비극의 형상은 또한 동정 받아야 할 대상이다. 휴머니즘은 인성적 주제와 사회비판적 주제의 바탕을 이루는 것이기도 하다.

3. 혁명의 주제

20세기 상반기는 중국사회가 현대화로 나가는 굴곡적인 전환기였다. 한편 이 시기는 중국공산당이 영도하는 신민주주의혁명이 맹아상태로부터 최종적으로 전국 범위 내에서 승리를 거두고 새로운 인민정권을 창출하는 과정이기도 했다. 이 혁명의 전반과정은 굴곡적이었고 간거하였던바, 중국공산당의 성립에서 노농혁명을 영도하여 소비에트지역을 창립하고, 또 다시 간거한 항일투쟁의 승리를 거치고 다음 최후의 3년간 해방전쟁의 최종적인 승리를 취득할 때까지 수천만을 헤아리는 우수한 중화의 아들딸들이 이 과정에 목숨을 바쳤다. 이 혁명은 중국 역사상 봉건왕조의 교체와 완전히 다른 것으로서, 이는 중국 사회의 현대화에로의 전환이었고 중국사회계층의 변화였다. 따라서 이 혁명은 모든 중국인의 생활, 중국의 미래 발전 등에 모두 깊은 의의가 있는 혁명이었다.

일부 지역에서 점차 전국적인 혁명으로 변화한 이 혁명에 대해 작가들은 못 본 체 하거나 수수방관할 수 없었다. 그들은 직접 이 위대한 혁명에 참여했으며 아울러 혁명가와 작가의 이중적 신분을 지녔기에 '혁명작가'라고 칭할 수도 있었다. 조수리, 손리 등 해방구문학 작가들이 여기에 해당된다. 그 밖에 정령, 구양산(歐陽山), 주립파 등은 처음부터 혁명에 참여한 것은 아니지만 점차 혁명에 관심을 갖고 후에 혁명작가로 성장했다. 그리하여 중국 현대문학에는 새롭게 특수한 부류의 작품, 즉 중국공산당이 영도하는 신민주주의혁명과정을 표현한 작품이 나타났고 현실주의 문학의 영역 내 이 부류의 혁명작품은 인성 주제와 사회비판 주제의 작품과 완전히 다른 '혁명적 주제'를 이루었다.

혁명문학은 1920년대 말 시대와 사회변혁에 열정을 지닌 문학가들이 창도한 것인데 30년대 '좌련'시기 좌익문학 단계의 발전을 거쳐 30년대 후반기, 40년대에 이르러서는 항일민주근거지와 해방구문학 단계에 이르러 비로소 진정으로 활발한 발전을 이룩하고 중대한 영향을 끼친 작품을 양산했다. 그 기간에 장광자(蔣光慈)를 대표로 하는 초기 혁명문학 작품과 30년대 항일전쟁을 표현한 작품이 있었지만 진정으로 정통적인 혁명적 의식이 선명하고 강렬한 혁명적 주제를 구현한 작품은 결국 해방구문학 단계에 출현했고 이로써 혁명문학 작품의 전형을 이루었다.

현실주의 문학의 인성의 주제와 사회비판의 주제와 비교한다면 혁명의 주제 작품은 내용과 형식면에서 아래와 같은 상이한 특징을 보이고 있다.

우선, 인간과 인간의 대립을 표현하는 인성 주제와 달리 인간의 집단적인 대립을 표현한다. 구체적으로 말한다면 계급과 적아간의 대립을 표현하고 있는데, 항일전쟁시기 항일전쟁문학은 인간을 '적'과 '우리'로 구분했고, 40년대 해방구문학은 인간을 무산계급과 대립면인 착취계급(시골에서는 지주계급, 도시에서는 자산계급)으로 구분했다. 이는 문학으로 하여금 '5·4'시기의 개인적인 담론에서 점차 집체(집단)적인 담론으로 전환했는데 많은 문학사 저서에서 이 전환을 '개인주의의 축출'이라고 한다. '5·4'시기 최후의 여류작가이며 좌익문학의 첫 여성작가인 정령이 1931년에 발표한 「수(水)」는 작가 자신이 '5·4'시기 개인적 담론을 포기하고 집단적인 담론에 대한 포옹의 태도를 보인 작품이다. 풍설봉(馮雪峰)은 당해에 발표한 「새로운 소설의 탄생에 대하여(關于新的小說的誕生)」라는 글에서 「수」 등 좌익소설의 창작실천을 총화하면서 '좌련'현실주의 소설의 세 가지 표준, 즉 "첫째, 작가는 중요하고 거대한 현실제제를 채용해야 한다.", "둘째, 현상의 분석에서 계급투쟁에 관한 작가의 정확하고도 견정한 이해를 보여야 한다.", "셋째, 작가는 새로운 묘사방법을 운용해야 하는 바… 그것은 개인의 심리적 분석이 아니라 집단의 행동에 대한 전개여야 한다."[32]고 제기했다. 40년대 농촌혁명을 표현한 제재 가운데서 계급분석이 가장 성행하였는데 「폭풍취우(暴風驟雨)」, 「태양

32) 錢理群, 溫儒敏, 吳福輝, 『中國現代文學三十年』(修訂本), 北京大學出版社, 1998, p.301.

은 쌍간하를 비춘다(太陽照在桑干河上)」 등의 소설은 지주, 악당, 소수 부농을 착취계급으로 설정하고 광대한 빈농을 주체로 하는 무산계급과 그들 간에 벌어진 집단적인 생사결투를 보였다. 이 투쟁에서 개인적 힘으로 복수하려는 소수인의 생각 또는 행위는 비판을 받는 대상이며 사상경지에서 혁명가의 표준에 도달하지 못한 표현으로 간주되었다. 작품은 당의 정확한 방침, 정책의 지도 아래 계급적인 역량의 단결과 연합을 특히 강조하고 있다. 일반적인 모델은 계급압박의 사례에서 시작하여 혁명대오를 찾아 합류함으로써 집단적인 측면의 계급투쟁을 전개하는 것으로 작품은 결말을 맺는다. 「왕귀와 이향향(王貴与李香香)」, 「백모녀(白毛女)」 등은 모두 그러한 대표작이다. 이러한 집단적인 방향으로의 전환은 중국공산당의 건당학설—마르크스주의의 계급학설과 밀접한 관계가 있는 것이지만 현실투쟁에서 적대세력이 특별히 강세를 이루고 혁명역량이 상대적으로 취약할 경우, 예하면 낙타상자와 같은 경우 개인적인 고투에 의지해서는 개체의 운명을 개변할 수 없을 뿐더러 사회개조는 더구나 운운할 수 없었다. 이와 반대로 오직 집단적인 단결로 조직을 건립하기만 한다면 혁명의 적을 전승하고 혁명의 이상을 실현할 수 있다는, 실천이 증명한 가능한 루트를 제시한다. 연안에서는 몇 차례에 걸쳐 작가 자신의 신상에 존재하고 있는 '소자산계급의식'에 대한 비판을 전개하였는데 그 실질은 일부 작가들에게 잔존하고 있던 개인적인 담론에 대한 철저한 제거였다. 혁명문학의 집단적인 담론은 중국혁명의 실제상황에 대한 진실한 반영으로서 중국 현대 현실주의 문학의 논리적이고도 필연적인 발전이다.

다음, 사회비판 주제의 인간과 사회의 대립을 표현하며 주로 인간에 대한 사회의 타격, 압제 및 최종적으로 인간의 실패로 끝나는 것과 달리 혁명주제의 문학작품은 인간(혁명가)이 현존사회의 부조리한 정치, 경제, 사상, 문화 등 제도를 뒤엎고 소멸하고 새로운 사회제도를 실현하는 혁명이상을 표현하는 것에 목적을 두고 있기에 인간과 사회의 관계에서 "인간이 암흑한 사회에 대한 전승"을 표현하며 인간(혁명가)이 최후의 승리자로 군림한다. 하지만 혁명주제의 작품도 인간에 대한 암흑사회의 억압을 전연 표현하지 않는 것이 아니라 사실은 적지 않았다. 「백모녀」에서 빈농에 대한 지주계급의 억압, 심지어 지주 황세인(黃世仁)의 겁탈을 당한 후 심산으로 도주하여 '인간으로부터 귀신이 된' 시얼(喜儿)과 망해버린 그의 집안 등 사실들은 역시 첨예한 계급적 대립을 보여 작품속의 인물과 독자들의 계급적 원한과 계급의식을 불러일으켰고 작품 결말부분의 혁명적 행동에 정의성과 합리성을 부여할 수 있는 감정적 전제가 되었다. 암흑세력은 겉보기에 강대하고 일시 흉악하지만 혁명대오(역량)가 일단 나타나기만 하면 밝은 태양마냥 모든 암흑의 세계를 환하게 비춘다. 억압을 받는 농민들은 당의 영도 아래 단합하여 지주계급에 복수를 안겼고 따라서 시얼도 해방을 맞이하여 "귀신에서 사람으로 변"하며 암흑사회를 이겨낸다. 이러한 혁명주제의 작품은 '5・4'시기 인간해방을 단지 사상해방에만 그치는 것이 아니라 정치적 지위, 경제적 지위에서 사상의식(혁명사상을 수용하고 자아와 계급 해방을 위해 과감히 투쟁하는)의 전면적인 해방을 시도한다.

인간은 암흑세계와 반동통치를 이겨낼 수 있다는 신념은 중국혁명이 지니고 있는 공산주의 신앙의 이상성, 그리고 현실적인 중국 혁명의 도로가 곡절적일지라도 시종일관 승리를 향해 나아가고 있다는 실제상황이 그 원천이다. 근대 이래 눈을 뜬 중국이 전반 세계보다 훨씬 뒤떨어져 있음을 발견하였을 때 선각한 중국인들은 나라와 민족을 구하는 탐구를 그치지 않았다. 하지만 마르크스주의를 접하기 전에 중국에서 실천하던 여러 가지 방법은 모두 실패로 되돌아갔고 중국 사회는 여전히 암흑과 낙후한 상황을 개변하지 못했다. 중국의 상황과 유사했던 소비에트 러시아혁명의 승리는 선각한 중국인들로 하여금 마르크스주의가 중국도 구할 수 있음을 굳게 믿도록 했다. 공산주의사회에 대한 마르크스주의의 묘사는 중국공산당원들로 하여금 미래 중국의 이상적인 화폭을 그려내도록 했다. 이는 중국혁명에 강렬한 이상성과 낭만주의 색채를 부여했으며 혁명가들로 하여금 혁명이 이러저러한 좌절과 실패를 당할지라도 최후에는 성공할 것이며 혁명 이상은 반드시 실현될 것이라는 점을 굳게 믿도록 했다. 목표가 명확하고 사상이 통일된 후에 생활용품이 결핍된 연안을 중심으로 한 해방구에서도 사람들은 여전히 즐겁고 건강하며 적극적이고 향상적인 혁명정신으로 포만되었고 연안은 암흑한 중국의 '성지'가 되었다.

사회에 대한 인간의 전승을 동반한 것은 혁명을 주제로 한 작품의 명랑하고 단순하고 낙관적인 감정적 색채이다. 인성 주제의 작품과 사회비판의 작품은 암흑면뿐이고 광명을 찾아볼 수 없으며 묘사에서도 음울하고 비참한 기조뿐이었다. 하지만 혁명 주제의 작품은 진보와 승리의 강건한 기질로 "우환의식과 처량하던 현대문학사에 맑고 아름다운 빛과 색채를 적지 않게 첨가했다."[33] 이에 수반되는 것은 혁명영웅 인물에 대한 찬미와 송가인데 일반적으로 그들은 견정한 혁명이상과 혁명적 희생정신의 소유자이다. 「폭풍취우」의 뇌석주(雷石柱), 「연꽃늪(荷花淀)」의 수생(水生)과 수생마누라(水生嫂) 등은 모두 빛나는 혁명영웅이었다. 물론 이

33) 楊義, 『中國現代小說史』下卷, 人民出版社, 1998, p.537.

러한 영웅주의정신은 혁명적 집단주의 관념에 복종해야 하는 바 오직 혁명집단 내에서만이 비로소 확대발전할 수 있는 것이다. "이는 영웅을 갈망하는 문학으로써 고독을 갈망하는 것이 아니라 집단주의적 영웅이 고난 속에 빠진 민족의 운명을 개변할 것을 갈망하는 것이다."[34]

그 다음, 농민의 신상을 위주로 한 국민성 비판과 농민에 대한 연민 동정을 위주로 한 사회비판의 주제와 달리 혁명문학의 작품은 농민신상의 장점을 표현하였는데 이는 혁명가가 농민을 평등시, 나아가서는 경모에까지 이르고 있음을 보여준다.

농업을 위주로 한 국가로서 중국 민중의 주체는 줄곧 광대한 농민이었다. 그들은 사회의 최하층에서 정치와 경제적 압박을 받고 있는 가운데 소농경제에 의한 여러 가지 낙후한 사상의식을 지니고 있었다. '5·4'시기 작가들의 시각에서 그들은 낙후한 국민성의 계승자로서 사상개조의 대상이었다. 사회비판을 주제로 한 작가에 이르러 그들은 비천한 일군의 대상으로서 그들의 비참한 운명은 연민과 동정의 대상이었다. 이러한 상황에서 작가는 '군림'의 자세였고 아울러 그들의 출신, 교육정도와 사상의식은 진정으로 농민에게 접근하기 어려운 상태였다. 따라서 평등한 시각으로 농민 신상의 매몰되고 억압된 주체성적인 역량을 발굴한다는 것은 운운조차 어려웠다. 하지만 중국혁명은 그 시작부터 농민을 혁명의 주력군으로 선택, 인정했으며 그들로 하여금 혁명의 가장 이상적인 참여자로 성장되게 했다. 이리하여 혁명문학의 작품에서 농민은 진정으로 전면적인 형상으로 무대에 등장했다. 그들의 깊은 원한, 혁명의 적극성, 견정한 혁명 입장, 완강한 의지, 강인한 성격 등은 그들의 전

34) Ibid., p.540.

면적인 일면이었던 바, 실제로 그들 가운데 많은 사람들이 우수한 혁명가로 점차 성장했다. 그들은 '새로운 천지'의 '새로운 사람'들이었고 이 또한 해방구문학에서 가장 뚜렷하게 표현했던 일군의 사람들이었다. "중국 현대문학사에서 해방구의 작가처럼 무한한 동경과 뜨거운 마음으로 농민의 역사적 주동성, 고귀한 품성과 스스로의 운명을 장악한 후 생명의 활력을 보여준 작가는 극히 드물다."[35]는 평가는 실로 정확한 판단이다. 농민출신이 아닌 혁명작가로서 모택동의 「강화」에서 제출한 '군중속으로'라는 호소에 호응하는 가운데 그들은 놀랍게도 자신들에게는 농민과 달리 적지 않은 '소자산계급'의 잔여의식을 발견했고 농민을 따라 배울 필요성을 느꼈다. 그리하여 작가와 농민의 관계는 '5・4'시기의 계몽자와 피계몽자의 관계에서 도리어 피계몽자와 계몽자의 관계로 전환했다. 그들은 다시는 '군림'의 자세로 농민을 내려다 볼 것이 아니라 평등한 시각으로 농민을 관찰하고 탐구해야 했으며 심지어는 농민보다 낮은 위치에서 농민을 '추앙'해야 했다.

하지만 농민은 필경 소생산자로서 그들의 신상에는 상당히 농후한 소농의식이 존재하고 있었고 이는 혁명대오에 필요한 혁명의식과 큰 거리가 있었다. 따라서 농민이 혁명가로 전환되는 데에는 일정한 과정이 필요했고 일부 농민들에게 있어서 이 과정은 상당히 고통스럽고 어려웠다. 혁명주제의 작품은 이러한 전환과정을 진실하고도 생동하게 표현하였는데 「폭풍취우」에서의 손 영감이 그 한 사례이다. 풍부한 인생경력의 소유자인 손 영감은 희떠운 소리를 일삼지만 사실은 담이 작은 차몰이꾼이다. 그는 '재운은 명에 달렸다'라는 신념에 빠져 애초 혁명에 대해 소

35) Ibid., p.537.

극적이었다. 하지만 당의 사상지도와 여러 사실에 의한 교육 아래 최후에는 혁명의 적극분자가 되어 51세의 나이에도 앞장서서 참군할 것을 요구했다. 작가 조수리 작품의 노년 농민들은 모두 이러한 형상으로 나타났다.

혁명주제 작품은 내용에 맞추어 문체형식에서도 농민의 낭독습관에 맞추는 추세를 보였다. 구어화, 서두와 결말이 온전한 스토리, 민간문학의 형식(평서, 판화, 산가 등)과 고전문학형식(장편장회체, 영웅전기 등)의 채용은 해방구문학 형식상의 뚜렷한 특징이다. 이는 지식인, 소시민, 학생을 대상으로 하는 인성주제의 작품과 전아화, 유럽화를 특색으로 한 사회비판 주제의 작품과 다른 점이었다. 해방구문학의 걸출한 대표작가 조수리는 혁명문학의 창작에서 초기에 형성된 자신의 유럽화 풍격을 탈피하고 '장거리 문학가'로 되기에 노력했다. 그는 "나는 문단에 등단하여 문단작가로 될 생각이 없다. 나는 오직 '장거리'에서 작은 책자를 장만하여 민간예능인처럼 장거리에 갈 생각뿐이다. … 이러한 장거리문학가야말로 내가 지향하는 바이다."[36]라고 했는데 작품의 대중화가 혁명작가들의 보편적인 추구였음을 알 수 있다.

마지막으로, 인성주제의 작품 및 사회비판 주제의 작품과는 달리 혁명주제의 작품은 실제 혁명 활동의 참여성과 영향성을 아주 강조하고 있었다. 즉 항일전쟁초기 항일민주혁명 근거지의 시, 항일희곡, 뉴스통신 등 문학의 현실생활에 대한 참여를 강조하고 많은 청년들을 항일전선에로 인도하는 선전역할을 담당했다. 특히 모택동의 「강화」에서 문예는 정치에 봉사하고 문예비평에서는 정치표준을 제1위로, 예술표준을

36) 李普, 「趙樹理印象記」, ≪長江文藝≫ 第1卷 第1期, 1949年 6月.

제2위로 한다는 제안은 더욱 많은 혁명작품으로 하여금 당 정책의 형상화적 해석이 되게 하여 작품으로 당 정책의 실행을 도왔다. 조수리의 일련의 소설은 실제공작에서 발생한 문제를 다루었고 또 그러한 문제해결을 도왔으며, 정령, 주립파의 토지개혁 소설은 당의 토지개혁 정책과 실제 토지개혁을 다루는 가운데 "토지개혁 운동을 반영하고 추진하는 급시우(及時雨)와 같은 책"으로서 "많은 토지개혁 간부들의 행낭에 들게 된 필독서"37)였다. 시대를 바짝 추수하고 혁명의 진척에 참여하는 혁명주제의 작품은 그 자체의 뚜렷한 특색이었다. 인성의 주제와 사회비판의 주제를 돌이켜 볼 때 전자는 시대성과 사회의 정치, 경제적 배경을 그다지 강조하지 않아 임의의 시대에 적응할 수 있는 것과 같고, 후자는 비록 거시적인 시대적 배경을 필요로 하지만 일부 사회해부소설을 제외하고 역시 시대에 걸맞지 않으며 작가 역시 회억에 의거하여 지나간 일들을 다룰 수 있었다. 이 두 부류의 작품은 종종 그 어떤 정책이거나 방침의 인도 아래 작가의 생활체험의 누적에 의지하는 것이 아니기에 독자에게 사색의 여지를 남겨주지만 혁명주제의 작품처럼 실제적인 효력—혁명에 즉각 투신하도록 하는 힘을 낳지는 못한다. 환언한다면 이 두 부류의 작품은 고발, 계시와 비판이란 수단으로 사회의 암흑면을 드러내지만 전진의 도로와 방향을 제기하지는 못하는 것과는 달리, 혁명주제의 작품은 도로와 방향을 명시하기에 독자로 하여금 적극적인 행동의 힘을 확보하여 더욱 신속히 사회개조를 실현하도록 할 수 있다는 것이다.

---

37) 楊義, 『中國現代小說史』, 下卷, 人民出版社, 1998, p.629.

제3절 중국 현대현실주의 문학사조의 이론형태

중국 현대현실주의 문학사조는 끊임없이 발전하는 가운데 그 이론적 형태 또한 풍부화했다. 이러한 풍부한 이론적 형태는 중국 현대문학, 특히 현실주의 문학의 발전도로와 방향에 깊은 영향을 미쳤다.

1. 인생을 본위로 한 현실주의 문학의 이론형태

인생본위의 현실주의 문학 이론형태의 가장 뚜렷한 특징은 바로 '5·4'시기 '인간의 발견'의 적극적인 성과를 수용하여 인간의 의식을 사회화하고 '인생을 본위'로 했다는 점이다. 이러한 현실주의 이론의 대표적 인물은 문학연구회의 동인 및 중국 신문학의 주장 루쉰이다. 그들은 선명한 이론적 주장으로 부동한 측면에서 현실주의 문학의 풍부한 내용을 천명했다.

1) 인생을 위하는 '문학연구회'의 현실주의 문학의 이론

1921년에 성립된 '문학연구회'의 문학이론은 풍부한 일면 단순하다. 풍부하다고 하는 것은 '5·4'시기 가장 큰 문학단체로서 많은 동인을 보유하고 있을 뿐만 아니라 상당한 수량의 논문으로 문학의 거시적인 면과 미시적인 면, 역사와 현실, 시간과 공간 등 다양한 측면을 다루고 있었던 점을 말해준다. 단순하다고 하는 것은 그들의 기본적인 주장은 일목요연하기 때문인데 바로 사실주의와 '인생을 위하여'였는데 그 중 '인생을 위하여'는 그들 문학이론의 핵심이었다. 「문학연구회선언」에서 그들이 신중하게 "문예를 단지 흥겨울 때 즐기는 놀이거나 뜻을 못 이루었을 때 소일거리로 삼는 시대는 이미 지나갔다. 우리는 문학을 하나의 공작으로 삼아야 할 뿐 아니라 또한 인생에서 아주 절실한 하나의 공작으로 간주해야 한다."라고 했을 때 그들은 이미 '인생을 위하여'라는 주장을 문단에 널리 알렸다.

문학연구회 동인들이 문학에 관한 '인생을 위하여'란 주장을 해석할 때 이론의 기본적 관점은 문학은 '시대의 산물'[38]이고 사회생활의 반영이라는 문학본질에 대한 그들 공동의 견해였다. 그들은 문학이 생활을 반영하는 목적은 상아탑을 만들어 자기를 자랑하려는 것이 아니라 반드시 사회 속으로 되돌아가서 자체의 역할을 발휘하기 위함이라고 했다. 오직 그러한 경우에만이 문학은 비로소 가치를 지닌다는 것, "문학 — 만약 오로지 자체를 목적으로 한다면 아무런 소용없는 예술에 지나지 않으며", "인생의 예술 — 문학이야말로 비로소 진정한 예술 — 진예술이라 할 수 있다."[39]는 것이다. 문학의 본질에서 문학의 가치에 이르는 문학연구회 동인들의 이러한 인식은 문학은 반드시 인생을 위해야 한다는 현실주의적 결론으로 이어진다.

아울러 그들은 구체적으로 문학이 어떻게 인생을 위할 것인가 하는 문제도 논의했다. 문학은 어떻게 인생을 위할 것인가? 문학연구회 동인들은 문학이 인생을 위하는 목적에 도달하려면 반드시 아래와 같은 세 가지 면의 요소를 고려해야 한다고 주장했다. 그 하나는 문학자체의 품질이고, 둘째는 작가가 갖추어야 할 수양이며, 셋째는 민중(독자)들이 수용능력문제이다. 문학자체의 입장에서 볼 때 문학은 반드시 '진'의 품격, 미적 기질과 지혜의 내용을 갖추어야 한다. 문학의 소위 '진'이란 바로

38) 李之常, 「自然主義的中國文學論」, ≪時事新報≫, 1922年 8月 11日, 8月 21日.
39) 耿濟之, 「前夜」, [俄], 屠格涅夫, 『前夜』, 耿濟之 譯, 商務印書館, 1921.

생활에 내원을 두지만 생활보다 차원이 높은 '창조한 진실'[40]이고, '미'라는 것은 문학의 예술적 품격을 가리키며, 지혜는 '이성적인 평가도'를 말한다. 또한 이 세 개 요소는 흩어진 모래처럼 문학 중에 산재하는 것이 아니라 절대적 의미에서 본다면 '상호 분리되지 말고' 통일된 일체를 이루어야 한다. 문학연구회 동인들은 미적 품격을 구비하지 못한 작품은 "필연코 일종의 철학과 과학의 기록"이 될 것이며, 지혜적인 내용만 있다면 "권선적인 글이 되고 말 것"[41]이라는 주장을 펼쳤다. 작가가 갖추어야 할 수양에서는 인생을 위하려면 아래와 같은 네 가지 조건을 구비해야 한다고 했다.

> 첫째는 문학적 수양을 갖추어야 하는 바 — 자아의 정신과 우주의 동화를 이루고 만물에 동정을 가져야 한다는 것, 둘째는 인생의 의의를 이해해야 하는 바 — 인생 가치의 소재를 알고 항상 그것을 모두 발휘할 수 있어야 한다는 것, 셋째는 사회 각 역영에 대한 고찰에 유의하여 그 진상을 고발해야 한다는 것, 넷째는 문장수식에 신중한 태도를 취함으로써 미적 형식에 부합되어야 한다는 것이다.[42]

또한 문학은 최종적으로 대중(독자)에게 수용되어야 하며 그 경우에만 비로소 문학의 '인생을 위하여'라는 목적에 도달할 수 있다. 따라서 독자문제에 관하여 문학연구회 동인들은 '인생을 위하여'라는 목적 아래 각별한 관심을 가지고 명확하고도 신중하게 '민중을 위하여'라는 주장을 제출했다. 하지만 당시 대중들의 일반적인 상태를 감안하여 '대중을 위하여'를 강조하는 과정에서 그들은 또 유의해야 할 점을 제시했는데,

40) 佩玹(朱自清),「文藝的眞實性」, ≪小說月報≫, 第15卷 第1號, 1924年.
41) 以上几處引文均見許地山,「創作底三宝和鑒賞四依」, ≪小說月報≫ 第12卷 第7號, 1921年.
42) 賈植芳 主編,『文學硏究會資料』上冊, 河南人民出版社, 1985, p.226.

즉 "문학에 평민의 정신을 부여하거나 혹은 문학의 평민화는 가능하고 합리적인 일이다. 하지만 문학이 대중에게 영합해야 한다는 것—환언한다면 민중의 감상력을 표준으로 문학의 품격을 낮추어 거기에 영합하라는 것—이는 천만에 불가한 일이다!"43)고 지적했다. 그렇다면 어떻게 민중이 문학을 수용할 수 있도록 하는 한편 민중을 영합하기 위해 문학의 수준을 저하시키지 않을 것인가? 그들은 사상적인 면에서 건강한 방향을 견지하여 '아름다운 문학작품'을 산출하는 일면 감상의 습관에서 민중 심리와 습관을 감안하여 지혜롭고도 은연한 방법으로 "정세에 따라 유도하여"44) 민중의 심미적 능력향상에 노력해야 한다고 했다.

유평백은 창작에서 민중의 감상습관을 감안할 때 관하여 '4불주의', 즉 "단도직입적이지 말아야 한다.", "전문적인 용어와 외래어를 사용하지 말아야 한다.", "함축적이고 암묵적이지 말아야 한다.", "교훈적인 어투를 사용하지 말아야 한다."45)는 주장을 세웠다. 문학연구회 동인들이 민중의 감상습관에 유의한 이래 보였던 가장 현저하고도 적극적인 성과는 명확하게 '민중문학'을 주장하는 동시에 ≪소설월보≫, ≪문학순간(文學旬刊)≫ 등 동인지에서 열렬한 토론을 전개한 사실인바, 이는 이 시기에 문단에 대한 문학연구회의 또 하나의 공헌이었다. 하지만 이 토론은 주작인이 1918년에 제기한 '평민문학'의 수준을 초월하지 못하고 단지 그 범주만 넓혔고 그다지 큰 영향을 행사하지 못했다.

'인생을 위한 문학'을 둘러싼 논의 가운데 문학연구회 동인들이 특별히 주목했던 또 하나의 문제는 개인의 군체화(群體化) 문제였다. 이 문제

43) 許地山, 「創作底三包和鑒賞四依」, ≪小說月報≫ 第12卷 第7號, 1921.
44) 叶圣陶, 「侮辱人們的人」, ≪時事新報≫, 1921年 6月 20日.
45) 賈植芳 主編, 『文學研究會資料』上冊, 河南人民出版社, 1985, p.215.

에는 두 가지 측면이 망라되는데, 그 하나는 작가와 작품의 관계문제이고, 다른 하나는 한 작품의 내재적 구성문제였다. 이 두 가지 측면은 같은 차원이었지만 내용은 완전히 달랐다. 작가와 작품의 관계로 볼 때 "반드시 독립적인 정신이 있어야 하고 다음에 비로소 작품의 개성적인 일면을 발굴할 수 있다."[46]는 점이 강조되기에 작가에게 있어서 개성은 필수적인 조건으로서 창작으로 불리는 문학작품에서 "유일하게 불가결한 것이 바로 개성"[47]이라는 점이 부상되었다. 하지만 개성은 작가와 작품에 있어서 모두 목적이 아니라 단지 출발점일 뿐이다. 목적이라고 한다면 개성화적인 특점을 통하여 보편적인 인생을 파악하고 그것을 표현한다는 데에 있다. 오로지 개성과 인생의 보편성을 결부시키고 '작가가 동시에 사회 전체를 주목'할 때만이 비로소 효과적으로 '인생을 위하여'란 목표에 도달할 수 있는 것이다.

작품의 내재적 구조에 관하여 문학연구회 동인들은 "문학은 구체적인 표현에 달하기 위하여 부득이하게 개인의 일에서 취재할 수밖에 없다."는 입장이었다. 하지만 '기술하는 내용이 개인의 일'임에도 불구하고 반드시 '개인의 사실'로 '사회전체'를 대표할 수 있어야한다는 것, 즉 개인적인 사사로운 일, 연애 등일지라도 반드시 그 개별적인 사실을 '인류의 전반적인 거동', '천하 남녀의 불평에 대한 토로',[48] 자유의 쟁취 등에 결부시켜야 한다는 것이다. 환언한다면 개체는 반드시 군체화되어야 하고 개성은 반드시 공동체화되어야 한다는 것이다. 이러한 개체의 군체화 요구는 창작방법 차원의 전형화 요구이다. 이 요구는 개별적인 것을

46) 沈雁冰, 「新文學研究者的責任与努力」, ≪小說月報≫ 第12卷 第2號, 1921年.

47) 廬隱, 「創作的我見」, ≪小說月報≫ 第12卷 第7號, 1921年.

48) 以上未注明出處的引文均見說難, 「我對于創作家的希望」, ≪小說月報≫ 第12卷 第7號, 1921, cf.

통해 일반성을 표현하며 개인의 경험을 보편적인 경험으로 확대함으로써 군체의식 중에서 '개성'의 승화를 실현하는 것이다. 사회적 효과 면에서 만약 작품에서 표현한 것이 개별성, 작가의 개성이고 "시대와 관련이 적고 환경에 적응하지 못하는 것이라면 그 결과는 미사여구와 허망한 공상이 결합된 결과일 뿐"인데 작품이 또 어떻게 "문학의 사명을 다할 수 있단 말인가?"[49] 따라서 문학으로 하여금 인생을 위하는 목적에 도달하도록 하기 위해 개체의 군체화 특징은 반드시 강조해야 할 부분이고 이것은 또한 신문학이 구문학과 구분되는 또 하나의 특징이 된다. 모순은 이 시기의 창작을 논할 때 "신문학 작품은 대체로 모두 사회적이다. 설사 개인적인 정감을 토로한 작품일지라도 그것은 꼭 전 인류가 공히 소유한 진실한 감정의 일부분으로 꼭 인간의 공명을 일으킬 수 있는 것이지 절대 명사파의 한 특징인 무병신음이 비길 수 있는 것이 아니다."[50]라고 했다.

총체적으로 볼 때 문학연구회 동인들은 인생을 위한다는 점에 입각하여 문학개체의 군체화를 요구하였다. 이 요구는 이론적으로 문학의 포용도를 찾도록 촉구하여 문학 담당층을 확대했을 뿐만 아니라 문학 내용의 풍부성과 보편성을 강화하여 인생에 대한 문학의 능동적 역할을 보장했다. 문학의 군체의식 강화는 문학과 인생의 관계 확립에 유리했을 뿐만 아니라 신문학발전의 노선을 분명하게 제시했다.

주작인이 '인간의 문학'을, 호적이 개인주의적인 인간본위주의를 주장할 때 개성주의는 신문학의 한 조류를 이루었다. 문학연구회 시기에 이

49) 李之常, 「自然主義的中國文學論」, ≪時事新報≫, 1922年 8月 11日, 8月 21日.
50) 沈雁冰, 「什么是文學」, 鄭振鐸 編, 『中國新文學大系.文學論証集』, 上海良友圖書印刷公司, 1935, p.156.

러한 개성주의는 사회인생이란 광범위한 영역에 도입되었다. 인생과 가까워진 결과로 '인간의 문학'은 공허하고 추상적인 인도주의의 약속을 벗어나 생동한 사회인생을 그 내용으로 삼게 되었다. 따라서 표면적으로 볼 때 문학연구회 동인들은 문학의 개체가 반드시 군체성을 갖출 것, 인성은 반드시 시대의 공성과 융합할 것을 주장함으로써 군체성을 강조하고 개체를 소홀히 하는 경향을 보였다. 하지만 인생과제의 생명의식과 생기발랄한 사회형태는 이러한 군체 경향이 보인 미흡한 점을 거의 극복하고 있다. 문학연구회의 '문제소설'은 커다란 반응을 일으켰는데 바로 그러한 이론에 대한 직접적인 증명이다. 소설작품에 나타난 이러한 형상은 빙심의 '초인', 노은의 '고인, 엽성도의 '일반인'을 막론하고 모두 예술적인 효과로 문단의 이목을 끌었고 '문제의 열풍'을 일으켰다. 이러한 효과를 형성한 원인은 다양하겠지만 문학 '군체화의 강조는 분명 그 중요한 원인의 하나였다. 그들의 창작은 자신들이 피력한 바와 같이 "우리는 문학으로 자신들의 고통을 호소하거나 아니면 자신 외의 다른 사람의 고통을 호소"하는 것이 아니라 "중국 사회의 암흑하고 부패한 현상을 특별히 깊이 있게 표현하려는 것이었다."[51]

이 단계의 문학연구회 문학이론을 고찰할 때 흥미로운 현상은 작가와 작품 그리고 작품의 내재적 구조를 논의할 때 그들이 문학의 군체화 의의를 강조하고 있지만 문학과 인생의 관계에서 예술의 평형점을 찾을 때는 오히려 문학자체에로 되돌아가서 문학의 개체적 권리를 수호하기에 주력한다는 점이다. 사실 이 두 방면의 내용은 비록 다르지만 '인생을 위하여'라는 점에서 일치된 목적을 보인다. 하지만 작가와 작품을 논

51) 說難, 「我對于創作家的希望」, ≪小說月報≫ 第12卷 第7號, 1921年.

할 때 그들은 '인생을 위하여'의 문학에서 외재적 문제에 착안, 즉 문학이 직접적으로 인생과 접근할 것을 요구하였고, 문학의 예술을 논할 때는 다른 각도에서 '인생을 위하여'의 주제에 착안한다. 여기에서 문학의 '인생을 위하여'는 문학자체의 완벽한 속성과 미적 법칙으로 전환한다. 이로써 '인생을 위하여'란 명제는 충분한 설명을 얻었을 뿐만 아니라 '인생을 위하여'라는 명제의 풍부함, 다원화, 포만한 장력을 과시함으로써, 이는 문학연구회 문학이론의 중요한 내용을 구성했다.

그렇다면 문학과 인생은 어떠한 관계인가? 정진탁은 「신문학관 건설(新文學觀的建設)」에서 "문학은 인생의 자연스러운 호소이다."라고 했는데 이는 '인생을 위하여'의 문학명제의 전개식이다. 지상(之常)은 「사회를 지배하는 문학론(支配社會底文學論)」에서 보다 분명하게 "오늘날 문학의 기능은 무엇인가? 바로 인생을 위하는 것이다."라고 했다. 그들은 모두 문학은 오로지 인생을 위하는 데에 목적을 두어야만 비로소 객관적인 심미적 의미를 확보할 수 있으며 비로소 활발한 양상을 띠는 바, 이는 '관계'의 한 방면이라고 했다. 다른 한 방면에서 그들은 "러시아의 혁명은 문학의 저력이 상당한 부분이었다."[52]라는 사실에 주목하여 문학이 무엇 때문에 이토록 강대한 '역량'을 보유하는가 하는 문제에 유의하지 않을 수 없었다. 이 문제의 해결에서 그들은 목적에서는 직접 문학과 '인생을 위하여'를 연관시키고, 객관적으로는 문학 자체의 법칙에 대한 탐구를 추진했다. 바로 이러한 탐구과정에서 그들의 이론은 풍부한 형태를 갖추게 되었는데 그것은 또 '상호모순'의 형식으로 구성된 것이다.

문학연구회 동인들이 문학의 목적을 '인생을 위하여'에 두고 있을 때

52) 之常, 「支配社會底文學論」, ≪時事新報≫, 1922年 4月 21日.

정진탁은 「신문학관의 건설」에서 "문학은 문학자체이다. 오락을 목적으로 창작하고 읽는 것이 아니고 선전이거나 교훈적인 목적을 위하여 창작하고 읽는 것도 아니다."라고 했다. 그는 한층 더 나아가 "만약 독자의 오락이 문학의 목적이라고 한다면 문학의 고상한 사명과 천진함은 기필코 바닥으로 떨어지고 말 것이다. 유쾌한 문학, 자연을 묘사한 문학은 문학의 모든 미와 함께 독자로 하여금 충분히 즐거운 감정을 유발하게 할 것이다. 하지만 작자의 최초의 목적은 결코 그것이 아니다.", "만약 작가가 철리를 교수하고 주의를 선전하는 데에 자신의 목적을 두었다면… 문학 역시 견고한 질곡에 빠질 위험에 처한다. 문학 속에 자연철리가 담겨질 것이고 때로는 교훈주의도 첨가되거나 또는 일종의 이상 혹은 주의를 선전하는 색채도 가해질 것이지만 이는 절대로 문학의 원초적인 목적이 아니다."[53]라고 했다. 정진탁의 이러한 견해는 문학의 본제에서 출발하여 문학의 '목적론'구조를 철저히 부정하였고 "무엇을 위하는가?" 하는 의도를 무조건 문학의 전당에서 추방해버렸다. 그의 이러한 관점은 자신들의 의도와 어긋나는 '목적'을 배제했지만 논리적으로 모순된 일면을 보이기도 했다. 간추린다면 그는 문학에 목적이 있다는 것에 대한 반론을 펴는 한편 문학은 자체의 목적, '원초적 목적'이 있음을 시인하고 있었다. 이러한 이율배반적 논리는 정진탁의 "문학의 무목적적 합목적성"의 사상을 이루고 있다. 물론 이는 칸트의 미학명제와는 완전히 다른 것이다. 칸트는 형식의 목정성과 심미적 판단의 무이해감의 관계 속에서 "무목적적 합목적성" 명제를 창출했지만 정진탁은 문학과 인생의 관계 속에서 그 관점을 확립했다. 실천적인 특징은 정진탁의

53) 賈植芳 主編, 『文學研究會資料』, 上冊, 河南人民出版社, 1985, pp.86~87.

이러한 "무목적적 합목적성"의 사상으로 하여금 논리적인 형식에서는 비록 모순적이지만 문학본체에 대한 합법칙적인 논술이었기에 그 내용은 진술의 생동함과 실천의 목적성 때문에 풍부하고도 구체적인 목표를 지니게 했다. 정진탁이 여기에서 말하는 문학의 '무목적'은 주로 문학창작에서 인위적인 '목적'을 띤 지시와 같은 규칙을 가리키는 것이고 실천영역에서 그 사상은 직접적으로 전통적인 '문이재도(文以載道)'와 같은 문학관과 당시 문단을 휩쓸던 '유희문학관(游戱文學觀)'을 과녁으로 삼은 것이다. 인위적으로 조작한 문학의 '목표'를 반대하는 것은 문학이 문학으로서의 개성을 지키는 것이고 문학은 오로지 자체의 법칙에 따라 운행해야만 비로소 자신의 건설에 유리하며 자신의 가치를 실현할 수 있기 때문이다. '인위적인 목적'의 최대의 폐단은 문학자체의 법칙을 위반했다는 데에 있는 것이다. 하지만 문학이 일단 목적을 거부하는 마당에 문학은 어떻게 자연스럽게 '합목적'일 수 있을까? 문학연구회 동인들이 주장하고 있던 '인생을 위하여'라는 목적은 어떻게 문학의 이러한 '무목적적 합목적성'의 법칙과 일치를 이룰까?

이는 '무목적'과 '합목적' 사이의 교량적 역할을 하는 요소를 찾아야 하는데 그 요소가 바로 '정감(情感)'이다. 문학연구회 동인들이 논의를 볼 때 정감이 문학의 중요한 범주가 되고 있음을 알 수 있다. 경제지(耿濟之)는 "문학은 결코 생활의 진실에 대한 묘사에 그칠 것이 아니라 더욱 많은 선택이 있어야 한다. 문학가의 정감과 이상을 그 속에 용해시켜야만 사회와 인생의 발전에 영향을 행사할 수 있다."[54]라고 했다. 주작인은 "문학은 저자의 감정을 통하여 인생과 접촉해야 한다."[55]고 했으며, 정

54) 耿濟之, 「≪前夜≫序」, [俄] 屠格涅夫, 『前夜』, 耿濟之 譯, 商務印書館, 1921.
55) 周作人, 「新文學的要求」, ≪晨報≫, 1920年 5月 11日.

진탁은 "문학은 진지한 감정을 자체의 생명과 영혼으로 삼아야 한다."[56] 고 했다. 그들이 이토록 문학의 정감문제를 중요시하는 것은 그들이 문학의 목적은 반드시 정감이란 루트를 통해야만 실현 가능한 것이란 점을 알고 있었기 때문이고 문학의 특징은 실로 정감을 통해 세계와 교류한다는 데에 있었기 때문이다. 문학은 "인생의 반영으로서 자연적으로 발생하는 것이다. 문학의 사명, 위대한 가치는 모두 인간의 감정과 상통한다는 데에 있는 것이다."[57] 따라서 문학과 인생의 관계에서 정감은 문학과 '인생을 위하여'란 목적을 이룩하는 교량이며 게다가 가장 중요한 교량이다. 이와 동시에 정감은 문학이 자체를 구성하는 내재적 요소로서 "반드시 진지한 감정이 있어야만 비로소 아름답고 감동적인 문예를 창출할 수 있다."[58] 따라서 오로지 정감이란 요소를 구비해야만 문학은 비로소 '인생을 위하여'란 명제의 합리성과 현실가능성을 확보하고 아름다운 멜로디의 반주 아래 문학본체에 진입할 수 있는 것이다. 마찬가지로 문학은 '인생'의 내용을 포용함으로써 그 미적 감화력이 '인간의 동정과 위로를 확대하고 깊이'할 수 있을 뿐만 아니라 '인간의 정신을 향상'시킬 수도 있다. 문학 자체의 가치는 바로 인간에게 작용하는 이러한 과정에서 실현되고 제고되는 것이다. 한편 '인생을 위하여'라는 목적은 추상적으로 문학의 형태에 섞여 있는 것이 아니라 정감의 유도 아래 문학본체에 진입된 것이기에 그 자체 또한 조심스러운 이성적인 모습을 상실하고 자연스럽고도 유창한 생명에 대한 구가로 세계 및 독자와의 대화를 나누며 은연중에 인생의 '목적'을 접수하기 위한 계시를

---

56) 鄭振鐸, 「新文學觀之建設」, ≪時事新報≫, 1922年 5月 11日.

57) Ibid.

58) 賈植芳 主編, 『文學硏究會資料』 中冊, 河南人民出版社, 1985, p.516.

준다. "절대적인 위로에 대한 동정을 얻는 한편 그 자각심을 불러일으켜 암흑 가운데서 광명을 찾기 위한 분발노력을 하도록 이끈다—이로써 생동한 흥미를 유발하는 것이다."59)

문학연구회 동인들이 주장하던 정감에도 자체의 법칙성이 있었던 것은 당연한 일이었다. 문학의 본질에서 출발하여 그들은 먼저 문학의 정감이 반드시 '진지하며' "독자들의 그 어떤 정감을 유발시키되 그것이 우리와 동감을 이루도록 해야 하는데 반드시 스스로 그 사실에 대한 농후하고도 진지한 동정을 지니고 아주 자연스럽게 표현해야 인심에 침투될 수 있다."60)고 했다. 진지한 정감이 비로소 독자들의 진지한 정감을 환기시킬 수 있다는 것인데 이에 대해 정진탁은 "문학은 진지한 정서를 자체의 생명으로 삼는다."61)고 해명했다. '인생을 위하여'라는 목적을 출발점으로 문학연구회 동인들은 정감의 '진'을 요구했을 뿐만 아니라 '열렬함'도 함께 요구했다. 남녀 사이의 끈끈한 정감에 대해 그들은 "자연스러운 미로 소요를 받는 우리의 영혼과 고민의 심성을 위안하는 점"62)을 부인하지는 않지만 현실속 인생은 참담하고도 비극적인 것으로 강개하고 격앙된 정서에 집중하지 않고서는 '피'와 '눈물'의 문학을 창도할 수 없으며 그 정서의 표현도 불가능하다는 주장을 펼쳤다. 그들에게 있어서 "오늘의 시대는 바로 전투의 시대"로서 "포만한 열정, 눈물의 문학"63)이 필요했으며 따라서 그들은 "나는 현대인의 고통에 대한 호소와 원한의 함성을 즐기지 고대인의 가짜 웃음이거나 신음 및 부자연적

---

59) 廬隱, 「創作的我見」, ≪小說月報≫, 第12卷 第7號, 1921年.
60) 王世英, 「怎樣去創作」, ≪小說月報≫ 第12卷 第7號, 1921年.
61) 鄭振鐸, 「新文學觀的建設」, ≪時事新報≫, 1922年 5月 11日.
62) 鄭振鐸, 「血与泪的文學」, ≪時事新報≫, 1921年 6月 30日.
63) 李之常, 「自然主義的中國文學論」, ≪時事新報≫, 1922年 8月 11日, 8月 21日.

인 행위 등은 싫어한다."[64]고 했다. 이러한 주장들은 그들이 '진'과 '열렬'에 대한 심리적 호감을 보였을 뿐만 아니라 그들이 창도하던 '피와 눈물'의 문학에서 인생의 의의를 표명했다.

문학연구회 동인들이 '피와 눈물'의 문학, 진지하고 열렬한 정감의 문학을 주장하고 있었기에 그들은 이와 상반되는 문학적 경향에 대해서는 가차없이 비판을 가했다. 그 첫 번째 대상은 '토요일파'를 대표로 한 문단의 악성 취미였다. 문학연구회 동인들은 그 부류의 악취미의 가장 근본적인 폐단은 바로 '인생을 게임, 농작, 희롱 등으로 간주하고', 소름을 끼치게 하는 것으로 취미를 삼으며 허위와 거짓 정감을 목적으로 삼는 것인데 이는 문학에 대한 모독이고 독자의 정감에 대한 모독이라고 했다. 이러한 악취미에 대한 비판에서 정진탁은 「사상의 반류(思想的反流)」, 「신구문학의 조화(新旧文學的調和)」, 「소일(消閑)」 등의 글을, 엽성도는 「사람들의 마음을 모독하다」를, 심안빙(沈雁冰)은 「자연주의와 중국현대소설」 등을 집필하여 사회의식, 문학가치, 인생목적 등의 면에서 봉건주의와 자본주의의 결합으로서 그러한 기형문학의 진부하고 퇴폐한 본질을 고발했다. 이러한 작업은 문학연구회 동인들의 비판적 내용을 보였을 뿐만 아니라 다른 한편 '인생을 위하여'라는 주장의 중대한 가치와 걸출한 의의를 증명했으며 아울러 그들이 창도하던 '피와 눈물' 문학의 시대적 색채를 보여주었다.

문학연구회의 문학이론 가운데서 '인생을 위하여'가 그들 이론의 핵심적 관념이라고 한다면 이러한 '인생을 위하여'의 합리한 형식은 '자연주의' 혹은 '사실주의'였다.

64) 賈植芳 主編, 『文學研究會資料』 上冊, 河南人民出版社, 1985, p.187.

자연주의와 사실주의는 본래 상이한 두 개념이었다. 하지만 문학연구회 동인들은 양자를 하나로 동등시하면서 "문학상에서 자연주의와 사실주의는 사실 하나이다."[65]라고 주장했다. 그들이 이러한 주장을 펼친 이유는 양자가 모두 공통된 경향이 있다는 것, 즉 현실에 대한 '객관적'인 재현을 요구한다는 점에 주목한 것이다. 사실주의(또는 자연주의)가 요구하는 '객관성' 원칙이 문학연구회 동인들에게 주목되었던 것은 이러한 '객관성'이 이론건설의 시각에서 볼 때 '인생을 위하여'라는 문학의 가장 적당한 형식이 될 수 있었기 때문이다. "자연주의의 가장 큰 목표는 '진실'이다. 그들은 진실을 떠나면 미가 있을 수 없고 선이 될 수 없다고 주장한다."[66] '진선미'의 통일을 추구하는 것이 바로 '인생을 위하여'를 목적으로 한 문학의 이상적 목표이며, 자연주의는 바로 이 방면에서 '인생을 위하여'를 목적으로 한 문학의 본체적인 요구를 만족시키고 있기 때문에 문학연구회 동인들의 각별한 관심을 불러 일으켰던 것이다. 사회적 수요에서 볼 때 심안빙은 "단지 당연지사로 간주하고 실제적인 관찰을 거치지 않는 것은 우리나라 사람들이 역대로 전해내려 온 묘사방법이다. 이 두 가지 태도는 실로 중국문학의 진보를 가로막던 주요한 원인이었다. 이 두 가지 약점을 극복하는 데에 자연주의 문학의 유입은 즉효약이다."[67]

현실주의 문학의 건설과 전통문학관에 대한 비판이란 이 두 가지 면에서 문학연구회 동인들은 적극적으로 자연주의를 창도하는 목적을 분명히 하였다. 그들은 신문학을 건설하는 과정에서 인생을 위하는 목적

65) 賈植芳 主編, 『文學硏究會資料』上冊, 河南人民出版社, 1985, p.248.
66) 沈雁冰, 「自然主義与中國現代小說」, ≪小說月報≫ 第13卷 第7號, 1922年.
67) 賈植芳 主編, 『文學硏究會資料』, 中冊, 河南人民出版社, 1985, p.505.

에 더욱 충실히 하는 한편 불합리한 문학 관념을 교정하여 신문학을 보다 잘 건설하려는 것이었다. 이러한 양성순환과 상호작용의 목적 때문에 자연주의의 커다란 의의를 과시했을 뿐만 아니라 문학연구회 동인들의 걸출한 지혜도 표현되었다.

하지만 문학연구회 동인들은 '자연주의'를 창도했지만 그에 대한 체계적인 논술과 정의를 내리지는 못했다. 심안빙은 자신의 역작 「자연주의와 중국의 현대소설」에서 주로 생활을 대하는 자연주의의 태도를 언급하면서 '실제적인 관찰', '여실한 묘사' 등에 대해 논의했다. 하지만 다른 기회에 그는 "우리가 지금 유의해야 할 것은 인생관적 자연주의가 아니라 문학적 자연주의이다. 따라서 우리는 자연파의 기술적 장점을 배워야 한다."고 했다. 이는 문학연구회 동인들이 주도하던 자연주의는 철학적-미학적 의미에서의 문학창작 방법이 아니라 '주의' 가운데서 일정한 원칙과 장점으로서 그들은 자연주의의 '진실'의 원칙과 '사실'의 특징에 대한 정의를 내린 것 외에 자연주의 개념과 기타 내용적인 것들에 대해서는 아직도 모호한 입장이었음을 말해준다. 이 면에서 문학연구회가 주창했던 사실주의(혹은 자연주의)는 이론적 입장에서는 동시기에 창조사가 주장했던 낭만주의에 미치지 못하고 있었다. 창조사의 동인들은 낭만주의의 '주정(主情)'의 원칙, 전제, 규범 등에 대해 명확한 본체적인 논의가 있었을 뿐만 아니라 그들이 옹위하던 범신론과 같은 철학적 의식을 문학적 주장과 결합시켰으며 이로써 낭만주의 주장의 깊은 토대를 쌓았다. 따라서 낭만주의를 주장하던 창조사가 궐기할 때 문단은 낭만주의 붐에 휩싸였다. 이는 낭만주의 사조 자체의 '새로운' 특색 외에도 그 두터운 이론적 토대와도 일정한 관계가 있는 것이다. 이에 반해 문학연구회 동인들은 '주의'면에서 상대적으로 '실용'의 목적, 즉 '기술의 장점'에 치우쳤기에 사실주의 주장의 이론적인 형태와 내용에서 창조사의 낭만주의의 주장에 뒤질 수밖에 없었다. 그럼에도 불구하고 문학연구회 동인들이 주창했던 사실주의(자연주의)도 당시에는 아주 큰 영향력을 행사하고 있었다. 게다가 이러한 주장을 반영하는 우수한 작품의 양산은 이 '주의'로 하여금 사람들의 이목을 끄는 신문학의 '상징'이 되도록 했다. 하지만 문학연구회 동인들이 주장한 사실주의의 사회적 효력은 주로 그 이론 본신의 매력에 있는 것이 아니라 '사실'적인 방법이 문단의 실제와 결부되어 발생한 것으로써 '인생을 위하여'를 만족시키고 적극적인 분위기를 조성한다는 데에서 사람들의 호응을 얻은 것이다. 또한 활발한 창작이 가장 생동하고도 유력한 방증이 되었기에 그들의 주장은 낭만주의와 같이 신문학동인들의 옹호를 받을 수 있었고 시대적 원인으로 그 영향은 낭만주의를 초월할 수 있었다.

문학연구회 동인들은 무엇 때문에 사실주의의 '방법'면에 주목하고 '본체'를 소홀히 하는 경향을 보였을까? 그 근본적인 원인은 바로 '인생을 위하여'라는 목적에 있었다. 전술한 바와 같이 자연주의(사실주의)는 문학연구회 동인들이 문학의 '인생을 위하여'를 위한 합리적인 표현 형식이었다. 이는 사실주의와 '인생을 위하여'라는 목적성과의 관계에 의해 결정된다. 사실주의는 '실제적인 관찰', '여실한 묘사'의 원칙과 문학의 '인생을 위하여'라는 목적과 꼭 들어맞았던 것이다. 호풍은 30년대에 '5·4'시기 문학연구회가 사실주의를 주창했던 것은 "각성한 '인간'이 안광을 사회로 돌리고 현실에 대한 인식에서 길을 찾으려는"[68] 행위였다고 했다. 이러한 찾기는 물론 그에 알맞은 최적의 방법이 필요한데 사

68) 胡風, 「文學上的五四」, 『胡風評論集』上卷, 人民文學出版社, 1984.

실주의의 '실제적인 관찰'과 '여실한 묘사' 또한 이러한 찾기에 가장 적합했다. '실제적인 관찰'은 작가를 도와 인생을 직면하고 인생의 참된 도리를 장악할 수 있도록 하며, '여실한 묘사'는 작품에서 직접 인생의 참된 도리를 표현하고 '인생을 위하여'라는 목적을 실현하는 데에 도움을 주기 때문이다. 이 또한 문학연구회 동인들이 사실주의를 즐기는 이유이기도 하다. 아울러 문학연구회 동인들에게 있어서 '사실'이 '인생을 위하여'라는 목적을 만족시킬 수 있다고 인정되었을 때 내용보다 기법에 치중하는 것 또한 당연지사였다.

문학연구회 동인들이 체계적으로 사실주의의 여러 면을 논리화시키지 않았다고 하여 그들이 사실주의 유파를 부정하였다는 것은 아니다. 그들은 이론과 실천에서 모두 사실주의의 궤적을 따랐고 창작 역시 그러했다. 이론적인 면에서 미흡했다 할지라도 그들이 극력 주장했던 '실제적인 관찰'과 '여실한 묘사'도 사실주의의 내용임에 틀림없다.

2) 루쉰의 '인생을 위하여'의 현실주의 문학이론

루쉰은 '5・4'시기 현실주의 창작의 집대성자이고 현실주의 문학이론의 걸출한 대표이다. 그의 현실주의 문학이론과 현실주의 창작은 모두 '인생을 위하여'라는 기초위에 건립되었다. 1933년 그는 「나는 어떻게 소설을 썼는가」에서 "'왜' 소설을 썼는가를 묻는다면 나는 여전히 10여 년 전의 '계몽주의'를 포기하지 않고 있는바, 반드시 '인생을 위하여'를 떠날 수 없으며 이 인생을 개량해야 한다고 생각한다."[69] 이는 '5・4'시기 루쉰의 문학창작의 기본목적일 뿐만 아니라 루쉰 문학이론의 핵심적

69) 魯迅, 「我怎樣坐起小說來」, 『魯迅全集』 第4卷, 人民文學出版社, 1981, p.512.

내용이기도 하다. 인생에 입각하여 인생을 위하고 인생을 개량하려는 문학적 주장에서 우리는 '5 · 4'시기 루쉰의 문학이론과 문학연구회 동인들의 문학이론의 일치성을 찾을 수 있다. 물론 신문화와 신문학운동의 기수로서 루쉰은 '인생을 위하여'라는 현실주의 문학이론에서 자체의 선명한 개성과 탁월한 면을 과시했다.

'5 · 4'시기 루쉰이 문학에서 '인생을 위하여'라는 논의를 할 때 일반적으로 세 개의 상호 연관된 차원에 주목했는데, 사회현실적 차원, 문화역사적 차원, 국민정신적 차원이다. 루쉰의 현실주의 문학관은 바로 이 세 개의 차원위에서 구성되었고 이에 대한 각기 다른 정의는 각각의 내용과 풍격을 이루게 되었다.

사회현실적 차원에서 루쉰은 문학의 '인생을 위하여'라는 목적으로 문예가는 실제적인 사회생활에 주목하고 현실 환경의 여러 면에 항상 유의하여야만 비로소 인생의 참된 도리를 발견하고 창작한 작품도 비로소 인생의 의미를 갖게 된다고 했다. 그는 「"열둘"후기(十二个后記)」에서 "혼잡한 도시에서 시를 찾아내는 자는 요란한 혁명 속에서도 시를 발견할 수 있다."70)고 했다. 루쉰에게 있어서 문예가가 사회를 주목한 결과는 작품으로 하여금 선명한 시대적 풍격을 갖도록 하는 것이므로 이 시기에 문예가가 어떠한 예술형식으로 어떠한 생활의 내용을 반영하든 간에 그 과정에서 사회상을 그려낼 수 있을뿐더러 시대적 호흡을 담아낼 수 있는 것이었다. 그는 소련의 시인 블로크의 장시 「열둘」을 평하면서 "이 시의 체재는 중국의 것과 아주 다르다. 하지만 나는 러시아 당시(!)의 표정을 아주 잘 표현한 것이라고 인정한다. 자세히 보면 커다란 감동

70) 魯迅, 「"十二"后記」, 『魯迅全集』 第7卷, 人民文學出版社, 1981, p.299.

과 포효의 기운을 느낄 수 있다."[71]고 했다. 루쉰의 많은 작품이 바로 이러한 것들이었다. 루쉰은 자신의 일부 작품을 논의할 때 보다 선명하게 현실사회에 입각하여 직접적으로 인생의 문학적 의도를 표현했다. 루쉰은 1919년 「공을기·부기(孔乙己附記)」에서 자신이 「공을기」를 창작할 때의 의도에 대해 "그때의 의도는 단순히 사회상으로 일종의 생활을 묘사하여 독자들에게 보여주려는 것이었다."[72]라고 했다. 1922년 루쉰은 「납함·자서(吶喊·自序)」에서 소설 창작을 통하여 "납함"하려는 목적은 바로 "적막 가운데 달리고 있는 용맹한 지사들을 위안하여 앞으로 나아가는 데 대한 두려움을 제거하려는 데 있었다."[73]고 했다. 이러한 점에서 볼 때 루쉰은 현실 사회적 측면에서 문학의 '인생을 위하여'의 의의를 강조하고 있는데 거기에는 두 개 측면의 의미가 있다. 하나는 광대한 민중의 인생을 위한다는 것, 즉 그들로 하여금 문학이 제시하고 있는 사회현실속 인생의 진상을 이해하도록 하기 위한 것이다. 다른 하나는 선구자의 인생을 위한다는 것, 즉 선구자들로 하여금 문학이 제시하는 현실생활의 내용에서 계속 전진하는 용기를 얻도록 하기 위함이다. 여기에서 자연스럽게 루쉰의 "장령의 명령에 복종한다."는 주장을 언급할 필요가 있다. 루쉰의 이 창작사상에 대하여 습관적으로 이를 루쉰 스스로가 자신의 창작을 혁명의 수요에 맞춘다는 것으로 해석했는데 이는 도리가 있는 분석이지만 전면적이지는 못하다. '5·4'시기의 루쉰은 문학이 선구자의 호소에 발맞춘 현실사회에서만이 비로소 가장 선진적인 사상의식을 획득하여 자신의 생명력을 확보하고 위대한 품격을 갖추어

71) Ibid., p.301.
72) 吳子敏 等 編, 『魯迅論文文學与藝術』 上冊, 人民文學出版社, 1980, p.49.
73) 魯迅, 「吶喊·自序」, Ibid., p.419.

시대의 거울, 시대의 목소리로써의 예술적 역할을 수행할 수 있음을 잘 알고 있었다. 동시에 그는 또 문학이 현실사회 사상조류의 발전에 영향을 행사하여 '길을 인도하는 선각'[74]의 예술적 특징을 이룰 수 있음도 잘 알고 있었다. 그는 「눈을 바로 뜨고 보다(論睜了眼看)」에서 이러한 인과관계에 대해 "문예는 국민정신이 발하는 불빛이며 동시에 국민정신의 앞날을 인도하는 불꽃이기도 하다. 이는 상호 인과적 관계를 이루면서 마치 참기름이 참깨에서 나오지만 참깨보다 더욱 기름진 것과 같은 도리이다."[75] 바로 이러한 점에서 '5・4'시기 루쉰의 문학이론은 기타 동시기의 다른 문인보다 월등했으며 이 또한 루쉰의 인생을 본위로 하고 '인생을 위하여'란 현실주의 문학이론에서 가장 빛나는 내용의 하나이다. 루쉰은 인생을 반영하고 인생에 반작용을 일으키며 일반민중의 인생을 반영할 뿐만 아니라 선구자와 지사들의 인생에까지 반작용을 일으킬 수 있는 현실주의 문학의 일반적인 법칙을 제시했다.

현실사회적 측면에서 '인생을 위하여'의 문학을 논하는 것과 달리 루쉰은 역사적문화적 측면에서 '인생을 위하여'에 대해서는 보다 매력적이고도 특별한 시각을 제시했다.

'5・4'는 한차례의 격렬한 반전통의 시대였다. 루쉰은 이 시대 반전통의 용사였으며 가장 걸출한 대표였다. 특히 중국의 전통문화에 대한 비판에서 루쉰의 공헌은 같은 시기 다른 사람들을 초월하였을 뿐만 아니라 지금까지도 독보적이었다. 중국의 문화전통을 비판한 대가로서 루쉰은 역사문화적 측면에서 문학의 '인생을 위하여'라는 점을 논의할 때 종종 중국 전통문화의 폐단에 대한 여지없는 비판으로부터 착안하였다.

74) 魯迅, 「熱風・43」, Ibid., p.330.
75) 魯迅, 「論睜了眼看」, Ibid., p.240.

비록 그것이 '인생을 위하여'의 현실주의 문학이 갖추어야 할 품격이기도 하지만 루쉰은 단지 거기에 그치지 않고 중국 신문학의 '인생을 위하여'를 목적으로 삼아야 할 필요성의 차원에 도달했다. 바로 이 점에서 루쉰은 역사문화적 측면과 현실사회적 측면에서 '인생을 위하여'란 문학의 내재적 연관을 이루었다. 그리고 루쉰의 역사문화적 측면에서 문학의 '인생을 위하여'란 목적을 논의할 때 종종 '파괴(破)'와 '건립(立)'이란 대립방식으로 그 이론을 전개할 수 있었던 것이다.

1925년 루쉰이 「어사(語絲)」에 발표한 「눈을 바로 뜨고 보다」는 이 시기 그의 가장 중요한 잡문의 하나이며 영향력이 가장 큰 문예론의 하나이다. 이 논문에서 루쉰은 단도직입적으로 "중국의 문인들은 인생을 대함에 있어서 — 적어도 사회현상을 대함에 있어서 종래로 그것을 정시(正視)하려는 용기가 없었다."고 지적했다. 루쉰이 보건대 중국의 전통문화는 당초부터 사람을 속박하여 '현실'과 역사를 정시하지 못하도록 했다. 그리하여 "우리들의 성현은 워낙 일찍부터 '예의에 어긋나면 보지 말지어니'라고 사람들을 교육하였다. 이 '예의'라는 것은 또한 아주 엄격한 것이어서 '정시'가 아니라 '평시(平視)', '사시(斜視)'조차도 불허하는 것이었다." 이러한 예교문화의 제약 아래 사람들의 사상은 점차 오지로 빠져들기 마련이었다. 따라서 "우선 감히 하지 못하고 다음에는 할 수 없게 되며 그 후로는 자연스럽게 무관심하게 되고 보려고도 하지 않게 되었다."[76] 이러한 문화적 분위기 속에서 중국문인들은 '자신의 모순 또는 사회적 결함이 낳은 고통'을 감내해야 할 뿐만 아니라 다른 한편 봉건제도와 예교의 속박을 벗어날 수도 없이 눈을 감고 눈앞의 처참한 환경

---

76) 魯迅, 「論睜了眼看」, Ibid., p.237.

을 회피할 수밖에 없게 되었다. 그리하여 "중국인은 종래로 인생을 감히 정시하지 못하기에 오로지 기만과 사기를 일삼게 되고 그에 따른 기만과 사기의 문예가 발생하게 되며 이 문예는 더욱더 중국인들을 보다 깊은 기만과 사기의 심연 속에 빠뜨리는데 심지어 스스로도 이미 무감각한 상태에 빠져들게 된다." 바로 이러한 역사문화적 측면에서 중국 전통문학의 가장 큰 폐단 — 기만과 사기 및 그로 인한 폐단을 고발할 수 있었기에 루쉰은 당연하게 당시 작가들이 인생의 '피'와 '살'을 그려내야 할 중요성과 필요성을 강조할 수 있었다. "세계는 날마다 변화한다. 우리 작가들은 가면을 걷어내고 진솔하고 깊이 있게, 대담하게 인생을 파악하고 그 피와 살을 그려낼 시기가 도래했음을 자각해야 하며 언녕 참신한 문화의 장을 만들어야 했으며 언녕 몇몇 용맹한 장사가 있어야 했다."[77] 루쉰은 이렇게 비판의 예봉과 열렬한 외침으로 자신이 파악한 현실주의의 참뜻을 호소했던 것이다.

루쉰은 역사문화적 측면에서 문학의 '인생을 위하여'를 논의할 때 오늘날 어떠한 문학이 인생에 가장 유용한 것인가 하는 문제뿐만 아니라 역사적으로 발견되지 않았던 부분까지 발굴하여 중국 전통문화 및 관념에 대한 비판을 심화하며 이로써 '인생을 위하여'의 문학이론을 한층 더 심화시켰다. 그는 「허수상에게(致許壽裳)」에서 "중국의 근저는 전적으로 도교에 있소. 도교가 요즘 널리 유행되고 있지요. 그 도리로 역사를 읽으면 많은 문제들이 스스로 해결되는 것 같소. 후에 『통감』을 우연하게 읽으면서 중국인이 아직도 식인민족이구나 하는 것을 깨달았소… 이 발견은 큰 관계가 있는 것이오. 그런데 이를 아는 사람은 얼마 안 된단 말

77) 魯迅, 「論睜了眼看」, Ibid., p.241.

이오"[78]라고 했다. 중국의 문화사상사에서 이토록 심각하게 '중국인이 아직도 식인민족'이라는 사실을 깨닫고 또한 '아는 사람이 얼마 안 된다'는 것을 발견한 사람은 루쉰이 일인자이다. 중국문학사에서 가장 첨예하게 '식인'의 폐해를 비판한 사람 역시 루쉰 한 사람이다. 이러한 발견은 루쉰으로 하여금 끊임없이 일본 유학시절에 생각했던 문제, 즉 이상적 인성이란, 중국국민성에서 무엇이 가장 결핍되었는가, 그 근원은 어디에 있는가 하는 문제들을 사고하게 했다. '5・4'시기 당대인들이 각성하고 있을 때 그는 이 문제에 대한 사고 끝에 중국인과 중국문화에 가장 결핍된 것이 바로 인간에 대한 의식이고 중국 국민이 가장 부족한 것은 '각성한 인간'[79]이라는 결론에 이르렀다. 그 원인은 중국 민중들은 아직도 '철옥(鐵屋子)'에서 깊은 잠에 떨어져 있기 때문이라는 것이다. 그리하여 루쉰의 국민성의 개조사상이 '5・4'시기에 보다 명확한 모습을 드러냈다. 루쉰이 국민성 개조의 시각에서 문학의 '인생을 위하여'를 살필 때 그의 사유의 촉각은 자연히 '국민정신'의 측면에로 진입했다.

루쉰이 국민정신의 측면에서 인생을 위하는 문학을 논의할 때 앞의 두 측면에서의 문학이론을 한층 더 심화했으며 그 자신의 현실주의 문학이론의 탁월함을 과시했다.

문예로써 인간정신을 개조하려는 것은 일찍부터 루쉰의 의도였다. 1906년에 루쉰은 의학전공에서 문예의 길에 오를 때 이미 그러한 생각을 가졌다. 그는 "우리가 첫 번째 해야 할 일은 바로 그들의 정신을 개변하는 것이다. 정신을 개변하는 데에 있어서 가장 효과적인 방법에 대해 나는 당시 문예라고 생각했다. 그래서 문예운동을 주창하기에 이르

78) 魯迅, 「致許壽裳」, 『魯迅全集』 第11卷, 人民文學出版社, 1981, p.353.
79) 魯迅, 「我們現在怎樣做父親」, 『魯迅全集』 第1卷, 人民文學出版社, 1981, p.140.

렀다."고 했다. 하지만 '5 · 4'시기보다 이 시기 국민정신의 개조에 관한 루쉰의 사상은 더욱 성숙되었다. '5 · 4'이전에 문예로서 인간의 정신을 개조하려는 루쉰의 사상은 '입인(立人)', '초인(超人)'을 세우는 데에 그 토대를 두었지만 이 시기에 인간의 정신을 개변하려는 루쉰의 사상은 '인생'을 출발점으로 삼았고 그것도 "추상적인 인생이 아니라 복잡다단한 사회관계속의 인생이었다."[80)]

'5 · 4'이전에 루쉰은 낭만주의 문예의 이상과 격정으로 무감각한 국민들을 각성시키려 하였지만 이 시기에 이르러서는 낭만주의적 격정에서 떠나 인생에 직면하여 인생의 진솔한 면모를 그려내고 문명비평과 사회비평이란 현실주의 문예에 주력했다. 그는 '5 · 4'이전의 문예로써 국민성을 개조하려는 여러 가지 적극적인 성과를 수용하고 종전과 다름없이 "정당한 학술적인 문예로써 사상을 개량하는 것을 첫 요건"[81)]으로 삼았다. 또한 '5 · 4'이전의 문예로써 국민성을 개조하려는 사상에서 불합리한 요소들을 제거하고 '인생을 위하여'라는 목적 아래 그 사상에 대한 혁명적인 개조를 거쳐 더욱 풍부하게 심화시켰으며 활력 있고 실제 효과적인 내용을 부여했다. 이러한 내용은 문학이 "이렇게 침묵을 지키는 국민의 영혼을 그려내기"를 요구하며 이로써 반성의 길을 열고 문학의 '인생을 위하여'란 목적을 완성할 것을 요구한다.

루쉰은 솔선적으로 자기의 현실주의 창작으로 이 주장에 충실했을 뿐만 아니라 「러시아 역문 "아Q정전" 서 및 저자 자서 전략」 등의 글에서 여러 차례 이러한 문학적 주장을 강조했다. 이러한 주장은 루쉰의 고적하고 깊이 있는 인생체험이 응집물이며 '5 · 4'시기 중국사회, 역사와 문

---

80) 劉中樹, 『魯迅的文藝觀』, 吉林大學出版社, 1986, p.45.
81) 魯迅, 「渡河与引路」, 『魯迅全集』 第7卷, 人民文學出版社, 1981, p.35.

화 영역에 대한 전반적인 반성과 관찰의 결과물이다. 그는 "이렇게 침묵하고 있는 국민들의 영혼을 그려낸다는 것은 중국에서 실로 어려운 일이다. 예전에 말했던 바와 같이 우리는 필경 아직 혁신을 거치지 않은 오랜 나라의 백성으로서 상호간에 의사소통이 잘 되지 않고 있으며 자신의 손이 자신의 발조차 모를 정도이다. 우리는 비록 인간의 영혼을 모색하는데 주력하고 있지만 종종 유감과 소외감을 느끼게 된다. 앞으로 높은 벽안에 갇혀 있던 모든 사람들은 스스로 각성하여 그곳을 벗어나 입을 열 것이다. 하지만 지금은 이러한 사람이 적기에 우리는 오로지 자신의 관찰에 의거하여 고독스럽게 그것을 그려내어 우리의 눈에 비친 중국인의 인생으로 삼아야 한다."[82] 아울러 이 문학적 주장은 '5・4'시기 루쉰의 '인생을 위하여'를 내용으로 한 사상의 가장 심각하고 가장 가치 있는 내용으로서 아주 선명한 시대적 풍격을 보여주며 문학예술의 '인생을 위하여'라는 특유한 법칙에 대한 루쉰의 인식을 포함하고 있다. 우선, '5・4'시기의 사회, 문화사조와 국민정신상태에서 볼 때 신해혁명과 '5・4'운동의 세례를 받은 후의 중국에서 국민의 사상은 비록 일정한 개선이 있지만 자연발생적이었고 침묵 속에서 점차 고갈의 상태로 빠져들고 있었다. 민중을 불러일으키기 위해 당시 선구자들은 아주 현명하게 계몽을 주장했다. 루쉰은 계몽주장의 적극적인 주창자였고 또한 가장 적극적인 실천자이기도 했다. 그가 제안한 "이렇게 침묵을 지키는 국민의 영혼을 그려낸다."는 주장은 문예로써 국민정신과 사상을 개조한다는 것으로서 '5・4'시기 '계몽'의 시대적 주제에 대한 구체화였다. 그는 이로써 문학의 계몽 목적을 위한 효과적인 길을 개척했으며 이러

82) 魯迅, 「俄文譯本"阿Q正傳"序及自敍傳略」, Ibid., p.82.

한 의미에서 루쉰의 문학이론은 신문학 계몽주의의 산물일 뿐만 아니라 선봉적이고 대표적인 것이기도 하다. 다음, 문학자체의 법칙에서 볼 때, 루쉰의 이 사상은 문학 자체의 법칙에 대한 루쉰의 냉철한 인식을 보여주었다. 루쉰은 "시문은 종종 오랜 시간 존재하거나 혹은 사람을 감동시키고 후인들에게 계시를 남겨준다."[83]고 하면서 "문예는 국민정신의 불꽃이다."[84]라고 했다. 문예가 국민의 정신의 산물이고 반영이며 또한 "다른 사람을 감동시키고", "후인들에게 계시를 남겨준다."는 특수한 기능이 있다고 한다면 그들의 정신을 개변하는 사명을 완수하려면 물론 문예가 먼저 앞서야 할 것이다.

이것이 바로 문예로써 국민정신을 개변하려는 루쉰의 주장이고 '인생을 위하여'라는 목적을 지닌 문학이론의 논리였다. 이 사상적 논리는 문학정신과 풍격에 대한 루쉰의 냉철한 인식을 반영하고 있으며 국민의 영혼을 그려내는 것으로서 '인생을 위하여'라는 문학의 목적에 도달하려는 문학이론의 합리성을 보였고 그 이론적 가치 또한 여기에 있는 것이다.

루쉰이 국민정신의 측면에서 문학의 '인생을 위하여'를 논할 때 짚고 넘겨야 할 점은 선명하게 관념주의적 색채가 보였다는 것이다. 루쉰은 경건한 마음으로 인생을 개량할 수 있는 관건은 인간정신을 개량하는데 있다고 믿으면서 인생을 개량할 수 있는 최종적 요인은 인간의 현실적 환경과 사회 생산관계에 있다는 근본적인 문제를 간과했다. 그럼에도 불구하고 루쉰의 이러한 관념주의적인 색채는 지혜로운 일면을 보였다. 그는 문학은 인간의 정신적 산물이라는 특점에 주목하여 문학이란

83) 魯迅, 「忽然想到」, 『魯迅全集』, 第3卷, 人民文學出版社, 1981, p.94.
84) 魯迅, 「論睜了眼睛看」, Ibid., 第1卷, 人民文學出版社, 1981, p.240.

이 정신적 산물과 '국민정신'과의 내재적 관계를 파악했던 것이다. 문예로써 국민정신을 개조하려는 문학주장은 바로 이러한 인식을 토대로 한 것이다. 루쉰은 문학의 '인생을 위하여'라는 목적을 논할 때 특별히 정신적 산물로서의 문학이 인간의 정신에 대한 역할을 강조했는데 이는 바로 '총명한 유물주의' 정신의 독립성원리에 부합되는 것이다. 따라서 이러한 '총명한 유물주의'를 토대로 한 루쉰의 국민정신 개혁의 문학이론은 '우둔한 관념주의' 문학이론보다 더욱 '총명한 유물주의'적 색채가 강하게 드러나고 있다. 게다가 문예로써 국민정신을 개량하려는 문학이론은 문학 자체의 본질적인 법칙과 특유한 기능에 부합될 뿐만 아니라 '5 · 4'문단과 사회 실제에도 적합한 것이었다. 그러므로 적극적인 의의와 이론적인 가치는 소극적인 일면을 완전히 극복하고 있으며 겉보기에는 복잡한 것 같지만 실질적인 내용은 풍부한 것이다.

국민정신의 측면에서 문학의 '인생을 위하여'에 주목한 루쉰은 중외 문학사에서 인간정신에 주력하면서 인간의 영혼을 고문했던 작가, 작품에 각별한 주의력을 모두 쏟았다. 그 전형적인 사례로써 러시아의 '잔혹'한 현실주의 문학천재 도스토옙스키에 대한 고평과 그의 '높은 의미에서의 사실주의' 문학관에 대한 긍정을 들 수 있다. 도스토옙스키의 창작과 그가 주장하던 '높은 의미에서의 사실주의'의 가장 선명한 특징은 바로 "인간 영혼의 깊이를 세상에 드러내는 것"[85]이었다.

루쉰은 "그가 그려낸 인물은 거의 외모에 대한 묘사가 필요없이 단지 어투, 소리만으로도 그들의 사상과 감정, 용모와 신체까지도 표현한다. 그리고 영혼의 깊이를 드러냈기에 그 작품을 읽으면 정신적인 변화까지

85) [俄] 陀思妥耶夫斯, 「手記 · 我」, 『魯迅全集』 第7卷, 人民文學出版社, 1981, p.103.

초래할 수 있는 것이다."[86]고 도스토옙스키를 고평했다. 루쉰은 문학본체론의 차원에서 도스토옙스키 현실주의의 가장 선명한 특징을 제시하는 한편 문학가치론의 차원에서 도스토옙스키 현실주의의 인생적 가치—인간정신의 변화를 초래한다—를 제시했다. 이는 도스토옙스키 현실주의의 본체적 특징과 인생가치의 특징이 모두 루쉰이 주장하던 국민정신의 측면에서 '인생을 위하여'란 문학의 목적을 논하던 현실주의 문학이론의 내용과 근접했고 예술적 사유와 이론적 사유 역시 근접했기 때문이다. 루쉰이 주장했던 "진솔하게 깊이 있게 대담하게 인생을 파악하고 그 피와 살까지 파헤쳐 표현해야 한다."는 관점과 도스토옙스키 현실주의 창작에서 '영혼의 심처'에 관한 견해, '과감한 정시',[87] 여실한 묘사; 루쉰의 인간의 생활상태에 대한 묘사, 특히는 억압 속에서 묵묵히 죽어가는 하층인들의 불행한 처지를 묘사하고 인간의 정신과 마음상태를 제시한 것에 관한 주장과 도스토옙스키 현실주의 창작의 "놀랍게 비열한 상태에 처한 인간의 마음을 그려낸다."[88]는 관점, 루쉰의 "이러한 침묵속의 국민들의 영혼을 그려내는 것"을 통해 사람들을 각성과 반성 속에서 새로운 삶을 찾도록 한다는 주장과 도스토옙스키 현실주의 창작의 "영혼의 심처를 꿰뚫어 인간이 정신적인 고형과 상처를 받도록 하고 다시 이 상처의 치유과정에서 고생의 세련을 거쳐 소생의 길에 오르도록 한다."[89]는 관점 등은 상당한 정도에서 일치를 보이고 있다. 또한 루쉰이 이 시기에 극력 주장했던 문명비평과 사회비평의 특징을 지닌 현실주의는 도스토옙스키 현실주의 창작의 특징, 즉 영혼의 심처의 비열

86) 魯迅,「≪窮人≫小引」, Ibid., p.103.
87) Loc. cit.
88) Loc. cit.
89) Loc. cit.

함, 추악함, 병태, 나약 등 인성의 약점에 대한 무자비한 고문의 특징과 유사했다. 전술한 간단한 대조에서 도스토옙스키현실주의는 '높은 의미에서의 사실주의'이고 루쉰의 '인생을 위하여'에 복종하는 현실주의는 '높은 의미에서'의 현실주의라는 점을 확인할 수 있다. 이것이 바로 이 시기 루쉰의 '인생을 위하여'에 복종하는 현실주의 문학이론의 가장 매력적인 부분이었다.

루쉰과 문학연구회에서 '인생을 위하여'를 목적으로 하는 현실주의 문학에 주력한 외에 일부 현실주의를 반대하는 학자 그리고 낭만주의 경향을 띤 창조사의 동인들도 현실주의에 주목한 바 있는데 그들은 주로 현실주의적인 비판과 '진실'에 회의를 표하는 데 주력했다.

오밀(吳宓)은 「사실주의 소설의 유폐를 논함」에서 사실적인 소설이 문학의 원리를 벗어나 우열을 전도하며 소위 사회와 인생을 고찰한다는 이유로 진정한 감성을 결여하고 있으며 미학적 의의를 상실하고 인생관조차 구전하지 못하며 객관이란 이름 아래 실제로 주관적인 것을 선양하고 있다고 지적했다.

창조사의 곽말약, 성방오, 욱달부 등도 현실주의를 비난하는 데 가담했다. 곽말약은 자연주의를 "차지도 덥지도 않고 우리의 생활에 유리되었으며 그저 처방을 떼지 않고 병을 보기만 바란다."[90]고 했다. 성방오는 「사실주의와 용속주의」에서 온화한 태도로 사시주의에 대한 보다 깊은 탐색을 보였다. 그는 먼저 "문학은 낭만에서 사실로 변하는 것이기에 우리는 꿈의 왕국에서 깨어나 자체로 복귀해야 한다."는 점에 수긍하면서 다음 사실주의에는 진짜와 가짜의 구분이 있는데 진정한 사실주의는

---

90) 郭沫若, 『"文藝論集"匯校本』, 湖南人民出版社, 1984, p.164.

'진실주의'로써 작가가 스스로의 생활체험을 활용하고 현실과 대면하면서 '그 진상을 간파'하고 '우리 전부의 기능으로써 관찰해야 하며', '내부의 생명을 파악하고', '전부의 생명으로' 표현해야 하며, 독자들로 하여금 '끊임없이 반성하고', '작가의식에서 전부의 생명을 포착해야 하는 것'이라고 했다. 이와 반대로 가짜 사실주의는 바로 '용속주의'로 단지 '외면의 색채'만 관찰하고 '부분적인 형해'만 표현하며 그 사실이란 단지 표면적인 것에 그쳐 마치 '본색사진'과 '유성기코드'와 같다고 했다. 총화적인 결론으로 그는 "진실주의와 용속주의의 다른 점은 단지 하나는 표현(expression)이고 다른 하나는 재현(representation)이라는 것에 있다. 재현은 창조의 여지가 없는 것으로서 임의로 세상만사를 표현하기만 한다."[91]고 했다. 이러한 관점은 도리가 전혀 없는 것은 아닌 바, 당시 사실주의 붐의 폐단을 예민하게 발견했고 비록 비난의 색채를 띠고 있지만 부정적인 면에 대한 분석을 토대로 사실주의를 보다 합리적인 발전도로로 제시했고 인생체험의 역할을 강조했으며 판에 박은 듯한 복제를 반대하였는데 그 실질은 주관을 적당하게 객관과 융합시켜야 한다는 것이다.

사실주의의 '진실'의 내용을 둘러싸고 욱달부도 자신의 견해를 피력했다. 그는 「소설론」에서 "소설의 생명은 소설 속 사실의 핍진함에 있다."는 점을 승인하면서 단지 '현실(actuality)'과 '진실(reality)'은 구별점이 있으며 소설은 '사실 뒷면에 감추어진 진리'를 표현할 것을 요구하며 그 진리는 "반드시 천재적으로 여러 가지 사실을 선택하여 묘한 방법으로 그 사실들을 배열할 때만이 비로소 구현"되는 것이라고 했다. 그의 관점

91) 成仿吾, 「寫實主義与庸俗主義」, 『成仿吾文集』, 山東大學出版社, 1985, pp.100~101.

은 성방오와 유사한데 모두 작자의 주관적 역할을 강조하고 주체적이고 능동적으로 사실의 범주를 규정했다. 종합적으로 볼 때 창조사의 사실주의에 대한 평가와 인식은 비교적 공정하고 과학적인 편이다. 그들은 단지 '청산'한다는 입장을 취한 것이 아니라 자신들의 지식으로 현실주의 이론에 대한 심층적인 해독과 개척을 시도하면서 현실주의 학자와 작가를 위해 이론적으로 유력한 보충에 주력했다.

2. 신사실주의적 문학이론의 형태

시대 발전에 따라 중국 현대 현실주의 문학사조도 발전을 보였는데 그 중요한 표지와 성과로 새로운 현실주의 문학이론이 등장했다. 이 새로운 현실주의 문학이론이 바로 '신사실주의' 이론인데 이는 무산계급 혁명문학을 창도하는 과정에서 수입되고 발전했다.

1924년과 1925년 장광자는 「무산계급혁명과 문화」, 「중국현대사회와 혁명문학」 등 두 편의 글에서 문학은 사회와 마찬가지로 계급이 있는 것이라는 주장을 펼치면서 무산계급 혁명문학의 단초를 보였다. 그 후 일본으로부터 귀국한 이초리, 풍내초(馮乃超), 팽강(彭康), 성방오 등 창조사 성원들은 1927년 장광자, 전행촌, 맹초(孟超) 등이 주력으로 성립한 태양사와 함께 무산계급 혁명문학을 창도하기에 이르렀고, 따라서 '신사실주의' 이론이 탄생했다.

소위 '신사실주의'는 사실 구소련과 일본에서 그대로 옮겨온 것이다. 1923년 구소련의 학자 워렌스키(沃隆斯基)가 '신사실주의'를 주장하면서 마르크스주의에 입각하여 사실주의를 주도로 하고 낭만주의적 정신과 결합시켜야 함을 제안했다. 이 새로운 사실주의(현실주의)의 이론은 '라프', 즉 러시아무산계급작가연합회에 채용되었다. 일본의 '나프', 즉 전일본무산계급예술연맹의 '신사실주의'의 이론적 주장 역시 구소련에서 수입한 것으로 구라하라 고레히토는 '라프'의 이론을 비판적으로 풍부하면서 사실주의는 새로운 계급적 예술이라고 했다. 이리하여 신흥계급으로서의 무산계급은 당연히 사실주의를 기본으로 하고 유물변증법적 방법으로 사실을 관찰하며 무산계급의 안목으로 세계를 관찰하고 사실에서 출발하며 사회적 가치기준을 중요시함으로써 '프롤레타리아 사실주의'를 확립했다. 이로 보아 '신사실주의'는 사실주의의 계급적 입장과 유물변증법적 세계관을 강조한 것으로서 일반적인 또는 '구'사실주의와 구별된다.

소련과 일본의 '신사실주의'에 대한 이해와 인식은 20년대 말 중국의 무산계급 혁명문학, 혁명현실주의를 인식하는 토대가 되었다. 태양사와 후기 창조사의 학자들은 '신사실주의'를 약간 개조한 후 일본에서 배워온 '좌'경 기계적 '복본주의(福本主義)'와 결합하여 일본 무산계급 문학운동의 경험을 홍보하는 기회에 공격의 화살을 '5·4'시기 '구'사실주의에 겨누었다. '5·4'시기의 우량한 현실주의 성과는 급진적인 태양사와 창조사의 비판대상이 되고 말았다.

1928년 7월 태양사의 임백수(林伯修)는 ≪태양월간(太陽月刊)≫에 구라하라 고레히토의 대표작 「신사실주의에 이르는 길」을 번역, 게재했다. 1929년 3월 임백수는 또 ≪해풍주보(海風周報)≫ 제10호에 스스로 번역한 구라하라 고레히토의 「프롤레타리아예술의 내용과 형식」을 게재했고, 같은 해에 또 ≪해풍주보≫ 제12호에 「1929년 시급히 해결해야 할 문예에 관한 몇 가지 문제」를 발표하여 현실주의 수법을 계승하고 '프롤레타리아 사실주의'를 건설할 것을 호소했다. 이로써 '신사실주의'의 붐이 아주 빠른 속도로 시작되었고 독자들은 문학적 의의를 계급적으로 해독하게 되었다. 이초리는 “문학, 그것은 자아의 표현이라기보다는 생활의지의 요구라고 하는 편이 더 나을 것이다.”, “무산계급문학은 주체계급 자신의 역사적 사명을 완성하기 위하여 관조적-표현적인 태도가 아니라 무산계급의 계급의식으로 투쟁의 문학을 탄생시켜야 한다.”[92]고 했다. 전행촌 역시 ‘신사실주의’의 정수를 정확히 파악하였던 바, 「중국문예의 편린」에서 신사실주의는 “사실주의에 대한 계승”으로 부르주아 사실주의의 인성적인 인식을 극복하고 “일체 주관적인 구성으로 현실을 관찰, 묘사하는 것을 떠나는 것인바 작가의 입장은 무산계급 입장이어야 하며”, 신사실주의는 “필연코 명확한 계급적 관점을 지니게 되고 전투적인 무산계급의 입장에 서게 된다. 그들은 무산계급의 전위적인 안목으로 이 세계를 관찰하고 그것을 그려낸다.”, 그것은 “반드시 무산계급 해방에 무용한 우연한 것들을 포기하는 것이어야 한다.”[93]고 했다. 이초리와 전행촌은 모두 분명히 ‘신사실주의’의 계급적 실질을 강조하고 있는 것이며 무산계급의 입장은 ‘신사실주의’가 전통적인 사실주의와 구별되는 가장 현저한 특징이다.

1930년 1월 ≪척황자(拓荒者)≫ 창간호에 게재한 구라하라 고레히토의 「신사실주의 재론」[94]가 ‘신사실주의’를 ‘나프’의 ‘유물변증법적 창작방법’으로 전향시키고 점차 ‘좌’적 기계론의 방향으로 나아간 것과 마찬가지로 중국의 ‘신사실주의’의 창도자들도 국제적인 붐에 따라 현실주의적 전통을 말살하고 극단적으로 나아가게 되었다. 구라하라 고레히토는

92) 李初梨, 「怎樣地建設革命文學」, ≪文化批判≫ 第2號, 1928年 2月 15日.

93) 錢杏邨, 「關于中國文藝的斷片」, 余虹, 「“現實”的神話：革命現實主義及其政治意蘊」, ≪文化研究≫ 第2輯, 2001年.

94) 「再論普羅列塔利亞寫實主義」, 1930年 중국어 번역당시 『再論新寫實主義』로 개제.

이 글에서 과거의 사실주의는 정적인 사실주의이지만 유물변증법적 창작방법은 '동적이고 역학적인 사실주의'이라고 했다. 전행촌 역시 구라하라 고레히토의 이론을 본받았던 바 그는 "'무산계급 현실주의'도 때로는 '신사실주의'라고 칭하는 바, 계급적인 타협을 거부하는 것은 자산계급 현실주의(자연주의)와의 가장 큰 구별점이다. 자연주의자들이 작가는 자신이 처한 사회적 배경을 초월할 수 있다는 허망한 생각을 가지고 고귀하고도 냉정한 객관성을 획득했을 때 무산계급현실주의자들은 모든 문학에 계급성을 부여하고 무산계급의 전투적 입장을 취했다. 한편 구현실주의는 개인주의적으로서 '정'적이지만 무산계급현실주의는 대중적이고 '동'적이었다."[95] 전행촌과 구라하라 고레히토의 주장은 한판에 찍어낸 듯했고 모두 '신사실주의'와 전통 현실주의의 차이를 의도적으로 내세웠으며 혁명의 '동적'인 면으로 다른 모든 것을 배척하였다. 그들은 이미 과학적 방향과 멀어지기 시작했으며 현실주의를 떠나 '유물변증법적 창작방법'으로 그것을 대체했다.

창조사와 태양사는 '신사실주의'라는 이 무산계급 현실주의 이론을 장악한 이후 20년대 유명한 일군의 작가들을 자신들이 공격목표로 삼았는데 루쉰이 첫 목표로 되었다. 루쉰은 중국 현대 현실주의 문학사조의 발전과정에서 중요한 지위를 차지한다. 일찍이 사람들이 '사회와 인생'의 문제에 매달려 있을 때 그는 이미 '국민성 개조'의 중요성과 민중의 '정신적인 상처'에 대한 인식을 가졌다. 이때 성방오, 곽말약, 전행촌 등은 루쉰에 대한 비판을 가했는데, 루쉰에게 '몇 번째 계급인가'라는 질문을 들이대면서 '프롤레타리아의 의식투쟁'을 말살한다고 질책하였으

95) [美] 安敏成, 『現實主義的限制革命時代的中國小說』, 姜濤 譯, 江蘇人民主板社, 2001, p.52.

며 루쉰을 부르주아의 '충실한 문지기 개'라고 했다. 전행촌은 「죽어버린 아Q의 시대」, 「죽어버린 루쉰」, 「"몽롱"이후」 등 글에서 루쉰은 단지 이미 죽어버린 시대에 남겨진 사람으로서 혁명적인 현대를 대표할 수 없다고 했다. 루쉰은 창조사와 태양사를 반격하기 위하여 마르크스주의와 소련의 문예정책에 관한 대량의 서적들을 섭렵한 후에 태양사 등이 스스로 무산계급 문학자로 자처하는 것은 허풍에 지나지 않으며 "문학은 먼저 내용의 충실성과 기교의 원숙함을 추구해야지 먼저 간판을 걸 필요는 없다", "모든 문예는 선전이지만 모든 선전은 다 문예가 아니다.",[96] "중국의 창조사 패거리들은 먼저 '예술을 위한 예술'을 고취하더니 이제는 혁명문학을 고취하고 있다. 얼마나 영원히 현실을 보지 못하는 무리이며 그 본신 또한 얼마나 이상도 없는 공허한 외침소리인가."[97] 비록 창조사와 태양사에 대한 루쉰의 반격은 부득이한 상황에서 발생되었지만 이 논쟁은 그로 하여금 소련의 새로운 문예이론을 습득하여 상대의 약점을 꼬집을 수 있도록 했기에 객관적으로 루쉰의 현실주의 문학관을 풍부하게 발전시켰다.

루쉰에 이어 모순 역시 창조사와 태양사의 공격 대상이었다. 혁명문학의 옹호자로서 그는 창조사와 태양사의 간단하고 폭력적인 비판에도 굴하지 않고 시종일관 무산계급 혁명문학의 가치와 의의를 긍정하면서 그 관점을 아래와 같이 총화했다. 즉, 1. 소자산계급의 소일거리적인 태도와 개인주의를 반대한다, 2. 집체주의, 3. 반항적 정신, 4. 기술적으로 신사실주의의 모습에로 경도(비록 신사실주의에 접근한 작품은 발견하지 못했지만) 등이다. 그는 이러한 주장들은 문제가 되지 않지만 작품에서 "'표

96) 魯迅, 「文藝与革命」, 『魯迅全集』 第4卷, 人民文學出版社, 1981, pp.82~84.
97) 魯迅, 「"新時代的預感"譯者附記」, 『魯迅全集』 第10卷, 人民文學出版社, 1981, p.426.

어 · 구호 문학'의 구속을 벗어나지 못"하고 단지 무산계급의 제재만 다루고 소자산계급적 제재를 다루지 않는 것은 잘못이라고 지적했다.[98]

무산계급 혁명문학은 '신사실주의'를 숭상하면서 그것이 이 시대에 가장 선진적인 예술이며 시대적 특징을 표현할 수 있다고 주장했다. 모순은 혁명문학을 지지했지만 관념상 약간의 다른 점을 보였다.

소위 시대성이란 나는 시대적 분위기를 표현한다는 것 외에 아래와 같은 두 가지 의미가 있어야 한다고 생각한다. 하나는 시대가 사람들에게 어떠한 영향을 끼치는가 하는 것이고, 다른 하나는 인간 집단의 활력이 어떻게 시대를 새로운 방향으로 추진하는가 하는 것이다. 다시 말한다면 어떻게 역사를 필연적으로 새로운 시대로 진입하도록 촉구하는가 하는 것이고, 또 환언한다면 인간집단의 활동이 어떻게 역사의 필연을 조속히 실현하는가 하는 문제이다. 이러한 의미가 바로 현대 신사실주의파 문학이 표현해야 할 시대성이다.[99]

모순의 아주 이성적인 일면을 보아낼 수 있는바, 절대로 몇 마디 구호에 그치지 않고 문학의 시대성을 시대와 인간의 상호 영향관계 속에 위치시키고 있다. 이는 혁명문학의 이론보다 한걸음 더 나아간 것이다.

모순의 주장에서 그가 루쉰과 같이 혁명문학 고취자들의 비난에 맞서고 있었다는 점을 알 수 있다. 그들의 이론적 대응 혹은 견해는 열광적인 혁명문학조류에 냉정한 사색을 부여했다. '신사실주의'의 옹호자든 아니든 중국 현실주의 이론은 바로 이러한 겨룸에서 충실하게 발전되었다. 다른 한 면에서 소련의 문예이론과 무산계급 현실주의도 중국의 좌익문화 진영에 깊이 침투되어 중국 문예에 대한 심원한 영향을 끼쳤다.

---

98) 茅盾, 「從牯嶺到東京」, ≪小說月報≫ 第19卷 第10號, 1929年 10月.
99) 茅盾, 「"讀≪倪煥之≫"」, ≪文學周報≫, 合本 第8卷, 1929年 7月.

3. 사회주의 현실주의 문학의 이론형태

1932년 소련공산당이 '라프'를 포함한 모든 문학단체를 해산하고 소련작가협회를 성립하면서 소련의 문예계에서는 '라프'의 '유물변증법적 창작방법'에 대한 비판을 시작했다. 전소비에트작가동맹위원회 제1차대회에서는 '사회주의 현실주의'의 구호를 제안했고 1934년에는 '사회주의 현실주의'를 「소련작가협회장정」에 기입함으로써 소련문학비평의 기본방법으로 삼았다.

중국의 문예계는 소련의 변화에 긴밀히 주목하면서 1933년 11월에 ≪현대≫ 잡지 제4권 제1기에 주양의 「'사회주의 현실주의와 혁명적 낭만주의'에 대하여」를 발표하여 체계적으로 사회주의 현실주의 이론을 소개하였다. 이 글은 사회주의 현실주의는 바로 '라프'를 비판한 산물이며 반드시 '유물변증법적 창작방법'이 초래한 부정적인 영향을 청산할 것을 호소했고 또 엥겔스의 전형성에 관한 이론을 언급하면서 "전형 환경속의 전형적 성격이 가져올 수 있는 정확한 전달은 사회주의 현실주의에 중요한 의의가 있다."[100]고 했다. 이 글은 중국현실주의 사조의 발전을 추진함과 아울러 '좌'적 기계론을 철저히 청산하지 못했기에 금후 현실주의 사조의 발전에 '좌'적 경향의 복선을 깔아놓았다. 한편 이 글은 "사회주의 현실주의가 우리 나라 현실주의 사조에 편입되고 그것을 좌지우지함으로써 현실주의발전이 새로운 단계에 진입했다는 표징이다."[101]

주양의 글에서 사회주의 현실주의는 '라프'이론을 비판하는 과정에서

---

100) 주양, 「關于"社會主義的現實主義与革命的浪漫主義"」, ≪現代≫, 第4卷 第1期, 1933年.
101) 溫儒敏, 『新文學的現實主義的流變』, 北京大學出版社, 2007, p.122.

이미 점차 주류로써 중국의 좌익문단에 자리잡았음을 알 수 있다. 이때로부터 마르크스, 엥겔스의 현실주의 이론도 점차 중국 좌익문단의 이해와 수용을 거쳤는데 이 면에서 구추백의 공로가 컸다. 일찍 '5·4'초기에 구추백은 소비에트의 현실주의 문학이론을 중국에 소개했으며 1932년에는 『'현실'-마르크스주의 문예논문집』을 편역하여 엥겔스가 하네크스에게 보낸 편지에서 논한 '전형'에 관한 이론을 소개했다. 1933년 구추백은 ≪현대≫ 잡지에 「마르크스, 엥겔스와 문학상의 현실주의」를 발표하여 마르크스와 엥겔스가 문학상의 현실주의를 극력 강조했으며 현실주의는 중국에서 일반적으로 사실주의로 번역되는데 "마르크스와 엥겔스가 주장했던 문학은 바로 혁명적 경향을 표현한 객관적인 현실주의 문학"이고, "자산계급의 현실주의 문학은 시종 노동계급의 투쟁을 충분히 반영할 가능성이 없었다. 무산 작가는 발자크 등 자산계급의 위대한 현실주의 예술가의 창작방법의 '정신'을 본받되 중요한 것은 이러한 자산계급 현실주의를 초월할 수 있어야 하며 변증법유물론의 방법을 장악해야 한다."102)고 했다. 이 시기에 변증법적 유물론을 무산계급 현실주의의 창작방법으로 할 것을 주장하고 있던 구추백은 '라프'에 대한 비판이 시작되자 곧 비평의 대상이 되었다. 사실 구추백의 관점은 '좌'적인 경향과 낭만주의에 저촉된다는 미흡한 점이 있음에도 불구하고 좌익진영의 우수한 현실주의 이론가임에는 손색이 없었다.

주양과 구추백이 마르크스, 엥겔스의 현실주의문예관에서 '전형'이론에 대한 소개함으로써 30년대 중반 전형문제에 관한 논쟁을 불러일으켰다. 이 논쟁은 주로 주양과 호풍의 논쟁이었는데 사회주의 현실주의와

102) 瞿秋白, 「馬克思, 恩格斯和文學上的現實主義」, ≪現代≫, 第2卷 第6期, 1933.

마르크스, 엥겔스의 현실주의 이론에 대한 보다 많은 작가들의 관심을 불러일으켰다. 1935년 호풍은 「전형과 유형이란 무엇인가?」에서 "소위 보편적이란 것은 임무가 소속된 사회단체의 매개 개체를 가리키는 것이고, 특수라는 것은 개별적인 사회군체 혹은 다른 사회군체의 매개 개체를 가리킨다."[103]고 하면서 같은 전형일지라도 다양한 군체 내에서 '보편'과 '특수'의 구별이 있다는 점을 강조했다. 그의 관점에 반대한 주양은 1936년 ≪문학≫ 제6권 제1호에 「현실주의 시론」을 발표하면서 고리끼의 관점을 빌려 대예술에 있어서 "낭만주의와 현실주의는 항상 혼연일체이다.", "전형의 창조는 어떤 사회군체에서 가장 성격적인 특징, 습관, 취미, 욕망, 행동, 언어 등을 추출하여 그것을 어느 인물에 구현하는 것으로서 그 인물로 하여금 특유의 성격을 잃지 말도록 해야 한다. 따라서 전형은 어떤 특정한 시대, 특정한 사회군체의 개별적인 모습이다. 한 사상가의 말을 빌면 바로 '매 인물은 모두 전형적인 동시에 개성적이기도 하다—이 인물(This one)은 헤겔이 말하던 것과 같은 것이다."[104]라고 했다.

호풍은 주양의 비판을 거부하는 의미로 「현실주의의-'수정'」이란 글을 써서 주양을 반박했다. 그는 전형을 견지하는 데에는 군체적 특징도 있고 개성적 특징도 있는 바 군체적 특징이 없는 개성은 전형이 아니라고 하면서 주양의 전형의 보편성을 부정했다. 주양은 즉시 「전형과 개성」이란 글을 발표하여 호풍의 반박에 응했는데 호풍이 전형의 개성을 말살하고 문학의 무기적 역할을 취소했다고 했다. 이 글이 193 6년 4월 1일자 ≪문학≫에 발표된 지 3일 만에 호풍은 「전형론의 혼란」을 발표하

103) 胡風, 「什么事典型和類型」, 鄭振鐸, 傅東華 編, 『文學百題』, 上海生活書店, 1935.
104) 周揚, 「現實主義試論」, ≪文學≫, 第6卷 第1號, 1936.

여 주양이 이미 청산주의의 수렁에 떨어졌다고 반박했다. 두 사람의 논쟁은 '전형'을 둘러싸고 점차 격을 높였는데 초점은 엥겔스의 "This one"에 대한 이해의 분기점에 있었다. 현실주의 문학 이론에 관한 논쟁은 점차 깊어가면서 점차 좌익문단의 파벌 투쟁으로 변했다.

1937년 항일전쟁이 폭발한 후 1938년 장천익의 소설 「화위선생」의 '폭로와 풍자', 즉 항일진영의 암흑면의 폭로문제를 둘러싸고 열렬한 토론이 전개되었는데 이 역시 현실주의 문제였다. 이 토론을 통해 현실주의 정신은 더 한층 긍정되고 심화되었다. 하지만 30년대에서 40년대에 이르기까지 현실주의 사조 발전의 주요 맥락은 여전히 사회주의 현실주의였다. 1942년 모택동이 연안정풍기간에 발표한 「강화」는 그 후 한동안 문학창작의 강령, 준칙이 되었다. 그는 「강화」에서 "문예작품이 반영한 생활은 일반적인 실제생활보다 더욱 높고 강렬하며, 더욱 집중적이고 전형적이며 이상적이어야 하며 또 그러한 가능성도 있기에 보다 보편성을 띠게 된다."[105]고 했다. 모택동은 문학이 농공병을 위해 복무해야 하며 정치적 표준으로 정치적 기능의 시각에서 사회주의 현실주의에 대한 새로운 해독과 해석을 해야 하며 혁명적 현실주의에 혁명적 낭만주의를 결합시켜야 한다고 했다.

중국공산당의 고위층 문화영도자와 마르크스주의 문예이론 비평가인 주양은 「강화」가 발표된 후 점차 자신의 현실주의 문학이론을 조정하여 「강화」의 요구에 접근했다. 30년대부터 40년대에 이르기까지 주양은 줄곧 체르니셰프스키의 연구에 주력하여 선후로 「예술과 인생–체르니셰프스키의 "예술과 현실의 미학관계"」와 「유물주의의 미학–체르니셰프

105) 毛澤東, 「在延安文藝座談會上的講話」, 『毛澤東選集』(合本), 人民出版社, 1968, p.818.

스키의 "미학"」 등 논문을 집필하였다. 그는 체르니셰프스키현실주의 이론과 사회주의 현실주의 이론을 결합시키면서 체르니셰프스키의 "예술은 인생의 재현이고 인생의 설명"이라는 관점은 "현실의 교육적 의미와 '인생교과서'의 예술교육 의미의 이해에 도달했으며 사회주의 현실주의의 중요한 이론적 원천을 구성했다."[106]고 했다. 연안 해방구의 현실은 주양에게 새로운 경험을 제공하게 되어 그는「강화」의 정신적 지도에 따라 사회주의 현실주의와 결부하여 자기의 현실주의 이론의 새로운 지위를 확립했다. "혁명적 현실주의는 마르크스주의세계관을 그 토대로 하는 바 과거의 일체 현실주의와 근본적인 구별점이 있는데 바로 과거의 구현실주의는 비록 현유의 사회제도의 결함과 죄악을 비판하고 고발했지만 사람들에게 출로를 제시하지는 못했고 모든 것을 부정한 후에 남은 것은 오로지 인생에 무의미한 허무적 감각뿐이다. 더욱 나쁜 결과로 사람들을 여전히 이미 부정했던 원래의 것으로 복귀시킨다는 것이다. 혁명적 현실주의는 절대로 이러한 소극적인 성질이 없는 바, 낡은 것을 부정하는 가운데 새로운 것을 긍정하고 과거의 것을 부정하는 가운데 현재를 긍정하며, 기존의 것을 부정하는 가운데 장래를 긍정하였다. 역사발전의 형세는 이에 유리하기에 혁명적 현실주의는 자연히 미래를 전망할 용기를 갖추게 된다." 따라서 "혁명의 예술작품은 그것의 제재내용이 무엇이든 간에 기본적인 정신은 영원히 사람들에게 광명을 제시해주는 것이어야 하고 우리는 반드시 과거의 모든 우수한 고전적 현실주의 작가들을 배움과 아울러 반드시 근본적인 정신에서는 그들과 구별되어야 한다. 우리는 반드시 단지 소극적인 현상만 주목하고 부정

106) 周揚,「藝術与人生-車爾尼雪夫斯基的"藝術与現實之美學關系"」, ≪希望≫ 創刊號, 1937年 6月.

이 긍정보다 많은 그들의 그러한 전통을 탈피해야 한다.” 주양의 새로운 혁명적 현실주의는 “마르크스주의 세계관을 토대로”, “대중, 즉 농공병을 주요 대상으로” 해야 하는 바, “사회주의 현실주의는… 작가들이 현실적인 혁명의 발전에서 진실하게, 역사적이고 구체적으로 묘사해야 한다. 아울러 예술적 묘사의 진실성과 역사의 구체성은 반드시 예술의 진실성과 교육성이 결합되어야 하며, 예술성과 혁명성이 결합되어야 한다.” “현실주의는 대중화에 대한 연구를 토대로 해야 하는데 이는 제고와 보급이 결합되어야 함을 말한다.”[107] 주양의 현실주의 이론이 「강화」 정신과 완전한 일치를 이룩했음을 볼 수 있다. 그는 「강화」를 원칙으로 정치요구에 부합되는 사회주의 현실주의 문학이론을 제정했고 그것을 문학창작의 보편적 원칙으로 삼았으며 이로써 「강화」의 권위적인 해석자가 되었다.

모순은 일찍이 신문학 20년 이래 유미주의, 상징주의 등의 문학은 시대의 뒤편으로 밀리고 현실주의가 주류가 되었다고 했다. 이때 모순은 혁명현실주의를 견지하는 작가와 이론가였지만 그의 주장은 여전히 ‘5·4’시기의 흔적이 남아 있었다. 그는 창작의 자유가 현실주의 문학 발전에 끼치는 영향을 강조하면서 현실주의는 민주와 과학이 문예사조에서의 표현이라고 했다. 사실 40년대에 현실주의는 이미 사회주의 현실주의 형식으로 문단에 독보하고 있었으며 중국공산당이 영도하는 문예무기로 군림하였고 이론가들도 대개 마르크스주의로 현실주의를 해석하고 있다고 자처하면서 적극적으로 「강화」의 정신의 관철자가 되었다.

107) 周揚, 「藝術教育的改造問題」, ≪解放日報≫, 1942年 9月 9日.

4. '주관전투정신'의 현실주의 문학이론형태

'주관전투정신'의 현실주의 문학이론은 주로 호풍이 제안한 것이다. 호풍은 '주관전투정신'을 강조함과 아울러 이를 현실주의의 근본적인 정신적 특질이라고 하였는데 나름대로의 논리적 전제와 사실적 근거가 있었다. 그는 논리상에서 현실주의자에게 있어서 객관대상은 단지 하나의 존재이지 성질의 우열과 가치의 좋고 나쁨의 구별이 없다는 것이다. 주관우량자(主觀优良者)에 있어서 모든 대상이 형성한 경향은 꼭 우수한 것이며 같은 대상일지라도 주관적으로 열악한 자의 앞에서 보인 경향은 반드시 나쁜 것이다.

> 객관대상은 인간의 의식에 주입되기 전에는 '작가 주관적 영향을 받지 않는 객관적 존재'이지만 소위 '창작대상'으로 격상된 후에는 꼭 '작가의 주관적 영향'을 받게 된다. 그렇지 않을 경우 '창작'이란 있을 수 없다. … 어떠한 작가의 '주관적 영향'은 그것을 왜곡하고 어떠한 작가는 단지 '주관적 영향'에 의거하여 그것을 파악하고 창조하며 나아가서는 그것을 제고해야 한다. '한 권의 문학사'가 증명하는 것은 바로 이러한 진리이다.108)

인간은 비록 모두 '주관적 능동성'을 갖추고 있고 이러한 능동성은 인간으로 하여금 대상 앞에서 '자유로운 성격'을 갖추도록 하지만 이러한 '자유'가 도달하는 고도는 균일한 것이 아니다. 작가가 '주관적 능동성' 아래 창작한 작품의 가치가 다른 점은 바로 주관이 객관과 완전히 융합을 이루었는가 여부에 의해 결정된다. 호풍은 중국 현대문학의 대량적인 사례로써 이러한 자신의 관점을 입증했다. 마찬가지로 항전시기

108) 胡風, 「論現實主義的路」, 『胡風評論集』下卷, 人民文學出版社, 1984, p.327.

의 현실을 반영하는 문예작품이지만 "'9 · 18' 이후에서 항일전쟁이 발발하기 전까지 시기"에는 "주관과 객관, 사상요구와 생활실제의 격리감으로 인하여 현실주의 전통도 위기를 맞게 되었다. 가령 시 창작에서 혹자는 억압된 울분을 호소하거나 혹자는 성급한 애국주의의 외침으로 일관하였고, 희곡과 소설 창작에서 혹자는 직접 정치적 요구에서 전기적 이야기를 연역하거나 혹자는 사회과학 상식에서 출발하여 역사적문제의 해결을 시도"하는 현상이 나타났다.

전민적인 항일전쟁이 폭발한 후 작가가 "기백 있게 자신의 전투정신을 모든 생활대상에 주입시키기 시작"한 이래 문단의 면모는 참신한 변화를 가져왔다. "시가 영역에서… 감상에 젖은 호소는 자취를 감추고 동시에 가망만 있고 실현할 수 없었던 그런 성급한 의미도 사라지고 생활 속에서 폭발한 열렬한 소리만 남게 되었다." 그리하여 소설영역에는 "이미 장편소설이 번성해가는 추세가 나타났으며", 희곡계도 "비교적 강렬하게 인생의 역량을 반영"하기에 이르렀다. 작가의 창작실천과 문예 현상도 이러했거니와 구체적인 제재에서도 주관의 우열과 작품가치의 직접적인 영향관계를 발견할 수 있었다. 동일한 "일본제국주의를 타도하자"는 구호를 사례로, 호풍은 '퇴락한 주관정신'을 지닌 작가는 단지 표징적인 구호가 되어 주체는 그것을 시작품에 융합시켜 심미적 가치를 보이는 시구를 창작할 능력이 없지만, "풍만한 정서의 포옹 속에서 의지가 돌발한" 상태에서의 작가는 "말할 필요도 없이 그것을 시작품에서 구현할 수 있다."고 했다.

가령 전간의 시는 바로 이러한 구호를 창작에 용해시켰는데 시에 강한 사회내용을 주입했을 뿐만 아니라 "구체적 인물 또는 구체적 생활사건의 정신적 경지를 포옹하였기에"[109] "사회학적 내용이 어떻게 합당하게 조응을 이루고 미학적 역학의 표현을 이루고 있는가를 발견할 수 있다."[110] 바로 이러한 사실들을 통하여 호풍은 아주 유력하게 '주관전투정신'이 문학창작 실천에서의 중요성을 설명함과 아울러 일부 '제재결정론'의 주장을 부정했다. "제재가 그 어떤 의미를 지닌다고 할지라도 만약 작가의 철저한 피와 땀을 쏟아 부은 육성을 떠난다면 절대로 예술구조의 결실을 맺을 수 없다."[111] 이는 "객관사물은 오직 주관정신의 연소를 통해서만이 비로소 잡물질들을 재로 만들고 정화부분을 더욱 맑게 하며 나아가서 혼연한 예술생명으로 응집"[112]시킬 수 있기 때문이다.

바로 이러한 '주관전투정신'의 중요한 역할로 말미암아 호풍은 현실주의 작가라면 다른 모든 것을 포기할 수 있을지라도 오직 '주관전투정신'은 "그 어떤 '위험'에 직면해도 보류하지 않을 수 없는 것"[113]이라고 하면서 스스로 그것을 실천했다. 그는 자신의 주장을 고수했을 뿐만 아니라 스스로가 이 주장을 자기가 일관적으로 추구하던 중심문제 — 현실주의와 결부시킨 후에 현실주의에 선명한 개성적인 색채를 부여했다. 그 개성적인 색채의 주요 기조는 바로 생명의식이었다.

호풍은 현실주의가 직면한 객체는 본래부터 "살아 있는 사람, 살아 있는 심리상태, 살아 있는 사람의 정신투쟁이다."[114]라고 했다. 따라서 작가에서 작품까지, 주체에서 객체까지, 작품의 형식에서 내용에 이르기까지 자연 이러한 '살아 있는' 생명의 색채를 갖추도록 해야 한다. 이러

---

109) 이상 호풍의 관점은 「關于創作發展的二三感想」, 『胡風評論集』中卷, 人民文學出版社, 1984, pp.289~297 cf.
110) 胡風, 「"給戰斗者"後記」, 『胡風評論集』 中卷, 人民文學出版社, 1984, p.455.
111) 胡風, 「爲了電影藝術底在前進」, Ibid., 下卷, 人民文學出版社, 1984, p.198.
112) 胡風, 「"給戰斗者"後記」, Ibid., 中卷, 人民文學出版社, 1984, p.455.
113) 胡風, 「論現實主義的路」, 『胡風評論集』 下卷, 人民文學出版社, 1984, p.351.
114) Ibid., 29쪽.

한 생명의 색채는 작가의 신상에서는 주로 생명의 감응과 정신의 확대로 표현된다. "모든 위대한 작가들에게 있어서 그들이 겪은 열정의 요동 혹은 마음의 고통은 단지 시대의 중압 또는 인생 번뇌의 감응이 아니라 동시에 그들 내부의, 육체적 고통의 정신적 확장의 과정이다."[115] 이러한 생명의 색채를 띤 작품은 주로 주체와 객체의 유기적 통일로 표현된다. 가령 시가의 영역에서 호풍은 시의 '살아 있는 생명'은 '형상화'에 있는 것이 아니라 주관과 객관의 유기적인 융합에 있으며 주관이 인생에 대한 '결투'에 있다고 단언했다. 이러한 박투를 떠난다면 시가의 '살아 있는 생명'은 상실되며 따라서 "독자에게 살아 있는 생명의 목소리를 전달할 수 없다."[116] 예술적 기교조차도 호풍은 단지 내용과 상부상조하는 '살아 있는 표현능력'이지 그 무슨 '추상적인 기교'는 아니라고 했다.

이러한 인식에서 출발하여 호풍은 '동(動)적 현실주의 방법'[117]이란 주장을 세웠다. 이 '동적 현실주의'는 시간과 공간적으로 중국 현대문단에서 현실주의 발전의 사실을 확정했을 뿐만 아니라 '주관전투정신'의 요구에서 출발하여 호풍 자신이 추구하는 현실주의를 질적으로 규정했다. '동적' 요구에 부합되려면 객관과 박투를 해야 하는 바, "문학적 인식은 작가의식이 특수한 방법으로 최고의 박투에 임하기를 요구한다."[118] 여기서 '특수한 방식'이란 바로 "감동 가능한 형상의 상태에서 인생과 세계를 파악한다는 것"이다. 오직 이러한 경우에만이 작가의 창작은 비로소 생기와 활력을 구비할 수 있고 현실주의는 또한 이러한 박투 속에서

115) 胡風, 「置身在爲民主的斗爭里面」, 『胡風評論集』 中卷, 人民文學出版社, 1984, p.22.
116) Ibid., p.366.
117) 胡風, 「文學修業底一个基本形態」, 『胡風評論集』 上卷, 人民文學出版社, 1984, p.370.
118) 胡風, 「今天, 我們的中心問題是什么?」, 『胡風評論集』 中卷, 人民文學出版社, 1984, p.113.

만 끊임없이 앞으로 발전하고 주관과 객관의 끊임없이 변화하는 현란 속에서 '중개'역할을 할 수 있는 것이다. 이러한 '동적 현실주의 방법'을 장악한 작가가 바로 "전투적인 현실주의 작가이다."[119] 이러한 '전투'는 작가의 전반 정감이 형상적인 사유의 전개에 따라 대상과 대화를 전개하고 또한 일정한 정도에서 성공적인 대상파악을 보장하여 "시대의 살아 있는 생명을 감수할 수 있는"[120] 작품을 창작할 수 있다. 그리하여 작품은 주객관의 유기적 통일 가운데서 현실보다 더욱 전형적인 진실을 획득할 수 있다. 진실의 영역에서 이러할 뿐만 아니라 호풍은 작품의 '미'와 '선' 역시 "인격상의 견강한 기백에서 기원"[121]하는 것이라고 했다. 이러한 '기백'은 바로 작가의 주관전투정신이 외재적으로 현현된 것이며 그 목표는 바로 작품으로 하여금 생명색채와 '역(力)'감적인 심미가치를 획득함으로써, "우리의 사상요구는 최종적으로 내용적 역학적 표현으로 귀결하는 것이며 전반 예술구성의 미학적 특질로 귀결되는 것이다."[122]

그렇다면 어떻게 해야 문학이 필요한 생명색채를 획득할 수 있을 것인가? 오로지 주관과 객관의 박투를 경과해야 한다. 하지만 이러한 '박투'의 방식은 임의적이거나 국부적인 것이 아니라 반드시 자기의 심신전부를 투여하여 객관대상과 전면적인 대화를 나누어야만 비로소 작품이 지녀야 할 '역감(力感)'과 '활성'을 보장할 수 있다. 그것은 주관이 상대한 객관은 하나의 무기세계가 아니라 인간의 여러 가지 관계 및 생존조건으로 구성된 '객관적 감성의 세계'이며 이 세계는 "인간의 살아 있

119) Ibid., p.73.
120) 胡風, 「五四時代底一面影」, 『胡風評論集』 上卷, 人民文學出版社, 1984, p.126.
121) 胡風, 「A.P.契科夫片段」, 『胡風評論集』 下卷, 人民文學出版社, 1984, p.126.
122) Ibid., p.163.

는 감성의 전반활동으로 형성된 것"[123]이기 때문이다. 그러므로 오로지 이러한 '전반활동'이 "그의 객관현실에 대한 전반 인식과정에 용해"될 수 있음으로 인하여 주관과 객관은 완벽한 융합을 이루고 생명력을 지닌 통일체를 구성하게 된다. 그렇지 않을 경우 "국부적인 하부 혹은 표면적으로 떠도는 '현실'에 굴복"[124]할 수밖에 없으며 그 결과는 기필코 '주관과 객관'의 유기적인 통일에 대한 파괴를 초래하여 현실주의의 '활성', '역감'까지 상실하게 된다.

이러한 '전면적인 대화'와 전면적인 접촉의 성과는 작품 속에 용해되어 주관과 객관의 완벽한 통일을 이룬 예술적 형태—전형 인물로 표현된다. 호풍은 거의 현실주의자 특유의 집요함과 이론가 고유의 끈질김을 동원하여 누차 자신의 '전형'이론을 해석하려고 분투, 노력했다. 그는 선후로 「현실주의의－'수정'」, 「전형론의 혼란」 등의 글을 발표하여 문예계의 동인들과 논쟁하는 가운데 자신의 주장을 확립했다. 논술의 과정에서 호풍의 이론 역시 일정 부분 엄밀하지 못하거나 또는 혼란한 면도 보였지만 총체적으로 볼 때에는 체계성을 이루고 있었다.

호풍의 전형이 소유하고 있는 기본 특징은 전반성이며 그것이 바로 전형이 비전형과 구별되는 표징으로서 이 전반적인 특징을 강조하지 않고 "단지 한, 두 가지의 표면적인 공통면만을 강조한다면… 그것은 단지 '유형'이라고 할 수밖에 없다."고 했다. 이러한 전반적인 전형은 두 가지 특징을 보이는데, 하나는 '유기통일성'으로서 "보편적인 것과 특수적인 것 두 가지 상호 모순되는 듯한 관념을 포함"하고 있다. 즉, "특정한 사회군의 보편적인 개성을 포함"하는데 "개인적인 사물이 없는 것은 예술

123) Ibid., pp.294~317.
124) 胡風, 「論現實主義的路」, 『胡風評論集』 中卷, 人民文學出版社, 1984, pp.294~317.

이라 할 수 없으며 사회적인 사물의 부재는 '전형'으로 불릴 수 없다." 하지만 "예술 속에서의 사회적 사물은 반드시 개인의 사물을 통과해야 하며 반드시 개인적 사물에 따뜻함, 피와 살, 생명을 부여할 수 있는 것이어야 한다."[125] 다른 한 특징은 '활성', 즉 전형이 '복잡한 삶의 면모'[126]일 것을 요구한다. 이러한 '삶의 면모'는 혹은 "어떤 사회군에서 갓 발아한 성격이 창조한 전형"[127]이거나 또는 "잠재된 정신적 노예의 상처"[128]에서 획득한 "객관대상의 본질적인 삶의 내용물이어야 한다."[129] 전자에 대해 호풍은 열정적인 주목을 할애하면서 이러한 새로운 성격이 반영하는 것은 바로 민족의 현재와 미래의 희망이며 우리 "사회군의 새로운 본질적 특징"으로서 그것을 파악하고 "창조적으로 가공한다면" "예술가가 창조한 인물은 '선구적' 전형이 될 수 있으며 예술가 자신은 '예언자'가 될 수 있다."[130]고 했다.

하지만 '생명의식'에서 출발한다는 전제 아래 호풍은 후자의 전형에 대해 더욱 찬탄을 보냈다. 노예의 상처를 띤 전형은 마치 큰 암석 아래에서 묵묵히 시들어져가는 들풀의 운명과도 같고 또 이 운명이 표현하고 있는 생명의 색채와 그로써 형성된 전반적인 충격은 '갓 맹아상태의 성격'보다 놀랍고도 역동적인 활성을 보이기 때문이다. 호풍은 루쉰의 강인한 성격에 의해 창조된 "정신적 노역의 상처를 띤" 전형을 예로 들었다.

125) 胡風, 「現實主義底-"修正"」, 『胡風評論集』 上卷, 人民文學出版社, 1984, pp.343~347.
126) Ibid., p.303.
127) Ibid., p.363.
128) 胡風, 「論現實主義的路」, 『胡風評論集』下卷, 人民文學出版社, 1984, p.348.
129) Ibid., p.350.
130) Ibid., p.303.

> 윤토는 정신적 노역의 상처를 띠고 있기에 그의 전반 운명은 살아 숨쉬고 있는 우리에게 충격을 이루고 있고; 상림아주머니가 지닌 정신적 노역의 상처는 그의 운명 전반이 살아 있는 우리에게 충격이 되고 있으며, 아Q는 만신의 정신적 노역의 상처를 띠고 있기에 그의 전반 운명은 살아 있는 우리에게 충격적이다.[131]

이러한 '정신적 노역의 상처를 띤' 전형적 형상은 피와 눈물, 사로와 활로, 생존과 시들어가는 사이에서 충격력을 형성하게 된다. 호풍에게 있어서 이것이 바로 '동적 현실주의'가 도달해야 할 경지였다. 이러한 전형은 주관과 객관의 유기적 융합이 창출한 '역감'을 충분히 구현할 수 있으며 가장 선명하게 인격적 역량과 전투적 요구가 조화를 이루는 특징을 보여주고 있다. 호풍은 "5・4운동 이래 오로지 루쉰 한 사람만이 수천 년의 암흑한 전통을 뒤흔들 수 있었는데 이는 그가 낡은 사회에 대한 깊은 인식으로부터 기인된 현실주의적 전투정신에 힘입은 것이다." 라고 하면서 "루쉰의 전투는 하나의 큰 특징, 즉 '마음'과 '힘'의 완벽한 결합이다."[132]고 평했다. 루쉰은 바로 이러한 '완벽'한 자태와 대상에 관한 대화로써 자신의 전반 생명을 대상과 융합시켰고 그로써 말미암아 그가 창조한 전형은 영원한 생명력을 획득하게 되었다.

호풍은 루쉰에게서 자기의 '주관전투정신'적 현실주의 이론의 현실적인 근거를 찾았고 루쉰 및 그의 작품에 대한 평론에서 최종적으로 자신의 '주관전투정신'적 현실주의 이론의 건설을 완성했던 것이다.

---

131) Ibid., p.350.
132) 胡風, 「關于魯迅精神的二三基点」, 『胡風評論集』中卷, 人民文學出版社, 1984, 10쪽.

제4절 중국현실주의 문학사조와 중외현실주의 문학사조와의 관계

1. 중국 현대 현실주의 문학사조와 외국 현실주의 문학사조

중국에서 진정으로 현대적 의의를 지닌 자각적인 현실주의 문학사조는 기본적으로 외국의 현실주의 문학사조가 유입된 결과이다. 하지만 그 유입은 횡적인 이식이 아니라 특정한 역사적 조건 아래에서 본토의 수요에서 출발하여 인식하고 선택한 외래적인 현실주의 문학사조이다. 이러한 상황은 외국의 현실주의 문학사조의 상호 연관되면서 구별되는 중국 현대 현실주의 문학사조의 특징을 이루었다.

'5・4'문학사조와 외국문학조류와의 관계에 대하여 루쉰은 적지 않은 의견을 발표했다. '5・4' 이후 얼마 지나지 않아 루쉰은 "현재의 신문예는 외래의 신흥한 조류이지 본래부터 옛 나라 일반인들이 쉽게 이해할 수 있는 것이 아닌바, 중국에서 특히 그러하다."[133]고 했다. 신문학을 건설하기 위해 '5・4'문학혁명의 선구자들은 상당한 열정으로 서양의 문명을 긍정하고 노래하면서 "속히 서양의 문학명작을 대량적으로 번역하여 우리의 모범으로 삼아야 한다."[134]고 호소하며 '장엄하고 찬란한 유럽'을 중국 문학혁명의 본보기로 삼아야 해야 한다고 했다.[135] 이리하여 근현대 서양의 각종 문학사조, 문학유파, 문학관념, 문학양식 등이

133) 魯迅, 「集外集是拾遺補編・關于"小說世界"小引」, 『魯迅全集』 第8卷, 人民文學出版社, 1981, p.112.

134) 胡适, 「建設的文學革命論」, 胡适 編, 『中國新文學大系・建設理論集』(影印本), 上海文藝出版社, 1981, p.139.

135) 陳獨秀, 「文學革命論」, 胡适 編, 『中國新文學大系・建設理論集』(影印本), 上海文藝出版社, 1981, p.4.

한꺼번에 중국에 유입되어 '서양을 배우는' 열풍을 이루었다.

'5·4'시기 이후 19세기 유럽의 현실주의 문학은 가장 광범위하게 수용된 사조였다. 이 사조는 유럽 낭만주의 문학사조 이후 1830년대부터 출현하기 시작한 새로운 문학조류로서 유럽 자본주의 사회가 확립, 발전한 결과이며 자본주의 사회의 첨예하고 복잡한 모순과 투쟁의 문학적 반영이다. 이 사조는 사회에 대한 강렬한 고발과 비판의 특징이 있기에 비판적 현실주의라고도 칭했다. 이 사조를 수용하는 과정에서 영향이 가장 컸던 것은 프랑스와 러시아의 현실주의였다. 『신문학대계·사료색인』의 불완전한 통계에 의하면 1917-1927년 외국문학 번역서 225종, 총집 또는 선집 38종, 단행본 187종을 번역했는데 그 중 러시아의 것이 65종, 프랑스의 것이 31종이었다. ≪소설월보≫는 1922년 제15권에 『프랑스문학전문호』를 발간했고 또 1924년 4월에는 『프랑스문학연구전문호』를 발간하여 발자크, 플로베르에 관한 전문적인 평론과 그들의 작품을 실었다. "중국의 특별한 국정이 서구와 약간 다른 점이 있지만 러시아와는 대개 동일한 점이 많았다."[136]는 이유로 당시에 러시아문학의 번역소개는 "일시 극성에 달했다." ≪소설월보≫는 1921년 제12권 호외로 『러시아문학연구』를 발간하여 고골리, 톨스토이, 투르게네프, 체홉, 도스토옙스키 등 중요한 현실주의 작가들의 작품을 대량으로 번역 소개했을 뿐만 아니라 현실주의 이론가 벨린스키, 체르니셰프스끼, 도브롤류보프 등을 전문적으로 논의했다.

중국 현대 현실주의 문학사조는 그 시작으로부터 기본상 자체의 철학기초와 이론적 체계가 없이 거의 전부 외국의 현실주의 문학사조를 차

136) 周作人, 「文學上的俄國与中國」, ≪新青年≫ 第5卷 第1號, 1918.

용한 것이다. 특히 19세기 유럽의 현실주의 문학사조를 많이 참조하였기에 유럽 현실주의 문학사조와 일부 특징을 공유하기도 한다.

1) 현실생활의 진실한 반영과 재현

낭만주의 문학은 종종 이상을 현실처럼 묘사하고 현실주의 문학은 생활에 대한 관찰과 체험을 중요시하며 객관적이고도 진실하게 현실생활을 그려낼 것을 주장한다. 뿐만 아니라 예술적인 묘사의 디테일에서 실제생활의 형태와 면모 및 논리에 부합될 것을 주장한다. 따라서 대부분의 비판적 현실주의 작품은 한 시대의 기록으로 되기에 주력한다. 사회생활과 역사생활의 재현에서 대부분의 작품들은 심지어 역사학자, 경제학자, 통계학자들이 공동으로 제공한 역사적 자료보다 풍부하다.

19세기 유럽 현실주의 작가들의 창작, 즉 스탕달에서 발자크에 이르기까지, 플로베르에서 모파상에 이르기까지, 새커리에서 디킨스에 이르기까지, 모두 '무정한 현실'과 현존사회의 여러 가지 고질에 대한 고발로써 진실한 역사적 화면을 제시했다. 발자크는 예술의 진실성을 강조하면서 문학은 현실생활을 반영하는 것이어야 한다고 주장했다. 그의 「인간희극」은 당시 프랑스 사회생활에 대한 전면적인 반영으로서 자본주의 세계에서 상층사회의 도덕군자, 인간과 인간 사이의 적나라한 금전관계를 고발함으로써 인간세상의 놀라운 정경들을 객관적으로 재현했다. 플로베르는 현실제재의 소설에서 1848년 전후 파리, 성 밖의 정치생활과 사회생활을 핍진하게 그려냈다. 그 외에 모파상의 경우, 소설의 취재범위가 아주 넓고 내용이 아주 풍부하였던 바, 파리 상류사회의 화려한 거실로부터 성 밖의 가난한 시골구석까지, 번화한 술집으로부터 신성한 참회실까지 모두 망라함으로써 프랑스 19세기 중, 후반기의 사회현실을 여러 각도, 다양한 측면에서 반영했다.

'5·4'시기에는 새로운 외국 사조의 충격과 자양분을 획득하는 가운데 작가들의 문학적 내면이 눈을 뜨게 된 경우도 적지 않다. 그들은 암흑한 환경에 반항하는 과정에서 세상에 눈을 뜨게 되었고 점차 새로운 시각으로 세상을 관찰하기에 이르렀다. 이리하여 원래는 아주 자연스럽게 보이던 여러 가지 부조리, 심지어 놀라운 현실들을 발견하게 되었고 나름대로의 방식으로 그것을 구원하려고 하였는데, 이렇게 형성된 것이 '5·4'문제소설유파, '인생을 위하여' 사실파의 유래였으며 중국 현대문학사의 첫 현실주의 붐은 이렇게 발발했다.

현실에 대한 강렬한 관심으로 그들은 중국 인구의 다수를 차지하고 있는 농민문제에 주목했고 이로써 문학연구회 작가들의 현실주의 필치는 향토소설로 접근하게 되었다. 따라서 향토소설은 '5·4'신문학 현실주의 사조의 또 하나의 표현 영역이 되었다. 루쉰의 「고향」, 「풍파」 등 소설은 발표당시 이미 걸출한 향토작품으로 추앙되었다. 루쉰 창작활동의 영향 아래 문학연구회 많은 청년작가들이 향토문학창작의 길에 올랐다. 허결은 농촌제재를 반영한 일련의 작품들에서 봉건종법제도의 위독을 고발하고 농촌이 자본주의의 충격으로 일어난 사상의식 영역의 변화를 그렸으며, 왕노언은 자본주의 경제의 틈입과 봉건정치의 압박 아래 신속히 파산의 경지로 나아가는 농촌의 정경을 그려냄과 아울러 농촌의 일부 풍속도를 제공했으며, 팽가황의 소설은 섬세하고도 간결한 필치로 동정호 일대 파멸되어가는 농촌을 생동하게 재현하고 다채로운 여러 부류의 인물형상을 부각했다. 이러한 소설들은 중국 농촌의 종법사회와 반식민지사회의 진실한 화폭으로서 토호의 압박, 군벌의 혼전, 제국주의 세력의 침략 아래 비참하게 살아가는 농민들의 생활을 아주 진지하게 표현하였다. 아울러 이러한 창작들은 또 현실주의 창작제재의 새로운 영역을 개척했으며 농후한 지방특색을 지닌 풍속도를 보여주기도 했다.

2) 사회 암흑면의 고발과 현실의 죄악에 대한 비판

아놀드 하우저는 문예는 "인간의 폄하된 생존상황에 대한 일종의 무언의 비판"이며, "예술은 오직 사회에 대한 저항력을 지닐 때만 비로소 생존할 수 있다."[137]고 했다. 만약 '비판'이 문학예술의 정신적 핵심의 하나라고 한다면 '비판'은 현실주의의 영혼이다.

자본주의 사회 자체가 계몽주의 사상가들이 지향하던 이상적인 사회가 아니라 잔혹한 자본착취와 계급압박으로 충만되어 있으며, 자본주의 제도는 수많은 노동자들을 보다 비참한 생활에 빠뜨렸다. 따라서 이러한 금전, 이익, 향략, 부패로 충반된 사회를 고발하고 비판하며 이러한 사회 죄악의 본질적 근원을 파헤치려는 것이 비판적 현실주의 문학이 공통적으로 추구하는 목표가 되었으며 폭로와 비판은 자연히 비판적 현실주의 문학의 가장 뚜렷한 표징이 되었다. 프랑스의 현실주의자들은 사회경제적 관계에 착안하여 사회를 비판하는 데에 주력했다. 발자크의 『외제니・그랑데』, 졸라의 『금전』 등은 경제활동에 대한 치밀한 묘사를 통해 물질의 이익 위에 세워진 모든 인간관계의 공포스러운 사회현상을 표현하고 있는데 바로 경쟁, 투기, 착취, 권위, 침략과 19세기의 이기적이고 본질적인 사회성격을 고발하고 있다. 한편 러시아 작가 고골리의 『죽은 혼』은 사회 각 계층의 생활에 대한 묘사를 통해 자본주의와 짜르 전제가 결합된 기형적인 사유제 사회를 비판하고 있으며, 도스토옙스키

---

137) [匈] 阿諾德・豪譯爾, 『藝術社會學』, 居延安 編譯, 學林出版社, 1987, p.68.

의 『죄와벌』은 자본주의 사회의 흉악하고 비인도적인 일면을 고발하고 전제제도 아래에서 인성의 타락을 해부하고 있으며, 톨스토이의 『부활』은 사회 전반의 법령과 제도 — 국가정권, 법정, 감옥, 당국소속의 교회, 귀족의 특권 등에 대한 무자비한 폭로와 비판을 가하고 있다. 요컨대 유럽의 19세기 현실주의 문학은 다양한 각도에서 현실주의 문학의 사회비판적 기능을 담당하면서 문학이 사회를 표현할 수 있는 강력한 기능을 과시했다. 이러한 작가들의 걸출한 성취는 '사회비판'형의 현실주의 문학을 위해 훌륭한 전범을 선보였다.

'5 · 4'신문화운동 '일체를 평판'하는 철저히 이성적인 비판정신은 중국 작가의 선명한 사회비판의 이상을 확립하였다. 거기에 강렬한 현대의 사명감까지 가세하여 그들은 중국의 사회현상을 개혁하고 사회의 병근을 찾아내며 부조리한 사회제도를 개조하려고 했다. 그들은 현실주의가 가장 직접적으로 현실을 반영할 수 있으며 가장 유력하게 낡은 사회의 부패를 비판할 수 있음을 의식하고 그것을 중국문학의 필요한 선택으로 간주했다. 따라서 '사회비판'의 의미에서 현실주의를 수용하는 것은 당시 많은 신문학작가들의 자각적인 요구가 되었다. 이를 출발점으로 사회비판적 기능을 지닌 유럽의 비판적 현실주의 문학사조를 수용하고 흡수하는 것은 하나의 필연적인 선택이었다. 그 중에서 그들은 주로 러시아와 프랑스의 현실주의 문학을 참조하고 현실주의 문학의 '사회비판'정신을 내세움으로써 사회의 폐단을 집중적으로 고발하고 비판하는 것을 주요 사명으로 삼아 개체적인 '인간'으로부터 사회 전반으로 관조의 범주를 확대하여 복잡한 사회의 내면을 포용했다. 이 면에서 루쉰의 작품은 실로 고전적인 의미를 지닌다. 루쉰은 명석한 현실주의 비판정신을 지니고 숭고한 정감과 건전한 이성, 이 두 요소를 결합시켜 현대적인 품격을 보여주었다. 그는 먼저 중화민족에 대한 강렬하고 깊은 사랑, 중화민족이 장시기 동안 처해 있던 봉건전제와 쇠퇴된 현실에 대한 비분과 초조에 입각하였고, 다음 선명한 이성비판의 기치를 내세워 전에 없는 '과감히 정시'하는 담략으로 국민의 심리구조라는 중요한 문화적 측면에서 봉건주의 통치하 국민의 가치관념, 사고방식, 신앙, 윤리, 도덕, 풍속, 심미적 취미 등의 영역에 침전된 정신적 약점을 과녁으로 광범위한 검토와 비판을 진행했다.

3) 휴머니즘 이상 추구

문학창작에서 현실주의는 '인간'을 주요 표현대상으로 삼는다. '인간'에 대한 이성적인 관조에서 휴머니즘은 가장 중요한 사상적 내용이다. 따라서 휴머니즘적인 배려와 현실주의는 불가분리적인 연관을 맺게 되며 휴머니즘은 현실주의 작가의 창작에서 불가결한 내용이기도 하다.

유럽의 비판적 현실주의 작가들은 대개 중소자산계급 출신으로서 계급적 출신의 한계는 그들로 하여금 귀족과 대자산계급의 경제적 착취와 정치적 압박에 반항하도록 하는 한편 무산계급의 폭력혁명과는 다른 일면, 즉 근본적으로 자본주의 제도를 뒤엎으려고 하지는 않았다. 그들은 사회의 일부 폐단들을 개량함으로써 보다 이상적이고 휴머니즘적인 중소자산계급이 생존하고 발전할 수 있는 사회질서를 건립하고자 했다. 따라서 사회를 비판하는 비판적 현실주의 문학의 사상적 무기는 자산계급의 휴머니즘으로서 추상적인 '자유, 평등, 박애'의 정신이었다. 이러한 비판적 현실주의 작가들은 이로써 불평등한 사회제도와 각종 부패하고 낙후한 사회현상을 견책하고 비판하였던 것이다.

발자크의 작품은 자본주의사회 인간과 인간 사이에 적나라한 금전관계와 자본가의 이익만 추구하고 상호 기만하는 본성을 고발하는 가운데 인간의 운명에 대한 관심을 곳곳에 드러내고 있었다. 디킨스의 모든 작품은 선명한 휴머니즘사상으로 일관되어 있는데 그는 항상 인간의 양심을 편달하는 것으로서 바람직한 양심과 정의를 환기시키고 있다. 이러한 현실주의 작가들은 사회의 암흑면을 깊이 파헤치고 고발하는 동시에 인간의 전도와 운명에 대한 뜨거운 관심을 보이면서 인간과 인간의 삶에 대한 탐구, 발견과 인식을 소설인물 성격의 탐구, 발견과 부각에 응집시켰다. 그들 작품의 인물은 시종 독특한 개성을 지님과 아울러 사회와 인성에 관한 풍부한 내용을 용해시킴으로써 비판적 현실주의 창작영역에서 숭고한 성취를 이룩했으며 불후의 예술적 생명력을 부과했다.

'이역의 문학신술'로써 국민들의 일상적인 습관을 타파하려는 신문학 창도자들은 19세기 유럽의 현실주의 사조를 수용하는 과정에서 휴머니즘전통을 지닌 프랑스, 러시아 작가들에게 천연적인 친화력을 느꼈다. 그리하여 번역한 외국작가의 작품 가운데서 휴머니즘성격의 작품이 5분의 2를 차지했다.[138] 『중국근대번역문학개론』의 소개에 의하면 '5·4' 이전 중국어로 번역된 톨스토이의 소설은 30여 종이 되었는데 그의 대표작 『부활』, 『안나 카레니나』 등이 있었다. 러시아문학 중에 가장 많이 소개된 톨스토이는 바로 그의 "세상과 인간들에 대한 연민의 정감"에 대한 '5·4'작가들의 열정과 동경이 있었기 때문이다.

1918년 주작인은 「인간의 문학」과 「평민의 문학」에서 휴머니즘과 개성주의 정신으로 전통적인 문학 관념을 혁신하기 위해 '인간의 문학'이란 유명한 명제를 제안했다. 물론 '인간해방'의 시대적 주제와 '인간의

138) 阿英 編, 『中國新文學大系·史料索引』, 上海文藝出版社, 1981, pp.357~381.

문학'이란 관념의 형성은 자연스럽게 '인생파'문학의 장족적인 발전을 실현했다. 구체적으로 본다면 '5·4'시기 많은 작가들은 강렬한 사회사명감과 휴머니즘의 정감으로 약자에 대한 동정과 연민을 표현했다. 작가의 사상체계, 기질과 개성, 문예관점 등의 차이로 그들이 약자에게 보낸 휴머니즘적 동정과 시각도 완연 일치할 수 없었다. 따라서 "피모욕자와 피해자에 대한 동정"이라는 동일한 모티프 아래에서도 여러 가지 다양한 휴머니즘의 창작 유형이 형성되었다. '귀족'적 휴머니즘의 대표 호적, 서지마, 진서영(陳西瀅), 능숙화(凌叔華) 등은 정치에 참여하면서 국민과 자신들의 담론공간을 확보하는 동시에 사회 최하층의 약자들을 위한 휴머니즘을 호소했으며, '평민'적 휴머니즘의 대표 빙심은 사상 감정을 대상화된 객체세계에 보다 많이 투입하여 근거리적으로 진실감 있게 약자에게 접근하여 노고대중들의 불행한 운명을 묘사함과 아울러 노동인민들의 미덕을 발굴하고 사회 하층인들을 구원하는 효과적인 방법을 강구했으며, '노동자', '농민'입장의 휴머니즘의 대표인 곽말약은 「지구, 나의 모친」, 심현노(沈玄廬)는 「공인악(工人樂)」, 류반농은 「대장장이(鐵匠)」와 「고빙(敲冰)」 등의 작품을 창작했다.

가장 주목할 것은 바로 루쉰의 휴머니즘사상이다. 루쉰은 계몽주의의 사회적인 요구를 출발점으로 서양의 휴머니즘 사조의 영향을 받아 '입인'과 '입국'이라는 휴머니즘사상의 두 개 기점을 마련했다. 루쉰의 작품은 피압박 측면에서 인민들이 물질생활에서 극도의 어려움을 겪는 것을 널리 묘사했을 뿐만 아니라 하층인민들에 대한 전통도덕의 엄중한 정신적 상해를 심각하게 고발했다. 휴머니즘을 논하는 '수감록'에서 루쉰은 어떻게 휴머니즘을 향해 나아갈 것인가 하는 문제를 직접 제기했다. 인성과 이성의 완벽화에 호소함으로써 비휴머니즘적 현상을 개변하려는 서양의 휴머니즘과는 달리 루쉰은 "하늘에서 휴머니즘이 떨어질 수는 없다. 왜냐하면 휴머니즘은 각자가 노력하여 쟁취하고 키우고 양성해야 하는 것이지 다른 사람이 포시하거나 기증한 것이 아니기 때문이다."[139]라고 했다. 루쉰은 전투적인 휴머니즘을 제창했는데, 폭력으로 악에 항거하기를 주장한 「'페어플레이'는 천천히 해야 함을 논함」은 그 형상적 표현이라고 할 수 있다. 가령 루쉰이 그의 잡문으로 정면에서 휴머니즘 사상을 피력했다면, 그의 소설은 인물형상에 의거하여 그의 휴머니즘 사상을 보여주었다. 「광인일기」의 '광인', 「내일」, 「축복」, 「이혼」 등에 부각된 여성형상, 「술집에서」, 「고독자」 등에 부각된 지식인형상 등에서 루쉰은 그들의 불행한 운명에 휴머니즘적인 동정을 표하는 한편 그들의 '무기력'에 대해 적당한 심문과 비판을 가하고 있다. 이는 루쉰의 휴머니즘 사상에 보다 냉철한 반성과 비판의식이 담겨져 있는 표징이며 이 또한 사상가로서 루쉰의 심각성의 소재이다.

4) 세부묘사와 전형적 환경 중에서 전형적 인물의 부각의 결합

비판적 현실주의 문학은 생활의 관찰에 주력하고 환경과 생활의 디테일에 대한 묘사를 중요시하지만 자연주의 문학과 같이 디테일의 진실로써 일체를 대체하는 것이 아니라 선택적인 묘사를 강조한다. 환경묘사와 인물부각의 관계에 대하여 비판적 현실주의 문학은 인물성격의 부각에 대한 환경의 결정적인 역할을 중요시한다. 이는 환경에 대한 대거 선택 없는 부각과 카메라식의 묘사를 주장하는 자연주의와 완전히 다른 점이다. 발자크는 전형을 표현할 것을 일관적으로 주장하면서 선택된

139) 魯迅, 「熱風・隨感录 6-不滿」, 『魯迅全集』 第1卷, 人民文學出版社, 1981, p.358.

묘사대상에 대한 과장까지 주장했는데 실제로 그것은 전형화와 예술적 가공으로서 생활 자체를 초월한다는 개념이다. 이러한 방식은 비판적 현실주의 문학으로 하여금 성공적으로 문학사에 길이 남을 많은 전형적 인물형상을 부각할 수 있게 함으로써 가장 빛나는 문학의 인물화랑을 만들어냈다.

'현대소설의 아버지'로서 루쉰의 소설은 물론 중국 현대 현실주의 문학의 최고 전범이었다. 그의 「납함」, 「방황」은 대테일의 진실 이외에도 여실하게 전형적 환경 속의 전형적 성격을 재현하는 면에서 돌출한 일면을 과시했다. 「아Q정전」에서 '아Q'를 둘러싸고 부각된 세 부류의 인물—'아Q'와 조씨나으리, 전씨나으리와의 관계, 즉 농민과 지주토호 간의 계급관계; '아Q'와 오어멈, 왕털보, 쑈오D, 여자중 등 동일한 사회적 지위에 처한 우매하고 상호 무관심한 인물들; '아Q'와 가짜 양키, 현의 '군대총괄', 거인나으리와의 관계 등등은 모두 진실하고도 전형적으로 신해혁명 전후의 압박과 착취 속에서 극도로 우매한 삶을 살고 있는 광범위한 농민, 그리고 신해혁명의 성공과 실패 당시의 현실을 보여주고 있다. 이 밖에도 「공을기」, 「약」, 「축복」, 「이혼」 등의 소설 역시 전형적인 환경을 창조한 우수한 작품들이다.

현실주의 소설의 최고 경지는 전형인물의 부각이다. 루쉰은 전형적 인물을 부각할 때 "여러 사람들의 잡다한 면을 취하여 하나로 합성한다."[140]는 전형화방법을 피력한 바 있다. 그는 자신이 부각한 인물은 "전문 한 사람을 모델로 삼은 적이 없는데 종종 입은 절강에서, 얼굴은 북경에서, 옷은 산서에서 취해 맞추어 놓은 각색"[141]이라고 했다. 바로

140) 魯迅, 「≪出關≫的關」, 『魯迅全集』 第6卷, 人民文學出版社, 1981, p.519.
141) 魯迅, 「我怎樣做起小說來」, 『魯迅全集』 第4卷, 人民文學出版社, 1981, p.513.

이러한 창작방법에 의하여 그의 「납함」, 「방황」은 중국 현대문학의 예술화랑에 생생하고 개성이 선명한 예술적 형상을 만들어 놓았다. 그중에는 걸출한 예술적 전형이 적지 않은데 수난자의 예로 아Q, 윤토, 상림아주머니, 아이꾸우, 자균 등이 있고, 지식인으로는 공을기, 려위보, 위련수, 연생 등이 있으며 위선자로는 사명, 고로부자, 방현탁, 장패군 등이 있다. 이러한 인물들은 모두 풍만하고 전형성이 다분한데 중요한 사회적, 미학적 의의를 지니고 있다. 하지만 총체적으로 볼 때 신문학 현실주의 전형화의 기본적인 경향은 사회내용과 시대적 특징의 개괄에 치중하였으며 소위 '공성'에 편중하고 있다. 그리하여 루쉰 작품의 일부 문학적 전형 이외에 진정으로 높은 성공도에 도달한 작품은 그리 많지 않다. 현실주의를 추구하는 많은 작가들은 아직도 전형의 부각을 충분히 중요시하지 않았기에 현실주의의 중요한 목표가 그것이었다는 점을 잘 모르고 있었고 전형문제에 대한 인식 역시 결핍한 상태였다.

중국의 현실주의 문학사조는 외국의 현실주의 문학사조의 자극과 영향 아래 발생한 것이다. 하지만 그 발전의 기본방향은 주로 중국의 특수한 시대와 역사적 조건에 의해 결정되었고 따라서 필연적으로 유럽의 현실주의 문학과 다른 특색을 지니게 되었다.

첫째, 보다 강렬한 역사적 사명감.

19세기 유럽에서 자본주의 제도가 확립된 이후 각종 사회모순은 날로 첨예화되었고 적나라한 금전이익 관계도 점차 노골적이어서 사람들은 부득불 냉정한 시각으로 사회를 관찰하고 사회문제를 고발할 필요성을 느꼈다. 현실주의 사조는 바로 이러한 형세 아래 발생한 것이다. 하지만 유럽의 많은 현실주의 작가들은 사회문제의 고발에 있어서 주로 사회를 인식하거나 사회에 대한 자신들의 불만을 토로하기 위함이었지 진정으로 그 어떤 사회진보의 기정한 목표를 갖고 창작하는 작가는 그리 많지 않았다. 물론 이토록 강렬한 사명감은 중국 현대의 특정한 역사적 상황과 임무, 그리고 역대로 국가와 사회를 위해 책임을 감당하려는 중국 지식인들의 전통에 의해 결정된 것이고 또 그러한 요구에 부응한 것이기도 하다. 중국 현대 현실주의 작가들에게 있어서 가장 절박한 문제는 반제・반봉건 혁명으로서 그들은 국가와 민족의 피압박, 피침략의 굴욕적인 지위를 개변하려고 했다. 이를 위해 그들은 유럽의 19세기 현실주의 작가들처럼 단지 냉정하고 심각하게 사회인생을 고발하기만 하고 국가와 민족의 잔혹한 현실을 무시한 채 내향적이고 예술적인 상아탑으로 도피할 수가 없었다. 세계 현실주의 발전사에서 중국의 신문학시기 현실주의는 바로 국가와 민족의 운명에 관심을 갖는 사명감에서 특히 뚜렷했다.

가령 진독수가 '사실주의'로써 사회폐단을 고발하고 사상혁명과 정치혁명을 추진할 것을 주장하는 '천하를 자기의 책임'으로 삼는 자태와 포부를 보인 것, 루쉰이 "병근을 캐어내어 치료를 하도록 주의를 일으키는 것"을 창작의 근본적인 목표로 삼고 봉건사상과 봉건윤리도덕에 대한 전면적인 비판을 전개함으로써 사상혁명과 사회개조를 추진하는 것, 심지어 문제소설, 향토소설, '어사체(語絲体)'잡문 등은 모두 인생사회문제를 탐구하거나 농촌의 낙후한 현실을 개변하거나 또는 사회비평과 문명비평의 창작행위에 속하는 것이었다. 신문학 첫 10년의 현실주의 사명이 주로 반봉건적 사상혁명에 두고 있었다면, 두 번째 10년에는 낡은 사회제도에 대한 고발과 무산계급 혁명에 대한 추구를 집중적으로 표현하였으며, 다음 10년에는 과학적 세계관의 지도 아래 깊이 있게 현실사회를 해부하고, 진실하고도 예술적으로 현실사회를 반영하고 있었다. 이러한 것들은 바로 당시 중국 현실주의 작가들의 강렬한 역사적 사명감의 소산이었고 '5·4'전반 현실주의 문학의 일관적인 전통이었다.

둘째, 민족의 보다 선명한 자아반성 정신.

1920년대부터 40년대에 이르기까지 '국민성'에 대한 비판은 시종 중국 현실주의의 핵심주제의 하나였다. 민족의 역사문화에 대한 반성은 시종 현실주의의 이론과 창작의 기본정신에 일관되어 있었다.

'5·4'신문화의 선구자로서 루쉰은 특별히 민족의 자아반성 정신을 강조했다. 그는 "자만하지 않는 종족은 영원히 전진할 것이고 영원한 희망을 가지고 있다.", "다른 사람만 책망하고 반성을 모르는 종족은 화를 당할 것이다."[142]고 했다. 그의 창작은 민족의 자아반성에 관한 휘황한 예술의 결정체라고 할 수 있다. 그의 인솔 아래 '5·4'시기의 신문학 작가들은 민족 본래의 역사문화에 대한 전면적인 반성을 시작했다. 30년대에 이르러서 일부 작가들은 여전히 자신의 창작에서 우매하고 낙후한 '국민성'에 대한 비판을 멈추지 않았다. 40년대 해방구의 현실주의 창작은 신인과 새로운 세상을 구가하는 것이 위주가 되었다. 하지만 일부 성공한 작품, 가령 조수리의 「쑈알허이 결혼」, 정령의 「병원에서」, 마봉(馬烽)의 「동네 원수」 등은 은연중 인민대중과 혁명대오에 남아 있는 봉건적 잔여사상에 대한 고발과 비판을 찾아볼 수 있었다. 이 또한 '5·4'시기 낙후한 '국민성'에 대한 비판의 연장선에서 이해할 수 있다. 이 시기 국민당통치구에서도 마찬가지였는데 가령 조우의 「탈변(蛻變)」, 「북경인」, 파금의 「계원(憩園)」, 「한야(寒夜)」, 노사의 「사세동당(四世同堂)」, 전종서의 「위성」 등이 바로 그러한 작품들이다. 호풍 등의 현실주의 이론과 창작

142) 魯迅, 「熱風·隨感录6-不滿」, 『魯迅全集』 第1卷, 人民文學出版社, 1981, p.359.

은 인민대중의 '정신적 노역에 의한 상흔'에 특별한 관심을 보였는데 이 또한 '5·4'시기 국민성 비판과 연관 지을 수 있는 작업이다. 이렇게 볼진대 '국민성' 비판은 이미 민족 전반의 역사와 문화전통에 대한 전면적인 반성이 되었다.

셋째, 창작주체 의식의 담박화와 군체의식의 강화.

중국의 현대 현실주의 창작은 비록 기본적으로 유럽의 현실주의전통의 '사실'을 수용하여 '생활본신의 형식'으로 생활을 반영하는 데 주력하였지만 당시 작가들은 보편적으로 우국적 심리의 추동 아래 자신의 창작을 직접적으로 국가, 민족의 해방사업에 봉사하기에 노력했다. 따라서 생활에 대한 내면화할 능력이 없거나 미처 그러하지 못하고 단지 기교만 추구하였기에 자신의 미학적 특징을 담백화시키고 사회공리주의의 실용적인 특성만 강화하는 경향, 창작주체의 개성의식의 담백화와 창작주체의 군체의식의 강화를 초래했다. 이는 두 번째 10년대와 세 번째 10년대의 현실주의 창작에서 뚜렷한 모습을 보였다.

30, 40년대는 문학이 광범위한 인생을 표현하기보다 집중적으로 정치를 반영할 것을 요구했다. 이 시대가 주목하는 것은 인생의 풍부성과 예술의 심각성이 아니라 문학의 정치성과 선동성이었다. 따라서 중국의 작가들은 대규모적으로 정치에 몰입했고 '5·4'시기 작가들의 사상계몽의 문화의식은 이 시기에 이르러서 강렬한 정치의식, 계급의식으로 농축되었으며 강렬한 개성 확장의식은 집단주의 정신으로 응집되었다. 항일전쟁이 폭발한 이래 제국주의의 침략에 직면한 중국의 작가들은 항일구국이란 기치 아래 보다 자각적으로 창작의 운명을 민족의 운명과 연결시키게 되었던 것이다.

넷째, 낭만주의의 겸용.

유럽의 현실주의 사조는 낭만주의 사조의 대립물로서 여러 면에서 낭만주의와 계선을 두고자 했다. 하지만 중국 현대 현실주의 사조의 기본적인 특색에서 낭만주의는 거의 불가결한 '요소'로 내재되어 있음을 볼 수 있다. 그리하여 중국의 현실주의는 상당한 주관성 또는 이상적인 색채를 띠게 되었다.

현대 중국은 19세기 안정된 자본주의 발전기에 들어선 유럽과 달리 민족 해방과 신생을 위해 유혈분투하던 시기였다. 시대는 작가가 잔혹한 현실을 정시하고 그것을 반영할 것을 요구하였다. 따라서 '5・4'현실주의 작가들은 현실에 대한 냉정하고 객관적인 묘사에 만족하지 않고 현실주의 가운데 낭만주의 색채를 가미함으로써 그것이야말로 독자와 그 시대에 적합한 것이라고 간주했다. 그리하여 중국의 신문학은 탄생시초에 현실주의와 낭만주의 두 사조를 동등시했고 경쟁이 없지 않았지만 상호 적대시하거나 배척하는 관계가 아니라 침투되고 포용의 관계였다.

2. 중국 현대 현실주의 문학사조와 중국 전통 현실주의 문학사조

중국의 전통문화가 20세기 중국 현실주의 문학사조에 끼친 영향은 막대하다. 이러한 영향은 종종 무의식 간에 중국문인들의 창작실천에서 드러나게 된다. 모순은 "우리나라의 현실주의 문학은 옛날부터 시작되었다. 그것이 현실주의 방법으로 창조되고 발전된 것은 우선 압박받던 인민대중들에 의해서이다.… 인민의 현실주의 문학의 영향 아래 통치계급인 문인들의 작품에서 현실주의의 성취는 그들의 사회현실에 대한 태도에 의해 결정된다."[143]고 했다.

이 글은 유가의 인생철학 가운데 구현된 중국 전통 현실주의 정신 및

20세기 중국 현실주의 사조가 어떻게 유가 전통문화 속의 현실주의 요소를 계승, 발전시켰는가 하는 두 가지 면을 살피고자 한다.

우선, 유가는 역대로 문과 도의 관계에서 '문이재도'를 주장했는데 문학이 유가의 윤리·도덕 관념을 구현해야 한다고 했다. 따라서 문학은 정치와 밀접한 관계를 맺게 되었는 바, 여기에서 말하는 문학에는 문화와 학문, 예악제도까지 포함된다. 곽소우(郭紹虞)는 "중국의 문학비평사 전반은 철두철미하게 문과 도의 관계에 관한 논의였다."[144]고 했다. 전통유가의 현실주의 정신은 여러 가지 장르의 중국문학에 영향을 끼쳤다. 역대 중국의 문인들은 모두 '온유돈후'한 '시교설(詩教說)'을 주장했던 바 『시경』 이래로 고대의 시가에는 강렬한 현실주의 정신이 내재되어 있었다. 백성들의 고난을 반영하는 데 주력했던 백거이의 '신악부운동'은 그 한 사례이다. 중국의 고대 산문 역시 '문이명도(文以明道)'를 주장했는데 한유(韓愈), 류종원(柳宗元)이든 아니면 후의 동성파(桐城派)이든 모두 '도'의 해명을 중요시했다. 또한 중국의 고전소설 또한 역사의식을 지니고 농후한 권계(勸誡)적 의미를 보였는데 상고의 신화설화에서 6조의 지괴소설, 당조의 전기, 송원의 화본, 명청의 소설에 이르기까지 모두 사회적인 공리효과를 중요시했다.

다음, 유가의 사상관념은 중국문학의 역사전기적 전통을 초래했다. 이는 기록자가 객관적이고도 정확하게 역사적 정경을 재현할 것을 요구하면서 개인적인 애호에 따라 문장 내용의 표현을 좌우하거나 역사사실을 왜곡하는 것에 반대했다. 그중 『좌전』, 『전국책』, 『사기』를 대표로 한

143) 茅盾, 『夜讀偶記』, 百花文藝出版社, 1979, p.24.

144) 郭紹虞, 「中國文學批評史上的文与道的問題」, 『照隅室古典文學論集』上篇, 上海古籍出版社, 1983, p.170.

작품들은 현실주의 창작방법에 부합되는 바 역사전기의 전통적인 요구, 즉 객관적으로 진실하게 당대의 사람과 사실을 재현한다는 것은 현실주의 작품이 요구하는 '3진실'(디테일의 진실, 인물의 진실, 환경의 진실)과 일치한 것이다.

셋째, 유가는 문학과 인격을 상호 연관시키면서 '문여기인(文如其人)'의 주장에 따라 문학은 사람의 사상과 도덕, 정조를 드러내는 것이어야 한다고 했다. 이는 문인이 글을 지을 때 문장 속에서 자신의 도덕이상을 표현하기에 주력할 것을 요구한다. 따라서 중국 전통적 문인들은 종종 '경세치용(經世致用)'으로 자신을 요구하면서 글에서 강렬한 사회적 책임감을 보였다. 그리하여 도덕화된 심미적 심리는 문인들로 하여금 도덕수양과 교화적인 효용성에 치중하는 풍격을 형성하도록 했다.

전통적인 유가사상의 영향 아래 중국 고대문학은 줄곧 강렬한 현실주의 특징을 보였다. 문학은 정치, 사회, 인격과 긴밀한 연관을 가지고 객관적이고도 정확하게 그 시대의 사회 전모를 기록할 것을 요구했다. 중국 20세기 현실주의 문학사조는 고대문학의 현실주의 풍격을 계승하고 있는데, 현실주의 시가의 유파, '문제소설'의 탄생, 문학연구회, 어사회, 미명사, 견초침종사(淺草沉鐘社), 민중희곡사 등 문학단체의 출현은 모두 이러한 특징을 보여주고 있다. 20세기 중국 현실주의 사조의 특징은 주로 아래와 같은 몇 가지 면에서 나타나고 있다.

첫째, 중국 전통 현실주의 사조의 영향 아래 현대문학은 '문이재도'의 사상전통을 이어받았다. 하지만 중국 현대문학의 '도' 내용은 이미 실질적인 변화를 일으켰다. 전통적인 유가사상의 '도'는 이미 현대문학 선구자들의 철저한 비판과 부정을 거친 것이다. 20세기 중국 현실주의 사조의 영향하의 문학작품은 '5·4'시기에서 30년대, 40년대를 거쳐 시대의 주제의 끊임없는 변화에 따라 '도'의 사상내용을 부단히 갱신했다. 가령 '5·4'시기의 계몽적 현실주의 문학이 '반제·반봉건'과 '계몽'의 시대적 주제를 둘러싸고 과학과 민주를 시대의 주요 특색으로 인식하고 있었다면, 30년대 좌익작가들이 창작한 현실주의 문학은 '반봉건'의 시대적 주제를 이어가는 한편 '계급'색채를 돌출하여 신문학을 점차 '계몽'에서 '구국'의 방향으로 이끌어갔으며, 40년대 항일전쟁시기의 현실주의 문학은 해방구의 혁명문학을 대표로 민중해방이란 중대한 시대적 주제를 다루어 '민족'적 색채를 돌출했다.

둘째, 중국 20세기 현실주의 사조 영향하의 문학작품은 사상적 내용, 표현형식과 가치추구 등의 면에서 고대문학의 역사전기의 전통을 이어받았다. '5·4'신문학작가들은 문학의 시각을 평민화하여 평민들의 생활과 그들이 희노애락을 집중적으로 표현하였고, 30년대 현실주의 경향의 작가들은 시대의 맥박을 파악하고 시대의 흐름 속에서 민중들의 진실한 생활을 반영하였으며, 40년대 해방구의 문학은 연안을 중심으로 주로 항일전쟁과 해방전쟁 속에서 민중들의 생산, 생활과 혁명투쟁을 묘사했다.

셋째, 전통 유가문화는 문학과 인격을 일체로 융합시켜 도덕적 지향을 글 속에 드러냄으로써 문인들의 강렬한 사회책임감을 형성했다. 중국의 현대작가들은 바로 이러한 사회책임감을 계승하여 문학작품 속에 자신들의 인격적 힘을 용해시켰다.

이상의 세 가지 면에서 우리는 전통문화가 20세기의 중국 현실주의 문학사조에 미친 적극적인 영향을 찾아 볼 수 있다. 중국 현대작가들이 개성의 해방과 환난 속의 중국을 집중 표현한 것은 특수한 시기의 사회와 정치적 수요에 순응한 것이었기에 중국의 현실주의 문학은 시종 자체의 활력을 지닐 수 있었다.

물론 고대문학의 전통이 단지 적극적인 영향만 행사했던 것은 아니다. 고대문학 전통의 도덕을 중요시하고 예술적인 심미적 심리를 간과한 부분은 중국 현대문학의 계급성에 치중하고 인성의 표현을 간과하는 등 부정적인 결과도 초래했다. 30년대 좌익작가들이 계급의식을 강화함으로 인해 출현한 '문예의 계급화'로 '문예의 대중화'를 대체하려는 경향은 직접적으로 후기의 '농공병문예'의 출현을 초래했으며, 40년대에는 문학이 정치의 메가폰이 되어 자유의지와 개성적 색채가 약화되어 점차 정치와 동일화되는 추세를 보이기도 했다.

제4장 낭만주의 문학사조

제1절 중국 현대 낭만주의 문학의 흥망성쇠 과정

중국 현대 낭만주의 문학사조는 흥망성쇠의 변천과정을 겪었다. 이 사조는 장관한 모습으로 이채를 발했던 단계가 있었는가 하면 반복적인 파동을 거쳐 점차 쇠락되어가는 모습을 보이기도 했다. 중국 현대 낭만주의 문학사조의 이러한 변천궤적에 대한 고찰은 역사적인 모습을 재현할 수 있을 뿐만 아니라 그중에서 일정한 계시도 얻을 수 있다.

1. '5 · 4'낭만주의 문학사조

낭만주의 문학사조는 '5 · 4'시기 성세호대한 기세를 이루었다. 격동의 시대, 낡은 것을 버리고 새것을 추구하던 시대, 개성의 해방, 인격의 독립이 주류를 이룬 사회적 사조, 그리고 당시 작가들의 청춘의 패기, 끓어오르는 격정 등이 당시 낭만주의를 조성했다. 낭만주의는 당시 다른 한 문학사조인 현실주의와 쌍벽을 이루는 태세였다. '5 · 4'시기 낭만주의의 출현을 발견하고 그에 대한 전면적인 고찰을 가했던 사람은 양실추였다. 그는 1926년 「중국 현대문학의 낭만적 추세」에서 '5·4'시기 낭만주의 문학사조의 특징을 4가지로, 즉 외국의 영향, 감정의 숭상, 인상주의, 자연과 독창(自然與獨創)이라고 하면서 고전주의 입장에서 낭만주의에 대한 첨예한 비판을 전개했다. 양실추의 견해는 뚜렷하게 편파적인 경향을 보였지만 낭만주의의 4가지 특징에 대한 개괄은 전연 무리한 것은 아니었다. 그리고 이 사조에 대한 주목 및 구체적인 현상에 대한 분석도 일리가 있었다. 그 후 정백기(鄭伯奇)도 "5·4운동 이래 낭만주의의 사조는 과연 전국 청년들을 휩쓰는 형세를 이루었다. '광풍폭우'는 일반 청년들 사이에 널리 퍼진 구호가 되었고 당시 발발한 많은 문학단체도 이러한 경향을 띠었다."고 했는데 이 판단은 과장된 것이 아니라 당시의 역사실정에 부합되는 것이었다.

주지하다시피 '5·4'시기 문단에서 낭만주의 기치를 가장 높이 추켜세웠던 단체는 창조사였다. 곽말약의 시가, 욱달부의 소설, 전한의 희곡, 성방오의 평론 등은 모두 당시에 상당한 영향력을 과시했다. 낭만주의 문학사조가 당시에 그토록 큰 기세를 이룰 수 있었던 것은 창조사 소속 작가들의 열정적인 창도와 노력과 불가분적이었다. 창조사의 낭만주의 창작은 두 개의 방향에서 전개되었는데, 하나는 낡은 것을 타파하고 새로운 것을 확립하는 급진적인 정신으로 영웅적인 기질을 환기시키는 것 즉, 괄막약의 「여신」과 같은 부류이고, 다른 하나는 지식인의 분열된 영혼과 고뇌의 내심을 드러내는 것으로서 농후한 감상적 분위기와 우울한 정서를 보인 것 즉, 욱달부의 작품을 대표로 하는 자아서정적인 소설들이다. 전자는 당시 호응자가 별로 없었는데 높은 미학적 가치는 많은 사람들과 일정한 거리감을 둘 수밖에 없는 처지를 초래했다. 후자는 창조사내외 많은 작가들의 관심을 불러 일으켰던바 결국 감상주의가 일시 문단을 주재하는 현상을 초래하여 곽말약조차 그러한 풍조에 영합하였다.

당시 창조사의 영향과 창조사의 창작경향에 접근했던 단체로는 견초사(淺草社)와 미사사(弥洒社)가 있었다. 전자의 소속작가들은 현실에 대한 강렬한 반항정신과 진지하고도 솔직한 자아표현 및 감상주의를 보인 창조사에 깊은 동감을 표했다. 1944년 진상학(陳翔鶴)은 창조사가 감상주의를 중국에 소개한 상황을 회억하면서 "이미 각성 또는 반정도 각성한 중국의 지식청년들 가운데 강렬한 반응을 불러일으켰다. 그들은 스스로를 '감상주의자', '약자', '잉여인'이라고 자처하면서 욱, 곽 등 여러 사람의 영향 아래 낡은 사회, 낡은 가정, 구식 혼인, 구식학교 등 여러 방면에 대한 각자의 불만과 반항의 목소리를 높였다."[1]라고 했다. 견초사 소속작가들은 대개 '5・4'가 퇴조한 이후에 사회와 문단에 진출한 젊은 이들로 자기들의 합리적인 역사적 요구가 아직 미숙한 상태에서 '5・4' 이후의 암흑한 현실에 질식하고 있었다. 따라서 그들의 창작은 보편적으로 강렬한 환멸감, 고민, 모순의 심경을 드러내고 있다. 이러한 부류의 작품은 비록 주제, 제재, 구조, 표현수법 등에서 욱달부의 초기소설을 모방한 흔적이 뚜렷하지만 나름대로 또한 독특한 일면을 보였다. 그들은 인물의 심리에 대한 묘사와 해부에 더욱 주력했고 서양의 현대주의 작품의 표현수법을 수용하는 데에 주력했기에 보다 현대적인 감각이 있었다.

미사사는 당시에 낭만주의를 대거 제창하면서 사형수의 처지에서 해방된 민족이 고전문학의 영향이 완전히 제거되지 않았을 때 낭만운동을

1) 羅成琰, 『現代中國的浪漫文學思潮』, 湖南教育出版社, 1992, p.15 재인용.

제창할 필요가 있다고 주장했다. 그리고 낭만운동을 일체 낡은 제도, 낡은 예교 속박에 대한 반항운동으로, 개인의 천재를 표현하는 운동으로, 청년들의 이상과 어린이들의 동심을 영원한 진리로 삼는 유일한 창조운동이라고 명명했다.[2] 물론 미사사 창작활동의 반항정신은 그다지 강렬한 것이 아니었고 창조사보다 유미적인 색채가 더 강했다. 그들은 스스로 '예문의 신(藝文之神)'이라고 자처하면서 모든 것을 스스로의 영감에 따를 것만 강조하고 기타는 필요하지도 기대하지도 않았다.[3] 그리하여 그들은 우아한 미에 주력함으로써 공동의 미학적 추구 취향을 보였다.

신월시파는 창조사 후에 나타난 또 하나의 중요한 낭만주의 단체였다. 그들의 낭만주의 경향은 아주 선명했는데 주로 주관을 중히 하고 감정, 영감과 천재를 숭배하고 개성적인 해방을 주장하며 "우주는 부단히 창조하고 있을 따름이며 모든 생명은 개성의 표현일 따름이다."[4]라고 하면서 자연을 찬미하고 '자연회귀'의 정서를 드러내기도 했다. 이러한 이유로 신월시파는 일찍 창조사의 동조자로 인정을 받았고 창조사 시인의 창작을 높이 평가했다. 문일다는 2편의 유명한 평론에서 「여신」을 논했으며, 서지마 역시 창조사에 보낸 편지에서 "귀사의 제위를 흠모한 지 오랩니다만… 오늘 뵙게 되어 동지를 만난 기쁨은 말할 나위 없으니 어찌 감히 뒤따라 새로운 영역을 개척하지 않을 수 있겠습니까?"[5]라고 했다. 따라서 '신월파' 시는 초기에 창조사의 영향을 받았던 것이다. 하지만 후기 '신월파'의 예술관과 창작은 모두 커다란 변화를 보였다. 말하자면 초기의 감상적 낭만의 상태에서 일약 정치하고 화려하게 변했으

---

2) 德征, 「浪漫運動」, ≪國民日報.覺悟≫, 1922年 7月 25日.
3) 胡山源, 「弥洒臨凡曲」, ≪弥洒≫, 1923年 3月 제1期.
4) 徐志摩, 『徐志摩全集』 第3卷, 廣西民族出版社 , p.29.
5) 徐志摩, 「通信四則」, ≪創造周報≫ 第4號, 1923年 6月 3日.

며 개성과 정감을 숭상하던 데로부터 일약 자아를 억제하고 이성을 추구하기에 이르렀다. 그리하여 당시 문단의 감상주의에 불만을 표했으며 문예관과 낭만주의 창작에 고전주의와 현대주의 요소를 가미하였지만, 총체적으로 낭만주의는 후기 신월파의 창작에서 여전히 주도적 지위를 차지했다.

'5・4'시기 낭만주의 문학사조는 아주 충분하게 전술한 낭만주의 문학단체를 통하여 표현되었을 뿐만 아니라 현실주의적 창작방법을 주창했던 문학연구회와 같은 단체에까지 그 영향을 끼쳤다. 문학연구회 작가들은 혹은 현실주의를 기저로 농후한 낭만주의 색채를 드러내는가 하면 또는 현실주의를 기조로 하는 가운데 약간의 낭만주의를 가미하기도 했다. 특히 그들의 초기 창작에는 아주 많은 낭만주의 요소가 발견된다. 빙심은 창작에서 감정을 투입하여 정으로 성공했는데 모성애, 동심, 자연에 대한 노래 등으로 일관했고, 노은의 창작은 창조사의 욱달부에 아주 접근하고 있었는데 그녀는 당시에 애용했던 서간체, 일기체 등의 형식으로 내심의 주관적인 감정을 토로했으며, 허지산은 낭만주의의 다른 한 특색을 보였는데 초기 작품의 농후한 종교적 의미, 전기적 색채와 이국적인 정취 등이 그러한 것이었고, 엄격한 현실주의 창작태도로 일관했던 엽소균과 왕통조의 초기 작품 역시 많은 주관적인 요소를 보이며 '미', '애' 등을 강조하면서 회색적인 현실의 인생에 한두 점의 '광명'의 이상을 가미함과 아울러 인물의 내심적인 감수의 표현에 치중하고 인물의 마음의 거울을 통하여 사회현실을 반영하고자 했다.

이상에서 볼 때 낭만주의 사조는 실로 '5・4'시기 거창한 흐름을 이루었던 최대의 중국 현대문학 사조로서 감동적이고도 감미로운 추억을 남겼다. 하지만 사회현실, 시대적 주제와 사람들의 심미적 취향의 급속적인 변화로 인하여 작가들은 분분이 낭만주의와 작별하였다. 그들은 개인감정이란 협소한 세계를 탈피하여 사회현실의 관찰에 치중했으며 자신들의 감수와 대상에 대한 인식의 기록에 치중했고 현실에 대한 객관적이고, 냉정하며 진실한 묘사에 주력했다. 그리하여 낭만주의는 20년대 중기에 저조기에 접어들어 한때 침적되기까지 했으며 그 대타로 현실주의가 문단의 주류로 부상하게 되었다.

2. 30년대 낭만주의 문학사조

20년대 후기에 이르러서 낭만주의 문학사조는 다시 소생하고 재차 궐기하여 '5·4' 이후 두 번째로 붐을 일으켰다. 이는 당시 풍미하고 있던 '혁명적 로맨틱문학'과 무관하지 않다. '4·12사변' 때 당시 지식인들이 정신적으로 받았던 충격은 '5·4'신문화운동에 못지않았다. 그들은 거창한 대혁명의 발발이 중국에 새로운 탈출구와 희망을 가져올 것으로 기대하고 있었지만 순식간에 모두 물거품으로 돌아가고 말았다. 그리하여 분노, 비통, 실망, 복수 등의 정서가 당시 일부 지식인들의 정서를 통제하게 되었다. 특히 급진적이고 충동적인 청년지식인들이 그러했고, 당시 공산당 내와 국제공산주의운동의 '좌'경노선의 '혁명적 로맨틱문학'은 바로 이러한 시대적 분위기와 사회적 심리의 작용 아래 출현했다.

'혁명적 로맨틱문학'은 '5·4'시기의 낭만주의 문학사조와 연관을 맺으면서도 상호 구별된다. '로맨틱문학'은 사실 낭만적인 서정문학으로서 창작자들은 대개 창조사 소속작가들이었다. 후에 속속 출현한 청년작가들 역시 열정적이고 감수성이 예민하고 로맨틱한 기질과 행위의 소유자, 심지어는 당시 낭만주의를 반대하는 분위기 속에서도 극력 낭만주의를 위해 변명하면서 자신의 입장을 공개했던 낭만파들이다. 장광자는 "나 자신이 바로 낭만파이다. 무릇 혁명가 역시 모두 낭만파이다. 낭만이 없이 누가 혁명을 할 수 있는가?", "이상이 있고 열정이 있으며 현재 상황에 만족하지 않고 보다 좋은 그 무엇을 창조하려는 것, 이러한 정신이 바로 낭만주의이고 이러한 정신을 소유한 자가 바로 낭만파다."[6]라고 했다. 물론 혁명에 대한 장광자의 이러한 설명은 유치한 것이지만 낭만주의의 특징, 즉 주관 격정, 이상을 중요시하는 특징에 대한 이해는 정확한 것이다. 이리하여 당시의 '혁명적 로맨틱문학'은 초기 창조사의 풍격, 감정의 방임, 진솔한 내면토로, 작가의 낭만기질의 여지없는 노출, 표현이지 재현이 아닌 그러한 풍격을 보류하고 있었다. 아울러 그들은 창조사가 개척한 두 가지 전통을 계승했다. 그 하나는 곽말약의 낭만영웅적인 기질로써 작품 속에 영웅주의적 기색과 강개한 격정 그리고 광열적인 복수정신이 넘쳐나며 '조폭한 외침'[7]을 발하면서 예술상의 'Simple and Strong'[8]을 추구했다. 다른 하나는 욱달부의 감상적인 전통인데 많은 작품들은 선명한 자서전적인 성격을 지니고 일개인의 고통과 애수를 호소했다. 동시에 이러한 개인적인 감상적인 정서를 당시의 정치적 정서와 결부시키는 데에 성공했다. 맹초(孟超)는 후에 홍령비(洪灵菲)가 "낭만주의적인 표현수법으로 혁명적인 이야기 속에 적지 않은 연애 장면을 삽입시켰다. 우리는 풍격상 욱달부의 영향을 부인할 수 없다."[9]고 승인했다.

하지만 '혁명적 로맨틱문학'은 또 '5·4'낭만주의 문학사조와 아주 큰

---

6) 蔣光慈, 「少年漂泊者 自序」, 『少年漂泊者』, 人民文學出版社, 1998.
7) 郭沫若, 『學生時代』, 人民文學出版社, 1979, p.244.
8) 創造社, 「流沙」, 半月刊 ≪前言≫, 1928年 3月.
9) 孟超, 「我所知道的灵菲」, 『洪灵菲選集』, 人民文學出版社, 1982, p.27.

차이점이 있다. 사실 '5・4'낭만주의 문학사조는 '좌'적 연장의 경향을 포기하고 문학의 사회적 기능에 대한 인식을 강화함과 아울러 이를 극단으로 이끌어 '표어', '구호'식 문학 출현을 초래했다. 다음, 이는 또 '5・4'시기 낭만주의 문학사조의 개성의식을 포기하고 계급의식과 집단의식을 강화하여 작품은 사회화, 집단화된 정서를 표현하고 있었다. 그들은 단지 주관적 서정성이라는 점에서 시종 '5・4'시기의 낭만주의 문학사조와 동일성을 유지했으며 자체의 공식화, 개념화의 창작경향에서 낭만주의의 흔적을 뚜렷이 남기고 있다. 환언한다면 문학을 상당한 정도에서 단지 시대정신의 단순한 메가폰으로 간주했으며 그들이 주장했던 집단의식 가운데에는 많은 지식분자의 개인적 정취와 의지가 드러나고 있으며 부각한 혁명의 낭만적 영웅의 몸에도 분명 바이런식 인물의 영향을 찾아볼 수 있다. 따라서 '혁명적 로맨틱문학'은 낭만주의 문학사조의 범주에 속하지만 '5・4'낭만주의 문학사조보다 훨씬 순화되지 못했으며 이러한 의미에서 그것은 '준낭만주의'[10]라고 이름 지을 수밖에 없다.

이번의 낭만주의 부활은 그리 오래 버티지 못했다. 엄혹한 현실투쟁은 사람들로 하여금 낭만적인 태도로 혁명을 대할 수 없도록 했고 깊은 생각의 여지를 주지 않고 오히려 그들이 실제적인 행동에 임할 것만 요구했다. 당시 이론계에서도 '혁명적 로맨틱문학'에 대해 첨예한 비평적 태도를 취했다. 구추백은 "이러한 낭만주의는 신흥문학의 장애물이다. 반드시 이러한 장애물을 숙청한 후에 신흥문학은 비로소 정확한 궤도에 오를 수 있다."[11]고 했다. 이러한 상황은 '혁명적 로맨틱문학'에 아주

10) 溫儒敏, 『新文學現實主義的流變』, 北京大學出版社, 1988, p.97.
11) 瞿秋白, 「革命的浪漫蒂克」, 『瞿秋白文集.文學編』 第1卷, 人民文學出版社, 1985, p.459.

큰 압력을 가했는데 심지어는 사형선고와 다름없는 것이었다. 게다가 '혁명적 로맨틱문학' 자체에 존재하는 여러 가지 폐단으로 인해 그의 정치적 공리성에 대한 추구는 기필코 예술성에 대한 작가의 탐구를 방해하게 되며 개성의식에 대한 비판 역시 작가의 창작개성과 주체의식의 발휘에 영향을 끼쳐 '혁명에 연애를 가미'한 모델은 더욱 사람들의 비난을 사거나 웃음거리로 전락하게 되었다. 그 결과 '혁명적 로맨틱문학'은 '5 · 4'시기 낭만주의와 같이 대량의 우수한 작품을 낳지 못했는데 바로 그 자체의 폐단이 자체의 발전을 저해했던 것이다. 이리하여 부활의 기미를 보였던 낭만주의 사조는 잠깐의 각광을 거친 후에 재빨리 침적상태에 빠졌다.

전술한 이 두 개 경향의 낭만주의 문학사조가 고조에 처해 있을 때 다른 한 종류의 낭만주의가 1930년대의 중국에 조용히 나타나 성장하고 있었다. 그것은 바로 주작인, 폐명(廢名), 심종문, 풍자개(丰子愷) 등 작가를 대표로 한 농후한 중국전통적 색채를 띤 낭만주의였다. 이 부류의 작가들은 그 시대 작가들을 대표하여 지식인의 고민, 내면의 불안을 표현하지도 않았고 그 시대의 풍운변화의 사회적인 흐름을 그리지도 않았다. 그들은 다른 한 창작방향으로 20세기 중국의 전원생활과 전원풍경을 그리는 데에 주력하면서 순박하고 진지한 인정미와 인성미를 노래함으로써 그 준엄한 세월에 아름답고 조화로우며 약간의 우수를 띤 전원목가를 연주했다. 그들의 작품은 주관적인 서정성이 충만되어 있었다. 심종문은 20년대 말 폐명의 작품을 논할 때 '서정시의 필치로 창작'[12]한다고 평했고, 30년대 자신의 향토제재의 소설을 논할 때 역시 "작품은 일

12) 沈從文, 「夫婦.附記」, 『沈從文全集』 第9卷, 北岳文藝出版社, 2002.

률로 '향토서정시'적인 기분이 관통되어 있다."[13]고 했다. 하지만 그들이 토로한 것은 욱달부 식의 우울한 감상의 정이 아니고 곽말약, 장광자 식의 소탈하고 조야한 정도 아닌 한적하고 담담한 정이었다. 이는 전원생활과 일상사에 대한 음미 가운데서 터득한 인생철리와 삶의 경지였다. 그들은 "문예는 자아표현을 주체로 삼아야 한다."[14]고 주장하면서 절대로 낭만주의 작가와 같이 개성을 주장하는 것이 아니라 자기의 개인적 의지의 표현에 주력하고 자기의 심미적 취향, 심지어 자신의 정치적 태도 표현을 추구했으며 절대로 자아를 망각하고 시대의 흐름에 영합하지 않았다. 따라서 그들의 작품은 모두 뚜렷한 개인적 특색을 띠게 되었고 종종 당시의 창작적 풍기와 어긋나기도 했다. 그들의 작품은 자연성의 표현이 가장 선명했는데 조용하고도 일상적인 자연풍경을 감상하는 가운데 인간과 자연의 결합을 추구하고 순박하고 돈후한 풍속인정, 천진난만한 동심을 노래하고 전원생활과 자연스러운 인성에 끼친 현대문명의 오염에 대한 혐오감을 표현하였다. 이러한 유형의 낭만주의는 서양의 낭만주의와는 직접적인 연관이 없이 주로 중국 전통문화의 토양에 뿌리를 두고 노장과 선종사상의 깊은 영향을 토대로 도연명, 왕유의 전원시 전통을 계승한 것이며 일정한 정도에서는 중국 고전주의의 심미적 정취를 드러내기도 했다. 따라서 이는 전통문화와 여러모로 연관을 맺고 있는 지식인들의 구미에 맞는 것이었지만 열정에 넘치고 충동적인 청년지식인들의 환영은 받을 수가 없기에 거대한 사회적 반응을 불러일으키지는 못했다. 그리하여 이 낭만주의는 시종 적막 속에서 보냈으며 또한 그러하기에 조용한 흐름을 유지할 수 있었다.

---

13) 沈從文, 『沈從文文集』, 第11卷, 花城出版社, 1984, p.291.
14) 周作人, 「文藝上的寬容」, ≪晨報副刊≫, 1922年 2月 5日.

3. 40년대의 낭만주의 문학사조

40년대에 들어서서 낭만주의는 두 개의 자그마한 센세이션을 일으켰다. 그 하나는 곽말약의 역사극이고 다른 하나는 서우(徐訏), 무명씨의 소설이다. 이는 중국 현대 낭만주의 문학사조 최후의 여파로서 그 종지부호이기도 하다.

일반적으로 곽말약이 40년대에 창작한 역사극「여신」이후 또 하나의 낭만주의 정감의 강렬한 폭발로 간주한다. 풍부한 상상력, 분방한 정감, 웅대한 기백, 농후한 이상적 색채 그리고 작중인물에 드러나는 작가의 주관적 정서 등은 낭만주의의 특징이기에 틀림없다. 하지만 역사극으로서 그 낭만주의 색채는 더욱 중요하게는 역사를 대하는 태도와 그에 수반된 역사극의 창작원칙에서 표현된다. 문학사에서 낭만주의 작가들은 종종 역사를 선호하는 버릇을 보이고 있음을 발견할 수 있는데 그들은 역사에서 시적 정서를 섭취하기를 즐긴다. 가령 괴테, 쉴러, 위고, 뒤마, 스코트 등 서양의 낭만주의 작가들은 많은 역사극과 역사소설의 창작에서 그러한 경향을 보였다. 더욱 중요한 것은 그들은 역사를 표현할 때 그 어떤 특정한 역사적 시대에 충실하거나 정확한 재현에 주력하는 것이 아니라 상상력에 의거하기에 표현된 역사적 상황에는 주관적인 색채가 극히 농후하며 인물의 성격도 과장된 것이어서 강렬한 극적 효과를 창출했다는 점이다. 곽말약의 역사극도 바로 이러한 특징을 보였다. 그는 "나는 역사연구를 즐기는 사람이고 아울러 역사를 제재로 한 시나리오거나 소설을 쓰기도 즐긴다."[15]라고 했다. 곽말약에게 있어서 역사는 생명력을 잃은 역사가 아니라 그의 상상력과 창작재능을 과시하는 영역

15) 郭沫若,「歷史. 史劇. 現實」,『郭沫若文集』第13卷, 人民文學出版社, 1961.

이 되었다. 그는 종래로 역사의 원모습을 그대로 그려내려 하지 않고 역사의 시적 정취를 추구하며 이러한 시적 정취를 시대정신과 작가의 격정 속에 융합시키면서 이러한 역사극 창작원칙을 '실사구사(失事求似)'라고 개괄했다. 바로 이러한 창작원칙이 역사극 창작에서 곽말약 특유의 낭만주의 정수를 집중적으로 구현했다. 이 점을 간과하고 현실주의 창작방법으로 곽말약의 역사극을 평가한다면 그에 대한 부정뿐만 아니라 '반역사주의'적이라는 우스꽝스러운 결말에 이를 수밖에 없다.

서우와 무명씨는 40년대 국민당 통치구역에서 인기를 몰았던 작가로서 그들의 창작풍격은 유사한데 후자가 전자의 영향을 받은 흔적이 뚜렷하다. 그들의 작품은 감정의 무절제한 노출, 인물과 스토리의 빙공적인 허구, 이역정서와 신비한 색채의 대거 과장, 철리와 상징에 대한 의도적인 추구 및 화려한 수식과 '자연회귀'적인 정서의 흘림 등으로 정통적인 낭만주의 계열에 편입되었다. 아울러 그들의 작품은 중국 현대 낭만주의 문학사조에서 줄곧 결핍되어 있던 기괴한 상상, 대담한 과장, 전기적인 색채, 심원한 의미, 우연적인 줄거리 등의 요소들을 끝내 집중적으로 표현했다. 이러한 의미에서 서우와 무명씨의 소설 창작은 현대 중국의 낭만주의 문학사조의 표현형식을 풍부히 했고 중요한 창작의 공백을 메웠는데 여기에서 그들 창작의 가치와 문학사적 의미를 찾아볼 수 있다.

4. 낭만주의에 대한 비판

이상 30년으로 나누어서 중국 현대 낭만주의 문학사조의 발전궤적을 살펴보았다. 사회적, 역사적 조건의 변화와 현대 중국의 낭만주의 문학사조 자체에 존재하고 있는 내재적 위기로 말미암아 이 사조는 '5·4' 시기 신구교체의 사회현실 속에서 배태되고 서양의 낭만주의 철학과 미학사조의 자극 아래 극히 빠른 속도로 초보적인 모양을 갖추었다가 또 아주 빠르게 역사의 냉대 속에 빠져, 지극히 빠른 속도로 분화 해체되어 유성같은 운명을 겪었다. "몇 년 전 '낭만'이란 훌륭한 이름이었지만 지금 그 의미는 오로지 풍자와 저주에 지나지 않는다."16)는 지적을 되새기며 이 신속한 역사적 과정에 대한 심도있고도 구체적인 분석 작업은 반드시 필요한 것이다.

20년대 후반기로부터 중국의 현대 낭만주의 문학은 끊임없이 비판과 청산의 운명에 처했다. 그 중에서 태도가 가장 견정했던 측은 바로 그 낭만주의 문학의 최초 창도자였다. 중국의 현대사회에서 낭만주의 문학에 대한 비판은 주로 3개 방면에서 이루어졌는데, 하나는 신현실주의로 매진하던 창조사의 작가군이었고, 다른 하나는 고전주의로 회귀하고 있던 신월파의 일부 작가와 경파 작가였으며, 마지막은 현대주의로 변형하는 현대파와 구엽파(九叶派) 시인들이었다. 이렇게 여러 파의 협공 아래 중국의 현대 낭만주의 문학은 재빨리 지리멸렬한 가운데 의존의 근거와 공간을 완전 상실해버렸다.

중국 현대 낭만주의 문학에 대한 창조사 작가들의 비판은 아마 가장 전면적이고 철저한 비판일 것이다. 그들은 낭만주의 시학체계의 터전을 마련한 군체로부터 일약 그 무덤을 파는 군체로 전환했던 것이다. 애초에 그들은 낭만주의 진영의 주장들이었고 낭만주의 문학의 오묘함을 그 누구보다 더 잘 알고 있었을 것이다. 따라서 그들의 공격 또한 훼멸적이

---

16) 朱自淸, 「那里走」, ≪一般≫, 1928年 3月號.

었다. 그들은 주로 낭만주의의 두 개 핵심적인 내용—'자아표현설'과 '예술을 위한 예술'이란 특성을 비판의 과녁으로 삼았다. 초기에 창조사 작가들은 극구 개성해방의 사상을 고취하면서 예술은 작가의 '자아표현'이라고 주장했다. 하지만 현재의 시점에서 그들은 그 주장을 전면부정하면서 계급적인 사회의식으로 개성의 의식을 대체하며 계급의 실천의욕의 반영으로 자아표현을 대체할 것을 주장했다. 마찬가지로 그들은 초기 이론의 '예술을 위한 예술'이란 유미주의적인 주장을 버리고 문예의 공리적인 기능과 사회적 가치를 내세우고 강조하였는바, 심지어 새로운 차원에서 전통적인 '문이재도'의 이념을 인정하기에까지 이르렀다. 왕독청(王獨淸)은 "과거 우리는 대개 오류의 심연 속에 빠져 있었다. 우리는 그때 예술을 흙으로 빚어낸 보살로 여기면서 소위 예술지상주의의 흐름 속에서 아무런 의미도 없는 참배만 일삼았었다."[17]고 반성했다. 그들은 이렇게 예술지상주의를 부정하는 동시에 과거에 주장했던 예술자체의 가치와 독립적인 지위를 존중해야 한다는 현대 문예 관념까지 완전히 부정했다. 그리하여 광활한 생존공간을 확보했던 중국의 현대문학은 재차 협소하고 밀폐된 공간에 빠졌고 문예의 다차원의 기능 중 단일한 정치적 기능만 남기게 되었다.

창조자 작가들의 문예관의 돌변은 의미심장하다. 변화하는 사회현실, 시대적 분위기와 사람들의 심미적 풍속은 그들로 하여금 부득이 모든 것을 개변하는 한편 자신의 내면까지 돌변을 일으킨 중요한 요소였다. 창조사 작가들은 분명 중국의 현대작가 가운데 가장 민감하고 급진적이며, 가장 로맨틱한 일군의 작가들이다. 그들은 적막함과 평온함을 싫어

17) 王獨淸, 「新的開場」, ≪創造月刊≫ 第2卷 第1기, 1928年 8月.

하고 오로지 신기함, 커다란 사회적 반응을 일으키는 것을 즐기는 시대의 선구자로 군림했다. 따라서 그들은 낭만주의가 '5・4'시기의 돌변하는 시대정신에 가장 적합하다고 판단했을 경우에는 그 깃발을 높이 추켜세웠고, '5・4' 이후 어둡고 준엄한 사회 환경이 인간의 관찰과 해부, 비판적인 정신을 필요로 한다고 판단을 했을 경우에는 결단성 있게 자신들의 이론적 주장을 전환하였는데, 심지어는 '오늘의 나는 어제의 나와 싸워야 함'까지도 마다하지 않으면서 낭만주의에 대한 전면적인 비판과 함께 현실주의 창작방법에로 전환했다. 하지만 그들이 주장했던 것은 또 19세기 비판적 현실주의의 그러한 진부한 것이 아니라 유럽에서 갓 발발한 새로운 현실주의, 즉 곽말약이 지칭하던 "정신적으로 무산계급의 사회주의 문예에 완전한 동정심을 갖고, 형식적으로는 낭만주의적 사실주의 문예를 철저히 반대하는 것"[18]이었다. 시대의 변화와 새로운 조류를 추구하는 심리는 창조사 작가들로 하여금 시종일관 시대의 선구자 지위에서 새시대의 개척자로 거듭 태어나게 했지만 다른 한편 그들로 하여금 과도한 초조함, 경솔함 그리고 이익에 급급한 면을 초래하였고 중대한 이론문제를 두고 깊이 사고할 여유를 박탈했으며 결국은 그들 이론체계의 혼잡하고 천박하며 상호 저촉되는 과오를 초래했다.

신월파 작가 및 30년대 경파 작가들은 고전주의의 시각에서 출발하여 중국 현대 낭만주의 문학에 대한 엄격한 청산을 가했다. 그들의 히든카드는 '이성'과 '화해(和諧)'였다. 고전주의의 실체는 일종의 이성 유일주의로서 항상 이성을 지존의 위치에 놓고 모든 작품은 이성을 기준으로 해야 하고 오로지 이성에서 자신의 가치를 획득할 것을 요구했다. 고전

18) 郭沫若, 「革命与文學」, 『郭沫若文集』 第10卷, 人民文學出版社, 1959年.

주의가 주장하는 이성은 인식론에 편중한 것도, 근대과학의 실사구시와 회의정신에 기반한 것도 아닌, 윤리학적 의미에서의 질서와 규범, 즉 인간의 개체적 정감과 대립되는 표준과 이념이었다.

신월파 작가들은 초기부터 고전주의적 경향을 드러내면서 창작활동에서 이성의 역할을 중요시했다. ≪신월≫ 잡지의 창간시점에 이르러 신월파 작가들은 기본적으로 낭만주의에서 고전주의로의 전환을 완성하고 공식적으로 고전주의의 기치를 추켜세우면서 낭만주의 이론에 대해 반성과 비판을 가했다. 신월파 작가 중에서 낭만주의 비판에 가장 열성을 보였던 작가는 양실추이다. 양실추도 초기에는 낭만주의의 고취자였지만 후에 미국학자 베빗의 뉴 인본주의 이론을 전면적으로 수용하면서 문예사상의 대전환을 겪었다. 그는 베빗의 이론적 틀에 근거하여 글을 지어 '5・4'시기 신문학의 낭만주의에 대한 전면적인 공격을 시작했다. 그는 '5・4'신문학운동의 주요 특징은 정감을 숭상하고 이성을 폄하시킨 '낭만적인 혼란'이라고 했다. 그리하여 그는 비판의 중점을 '5・4'신문학의 '서정주의'에 두고 노출된 정감이 전혀 이성적인 선택을 거치지 않았기에 결과는 퇴폐주의와 거짓 '이상주의'에 그치고 말았다고 했다. 그는 낭만주의 시학이론의 두 중요한 슬로건, 즉 '천재의 창조'와 '상상의 자유'를 비판하면서 낭만주의는 '문학의 기율'과 '절제 정신'을 망각하였음을 지적했다. 따라서 "정감의 상상은 모두 이성에 머리 숙여야 하고", "위대한 문학의 힘은 정감 속에 들어 있는 것이 아니라 정감을 절제하는 이성 속에 들어 있는 것이다."[19]라고 했다.

신월파의 뒤를 이어 30년대 경파 작가 역시 고전주의의 입장에서

19) 梁實秋, 「文學的紀律」, ≪新月≫ 創刊號, 1928年 3月.

'5·4'시기 낭만주의를 비판하면서 '화해'의 미학적 원칙을 제시함으로써 당시 문학에서 정감의 대노출과 대범람의 국면에 대한 불만을 표했다. 그들은 열정과 충동, 비분과 격앙의 정서는 여전했지만 그러한 들끓는 주관적 정감은 담담하게 드러내야 하는 바, 표현방식에서 적당해야 하고 절제적이어야 한다고 주장했다. 그들은 현대 낭만주의 시학체계의 '천재'와 '영감'이란 두 개념에 이의를 제기하면서 이 두 낱말은 신문학으로 하여금 날로 위축되고 건강을 상실케 한다고 지적했다. 이러한 편파적인 현상을 극복하기 위하여 그들은 문학창작에서 예술적 기교를 중요시할 것을 호소하였다. 경파 작가들의 창작은 대개 세밀하지만 잡다하지 않고 진실하지만 훈계적이지 않으며, 우아하지만 아양적이지 않으며 아름답지만 작위적이지 않다. 그리하여 모든 것이 조화롭고 자연의 심미적 풍모에 걸맞는데 이는 '5·4'시기 낭만주의 문학의 거칠고 맹렬하며 비감적인 심미형태 및 서정방식과 선명한 태도를 이루는 가운데 농후한 동양식의 고전적 색채를 연출했다.

중국 현대 낭만주의 문학에 대한 신월파와 경파 작가들의 비판은 모두 필연성을 띠고 있는바 여러 가지 사상과 문예관이 변천과정에서 모두 각자의 논리와 변증관계를 내재하고 있기 때문이다. 무릇 어떤 사상이나 문예관이 지나치게 강조되어 그 존재의 합리성의 도를 넘는다면 자칫 자기의 대립 면을 낳게 되어 스스로에 대한 부정을 초래하게 된다. 중국 현대 낭만주의는 애초부터 중용의 모습으로 미학이론의 영역에 모습을 드러낸 것인데 성급함으로 충만한 극단적 존재가 되었다. 따라서 비록 강한 충격력을 소유하고 있는 반면 자신에 대한 보호력은 극히 빈약했다. 신월파와 경파 작가들은 바로 낭만주의의 그러한 극단적이거나 편파적인 면에 주목하여 비판을 가함으로써 자신들의 비판행위에 적극적인 의미를 부여했다. 이는 부정의 부정이지만 부정의 결과는 새롭고 더 높은 차원으로의 진입이 아니라 거의 원점으로의 회귀였다. 중요한 것은 신월파와 경파 작가들이 중국 현대 낭만주의 문학에 대한 부정은 강대한 중국의 전통 문화적 배경을 확보했다는 점이다. 정감은 이성의 통제를 받아야 하고 자유는 규칙에 복종해야 한다는 주장과 '화해'를 최고의 심미적 이상으로 삼는 등은 모두 이성주의를 정통으로 삼는 중국의 고전미학과 일맥상통한다. 따라서 그들은 기본적으로 서양의 '박래품'으로써 중국 현대 낭만주의 문학에 대한 비판에서 자신들의 전통적인 근거지를 확보하였고 그 비판은 아주 무게 있는 것이었다. 이러한 현상은 중국의 전통문화가 현대 사상문화 관념에 대해 여전히 강대한 제어역할을 하고 있음을 보여주는데 외래적인 이론과 학설이 만약 중국 전통문화와의 접합점을 찾지 못할 경우, 만약 '중국화'의 과정을 거치지 않을 경우, 이 땅에서 뿌리박고 성장하기 어렵다는 점을 말해준다.

중국 현대 낭만주의 문학은 또 다른 한 방향의 공격 — 선명한 현대주의 색채를 띤 현대파 시인과 구엽파 시인의 공격을 받았다. 대망서(戴望舒)를 대표로 하는 현대파 시인은 감정의 직접적인 발로, 극도의 자아표현을 반대하고 '암시'와 '상징'을 강조하면서 몽롱하고 은은한 예술경지를 추구하고 감정과 관념 사물에 구체적이고도 질감 있는 감성적인 형식을 부여할 것을 주장했다. 따라서 그들의 시가는 자신의 내심세계를 그대로 드러내지 않고 솔직하고 직접적인 정감의 토로를 추구하지 않으며 형상의 창조와 이미지의 창출과 간접적인 표현, 암시와 은유로써 심경을 표현하는 것들이었다. 이는 낭만파 신시에 존재하던 직접적이고 표피적인 경향을 바꾸어 신시의 예술수준을 높이는 데에 적극적인 역사적 역할을 일으켰다.

40년대 후기에 활약했던 구엽파 시인은 현실생활의 모든 고통스러운 호소와 절망적인 몸부림을 정시하면서 시가작품에서 상대적으로 많은 현실주의 요소를 확보하는 한편, 엘리엇, 릴케, 오든 등 서양의 현대파 시인의 영향을 깊게 받았다. 그들은 문학은 생활을 반영하는 것이지 생활경험의 복사가 아니기에 생활경험의 침적, 전화, 승화로 이루어진 깊은 암시력을 가진 문학경험을 표현해야 하며 사실과 상징이 융합된 다차원의 복사체를 구성해야 한다고 주장했다. 그들은 낭만주의의 주관서정에 이의를 표하면서 시가는 정서의 '분사기'가 아니라 정서의 '등가물'이라는 논리를 폈다. 그들의 선배 시인들은 30년대 말기에 이미 시가영역에서 서정을 '추방'할 것을 요구하면서 이를 근대시가 일정한 기간 고민을 겪은 후에 표현방법에서 찾아낸 한 갈래의 출로[20]라고 표명했다. 시가에서 직접적인 감정 토로를 반대함과 아울러 구엽파 시인들은 시가에서 지성의 지위를 아주 중요시했는데 현대시는 정으로 사람을 감동시켜야 할 뿐만 아니라 사상에 계시적 역할을 일으키고 지적인 요소와 감정적인 요소의 합일을 이루어야 한다는 것이 그 이유였다.

전술한 바와 같이 낭만주의 문학에 대한 창조사, 신월파와 경파 작가, 그리고 현대파와 구엽파 시인들의 부정은 모두 각자 다른 입장에서 출발하여 다양한 제어역량을 대표한 관점이었다. 창조사 작가들은 변화한 사회현실, 시대적 분위기와 심미풍속에 입각했고, 신월파와 경파 작가들은 전통적인 고전주의 문학 관념에 입각하였으며, 현대파와 구엽파 시인들은 주로 20세기 세계문예사조의 발전추세와 새로운 현대적 심미의식에 입각하고 있다. 이는 중국 현대 낭만주의가 시대의 총아라는 지위

20) 徐遲, 「抒情的放逐」, ≪頂点≫, 第1期, 1938年 7月.

를 잃었을 뿐만 아니라 전통적인 기반도 결여하고 있으며, 또한 20세기 문학심미 관념에도 위배되고 있기에 그 분화와 해체가 필연적인 추세였음을 말해준다.

제2절 중국 현대 낭만주의 문학의 예술적 특질

1. 낭만주의의 개념

중국 현대 낭만주의 문학의 주요한 특색을 정확히 파악하려면 반드시 먼저 낭만주의 개념의 내포와 외연을 확정해야 한다. 그리고 낭만주의란 주로 서양의 개념과 이론을 지칭하는 것이고 현대 중국의 낭만주의 문학사조는 서양의 낭만주의 문학사조의 영향과 촉구 아래 나타난 것이기에 연구실천에서 반드시 시종일관 서양의 낭만주의를 참조체계로 삼아야 한다.

낭만주의 개념이 내포와 외연을 확정한다는 것은 아주 까다로운 문제이지만 결코 회피할 수 없는 문제이기도 하다. 낭만주의 자체가 여러 가지 모순성과 다양성을 함께 지니고 있으며 또한 각기 다른 나라와 민족, 작가에 따라 낭만주의에도 커다란 차이가 존재하고 있기에 연구의 첫 시작부터 상당한 어려움을 느끼게 된다. "낭만주의란 무엇인가? 이는 해석 불가한 미스터리이다. 아마 과학적인 방법으로 낭만주의 현상을 분석하기는 상당히 어려울 것이다."[21] 따라서 "낭만주의의 개념을 정의한다는 것은 모험적인 시도로서 많은 사람들이 이미 실패의 고배를 맛본

21) 唐湜, 「梵樂希論詩」, ≪詩創造≫ 第1輯, 1947年 7月.

바 있다."[22] 하지만 서양의 낭만주의 문학사조가 출현한 이래 그 개념을 정의코자 하는 시도는 끊이지 않았다. 그리하여 대체로 아래와 같은 두 개의 연구 경향을 드러내었다.

첫째, 많은 작품 가운데서 낭만주의적 본질이라고 인정되는 것을 대표로 삼아 전반 낭만주의를 대체하는 것이다. 이러한 연구 경향은 낭만주의의 본질적인 특징과 가장 독특한 기여를 발굴하려는 시도로서 낭만주의를 격언화 경향의 공식으로 농축시켰기에 비록 사람들에게 극히 선명하고 집중적인 인상을 줄 수 있지만 편파적인 것으로 전면을 대체함으로써 낭만주의의 기타 일부 중요한 특징을 간과하였다. 낭만주의와 같이 의미가 깊고 역사가 유구하며 전방위적으로 자신을 표현하는 문학사조를 간단명료한 고도의 개괄방식에 의거하여 파악하려고 든다면 결국은 실패의 고배를 맛보기 마련이다.

둘째, 전술한 연구경향의 부족한 점을 극복하기 위해 연구자들은 제2의 경향, 즉 기술의 방식으로 낭만주의의 복잡한 내용을 골고루 돌보면서 낭만주의의 삼라만상에 대해 가장 낮은 표준으로서의 정의를 내리고자 했다. 하지만 이러한 연구 경향 역시 자체의 한계성을 벗어날 수 없었던 바 그 정의는 대개 정확성이 결여되고 신축성의 과대로 인하여 표현이 적확하지 못했다. 하지만 이는 비교적 넓은 면을 포용했기에 상대적으로 첫째 연구경향보다는 과학적이고 타당했다.

22) [英], 利里安, 「弗斯特」, 『浪漫主義』, 李今 譯, 昆侖出版社, 1989, p.1.

2. 낭만주의의 3대 특징

인문과학의 영역에서 연구대상에 대한 정의는 영원한 난제이다. 낭만주의에 대한 정의 역시 마찬가지이다. 하지만 주도적인 규범을 찾아내고 필요한 이론적 동력을 창출하기 위해 기술방법으로 낭만주의의 3대 특징, 즉 주관성, 개인성과 자연성을 살펴보기로 한다.

1) 주관성

주관성은 낭만주의의 가장 뚜렷하고도 본질적인 특징이라는 점은 주지하는 바이다. 따라서 낭만주의 미학은 정감, 상상, 천재와 영감 등 주관적인 심리요소들을 강조하고 그것들을 예술의 첫 자리에 위치시키고, 낭만주의 문학은 주로 인간의 내심의 열정, 농후한 정감을 표현하고 인물내면의 복잡하고 모순되는 정서를 부각하며 이상과 소망과 환상의 논리에 따라 현실생활을 재현한다. 낭만주의 주관성의 형성은 철학영역에서의 이성주의에 대한 반역이며 문예영역에서의 신고전주의에 대한 반역이기도 하다. 이성주의는 이성과 과학을 숭상하고, 신고전주의는 규범과 규칙을 주장하는 바, 양자는 모두 인간의 주관적 심령을 속박하고 인성의 자유로운 발전을 방해한다. 이에 낭만주의는 반발의 기치를 내걸고 이성주의의 무소부재한 통치에 반항하면서 감정을 강조하고 정신에 이성과 물질보다 중요한 지위를 부여하여 뜨거운 정감으로 냉정한 이성의 세계를 녹이고자 했다. 아울러 낭만주의는 규범과 규칙을 혐오하면서 아무런 구속 없이 자유분방한 미를 추구하고 신고전주의가 설치한 고리타분하고 경직된 예술모델을 타파했다.

낭만주의의 주관성 형성은 독일 고전철학에서 깊은 영향을 받은 결과이다. 독일의 고전철학 자체가 사실은 바로 철학영역에서의 낭만운동으로서 문예영역의 낭만운동을 위해 이론적 토대를 마련했다. 이성주의 인식론이 인성가치론에 대한 난폭한 배척에 대해 칸트는 철학사상에서 처음으로 인식론과 본체론(순수한 이성과 실천적 이성)을 구분하고 순수이성의 인식범위와 극한을 규정하면서 신앙, 도덕적 물질형태는 이성과 지식이 미칠 수 없는 것이라고 주장했다. 피히테는 한걸음 더 나아가서 주관을 지고무상의 지위에 올리고 정감과 심령을 세계 전반의 근거로 삼으면서 오로지 심령과 정신과 초감각적인 세계만이 실재하는 세계임을 극력 증명하고자 했다. 낭만주의는 독일 고전철학에서 주관능동성의 원리를 차용하고 이러한 능동성을 과대하여 자신의 목적과 예술의 주요원칙으로 변용했다.

2) 개인성

주관과 밀접한 연관을 맺고 있는 것이 바로 개인성이다. 낭만주의가 숭상하는 개인의 주관정감은 개인의 내재적 공간의 표현으로서 개인의 정신적 세계의 가치에 대한 충분한 긍정이며 개성해방의 추구이며 자아확장과 자유발전이며 주관적 자아를 객관적 현실사회 우위에 두고 개인의 이상, 소망과 요구를 위해 주변 사회에 도전하는 무기이다. 따라서 개성적 의식, 자아의식은 낭만주의 시대에 미증유의 각광을 받았다. 이는 전통적 사회구조의 해체에 따라 개인이 그 속박에서 탈피하여 독자적으로 새롭게 형성중인 세계를 상대하도록 했기 때문이다. 다른 한편 신흥 자본주의사회의 억압이 그 이유인데 과거 사람들은 이성, 과학이 창조한 자본주의 산업문명을 반겼지만 현재는 이 문명이 초래한 심각한 인성의 분열과 소외를 겪고 있는바, 즉 봉건 중세기의 속박을 탈피한 개성은 또 다시 물질과 이성의 억압을 받게 된 것이다. 이리하여 낭만주의의 인간 개성의 선양은 자본주의 산업문명에 침몰된 인성을 구출하는 데에 그 취지가 있는 것이다.

3) 자연성

자본주의 공업문명의 중압환경 속에서 소외된 인성회복을 위하여 낭만주의는 '자연회귀'라는 도경을 설정했다. 여기에 두 가지 함의가 들어 있는데, 하나는 현대문명에 오염되지 않은 인간의 자연적 본성으로의 회귀이고, 다른 하나는 태고연한 그윽하고 소박한 대자연으로의 회귀이다. 루소는 일찍 '자연회귀'의 주장을 펼치면서 원시인, 야만인의 생활을 찬미하고 인공의 흔적을 남기지 않은 조야한 대자연을 숭배하며 그러한 환경 속에서만이 인간은 비로소 자신의 자연적인 천성을 보유할 수 있다고 했다. 낭만주의는 바로 이 주장을 이어받고 선양하면서 무거운 문명사회를 버리고 공업문명의 억압 아래 있던 심령으로 하여금 인성의 자연으로 회귀하도록 하자는 것이었다. 낭만주의는 18세기 이성주의의 기계적 우주관을 부정하고 만물에 영혼이 있다는 유기우주관을 숭배하면서 자연을 인간과 유사한 유기통일체로 간주하고 인간과 같은 생명의 영혼을 부여했다. 그들은 산업문명이 인간과 자연간의 유기적 연계를 차단했기에 '자연회귀'를 주장하는 것이라고 했다. 이렇게 볼진대 '자연회귀'는 원시적인 자연상태로의 회귀가 아니라 인성자유에 대한 낭만주의의 갈망을 표현하고 있는 것이다. 그리하여 자연인성의 소유자인 영아, 어린이, 농민 심지어는 원시부족의 야만인은 종종 낭만주의 작가들의 칭송 대상이 되며 자연경물에 대한 묘사 또한 낭만주의 작품의 중요한 현상의 하나이다. 그리고 자연경물은 인간 활동의 배경일 뿐만 아니라 하나의 독립적 존재로서의 의미를 지닌 순결하고 순진한 상징물로 속세와 공리를 초탈하고 소외된 인성을 치료하는 처소로 간주되었다.

이밖에도 낭만주의는 여타의 특징을 보유하고 있지만 전술한 세 가지 특징이 가장 중요한 것이다. 이는 비록 서양의 낭만주의 문학사조에서 개괄한 것이지만 기본적으로 시공간을 초월한 의미를 지니기에 각기 다른 시대, 나라, 민족의 낭만주의에 속하며 임의의 문학사조, 문학유파와 작가의 창작이 낭만주의 귀속여부를 가리는 비교적 엄격한 기준이다. 이 세 가지 특징은 상호 의존하는데 오직 이 세 가지 특징을 구비해야만이 비로소 엄격한 의미의 낭만주의에 속하는 것이다. 이러한 의미에서 18세기 하반기부터 19세기 상반기에 나타난 서양의 낭만주의 문학사조는 낭만주의의 전형적 형태이며 그보다 전에 출현하여 사람들에게 낭만주의라고 불린 일부 중외작가와 작품은 사실 단지 낭만주의 맹아와 초기형태에 지나지 않는다.

공히 낭만주의 범주에 속할진대 현대 중국의 낭만주의 문학사조는 서양의 낭만주의와 필연적으로 질적 동일성을 공유하고 일부 공통의 특징을 드러내기 마련이다. 가령 서양의 낭만주의 문학사조의 세 가지 특징에 대한 개괄이 정확하게 성립된다면 현대 중국의 낭만주의 문학사조 역시 이 세 가지 특징을 지녀야 하는 바, 그렇지 않을 경우 낭만주의의 이름을 들먹일 자격조자 없는 것이다.

중국 현대 낭만주의 문학사조는 바로 이 세 가지 면에서 서양의 낭만주의와 밀접한 내재적 연관을 맺고 있기에 마찬가지로 주관성, 개인성과 자연성을 확보하고 있다. 주관성의 표현에서 현대 중국의 낭만주의 문학사조는 마찬가지로 정감, 상상, 영감을 예술의 첫 자리에 놓고 그 토대 위에 자체의 낭만시학 체계를 구축하였으며 대량의 작품에서 농후한 주관 서정적 색채와 일정한 정도의 주관 전기적 색채를 보이고 있다. 개인성의 표현에서 중국 현대작가의 개성의식이 강화되었으며 예술이 곧 자아의 표현임을 주장하고 예술의 독창성을 추구함과 아울러 개인과 사회의 대립을 중국 현대 낭만주의 문학사조의 중요한 주제형식으로 간주했다. 자연성의 표현에서 중국 현대작가들은 역시 '자연회귀'의 경향을 드러내면서 이간의 자연적인 본성과 아름답고 청아한 대자연에 대한 동경을 보였다.

3. 현대 중국의 낭만주의 문학사조와 서양 낭만주의의 차이

각기 다른 시대, 나라, 민족의 낭만주의는 필경 선명한 차이를 갖기 마련이다. 현대 중국의 낭만주의 문학사조는 서양에서 유입되었고 그 깊은 영향을 받았지만 수용미학의 각도에서 본다면 한 가지 사조, 한 작가, 한 텍스트가 다른 한 나라 또는 다른 한 문화체계 내에서 전파될 경우 후자의 시대적 환경, 문화배경과 역사전통의 제약을 받기 마련이며 수용자 또한 그 수용과정에 적극 참여하여 해석을 가하고 창조를 첨가하게 된다. 이러한 단계를 거쳐 전파된 사조, 작가 그리고 텍스트는 영향을 행사하는 동시에 새롭게 구성되는데 형태, 함의 및 기능 등의 영역에서 어떤 요소는 말살되고 어떤 요소는 강화된다. 따라서 중국에서 서양의 낭만주의 문학사조의 독특한 구체적 실현과 전환형태, 즉 현대 중국 낭만주의 문학사조 본신의 특질이 주목된다. 이는 현대 중국의 낭만주의 문학사조를 서양의 낭만주의 문학사조와 전면적으로 비교작업을 필요로 하는데 전자가 어떻게 후자의 주관성, 개인성과 자연성을 강화시켰는가 하는 문제뿐만 아니라 또 어떠한 요소들을 파기하고 어떠한 요소가 증가했는가 하는 부분도 살펴볼 것을 요구한다.

첫째, 현대 중국의 낭만주의 문학사조는 서양 낭만주의의 종교적 색채를 파기했다. 종교생활은 서양인들의 정신생활에서 불가결한 부분이다. 고대로부터 현대에 이르기까지 하느님이란 개념은 줄곧 그들 내심의 중심에 위치하여 세계에 대한 그들의 관점을 주재하고 있었다. 르네상스와 계몽운동의 세례를 거친 후 서양인의 종교관에도 근본적인 변화가 일어났다. 그리하여 실체적인 존재로서 하느님의 존재가능성이 부정됨과 아울러 하느님은 도덕규범의 최고 중재자 또는 생기발랄한 대자연 또는 인간의 자유의지를 추구하는 무한히 아름다운 정신적 경지로 탈바꿈했다. 이렇게 변화된 하느님에 대한 관념은 한 세대의 낭만주의 작가들을 끌었다. 샤토브리앙 작품의 비장하고 신비한 북미의 삼림, 위고 작품의 삼엄하고 공포스러운 파리 노트르담대성당, 워즈워드 작품의 고독하게 떠도는 구름송이, 노발리스의 무한한 의미를 담고 있는 난꽃 등에는 모두 종교의 유령이 배회하고 있다. 그리하여 스탈부인이 "낭만주의 문학을 널리 퍼뜨린 것은 바로 우리 자신의 종교와 제도이다."[23]라고 할 정도였다. 하지만 중국의 문화가 중요시하는 것은 사회와 일상적인 삶이었지 지옥과 천당 및 내세가 아니었다. 불교조차도 일상생활의 체험을 추구하는 것으로서 서양식 종교와 같이 신비하고 광기어린 충동과 형이상적인 사유가 아니었다. 이러한 문화전통은 물론 중국의 현대작가들에게 영향을 끼쳤고 그들이 서양의 낭만주의 문학을 접할 때 자연 그 종교적 색채를 간과하도록 작용했다. 따라서 현대 중국의 낭만주의 문학사조는 주로 인간의 희로애락을 표현하는 데 주력했고 작품에서 삶의

23) [法] 史達爾夫人, 『德國的文學和藝術』, 丁世中 譯, 人民文學出版社, 1981, p.49.

분위기가 농후하게 했다. 폐명, 허지산, 풍자개 등 불교영향을 깊이 받았던 작가조차도 종교 본체론과 인식론의 오묘함을 회피하고 세계의 본원, 신령과 본성 등 추상적인 문제에 대해 별반 관심을 부여하지 않고 단지 현실적인 인생문제에 집착했다. 바로 이러한 이유로 현대 중국의 낭만주의 문학사조는 서양 낭만주의의 그러한 신비성과 심오함과 철리적인 일면을 탈피했다.

둘째, 현대 중국의 낭만주의 문학사조는 서양 낭만주의의 '중세기로의 회귀'의 정서를 파기했다. '중세기로의 회귀'는 서양 낭만주의 사조의 중요한 주장의 하나이다. 하이네는 "독일낭만파는 다름이 아니라 바로 중세기 시적 정서의 부활이다."[24]고 했다. 실제에 있어서 이는 독일낭만파의 특징일 뿐만 아니라 서양 낭만주의의 전반적인 특징이었다. 소위 '중세기 시적 정서'란 두개 방면의 내용이 포괄되는데 하나는 기사정신과 승려주의이고, 하나는 중세기 민간문학이다. 서양의 낭만주의자는 이성주의와 신고전주의의 속박에 대한 반항을 위해 중세기의 기독교에서 비호를 얻고자 했다. 그들은 시적 이미지화의 원칙으로 기독교와 하느님을 개조하고 중세기 민간문학에서 발견한 열렬하고 진지한 정감, 풍부하고 기묘한 상상, 자유롭고 질박한 형식으로써 신고전주의의 문예양식을 공격하고 자신의 정감을 발로하고자 했던 것이다. 아울러 '중세기로의 회귀'는 서양 낭만주의자들이 과거를 대하는 태도, 즉 숭배와 미화를 반영하고 있다. 중국의 현대작가들은 서양 낭만주의의 이러한 특징을 간파하고 그것을 수용하지 않았다. 중국 현대작가들에게 있어서 서양 중세기 문학은 봉건문학에 소속되는 것이기에 깊은 반감의 대상이

24) 馮友蘭, 『中國哲學簡史』, 北京大學出版社, 1985, p.6 재인용.

었다. 게다가 중세기 문학의 종교적 색채와 신비감은 중국 현대작가들로 하여금 생소함과 부적응을 느끼게 했기에 그들이 서양의 중세기 문학에 냉담했던 것은 자명한 일이다. 동시에 중국의 현대작가들은 신구교체의 시대적 환경에 처해 있었기에 주로 이상과 미래에 대한 동경으로 넘쳤고 과거에 대해서는 시종일관 비판의 태도를 취하고 있었다. 특히 당시 중국에 넘치고 있던 농후한 반전통적 정서는 중국의 고대문학을 '죽은 문학', '비인간적인 문학'의 경지로 몰아갔다. 이러한 시대적 분위기 속에서 중국의 현대작가들은 절대 과거에 가서 시적 정서를 찾으려 하지 않았으며 의도적으로 고대문학의 부흥으로 현대문학의 혁신을 실현하려고 하지도 않았다. 비록 당시 일부 작가들이 민요수집에 열성을 보이기는 했지만 그것은 단지 연구목적을 위한 것이었지 청신한 민간문학의 풍격을 유입하기 위한 것은 아니었다. 당시 문학가치의 취향은 주로 서양의 새로운 문학관념, 문학양식과 문학 표현방법을 참조하는 것이었다. 이렇게 여러 가지 원인으로 중국 현대작가들은 서양 낭만주의의 '중세기로의 회귀' 정서를 파기했다.

셋째, 현대 중국의 낭만주의 문학사조는 서양 낭만주의의 반자본주의적 성질을 파기했다. 사실 서양의 낭만주의 문학사조가 발생한 직접적인 원인의 하나는 자본주의 사회의 물질화와 소외현상이었다. 상품과 금전을 교환가치의 근본으로 하는 사회에서, 산업문명이 고도로 발달한 냉담한 세계에서 잉태한 일련의 문화현상의 필연적인 결과는 바로 사회의 파멸, 인성의 소외, 개인에 대한 사회의 억압 및 그로 인한 공포와 고독이다. 낭만주의자들은 최초로 그 고통을 감수했고 과거의 아름다운 것들을 이미 상실했으며 과거 인류의 기본가치 일부가 현시대에 이미 소외되었음도 확신하게 되었다. 그들은 이러한 현상들에 반항할 필요성을 느끼고 자본주의문명이 만들어낸 보편적인 소외의 생존방식에 항의를 제출하였으며 문학을 개체와 전 인류를 구출하는 효과적인 수단으로 삼았다. 서양의 낭만주의 사조의 특징 중 많은 부분은 바로 이 반자본주의적 성질과 관련이 있는 것이라고 할 수 있다. 하지만 분명한 것은 현대 중국의 낭만주의 문학사조는 이러한 성질을 지니지 않았다. 이는 중국의 현대가 처한 시대적 배경과 담당한 역사적 사명에 의해 결정된다.

중국 현대 낭만주의 문학사조와 서양 낭만주의 문학사조 사이에는 거대한 '시차'가 존재하고 있다. 비록 전자는 후자보다 한 세기 정도 늦게 출현했지만 중국의 역사발전의 정체성으로 인하여 중국 현대 낭만주의 문학사조가 표현하는 시대적 주제는 반자본주의가 아니라 반봉건이었다. 중국의 현대작가들은 서양 낭만주의자들처럼 자본주의 문명이 조성한 여러 가지 폐단을 감지할 수 없었을 뿐만 아니라 오히려 그것을 자기의 이상으로 삼아 구가하고 호소했다. 현대 산업문명은 중국 현대작가들의 시적 정서를 환기시킨바 있다. 문일다는 곽말약의 「여신」에는 농후한 과학적 성분이 포함되어 있으며 많은 시편들은 '내재적 과학정신에서 발원한 것'이기에 그것들은 '기계의 추악성'을 간과하고 거기에 '아름다운 의상'을 단장한 것이라고 하면서 이를 당시의 '시대정신'의 반영이라고 했다.[25] 심종문과 같은 소수의 작가들이 현대문명이 조성한 인성의 분열과 소외를 첨예하게 비판한 바 있지만 그것은 전통적인 소농경제의 시각에서 비판을 전개한 것이지 현 단계 문명을 초월한 높은 차원에서 이루어진 것이 아니었다. 그리고 현대문명에 대한 그들의 배격과 비판은 당시 시대적 흐름을 멀리 떠난 것으로서 사람들의 냉대를

25) 聞一多, 「女神之時代精神」, ≪創造周報≫ 第4號, 1923年 6月 3日.

받을 수밖에 없었다. 요컨대 중국 현대 낭만주의 문학사조는 반자본주의적 경향을 띠지 않았다.

이상으로 본다면 현대 중국 낭만주의 문학사조는 서양 낭만주의 문학사조의 일부 중요한 특징을 파기하고 그 주관성, 개인성과 자연성이란 특징을 돌출히 했다. 이러한 의미에서 중국 현대 낭만주의 문학사조는 서양 낭만주의 문학사조의 내포를 간소화하고 축소했다고 할 수 있다. 하지만 중국 현대 낭만주의 문학사조는 서양 낭만주의 문학사조에 없는 일부 요소들을 첨가했는데 이러한 의미에서 중국 현대 낭만주의 문학사조는 낭만주의의 영역을 풍부하게 확대했으며 보다 개방적이고 포용이었다.

중국 현대 낭만주의 문학사조는 현실주의 요소들을 도입했다. 이러한 도입은 자각적이었다. 성방오는 1923년 "종전의 낭만주의 문학은 취재와 표현에서 모두 우리의 생활과 경험을 멀리하는 것이 그 비결이었기에 그 취재는 대개 비현실적이었고 그 표현은 우리의 환상에 대한 극단적인 이용이었다. 이러한 비현실적인 취재와 환상적인 표현은 포착할 수 없는 것들을 표현하기에는 특별한 효력이 있다고 하지만 그 효과가 어떠할 지라도 칭송할만한 것은 단지 효과와 기교에 그칠 뿐이다. 그것은 우리의 열렬한 동정을 환기시킬 수는 없다."고 지적했다. 성방오는 서양 낭만주의의 취재의 비현실성과 표현의 환상성에 불만을 표한 것이다. 이어서 그는 현실주의 문학에 대한 호감을 표했는데, 현실주의 문학의 "취재한 것은 우리의 생활이고 표현하려는 것은 우리의 경험이기에 우리의 가장 열렬한 동정을 환기시킬 수 있는 것이다."라고 했다. 마지막으로 성방오는 "문학이 낭만에서 사실로 전환하는 것은 우리가 꿈의 왕국에서 깨어나 스스로 복귀한 것이며 우리는 이미 현실에 직면하고 있는 것이다. 우리는 그것에 주목하고 그 진상을 간파해야 한다. 그리고 그것을 적나라하게 표현해야 한다."[26]고 했다. 이러한 관점은 중국 낭만주의 경향을 소유한 많은 작가들을 대표하고 있다고 할 수 있다. 그들의 생활환경, 성격과 기질 및 문화전통은 모두 그들로 하여금 현실에 집착하고 친근하도록 했으며 진정한 낭만에 이르지 못하게 만들었다. 따라서 한시기를 풍미하던 중국 현대 낭만서정소설은 현실주의의 일부 요소들을 도입하게 되었고 생활의 평범함으로 예술의 진실성과 보편성을 이룩했다. 그것들은 현실생활에 가까이 밀착했고 종종 일상생활의 흐름을 빌어 인물 내심의 정감을 격정적으로 토로했다. 창조사의 작가들은 주로 청년 지식인들의 '가난'과 '색'을 묘사하면서 '삶의 고민'과 '성적 고민'을 토로했으며 이 부류의 소설들을 스스로 '신변소설'[27]이라고 이름했다. 폐명, 심종문, 풍자개 등의 작가들은 종종 전원풍격과 일상생활 디테일에 대한 묘사로써 내심의 담담한 정감과 안정된 사색을 표현했다. 그리하여 중국 현대 낭만주의 문학사조는 서양 낭만주의의 전기적인 정서, 거대한 시공간적 스팬, 방종한 예술적 상상, 희극적인 우연의 효과가 없었다. 말하자면 현대 중국의 낭만주의 문학사조는 일종의 소박한 낭만주의였다. 하지만 현실주의는 아니었던 바, 현실주의와의 차이는 다음과 같다. 현실주의는 생활의 객관적인 재현이지만 낭만주의는 생활의 주관적 표현으로서 서정을 작품의 주축과 핵심으로 삼으며, 구체적이고 진실한 생활의 디테일은 작품에서 단지 서정의 재료일 뿐이다.

중국 현대 낭만주의 문학사조는 모더니즘의 성분을 차용했다. 중국의 현대 지식계, 문학계의 가장 현저한 특징은 급속한 변화, 경박한 심리로

26) 成仿吾, 「寫實主義与庸俗主義」, ≪創造周報≫ 第5號, 1923年 6月 10日.
27) 鄭伯奇, 「中國新文學大系.小說三集.導言」, 鄭伯奇 編選, 『中國新文學大系.小說三集』, 上海良友圖書印刷公司, 1935, p.14.

써 가장 짧은 기간 내에 가장 빠른 속도로 세계의 새로운 사조를 추종하려는 것이었다. 그 결과 서양의 근현대 여러 가지 사조가 중국의 현대를 총총히 스쳐갔지만 모두 충분하고 완전한 발전기회를 얻지 못하는 한편 상호간에 서로 침투하고 영향을 주면서 심지어 중국의 모든 사조에 '잡다(雜)'와 '불순(不純)'이란 누명만 남겼다. 이 누명은 중국 작가들이 모더니즘과 낭만주의의 밀접한 혈연적 관계를 발견했다는 것을 말해주는 한편 또 양자 간의 차이도 발견했음을 말해준다. 중국의 현대작가들은 낭만주의의 토대위에서 서양 모더니즘의 일부 관념과 예술수법을 차용한 것이라고 할 수 있다. 그리하여 중국 현대 낭만주의 문학사조는 모더니즘이란 유행의 허울을 걸치게 된 것이다. 시가영역에서는 주로 상징주의 수법을 차용하여 전통적 낭만주의의 직설적인 정감 표현방식을 버리고 상징과 암시를 강조하고 개인의 순간적인 감수와 환각의 포착에 주력함으로써 몽롱하고 은회적인 예술적 풍격을 형성했다. 그리하여 정감과 추상적인 관념에 구체적이고도 질감적인 형식을 부여하기에 이른다. 소설영역에서는 주로 서양의 의식흐름 유형의 소설과 프로이드 학설의 이론을 차용하여 인물의 잠재적인 의식, 성의식과 변태심리의 부각에 치중하며 인물의 내적독백을 대량 운용했다. 따라서 자유연상의 방식으로 직감과 환각, 기억과 인상, 꿈과 현실을 전부 한데 뭉뚱그려 작품의 심리묘사 부분을 깊이 있게 확대함으로써 중국 현대 낭만주의 소설로 하여금 서정과 심리투시의 이중적 특징을 지니게 했다. 그 외에 시가나 소설 또는 희곡영역을 막론하고 모두 각기 다른 정도로 신비주의 영향을 받았는데 작가들은 복잡다단한 사회현상과 신기하고 예측하기 어려운 인생의 운명을 그릴 때 분명치 않은 미감과 신비한 분위기를 조성하여 방황과 허망한 정서와 삶의 예측불가와 난해의 개탄을 표현했다. 중국 현대 낭만주의 문학사조는 서양 모더니즘에서 주로 예술수법의 운용면의 차용에 그쳤고 기본적으로는 비이성적인 예술수법으로 이성적인 감정의 내용을 표현한 것이었다. 따라서 이러한 부류의 작품은 모더니즘의 작품과 혼동하지 말고 그것들을 여전히 낭만주의 범주 내에서 고찰해야 한다.

중국 현대 낭만주의 문학사조는 또 본토의 문화전통에서 자양분을 섭취했다. 중국 현대 낭만주의 문학사조가 주로 서양에서 유입되어 농후한 '박래품'의 색채를 띠고 있지만, 또한 낭만주의 작가들이 강렬한 반전통의 자세를 보였지만, 또한 그것이 당시에는 잠재적이고 간접적인 형식으로, 보다 은밀하고 심각한 사상, 심리와 심미적 측면에서 발생하였다고 할지라도, 중국 현대 낭만주의 문학사조는 필경 중국 역사문화의 토양 위에서 자라난 것이다. 따라서 어릴 적부터 전통문화의 영향과 두터운 전통문화의 수양을 쌓았던 중국 작가들은 이론의 건설과 창작실천에서 그 영향의 자장을 벗어날 수 없었다. 사실 중국 고대문학에서도 이미 낭만주의의 추형이 나타난 바 있다. 노장, 선종철학 및 그 영향 아래 있던 일부 작가와 작품들은 정도가 다르게 주관성, 개인성과 자연성을 지니고 있었다. 비록 그들이 근현대 의미에서 주관성, 개인성, 자연성과는 다르다고 하지만 필경 많은 면에서 그것들은 일정한 유사성을 보였다. 봉건예교에 대한 완강한 도전이 그 하나인데, 그것이 바로 중국 현대작가들이 서양의 낭만주의를 수용한 후 형성한 문화와 심리적 근거가 되었다. 따라서 중국 현대 낭만주의 문학사조에는 부조리한 세상에 분개심을 품거나 구속 없이 자유롭게 노니는 중국 명사 또는 자아결백을 추구하고 산수에 자신의 정감을 기탁하는 중국 은사들의 모습을 엿볼 수 있다. 전통적인 심미적 정취거나 예술사유방식이 중국 현대 낭만주의 문학사조에 끼친 영향은 더욱 뚜렷하다. 요컨대 전통문화의 침투는 중국 현대 낭만주의 문학사조로 하여금 서양 낭만주의와는 전연 다른 새로운 풍격을 보이게 했고 이로써 자체의 민족성과 중국적 특색을 구성했다.

제3절 중국 현대 낭만주의 문학·시학의 체계

중국 현대작가들은 창작에 주력하는 동시에 대량의 이론연구, 작품평론, 서양의 문학과 이론에 관한 평가 등 일련의 미학적 견해를 발표하여 중국 현대 낭만주의 시학체계의 기본적인 틀을 갖추었다. 이 시학체계의 건립은 많은 낭만주의의 우수한 작품과 더불어 중국 현대 낭만주의 문학사조의 중요한 성취이다. 이 체계는 그처럼 근엄하고 완벽하지 못하고 개념적인 정의의 정확도와 범주의 분류에서 이론학설과 상당한 거리가 있다고 하지만, 게다가 시대의 급속한 변화에 따라 빠른 속도로 해체되었지만, 그것은 현대적 의미에서 중국 최초의 낭만주의 미학이론이었고 전통에서 현대를 향한 중국 전통 문학 관념의 한 차례 거대한 변화를 예시했다.

1. 주관적 예술 본질관에 대한 강조

예술의 본질문제에 관하여 현실주의 미학은 객관세계에 대한 관조와 모사라고 주장하며, 낭만주의 미학은 주관심리세계의 발굴과 탐구라고 주장한다. 따라서 주관에 입각하여 예술을 작가 내면세계의 산물로 간주하고 심미주체의 객관심리 요소가 예술을 구성하는 가장 중요한 내용과 최종 원천이라는 주장은 낭만주의 미학의 기초와 핵심이며 낭만주의 미학과 현실주의 미학의 가장 근본적인 분기이기도 하다. '내면의 지향'으로서 '세계 내재적 공간'을 표현한다는 것은 낭만주의 미학이 줄곧 추켜세운 이론적 기치였다.

중국의 '5·4'시기는 정신의 각성, 사상의 해방, 개성의 선양시대였다. 인간의 주체의식은 전례없이 강화되었고 자아는 모든 가치를 평가하는 기준이 되었다. 게다가 서양 근대의 다양한 주관 유심주의 철학과 서양 낭만주의 미학 관념의 직접적인 영향 아래 수많은 중국 현대 작가들은 예술의 본질을 탐구하는 가운데 필연적으로 주관 쪽에 치우치게 되었고 필연적으로 주관심령에서 출발하여 예술의 근원을 탐구하고 필연적으로 주관성을 예술의 가장 본질적인 특징으로 삼았다. 낭만주의 문학단체로서 창조사는 등단 초기에 자신들의 관점, 즉 "우리 내심이 필요에 입각하여 문예활동에 종사한다."[28]는 주장을 내세웠다. 창조사 작가들에게 있어서 예술은 객관현실의 재현이 아니라 창작주체의 내재적 심령의 외화이며, 예술의 발생은 모두 인간의 주관정신의 범주에 귀속되는 것들이었다. 하지만 주관을 숭상하는 낭만주의일지라도 주관적인 모든 심리요소를 숭상하는 것이 아니라, 오로지 정감, 상상, 영감 등 창작활동에 결정적 역할을 일으키는 요소들만 강조하거나 심지어 과장한다. 이는 이성, 사유, 경험을 중요시하는 고전주의와 현실주의와는 전혀 다르며, 직감, 본능, 잠재의식의 돌출을 내세우는 모더니즘과도 구별되는 점이다. 중국 현대 낭만주의 시학체계에서 정감, 상상과 영감은 여전히 중요

28) 郭沫若,「編輯余談」,≪創造季刊≫ 第1卷 第2期, 1922年 8月.

한 위치를 차지할 뿐만 아니라 중국 현대 낭만주의 시학의 핵심적 내용이 되었다.

문학에서 정감의 특수한 지위와 역할을 중요시하는 것은 중국 고전문학과 미학이론의 중요한 전통이다. 중국 고전문학에서 서정시가 상당한 비중을 차지하고 있는데 중국 고대의 문론가들은 항상 예술의 발생, 창조, 수용과정에서 정감요소를 긍정했던 소위 '시언지', '시원정(詩緣情)', '정자문지경(情者文之經)', '시자, 근정묘언(詩者, 根情苗言)' 등은 모두 정감이 문학예술의 기본적인 특성이란 점을 말해주고 있다. 이러한 문학전통은 당연히 중국 현대작가들의 미학적 관념에 영향을 끼치기 마련인바, 그들은 서양 낭만주의 미학을 접촉하면서도 우선 주정설(主情說)에 호응을 보였다. 하지만 중국 현대작가들이 수용한 서양 낭만주의 작가들의 미학관과 중국의 고대문론은 본질적인 구별이 있는 바, 적어도 두 가지로 귀납할 수 있다. 첫째, 중국 고대의 주정설은 사실 고전주의 미학이론의 일종으로 정의 역할을 강조하는 동시에 이성으로써 정을 절제하며 그 목적은 정감의 역할 발휘를 매개로 심신의 관계와 인간관계를 조절함으로써 '인'을 중심으로 한 이상적 사회구조를 실현하자는 것이다. 따라서 그들이 긍정한 정감은 사실 봉건윤리 규범에 의해 소외된 정감으로써 추구하는 정이(情理) 통일의 실체 역시 봉건이성으로써 인간의 주관적인 자연정감을 제한하고 규범하며 약화시키자는 것이었다. 하지만 중국 현대작가들이 주장하는 주정설은 근현대 의미에서의 낭만주의 미학이론으로 감정과 이성, 자유의지와 윤리규칙의 충돌의 산물인바, 심지어 그 일부는 모더니즘 미학의 흔적까지 나타내는 것이다. 그리고 그것들은 과학이성 및 인간의 의식 활동과 상호 대립되는 것이기도 하다. 여하튼 중국 현대작가들이 일으킨 이 정감혁명과 폭풍은 중국 전통적 봉건윤리

규범과 고전주의 미학관에 대한 막대한 충격으로 일종의 극단적인 방식으로 예술의 본질적 특징을 파악하였는데 그 자체로 간과할 수 없는 적극적인 의의를 지니고 있다.

낭만주의는 서정을 주도로 하는 문학이기에 상상은 낭만파 작가들의 형상적 사유과정에서 극히 중요한 지위를 차지한다. 낭만주의 미학에서 정감은 문학의 본질로써 무형의 정감은 유형의 구체적 이미지로 외화되어야 하는데 그 유일한 동력과 방식이 바로 예술가의 주관상상이다. 따라서 낭만주의 미학에서 상상력은 전에 없는 숭상을 받게 되었다. 현실주의 미학 역시 상상의 역할을 간과하지는 않지만 그들은 단지 상상을 창조구상 과정의 일환으로 여겼지 절대 유일한 것으로 간주하지는 않았다. 현실주의 작가에게 있어서 중요한 것은 객관적 진실이지 주관적 상상력이 아니다. 하지만 중국 현대 낭만주의 시학체계에서 상상은 정감과 대등한 위치에 놓여 있다.

중국 현대작가들이 서양 낭만주의 시대의 작가들처럼 상상을 숭상했지만 중서 문화배경과 심리구조의 커다란 차이는 그들로 하여금 상상에 대한 인식과 이해에서 비교적 큰 차이를 보였다. 서양문화는 운명의 규칙, 신의 세계와 현실세계의 처리에 편중하면서 단순히 외물을 감수하는 것만으로 부족하기에 진정한 인식론은 본체세계에 진입하는 사색이어야 하며 반드시 눈앞의 물리적 세계에서 추상적인 형이상적 세계로 진입해야 한다고 주장했다. 따라서 그들은 상상을 논의할 때 신비성과 초험성을 띠게 된다. 그들에게 있어서 상상은 초자연, 초실재적인 기능으로 종래로 실천과 경험과 접하지 않고 오로지 정신 가운데, 내심 속에만 존재하는 신비한 활동이다. 서양의 작가들은 상상의 수단을 통하여 용속한 현실의 구속을 벗어나 실제 생존하는 현실의 수요와 전혀 무관한 초경험의 세계로 진입하기를 갈망했다. 하지만 중국문화의 기본특징은 실천과 이성으로 우주, 영구, 초경험 같은 것들에 별로 관심이 없이 주로 사회에 주목하고 현실에 집착하여 경세치용을 추구하기에 중국 현대작가들의 상상에 대한 이해는 현실성과 경험성을 띠고 있었다. 객관실재를 강조하는 것은 상상의 생성에 결정과 제약적 역할이 있기에 상상을 형이상학에서 형이하학으로 끌어내릴 수 있었다. 따라서 중국 현대작가들이 담론 속 상상은 사실 사무엘 테일러 콜리지가 말한 '환상'에 상당한 것, 즉 저급단계의 상상이다. 그리하여 상상은 중국 현대작가들에게 있어서 항상 인간의 예술세계를 확립하는 일종의 방식과 수단이었고 보편적인 형이상학적 가치가 결여되었으며, 항상 구조의 편성에 필요한 조합능력이었지 제2 세계의 창조자가 아니었다. 요컨대 서양 작가와 중국 현대작가들이 숭상하는 상상은 각기 다른 철학과 심리측면의 개념으로 그것이 반영하는 것 역시 서로 다른 문화계통의 깊은 함의였다.

영감은 낭만주의 문학에서 아주 뚜렷한 위치를 차지한다. 일종의 영감이 돌발적이며 강렬한 정감활동이라는 점은 그 내함에 대한 여러 이견과는 달리 공인을 얻고 있는 바이다. 영감이 돌발할 경우 창조자들은 종종 흥분상태에서 자제하지 못하고 심지어 열광적인 상태에 처한다. 정감주의자로서 낭만파 작가들은 애초부터 예술작품은 강렬한 정감의 자연적 발로라는 점을 강조하고 있었기에 순간에 이루어지는 즉흥적인 창작을 중요시하고 근면과 규칙 및 어려운 예술적 작업을 경멸하는 습관을 가지고 영감에 대한 특별한 애착을 지니고 있었다. 영감에 대한 중국 현대작가들의 인식과 파악은 기본적으로 서양 낭만주의 단계에 처해 있었지만 20세기 새로운 시공간적 배경과 현대미학 및 철학사상의 영향 아래 이러한 인식과 파악 또한 서양 낭만주의 단계를 초월하고 서양의 모더니즘 시기를 지향했다. 즉 영감을 정감의 충동과 연관시켰을 뿐만 아니라 무의식과의 연관에도 관심을 가졌다. 그리하여 중국 현대작가들은 종종 영감과 지각을 동일시하였다.

물론 영감과 지각에 대한 중국 현대작가들의 강조는 서양 모더니즘의 비이성적인 열광에 빠져들지는 않고 예술 활동에서 자각과 비자각, 이성과 비이성, 의식과 무의식 간에 존재하고 있는 변증법적 관계에 주목한 것이었다. 그리하여 영감현상을 긍정하는 동시에 또한 이성과 인공적 요소 및 생활경험의 누적 등이 영감에 일으키는 역할도 간과하지 않았다. 중국 현대작가들의 영감에 관한 이론의 배후에는 시종 강대한 이성적 제어역량이 존재하고 있었다. 그리하여 중국 현대의 영감에 관한 이론은 건강한 상태를 유지하는 한편 고전주의의 색채도 약간 보이면서 일정한 정도에서 작가, 예술가의 영감충동을 완화, 약화시켰다. 따라서 중국 현대의 영감에 관한 이론은 낭만주의, 모더니즘과 고전주의 등 여러 가지 요소가 아우러진 특이한 산물로서 전통으로부터 현대로 변천하는 과도기의 특징을 선명하게 드러내고 있었다.

2. 독창적 예술생성관의 강조

낭만주의 철학에서 자아는 세계의 본원이고 세계는 자아의 표현이며 자아는 무소불능의 활동주체로서 주변의 세계, 즉 낭만주의 철학에서 '비아'로 폄하하는 주변세계를 인식할 뿐만 아니라 그것들을 설정하고 창조한다고 주장한다. 이 철학관은 활동주체요소의 역할을 강조하고 있는데 18세기 유물주의가 발견하지 못했거나 또는 중요시하지 않았던 문제의 어떤 부분, 예를 들면 개체의 능동성과 본질의 보편성 등의 문제에 주목하였다는 데서 적극적인 의의를 찾아볼 수 있다. 자아에 대한 낭만주의의 숭상과 과대평가는 필연적으로 낭만주의 미학의 자아 긍정과 강화를 초래하게 된다. 고전주의 작가들은 의식적으로 자아를 억압하고 현실주의 작가는 의식적으로 자아를 은폐하며 낭만주의 작가는 의식적으로 자아를 방종하여 자아표현을 명확한 예술의 신조로 간주한다.

'5 · 4'시기 개성의 해방, 자아의식이 고앙된 중국의 사회사조는 당시 작가들의 미학관에 심각한 영향을 미친 결과 그들은 거의 만장일치로 예술의 '자아표현'설을 찬성했다. 강렬한 개성해방요구를 지닌 창조사의 작가들은 당연히 '자아표현'설의 가장 유력한 고취자로 나서서 "예술의 동기는 오로지 자기를 표현하는 데 있다.",[29] "예술은 단지 자아의 가장 완전하고 가장 통일적이며 가장 순진한 표현이다."[30] 등의 주장을 내세웠다. 마찬가지로 인도주의를 주요 사상경향으로 하던 문학연구회의 작가들도 '자아표현'설을 주장하고 지지한 바 있고 신월파 작가들은 비록 창조사 작가들의 '자아표현'설에 반감과 비판적 태도를 취했지만 일부는 그에 동감하는 자도 있었다. '5 · 4'시기 작가들이 대개 '자아표현'을 예술의 원칙으로 간주했기에 그들은 비로소 작품에서 열렬하고, 진실하며 심지어는 추호의 부끄러움도 없이 자기를 표현할 수 있었다. 그들의 작품에는 개성해방의 열렬한 호소가 있는가 하면 억압과 학대 아래 고생하는 개성의 고통스러운 신음도 있었다. 그들은 개인의 주관적 정감에서 출발하여 부조리한 사회 전반을 공소하고 항의했으며 이로써 작품의 강렬한 반항성을 과시했다.

낭만주의는 개성의 해방, 자아의 확장을 강조하는데 이는 그들로 하

29) 田漢, 「詩人与勞動問題」, ≪少年中國≫ 第1卷 第9期, 1920年 3月.
30) 鄭伯奇, 「國民文學論」, ≪創造周報≫ 第33號, 1923年 12月.

여금 사회적으로는 고독의 본능으로 도덕적 인습에 반항하도록 하고, 예술적으로는 규칙을 타파하고 천재를 숭상하며 독창을 노래하고 자유를 추구하도록 했다. 그리하여 낭만주의자는 사회정치운동에서는 종종 사나운 진공적 자세로 나타나고, 예술창작에서는 사람을 경이롭게 하는 모습을 보인다. 그들은 비판의 과녁을 조화, 완벽한 겉모습으로 위장하지만 실제는 고지식하고 기계적이며 생명력이 결핍된 고전주의 이론과 창작에 두고 자유분방하고 아무런 구속이 없으며 힘과 기백의 미를 추구한다. 중국 현대작가의 개성의식은 극도로 팽창하고 강화되어 예술적 주장에서 점차 격렬하고 극단적인 일면을 보였다. 그들은 일체 예술의 법칙, 규칙은 개성을 억압하고 자아를 속박하는 것으로 간주하고 외재적이고 인위적인 규범을 거부하면서 내심의 요구와 자아의 충동에 복종할 것을 주장했다. 이 점에서 창조사 작가들이나 문학연구회 작가나 모두 동일한 입장이었다. 그리하여 중국 현대작가들은 법칙을 경멸하고 자아표현을 숭상하는 연장선에서 천재와 독창성을 극구 선양했다. 예술의 자유, 천재, 독창성에 대한 중국 현대작가들의 이러한 추구는 온화하고 돈후하며 근엄한 중국 전통미학 규칙에 대한 심각한 충격이었고 전통적 심리구조와 심미습관을 흔들어놓았으며 미학과 심리학 의미에서의 반역정신으로 충만되어 당시 예술작품의 심미구성과 사람들의 미학적 관념에 거대한 변화를 초래했다.

이러한 상황에서 모든 낭만주의적 경향을 보인 중국 현대작가들 전부가 예술의 규범에 대해 급진적인 멸시의 태도를 보인 것은 아니다. '자유', '파괴'에 대한 예찬으로 들끓는 와중에도 신월파 작가들은 그와 반대의 태도를 보였다. 그들은 규범을 타파하자는 흐름에 따르지 않았을 뿐만 아니라 오히려 새로운 규범을 건립하였고, 예술의 형식을 포기하자는 주장에 합류하지 않았을 뿐만 아니라 오히려 형식의 예술미를 추구했다. 그들의 주장 문일다는 신시의 율격화 이론을 체계화시켰다. 그들은 "시 쓰기는 여러 예술 중에서 가장 쉬운 것이 아니다. 거기에는 규범이 있어야 하는바 말에 필요한 안장과 고삐가 필요한 것과 같은 이치이다."[31]는 주장을 펼쳤다. 그들은 규범을 자유, 천재와 대립시키지 않고 자유는 규범의 운용에서 생기는 것이라고 하면서 제한이 많을수록 더욱 천재적인 힘을 현시할 수 있으며 "패기 있는 작가일수록 족쇄를 차고 춤을 추어야만 통쾌하고 춤도 잘 출 수 있다고 생각한다."[32]고 했다. 이렇게 본다면 동일한 낭만주의 문학단체이지만 각자 다른 미학적 주장과 예술적 개성을 보유하고 있는 것이다. 가령 창조사 작가들이 열광적인 낭만주의급진파라고 한다면 신월파 작가들은 온건한 낭만주의 온화파이다. 또는 창조사가 현대 중국의 전형적 낭만주의 단체라고 한다면, 신월파는 고전주의 색채를 다분히 지닌 낭만주의 단체라고 할 수 있다. 이러한 고전주의 색채는 예술의 규칙, 법도에 대한 중요시와 조화로운 심미이상의 추구에서 나타날 뿐만 아니라 신월파 작가들의 정감을 예술의 생명으로 간주하면서도 정감에 무절제한 '감상주의'[33]를 비판하는데, 이는 개성을 예술의 정수라고 주장하면서도 도를 넘긴 '자아표현'[34]을 비웃는 데에서도 나타난다. 신월파 작가들이 온화한 정조와 고전주의 색채를 보였던 원인은 복잡하다. 여기서는 단지 중외문화의 연관에 초점을 맞추어 그 일부만을 살펴보기로 한다.

신월파 작가들은 기본적으로 서양 낭만주의 문예사조의 영향을 수용

31) 陳夢佳, 「新月詩選.序言」, 陳夢佳 編, 『新月詩選』, 新月書店. 1931.
32) 聞一多, 「詩的格律」, ≪晨報副刊.詩鐫≫ 第7號, 1926年 5月 13日.
33) 姚夢侃, 「感傷主義与“創造社”」, ≪晨報副刊.詩鐫≫, 1926年 6月 10日.
34) 聞一多, 「詩的格律」, ≪晨報副刊.詩鐫≫ 第7號, 1926年 5月 13日.

했다. 하지만 창조사와는 달리 신월파 작가들이 가장 관심을 갖는 것은 19세기 전반 구미 낭만주의 대표작가인 바이런, 괴테, 쉴러 그리고 후의 휘트먼 등의 맹렬한 돌풍식의 시가작품이 아니라 19세기 후반기 유미색채와 아카데미 풍격을 지닌 영국 후기 낭만주의 시인인 테니슨, 브라우닝 등의 창작이었다. 그리하여 그들의 창작주장은 자연 창조사처럼 격렬하지 않았고 정감의 발로를 강조하지 않으며 단지 온화한 풍격으로 예술형식의 완벽함을 추구했다. 이와 동시에 신월파 작가들은 중국의 전통문화와도 깊은 연관을 맺고 있었는데 온화하고 돈후하고 민첩한 중국 전통문화의 침적과 감동이 신월파로 하여금 고전주의적 심미적 정취를 확보하도록 했다. 물론 신월파 작가들의 미학관념도 발전과 변천과정을 겪었다. 초기의 신월파는 낭만주의에 보다 기울었으나 후기에는 점차 고전주의적 요소(그리고 모더니즘적 요소)를 지니게 되었으며 심지어 일부 성원들은 완전히 고전주의로 나아가 초기에 주장했던 낭만주의에 대해 전면적인 비판을 가하기도 했다.

3. 자율성을 강조한 예술기능관

낭만주의는 예술기능관에서 고전주의와 완전히 대립적인 태도를 보인다. 서양과 중국을 막론하고 고전주의 미학은 모두 예술의 도덕과 훈계기능을 중요시했다. 따라서 사회교육 임무를 우선 과제로 삼고 사회교제 규범을 예술의 목적으로 하며 인간의 사회적 사명을 밝히고 인간의 군체, 사회에 대한 책임을 감지하고 이해한 결과물로서의 도덕원칙을 예술표현의 첫 자리에 놓는다. 고전주의 예술기능관은 예술과 사회와의 연계 및 예술의 사회적 효응을 강조하는 면에서 긍정적인 가치가 있지만 "예술은 단지 도덕잠언의 이지적인 진술"[35]이라고 하면서 예술의 본체성과 자율성을 간과하는 것은 그 치명적인 한계이다.

서양에서 최초로 이러한 상황을 개변한 자는 칸트이다. 그는 『판단력비판』에서 심미영역의 자율성을 확립하고 심미의 즐거움을 '이해 없는 즐거움'이라고 규정하면서 공리주의에 물젖지 않은 경험양식을 제안했다. 아울러 심미판단의 불가대체성, 특히는 과학판단과 도덕판단의 대립을 간파했다. 칸트의 미학사상은 서양 낭만주의 작가들에게 깊은 영향을 미쳤다. 예술의 독립을 주장하고 예술의 공리목적을 반대하는 것은 사실 서양 낭만주의 작가들의 예술기능관의 기본적인 경향이 되었다.

중국에서 최초로 칸트의 미학관점을 도입하여 예술의 초정치, 초공리적 미학관을 수용했던 자는 근대의 왕국위와 채원배, 그리고 루쉰의 조기 미학사상에도 유사한 경향을 보였다. 하지만 역사조건의 미숙으로 인하여 이 선구자들의 미학관점은 광범위한 주목을 끌지 못했다. 당시에 주도적 지위를 차지했던 것은 여전히 전통적인 '문이재도'관의 변체, 즉 양계초가 강조하던 문예정치 가치와 사회작용의 예술기능관이었다. '5·4'시기에 이르러서야 초정치적, 초공리적 미학관이 비로소 중국 현대작가들에게 보편적으로 수용되었고 '예술을 위한 예술'의 경향이 거의 전 문단에 파급되어 강대하고 충격적인 역량을 형성했다. 그리하여 처음으로 '문이재도'의 전통문학관을 뒤흔들어놓았다.

창조사, 천초사, 미사사와 신월파 등 낭만주의 문학단체의 '순예술'적 이론은 가장 뚜렷한 면모를 과시했다. 하지만 진일보한 '예술을 위한 예술'을 논술하는 경향은 '5·4'시기에 전에 없이 광범위한 파급을 보이는

35) 陳夢家, 「新月詩選·序言」, 陳夢家 編, 新月書店, 1931.

가운데 그 가장 적당한 예증은 상술한 문학단체가 아니라 문학연구회였다. 현실주의를 주도적 경향으로 하고 문학의 사회적 기능을 중요시하는 단체까지 비공리적, 비목적적 관념을 보이는 것은 '예술을 위한 예술'의 사조가 당시에 얼마나 강한 침투력과 감동력이 있었는가를 말해준다. 문학연구회는 기본적으로 '인생의 표현, 인생의 지도'라는 현실적이고 공리적인 목적을 가지고 문학창작에 임하는 단체로서 분명 여러 문학단체 가운데에서 단연 문학의 사회적 기능을 가장 중요시하는 단체였다. 하지만 흥미로운 것은 당시 문학의 공리론과 도덕론에 대한 맹렬한 비판 또한 문학연구회 작가들의 소위였다. 그들은 수천 년 동안 중국문단에 군림해온 봉건적 '재도'문학관에 극도의 증오를 보였다. 문학의 공리론과 도덕론을 비판함과 아울러 문학연구회의 작가들은 또 문예가 비록 인생과의 관계를 이탈할 수는 없다고 하지만 그것이 인생을 위해 존재하는 것은 아니라고 했다. 문예는 그 자체로 존재의 필요성이 있고 마땅히 완성해야 할 사명이 있으며, 작가의 창작은 정감과 욕망을 위해 창작하는 것이지 어떤 사회적 목적을 위한 것이 아니라는 것이다. 문학연구회의 작가도 일정한 정도에서 서양 유미주의 사조의 영향으로부터 자유로울 수 없었다. 그들의 기관지 ≪소설월보≫에 게재한 에드거 앨런 포, 보들레르 등의 이론이 그 방증이 될 뿐만 아니라 정진탁의 일부 관점에서도 미를 현실고통을 해결하고 이상의 경지로 진입하는 유효한 도경이라는 관점을 읽을 수 있는데 이러한 것들은 모두 유미주의의 색채를 보여주고 있다.

그렇다면 '5·4'시기 중국에 무엇 때문에 '예술을 위한 예술', 심지어는 유미주의적인 경향이 나타났을까? 서양의 유사한 문학현상이 중국 현대작가들 가운데서 강렬한 공명을 일으킬 수 있었던 이유는 무엇일까? 물론 다양한 답안이 있을 것이지만 여기에서는 세 가지로 나누어 논하기로 한다.

첫째, 플레하노프는 서양의 '예술을 위한 예술'이론이 발생한 역사조건과 사회토대에 대한 심각한 분석을 거친 후 "예술가와 예술창작에 깊은 관심을 갖는 사람들의 예술을 위한 예술의 경향은 그들과 주변 사회환경 간의 해결할 수 없는 부조화의 토대에서 나타난 것이다."36)라고 지적했다. 이 결론은 중국현대 문학현상을 해석하는 데도 유효하다. '5·4'시기 중국작가들은 주변 사회환경과 부조화적인 관계였는데 구체적으로 개인과 사회의 대립, 이상과 현실의 충돌로 표현되었다. 가장 각성한 개인으로서 '5·4'시기의 작가들은 개인권리와 개인의지를 억압하는 전통사회질서와 도저히 융합될 수 없었다. 전통사회 질서가 문예를 스스로의 노예로 만들어 기정 사회 윤리도덕과 사상의식 관념에 봉사할 것을 요구할 때 현대의식을 지닌 '5·4'작가들은 견결히 예술의 독립성과 순결성 수호에 나섰고 예술을 수단으로 그 어떤 목적에 도달하려는 데에 반대했다. 아울러 '5·4'시기는 또 이상주의 시대로 많은 희망과 동경이 사람들의 마음을 설레게 했다. 하지만 아름다운 이상과 준엄한 현실 사이에는 필경 강렬한 대조가 있었고 심각한 모순이 내재되어 있었다. 따라서 당시의 사람들은 심각한 실망 심지어는 허무 속에 빠져들기 십상이었다. 이렇게 발생한 환멸적인 정서는 쉽게 인간으로 하여금 예술의 궁전을 지키도록 할 것이며 예술의 신성함으로 현실의 탁류에 반항하고 예술을 자신의 평안과 해탈의 소재로 삼으려고 시도할 것이었다.

둘째, '5·4'시기의 중국 작가들은 중대한 역사적 사명, 즉 전통적 봉

---

36) [俄] 普列漢諾夫,『普列漢諾夫美學論文集』第2卷, 曹葆華 譯, 人民出版社, 1983, p.829.

건문학관을 뒤엎는 사명을 담당하고 있었다. 이 봉건문학관은 두 개의 내용이 망라되는데, 하나는 전술한 '문이재도'관이고, 다른 하나는 '문이소한'관, 즉 문예를 저급하고 용속한 소일거리로 삼는다는 것이다. 당시의 역사적 조건 속에서 현대작가들이 찾을 수 있는 가장 훌륭한 비판의 무기는 '예술을 위한 예술'과 유미주의 이론 그 이상일 수가 없었다. 한편 '예술을 위한 예술' 이론이 강조하는 예술의 비공리성과 비목적성은 '문이재도'관의 가장 효과적인 해독제로써 일종의 대립방식으로 중국문학을 육중한 봉건 윤리도덕의 속박에서 해방시켜 자유와 독립을 부여했고, 다른 한편으로 '예술을 위한 예술'이론은 예술을 의식형태 영역에서 가장 신성하고 가장 고귀한 것으로 간주하면서 예술의 존엄과 영예를 수호하고자 미에 대한 추구를 예술의 궁극적 목표로 삼았는데 이는 분명 '문이소한'관에 대한 타격이었다. '예술을 위한 예술'이 바로 이러한 일석이조의 거대한 우월성을 확보하고 있었기에 '5・4'시기 작가들은 모두 이를 운용하여 봉건문학관과의 결투에 나섰던 것이다.

셋째, 전통적인 중국사회에서는 순수한 시인과 예술가가 아주 드물었다. 모든 시인, 예술가들은 사대부의 신분으로 정치구조속의 일원이기에 그들이 받았던 지식훈련은 원래부터 모두 도덕적 수양과 정치적 참여를 지향한 것이었다. 따라서 그들에게서 '예술을 위한 예술'이란 사상이 발생할 틈이 없었으며 그들은 필연코 예술의 공리적 가치를 중요시하게 된다. 하지만 중국 현대작가들의 신분과 지위는 근본적인 개변을 거쳐 이미 점차 정치적 궤도를 멀리하고 고대 문인들의 선비에서 관료의 길로 나아가는 단일한 인생의 출로를 벗어나 자유직업자가 되었다. 이는 그들로 하여금 독립적인 사회적 지위와 인격의식을 확보하도록 했고 진부한 관성적 사고의 틀과 정감의 양식을 벗어나 예술을 외계의 타자와의 관계 속에서 인간의 내재적 생명의 율동으로 전환하여 이성적인 사고를 가능케 했으며 순수한 예술적 동기를 가지고 예술에 종사하고 예술에 헌신할 가능성을 제시했다.

물론 '5 · 4'시기 작가들의 예술기능관이 모두 단일하고 투명하다는 것이 아니라 혹자는 복잡하고 심지어는 모순된 상태를 보이기도 했다. 문학연구회의 작가들이 문학의 사회적 기능을 중요시하는 동시에 비공리적, 비목적적인 경향을 보였을 뿐만 아니라, '예술을 위한 예술'이론을 주장하던 문학단체 역시 정도부동하게 예술의 객관적 사회효과를 주목, 승인하는 경향을 드러내면서 현실사회에 대한 주목과 집착을 보이기도 했다. 사실 중국 현대작가들은 아주 곤혹스러운 양난의 처지였는데 바로 현대작가와 사상계몽자라는 이중의 신분이었다는 것이다. 현대작가로서 그들은 서양의 근현대 이래의 현대의식과 미학적 관념을 수용했고 예술품을 내재적 세계와 완벽한 자족의 본체로서 자체의 자율성을 보유하고 있다고 주장하면서 전통적 봉건문학관을 포기했다. 한편 사상계몽자로서 그들에게는 또 중국 전통지식인들의 문화심리적 요소가 침적되어 있으며 우국, 천하대사를 자기의 책임으로 삼는 습관적 사고를 하게 되는데 이는 필연코 예술의 사회적 사명과 공리적 가치를 중요시하고 예술을 사상계몽과 대중 각성의 유력한 수단으로 삼는 결과를 초래했다. 이리하여 중국 현대작가들은 문학예술과 사상계몽이라는 한데 아우르기 힘든 역사적 비극 속에 빠지게 되었다. 그들은 자기의 예술기능관의 분열과 부조화를 의식하고 그것을 보완하고 한데 아우르려는 노력을 멈추지 않았다. 그들은 이를 위해 두 가지 경로를 찾았는데, 문학연구회는 조화설에 편중, 즉 '인생을 위하여'와 "예술을 위하여" 두 가지 예술기능관의 폐단을 버리고 양자의 합리적 부분을 접합시켜 하나의 새로운 조합체로 만들었다. 창조사 작가들은 병존설에 치중, 작가의 주관동기와 작품의 객관적 효과를 구분하면서 작가의 창작동기는 무목적이고 초공리적어어야 하지만 작품이 발생한 이후에는 공리적 가치와 사회적 의미를 가지게 된다는 주장을 펼쳤다. 요컨대 '5 · 4'시기 작가들이 예술적 기능관을 변증법적 조화를 이룩하기 위한 여러 가지 시도는 적극적인 노력이었다.

현재의 시점에서 '5 · 4'시기 작가들이 지녔던 '예술을 위한 예술'과 유미주의에 대한 어떠한 비판이 가능하다고 할지라도 그것은 수천 년 이래 중국 문학사에서 최초로 '문이재도'의 속박을 벗어나려는 요구였으며 예술자체의 가치와 독립적 지위를 존중하려는 요구였으며 예술을 자체로 회귀할 것에 대한 강렬한 호소였음을 부인할 수 없다. 이러한 호소가 당시에 앞지른 감이 없지 않았고 또한 아주 빨리 쇠약해지고, 심지어 사라졌지만 필경 이는 중국 문학예술의 한 차례의 각성이었다. 중국의 문학예술은 탄생한 그날부터 한 시각도 평안하지 않았던바 시종 무거운 비문학, 비예술적 요소의 부하를 감당해야 했고 줄곧 기형적인 발전과정에 처해 있었다. 우리는 예술의 정치, 도덕, 종교, 과학적 인지 기능을 부인할 수는 없다. 하지만 예술목적의 다중성에 대한 긍정과 문예내재의 목적에 대한 탐구는 다른 차원의 문제이다. 예술은 먼저 예술이어야 하고 자체의 본체성을 지녀야 하며 그 본체성은 예술언어와 내재적 형식구조의 구축을 통해 표현되어야 한다. 20세기 중국사회의 현상과 민족 전반의 문화 심리적 수양이 이 단계 예술이 '재도'적 측면을 초월하여 순 예술과 순수미의 길로 나아가는데 크나큰 장애물이었다. 하지만 사회환경과 문화환경이 날마다 개선됨에 따라 기타 의식형태 영역의 점진적 발달은 예술에 다시는 과중한 책임을 부여하지 않았다. 또한 인간 개체의 생명의식 각성과 자유로운 현시는 문학예술로 하여금 종국에는 "작가가 자기의 작품을 수단으로 간주하지 않고 작품이 목적 자체이다."라는 경지를 창출할 수 있게 했다.

제4절 중국 현대 낭만주의 문학의 주제형태

1. 개성적인 주제형태

'5·4'시기 중국에는 전에 없던 개성주의 사조가 나타났다. 2,000여 년 간 지속되던 봉건제도가 끝내 무너진 후 원래의 현실질서와 전통적 가치관이 전에 없던 도전과 폭풍취우같은 강렬한 충격을 받았다. 그리하여 장기간 인간을 속박하던 봉건관념 체계가 해체의 위기를 맞았고 신성한 문화적 우상 역시 순간에 무너졌기에 사람들은 자기 자신의 주인이 되어 독립적으로 새로운 세계와 대면하게 되었다. 이렇게 급격히 변한 생존현실은 개성과 자아의 문제를 급선무로 역사의 무대와 개체의 앞에 내세웠다. 한편 서양에서 근대 이래 개성주의 사조의 추진이 진행되었기에 '5·4'시기의 사람들은 직접 서양의 기성적 관념에 대한 차용이 가능했다. 따라서 진부하고 경직된 사상체계를 이탈한 후 그들은 신속히 새롭고 활력으로 충만한 가치체계를 접할 수 있었던 것이다. 바로 이러한 시대적 배경 아래 사람들은 진정한 자아를 발견할 수 있었고 현대적인 개성의식을 확립할 수 있었다. 이 시기 개성주의 사조는 위진과 명·청 시기의 '이단'사조와는 완전히 성격이 다른 것으로 중국 현대문학에서 개성적 주제 출현을 직접 자극했다. 이는 완전히 새로운 중국의 문학적 주제로서 최초로 문학영역에서 인간의 가치와 존엄을 긍정했고, 현대 중국의 "인간발견"이라는 심리적 과정을 기록했다. 개성 주제는 중국 현대 낭만주의 문학의 가장 중요한 주제형태로서 '5·4'신문학의 주조였으며 30년대 전반기까지 일부 작가들의 작품에 나타났다.

'개성', '자아'는 '5·4'시기 가장 눈에 띄었던 낱말이며 개성자유, 자아확장은 그 시대 가장 유행했던 관념이었다. 장기간에 걸쳐 '개성'과 '자아'가 억압된 상태를 겪다가 일단 봉건전통 관념의 억압을 벗어나자 자연스럽게 종래로 없었던 경쾌함과 자신과 자유를 맛보게 되었던 것이다. 역사와 전통에 대한 반발로 견고한 질곡을 벗어난 '개성'과 '자아'는 필연코 극단적인 방식으로 원래의 대립면에 나서게 되었으며 과거의 하찮고 미약한 데서 일약 현재의 강대하고 오만한 모습을 보이게 되었다. 곽말약의 「여신」은 당시 가장 격렬한 개성해방사상을 응집했던 작품이다.

하지만 '5·4'시기의 개성적인 주제는 보다 주요하게는 「여신」식의 개선을 올리는 가운데 진행된 것이 아니다. 낙후한 경제와 문화의 제약, 그리고 당시 개성의식이 신속하게 전반 사회와 민족의 사상관념이 될 수 없었던 상황, 가장 일찍 각성한 지식인들이 꾸준히 추구하던 개성의 자유, 자아의 확장이 이러한 현실 생활 속에서 진정으로 실현될 수 없었다는 요소들이 그것을 결정한 것이다. 그리하여 사회현실적 조건과 이상 사이에 존재하는 비극적 충돌이 문학창작에서 표현되었고 따라서 이 시기의 중국 낭만주의 문학의 개성적 주제 또한 3가지 독립적 구조형태를 보였다.

첫 번째 구조형태는 개인과 사회의 대립이었다. '5·4'시기 각성한 지식인들은 흥분상태에서 개성주의를 선양하면서 갑자기 대면한 자유와 신생 때문에 즐거움을 느낌과 아울러 스스로가 이미 회피할 수 없는 고립의 경지에 빠져들었으며 사회 전반에서 자신들을 냉대하거나 심지어는 적대시하는 태도를 발견했다. 낡은 사회관념은 그들이 개체적이고 특수하며 완전 개인적인 자유와 확대에 대한 추구를 용납하지 않았으며 그들의 새 사상, 새 관념과 고유한 사회규범, 인습, 편견 등과 도저히 융합될 수 없었다. 그리하여 '거리', '장벽', '보류' 등과 같은 낱말들이 많은 작가들의 작품에 빈번히 등장했고 거기에는 뼛속 깊이 명심하고 해소할 수 없는 고독감이 침투되어 있었다. 그들은 이러한 고독감을 두려워하거나 또는 이러한 고독 때문에 오만함을 보이거나 또는 이러한 고독을 감상하기도 하는 여러 가지 상태를 보였다. 대체로 이러한 구조형태 속에서 강자의 고독과 약자의 고독 두 가지 각기 다른 사상과 형상의 유형이 나타났다. 전자는 오만함과 고집으로 용속함을 멸시하고 강렬한 반항정신으로 충만되었는데, 루쉰의 사상과 작품 속에 가장 집중적으로 구현되고 있다. 「광인일기」 주인공의 광기, 「장명등」 주인공의 발광, 「고독자」 주인공의 오기 등은 모두 사회와 대항하는 강경한 성격과 의지의 표현이었다. 후자는 사회현실에 불만을 표하면서도 반항에는 무력하기에 오로지 고민, 방황, 감상 등에 빠져 자책만 일삼는 부류였다. 중국 현대작가들의 작품에서 이처럼 고독한 약자는 종종 실의와 패배에 처한 사람의 비통하고 초췌한 몰골로 비애와 탄식만 일삼는 형상으로 나타난다.

다음은 이상과 현실의 대립이다. 각성한 개인으로서 '5 · 4'시기의 개성주의자들은 대개 이상주의자였다. 이는 낡은 세계가 신속히 무너지고 있던 특정한 역사시기의 사람들에게 새로운 세계가 곧 도래하리라는 것을 약속하고 있었던 것이기 때문이다. 따라서 당시 개성주의자들의 내심에는 모두 아름다운 이상적 계획을 품고 있었다. 하지만 '5 · 4'시기는 그 이상을 현실로 전환 가능한 역사적 조건을 제공하지는 않았다. 사람들은 여전히 봉건제도의 암흑한 생존여건 아래 처해 있었기에 우롱이나 사기를 당했다는 느낌마저 없지 않을 정도였다. '5·4'시기의 이상과 현실의 이러한 대립이 사람들에게 남긴 상처가 너무 컸던 데다가 대혁명의 실패 또한 또 한 차례의 강렬한 자극을 주었기에 20년대 후기에 이르기까지 작가들은 여전히 이 문학적 주제를 답습하고 심화시켰다. 그리하여 보다 구체적이고 심도 있게 각성한 개인이 사회현실의 억압 아래 어떻게 이상을 추구하는 길에서 절망으로 빠져가는 정신과 생활의 여정을 보여주었다.

세 번째는 이성과 감성의 대립이다. '5·4'시기 전통적 가치체계와 도덕질서가 점차 무너져가는 조짐을 보였고 서양의 개성 해방사상과 자연인성론의 전파에 힘입어 인간의 본능적 생명욕구가 끝내 일정한 정도에서 회복을 보이기 시작하면서 합리적인 모습을 드러냈다. 하지만 중국 수천 년 이래 형성된 도덕, 인습, 풍조는 이미 인간의 의식과 무의식의 측면에까지 틈입했고 일상생활 속에 용해되어 완강하게 여러 면에서 인간의 감성적인 충동을 억제하고 있었다. 이러한 상황에서 당시의 작가들은 감성과 이성, 영혼과 육체의 첨예한 대립을 주로 표현하려고 했다. 한편으로 그들은 개성해방의 입장에서 인간의 감성적 요구와 본능적 욕구를 긍정하면서 그것을 자기의 존재, 자아생명의 힘을 체험하는 표지와 인성의 전면적인 발전을 가늠하는 척도로 간주했다. 인간의 본능적 욕구에 대한 긍정 이외에 당시의 작가들은 '영혼과 육체'의 충돌을 보다 심각하게 표현했는데 프로이드의 용어로 표현한다면 '초아'와 '본아'간의 충돌이었다. '5·4'시기 새로운 도덕규범(성도덕을 포함)이 아직 확립되지 못했고 당시 작가 스스로조차 아직 봉건 전통 관념의 속박에서 벗어나지 못한 상태였기에 그들의 인격구조 가운데 초아가 비록 합리적이고 현대윤리 규범의 성격을 다분히 띠고 있었다고 하지만 많은 부분은 그래도 위엄성 있게 도덕적 계엄령을 내리고 극력 본아의 충동을 억제하는 감찰관 같은 모습으로 출현했다. 그리하여 한쪽은 날로 각성하며 억제할 수 없는 정상적인 본능적 욕구의 강렬한 충동이고 다른 한쪽은 사회 도덕규범과 자아 양심의 엄격한 감독으로서, 두 방면은 불가피하게 첨예한 대립과 격렬한 충돌을 거쳐야 했다. 따라서 '5·4'시기의 작가들과 그들 작품 속 주인공은 고달픔을 겪고 상처를 입어야 하는 고통스러운 과정을 겪지 않을 수 없었다. 가령 욱달부의 「침륜」은 '영혼과 육체'의 충돌을 통하여 인간의 본능적 욕구와 봉건적 전통도덕관의 충돌을 그려냄으로써 금욕주의에 대한 한 차례의 충격을 보였다면, 마찬가지로 "영혼과 육체"의 충돌을 표현하고 있는 정령의 「사비여사의 일기」는 인간의 본능적 욕구와 인간의 정신적 추구 및 인간 존엄 사이의 충돌을 그려냄으로써 금욕주의에 대한 극복을 보여주었다.

개인과 사회의 대립, 이상과 현실의 대립, 감성과 이성의 대립이 중국 현대문학에서 개성적 주제의 내재적인 구조형태를 구성했다고 한다면, 이 3가지 대립을 토대로 한 우울, 미망, 미미한 것, 공포, 허무, 절망, 생존감 등은 중국 현대문학에서 개성적 주제의 내재적인 정서의 기조를 이루고 있다. 전자는 18세기 말 19세기 전반기 유럽 낭만주의적 특징을 보다 더 많이 보이고 있고, 후자는 20세기 이래 서양의 모더니즘 색채를 보다 많이 띠고 있다. 현대인의 전술한 여러 가지 생존환경과 생존감수에 대한 서사와 사고는 중국 현대문학 속의 개성적 주제로 하여금 개인과 외부세계와의 충돌에 대한 묘사라는 전통 낭만주의의 형식에서 벗어나 자아의식의 심층적인 구조에 진입함으로써 일정한 철학과 심리적 깊이를 갖추게 했다. 서양 철학과 심리학계에서는 일반적으로 자아의 개념을 3개의 층차, 즉 제1층차는 사회적인 자아, 제2층차는 인간관계속의 자아, 제3층차는 내재적 자아로 구분한다. 그 중에서 제3층차, 즉 내재적 자아는 현대철학과 심리학에서 가장 주목되는 영역으로서 자아의 정감적 체험과 반성능력은 한 개체의 주요 특징과 자아의 근본으로 간주된다. 중국 현대작가들은 자아를 발견하고 탐구하는 과정에서 점차 이러한 내재적 자아에 접근하면서 창작의 응집점을 개인의 내부세계에 대한 반성과 발굴에 보다 많이 집중시키고 개체의 존재상태, 개체의 생명의의와 가치, 개체와 세계와의 관계 등 현대성이 풍부한 명제에 대한 사색에 집중시켰다. 이리하여 자아의 왜소함, 무소속감, 허무감 및 사망감 등은 그들 작품에서 처음으로 충분하고도 뚜렷하게 드러났는데, 이를 19세기 낭만주의 문학전통의 계승과 연속으로 간주할 수도 있는 바, 그것들이 보여주고 있는 우울, 고민, 미망, 허무 등은 본래부터 낭만주의 문학의 중요한 표징이기 때문이다.

하지만 중국 현대작가들은 필경 20세기의 인간으로서 그 시대의 정신적 분위기를 감수하고 있었기에 20세기 서양철학과 문학사조의 영향을 보다 많이 받았다. 한편 하느님은 19세기에 죽음을 선고당했고 따라서 인간이 처했던 가치와 의미체계 또한 사라져버렸다. 인간이 창조한 객체의 세계는 창조자를 그 속에 끌어들였고 창조자는 이 세계 속에서 주체성을 상실하고 자기를 그 창조물 속에 희생시켜버렸다. 이리하여 20세기 서양철학과 문학사조의 주도적 경향인 비관, 허무, 절망을 초래하게 되었던 것이다. 이에 대한 중국 현대작가들의 인식과 체험은 비교적 냉정한 것이었다. 서지마는 루소에서 하디에 이르기까지의 서양 정신사 변천과정을 고찰하였다.

> 이 170년간 우리는 인간의 충동성적인 정감이 이성의 통제를 벗어나 불꽃마냥 도처에 퍼지는 것을 볼 수 있는데 그 화염 속에서 여러 가지 운동과 주의가 격발되고 또 그 잿더미 속에서 '현대의식'이 잉태되었음을 볼 수 있다. 병폐적, 자아 해부적, 회의적, 권태적, 경솔한 불꽃이 저조할수록 스러진 재는 더욱 확대되었는데 환멸의 감각이 모든 생동한 노력을 누그러지게 만들 때까지 정감을 압살하고 이지를 마비시켰다. 인간은 홀연 자신의 발걸음이 이미 절망의 변두리에 잘못 들어섰으며 멈추지 않으면 앞날은 오로지 죽음과 침묵밖에 없음을 발견했다.[37]

서양의 이러한 '현대의식'은 중국 현대작가들에게 깊은 영향을 끼쳤는데 그들의 작품에 뚜렷한 정신적 흔적을 남겼다. 따라서 중국 현대작가들의 작품 속 자아의 왜소함, 무소속감, 허무감과 사망감은 주로 20세기 정서의 하나로 당시의 사회현실과 정신적 분위기 속에서만이 체험할 수 있는 정감이었다.

하지만 중국 현대작가들은 아직 완전히 모더니즘에 나아가지 못했고 중국 현대문학의 개성적인 주제 역시 순수한 모더니즘 문학의 범주에 속하지는 않았다. 중국 현대작가들이 각기 다르게 서양의 현대철학과 문학사조에 경도되는 것을 보였지만 현대 중국의 사회현실과 시대분위기로 말미암아 어떤 의미에서 모더니즘 문학을 위한 일정한 생존의 토양을 제공했기에 현대주의 색채를 가미하게 된 결과를 초래했다. 하지만 중국 현대문학의 개성적 주제의 골자에는 여전히 낭만주의 정신으로 충만하였다. 가장 기본적이고 관건적인 문제에서 중국 현대작가들은 서양의 모더니즘과 본질적으로 구별되었다.

첫째, 서양의 현대철학과 문학은 종종 구체적인 현상을 추상화하고

37) 徐志摩, 「湯麥士与哈代」, ≪新月≫ 月刊 創刊號, 1928年 3月.

개인의 경험을 절대화하며 본체적인 의미에서 종종 개인 및 그 정감의 체험을 고찰하고 연구한다. 그리하여 개인의 운명과 정서는 보편적인 세계운명이 되었고 일부 구체적인 사물의 허황함 역시 인류 전반의 허황함으로 변한다. 하지만 중국 현대작가들은 전통적인 실천이성, 고난의 현실적 생존환경과 구국생존의 사회적 사명을 짊어지고 있기에 형이상적인 경지에로의 비약을 보이기 어렵고 철저한 허무와 허황함으로 나아가기 어려우며 진정으로 서양식 존재 본체의 위기감을 낳기도 어려운 형편이었다. 암흑하다고 평가받았던 루쉰의 「야초」에서도 작가는 자기가 증명할 수 없는 내심적인 체험과 현실적인 감수를 세계적인 운명으로 그리지 않았고 보편적인 상태로 과장하지 않았다.

둘째, 서양의 현대철학과 문학의 다른 한 특점은 아무런 희망을 제시하기 않고 종종 세계에 대한 명확한 의의와 목적이 결여된 절망 속으로 빠뜨린 것으로서 의미 없는 죽음과 세계의 훼멸을 인류의 최종적인 귀착점으로 간주한다. 이와는 반대로 중국 현대작가들의 비관은 본체적인 의미에서의 비관이 아니기에 언제나 미래의 희망을 내재하고 있는 것이다. 서양 현대철학과 문학의 영향을 깊이 받았던 서지마조차 생활을 저주하는 「독약(毒藥)」을 써내는 동시에 또 희망으로 충만된 「영아(嬰兒)」를 창작했다.

개성주의는 현대 중국에서 사람들에게 널리 신봉되다가 순식간에 그 신임을 잃어버리는 극적인 역사적 운명을 겪었는데 문학영역에서 개성적인 주제 또한 그에 따라 점차 담백화되었다. 이러한 담백화는 중국 현대문학사상 선후로 두 차례 출현했었다. 1차는 대혁명 전후이다. 개성해방과 '자아표현'을 극구 주장하고 나섰던 창조사 성원들은 우선 개성주의와 문학의 개성적 주제에 반발하고 나섰다. 그들은 원래의 주장을 전반 부정하고 계급의식으로 개성의식을 대체하며 '계급의 실천적 의욕을 반영'하는 것으로서 '자아표현'을 대체할 것을 주장했다. 곽말약의 뒤를 이어 태양사의 장광자 등 좌익작가들이 개체에서 집단적인 역사적 전환을 완성했으며 일부 민주주의 작가 가령 문일다, 노은, 파금 등도 이 시대적 풍조의 영향에서 벗어나지 못했다. 두 번째는 항일전쟁을 전후한 시기이다. 항일 포성에 놀라 깨어난 보다 젊은 작가들은 그들 마음속 예술의 천칭을 조정하여 원래 고수하던 예술원칙과 예술천지를 포기하고 항전문학에 화합하였다. 이 개성적 주제의 두 차례의 담백화는 근본적으로 중국 현대문학의 면모를 개변시켰고 중국 현대문학의 주제함의, 풍격특징과 예술구성에까지 영향을 미쳤다. 이는 '5 · 4'신문학의 한 차례 거대한 역사적 발전으로 시종일관 시대적 맥박과 접합하는 중국 현대문학의 특성을 말해주고 있을 뿐만 아니라 아울러 어떤 심각한 위기를 잉태하고 일련의 사상관념상의 어떤 편차를 초래할 것임을 말해주기도 했다.

2. 인성복귀의 주제형태

중국 현대 낭만주의 문학에는 가장 중요한 개성적 주제형태 외에 또 하나의 주제형태, 즉 인성복귀의 주제형태가 있다. 이 부류에 속하는 작가들은 시대의 흐름에 휘말리려 하지 않고 다른 한 경로를 통해 현대문명의 세례나 오염을 겪지 않은 자연적인 인생을 예찬하고 소박하고 청신한 자연산수와 전원풍경을 그리거나 노래했다. 그들의 작품은 사상경향에서 선명한 가족적 유사성, 즉 인류역사상 존재했던 인성의 완벽한 자연 상태를 가정하거나, 모두 일종의 감상과 분노의 정서로써 현대사회에서 인성의 퇴화, 쇠퇴와 분열을 상대하며 대자연의 순결, 진실로 인간세상의 혼잡함과 혼탁을 상대함으로써 최종적으로 민족성을 재확립하고 인성복귀를 실현하고자 했다. 따라서 중국 작가들은 서양 낭만주의 작가처럼 '자연회귀'를 극구 주장하지는 않았지만 그들의 작품에는 여전히 유사한 구상과 정서를 표현함으로써 중국 현대 낭만주의 문학사조의 또 하나의 주제형태를 구성했다. 다양한 시각에서 이 주제형태에 대한 분석과 검토를 해보기로 한다.

우선 문화적 시각에서 볼 때 야만과 문명의 충돌을 표현하는 것은 이 주제형태의 중요한 구성부분이다. 그들의 사상적 지향은 현대문명이 호소하는 내용과 정반대로 야만세계에 대한 예찬과 문명사회에 대한 비판을 통하여 자연적인 인성에 대한 작가의 문화적 구상을 보여주었다. 그러한 작업의 배후에는 풍부한 문화 철리적 내용이 잠재되어 있는데 이는 서양 낭만주의 사조의 영향을 받은 것으로서 루소, 니체 등 대가의 사상 흔적을 보이고 있다. 루쉰, 진독수, 서지마 등은 모두 비교적 일찍부터 야성을 숭상하고 강력한 사상을 추구하였지만 당시 사람들의 관심을 불러일으키지 못했다. 30, 40년대에 이르러서야 비로소 일부 작가들이 예술의 필치를 야만적 숨결이 넘치는 험산준령, 사막과 들판, 그리고 거기에서 서식하는 야성적이고 강인한 남자나 여자를 주목하기 시작했다. 그들이 야만의 표상을 통하여 발견한 것은 우매, 낙후, 잔인함이 아니라 인간생명력의 발랄함과 청춘열정의 격발, 자유로운 인격의 섬광이었다. 이러한 야만적 숨결로 넘치는 대자연 속에는 형형색색의 야만적 기질로 가득한 대장부들이 살고 있었는데 심종문 작품의 상서의 산민들, 애무 작품 속의 도적과 아편장수, 동북작가군 작품의 동북사나이들, 노령 작품의 유랑군 등등이 그러한 인물들이다. 그들의 강인함은 점잔을

빼며 우아함을 자랑하지만 강인한 생명력이 부재한 문명세계의 남성들이 족히 부끄러워해 마지않는 것이었다. 그들의 작품에서 정욕은 생기발랄한 인간의 본질적 역량의 집중적인 구현이었다. 그들은 야만에 대한 예찬뿐만 아니라 도처에서 야만과 문명을 대립시키는 가운데 현대문명에 대한 비판을 전개했다. 많은 작가들의 작품에서 문명은 야만을 상대할 때 그토록 부자연스러워 보였고 궁색하고 창백하며 허약했다. 하지만 서양 작가들의 문명자체에 대한 깊은 실망과는 달리 중국 현대작가들은 기본적으로 현실에 입각하여 문명의 구체적 폐단을 겨눈 비평을 전개했을 뿐이며 그 목적은 문명을 철저히 부정하자는 것이 아니었다. 이는 그들의 작품이 서양 근현대문학과 같은 정신적 반역의식, 풍부하고 깊은 철학적 의미, 시공을 초월하는 포용력의 결여를 초래했지만 한편으로 서양의 근현대문학처럼 비이성적으로 야만을 추구하고 일체 문명에 반항하는 광적인 상태에 빠져들지 않게 했다.

다음, 생존의 시각에서 볼 때 향촌과 도시의 분열은 이 주제형태의 또 다른 구성부분이다. 중국 현대에는 향촌의 안녕과 아름다운 인성의 전원문학이 존재하고 있었는데 이는 20년대 중국 농촌의 우매, 낙후, 폐쇄, 야만적인 풍습묘사에 주력하던 향토소설과 다를 뿐만 아니라 30, 40년대 농촌제재의 작품이 담당하던 계급적 충돌과 박투의 내용도 없었으며 단지 조화롭고 안정된 '무릉도원'식 세계구축을 지향하고 있었던 바, 안락, 평화, 순박, 우아함이 그 뚜렷한 특징이다. 이 부류의 작품은 사실적인 요소를 지니고 있는 한편 이상과 시화(詩化)적인 색채를 띠고 있는데 이와 대조적인 것이 중국 현대작가들의 현대도시문명에 대한 비판이다. 이러한 비판은 주로 다음과 같은 세 가지 면에 집중되어 있었던 바, 즉 도시세계와 융합할 수 없는 '외래인'의 소외감, 현대도시문명에 분명히 존재하는 '문명의 병'에 대한 비판, '문명인'의 이기, 허위, 비겁, 부진에 대한 묘사와 현대도시문명으로 인한 인성의 소외에 대한 비판, 향촌사회의 '타락의 추세'에 대한 묘사와 향촌생활과 소박한 인성에 대한 현대도시문명의 모욕과 파괴에 대한 비판이다. '무릉도원'식의 세계와 도시세계의 대조 가운데서 중국 현대작가들의 역사비판과 도덕비판의 이원분열적 문제를 발견할 수 있는데 그들은 도덕적 비판에 더 편중했던 것이다. 전원생활에 대한 그들의 묘사는 인류의 미래에 대한 시적 정취와 조화롭게 거주하고 생존하는 것에 대한 갈망을 기탁하고 있으며, 순박한 인성에 대한 찬미는 민족품성의 새로운 확립과 인성복귀에 대한 이상을 표현하고 있고, 현대문명에 대한 그들의 비판에는 고속으로 발전하는 산업문명에 대한 현대인의 깊은 우려와 심각한 반성이 깃들어 있다.

그 다음, 인성의 시각에서 볼 때 동심과 속세의 대립이 드러난다. 동심에 대한 구가는 '5·4'시기 아주 주목받는 문학현상으로 자연적인 인성에 대한 중국 현대작가들의 탐구를 반영하였으며 야성이 다분한 강인한 생명력과 순후하고 소박한 풍속인정에 이어서 중국 현대작가들이 소외된 인성탐구를 위한 또 하나의 복귀 경로였다. 서양 낭만주의자들의 문화적 구상에서 천진난만한 동심은 야만이 존속하고 있는 강인한 생명력과 순후하고 소박한 풍속인정에 비길 때보다 인류 원초시대의 원생태적인 성격과 순결성을 확보하고 있는 것으로서 문명사회와 성인세계의 전염을 받지 않은 인간의 자연적인 본능과 정감이었다. 중국 현대작가들은 서양 낭만주의자의 자연인성관을 수용하였고 바로 이 시각에서 아동과 동심을 관조하고 찬미했던 것이다. 동심의 순진과 자유는 곽말약, 빙심, 풍자개, 서지마 등의 작품에서 모두 깊이 있게 표현되었다. 중국 현대작가들은 세속적인 사회와 성인세계를 비판함과 아울러 종종 자신을 침통하게 반성하기도 하면서 동심의 분실을 통탄했다. 요컨대 중국 현대작가들이 열정적으로 동심을 구가하고 속세를 비판한 것은 냉랭한 삶과 회색현실 속에 살아가는 인간의 마음에 대한 동심어린 위안의 기대일 뿐만 아니라 아름다운 인성복귀에 대한 호소이기도 하다.

끝으로 미학적 시각에서 본다면 자연과 자연미에 대한 탐구는 전술한 낭만적 주제형태의 유기적 구성요소이다. 중국 현대작가들, 특히는 정치와 일정한 거리를 유지했던 작가들은 서로 다른 정도의 정치의식과 사회의식을 드러낸 것 외에도 일종의 자연적인 심미의식을 표현했다. 이러한 심미의식은 전통적인 중국의 자연숭배와 산수에 대한 애착적인 요소의 침적일 뿐만 아니라 서양 근대 낭만주의 사조의 '자연복귀'의 성분도 들어 있다. 그들은 인간과 자연의 관계문제 처리에서 두 가지 상이한 생명적 정조와 자연적 심미의식, 즉 '인격화된 자연'과 '자연화된 인격'이란 면을 보였다. 전자를 대표한 작가는 곽말약, 서지마, 노은 등이었는데 그 특점은 인간의 주체성을 돌출이 하고 객관적인 자연에 인간의 생명과 소질을 부여함으로써 자연을 인간의 상징물로 간주하여 자연에 대한 인간의 정신적 개조를 구현했다. '자연화된 인격'은 될수록 인간의 주체의식을 소멸하고 주체가 자아를 포기하고 인간과 조화(造化) 간의 혼연일체적인 경지에 이를 것을 요구했다. 이러한 자연적 심미의식을 소유한 작가들은 대개 중국 전통문화, 특히 도가사상, 선종학설 등과 밀접하고도 깊은 정신적 연관을 맺고 있다. 그들은 대개 고결한 인격적 이상, 정관(靜觀)적 사고방식, 고상하고 부드러운 심미적 정조, 세밀한 정감적 체험과 정치한 예술적 추구를 지향한다. 주작인, 심종문, 폐명, 풍자개 등 작가들의 심미적 정취는 청아하고 그윽하며 결백하고 차분함을 지향하고 있는데 그들이 획득한 심미적 감수성은 미세하고 그윽하며 깊고도 미묘한 즐거움이 내재된 것이고 조용하고 순결한 내심의 희열적인 것이다. 그들이 제공한 자연의 이미지는 세 가지 특징, 즉 무아지경, 희석지풍(冲淡之風), 선종지취(禪宗之趣)를 이룬다. 하지만 '인격화된 자연'이든 '자연화된 인격'이든 중국의 현대작가들이 '천인합일'의 관념에 침윤되었기에 종래로 하늘과 인간을 대립시키지 않았던 바, 이는 서양 작가들의 자연관과 거대한 이론적 분기를 낳게 했다. 서양 작가들의 자연심미의식과 비교할 때 중국 현대작가들의 자연심미의식은 숭고, 신비, 형이상적 요소가 부족함이 발견된다. 따라서 중국 현대작가의 자연심미의식 또한 전반적으로 서양과 다르고 중국전통에 더 접근한다.

제5절 중국 현대 낭만주의 문학의 전통 연원

중국 현대 낭만주의 문학사조는 서양 낭만주의 문학사조의 영향과 추진 아래 나타난 것으로서 전자와 후자는 서로 다른 시공간에서의 연속과 울림이다. 서양 낭만주의의 여러 가지 영향은 중국 현대작가들이 처한 시대적 배경, 역사적 전통과 개인적 요소의 제약과 개조를 거치기 마련이었다. 중국 현대작가들은 원래의 가치체계의 기점에서 서양 낭만주의에 대한 선택, 재구성 과정을 거쳤다. 하지만 양자의 영향과 수용관계는 아주 뚜렷한바 심지어 일부 면에서는 직접적인 대응점까지 찾아볼 수 있다. 서양 낭만주의는 미학관념, 이미지계열, 예술풍격 등 비교적 성숙된 양식의 체계를 보여주어 중국 현대 낭만주의 문학사조와 서양의 선명한 연원관계의 맥락을 드러내고 있다. 미학적 관념에서 볼 때 중국 현대 낭만주의 문학사조는 직접 서양 낭만주의 주정설과 '예술무목적론'을 차용한 것으로서 작품은 정감 혹은 직감의 추동 아래 자연적으로 형성되는 것으로서 일체의 규칙이나 기교와 무관한 것이라고 주장하며; 문학작품은 정감의 자연적인 발로이기에 외계의 소위 목적과 공리성과 무관한 것이라고 주장했다. 이미지계열에서 볼 때 서양 낭만주의 작가들은 바이런식의 영웅과 위트형의 인물과 같은 두 가지 유형의 낭만주의 주인공 형상을 부각하였는데 이는 중국 현대작가들에게 아주 깊은 영향을 미쳤다. 그리하여 중국 현대 낭만주의 문학사조에는 두 개의 대응되는 형상—분세자(憤世者)와 영여자(零余者) 형상이 나타났다. 예술풍격에서 볼 때 중국 현대작가들은 서양 낭만주의 문학에 종종 보이는 휘트먼식의 웅장하고 호방하거나 괴테식의 우울과 감상, 키츠식의 정치하고 화려함을 이식한 후 자기의 창조적인 전환을 거쳐 작품에서 표현했다.

다른 한편 간과할 수 없는 것은 중국 전통철학과 문학이 중국 현대 낭만주의 문학사조에 끼친 영향이다. 이러한 영향은 외재적 형태에서는 그리 선명하지 않지만 실제에 있어서는 중국 현대 낭만주의 문학사조의 '중국특색'을 결정했던바, 현대 중국 낭만주의 문학에 대한 서양 낭만주의의 영향이 겉면에 머무르고 있다고 한다면, 중국 전통철학과 문학이 중국 현대 낭만주의 문학사조와의 관계는 상당히 깊은 관계를 맺고 있는 것이다. 그렇지 않을 경우 중국 현대 낭만주의 사조는 다른 면모를 보였을 것이다.

다음으로 인생철학, 심미적 정취와 예술적 사유 3개면으로 나누어 학계에서 거의 간과했던 중국 현대 낭만주의 문학사조의 전통적 연원관계를 논하기로 한다.

1. 인생철학의 전통성

우선, 도가의 인생철학(선종의 인생철학을 포함)이 중국 현대 낭만주의 문학사조에 깊은 영향을 미쳤다. 장자를 대표로 하는 도가의 인생철학은 복잡한 모순체로서 그 중에는 여러 가지 모순적 측면이 엉켜 있지만 기본적으로는 초탈함과 고독의 인격기조와 운명에 맡기는 처세태도로 구성되어있다. 한편으로 장자는 절대적 자유를 추구하면서 종법의 독재와 일체 규범의 속박에서 벗어난 인격의 독립적 정신의 표현을 요구했는데 이는 거대한 침투력으로 후세 반역정신과 낭만적 경향을 보인 문인들에게 영향을 끼쳐 현실에 반항하고 권위를 낮잡아 보며 개성을 추구하는 그들의 정신적 무기가 되었다. 다른 한편 장자는 삶의 모든 것은 무가내한 필연으로서 인간의 항쟁은 불필요한 것이며 운명에 따라 내심에서 물욕적인 자아를 버리고 이해관계를 초월하며 천명에 복종하는 생활태도를 주장했는데 이는 후세의 문인들로 하여금 득실에 집착하지 않고 곤혹을 이겨내며 용속함과 무의미한 것들을 멀리하고 초연하고 안정되며 조화로운 심리를 유지하는 데 큰 도움을 주었다. 낭만적 경향을 지닌 중국 현대작가들은 바로 이러한 두 가지 면에서 출발하여 도가의 인생철학을 선택하고 수용하였는데 그 두 가지 다른 인생철학이 작품에서 각기 다른 두 가지 인생의 주제를 형성했던 것이다.

창조사의 여러 작가들이 선택하고 수용했던 것은 전술한 도가의 인생철학의 첫 주장이었다. 그들은 중국 현대사회에서 반전통에 가장 격렬했고 열정적으로 서양의 새로운 사조를 소개하고 수용했던 일군의 작가들로서 중국 전통인 '재자끼'와 '명사풍'을 가장 농후하게 보여주었다. 그들은 아주 강렬한 개성의식의 소유자로서 작품 속 인물 또한 오만하고 고집스러우며 괴팍하고 평범하기를 거절하면서 도저히 해소할 없는 고독감에 시달린다. 이러한 개성의식은 서양의 근현대 낭만주의 철학과 문학의 영향, 즉 바이런, 니체, 입센 등과도 일정한 영향을 간과할 수 없는 한편 분명 장자 및 장자의 영향을 받았던 중국 전통사대부의 그림자가 오버랩되어 있다. 그들은 아무런 분식을 거치지 않은 자기의 진정을 표현하고 인성과 개체적인 정신의 자유를 억압하는 외계의 강압에 반대하면서 불굴의 항쟁정신과 타협하지 않고 결백을 지키려는 인격적인 역량의 소유자였다. 창조사 작가들은 이로써 서양 개성주의 사상의 전통을 수용할 수 있는 근거와 심리적 기초를 마련했으며, 다른 한편 이는 창조자 작가들의 개성의식을 강화했다.

당시 창조사 작가들의 개성의식의 주요 표현형식은 사랑에 대한 추구였다. 하지만 그들의 현대적 사랑 추구에는 분명 중국 고대문인들의 방랑한 일면과 명사명류들의 정신적 기질이 굴절되어 반영되어 있다. 그들은 작품 속의 주인공으로 하여금 고대문인을 본받아 기방을 찾아 위안을 삼으면서 감상적인 정서를 토로하도록 하거나 혹은 고대문학을 양식을 본받아 '재자가인'의 처절하고 이루어지지 못할 사랑을 묘사하거나, 기형적이고도 변태적인 사랑, 가령 오랍누이 간, 부녀 간, 형수와 시아우 간의 사랑 및 동성연애 등을 표현하기도 했다. 창조사 작가들의 사회에 대한 반항은 과연 상당히 격렬한 것으로서 그들은 종종 본능적인 고독으로 사회의 속박에 반항하고 개인의 주관적인 감수와 의지에서 출발하여 부조리한 사회현실 전반을 공소하고 항의했다. 따라서 그들의 작품에는 실제로 감상과 세상에 대한 저주, 두 갈래의 정감이 한데 어울려 넘치고 있었다. 그들이 표현한 개인과 사회의 첨예한 대립 가운데에는 장자의 속세사회에 대한 신랄한 매도와 조소의 전통이 침적되어 있는 한편 고대문인들의 우울함과 격분의 정서도 넘쳐나고 있었다. 전반 창조사 작가들의 작품에는 이렇게 항상 깊은 실의와 비애가 침투되어 있으며 그들 작품의 주인공들도 종종 고대의 영락한 서생의 흔적이 다분한데 심지어는 고대문인들의 비관, 감상, 나약보다도 정도가 더 심하며 어떤 부분에서는 고대문인들의 대쪽같이 강직한 성격과 호방하고 소탈한 광기적인 풍격조차 찾아볼 수 없는 정도였다.

주작인, 폐명, 풍자개 등의 작가들이 선택, 수용했던 것은 도가 인생철학의 두 번째 부분이었다. 이들은 비록 서양 현대문명의 세례를 받았지만 총체적으로 중국 전통문화 특히 도가사상 및 선종학설과 밀접하고도 깊은 정신적 연관을 맺고 있었다. 그들은 모두 냉정한 인생태도, 온화한 문화적 성격, 조급함과 우환 속에서도 안정과 해탈을 찾아내는 능력의 소유자로서 시종 낙천달관의 마음가짐으로 청고하고 담담한 생명적 정서를 드러냈다.

이 부류의 작가들은 생활의 '취미'에 관심을 가지면서, 생활은 예술적 의미가 충만한 완벽한 과정이며 비공리적인 한적함이라고 강조했다. 그들은 순식간에 영구하고 불완전한 현세의 작은 조화와 미를 향수할 것, 현실적 인생에서 예술적 인생으로 전환의 실현을 주장했다. 그들이 지칭하는 취미란 사실 인생태도와 심미적 정취의 통일로써 구속이 없는 자연스러운 일상생활의 경지였고 일반인들의 생활에서 발견할 수 있는 즐거움과 자체의 미이다. 이러한 생활적 정취는 바로 도가와 선종적 인생철학이 그 내원이었다. 따라서 전술한 작가들은 현실적인 세계에 대해 극진한 친화성을 표현했고 평범한 일상생활 속에서 무궁한 생활의 즐거움과 정취를 찾고자 했다. 이 작가들은 자연스럽고 예술적 의미가 풍부한 일상생활을 추구했을 뿐만 아니라 초연하고 소탈하며 조화롭고 활달한 인생태도를 표현했다.

전술한 두 부류의 작가들이 반영하려는 인생의 철학과 주제는 정밀한 대응을 이루면서 상호 어울리고 뒷받침이 되었다. 그들은 도가 인생철학의 상이한 두 개 방면을 계승하고 그것을 인용하고 개조했다. 창조사 작가들이 대외로 확장했다면, 주작인 등은 대내로 관조했고, 전자가 자아를 실현하며 자의로 방자하며 초탈했다면, 후자는 자아를 억제하고 마음을 비우며 심경을 정화하였으며, 전자가 개성적 가치 실현의 어려움 때문에 조급해하고 감상적이었다면, 후자는 방랑과 대화 속에서 안정과 조화를 찾았다. 물론 이 두 가지 인생철학과 인성 주제는 상호 참조물이 되었고 자가의 구체적인 창작에서는 뚜렷이 양분화되지 않고 오히려 상호 침투되고 융합되는 일면을 보였다.

2. 심미정취의 전통성

중국 현대 낭만주의 경향을 지닌 작가들은 아래와 같은 3가지 전통의 심미적 정취의 감염을 받았다.

첫째, 비애와 감상에 젖어 의도적으로 고생스럽다는 멋을 풍긴다. 유구한 역사를 지닌 민족의 고난과 개인 신세의 처량함은 중국 고대의 문인들로 하여금 아득하고 침통한 우환의식을 지니도록 했다. 이러한 우환의식이 문학에 반영된 결과 바로 침울한 비통의 소리를 낳게 되는데 이는 이미 역대 문인들의 창작에 잠재적인 심리적 동력과 그들 특유의 심미적 정취와 예술의 추구가 되었다. 따라서 중국 고대 시문의 절대 부분이 비분에 넘치거나 애수에 젖은 작품들도 흥겨운 가락을 들어보기 어려웠다. 욱달부, 곽말약 등은 어릴 때부터 중국의 전통 시문에 흠뻑

젖었고 특히 '순정주의'류의 작품을 즐겼다. 그들은 우울함과 애원함을 심미적 대상으로 간주했고 좋은 시문에는 주로 고민과 감상적인 묘사가 있어야 한다고 생각하고 있었으며 오로지 비애에 젖은 정감만이 사람에게 깊은 감동을 줄 수 있으며 높은 예술적 가치를 지니게 된다고 인정했다. 따라서 그들 작품 중 십중팔구는 자기의 불행과 고민에 대한 호소였다. 이러한 작가들이 표현한 '삶의 고민', '성적 고민'과 '사랑의 고민'은 이미 인생의 여러 측면에 침투되었으며 '형이하'에서 '형이상'으로 퍼져 있었다. 이러한 작가들이 시각을 대자연에 돌렸을 때 발견한 것은 명랑하고 깨끗한 대자연이 아니라 처량하고 메마른 대자연이었다. 따라서 전통시문에서 가장 많이 등장하는 '비추(悲秋)'의 주제가 재차 중국 현대작가들의 작품에서 모습을 보였다.

송옥(宋玉)의 「구변(九辯)」을 '비추' 주제의 기원으로 삼을 수 있는데 고대문인들은 대개 자연의 가을이 전성기에서 쇠락하면서 사람들에게 가져다주는 낙담과 감상에 주목하여 그러한 가을의 자연적 특징에서 인생의 비극적 의미를 해석하고자 했다. 이리하여 가을은 비애와 대응이 되어 고대 문인들에게 비애의 정감의 고정된 접수물이 되었고 '비추' 또한 중국 문인들의 집단적 무의식이 되어버렸다. 이에 수반된 것은 그들 거의 모두가 봄을 싫어하고 가을의 찬미에만 집착하는 모습이었다. 가을의 계절감각, 가을의 경치가 비애와 우수를 환기시키고, 이 비애와 우수를 가을풍경에 기탁하는 묘사방법이 전술한 작가들의 작품에 거듭 모습을 드러내었다.

고대의 비애와 감상에 젖어 의도적으로 고된 멋을 풍기는 전통은 욱달부 등의 심미적 정취를 도야함으로써 그들로 하여금 비애의 정서와 고독의 감각을 느끼도록 했는데 이는 그들이 오로지 우울함과 고민을 토로하는 데만 주력하게 된 역사와 심리적 근거가 되었다. 아울러 고대 자신의 비애나 고통을 현시하거나 과장하는 등 불량한 풍기 또한 전술한 작가들에게 일정하게 영향을 미쳐 그들이 우울과 고민의 정서를 토로할 때 예술의 직분을 망각케 했다. 진정으로 침통한 고통과 비애는 종종 눈물과 소리를 잃은 상태로 나타나는데 욱달부와 같은 대성통곡이거나 슬픔을 부르짖는 모습은 도리어 까닭 없는 신음이거나 도를 넘친 분식이라는 지적에서 자유로울 수 없게 된다.

둘째, 깊고도 그윽하며 온화하고 담백하다. 이러한 심미적 정취는 사실 중국 전통문화의 부드럽고 깊은 특질을 반영하고 있다. 주작인, 폐명, 풍자개 등의 작가들은 대개 이러한 심성의 소유자인데 그들은 거의 본능적으로 깊고 그윽하며 온화하고 담백한 예술적 경지를 지향하고 이 경지에의 도달은 필연코 창작주체의 심경이 담백하고 아무런 막힘이 없이 거창할 것을 요구한다. 전술한 작가들이 여전히 세상만사에 대한 관심을 버리지 않고 있었지만 필경 그것은 항쟁으로가 아닌 양보로 표현되었으며, 그들 역시 우울과 고민이 있었지만 필경 분노한 모습을 보이지 않고 보살과 같은 순종의 양상이었다. 그리하여 그들의 창작 역시 그윽하고 온화한 미를 보였다. 아늑한 산수전원이 이러한 심경의 표현에 가장 적합하고 그것이 또한 가장 깊고 그윽하며 온화하고 담백한 미를 확보하고 있기에 이 부류의 작가들에게 주목되었다. 구체적으로 본다면 이러한 작가들이 대자연을 감상하고 묘사하는 데에는 두 가지 특징이 있다. 하나는 평화스러운 경물이다. 이 작가들이 자연을 인간과 대립되고 있는 이기적인 대상으로 간주하지 않고 그것을 인간과 상통하는 생명의 본체로 간주하기에 그들은 만물을 사랑하고 자연과 친화적인 관계를 유지할 수 있었다. 그리하여 그들 작품에서 자연경물은 자연히 광폭적이거나 쓸쓸한 풍경이 아니었다. 다음은 고요하고 쓸쓸한 경물이다. 외재적 만물의 고요와 쓸쓸함은 주체 내심의 평안함과 관계된다. 마음이 조용해야 외계도 조용하며 정신을 비워야 외계 역시 비우게 된다. 따라서 이러한 작가들은 대개 정태적인 미를 편애하면서 적막, 공허, 청아한 무인지경에 집착한다. 이러한 특징의 대표적 작가는 폐명이다.

셋째, 자유롭고 구속 없으며 짙고 화려하다. 이러한 심미적 정취는 장자가 그 원천이라고 하지만 굴원의 역할 역시 대단하다. 장자와 굴원은 모두 기이하고 웅위로우며 자유롭고 무구속적인 상상력을 과시했던 것이다. 곽말약과 문일다는 초나라 문화의 영향을 많이 받았는데 모두 장자와 굴원을 예찬했고 후에 그들을 연구하는 전문학자가 되었기에 그들의 창작에 대한 장자와 굴원의 영향은 자명한 것이다. 그들은 또한 이백, 이하(李賀), 이상은(李商隱), 소식 등의 시가도 즐겼는데 이들 시인 작품의 많은 흔적이 곽말약과 문일다의 창작에서 드러나고 있다. 가령 곽말약은 개체 정감적 상상력의 자유로운 토로를 아주 중요시했는데 「여신」에서 보였던 무한한 공간과 시간 속을 달리는 장엄한 형상적 체계는 분명 많은 면에서 굴원의 영향이 컸다. 문일다 또한 시가창작에서 예술적 상상력의 지위와 역할을 중요시했다. 문일다의 상상력은 분방함보다는 기이함으로 특징을 이루고 있는데 그는 종종 일반인의 생각이 미치지 못하는 기이함으로, 심지어는 누추함을 미로 간주하거나 그 반대의 입장을 취하기도 하면서 미와 추의 선명한 대조를 형성하는데 이러한 특징은 자연 장자와 연관을 맺을 수 있는 부분이다.

곽말약과 문일다는 모두 시어의 화려함과 색채의 현란함 및 이미지 반복을 강조하는데 이로써 그들 시가는 짙은 유화와 같은 예술적 효과를 창출했다. 「여신」 속의 명쾌하고 다양한 색채, 진붉은 태양, 푸른 바다와 강, 백색의 신월과 구름, 녹색의 초지와 삼림 등은 '5・4'시기 고양되고 향상적인 정신상태와 심미적 추구를 표현하고 있는 것이다. 엄격한 회화훈련을 거쳤던 문일다는 작품 화면에서 색채 선택과 분배를 강조하는데 색채에 비교적 확정된 정감의 상징적 의미를 부여했다. 그의 시가에 자주 등장하는 검은색은 어두운 현실과 우울을 상징하고, 붉은 색은 열정과 희망을 상징하고 있다. 그는 또 한 작품에서 여러 가지 색채를 조합하여 독자들에게 강렬한 시각적 충격을 안기기도 했다. 문일다는 이상은과 영국 낭만주의 시인인 키츠의 영향을 받았음을 자인한 바 있다.

3. 예술적 사고방식의 전통성

중국 현대작가의 예술적 사고방식은 대체로 동태적인 것과 정태적인 것으로 나누어 볼 수 있다. 이 두 가지 사고방식은 거의 중국 고대작가의 예술적 사고방식에서 탈태한 것이라고 할 수 있다.

동태적 예술 사고방식은 사실 일종의 영감적인 사고로써 중국 고대문론에서 흔히 볼 수 있는 '감흥', '신회', '돈오', '천기' 등이다. 그 특징은 예술적 사고과정에서 비교적 큰 돌발성이 수반되는데 홀연 마음이 열리고 이치를 깨닫는 느낌을 주고 아울러 폭발성이 겸비되는데 막혔던 정서가 돌연적으로 뚫려 축적했던 생리적 에너지의 집중폭발로서 창조적 역량이 일사천리로 분사되어 작가의 주체적 정신조차 그것을 제어하거나 지배할 수 없어 방임할 수밖에 없다는 것이다. 따라서 절묘하고 즉흥적인 작품이거나 재현이 불가한 신들린 것 같은 작품이 탄생하게 되는 것이다. 현대 중국의 일부 '재자형' 작가, 가령 곽말약, 욱달부, 서지마 등은 주로 이러한 동태적인 예술적 사고방식의 소유자들이었다. 곽말약의 「여신」 등 일련의 시편들은 모두 이러한 영감상태의 산물이다. 정서와 영감을 숭상하고 그 자연적인 발로에 기탁하는 면에서 서지마와 곽말약은 아주 유사한 면을 보인다. 후에 서지마가 문일다 시가의 근엄함을 본받아 문일다식의 신율격체를 시도했지만 그의 시가는 여전히 원래의 풍격에서 벗어나지 못했다. 이러한 동태적인 예술적 사고방식은 작가의 예술사고로 하여금 때로는 조수마냥 넘쳐 격동을 금할 수 없도록 하기도 하며 예술표현에서 종종 외재적인 법도이거나 형식과 규칙의 제한을 받지 않거나 심지어 그것들을 무시, 포기하는 경향까지 초래한다. 곽말약의 시가, 욱달부의 소설은 모두 이러한 경향을 보여 심지어 '중국에 어디 이러한 문학제재가 있는가' 하는 의문을 낳기까지 했다. 이렇게 자유로운 문체는 용솟음치는 정감을 위해 형식적인 조건을 제공하여 예술적인 독창을 위한 길을 열었지만 동시에 예술에서의 직설과 조야함 등을 낳을 수 있는 계기가 되기도 했다.

정태적 예술적 사고방식은 일체의 기성적인 생각을 버리고 혼잡한 세상만사를 초탈하고 이해득실을 초월한 사고로서 주체가 평온한 마음상태를 유지하도록 하여 정태적인 심리적 격식을 갖추게 하며 조화를 이룬 자아의 심리적 세계에서 사물에 대한 미적 심사와 창조를 완성하게 한다. 동태적 예술적 사고방식과는 달리 이는 충동성이 없고 안정적이다. 침전, 응결의 과정을 거쳐 보다 일반적인 예술사고의 요구에 부합되도록 하는 것으로써 역대 중국 문인들의 호감을 샀다. 이 사고방식의 소유자들은 모두 예술심령의 탄생을 인정하면서 마음속에 아무런 거리낌이 없이 세상만사와 잠시 절연상태에 진입한다. 중국 현대작가 중 주작인, 폐명, 풍자개 그리고 후기의 심종문 등은 정도가 다르게 도가, 불교

사상의 침윤을 받았기에 심미과정에서 선명한 초 공리적인 성질을 가지고 있다. 따라서 심미적 창조과정에서 그들은 종종 평온한 마음상태를 가지고 종전의 작가들과 같은 격정에 빠져들지 않고 자아절제와 반성 가운데 심미심리의 평형과 조화에 이른다. 그들은 창작과정에서 정신집중과 명상상태를 추구하고 안정된 외부환경과 심리상태의 중요성을 강조하면서 모든 것을 잊어버리고 깨끗한 심성으로 정지와 고독의 분위기에서 순수한 예술창조에 임할 것을 주장한다. 심종문 역시 후기에는 초기의 격정적인 심리상태를 떠나 정태적 예술적 사고방식을 운용했다. 이와 동시에 그들은 작품에서 극력으로 정감을 담백화시켰다. 그들은 강렬한 정서에 집착하지 않고 적당하게 정서를 통제하여 천천히 그것을 발로함으로써 정감의 지속성과 안정성을 확보했다. 또한 이 부류 작가들의 예술적 구상과 표현은 기본적으로 소박하고 이성적이었다. 그들은 인물이나 사건의 진술에서 평온한 필치를 사용하여 여실한 풍격을 보이지, 절대 곽말약 작품과 같이 비약적이거나 과장, 변형적인 수법을 사용하지 않는다. 이러한 소박함과 이성적인 예술은 작품의 외관에서 간소한 예술적 풍모로 나타난다. 따라서 어떠한 제재의 글이든, 소설, 시가와 산문을 막론하고 작품은 거의 단편 위주이고 장편소설일지라도 단편의 양식에 따라 앞뒤 편장이 독립적 성격을 지닌다. 또한 언어의 조직면에서 역시 장황하게 늘어놓지 않고 형용사와 수식어의 사용을 절제하며 간결한 문구로 깔끔하게 뜻을 전달하는 데에 그친다.

요컨대 중국 현대 낭만주의 문학사조는 이론적인 술어, 이미지계열, 표현방식 등에서 서양낭만주의 미학과 문학을 차용한 것으로써 '박래품'이 분명하다. 하지만 이 사조는 긴 역사를 가진 본토의 전통과도 깊은 연원이 있는바 자체의 철학과 문학적 토양에서 성격이 비슷한 자양분을 섭취했다. 전통문화는 우선 중국 현대작가들의 내심에 깊이 침전되어 그 자체의 에너지로 외래문화를 물들이고 개조하고 용해시켰다. 중국 현대 낭만주의 문학사조와 전통문화와의 연원관계를 파악하지 못하고 단지 그것을 서양 낭만주의의 파생물로 간주하면서 서양 낭만주의의 갖가지 특징으로 규정하려고 한다면 중국 현대 낭만주의 문학사조 자체의 특질을 밝히는 것과 거리가 멀어질 수밖에 없다.

제5장 좌익문예사조

1920년대 중, 후기 중국 무산계급 혁명운동의 맹렬한 발전은 중국 현대문학사에 강대한 문학사조—좌익문학사조의 출현을 초래했다. 이는 '5・4' 이후 중국 현대문학사에서 가장 영향력이 큰 문학사조이다. '좌익10년'동안 중국 현대문학 발전의 지도사상은 중대한 전환이 생겼고 이에 따라 문학에 대한 새로운 정의, 문예창작 방향의 재확인 및 문학 서사방식의 변화 등 많은 변화가 따랐고 20세기 후반기 중국문학 발전의 방향과 내용에 상당한 영향을 끼쳤다.

좌익문학의 시한문제에 대해 현재 학술계에는 '모호성'적인 논의에 머물고 있는 상황이다. 일반적으로 '좌익문학'의 개념은 중국 현대문학사 범주에 한정된 것으로서[1] 구체적으로 그 기간의 상한과 하한에 대한

1) 학계에는 "20세기 전반을 홍색문학이어야 한다"는 관점과 "30년대 초기에서 '문혁10년' 문학의 종결까지"로 보는 관점도 있다. 후자의 관점은 方維保, 『紅色意義的生成－20世紀左翼文學硏究』, 安徽敎育出版社, 2004, p.13. ; 劉思謙, 『丁領与左翼文學』, 人大复印資料, 『中國現代, 当代文學硏究』, 2007年 第2期, pp.31～44 cf.

확정은 아직 의견이 분분하다. 일부 논자는 1928년 '혁명문학'의 논쟁에서 1937년 항일전쟁의 폭발까지를, 일부 논자는 1927년부터 1937년까지를, 또 일부 논자는 1928년부터 1936년까지로 확정하고자 한다.[2] 본고는 연구방향과 논술중점의 이유로 협의적인 의미에서 '좌익문학'을 논하기로 한다. 따라서 첫 번째 관점, 즉 1928년 '혁명문학' 논쟁으로부터 1937년 항일전쟁의 폭발까지 '좌익10년'의 기간을 다룬다.

제1절 좌익문학사조의 발생

급진적이며 농후한 의식 형태적 성격을 띤 문학사조로서 중국 좌익문학사조는 국내외 여러 가지 요소가 함께 작용한 산물이며 특정한 시기의 중국 역사와 문예발전의 필연적인 수요이다. 이 사조의 발생은 우선 초기 혁명문예에 대한 공산당의 창도에서 기원했고, 다음은 국제무산계급운동, 특히 소련, 일본 등 좌익문예사조의 영향이 중요한 요소로 작용했다. 물론 중국 좌익문학사조의 발생은 당시 국내 혁명투쟁 형세의 급변에 따른 결과물이기도 하다.

좌익문학사조는 특정한 시기 중국 역사와 문예발전의 산물이다. 20세기 이래 중국의 역사 진척은 천지개벽의 변화를 겪었다. 하지만 손중산의 신해혁명과 기세 드높은 '5·4'운동을 겪은 후에도 1920년대의 중국은 여전히 반봉건·반식민지의 낙후한 상태를 벗어나지 못했다. 국제적

2) 艾曉明, 『中國左翼文學思潮探源』, 北京大學出版社, 2007, p.5 ; 劉永明, 『左翼文藝運動与中國馬克思主義文藝理論的早期建設』, 中國文聯出版社, 2007, p.6 ; 王鐵仙, 『中國左翼文學思潮』, 林偉民, 『中國左翼文學思潮』, 華東師范大學出版社, 2005, p.1 cf.

으로 제1차 세계대전 이후 세계를 재차 할거하는 과정에서 중국 역시 제국주의 열강들의 침략과 쟁탈의 대상이었다. 오랫동안 지속된 군벌들의 국내혼전이 농촌경제의 파산 위기를 가속화했고 국민경제 전반은 붕괴의 변두리에 처해 있었다. '5·4'운동의 퇴조에 따라 국내 계급모순이 첨예화되었고 이에 따라 신문학운동 대오 내에서도 커다란 분화가 일어나 일부 지식인들은 공산주의로 전향하고 또 일부 지식인들은 소극적인 방황과 저조상태에 처해 있었으며 심지어는 봉건 또는 군벌세력에 의지하는 지식인도 있었다. 다행스러운 것은 1921년 7월 중국공산당의 탄생이 중국 사회주의 혁명역량의 궐기를 알렸고 중국 사회주의 혁명이 공식적으로 세계혁명의 역사적 과정에 편입되었음을 표시했다. 중국공산당은 성립 이래 노동자운동을 영도하여 1923년 '2·7'대파업을, 1925년에는 '5·30'운동을 전개하여 중국 사회혁명의 역사적 전환점을 마련했다. 따라서 중국 무산계급 전투역량의 신속한 성장과 노동대중혁명의 요구를 대변하는 문예관이 '역사적 지표에 부상'했고 나아가 중국문단의 주도적 지위를 차지했다.

1. 초기 혁명문예의 창도

좌익문학사조의 발생은 20년대 전기 혁명문예에 대한 공산당의 적극적인 창도에로 소급된다. 일찍이 1921년, 1922년 초기의 공산당원 이대소, 등중하 등은 소년중국학회의 제안서에서 문학이 혁명적 관점으로 나아갈 것을 주장한 바 있었다. 이어서 1922년 사회주의청년단의 기관지 「선구(先驅)」는 특별히 '혁명문예'란을 개설하여 혁명문학의 탄생을 위한 여론의 장을 마련했다. 1923년 6월 구추백이 주간을 담당한 계간

≪신청년≫ 창간호에서는 중국의 혁명과 문학운동은 "노동계급이 그 지도를 담당하지 않는 이상 성공할 수 없다."는 주장을 공개했다. 이와 동시에 운대영(惲代英), 심택민(沈澤民), 장광자 등 공산당원들과 일부 진보적 인사들은 선후하여 ≪신구≫, ≪신청년≫, ≪각오≫(≪민국일보≫ 부간) 등의 잡지에 글을 발표하여 무산계급문학의 출현을 호소하며 중화의 진흥에 기여하자는 주장을 세웠다. 그 중에서 등중하의 「신시인의 일갈(新詩人的棒喝)」, 「신시인에게 드리기 전에(貢獻于新詩人之前)」, 운대영의 「팔고(八股)」, 심택민의 「문학과 혁명적 문학」, 곽말약의 「우리의 문학운동」 및 장광자의 「중국현대사회와 혁명문학」 등은 기치선명하게 마르크스주의 문학이론을 선양하면서 의도적으로 신문학을 무산계급문학으로 과도, 발전시키고자 했다.

그들은 "예술은 정치, 법률, 종교, 도덕, 인습과 마찬가지로 인류사회의 문화로서 사회·경제 조직위에 세워진 표층건축물이며 인류의 생활방식이 변천함에 따라 변화하는 것이다."[3]는 관점을 내세웠다. 따라서 예술은 생활의 반영이며 문학은 시대의 호소에 순응하고 혁명형세의 수요에 따라야 하며 작가 역시 서재에 칩거해야 할 것이 아니라 기세 드높은 혁명의 물결에 투신해야 하는바, 그것이야말로 포부를 지닌 청년들이 중국 현대화건설의 선진행렬에 절실히 참여할 수 있는 길이라는 것이다. 「신시인에게 드리기 전에」에서 등중하는 현재의 문학은 "단지 학문연구와 사회문제외의 사실들을 묘사"하기만 할 것이 아니라 가치 있는 중국 시인은 마땅히 '혁명'을 자신의 책임으로 삼아 "사람들로 하여금 혁명적 자각을 지니도록 각성시키고 혁명적 용기를 지닐 것을 고

3) 楚女(蕭楚女), 「藝術与生活」, ≪中國青年≫ 第38期, 1924年 7月 5日.

취해야 한다."[4]고 했다. 곽말약은 「혁명과 문학」에서 시인의 열정으로 "문학은 영원히 혁명적이며 진정한 문학은 오직 혁명문학밖에 없다. 따라서 진정한 문학은 영원히 혁명의 선구자이며 혁명시기에는 꼭 문학의 황금시대가 출현한다."고 했다. 이러한 관점은 비록 문학의 정치적 기능을 도에 넘치도록 강조하고 문학 자체의 예술성을 간과하고 있지만 당시의 역사적 담론 환경 속에서는 존재의 합리성을 지니고 있었으며 아울러 중국 좌익문학사조의 흥기를 위한 시대적 분위기를 양호하게 조성하기도 했다.

문예계의 적극적인 창도 아래 1924년을 전후하여 일부 선명한 무산계급혁명 경향을 띤 문학단체, 가령 상해의 "춘뢰사", 항주의 "오오사(悟悟社)" 등이 출현했다. 문학단체는 뜻이 맞는 인원들이 공동으로 미래를 기획하는 유기적인 조직으로 실천과정에서 영향을 확대할 수 있는 사회적 효응을 낳는다. 장광자, 심택민 등이 조직한 ≪춘뢰사≫는 「각오」를 통하여 주간 성격을 지닌 ≪문학전호≫를 편집 출판하여 혁명문학에 관한 논문 및 「애중국(哀中國)」 등 진보적인 시편들을 게재했다. 항주의 지강(之江)대학교 학생들이 발기한 '오오사'는 진보적인 간행물 ≪오(悟)≫를 출판하여 무산계급혁명과 관련된 주장을 적극적으로 선양하고 '혁명문학을 제창하고 혁명성을 고무하자'는 것을 취지로 민중의 혁명의식을 계발하고 그들로 하여금 문학건설에 참여하게 하는 중요한 단체로 성장했다. 이러한 단체의 흥기는 문예청년들의 혁명을 갈망하고 있는 적극성과 절박성을 반영했을 뿐만 아니라 무산계급 혁명문학의 발전을 적극적으로 추진함과 아울러 중국 좌익문학사조 발생의 역사적 필연성을 예

4) 鄧中夏, 「貢獻于新詩人之前」, ≪中國青年≫ 第10期, 1923年 12月 22日.

시하기도 했다.

2. 국제 좌익운동의 추동

국제 무산계급 문학운동의 전에 없던 고양은 중국 좌익문학사조의 발생에 중대한 역할을 했다. 1920년대와 30년대 국제 무산계급 혁명운동의 고양, 러시아 10월혁명 및 동유럽 여러 나라의 사회주의 혁명의 연속적인 성공은 신속히 국제 무산계급 혁명역량의 발전을 추진했고 그 형세 또한 신속히 전 세계로 파급되어 성세호대한 '홍색'혁명의 물결을 일으켰다. 인류역사상 "제1차 광범하고 진정으로 군중적이며 정치적인 무산계급 혁명운동"[5]의 성취를 이룩했다. 국제 무산계급 문예운동의 중국에서의 반영으로 중국 좌익문학사조는 이 운동의 중요한 구성부분이다. 중국 좌익문학사조는 주로 소련과 일본의 무산계급 문학운동의 영향을 받았다.

무산계급 혁명운동의 성공적인 전범으로서 소련은 중국 무산계급 혁명사업에 중요한 지도와 고무적 역할을 했다. 러시아 10월 혁명 이후 중국 문예계에는 러시아문학을 번역 소개하는 제1차 붐이 일어났는데 '5・4'신문화의 선구자와 일부 공산당원들, 가령 이대소, 루쉰, 주작인, 구추백, 정진탁 등이 모두 적극적으로 참여했다. 20년대 중기에 이르러 소련의 무산계급 문예사상은 중국에서 비교적 체계적인 번역소개와 전파의 단계에 들어섰다. 문예면에서 가장 먼저 수입된 것은 레닌의 사상이었다. 1925년 2월 12일 ≪민국일보・각오≫에 최초로 레닌의 논문

5) [蘇] 列宁, 「第三國際及其在歷史上的地位」, 『列宁全集』 第29卷, 人民文學出版社, 1972, p.275.

「톨스토이와 당대 공인운동」(鄭超麟 옮김)이 게재되었고, 1926년 12월 6일 ≪중국청년≫ 제144기에 레닌의 논문 「당 조직과 당 문학」(一聲 옮김)이 게재되었다. 그 중 창작자계급의 의식, 혁명적 신념 및 문학에 대한 공산당의 영도권 등의 관점은 그 이후로 중국 좌익문예이론 구축에 중대한 참조의 의의가 있었다. 그밖에도 소련의 문예동향 역시 중국의 진보인사들이 주목하던 영역이었다. 1925년 북신서국에서 출판한 임국정(任國楨)이 번역한 『소비에트 러시아 문예논전』은 1923~1925년 소비에트 러시아 문예논전의 각 유파의 대표인물의 관점을 소개했다. 루쉰은 이 책의 서문에서 소비에트 러시아의 문예론전에 큰 관심을 보였는데, 그 중에서 '나빠쓰뚜'(崗位派－필자 주)의 문예계급성, 도구론 사상은 1928년 '혁명문학'의 주요 이론적 기초가 되었다.

이와 동시에 초기의 일부 공산당원들은 러시아에 가서 공부나 고찰을 고치고 귀국한 이후 국내 무산계급운동을 위해 직접적인 사상자원과 실천경험을 제공했다. 1920년 10월부터 1923년초까지 구추백은 북경 ≪신보≫와 상해 ≪시사신보≫의 특약통신원의 신분으로 러시아를 방문한 후에 그 방문의 감수를 「어향기정(俄鄉紀程)」과 「적도심사(赤都心史)」에 기록했는데, 이로써 러시아 무산계급혁명과 문예발전의 최신 형세를 반영, 소개했다. 1921년부터 1924까지 소련에서 유학을 했던 장광자 역시 당시 무산계급 혁명운동의 감염을 받아 1924년 8월 귀국한 이후 즉시 ≪신청년≫(계간)에 「무산계급혁명과 문화」를 발표하여 소련의 무산계급 혁명과 문화 사이의 밀접한 연관을 천명하였으며 초보적으로 목적성 있게 소련 무산계급문예사상을 수입하려는 의도를 보였다. 1925년 1월 장광자는 또 「중국현대사회와 혁명문학」을 발표하여 허무주의와 종파주의의 기치를 높이 추켜세우면서 모든 소자산계급 '동노인(同路人)'작가의 관점을 부정하는 주장에서 기본적으로 소련 '무산계급문화파'와 '나빠쓰뚜'의 관련 이론을 차용했다. 1927년 그는 구추백과 공저로 『러시아문학』을 출간하여 전면적이고도 체계적인 형식으로 소련의 무산계급문학의 사상이론과 발전개황을 소개하고자 했다. 1925년 5월 모순은 ≪문학주보≫에 「무산계급예술을 논함」을 발표하여 농민, 사병 및 지식인계급 등 계급의식의 잡질이 섞여 들지 않은, '순수한 자기'의 '무산계급예술' 건설의 필요성을 밝혔다. 학자들의 고증에 의하면 모순의 이 논문은 주로 소련의 '무산계급문화파' 이론가 파그다노브의 『무산계급예술의 비평』의 내용을 참조했던 것이다. 충분한 이론적 자원의 결핍과 시간의 침전으로 좌익인사들이 관련 문학이론을 수용할 때 나타난 사이비현상, 혹은 '좌'경 착오의 극단적인 이념은 일정한 정도에서 중국 혁명문학 이론의 발전을 제약했다. 하지만 이것은 분명 좌익문학사조의 맹아였음은 부인할 수 없는 사실이다.

일본의 무산계급 문학운동은 중국문학과 소련문학의 교량인 한편 전연 새로운 무산계급적 내용을 담고 있었다. 후기 창조사의 핵심 멤버 곽말약, 풍내초, 이초리 등은 일본 유학시절 모두 일본 무산계급 혁명운동의 영향을 깊이 받았다. 아오노 스에기치와 구라하라 고레히토는 태양사와 후기 창조사 성원들이 존경해마지 않는 이론가들이었던 바, 그중 구라하라 고레히토의 문예사상이 중국에 끼친 영향이 컸다. 당시 일본 무산계급 문학운동에서 나타난 정치주의 경향을 두고 구라하라 고레히토는 ≪전기≫ 잡지 1928년 5월호에 「신사실주의에 이르는 길」을 발표하였는데, 임백수는 이를 번역하여 7월 ≪태양월간≫ 폐간호에 게재했다. 이는 중국에 최초로 번역 소개된 구라하라 고레히토의 논문이었다. 이어서 구라하로 고레히도의 「신사실주의 재론」, 「생활조직으로서의 예술과 무산계급」, 「프롤레타리아예술의 내용과 형식」 등의 저작, 고바야시 다키지가 그 이론의 지도 아래 창작한 「1928년 3월 15일」, 「게잡이 공선」 등 작품이 연속 중국에 소개되었다. 이로써 중국의 일부 좌익비평가들은 의도적으로 구라하라의 사실주의 이론으로 문학창작을 평론, 지도했고 끝내는 좌익문단이 '일치하게 이 방향으로 활보'6)하는 국면을 형성했다. 한편 풍내초, 이초리, 팽강, 주경아(朱鏡我) 등의 귀국 전야는 바로 일본공산당원 후쿠모토 가즈오의 '좌'경노선이 고조에 달했을 시기였는데 그 강렬한 정치투쟁의식은 그들에게 중대한 영향을 미쳤다. 1920년대 후반기 일본의 무산계급 문학운동은 새로운 발전단계에 진입했는데 일본공산당의 주요 영도자가 된 후쿠모토 가즈오가 창도한 '분리결합'의 투쟁이념은 농후한 '좌익일지언정 우익을 거절'하는 계급의식을 띠고 있었기에 좌익문예사조가 완전 통제하는 시기였다. 따라서 일본 무산계급문학의 '선진'적인 이념을 수용한 후기 창조사 성원들은 귀국 후에 중국 문단에서 무산계급혁명의 붐을 일으키고자 했고 급급히 문학운동 실천 속에 뛰어든 그들은 또 급급히 격렬한 행위방식으로 무산계급혁명의 목표를 실현하고자 했다. '혁명문학'의 창도는 그들이 좌익혁명 이념을 점검하고 실현하는 최적의 행동방식 중 하나였다.

3. 국내 혁명형세의 급변

중국 좌익문학사조의 발생은 반드시 자각한 이론적 선도가 있어야 할 뿐만 아니라 객관적인 조건, 즉 성숙한 무산계급 혁명투쟁의 형세가 필

6) 曼曼, 「關于新寫實主義」, 『拓荒者』 第1卷 第4, 5期 合本, pp.1647~1648.

요했다. 혁명문학이 발발하는 이유에 대해 루쉰은 전면적인 분석을 거친 후, 그것은 '사회적 배경'과 '일부 민중, 청년들이 이를 요구'했기 때문이며 다른 한편으로 국내 혁명형세의 돌변, 즉 '혁명의 고양이 아니라 혁명의 좌절'[7]과 긴밀한 연관이 있었다고 밝혔다. 1927년 국내혁명의 투쟁형세의 급변은 중국 좌익문학사조 발생의 역사적 계기였다. 1920년대는 중국의 정치국면이 위기를 맞고 비참한 사태가 빈발하던 시기였다. 1925년 전후의 '여자사범대사건'과 1926년의 '3·18'참안이 발생한 이후 1927년 봄과 여름, 국민당 왕정위, 장개석 집단은 연이어 혁명을 배반하였다. 그들은 정치적으로 제국주의에 의거하여 잔혹하게 민중들을 탄압했고 동시에 잔혹한 '청당'정책을 실시하여 공산당원과 혁명민중들을 대거 학살했다. 이는 중국 현대혁명사에서 제1차 국공합작의 실패를 선고하였고 또 직접적으로 국내 계급관계와 계급역량의 급변한 대결을 초래하였으며 원혁명 진영내의 심각한 분화를 초래했다. 그리하여 "중국의 대자산계급은 제국주의와 봉건세력의 반혁명진영으로 전환했고 민족자산계급은 대자산계급을 따랐기에 혁명진영내 원유의 4개 계급은 이제 3개, 즉 무산계급, 농민계급과 기타 소자산계급(혁명적 지식인)밖에 남지 않았다.", 그리고 "중국혁명은 부득이 새로운 시기, 중국공산당이 단독으로 민중을 영도하는 혁명시기에 진입했다."[8]

준엄한 계급투쟁과 혁명 형세는 문학예술에 대해 절박한 요구를 제시했다. 이때 제1차 국내혁명에 참가했고 다시 문학영역에로 회귀한 일부 작가, 곽말약, 성방오 등과 일본에서 갓 귀국하여 문학활동에 참여한 청년 작가, 풍내초, 이초리, 팽강, 주경아 등, 그리고 일부 원래 실제적인

---

7) 魯迅, 「上海文藝之一瞥」, 魯迅, 『二心集』, 人民文學出版社, 1973, p.88.
8) 毛澤東, 「新民主主義論」, 『毛澤東選集』, 第2卷, 人民教育出版社, 1991, p.702.

정치공작에 종사하던 혁명적 지식인, 전행촌, 홍령비, 이일망(李一氓), 양한생 등은 연속해서 상해에 모였다. 그들은 문학이 현실적인 투쟁발전의 수요에 적응하지 못하는 상황을 통감하고 무산계급 문학운동에 대한 제안으로 혁명운동을 추진하며 저조에 처한 혁명의 불리한 국면의 역전을 꾀하고 혁명고조의 도래를 위해 필요한 준비를 하고자 했다. 그리하여 1928년 1월부터 정돈을 거친 창조사와 장광자, 전행촌 등은 태양사를 재건하고 ≪창조월간≫, ≪문화비판≫, ≪태양월간≫ 등의 간행물을 통하여 무산계급 혁명문학 운동을 창도하고 공식적으로 '혁명문학'이란 슬로건을 내걸고 중국 좌익문학사조의 서막을 열었다.

곽말약은 먼저 1928년 1월의 ≪창조월간≫ 제1권 제8기에 「영웅수」를 발표하여 무산계급 인민대중의 문학예술이 장차 자산계급 개인주의 문학예술을 대체할 것을 선고했으며 문학은 역사적인 전환을 거쳐 비약적으로 발전할 것이라고 했다. 이어서 성방오는 「문학혁명에서 혁명문학에 이르기까지」, 장광자는 「혁명문학에 관하여」, 이초리는 「어떻게 혁명문학을 건설할 것인가」 등을 ≪창조월간≫, ≪태양월간≫ 및 ≪문화비평≫에 연속 발표하여 여러 면에서 무산계급 혁명문학의 기본적 주장을 천명했다. 풍내초, 전행촌, 양한생 등도 각각 글을 발표하여 여기에 동참했다. 그들은 역사유물주의 관련 원리를 동원하여 상층건축으로서의 문학은 언제나 사회·정치 토대와 혁명투쟁의 변화에 따라 변한다는 전제 아래 무산계급이 이미 중국 '혁명의 지도자'가 된 상황에서 무산계급 혁명문학은 '누구의 주장도 아니며 누구의 독단도 아닌', 필연코 '내재적 역사 발전'의 산물이 될 것이라고 지적했다. 아울러 그들은 문예의 홍보역할을 강조하면서 '일체의 문학은 모두 선전이다'라는 슬로건을 내걸고 무산계급문학을 '계급의 무기'로 삼아 '주체계급의 역사적 사명의 완성을 위해' 투쟁해야 한다고 주장했다. 이는 무산계급 혁명문학의 근본적인 성질, 기본 임무와 그 발생의 사회원인 등의 문제에 대한 초보적인 해명이었다.

창도자들은 또 혁명작가의 개조문제에 대한 의견을 제시했는데, 무산계급 혁명문학을 창조하는 우선적인 전제는 혁명작가의 무산계급 입장과 세계관 확립, 즉 일체 낡은 혹은 비무산계급적인 사상관념과 가치체계를 포기하는 데에 달렸다고 했다. 성방오는 「모든 것을 비판할 필요성」에서 "반드시 비판의 노력이 있어야 낡은 것의 아우프헤벤(Aufheben)을 통해 비로소 새로운 것 — 혁명에 이를 수 있다."고 역설했다. 이를 위해 그들은 혁명작가들이 '계급의식의 획득에 노력하고', '변증법적 유물론의 획득에 노력하며', 동시에 자아비판을 통하여 '소자산계급의 근성을 극복'할 것을 요구했다. 그리고 혁명문학 건설을 위하여 그들은 또 혁명작가들이 적극적으로 현실투쟁에 참가할 것을 주장했고, 실천이 창작에서 기초가 됨으로 그 중요성을 강조하면서 '사회사상과 농공군중의 생활에 많이 접근할 것'을 요구했다. 그들은 또 창작주제는 반드시 '농공대중을 우리의 대상으로 삼아야 하며', 그렇지 않고 만약 "이성적인 면에서 혁명을 승인하는 것은 완성이 아니기에 꼭 혁명에 대한 진실감을 얻어야 하고 그 다음에야 비로소 혁명적인 것을 써낼 수 있다."고 주장했다.

진보적인 세계관과 실천 경험이란 창작기초의 확보만으로는 부족하기에 창도자는 문예창작의 기교를 고도로 중요시했다. 작품에서 사용하는 문자에 대해 다수의 창도자들은, 작가는 반드시 일정한 정도의 전환을 거칠 것을 주장했는데 '통속화해야 한다'거나 "우리의 매체로 하여금 대중의 용어에 접근하게 해야 한다."고 했다. 요컨대 전연 새로운 혁명문학을 건설하고 절대적인 혁명적 의향을 현시하기 위해 작가는 반드시 무산계급 혁명의식에 걸맞은 창작이념을 갖추어야 하고 "진정으로 객관적이고도 구체적인 미학적 차원에 서야 하며" 그래야만이 비로소 "진정 낡은 문학과 근본적으로 대립할 수 있고 비로소 진정으로 무산계급문학으로 전환할 수 있다."고 했다.

제2절 논쟁 속의 전진 : 좌익문학사조의 발전과정

1928년 '혁명문학' 슬로건의 제안은 중국 좌익문학사조의 공식적인 출범을 시사했다. '좌익10년'의 발전단계를 거쳐 좌익문학사조는 대체로 두 시기, 즉 '혁명문학' 논쟁시기(1928~1929)와 '좌련'시기(1930~1936)로 나누어 볼 수 있다. 이 기간에 좌익문학사조의 발전을 끊임없이 추진했던 것은 주로 문예논쟁, 즉 좌익내부의 두 차례 논쟁—'혁명문학' 논쟁, '두 개 구호' 논쟁, 외부의 이색 문예사상과의 논쟁—'신월파', '민족주의 문학' 및 '자유인', '제3종인'의 논쟁이었다.

1. '혁명문학'의 논쟁

이 논쟁은 창도자들이 '혁명문학'의 역사적 합법성의 지위를 위해 모든 것을 제거하려는 결연한 태도에서 비롯되었다. 창도자들은 주로 후기 창조사와 태양사의 일부 성원들이었다. 후기 창조사와 태양사 간에 '혁명문학' 제1창도자의 지위를 두고 일정한 대립이 있었고 또 시대와 작가 수양 등의 문제에서도 분기가 있었다. 하지만 문학에 숭고한 사회적 사명과 강대한 정치적 기능을 부여함으로써 문학을 혁명의 무기로, 정치선전의 도구로 간주하면서 "조직의 혁명도구로 간주하고 사용"하고 "주체계급의 역사적 사명을 완성하기 위해 관조적－표현적 태도가 아니라 무산계급의 계급의식으로부터 발생한 한 차례 투쟁의 문학"9)으로 보는 면에서는 입장이 일치했다. 아울러 일본 후쿠모토 가즈오의 '분리결합'의 '좌'경노선의 영향 아래 후기 창조사와 태양사 성원들은 무산계급 문학운동을 창도할 때 "혁명의 '인텔리겐치아'의 책임을 불러일으켜" '기성작가'로 하여금 '방향전환'10)을 함으로써 중국문단의 면모를 참신하게 바꾸려고 결심했다. 그들은 '5·4'신문학의 전통을 전반적으로 부정하고 공격의 화살을 루쉰, 모순, 엽성도 등 '5·4'시기 이미 명성을 떨친 작가들에게 겨누었으며 따라서 루쉰, 모순 등의 반박과 반격을 받았다. 양측의 관점이 다르고 일정한 정도의 오해까지 겹쳐서 1년여에 걸쳐 중국 좌익문학 진영 내부에 제1차 대규모 문예논쟁이 벌어졌다. 이 논쟁은 1928년 전면적으로 전개되어 1929년 하반기에 기본적으로 결말을 지었는데 1930년 중국 좌익작가연맹의 성립은 양측이 새로운 토대 위의 화해를 표징하는 사건이다.

논쟁의 초점은 당시 문학의 성질, 임무 및 예술형식 등의 문제였다. 창도자들은 오직 혁명투쟁 형세의 발전을 고무하고 추진할 수 있는 '혁명문학'만이 진정한 문학이라고 주장했다. 그들에게 있어서 "일체의 문예는 모두 선전이다. 보편적으로 불가피하게 선전일 수밖에 없다. 때로 무의식적이지만 일상적인 상황에서는 언제나 의도적인 선전이다."11) 또

9) 李初梨, 「怎樣地建設革命文學」, ≪文化批判≫ 第2號, 1928年 2月.

10) 成仿吾, 「從文學革命到革命文學」, ≪創造月刊≫ 第1卷 第9期, 1928年 2月 1日.

11) 馮乃超, 「革命文學論爭·魯迅·左翼作家聯盟」, ≪新文學史料≫ 第3期, 1986年.

한 시대정신을 반영하는 중요한 도구로써 문학은 반드시 무산계급 혁명 투쟁 형세의 발전 수요에 절실하게 봉사해야 하며 "이러한 발전을 문학 자체의 생명으로 삼아야 한다."는 것이다. 여하튼 '5・4'시기 개체의식과 국민의 열근성에 착안했던 제재들의 문학전통은 전반적으로 부정되었고 루쉰은 후기 창조사와 태양사 작가들의 빈번한 공격의 주요 대상이 되었다. ≪문화비판≫ 창간호에 발표한 「예술과 사회생활」에서 풍내초는 '중국의 혼돈한 예술계의 현상에 대해 전면적인 비판을 가하면서' 루쉰, 엽성도, 욱달부 등 '5・4'신문학 대표작가들에 대한 전면적인 청산과 비판을 전개했다.

이어서 성방오는 「문학혁명에서 혁명문학에까지」에서 비판의 화살을 주작인을 대표로 하는 '어사파'에 돌려 "그들이 슬로건은 '취미'"라고 비난하면서 작가의 창작품격을 계급입장에 연관시켜 "나는 종전에 그들이 긍지를 느끼는 것은 '한가, 한가 제3 역시 한가'라고 한 바 있다. 그들은 한가한 자산계급의 대표 또는 북 안에서 잠자고 있는 소자산계급이다."라고 비판했다. 뿐만 아니라 성방오는 또 혁명창도자의 자태로 '난폭하게' 대중을 향해 "누구도 중간입장을 취해서는 안 된다. 이쪽에 오거나 아니면 저쪽으로 가야 한다."[12]고 선포했다. 이초리는 「어떻게 혁명문학을 건설할 것인가」에서 '화개 아래 앉아서' '소설구문이나 베끼고' '한가, 한가, 제3 역시 한가'를 지키며 '취미를 중심으로' 한 유한계급의 문예작품에 맹렬한 비판을 가하면서 루쉰의 계급입장 문제에 대해 '구경 몇 번째 계급의 사람인가', 그 작품은 '또 몇 번째 계급의 문학인가'라고 매섭게 질문했다. 그리고 문학가가 무산계급 문학운동에 참가하

12) 成仿吾, 「從文學革命到革命文學」, ≪創造月刊≫ 第1卷 第9기, 1928年 2月.

려는 신청은 허가할 수 있지만 "우리는 먼저 그의 동기를 심사해야 한다."[13]고 했는데 은연히 혁명가로서 루쉰을 비혁명가로 대하는 오만과 경멸을 보였다. 마찬가지로 두전(곽말약) 역시 「문예전선상의 봉건적 잔재」에서 루쉰을 자산계급의 의식형태조차 확실히 파악하지 못했으니 근본상 변증법, 유물론 같은 무산계급혁명이론은 더구나 무지상태라고 공격하면서 루쉰을 '자본주의 이전의 봉건적인 잔재'라고 조소했을 뿐만 아니라 심지어 '파시스트', '이중의 반혁명 인물'[14] 등 일련의 '칭호'를 들씌웠다.

물론 가장 엄격한 비판을 가했던 것은 태양사 골간인 전행촌의 「죽어버린 아Q시대」였다. 이 글에서 전행촌은 루쉰의 문학창작에 대해 전면적인 공격을 가했던 것이다. 그는 먼저 '시대적 의미'의 시각에서 출발하여 루쉰의 창작은 '현대적 의미가 없으며', 그 작품이 반영한 시대는 '결코 5・4운동이후가 아니라' "오직 청말 및 경자 의화단 폭동시대의 사조를 대표할 수밖에 없다."고 했다. 다음, 그는 중국 현대농민혁명의 근래의 표현과 결부시켜 농민과 그 시대에 대한 루쉰의 관점이 대단히 낙오한 것이며 그 논리의 연장선에서 "아Q의 시대는 일찍 죽어버렸다." 고 하면서 "10년래의 중국 농민은 벌써 당시 농촌의 유치한 농민이 아니라" "현재 농민의 취미는 이미 개인에서 정치혁명의 길로 전환했다." 고 지적했다. 따라서 그는 아Q의 창작자 루쉰에게 '몽롱한 취안'을 바꾸어 낡은 사상을 혁신하고 새로운 발전을 도모해야 할 때라고 깨우쳤다.

후기 창조사, 태양사 성원들의 문예관, 사상관 등 여러 면에서 가한 비판에 대해 루쉰은 주도면밀하고 절도 있는 반격을 가했다. 당시에 창

---

13) 李初梨, 「怎樣地建設革命文學」, ≪文化批判≫ 第2號, 1928年 2月 15日.
14) 杜荃, 「文藝戰線上的封建余孽」, ≪創造月刊≫ 第2卷 第1기, 1928年 8月 10日.

조사를 겨냥한 루쉰의 "논하면서 싸운다"의 문장은 주로 5편, 즉 「"취안" 중의 몽롱」, 「나의 태도기량과 나이」, 「문예와 혁명」, 「길」 및 「문단의 장고」 등이 있다. 그후 '혁명문학'의 논단과 관련한 루쉰의 관점은 「상해문예 일별」, 「문학의 계급성」 등에서 나타났다. 상대를 반박한 루쉰의 관점은 주로 두 개면에서 전개되었다.

첫째, '혁명문학'의 사회기초, 시대의의 및 혁명대안에 대한 논술이다. 루쉰은 창도자들은 '혁명문학' 자체에 대한 충분한 인지가 결여되어 있다고 지적했다. 「문예와 혁명」에서 루쉰은 창도자들이 말하는 '혁명문학'의 '초시대성'은 중국에서 그 현실적 기초가 결핍하다고 하면서 "초시대란 사실 도피이며", "사회가 정체된 상태에서 문예는 결코 독자적인 비약이 불가능하며, 가령 정체된 사회에서 과연 성장했다고 한다면 그것은 사회적 수용을 위해 이미 혁명을 멀리한 것이다."고 했다. 이어 그는 「상해문예 일별」에서 '혁명문학'의 창도자들은 분석의 과정을 거치지 않고 경솔하게 다른 나라의 것을 그대로 옮기는 기계주의적 행위를 저지르고 있으며, "그들은 중국사회에 대해 자세한 분석을 전혀 거치지 않고 소비에트 정권 하에서 비로소 가능한 방법을 기계적으로 적용하고 있다."고 예리하게 지적했다.

둘째, 루쉰은 문예자체의 특점과 결부시켜 '혁명문학'의 건설문제를 논했다. 사실 '혁명문학'에 대해 루쉰은 기본적으로 긍정적인 태도를 보였다. 하지만 그는 '문학은 여유로운 산물'이라고 굳게 믿으면서 "문예가 세상을 변화시키는 힘을 소유하고 있음을 믿을 수 없다."고 했다. 하지만 그는 중국 현대에서 혁명의 절박성을 감지하고 있었기에 "일체 문예가 선전이라면… 혁명을 위해 도구의 일종으로 삼는 것도 자연 가능한 것이다."라고 명확하게 표시했다. 하지만 '혁명문학'의 창작문제에서 루쉰은 문예는 자체의 예술적 법칙을 엄수해야 하는 바, "혁명은 구호, 표어, 포고, 전보, 교과서… 이외에 문예를 운용해야 하는데 바로 그것이 문예라는 이유 때문이다."고 했다. 환언한다면 '혁명문학'의 건설에서 맹목적으로 일시의 선전의 요구에 맞추지 말고 "먼저 내용의 충실성과 기교의 발달을 기해야 한다."[15]고 했다. '혁명문학' 이론 건설에 대한 루쉰의 이러한 지적은 실로 요점을 적중한 것이라 할 수 있다.

루쉰이 주로 '혁명문학'의 사회적 기초, 시대적 의의 등의 측면에 착안하여 상대를 반박했다면 모순은 '혁명문학'의 예술형식문제를 두고 반격을 가했다. 「고령에서 동경까지」에서 모순은 국내 문단의 상황을 논하면서 우선 ≪혁명문예≫에 결여된 예술성을 지적하면서 이는 창작에서 문단을 '표어구호문학'이란 곤경에 빠뜨렸으며 "혁명열정 때문에 문예의 본질을 간과, 또는 문예를 선전 도구로 간주하고 — 협의적, 혹은 이러한 간과와 선입견이 없다고 할지라도 문예수양이 없는 사람들로 하여금 부지불식간에 이 길로 나아가도록 만들었다."고 했다. 다음, 그는 '신문예'가 만약 광범위한 영향력을 확보하려면 반드시 독자층을 청년학생에서 소자산계급 시민에로 확대해야 하고 언어형식면에서도 반드시 개진을 거쳐 "너무 서구화하지 말고 신용어를 너무 많이 사용하지 말며 상징적인 색채를 너무 많이 사용하지 말고 정면 설교식으로 새로운 사상을 선전하지 말아야 한다."[16]고 지적했다.

2개월 후 ≪창조월간≫은 극홍의 「소자산계급 문예이론의 오류 「모순군의 "고령에서 동경까지"를 평함」을 발표하여 모순과 직접적으로 논쟁을 벌였다. 그는 모순이 '많은 현실적인 문제'를 제기했다는 점을 인정

15) 魯迅, 「文藝与革命」, 魯迅, 『三閑集』, 人民文學出版社, 1973, p.65.
16) 茅盾, 「從牯嶺到東京」, ≪小說月報≫ 第19卷 10號, 1928年 10月 10日.

하면서 그의 계급의식에 '프롤레타리아문학과 첨예하게 대립되는' 엄중한 사상적 경향이 존재하고 있다고 지적했다. 그는 무산계급의 입장에서 출발하여 모순이 "혁명에 대해 이해가 부족"할 뿐만 아니라 독자층의 확대와 관련된 주장을 볼 때 "그의 의식이 여전히 자산계급적이며 무산계급과는 근본적으로 대립되고 있다."고 했다. 이러한 이유로 그는 모순의 혁명신문예건설에 대한 주장은 '자산계급 문예비평가'의 신분으로 '모 작품의 가치를 규정'하는 것이며 '표어구호문학'이란 용어로 "혁명문예를 저주하는 것"[17]이라고 비판했다. 모순은 엽소균의 소설 「예환지」에 대한 평론의 기회에 그에 엄격한 반박을 가했다. 모순은 문예의 시대성은 단순한 선전과 호소에 의해 조성되는 것이 아니라 시대적 분위기외에도 아래와 같은 두 가지 의미가 있어야 한다, 즉 "첫째는 시대가 사람들에게 어떠한 영향을 주고 있는가, 둘째는 집단의 활력이 어떻게 시대를 새로운 방향으로 추진하는 것인 바, 환언한다면 어떻게 역사를 필연적으로 도래할 새로운 시대로 추진했는가 하는 것이다."라고 지적했다. 이어서 모순은 "신문예"의 창도자들은 사물을 분석하는 냉정한 두뇌를 지녀야지 "단순히 피동적으로 소리를 전파하는 스피커가 되지 말 것"을 엄정하게 권고하면서 상응한 문예적 수양을 가지고 창작에 임해야 하며 민중의 소리를 자세히 분석한 후에 "소설 속 인물의 의식으로 조직하며", "열심히 기술을 연마하여", "자기가 가장 익숙한 일을 골라서 묘사해야 한다."고 주장했다.

양측의 관점이 양극을 이루는 한편 특정한 시기에 '혁명문학'이론에 대한 인식상의 부족으로 인하여 후기 창조사, 태양사의 작가들과 루쉰,

17) 克興, 「小資産階級文藝理論之謬誤:評茅盾君底"從牯岭到東京"」, ≪創造月刊≫ 第2卷 第5期, 1928年 12月 10日.

모순 등과의 논쟁에서 모두 일부 과격한 행위를 초래했다. 전자는 너무 절박한 정치적 소망과 문학의 사회공리성에 대한 지나친 신념으로 인하여 논쟁상대를 적으로 간주하고 예정한 방향을 일탈하기까지 했다. 후자 역시 방법이나 기교상의 문제가 있었는데 가령 "루쉰의 도를 넘는 준엄함, 오해, 조소, 일체를 부정하는 모순 역시 갈등을 격화시켰다."[18]는 것이다. 하지만 루쉰 등은 결코 혁명 또는 '혁명문학'을 '비방'하거나 '중상'하려는 것이 아니었다. '이상주의자'로서 루쉰은 "기껏해야 혁명문학의 운동을 조소(그는 혁명문학 자체를 조소하지는 않았다)했고 추수자 중 개인적 행위를 비웃었을 뿐이다."[19] 환언한다면 루쉰, 모순 등의 반격은 '개진의 필요'에 의한 양호한 바람에 출발점을 둔 것이고 창도자들이 "견정하고 용감하게 현실을 파악하고 대활보로 전진할 것"[20]을 희망하는 것이었으며, 과학적, 이성적 사상과 태도로 혁명문예를 건설할 것을 희망하는 것이었다. 이러한 의미에서 논쟁 양측은 최종적으로 '동로인'의 인정하는 의식 아래 화해하였고, 서로 연합하여 중국좌익작가연맹을 출범했다.

물론 '혁명문학'의 논쟁과정에서 성원그룹이든 아니면 이론적인 주장이든 창도자 일방은 여러 가지 부족함이 있었다. 특히 종파주의의 협애한 사상적 지도 아래 "문예의 계급성을 절대화시켜 필연적으로 인류의 우수한 문화성과에 대한 허무주의적인 태도와 소위 '동로인' 작가에 대한 까닭 없는 비판을 초래했다."[21] 하지만 이 논쟁은 중국 현대문학사에서 여전히 간과할 수 없는 역사적 공적이 있다. 대혁명이 실패하고 새

18) 馬良春, 張大明 編, 『中國現代文學思潮史』 下冊, 北京十月文藝出版社, 1995, p.559.
19) 畫室(馮雪峰), 「革命与知識階級」, ≪无軌列車≫ 1928年 9月 25日.
20) 茅盾, 「從牯岭到東京」, ≪小說月報≫ 第19卷 10號, 1928年 10月 10日.
21) 陳建華, 『20世紀中俄文學關系』, 學林出版社, 1998, p.119.

로운 혁명의 고조가 아직 도래하기 전인 역사적 전환기에 적지 않은 지식인들이 혁명전도에 대해 비관 실망의 정서를 가지고 있을 때 '혁명문학'의 창도와 논쟁은 적시적으로 사람들에게 전진의 방향을 제시했고 후에 좌익문학의 중요한 작가 은부, 엽자 등도 모두 이 가운데서 교육과 계시를 받았다. 따라서 이는 다른 면에서 무산계급 '혁명문학이 흥성하게 되었다'는 것을 설명하며 실제로 시대의 요구에 부응함으로써 중대한 역사적 의의를 지니게 되었다. 그러므로 이는 '5·4' 이래 신문학운동 발전의 또 하나의 성과라고 할 수 있는 것이다.

다른 한편 '혁명문학'의 강력한 창도와 양측의 논쟁은 마르크스주의 문예사상으로 하여금 전에 없던 규모로 중국에서 선양, 전파되도록 했다. 1928년부터 중국에는 점차 마르크스주의 문예이론을 번역, 소개하는 열풍이 일어났다. 좌익이론계의 중시와 노력 아래 1928년 말부터 1929년에 이르기까지 연이어 『문예이론소총서』, 『과학적 예술론총서』 등의 책들이 출간했다. 1929년을 전후하여 '혁명문학'의 논쟁의 영향이 확대되고 심화됨에 따라 고전적인 마르크스주의 이론서적의 번역과 출판의 열풍도 전국으로 파급되었고, 1929년은 이 때문에 '사회과학년'으로 불리게 되었다. 이러한 서적출판은 당시 지식계 인사들의 열렬한 환영을 받았는데 많은 사람들이 마르크스주의라는 새로운 사상을 열심히 공부하고 연구하면서 그 가운데서 혁명사상과 정신적 영양을 섭취하고 사회과학 및 혁명문예의 시야를 대대적으로 확대시켰다.

이 시기에 국내 각 문학단체에서 마르크스주의 사상을 가장 오래, 집요하게 소개, 연구, 보급한 것은 후기 창조사이다. 후기 창조사의 작가들은 과학문예이론 저서의 번역과 소개에 열정적으로 투신하였고 논쟁 또한 상당한 정도에서 마르크스주의 사상에 대한 사람들의 인식과 이해를 추진했다. 심지어 루쉰조차 이번 논쟁과정에서 근엄한 치학적 태도로 마르크스주의를 연구하게 되었다고 하면서 이 점에서는 후기 창조사에게 감사를 드린다고 밝힌 바 있다. 여하튼 이번 논쟁과 좌익이론계의 적극적인 추진 아래 마르크스주의 문예사상은 중국에서 신속히 번역, 소개되었고 문예계에서도 광범위한 전파와 인정을 받았다. 이로써 중국에서 마르크스주의의 발전을 대대적으로 추진했고 이는 또 좌익문예사조를 위해 튼튼한 이론적 근거와 과학적 지도를 제공했다.

2. '좌련'의 성립과 그 의의

'혁명문학'에 관한 격렬한 논쟁은 국공 양당의 주목을 끌었다. 1929년 9월 국민당은 '전국선전'"를 소집하여 '삼민주의 문예정책'을 제출함으로써 '혁명문학'과 '무산계급문학'을 소멸하고 문단을 통일하고자 했다. 적대투쟁 형세의 절박함은 좌익작가들의 단결을 촉구했다. 이러한 형세 아래 중국공산당은 인원을 파견하여 논쟁에 참여한 양측에 대한 공작을 전개했다. 1929년 상반기 '혁명문학'이 기본적으로 종결을 고했고 그해 가을에 공산당은 후기 창조사, 태양사 성원과 루쉰 및 그 영향하의 작가들을 연합하고 이를 토대로 혁명작가의 통일적인 조직을 결성했다. 구체적으로 창조사의 풍내초가 개인적 인연이 있는 태양사의 심단선(하연), 그리고 루쉰과 마르크스주의 문예이론 총서를 편찬한 적이 있으며 일찍이 루쉰과 내왕하고 있던 풍설봉 등에게 이 준비공작을 위임했다. 충분한 준비과정을 거쳐 1930년 2월 16일, 루쉰, 정백기, 장광자, 풍내초, 팽강, 풍설봉, 심단선, 전행촌, 유석, 홍령비, 양한생 등 12명이 '좌련' 준비회의를 열어 '과거를 청산'하고 '목전운동 임무 확정'을 주제로 토론을 전개했다. 회의는 과거 문예운동에 존재하고 있던 '소집단주의 내지 개인주의', "과학적 문예비평방법 및 태도를 운용하지 못한 상황"[22] 및 지정한 적에 대한 주의를 소홀히 했던 결점을 반성하고 금후에 낡은 사회와 사상을 고발하고 새로운 사회와 사상을 선전하며, 새로운 문예이론 건설에 관한 임무를 확정했다.

1930년 3월 2일 중국 좌익작가연맹이 상해에서 성립되었다. 이후 후기 창조사, 태양사와 루쉰 등은 화해를 달성하고 '동로인'의 신분에 대한 인정의 의식 아래 연합을 이루었다. 성원들로는 루쉰, 풍설봉, 심단선, 풍내초, 유석, 이초리, 장광자, 전한, 곽말약, 욱달부, 전행돈, 양한생 등 50여명이 있었다. '좌련' 성립의 의의는 중대한 것으로서 "중국공산당이 사상적으로뿐만 아니라 조직적으로 문예운동을 영도하기 위한 시작"이며, "좌익문예운동이 조직적인 혁명운동으로 성장한 표지이며, 레닌이 제안한 혁명문학은 반드시 당의 혁명사업의 한 개 구성부분이 되어야 한다는 이론"[23]의 중국적 실천이었다. 이로써 '혁명문학'은 새로운 단계에 진입했고 점차 성세호대한 무산계급 문학운동으로 발전했다.

대회에서는 '좌련'의 이론강령과 행동강령을 통과시켰다. 이론 강령은 우리의 예술은 '승리하지 못하면 죽는' 피비린 투쟁에 기여하지 않으면 안 된다, 예술이 만약 인류의 희로애락을 내용으로 삼아야 한다면, 우리의 예술은 암흑한 계급사회의 '중세기'를 살아가는 무산계급이 감지한 감정을 내용으로 삼지 않으면 안 된다, 따라서 우리의 예술은 반봉건계급적이고 반자산계급적이며 또한 '사회적 지위를 상실한' 소자산계급을 반대하는 것이다, 우리는 무산계급예술을 지원, 그리고 그것의 탄생에

22) 馬良春・張大明 編, 『30年代左翼文藝資料選編』, 四川人民出版社, 1980, p.37.
23) 馬良春・張大明 編, 『中國現代文學思潮史』, 下冊, 北京十月文藝出版社, 1995, p.561.

종사하지 않을 수 없다고 선포했다.[24] 대회에서는 국제 무산계급 문예운동 및 국내 혁명단체와 밀접한 관계를 건립하고 마르크스주의 문예이론연구회, 국제문화연구회, 문예대중화연구회 등의 기구를 설립할 것을 결정했다. 그해 11월 우크라이나의 하르키브에서 개최된 제2차 국제혁명작가대표대회에서는 혁명문학국제국을 국제혁명작가연맹으로 개칭할 것을 결정했고 '좌련'은 국제혁명작가연맹의 성원으로 흡수되었다. 이로부터 '좌련'은 직접 국제 무산계급 문학운동과 조직적으로 연계를 맺게 되었다. 대회에서는 또 신진작가를 도와주고 농공작가를 육성하며, 출판기관 및 간행물관련 사항 등을 토론하고 무산계급 혁명문학운동을 위해 구체적인 기획안을 마련했다. 심단선, 풍내초, 전행촌, 루쉰, 전한, 정백기, 홍령비 등 7명이 상무위원으로 추대되었고 얼마 후 일본으로부터 연속 귀국한 모순, 주양 등도 '좌련'의 조직공작에 참여했다.

루쉰은 '좌련' 성립대회에서 「좌익작가연맹에 관한 의견」이란 유명한 연설을 했다. 루쉰은 우선 현단계 혁명가의 사상에 존재하는 일부 문제를 명확하게 지적하였다. 그는 좌익작가가 실제 사회투쟁과 접촉하지 않고 단지 로맨틱한 환상에만 집착한다면 "어떠한 격렬하고 '좌'적인 것도 쉽게 할 수 있을지라도 일단 실제에 부딪히면 즉각 무너지고 말게 된다."[25]고 했다. 그리고 혁명가는 혁명의 실제형세를 똑똑히 파악하고 혁명의 간거성과 복잡성에 대한 충분한 인식과 이해가 있어야 한다고 했다. "혁명은 고통스럽고 그 중에는 필연코 추악한 일면과 피가 섞여 있을 것인 바 결코 시인들 상상속의 그러한 재미있고 완벽한 것이 아니

---

24) 이 보도는 ≪拓荒者≫ 第1卷 第3期, 1930年 3月 10일자에 「左翼作家聯盟的成立」이란 제목으로 게재.

25) 魯迅, 「對于左翼作家聯盟的意見」, ≪萌芽月刊≫ 第1卷 第4期, 1930年 4月 1日.

다. 혁명, 특히 현실적인 일들은 여러 가지 비천하고 번거로운 공작이 필요한 것이지 결코 시인의 상상처럼 낭만적이지 않고, 혁명은 물론 파괴가 있어야 하는데 이보다 중요한 것은 건설이다. 파괴는 통쾌하지만 건설 또한 번거로운 일"이라고 했다. 루쉰의 이러한 주장은 가장 절실한 지적이며 무산계급 혁명운동의 발전을 규정하고 추진하는 데에 중요한 역할을 했다. 다음 루쉰은 좌익문예운동을 진일보 전개함에 관한 의견을 제안했다. 그는 "낡은 사회와 낡은 세력에 대한 투쟁은 반드시 견지하고 지속적으로 끊임없이 진행되어야 하며 또한 실력양성에 주력해야 한다.", "전선을 확대해야 한다.", "대량의 새로운 전사들을 육성해야 한다."는 전략적 방침을 제안했다. 루쉰은 여기에 그치지 않고 근년래 중국문예계의 변천과 국제공산주의 문예운동의 경험과 교훈을 결부시켜 충분하고도 심각한 분석을 가했다. 여러 해에 걸쳐 사회에 대한 관찰과 몸소 실천한 기초 위에서 루쉰은 근년래 무산계급 혁명운동의 경험교훈을 체계적으로 총화했고 미래건설을 위해 여러 가지 정치한 의견을 제안했는데, 이는 중국 좌익문예 발전에 심원하고 중대한 의의가 있다.

영향을 확대하기 위해 '좌련'은 성립한 후에 연이어 ≪탁황자≫, ≪맹아월간≫, ≪파이저산(巴爾底山)≫, ≪세계문화≫, ≪십자가두≫, ≪북두≫, ≪문학월보≫ 등 간행물과 비밀리에 ≪문학도보≫(창간호는≪전초≫), ≪문학≫(반월간) 등의 잡지를 발행했으며 또 ≪대중문예≫, ≪현대소설≫, ≪문예신문≫ 등의 간행물도 개편하거나 입수했다. 이밖에도 '좌련'의 성원들이 편집하거나 출간을 담당한 간행물도 허다했다. 아울러 북평과 일본의 동경 양지에 분회를 설립했고 광주, 천진, 무한, 남경 등지에는 소조를 성립하여 뜻있는 청년들을 대거 수용함으로써 혁명대오는 신속히 확대되었다. '좌련'이 정합을 거쳐 점차 종파적인 정서를 극복했고 문예운동의 발랄한 발전과 함께 점차 실력 있는 작가연맹 단체로 성장했음을 볼 수 있다.

가장 중요한 것은 '좌련'이 성립된 후에 혁명과 문예의 관계가 대폭 밀접하게 되었다는 점이다. 무산계급이 영도하는 혁명사업의 일익으로 국민당반동파 및 제국주의와 격렬하고도 지구적인 투쟁을 전개할 것을 명확히 선포하고 '5・4'신문학의 전투적인 전통을 계승하고 발양했다. 조직안배 면에서 1930년 8월 '좌련'집행위원회는 「무산계급 문학운동의 신 형세와 우리의 임무」라는 결의를 통과시켰는데 그 중에서 당시 중국 혁명 형세에 대한 판단은 일정한 오류가 있었지만 무산계급 문학운동에 대한 인식은 기본적으로 정확한 것이었다. 이 결의는 "문단의 봉건적 관계와 수공업식의 소 단체의 조직 및 그 의식을 청산하고 통일된 무산계급 문학운동의 총기관 좌익작가연맹을 형성했다."[26] 1931년 11월 '좌련'집행위원회는 중요한 「중국 무산계급 혁명문학의 새 임무」란 결의를 통과시켜 새로운 시기 무산계급 혁명문학이 당면한 임무, 창작수법, 이론투쟁 등 여러 면의 공작을 전면적으로 배치했다. 구체적인 실천에서 '좌련'은 대회에서 통과한 '혁명적인 제 단체에 참가하고', '각 혁명단체와 밀접한 관계'를 맺는 것에 관한 결의를 집행했고, 자주 대표를 각 혁명단체의 활동에 파견했고 맹원들도 분분이 '중국자유운동대동맹', '중국민권보장동맹' 등 진보적인 정치단체에 참가했으며 더욱 많은 성원들은 적극적으로 공인운동에 종사함으로써 반장(將介石反對), 반제의 실제 혁명투쟁에 투신했다. '9・18'과 '1・28'사변 이후 좌익작가들은 「상해문화계에서 세계에 알리는 글」을 발표했고 '중국저작가항일회'를 성립하

26) 馬良春・張大明 編, 『30年代左翼文藝資料選編』, 四川人民出版社, 1980, p.50.

여 열정적으로 항일반장의 각항 선전활동에 동참하여 효과적으로 혁명투쟁을 추진했다. 뿐만 아니라 '좌련'은 또 작가들에게 창작에서 혁명현실을 위해 작품을 창출할 것을 호소하였고 일부 간행물에 소비에트지역의 혁명과 반'토벌'투쟁 승리 소식을 싣는 한편 혁명가와 문예창작자의 이중적인 신분을 감당하면서 펜을 기치로 삼았다. '좌련'이 성립된지 8일만에 장광자는 장편소설『포효하는 토지』를 ≪탁황자≫에 연재하였다. 이 작품은 호남농민혁명운동을 중심 사건으로 농민들이 여러 층의 중압 속에서 끝내 각성하고 무장투쟁의 길로 나서서 최종적으로 '금강산'(井崗山)에 도착하는 과정을 그렸다. 1931년 9월 정령은 단편소설「수」를 '좌련'의 기관지 ≪북두≫ 창간호에 발표하였다. 이 작품은 1930년과 1931년 특대 수재를 배경으로 농민들이 압박에서 집단반항의 비장한 노정에 오르는 과정을 묘사했는데 좌익문단의 우수한 작품으로 공인되었다.

이 시기 국내의 혁명투쟁 형세의 준엄함과 문예공작이 발휘한 거대한 영향력으로 인해 '좌련'은 성립된 후 국민당반동파의 잔혹한 탄압을 받게 되었다. 체포되어 살해되거나 감옥에 갇힌 각지의 작가와 문예청년들이 부지기수였고 루쉰 역시 장기간 반동정부의 지명수배, 심지어는 국민당특무들의 암살대상이 되어 도처에 피난하고 있는 상황이었다. 그 밖에 국민당반동파는 또 신문출판사업을 엄격히 통제하고 간행물에 대한 조사, 정간 등의 조치와 진보문예단체를 폐쇄하는 조치로써 진보적인 혁명사상의 전파를 압살했다. 이러한 간거하고 험악한 환경 속에서 '좌련'은 여전히 무산계급 혁명문학의 기치를 높이 추켜들고 완강하게 여러 가지 활동을 전개했고 탁월한 성취를 이룩했다. 이에 대해 루쉰은 "무산계급 혁명문학과 혁명적인 노고대중들은 똑같은 압박, 똑같은 학살을 당하고 있었지만 똑같이 전투하고 똑같은 운명을 같이 했는데 이 것이 바로 혁명적 노고대중의 문학이다."27)라고 했다.

3. 이색분자와의 전투

중국 좌익문학사조의 발전과정에서 구호의 창도, 조직의 건설, 여러 가지 이색적인 사상과의 논쟁은 모두 중요한 구성부분이었다. '혁명문학'은 그 초기에 루쉰, 모순 등 '5·4'작가들과의 논쟁을 전개함과 아울러 외부의 문예사상, 즉 '신월파', '민족주의 문학파' 및 '자유인', '제3종인'과 역시 날카로운 논쟁을 전개했다.

우선, 무산계급 혁명운동과 논전을 전개한 대상은 신월파였다. 문학단체로 신월파는 1923년 초 북경에서 창건되었고 주요 성원으로는 양실추, 진원, 서지마 등이 있었다. 1928년 3월 '혁명문학'이 발발할 시점에 호적을 동사장으로 하는 신월사는 ≪신월≫ 월간잡지의 창간으로 신월파는 공식적인 출범을 했다. 서지마가 집필한 발간사 「"신월"의 태도」에서 신월사는 두 개의 문학원칙—'건강'과 '존엄'을 세우면서 '혁명문학'에 대한 비판을 시작했다. 그들은 "흉년으로서 수확에 희망을 두는 것은 헛된 일이다. 또 혼란한 세월로서 일체 가치적 기준은 모두 전도되었다.", 문화원지에는 도처에 '뒤엉킨 지엽적인 것', '마구 자란 넝쿨'뿐이고 '강직한 줄기', '우거진 푸른 그늘'을 전혀 찾아 볼 수 없으며, 문단은 완전히 일부 '공리파', '공격파', '극단파', '주의파' 등 '불량배'들뿐이었다. "기로에서 방황하는 인생의 소환"을 위해, "일체 사상과 생활

27) 魯迅, 「中國无産階級革命文學和前驅的血」, ≪前哨≫ 第1卷 第1期, 1931年 4月 25日.

을 침식하는 병균을 소멸하기 위하여" 그들은 "각성하지 않을 수도 분쟁하지 않을 수도 없이" 문학의 독립적인 가치와 건강한 발전을 수호한다고 했다. 가령 「"신월"의 태도」가 단지 문예창도의 시각에서 무산계급 혁명문학의 사상을 '혼란'시키는 '위해성'을 비판한 것이라면 양실추의 「문학과 혁명」, 「문학은 계급성이 있는가?」, 「루쉰선생의 경력을 논함」 등은 학리와 의식 형태면에서 무산계급 혁명문학의 역사적 합법성을 공격한 것이었다. 서양의 어빙 베빗의 신인문주의 사상의 깊은 영향을 받은 양실추는 인성론에서 출발하여 문학적 기능과 가치를 논하는 입장을 고수했다. 그는 "인성은 문학을 가늠하는 유일한 표준이며" "위대한 문학은 고정된 보편적인 인성에 토대하고 인성의 심처에서 흘러나오는 정감만이 좋은 문학이며, 문학이 얻기 어려운 것은 충성, 즉 삶에 대한 충성인바", 이는 시대적 조류와 무관하고 '혁명'과도 무관하며 하물며 "혁명의 시대에 모든 사람이 다 혁명의 경험을 소유했다고 보기는 어렵다(정신적이거나 정감영역에서 볼 때 생활 역시 경험이다)"는 주장을 폈다. 따라서 그는 '혁명문학'이란 개념은 성립될 수 없으며 '독립'적이고 인류의 '보편적인 인성'[28]의 묘사에 주력하는 문학가는 '혁명문학'을 창작할 필요가 없다고 주장했다.

무산계급 혁명문학에 대한 신월파의 비평을 두고 혁명문학의 창도자들은 분분이 글을 지어 엄격한 반박을 가했다. 「'건강'과 '존엄'이란 무엇인가 : '신월파의 태도'에 대한 비판」에서 팽강은 사회학적 시각에서 두 개의 신월파 문예원칙, 즉 '건강'과 '존엄'에 대한 회의를 표했다. 그는 "사상과 문예의 발생은 반드시 일정한 사회적 근거가 있는 바, 사상

28) 梁實秋, 「文學与革命」, ≪新月≫ 第1卷 第4號, 1928年 6月 10日.

과 문예는 객관의 반영이기 때문이다."라는 관점 아래 만약 "사회적 근거와 계급적 의미에서의 검토"가 없다면 "소위 건강과 존엄이란 두 개의 원칙은 그 표준이 될 수 없다."[29]고 지적했다. 이어서 풍내초는 「냉정한 두뇌 : 양실추의 ≪문학과 혁명≫을 논박함」에서 마르크스주의의 계급론에 근거를 두고 양실추의 인성론 및 문학에 계급성이 없다는 관점을 논박했다. 그는 양실추의 소위 "대다수는 문학이 없고 문학은 대다수에 속하지 않는다."는 설법 자체가 이미 "계급성이 문학을 지배하는 비밀을 밝혔다.", "그가 알고 있는 것은 단지 상류계급에게 봉사하는 것뿐이다."[30]고 했다. 하지만 당시 혁명작가들은 내부 논쟁에 다망했기에 이 논쟁은 더 깊이 진행되지 못했다.

1929년 가을 혁명문학논쟁은 이미 종말되어 혁명작가들의 단결은 점차 강화되었다. 이때 그들은 진정한 적을 주목하지 못했던 허점을 발견하고 신월파에 대해 재차 반격을 가하게 되었다. 그해 9월 양실추는 연이어 「문학은 계급성이 있는가?」, 「루쉰선생의 경역을 논함」 등의 글을 발표하여 인성론적인 자유주의 문예관을 선양했다. 이 글들에서 양실추는 마르크스주의 문예이론을 공격하고 "공산당원이 이 이론을 공식처럼 문예영역에 억지로 적용하는 것"에 반대하면서 "근래 소위 무산계급 문학운동"은 "이론적으로 아직 성립될 수 없으며 실제에서도 성공을 이룩하지 못했다."[31]고 판단했다.

양실추의 인성론에 대한 풍내초 등의 전면적인 반격에서 양실추를

29) 彭康, 「什么是"健康"与"尊嚴" : "新月的態度"底批評」, ≪創造月刊≫ 第1卷 第12期, 1928年 7月 10日.

30) 馮乃超, 「冷靜的頭腦 : 評駁梁實秋的"文學与革命"」, ≪創造月刊≫ 第2卷 第1期, 1928年 8月 10日.

31) 梁秋實, 「文學是有階級性嗎?」, ≪新月≫, 第2卷 6, 7號 合本, 1929年 9月 10日.

'자본가의 주구'라고 지적한 것 외에도 루쉰 역시 이 논쟁에 직접 참여하여 선후로 「신월사비평가의 임무」, 「'경력'과 '문학의 계급성'」 등의 글을 발표했다. 루쉰은 원숙한 논리추리의 방법으로 양실추 문학의 무계급적인 관점을 일일이 논박했다. 우선 루쉰은 문학과 인성의 관계에 입각하여 문학에서 유계급성의 필연적인 법칙을 해명하면서 통속적이고 설득력 강한 사례를 들어 계급사회에서 인성의 기본적인 법칙을 보여주었는데, 환언한다면 인간은 소속된 사회계층을 떠나 공공연하게 '인성'을 담론할 수 없다는 이치로 '인성'의 계급성을 부인했다. 다음, 루쉰은 학리적인 시각에서 무산계급 혁명문예 선전의 의의 및 이미 취득한 성취를 총화한 기초에서 무산계급문학과 자산계급문학의 본질적인 구별과 발전추세를 논증하면서 양실추의 인성론에 내재한 위험성과 엄중성을 지적했다. 이어서 양측은 또 계급입장 문제를 두고 첨예한 논쟁을 벌였는데 양실추가 자기는 그 누구의 주구가 아니지만 혁명작가들은 모두 공산당이라는 암시적인 지적에 대해 논리적으로 양실추의 '집조차 잃어버린' '자본가의 주구'[32]의 진모를 밝혔다. 이러한 논술은 당시 반동문인들의 추악한 언행에 대한 유력한 반격이었을 뿐만 아니라 효과적으로 혁명문예의 문화진영을 확대했고 중국 좌익문학사조의 발전과 심도 있는 전개를 추진했다.

혁명작가와 신월파의 투쟁은 '5 · 4'신문화대오의 분화 이래 문예전선에서 무산계급과 자산계급 문예관의 첫 번째 격렬한 논쟁으로 20세기 중국문학사에서 두 갈래의 노선투쟁에서 새로운 단계를 시작했다. 혁명작가들은 무산계급 혁명문학의 깃발을 높이 추켜들고 중국 현대의 해방

32) 魯迅, 「"喪家的""資本家的乏走狗"」, ≪萌芽月刊≫ 第1卷 第5期, 1930年 5月 1日.

사업을 추진하는 동시에 신월파는 지속적으로 인성론, 문학무계급성의 문예관을 주장했다. 비록 문학 자체의 특질에 관한 논술에서 그들은 정치한 견해가 없는 것은 아니지만 무산계급 혁명문학 또한 미숙한 부분을 노정하고 있었다. 그럼에도 불구하고 신월파가 시대와 역사적 배경을 떠나 창도했던 소위 '가장 기본적인 인성', 무산자가 "오직 신고하고 성실하게 일생동안 노력한다면 필경 상당한 자산을 얻을 수 있다. 이것이야말로 정당한 생활투쟁의 수단"[33)]이라는 관점은 필요한 과학성과 합리성을 결여하고 있는 것이다. 당시 신월파는 논쟁 가운데서 농후한 귀족혈통론 의식을 풍기면서 "훌륭한 작품은 영원히 소수인의 전리품으로 대다수는 영원히 아둔하며 문학과 인연이 없다."[34)]고 했는데, 그 치명적인 약점과 오류는 자명했다. 후기에 중국 현대혁명 형세의 신속한 발전에 따라 신월파 내부에서도 날로 분화가 생겨 일부는 점차 반동정권에로 귀화되었고 일부는 점차 인민민주사업에로 전향하였다.

신월파 이후 무산계급 혁명문학에 도전한 것은 '민족주의 문예운동'이다. 민족주의 문예사조는 1930년에 나타났는데 남경 국민정부 성립이래 '당치문화'를 실시하면서 무산계급혁명과 문학운동을 제어하는 중요한 수단이었다. 당시 농공홍군은 강서, 호남, 호북 등지에서 연속 중대한 승리를 취득했다. 이에 장개석은 서북군 및 광서의 군벌과의 아귀다툼과 함께 홍군에 대한 '토벌'준비를 시작했다. '민족주의 문예운동'은 바로 곧 막을 올리게 될 군사'토벌'에 발맞춘 문화'토벌'이었던 것이다. 민족주의문예파의 주요 성원들은 부언장(傅彦長), 주응붕(朱應鵬), 황진하(黃震遐), 범쟁파(范爭波) 등이었다. 1930년 10월 10일, 거액의 상금을 들

33) 梁秋實, 「文學是有階級性嗎?」, ≪新月≫, 第2卷 第6,7號 合本, 1929年 9月 10日.
34) Loc. cit.

여 기초한 「민족주의문예운동선언」(이하 「선언」으로 약칭함)이 ≪전봉월간(前鋒月刊)≫에 발표되었다. 「선언」은 첫 시작에 중국문예가 엄중한 위기에 봉착했다고 부르짖으며 "중국의 문예계는 근래에 기형적이고 병태적인 발전과정에 빠져들고 있으며", 이러한 국면은 "좌익으로 자명하는 소위 무산계급의 문예운동"에게 상당한 책임이 있는 것이라고 했다. 그들은 이러한 국면을 타개하는 유일한 출로는 "신문예 발전과정의 중심의식을 형성하고", "소속된 민족정신과 의식을 발휘하여" '신문예'와 새로운 '민족국가'의 발전을 추진해야 한다고 했다. 다음, 소위 "문예의 최고 의의, 즉 민족주의"[35]적 관점을 수호하기 위하여 「선언」은 고대 이집트의 스핑크스에서 현대 유럽의 표현주의 등 예술파를 사례로 무릇 예술은 모두 소속된 민족의식의 필연적인 산물이라는 점을 논증했다. 이어서 부언장은 「민족의식을 중심으로 하는 문예운동」을 발표하여 문예건설에서 '민족의식'의 중요성을 고취하면서 "문예작품은 집단 속의 생활의 표현이어야지 절대로 개인이 홀로 복을 누리는 단독적인 행동이 되어서는 안 된다."[36]고 주장했다.

민족주의 문예파가 실제로 선양하고 있는 '민족주의', '중심의식'은 겉보기에는 적확한 것 같지만 그 실제는 마르크스주의의 계급론 사상을 부정하고 문예의 계급성 문제를 회피함으로써 민족의 내부모순과 계급적 충돌을 희석화하고 무산계급 혁명문예를 배척하고 제어하는 데에 그 목적이 있었다. 이에 대해 '좌련' 이론계는 명석한 인식을 가지고 그들의 반동적인 진모를 고발하기 위하여 구추백, 모순, 루쉰 등이 선후하여 투쟁에 참여했다. 구추백이 「도부(屠夫)문학」에서 민족주의 문예의 정치

35) 「民族主義文藝運動宣言」, ≪前鋒月刊≫ 第1卷 第1期, 1930年 10月 10日.
36) 傅彦長, 「以民族意識爲中心的文藝運動」, ≪前鋒月刊≫ 第1卷 第2期, 1930年 11月 10日.

적 입장을 고발한 후, 모순은 「'민족주의 문예'의 현황」에서 문예이론에 입각하여 「선언」에서 열거한 중외 예술파의 계급성을 일일이 해부하면서 민족주의 문예파가 소위 선양하고자 하는 '민족의식'은 사실 통치계급의 의식이며 그 실질은 "관영적, 국민당의 백색 문예정책"37)이라고 밝혔다. 루쉰은 무산계급 혁명문학에 대한 민족주의 문예파의 조소를 두고 '염풍군사토벌 참여에 대한 실제묘사'라고 자칭한 소설 황진하의 「농해전선」 중의 묘사를 실례로 "중국의 '민족주의 문학'은 근본적으로 외국의 주인 나으리와 호흡을 같이하는" 주구적인 노예성을 띤다고 지적했다. 무산계급혁명 형세가 날로 고양됨에 따라 국민당반동파의 정치적 파시스트 행위에 발맞추어 문예영역에서 무산계급 혁명문학 운동을 말살하려고 덤비던 '민족주의 문예운동'은 1931년 전사회의 성토 속에서 사라지고 말았다.

자유주의 문예관과의 논쟁은 중국 좌익문예사조의 중요한 구성부분이었다. 신월파는 '자유인', '제3종인'과 함께 모두 자유주의 문예사상을 선전하고 있었지만 무산계급 혁명문학과 이 양자와의 논쟁은 다른 것이었다. 신월파와의 논쟁은 주로 문학의 계급론과 인성론문제에서의 분기이었고 '자유인', '제3종인'과의 논쟁은 문예의 창작자유를 둘러싸고 전개되었다. 동시에 좌익문단은 신월파를 혁명문예가 갓 시작할 때 공개적으로 나타난 적으로 상대했고, '자유인', '제3종인'은 은폐한 위험성이 보다 큰 적으로 간주했다. 이번 논쟁은 1931년 말에 시작되어 1932년 말까지 장장 1년에 걸쳐 진행되었는데 '좌련'시기 규모가 가장 크고 시일이 가장 오래 걸린 문예논쟁이었다.

---

37) 田萌(茅盾), 「"民族主義文藝"的 現行」, ≪前哨≫(≪文學導報≫)第1卷 第4期, 1931年 9月 1日.

호추원(胡秋原)이 '마르크스주의문예이론의 옹호'와 '전행촌이론에 대한 청산'이란 이름으로 먼저 이 논쟁을 불러일으켰다. 1931년 말 호추원은 자신이 관여하던 ≪문화평론≫에 「진리의 격문」을 발표하여 현재 문예의 혼란한 국면에서 모든 가치에 대해 새로운 평가가 필요하다고 했으며, '자유인'이란 필명으로 「아구(阿狗)문예론」[38]을 발표하여 '민족주의 문예'를 '파시스트 문예'라고 매도함과 아울러 무산계급 혁명문학은 "모든 예술을 일종의 정치적 유성기로 타락시켰는데 그것은 예술에 대한 배신"이라고 했으며, 곧 이어 「문예를 침략하지 말라」[39]에서 예술은 단지 생활을 반영할 뿐이지 생활에 대한 아무런 역할도 할 수 없으며 '예술은 선전이 아니다'는 전제 아래 정치적 주장으로 예술을 파괴하는 것은 짜증나는 일이며, '일종의 모 문학이 문단을 주재하는 것'에 반대한다는 주장을 펼치면서 그 예봉을 직접 무산계급 혁명문학에 겨누었다. 얼마 후 소문(蘇汶)은 호추원과 좌익인사들의 "마르크스주의 문예이론"의 일단에 대한 논쟁에 대해 「'제3인종인'의 출로」,[40] 「문학상의 간섭주의를 논함」[41] 등의 글을 발표함으로써 논쟁에 참여하여 문학은 정치를 이탈하여 자유로워야 하며, 그렇지 않고 문학에 대한 정치적 '간섭'을 방임한다면 문학의 순진함과 소박함을 잃게 된다고 주장했다.

무산계급 혁명문학의 성질과 관련된 문예이기에 '좌련'작가들은 분분이 글을 발표하여 상대의 관점을 반격했다. 1932년 구추백은 「'자유인'의 문화운동」, 「문예의 자유와 문학가의 부자유」[42]를 발표하여 호추원

38) 胡秋原, 「阿狗文藝論」, ≪文化評論≫ 創刊號, 1931年 12月 15日.
39) 胡秋原, 「勿侵略文藝」, ≪文化評論≫ 第4期, 1932年 4月 20日.
40) 蘇汶, 「"第三种人"的 出路」, ≪現代≫ 第1卷 第3期, 1932年 7月.
41) 蘇汶, 「論文學上的干涉主義」, ≪現代≫ 第2卷 第1期, 1932年 11月, 1日.
42) 易嘉(瞿秋白), 「文藝的自由和文學家的不自由」, ≪現代≫ 第1卷 第6期, 1932年 10月.

과 소문의 자유주의 문예관을 논박했다. 그는 호추원의 이론을 '허위적인 객관주의'라고 하면서, 오직 무산계급만이 '진정으로 과학적인 문예이론'을 확립할 수 있고 혁명투쟁은 문예의 도움이 필요하며 '단지 죽도록 문학에만 집착'하는 사람은 도리어 "객관적으로 '어떤 정치적 목적'을 갖고 있다"고 소문을 논박했다. 주양 또한 「도대체 누가 진리를 마다하고, 문예를 마다하고 있는가?」[43]를 발표하여 마르크스주의자로 자칭하면서 마르크스주의를 악독하게 왜곡하는 소문에 대해 그 진정한 의도는 "의식형태 영역에서 무산계급의 무장을 제거하기 위함"이라고 논박했다.

루쉰은 직접 풍문을 겨눈 「'제3종인'을 논함」에서 '제3종인'이 소위 두려워한다는 '미래의 공포'는 사실 '주관이 만들어 낸 환영'이라고 했으며, 「'제3종인' 재론」에서는 인체의 비만과 왜소를 비유로 현실의 혁명투쟁 속에서 문예계에는 '비대하지도 않고 여위지도 않는' '제3종인'이 존재할 수 없다고 했다.[44]

논쟁 관련문제에 대한 양측의 논술이 점차 심도 있게 진행됨에 따라 좌익인사들과 소문 등 '제3종인'들과의 논쟁은 점차 완화되었다. 좌익문단에서는 자신들의 문예노선 및 그 실시방침을 진지하게 총화한 후 소문과 '제3종인'문예관에 대한 태도에 점차 일정한 변화를 보이면서 자체의 무산계급 혁명문학의 이론에 대한 인식을 제고했다. 가령 풍설봉은 소문을 계속 적으로 상대하지 않았으며 주양 역시 예전의 비평적 풍격을 고쳐 소문의 문예자유의 관점에 대해 예전처럼 매도만 일삼지 않

43) 周起應(周揚), 「到底是誰不要眞理,不要文藝?」, ≪現代≫ 第1卷 第6期, 1932年 10月.
44) 魯迅, 「論"第三种人"」, ≪現代≫ 第2卷 第17], 1932年 11月 1日 ; 「又論"第三种人"」, ≪文學≫ 第1卷 第1號, 1933年 7月.

고 내심한 분석과 자세한 해석으로 대체했다. 소문 또한 이러한 논쟁의 결과에 만족의 뜻을 밝혔다. 이 논쟁의 의의는 소문이 지적한 바와 같이 양측의 관점에는 "여러 가지 중요하고 소중하며 또한 양측에 모두 유리한 결론을 찾아볼 수 있으며 이러한 결론이 바로 이번 논쟁의 가장 실제적인 의미의 소재이다."45)

신월파, '민족주의 문예운동'과의 투쟁 및 '자유인', '제3종인'과의 논쟁 외에도 좌익문단은 또 "논어파"의 방한(幇閑)문학과 논쟁을 거쳤다. 문예가 과연 혁명과 정치를 위해 봉사해야 하는가 하는 것이 시종 논쟁의 초점이었다. 이러한 의미에서 이번 논쟁은 사실 무산계급과 자산계급이 문예운동의 영도권을 둘러싸고 진행된 투쟁이며 중국 문예운동 발전의 방향과 관계되는 문제였다. 여러 차례의 문예논쟁을 거쳐 좌익문단은 각계 문예인사들의 이색적인 견해들에 대한 유력한 반격을 가함과 동시에 상당한 정도에서 자체의 혁명 이론적 수양을 제고하고 강화함으로써 20세기 중국 좌익문학사조의 발전을 위해 튼튼한 사상적 토대를 마련했다.

제3절 혁명적 유토피아 : 좌익문학사조의 상상방식

혁명은 인류가 도피할 수 없는 운명이다. 20세기 중국역사에서 혁명은 현대화 과정을 관통한 주제였으며 역사진화론을 합법적인 토대로 중국 좌익문학사조의 전진과 발전을 적극 추진했다. 의식 형태적 색채를

---

45) 蘇汶, 「"第三种人"的 出路」, ≪現代≫, 第1卷 第3期, 1932年 7月.

농후하게 띠고 있었기에 좌익문예작가의 혁명의 전개는 대개 열렬하고도 고양된 유토피아적인 상상으로 충만되었다. 유토피아의 적극적인 의미는 그것이 현존하는 질서에 대해 맹렬한 비판과 전복가능의 거대한 기능을 발휘할 수 있다는 데 있다. 이러한 의미에서 혁명은 최대한으로 낡은 중국을 개조하고 새로운 세계를 확립하는 유토피아적 사회주의 이상에 부합되며 중국 좌익문학사조의 가장 중요한 추동력의 소재였다.

1. 낭만 : 좌익혁명 유토피아적 광상곡

중국에서 '혁명'이란 낱말은 오래된 옛말이다. 『역경』에서 처음 사용된 이 낱말은 무력으로 전 왕조를 뒤엎는다는 의미였는데 그 중에는 옛 황족에 대한 살해라는 기본적인 뜻이 들어 있다. 말하자면 이는 중국 역대 왕조교체의 사상적 초석이었으며 현대 중국의 혁명의식 형태 형성의 중요한 구성부분이기도 하다. 근대 이래 '혁명'은 각기 다른 역사적 단계에 다양한 의미를 지니게 되었다. 신해혁명 10년 후에 중국에서 또 한 차례 영향력 있는 거대한 역사적 혁명운동이 막을 올렸는데, 그것은 바로 공산당원들이 반동정권을 뒤엎고 무산계급 독재를 건립하려는 사회주의 혁명이었다. 좌익문학은 바로 이 위대한 혁명을 수반하여 발생, 발전하고 흥기했다. 이는 의식형태와 구체적인 실천투쟁의 수요에 근거한 상상과 서술에 부합되는 문학사조였다. 이리하여 '혁명'은 역사적 진화관과 담론방식으로 20세기 중국문학의 서사공간에 유입되었으며 "혁명은 폭동이고 한 계급이 다른 한 계급을 뒤엎는 격렬한 행동"이 되었으며 "폭력으로 폭력을 제어"하는 의식형태의 강렬한 세력을 의미하고 좌익소설은 격정이 넘치는 유토피아적인 혁명적 낭만주의 서사를 시작했다.

1923년부터 1928년 혁명문학의 준비단계에서 발발에 이르기까지, 그리고 1930년 '좌련'의 성립 및 발전과 전반 현대시기 좌익사조의 발전과정에서 낭만주의는 끊임없이 당시 사람들의 공격과 비판을 받았다. 20년대 '문화비판' 운동에서 소초녀(蕭楚女)는 「시인의 방식과 방정식의 생활」에서 창작심리의 시각에서 낭만주의를 "'미치광이'의 동의어"[46]라고 했으며, 곽말약은 「혁명과 문학」에서 유럽문예사조의 발전추세를 사례로 "낭만주의 문학은 이미 반혁명적 문학으로 전락되었다."[47]고 했으며 심지어 1931년 11월 '좌련'에서 통과한 「중국무산계급 혁명문학의 새로운 임무」에서는 국제혁명작가연맹에서 제출한 '유물변증법적 창작방법'의 호소에 호응하기 위하여 구추백을 비롯한 혁명이론가들은 특히 "관념론과 낭만주의와 투쟁해야 한다."고 하면서 낭만주의는 신흥문학에서 반드시 숙청해야 할 '장애'[48]라고 했다. 사실 당시 비평가들이 이토록 낭만주의를 강도 높게 비판한 것은 이 문예창작의 주지 및 풍격을 겨눈 것이 아니라 '문호의 편견'에서 나온 외래문예사상의 영향을 과녁으로 삼은 것이다. 낭만주의를 극력 부정하는 동시에 풍내초 등 비평가들은 문학의 역량과 역할을 과대, 신성화하기도 했는데 그 실제는 낭만주의와 전혀 다른 점이 없었다. 이리하여 좌익문학 서사에서 낭만주의는 착잡하게 뒤엉킨 복잡한 형태를 보였는데, 고전적인 낭만주의에서 선양하는 '자유', '개인주의' 등 기본적인 내포를 멀리 떠나 도리어 '현실과 군중 속으로 회귀'[49]함을 창도하였다. 이는 니콜라이 베르쟈예프

46) 蕭楚女, 「詩人的方式与方程式的生活」, ≪中國青年≫, 1924年 第10期.
47) 郭沫若, 「革命与文學」, 『"文學革命"論証資料選編』, 上冊, 人民文學出版社, 1981, p.10.
48) 「中國无產階級革命文學的新任務」, 『文學運動史料選』 第2冊, 上海教育出版社, 1979, p.234.
49) [俄], 尼古拉・別爾嘉耶夫, 「進步說和歷史的終結」, 『歷史的意義』, 張雅平 譯, 學林出版社,

가 말하는 '인간 천당의 유토피아'를 조성하기 위함이며, 이 '인간 천당의 유토피아'의 위대한 점은 "개인주의를 중심으로 한 사회제도를 타파하고 비교적 광명하고 평등하며 집체를 중심으로 하는 사회제도를 창조하는 것"50)이다.

좌익작가들은 '혁명'을 중국을 구출하고 민중을 해방하는 유일한 도경으로 간주하면서 열렬하고 왕성한 격정으로 전심전력 소설 창작에 투신하여 진심과 절박한 심정이 어린 기대감을 갖고 중국 사회혁명의 새로운 한 페이지를 써내려고 했다. 혁명적 유토피아의 '낭만'이 가장 농후하게 응결된 것은 '동아혁명의 가수'로 자임하는 장광자일 것이다. 장광자는 시인의 낭만적인 경적으로 혁명과 문학창작에 임했는데 자신의 무딘 필을 무기로 삼아 습작과정에서 열광에 가까운 정서의 지배와 "열정의 고무 아래 자기가 소설을 쓰고 있다는 것을 거의 망각할 정도였다."51) 마찬가지로 엽자 또한 '대혁명'의 실패, 집안 식구들의 피살 등 아픔을 지니고 있었기에 "분노의 화염은 이미 영혼을 전부 불살라버렸다."는 상태에서 종종 작품 속에 들끓는 혁명의 열정을 표현하는 데 급급한 나머지 언어와 문체 등 예술문제를 고려할 여유가 없이 "직접 작품 속에 들어가서 상대와 싸우려는"52) 상황이었다. 하지만 절박한 혁명적 공리성에 성급한 결과 작가들은 종종 정치적 개념과 문학창작기법 사이의 연계를 무시하고 '낭만'을 혁명의 본질적인 정신으로 간주했다. 따라서 기세 드높은 거대한 역량은 문학창작을 추동하는 중요한 내적 동력이 되었는데 "오직 혁명만이 작가에게 창조의 활동이 될 수 있고

2002, pp.154~155.

50) 蔣光慈, 「關于革命文學」, 『蔣光慈文集』 第4卷, 上海文藝出版社, 1988, p.171.
51) 蔣光慈, 「"短袴党"自序」, 『蔣光慈文集』 第1卷, 上海文藝出版社, 1983, p.213.
52) 叶紫, 「"丰收"自序」, 胡從經 編, 『叶紫文集』 下冊, 湖南人民出版社, 1983, p.542.

오직 시대만이 작가에게 흥미로운 소재를 제공할 수 있었다. 만약 혁명을 떠나 시대와 무관하게 된다면 좋은 작품을 창조할 수 없다."[53]는 상황이 연출되었다.

하지만 시대는 시인의 상상처럼 문학을 위한 충분한 자양을 공급할 수 없었다. 오히려 20년대 말 30년대 초 중국에는 도처에서 피비린내 나는 상황이 벌어졌는데 일당독재의 지위를 확보하기 위해 국민당은 공산당원 및 동정파들을 대거 학살하고 있었다. 이러한 국면도 혁명을 지향하는 사람들의 열정을 억누르지 못했고 오히려 어떠한 의미에서는 지식인들의 보다 강력한 반항의 투지를 격발시켰다. 혁명의 소망이 좌절된 후 번민, 억압된 정서를 터뜨리고 후계자들의 전진의 발걸음을 격려하기 위해 좌익작가들은 분분이 자신의 창작행위로써 혁명적 이상주의의 낭만적 상상을 전개했다. 20~30년대 중국에서 '혁명'은 구체적이고도 진실한 사회사건이었다. 그 열렬한 의미는 좌익작가들로 하여금 사후에 그것에 관한 역사를 진술할 때 필연코 텍스트에 자각적으로 의식형태의 이념을 용해시키도록 했다.

텍스트의 구조형태에서 좌익소설은 우선 혁명사건의 재진술에서 계시록식의 역사 서사관으로 유토피아적인 낭만의 상상을 전개했다. 이러한 유토피아적 색채는 낭만주의의 양식에 정치사건을 가미하는 형식의 이야기로서 역사에 대한 일종의 수식적 상상 속에서 완성되었다.[54] 당시 중국의 혁명은 외래 제국주의와 군벌혼전 등 여러 방면의 압박 속에 처해 있고 일정한 좌절을 면키 어려웠다. 하지만 혁명의 의의를 현재보다

53) 方維保,『紅色意義的生成-20世紀左翼文學研究』, 安徽教育出版社, 2004, p.96.
54) 符杰祥,「悖謬的和諧:論左翼浪漫主義文學文本的双重性征」,≪山東師范大學學報≫, 2002年第6期, pp.51~54.

는 과거와 미래의 지향에 두고 있는 좌익작가들은 혁명 영웅주의의 신성한 신념으로 소설적 서사 속에서 관련된 역사적 사건의 '광명'한 형세에 대한 열렬한 상상을 전개했다. 장광자의 소설 「단고당(短袴黨)」은 1927년 상해 노동자들의 제3차 무장봉기 이후 10여일 만에 써낸 것인데 중국공산당 영도 하에 노동자무장봉기가 패배를 거쳐 승리에로 나아가는 장려한 장면을 보여 주었다. 구체적인 과정과 유혈, 상망을 의도적으로 은닉하고 결말에서 한 폭의 아름답고 온화한 인간의 미래를 그려냈다. 또 다른 작가 정령은 구추백의 사랑이야기를 소재로 한 「위호(韋護)」에서 주인공으로 하여금 애인을 잃어버린 후에도 분발하여 훌륭하게 사업의 성취를 이룩하겠다는 숭고한 신념으로 자신을 격려함으로써 소설의 결말에 '광명에로 나아가는 단서'를 마련했다.

텍스트의 서사적 전개과정에서 좌익작가들은 '결정론적 역사'의 서사관으로 '혁명'에 "계열구조 전반에서 결정적 요소로서의 역할"을 부여함으로써 혁명이 스토리구조에서 '해석적 역량'이란 자격을 획득하게 했다. 개인적인 기질에서 말한다면 혁명가는 조직자와 영도자로서 종종 카리스마적인 정신적 의의가 부여되었다. 그리하여 작품에서 남성혁명가들은 대개 성숙되고, 견정하며 자신감 넘치는 정신적 의미가 부여되어 때로는 심지어 직접 수사학적인 방법으로 주인공을 명명하여 개인적 기질을 선양하기도 했다. 한편 혁명의 과정은 작가에게 있어서 위험과 살육과 훼멸로 충일된 것도 아니고 "한 계급이 다른 계급을 뒤엎는 격렬한 행동"도 아니라 대담하고 자극적인 탐험으로써 시적 상상력이 넘치는 낭만적인 여행이라는 느낌을 준다. 심지어 사랑이라는 낭만적 요소를 함께 융합하는 서사적 기법이 좌익소설에서 대거 유행했는데 사실풍격과 창작 기교면에서 원숙함을 보였던 모순조차 혁명적 낭만의 상상과 이상주의의 격정이 넘치는 텍스트를 산출했다. 가령 「환멸(幻滅)」에서는 혁명적 낭만주의의 정감으로 남성매력을 발산하는 생리적 결합을 효과적으로 메우는 장면이 보인다.

좌익소설은 '혁명'이 민중에게 복된 생활을 만들어주고 '인간 천당의 유토피아'를 건설한다는 신화적이고 환상적인 색채를 가미했다. 하지만 역사적으로 본다면 구추백, 장광자 등의 후기 인생의 운명만으로도 그 혁명적 유토피아의 허실이 증명된다. 하지만 20세기 초 강유위, 양계초 등의 지면에 그친 유토피아적 상상과는 달리 좌익소설의 혁명적 유토피아적 상상력은 시간의 흐름에 따라 소실되지 않고 오히려 끊임없이 장성하여 최종에는 주류를 이룬 문학 서사양식이 되었고 당대의 문학에까지 깊은 영향을 미치게 되었다. 환언한다면 문학의 서사가 인간에게 큰 의미가 없는 정신적인 위안거리가 아니라 역사를 개변하거나 창조하는 위대한 기능을 소유하게 될 경우 우리는 단순하게 예술의 기능에 주목하여 그것을 부정하거나 간과하지 말아야 한다는 것이다. 오히려 유토피아 형태가 실천과정에서 가지는 의미에 주목할 필요가 있다. 유토피아의 핵심은 인간을 비자주적인 상태에서 해방시켜 인간의 존엄과 자유, 평등에 걸맞은 생존상황을 획득하도록 하려는 데 있다. 좌익소설에서 유토피아 서사는 바로 최대한 피압박계급 내심의 정치적 기대와 생활의 의지를 만족시키고 석방시키는 것이다. 또한 그것이 철저하게 '5·4'시기 소설의 개인적 정감생활의 시야에서 탈출하여 열광적이고 돌진적인 방식으로 강렬한 진동과 충격력을 갖고 비록 조야하고 간소할지라도 생명의 활력이 충만한 현대소설의 심미적 공간을 개척하고 확대하도록 하려는 것이었다. 이러한 의미에서 좌익소설은 중국 현대문학사에서 가장 다층적인 의미를 지닌 유토피아적 서사형태였다.

2. 혁명적 담론 속의 농민과 여성

좌익이론계는 적극적으로 문예논쟁, 문예대중화 등의 형식으로 기존 질서에 대한 비판에 참여하는 동시에 일련의 형상을 부각하여 혁명의식 형태를 전파하고자 했다. 오랜 세월에 걸쳐 억압과 수모를 당해온 중국 농민은 지식인에게는 결여되어 있는 활력과 격정을 소유하고 있었다. 좌익소설에서 농민은 경험 또는 현실과 무관하지만 오히려 혁명의식 형태를 부각하고 지탱하는 빛나는 형상이었다. 중국 무산계급 혁명대오에서 '가장 광대하고 가장 견결한 동맹군',[55] 중국 역사의 개조에 참여한 주력군으로서 농민들은 과거 향토소설에서 부각된 사상해부와 정신적인 치료를 거쳐야 하는 대상의 처지에서 벗어나 서술자가 계급투쟁의식과 반항정신을 선양하는 중요한 대상으로 다시 태어났으며 종래로 없었던 비개인적이고 용감하며 감동적인 일면을 보였다.

혁명문예가 창도하는 집단주의 정신을 적극적으로 선전하기 위하여 농민의 집단폭동은 작가들이 혁명적 유토피아 사상을 전개하는 우선적인 주제가 되었다. 이 제재의 소설 가운데 농민의 형상은 대개 군상의 형식으로 부각되었다. 중국사회의 가장 하층에서 생활하고 있는 농민들은 빈번한 전란, 자연재해 그리고 지주계급의 잔혹한 착취 때문에 생존의 변두리로 몰려갔다. 기아와 빈궁이 조성한 비참한 처지는 농민들이 '폭력으로 항거'하는 반항의 길로 나서는 직접적인 원동력이었다. 1931년에 발표한 정령의 「물」은 '집단적 행동전개'를 참신한 주제형식으로 삼아 '농공노고대중의 역량'을 표현한 '새로운 소설'[56]이었다. 여기에서

---

55) 毛澤東, 「在延安文藝座談會上的講話」, 『毛澤東選集』 第3卷, 人民出版社, 1991, p.855.

56) 馮雪峰, 「關于新的小說的誕生－評丁玲的"水"」, 吳福輝 編, 『20世紀中國小說理論資料』 第3卷, 北京大學出版社, 1997, pp.169～170.

'물'의 이미지는 풍부한 상징적 의미가 들어 있다. 물이 회합될 경우는 홍수—사람들을 패가망신으로 몰아가는 재난이 되는 한편 기아에 몰린 농민들의 궐기를 초래하여 집단의 힘으로 대중을 인도하기도 한다.57) 정령의 작품에서 '물'은 또 다른 의미, 즉 민중의 집단적 의식을 상징하기도 했다. 서술자는 수사학적 방법으로 인간들이 잠시 기아와 빈곤과 집을 잃어버리는 등 비참한 처지를 잊게 하는 한편 그들이 힘을 합쳐 낡은 세계를 부수고 '무한한 광명'의 세계로 나아가는 장려한 화폭을 보여주었다.

혁명은 인간을 심각하게 억압하고 있는 낡은 체제의 법률, 사회규범, 일상행위 및 이 때문에 형성된 가치관을 뒤엎어야 했다. 따라서 군체의 '격렬한 행동'으로 현존하는 질서를 뒤엎는 거대한 에너지를 보여주어야 했고 혁명 또한 개체적 농민형상을 부각하여 신생역량의 궐기를 표현해야 했다. 성숙한 정치혁명은 견고한 사회적 토대를 보유해야 할뿐더러 상당한 계급역량에 의탁해야 하며 통일된 정치와 경제적 요구가 있어야 하며 개인 또는 소속계급의 협애한 이익을 초월해야 한다. 하지만 중국 무산계급의 역량이 빈약하던 유년시기에 좌익지식인들은 혁명의 과학성과 합리성 문제를 고려할 여유가 없었다. 그들은 현존하는 질서를 뒤엎으려는 혁명적 충동과 팽배한 정치적 격정에 의지하여 농민의 서사를 전개하였고 민중들로 하여금 '조폭한 외침'에 따라 '민중반란'을 일거에 성공시키는 직선식의 과정으로 묘사했다. 이러한 부류의 작품에 맹초의 「염무국장(鹽務局長)」, 엽자의 「화(火)」, 오조상의 「일천팔백단(一千八百担)」이 있다. 따라서 농민의 개체 형상은 대개 '무명'한 모호 상태였고

57) [美], 安敏成, 「超現實主義:大衆的崛起」, 『現實主義的限制 : 革命時代的中國小說』, 姜濤 譯, 江蘇人民出版社, 2001, p.190.

심지어 때로는 개체에 오랫동안 침적된 낙후한 의식을 제거하기도 전에 이미 신화처럼 급진적인 혁명가로 태어나게 했다. 사실 인성의 전변은 일조일석에 완성할 수 있는 것이 아니라 일정한 학습, 교육과 생활 속의 연마 등 다양한 수단과 과정이 필요하다. 환언한다면 향토세계는 여전히 전통의 세계로서 그 속에서의 생활방식, 행위습관 및 정신적 신앙, 가치표준 등은 모두 예전과 별로 다름이 없었다. 광범위하고 폐쇄된 향촌에서 주도적 지위를 차지하고 있는 것은 여전히 수천 년 동안 뿌리를 내린 봉건의식 형태와 소농경제가 낳은 여러 가지 누습이었다.

혁명의 목표와 신념을 효과적으로 민중들에게 전달하기 위해 선진적인 농민개체의 성장에 관한 문학서사는 혁명적 신화를 만들어내는 첩경이 되었다. 농민 성장의 도경은 '혁명동맹군에서 공인계급이 처한 '혁명주력군'으로 승화하는 과정을 거쳤고 좌익작가들은 이를 위해 농민을 사상의 전형, 신분의 치환을 거친 후 혁명의 지도자에 이르게 하는 문학적 상상을 펼쳤다. 이러한 농민혁명가들이 '농민계급'에서 벗어나 신흥 지도자계층에 진입했을 때 그들은 혁명사상의 무장 아래 신속히 영웅적 기질을 과시했다. 장광자의 「포효하는 토지」 제1부가 바로 그 대표작이었다. 본분에 만족하여 제 분수만 지키던 소박한 농민으로부터 당차고 수완 있으며 성숙한 농회 회장에 이르기까지 인물들의 사상영역의 질적 비약은 그토록 짧은 시간 내에 완성할 수 있는 것이 아니었다. 하지만 서술자는 아무런 과정이나 장치도 없이 일개 소박한 농민을 일약 영수의 지위로 비약시키고 있다. 의식형태의 입장에서 인물에게 신성한 혁명적 이채를 부여한 것이 분명하며 한편 지식인 엘리트의식의 유토피아적 상상이 다분히 보이는 영역이었다. 마찬가지로 「8월의 향촌」에서 사령 진주 역시 신분의 치환을 거쳐 농민출신에서 일약 혁명의 영수로 비약한 인물이다. 혁명이 최고의 가치표준과 최종적인 의식형태가 되었을 때 암흑하고 더러운 세계의 멸망과 참신한 세계의 탄생을 예고할 뿐만 아니라 개체의 현실적 생명의 에너지를 표현하는 거대한 장이 되어버렸다.[58] 비록 혁명대오 속에 뛰어난 인물이 적지 않다고 할지라도 인물형상의 이러한 비약은 오히려 농민의 신분을 단지 정치적 부호로 단순 치환하는 결과를 보이는 것밖에 되지 않는다.

좌익소설의 농민서사 영역에 이러한 현상이 나타나는 것은 본질적으로 혁명 이성을 주도로 한 창작적 지향과 창작자의 순수하고 완벽한 유토피아적 이상 때문이었다. 좌익작가들은 비록 거의가 혁명의 실제경험을 소유하고 농민의 입장 또는 농민과 동등한 시각에서 서사를 전개하려고 했지만 농민과는 필경 일정한 거리가 있었으며 그 세계는 필경 다른 세계였다. 따라서 넘치는 정치적 열정과 견정한 혁명적 신념으로는 도저히 이 두 그룹의 사상적 틈바구니를 메울 수가 없었다. 따라서 선천적인 자원 결핍과 강대한 정치적 열정 및 공동인식의 작용 아래 서사텍스트에는 종종 균열이 나타나게 되었다. 좌익소설 가운데 비록 진실하고 생동하며 풍부한 개성을 지닌 농민의 형상이 전혀 없었다는 것은 아니다. 하지만 총체적으로 볼 때 농민의 형상은 종종 의식형태의 정치적 부호로 전락되어 버렸는데, 심지어 상당한 정도에서는 왜곡과 변조를 초래하기까지 했다. 그리하여 "중국의 혁명문학가와 비평가들은 늘 완벽한 혁명의 묘사와 완전한 혁명인을 요구하는데 그 의견이 아무리 높은 것이고 완벽하다고 할지라도 그들은 또한 이 때문에 종국에는 유토피아주의자로밖에 되지 않았다."[59]

58) 朱德發, 「政治理性与左翼文學」, 『20世紀中國文學理性精神』, 上海人民出版社, 2003, p.197.
59) 魯迅, 「"潰滅" 第2部1至3章譯者附記」, 『魯迅全集』 第10卷, 1981, p.336.

거대한 사상적 구상으로써 혁명은 압박 받고 있는 농민들을 위해 자신의 형상을 재구성하는 동력을 제공함과 아울러 장기간 주변상태에 처한 군체로서의 여성을 위해 많은 아름다운 꿈을 내재하고 있었다. 혁명은 당시 암흑 속에서 배회하는 현대여성을 위해 장관한 전경을 그렸다.

> 우선, 여성해방은 한 개 목표로서 혁명이상의 서사에서 중요한 자리를 차지한다. 다음, 혁명은 여성해방을 쟁취하는 도경과 방식에서 모두 비교적 명석한 기획이 있으며 여성해방에 관한 일종의 공상보다 훨씬 중요한 타당성이 있다. 마지막으로 혁명이 구현한 일종의 '군체'에 관한 윤리는 고독 속에 포위되어 있는 지식인 여성에게 강대한 흡인력이 있는 바 이는 그들로 하여금 전에 없던 진정과 격정으로 혁명으로 통하는 도로에 나서도록 했다.60)

바로 미래에 대한 이러한 아름다운 화폭의 호소 아래 현대의 '노라'들은 재차 용감하게 가정을 벗어나 위대한 중국 사회주의 혁명운동에 적극 참여했다. 하지만 20, 30년대의 역사적 환경 속에서 여성이 혁명에 참가하는 동력은 남자와 같이 나라와 민족에 대한 자신의 책임감, 사명감에 의한 것이라기보다 전통적인 신분과 성별의식에 대한 반역과 대항, 사회의 변두리에서 중심을 지향하는 갈망 등 유토피아적 이상 실현의 명분이 더욱 컸다.

하지만 좌익소설에서 여성과 관련된 혁명적 문학은 다른 한 양상을 보였다. 역사와 문화의 두터운 침적으로 인하여 여성은 언제나 '제2성'의 신분으로 사람들의 시야 속에 존재했다. 좌익소설 속의 혁명적 여성도 대개는 남성을 뒷받침하기 위한 부속물의 객체적 지위에서 벗어나지

60) 高小弘, 「一椿錯位的歷史奇遇：從丁玲整風前的几个文本看革命与女性關系」, ≪天府新論≫ 2005年 第6期, pp.106~108.

못했다. 좌익작가의 로맨틱한 혁명적 유토피아 상상 속에서 여성혁명가는 자아 신분의식 인지의 수요에서가 아니라 애인이 혁명에 참가함으로써 조성된 혁명의 거대한 이채 속에서 본의 아니게 혁명의 궤도에 편입된 인물들이었다. 사랑은 여성을 혁명에 투신하게 하는 원동력이었다. 홍령비의 소설 「유망(流亡)」에서 혁명여성 황만만(黃曼曼)은 원래 성격이 얌전하고 사상적으로 혁명에 적극적이지 않았다. 하지만 애인이 혁명에 투신하게 되자 그 영향으로 '애인을 대하는 심리로 혁명에 영합'하게 된다. 소설의 결말에서 황만만은 견정하고 용감한 혁명가로 성장하여 주변사람을 혁명에로 동원하기까지 한다. 사랑을 위하여 혁명에 참가하는 이러한 서사양식은 당시 소설계의 한 유행이 되어 거의 좌익소설의 고정된 서사양식을 형성했다. 심지어 여성작가의 시야에서도 여성인물은 혁명 속에서 여전히 인도되고 끌려가는 수동적 인물이었다. 환언한다면 위대한 혁명과 혁명가의 앞에서 아무리 우수한 여성일지라도 종국에는 일반 민중과 마찬가지로 혁명에 순종한다는 것이다. 뿐만 아니라 혁명의 위대한 감염력을 충분히 표현하기 위해 서술자는 '유일하게 사랑만 알고 있는' 여주인공이 하룻밤의 통곡을 거친 후 신속히 마음을 가다듬고 새로운 정신적 지주로 열광적인 사랑을 대체하여 '우리 사업 하나 잘 해보자'는 결심을 내리게 함으로써 혁명의 아름답고 빛나는 장밋빛을 가미해주기도 했다.

가령 혁명에 투신하는 여성의 로맨틱한 상상이 단지 혁명무대의 서막을 올리는데 그치고 있다면 혁명에 투신한 후 여성의 격정에 대한 서술은 혁명 유토피아가 공식적인 공연을 시작한 것에 해당된다. 좌익소설 속의 혁명여성은 추녀와 미녀 두 가지 유형으로 나눌 수 있다. 물론 '혁명'이란 신성한 광환 아래 추녀의 '추' 역시 효과적인 조정을 거칠 수 있는 바, 즉 추함도 미로 전환이 가능하고 평범함도 신기함으로 화하여 남성들이 애모하고 부러워하는 새로운 대상이 될 수 있었다. 이러한 부류의 소설로는 호야빈(胡也頻)의 「광명은 우리들 앞에」, 장광자의 「야제(夜祭)」, 「구름에 가린 달을 뚫고」 등이 있다.

대부분의 좌익소설들이 여성을 '제2성'의 각색으로 부각하는 작법과 달리 모순은 여성의 유토피아적 상상에 다중적인 의미를 부여했다. 그는 30년대 소설에서 주로 젊고 예쁘며 예민한 사고력을 가진 도시의 신여성을 많이 부각했다. 그들은 중국 사회, 중국 혁명에 남성보다 더 열렬하고 깊은 견해를 가지고 있었으며 동시에 남성의 기준에 맞는 온화하고 섬세한 기질 심지어는 주변 사람들을 경도시키는 매력의 소유자였다. 하지만 다른 좌익소설과 같이 모순의 소설에서 여성은 시종 피계몽, 피인도의 대상이 아니라 철저히 남성의 우월한 지위를 뒤엎고 주도와 통제적 역할을 하는 중심적인 위치에서 '자유의지'에 의해 개인적 공간을 확립함으로써 역사, 사회가 여성에게 정해놓은 틀을 초월했다. 여성 신체의 아름다움, 욕망의 아름다음과 깊이 있는 사상은 공통적으로 모순이 혁명적 유토피아 정신의 특질을 선양하는 중요한 내용이 되었다. 이러한 여성 인물들은 자기의 아름다움을 중요시하지만 감상적인 자탄에 빠져들지 않고 개방적 시각으로 자기의 신체를 상대하며 혁명에 참여하지만 타인을 망종하지 않고 혁명과정의 위기에 대해 예민한 직각을 보여주었다.

일정한 시대의 사회적 진보와 발전은 여성들이 획득하는 자유정도와 상호 관련을 이루지만 사회질서의 쇄락은 여성의 자유가 감소되는 정도와 맞먹는 것이다. 따라서 어느 사회이든 여성해방의 정도는 보편적인 해방의 정도를 가늠하는 천연적인 잣대이다.[61] 혁명은 전통적인 성별

각색에 안주하지 않으려는 현대 여성을 위해 개성해방의 역사적 계기를 제공했다. 하지만 여성해방의 실질적인 의의는 단순한 성의 해방, 행위와 생활방식의 자유로운 선택에 그치는 것이 아니라 "여성의 무한한 창조력의 해방"[62]에 있는 것이다. 즉 여성해방의 궁극적인 가치는 단순히 여성 존재의 자유가 아니라 여성 창조의 자유에 있는 것이다. 하지만 혁명 이상주의로 넘치는 좌익작가들의 작품에서 혁명에 참여한 여성이든 혁명 후의 여성이든 모두 개체적인 독립정신을 향유하지 못하고 단지 사상에 대한 갈망을 여성혁명의 원동력으로 삼고 있기에 정치적 부호와 욕망의 캐리어로서 혁명여성의 위치는 고정불변이었다. 혁명은 진정으로 성별의 통치 또는 개체 해방의 뿌리를 흔들지 못했으며 여성은 여전히 '혁명'에 의해 해방된 제2의 성이었고 혁명이 여성에게 약속한 여러 가지 유토피아적 이상은 아마 영원히 일종의 허무한 존재에 지나지 않는 것이었다.

진정으로 심각하고 근본적인 혁명은 의식구조의 개변이고 객체화된 세계를 개변하고 상대하는 태도이다.[63] 가령 소위 신인을 단지 일부 '표징과 상징을 구식 아담의 신상에 덧씌우는 것'이라고 한다면 이 모든 것은 현실적이 될 수 없으며 단지 객체화된 세계의 상징적인 형식에 그칠 뿐이다. 인물형상의 부각에서 좌익소설 속의 혁명적 농민, 혁명적 여성은 대개 '표징과 상징을 구식 아담의 신상에 덧씌우는 것'으로 조성한 것이다. 따라서 그들 내재적, 정신적 특질에는 심각한 변화가 일어나지

61) [法], 傅立叶, 「關于四种運動的理論」, [德], 馬克思・恩格斯 : 『馬克思恩格斯選集』 第3卷, 人民出版社, 1972, p.412.
62) 寓燕 : 『女性人類學』, 東方出版社, 1988, p.123.
63) [俄] 尼古拉・別爾嘉耶夫, 「革命的誘惑与奴役 : 革命的双重形象」, [俄] 尼古拉・別爾嘉耶夫 : 『論人的奴役与自由』, 張百春 譯, 中國城市出版社, 2002, p.235.

않았고 혁명에 참여하는 농민과 여성인물은 대개 아주 분명한 개인적 이익이거나 개인적 정감의 욕구를 지니고 있었다. 터무니없는 것은 이러한 짙은 유토피아적 색채를 지닌 서사기법이 당시 역사적 환경 속에서 오히려 불가사의한 현실적 역량을 지니고 있었다는 점이다. 또한 잠재적인 형식으로 낡은 의식 형태의 구조를 뒤흔들고 사람들의 '객체화된 세계를 대하는 태도'를 개변하였으며 '농민'과 '여성'에 대한 사람들의 기존 의식을 해소하고 혁명시대의 신형상이란 위대한 기질을 환기시켰다.

텍스트의 서술형식은 이 역사적 환경과 상호 적응되었을 경우, 하지만 이 서술형식이 텍스트와 무관하게 직접 역사적 범주에 진입되었을 때, 그것은 우리가 역사적 진실을 탐구하고 인식하는 진실하고도 중요한 하나의 근거가 된다. 이러한 의미에서 평론가들에게 비평을 받았던 좌익소설, 또한 그 후세인들에게 때때로 '재구성'되는 중국 좌익문학사조는 많은 '공백점'을 남겼고, 이는 우리가 꾸준히 발견하고 메워야 할 부분이다.

제4절 좌익문학사조의 이론적 공헌

중국 현대문학의 발전 시각에서 본다면 좌익문학사조는 문단을 위해 참신한 모습의 문학작품을 제공한 외에 특히 주목되는 부분은 이론적 공헌이다. 좌익문학사조의 이론적 공헌은 주로 아래와 같은 4개면으로 정리할 수 있다.

1. '신사실주의' 범주의 도입

'신사실주의'는 1923년 소련의 '무산계급문화파'의 이론 논쟁시기에 워렌스키가 제출한 것이다. 그는 당시 러시아의 우수한 고전문화전통을 완전히 포기하려는 '강위파'의 관점에 동의하지 않으며 무산계급문학은 우수한 문학전통을 계승한다고 강조했다. 이 과정에서 그는 '신사실주의'란 용어를 사용하기 시작했다. 1924년 심안빙은 「러시아의 신사실주의 및 기타」의 단문에서 최초로 '신사실주의'를 해석했다. 하지만 심안빙의 이 글은 당시에 별로 주목을 받지 못했다. 1926년 곽말약은 「혁명과 문학」에서 소련의 '라프'가 제창하던 '프롤레타리아사실주의'에 대해 반응하면서 '무산계급의 사회주의 사실주의 문학에 동정을 표할 것'을 주장했다. 하지만 "엄격한 의미에서 말한다면 진정으로 '신사실주의'의 개념과 이론사상을 우리 나라에 도입한 것은 전행촌, 임백수와 태양사의 일부 성원들이다."[64] 워렌스키가 제출한 무산계급문학의 '신사실주의'는 당시 소련에서 유학중이었던 구라하라 고레히토에게 중대한 영향을 주었다. 고레히토는 1926년 귀국할 때 '신사실주의' 이론을 일본에 도입했고, 1928년 임백수가 《태양월간》 정간호에 고레히토의 「신사실주의에 이르는 길」의 역문을 발표했다. 이 역문의 발표는 좌익문학 작가들이 '신사실주의' 창작방법을 인정하는 하나의 표징이라고 할 수 있다.

좌익작가들이 '도입'하고 '차용'한 '신사실주의'는 우리가 20세기 후반기에 만나게 될 '문학현실주의'와는 별개의 것이라는 점은 짚고 넘길 부분이다. 좀 더 정확하게 말한다면 이는 진정한 의미에서의 현실주의에 속하는 '사실주의'가 아니라는 것이다. 이 점에 대해 풍설봉의 회억

64) 林偉民, 『中國左翼文學思潮』, 華東師范大學出版社, 2005, p.185.

담을 살펴볼 수 있다.

> 1929년과 1930년 사이에 주장했던 신사실주의는 비록 현실주의를 들먹이기도 했지만 첫째, 우리가 아직 현실주의가 문학사에서 어떻게 발전되어 온 것인가, 그것이 각 시대 각 민족의 역사조건과 사회생활과 구체적으로 어떠한 관계인가에 대한 분석과 이해가 아주 부족하기 때문에, 둘째, 구현실주의의 사실적인 기법에 현재의 무산계급 세계관을 합세한 것이 바로 신사실주의가 되었기에 현실주의의 진정한 핵심에 이르지 못한 단순한 기계적인 결합이라는 점 때문에, 이 세계관의 제창은 당시에 적극적인 의미를 지니는 한편 다른 한편으로 세계관에 대한 우리의 이해가 추상적이고 교조적이며 마치 문예방법의 관계에서 외재적인 것으로 간주되었다.65)

루쉰 역시 이 '신사실주의'에 대해 직접적인 비판은 가하지 않았지만 분명한 것은 일정한 불만을 표했다. 비록 '신사실주의'의 관념의 도입과 현실주의와는 상당한 실제적 거리가 있었지만 필경 당시의 신문학 현실주의의 발생에 필요한 영향을 끼쳤다. 적어도 아래와 같은 두 가지 점, 첫째, '사실주의'라는 현실주의 문학의 개념을 20세기 중국문학에 도입시켰고, 둘째는 워렌스키처럼 '신사실주의'는 필경 신문학에서 전통에 대한 계승과 현실주의(당시의 역어는 '사실주의')가 신문학발전에서 가지는 의의를 강조했다는 점에 유의해야 한다.

2. 유물주의문예관과 방법에 관한 이론의 도입

1928년 풍설봉은 「혁명과 지식계급」에서 "현재 제출한 주제 — '무산

65) 馮雪峰, 「論民主革命的文藝運動」, 『馮雪峰論文集』(中), 人民文學出版社, 1981.

계급문학의 제창'과 '변증법적 유물론의 확립'은 지식계급의 임무로 아주 정당한 것이며 혁명에서도 아주 절박한 것이다."라고 했다. 이 글에서 풍설봉은 분명 유물변증법을 아주 가치 있는 문예학방법론으로 간주하고 있었다. 1930년 국제혁명작가연맹 하르키브대회에서 각 맹원국에게 '라프'(러시아무산계급작가연합회)는 1928년에 채택한 '유물변증법적 창작방법'을 추진했다. 소삼(蕭三)이 소련에서 온 편지에 의하면 '좌련'집행위원회는 「중국 무산계급 혁명문학의 새로운 임무」(1931년 11월)의 결의에서 '유물변증법'을 공식적으로 중국 좌익작가의 창작방법으로 채택했다. 결의에서 "작가는 반드시 유물변증법론자가 되어야 한다."고 했는데 풍설봉이 ≪북두≫에 베르쟈예프의 『창작방법론』 번역문을 발표한 시기와 맞먹는다.

좌익작가들이 유물변증법을 도입하고 강조하는 목적성과 공리성은 아주 분명했다. 당시 역사발전 상황과 좌익작가들이 유물변증법에 대한 초보적인 접촉으로 인해 그 활용에 있어서 상당히 교조적이었으며, 흉내만 내는 데에 그쳤지만 그들은 유물주의와 현실주의 사이에 이성적인 연관을 맺고 변증법적으로 현실을 대할 필요성을 느꼈다.

유물변증법 도입의 필연적 결과는 '창작방법'이라는 개념의 도입이었다. 좌익작가들의 '유물변증법적 창작방법'의 '도입'은 사실 세계관과 창장방법 사이에 건립한 역사성의 필연적 관계였다. 이 관계의 정리는 줄곧 이론적인 지탱이 부족했던 중국문학에 있어서는 복음이었다. 이는 신문학에 대한 사람들의 이해와 파악, 신문학에 대한 비평공작의 전개에 도움이 되는 일이었다. 물론 이 문제에 있어서 '좌련'시기에 비교적 좋은 해결방법이 있었던 것은 아니다. 따라서 후에 20세기 중국문학 발전에 끼친 부정적인 영향도 상당했다. 하지만 현실주의 문학의 발전은 역사적 수요이었기에 '창작방법'의 문제가 당시에 제안된 것은 시기적으로 적당함의 여부와 인식의 편파 여부를 떠나 일단은 의의가 있는 일이었다.

3. 전형이론의 도입과 해석

또 하나 중국 현대문학에 대한 좌익작가들의 공헌은 엥겔스의 전형이론에 대한 소개와 해석이다.

1931년 구추백은 「프로대중문예의 현실문제」에서 전형화문제에 대한 '이론적인 진술'을 한 바 있었다. 1933년 그는 또 「마르크스, 엥겔스 문학에서의 현실주의」에서 엥겔스의 전형이론을 중국에 소개했다. 그는 이 글에서 엥겔스가 발자크를 찬양했던 것은 그의 소설이 '프랑스사회 전반의 역사'를 묘사했을 뿐만 아니라 그의 작품이 "'전형'화된 개성과 '개성화된 전형'을 그렸다."는 이유 때문이라고 지적했다. 그는 엥겔스의 "티테일의 진실성 외에 전형적 환경속의 전형적 성격을 표현해야 한다."는 고전적인 논단으로 전형적 환경과 전형적 인물 사이의 관계를 해석했다. 같은 해 11월 1일 주양은 ≪현대≫ 제4권 제1기에 「'사회주의 현실주의와 혁명적 낭만주의'에 관하여」를 발표하여 최초로 국내 문예계에 소련의 '사회주의 현실주의' 창작방법을 소개했다. 그는 엥겔스의 전형이론을 논하면서 '전형적 환경속의 전형적 성격'을 부각하는 것은 사회주의 현실주의에서 극히 중요하다고 역설했다.

엥겔스의 전형이론에 대한 소개와 해석을 두고 호풍은 주양과 논쟁을 전개했다. 논쟁의 초점은 주로 전형적 공성과 개성의 관계 문제였다. 호풍은 통일성을 강조함과 아울러 전형의 공성(보편성, 개괄성)의 강조에 치중했지만 주양은 전형적 개성(개별성)의 중시를 강조했다. 1940년 풍설봉은 「전형의 창조를 논함」에서 전형이론 속의 변증관계를 비교적 자세히 해석했다. 이 해석은 4년 전 호풍과 주양의 논쟁보다 깊이 있는 이해를 보였다. 오늘의 시점에 볼 때 호풍과 주양의 논쟁은 사실 이론적 인식에서는 큰 차이가 없이, 단지 강조하고 치중하는 면에서 일정한 편차가 있었을 뿐이다. 전형적 이론의 발전에서 볼 때 이번 논쟁과 구추백, 풍설봉이 전형 이론에 대한 탐구와 분석은 모두 20세기 중국문학의 전형문제에 대한 이해를 심화시켰다. 이는 후에 당대문학의 현실주의 발전을 위해 필요하고도 구체적인 이론적 준비였다.

제6장 모더니즘 문학사조

제1절 '5·4'문학과 신낭만주의

'5·4'혁명 이전 '5·4'작가, 특히 해외유학경력을 가진 작가들은 이미 서양의 모더니즘을 접촉한 바 있었다. 이들 작가들을 최초의 모더니즘 문학 전파자라 할 수 있는 바, 바로 그들이 모더니즘을 중국 신문학 문단에 도입한 선구자였다. 뒤이어 문학혁명의 개방자유 정신은 모더니즘 전파를 위해 양호한 토양을 제공했다.

19세기 중엽 이래 서양문화는 이성주의에서 모더니즘에로 전환했는데 주류 지위를 차지했던 현실주의 문학세력이 점차 쇠퇴하고 모더니즘 문학조류가 그 자리를 대체했다. 일부 현실주의 작가들이 여전히 창작을 멈추지 않고 있었지만 현실주의의 문학이 문학의 주류를 이루던 시대는 이미 지나갔다. 보들레르의 『악의 꽃』이 선보인 이래 서양문단은 연쇄적인 반응을 보였다. 19세기 말 20세기 초에 이르러 모더니즘 문학은 이미 광범위한 영향력을 지녔고 이러한 문학적 분위기속에서 중국 신문학의 제1세대 작가들 일부분이 해외에서 그 영향을 받았다. 미국유학생 호적, 일본 유학생 루쉰과 창조사의 성원들이 바로 그 세대였다.

호적이 유학당시 미국문단에서는 이미지 시가가 상당한 영향력을 행사했다. 그의 문학개량론과 『상시집』은 모두 이미지파 시가의 일정한 영향을 받은 것으로 입증되었다.

루쉰은 일본 유학시절 낭만주의 문학 외에도 니체, 쇼펜하우어, 키에르케고르 등 모더니즘 사상가의 영향, 특히는 러시아의 안드레예프, 가르신 등 농후한 모더니즘적 분위기를 지닌 작가들을 접촉했다. 루쉰과 주작인이 번역한 『역외소설집』에 안드레예프의 「만(謾)」, 「묵(默)」 가르신의 「4일간」이 들어 있었다. 이러한 기반이 있었기에 '5·4'문학혁명 이후 루쉰의 작품에 모더니즘적 색채가 농후하게 가미된 것은 이상한 일이 아니었다. 「광인일기」에는 상징주의적 색채, 더욱이 니체의 고독과 절망이 들어 있으며, 「부주산」에는 프로이드의 정신분석에 입각한 사상의 표현과 인간의 창조적 역량에 대한 찬미가 들어 있었다. 루쉰의 「야초」는 전형적인 모더니즘 작품으로서 작가 자아의 잠재의식에 존재하고 있는 마음의 어둠과 고독, 고민을 방출했다. 「야초」의 세계는 모더니즘의 전형적인 세계로 파괴, 분열, 대립, 어둠으로 점철되어 있는 세상이다. 후기의 「고사신편」에도 분명 황당무계한 체험이 있는데 고금의 시공간을 타파하려는 구조는 세계의 무질서와 황당함을 암시하고 있는 것이다.

'5·4'문학혁명 이후 비록 현실주의, 낭만주의가 보편적인 각광을 받았지만 신문학은 이미 유럽문단의 모더니즘의 동향을 예리하게 점지하고 그것을 '5·4'문단에 소개했다. '5·4'작가들은 대개 모더니즘을 "신낭만주의"라고 부르면서 "신낭만주의"를 서양문학의 현실주의, 자연주의의 뒤를 이은 새로운 추세로 간주했다. 그리하여 신낭만주의 "그것은 최신의 외국문학 유파로서 중국에 소개되었다. 거기에는 19세기 말 20세기 초 구미와 일본의 현실주의, 자연주의에 반항하는 모든 문학사조와 유파가 망라되었는데 우리가 모더니즘의 전신이라고 부르는 상징주의, 유미주의, 퇴폐주의가 포함되었다. 지금은 이미 이러한 문학유파에 대한 구체적인 구분이 가능하고 심지어 신낭만주의란 낱말을 역사박물관에 보낼 정도이지만 당시 우리나라 20년대의 작가들은 두 세기의 교차점에 처한 문학현상에 대한 관찰과 이해에서 당시 외국문학이론가의 영향 및 가까운 시간적 관계로 거의 혼연일체를 이룰 정도였다."[1] 소동경(肖同慶)은 "조약영(趙若英)이 1919년 9월 ≪신중국잡지≫ 제1권 제5호에 발표한「현대 신낭만주의 희곡」은 아마 최초로 신낭만주의를 소개한 문헌일 것"[2]이라고 했다. 조약영 이후 많은 사람들이 서양의 신낭만주의를 소개했다.

모순은 신문학에서 가장 활약하던 비평가로서 그의 문학관은 선명한 개방성과 다중성이 있다. 그는 주로 현실주의, 자연주의적 취향을 보였고 인생을 표현하고 지도하는 데 주력했다. 다른 한편 그는 문학진화론의 영향으로 신낭만주의에 애착을 갖고 신낭만주의 문학을 제창하면서, 장래의 신문학이 도달하기 위해 노력해야 할 목표로 간주했다. 그는 "서양소설은 이미 낭만주의(Romanticism)에서 사실주의(Realism), 표상주의(Symbolism), 신낭만주의(New Romanticism)를 겪었지만 우리나라는 아직 사실주의 이전에 처해 있다."[3]고 하면서 중국은 현대 현실주의, 자연주의를 공부함으로써 앞으로 신낭만주의로 나아갈 준비를 해야 한다고 했다.

1) 楊義,『中國現代小說史』上冊,『楊義文集』第2卷, 人民出版社, 1997, p.547.
2) 肖同慶,『世紀末思潮与中國現代文學』, 安徽教育出版社, 2000, p.36.
3) 茅盾,「新聞學研究者的責任与努力」, ≪小說月報≫ 第11卷 第1號, 1920年.

모순의 시각에서 낭만주의는 아주 광범위한 것인데 대체로 세기 교체시기 서양의 각종 신문학사조, 가령 유미주의, 상징주의, 신이상주의, 미래주의, 인상주의, 표현주의, 퇴폐주의 등이 망라된다.

가령 문학단체 또는 작가군의 시각에서 본다면 창조사 성원들은 '5·4'를 전후하여 모더니즘 문학과 가장 밀접한 관계를 가지고 있었다. 낭만주의 문학에 대한 창조사의 추구는 모더니즘적 색채를 다분히 띠고 있었던 것이다. 창조사 작가들이 낭만주의와 이 체계의 사상에 경도되는 것은 연고가 있는 것이다. 첫째, 그들은 모두 외국에서 오랫동안 생활하였기에 외국의(자본주의) 결점과 중국(차식민지)의 아픔을 비교적 정확하게 파악할 수 있었다. 그리하여 그들은 이중의 실망과 고통을 겪으면서 현대사회에 대한 증오와 혐오감을 가지게 되었다. 국내외적으로 감수한 거듭되는 압박은 그들의 반항심을 더욱 견정하게 만들었다. 둘째, 그들은 외국에서 오랫동안 생활하였기에 조국에 대한 그리움의 마음이 간절했는데 귀국 후 거듭 겪었던 실망은 그들을 공허하게 만들었다. 귀국 전 애절한 그리움에 넘쳐 있던 그들이 귀국 후 비분과 격정에 빠진 것은 바로 그 때문이었다. 셋째, 그들은 외국에서 오랫동안 생활하였기에 당시 외국에서 유행하던 사상의 영향에서 자유롭지 못했다. 철학에서 이지주의의 파산, 문학에서 자연주의의 실패 등은 모두 그들을 반이지주의적인 낭만주의에로 이끌었던 것이다.[4]

양의는 창조사의 낭만주의는 불순한 개방적 낭만주의[5]라고 했는데 그들의 구체적인 창작 면에서 본다면 이러한 신낭만주의의 요소는 아주

4) 鄭伯奇,「中國新文學大系. 小說三集. 導言」, 鄭伯奇 編選,『中國新文學大系. 小說三集. 導言』(影印本), 上海文藝出版社, 2003, p.12.
5) 楊義,『中國現代小說史』上冊,『楊義文存』第2卷, 人民出版社, 1997, p.546.

뚜렷하게 드러난다. 욱달부는 분명 루소를 숭배했지만 자신의 심경에 대한 과감한 호소에는 내적 육체의 욕망까지 드러냈다. 이는 육체적 욕망의 유미성에 대한 묘사와 감상을 표현하려는 일본 현대파 작가들과 밀접한 관계가 있다. 「침륜」과 「미양」 속의 욕망은 육체미학의 낙인이 깊이 찍혀 있다. 루소가 욱달부에게 도덕적 용기를 제공했다면 일본 현대파 작가들은 욱달부에게 세계관과 미학적 신심을 제공했다. 욱달부의 내심의 고백, 서정은 전통적 낭만주의처럼 우아하거나 투명하지도 않고 아름다움은 물론 신기함까지 결여되어 있다. 육체적 감각의 자극성이 강한 그의 정감과 정서는 신낭만주의의 깊은 심리 또는 프로이드 학설의 잠재의식에 가까운 바, 신비함과 황당무계, 비현실적인 색채를 띠고 있다. 그의 고독에는 현대주의의 절망이 깃들어 있는 바, 그의 많은 작품은 사실 낭만주의를 기본적인 정서로 세기말의 절망과 고독의 체험을 호소하고 있다.

곽말약 역시 일정하게 낭만주의적 색채를 보였다. 그의 낭만주의 문학관의 신낭만주의적 요소를 차치할지라도 창작에서 그러한 면을 뚜렷하게 드러내고 있다. 「잔춘(殘春)」은 내향적인 심리소설인데, 그렇다고 그것을 전통적 의미에서의 심리소설이라고는 할 수 없다. 오히려 그것은 모더니즘적 의미에서 프로이드의 정신분석을 배경으로 한 심리소설이라고 해야 할 것이다. 소설이 성, 잠재의식과 꿈의 경지를 주요 서술대상으로 삼고 있기 때문이다. 생리에 대한 이러한 주목은 전통적인 자연주의와 완전 일치를 이룰 수 없다. 그의 심리, 생리는 전통적인 의미에서 논할 수 없는 것이라고 해야 할 것이다. 여기에 일본식의 세기말 자연주의 요소가 들어 있는 것이다. '5·4'시기 장자평(張資平)의 연애소설도 본질적으로는 욱달부의 「침륜」, 「은회색의 죽음」 등과 같은 부류이다. 성적 고민, 허무 등은 당연하게 변태에 가까운 심리를 유발했고 이는 사실 인간의 잠재의식의 심처에 대한 파악이다.

제2절 유미주의와 전한, 문일다의 창작

1. 유미주의와 전한의 희곡

유미주의 문학사조는 19세기 말 서양에서 풍미했던 중요한 문학사조이다. 일반적으로 프랑스 작가이며 비평가인 테오필 고티에를 이 사조의 발기자로 인정하고 있다. 고티에가 1830년대 발표한 「'알베르튀스' 서언」과 「'모팽 양' 서언」은 유미주의의 전조로 공인받고 있다. 전자는 낭만주의에서 유미주의로 전환하는 표지인바, 그는 유미주의의 중요한 관점, 즉 오직 예술만이 인생의 위안이라는 관점을 제안했다. 후자는 유미주의의 선언격인데 그는 예술의 도덕화에 반대하면서 예술에 대한 도덕의 억압과 속박에 반기를 들었으며, 다른 한편 예술의 공리주의적인 경향도 반대하고 나섰다. 고티에 이후로 '예술을 위한 예술'의 원칙이 점차 확산되었고 19세기 말에 이르러 오스카 와일드를 비롯한 영국작가들이 대거 용솟음쳐 유미주의 문학은 장관의 형세를 이루어 점차 거대한 문학적 조류가 되었다. 와일드는 유미주의의 고전적인 작가로서 고티에 이후 '예술을 위한 예술'의 비공리적 문학정신을 또 하나의 절정으로 이끌었다. 그의 이론저서의 내용을 요약한다면 그의 유미주의는 문학의 독립성 즉 자율성을 강조하는 것이었다. 문학사에서 문학의 독립성을 중요시하는 다른 관점과 달리 와일드는 문학의 독립성 또는 자율성을 최고의 위치에 놓음으로써 미학적 추구의 선명하고도 독특한 특색을 이루었다. 구체적으로 말한다면 예술 자체가 목적이지 외부의 다른 부수적 목적이 없으며 예술은 현실생활의 제한과 약속을 받지 않고 모방에서 기원한 것도 아니고 현실의 모범이 되어야 할 책임도 없다는 것, 예술과 도덕은 무관함으로 사회도덕의 제한을 받지 말아야 할 뿐더러 도덕교화의 사명을 부담하지도 말아야 한다는 것이다. 이와 동시에 도덕에 대한 경멸은 와일드의 창작에 선명한 감각기관의 자극과 사탄주의적 경향을 드러냈는데 바로 세기말 이래의 기타 사조와 마찬가지로 와일드의 유미주의는 인간의 정신 내부의 비도덕적 충동과 욕망을 방출했다.

와일드는 문학혁명 이전에 중국 신문학가들이 주목하던 대상이었다. 진독수는 ≪신청년≫ 제1권 제3호에 발표한 「현대 유럽문예사담」에서 와일드를 노르웨이의 입센, 러시아의 뚜르게네브, 벨기에의 모리스 마테를링크(Mauirce Maeterlinck)와 서양 근대 이래의 4대작가로 평가했고, 1917년 「문학혁명론」에서 중국의 문학혁명을 호소하면서 와일드를 신문학 본보기의 일인자로 꼽았다. 1924년 양실추는 「와일드의 유미주의」에서 그의 유미주의를 예술과 시대, 예술과 인생, 예술과 자연, 예술과 도덕, 개성과 보편, 예술과 예술비평 등 6개면으로 나누어 논평하면서 그 기본적 내용을 정리했다. 그는 보수적이고 온건한 인문과 문학적 입장에서 와일드에 대해 은근히 비판적 태도를 보였다. 심택민은 『와일드평전』에서 그의 생애, 창작 등을 전면적으로 소개, 분석과 평가했다. 그는 와일드의 유미주의 예술과 그의 도덕을 구분하면서 와일드의 가치는 단지 예술에 한정한 것이고, 예술 이외의 그의 '개인주의' 및 광적인 비도덕적 행위는 참조 대상이라고 했다.

'5·4'시기 창조사의 성원들은 와일드에 대해 보다 광범위하고 열렬하게 인정하고 수용하였다. 낭만주의 문학에 대한 추구에서 창조사는 선명한 유미주의 경향을 띠고 있었는데 그들의 '예술을 위한 예술'이 바로 그러하다. 이에 대한 성방오, 욱달부, 정백기 등의 관점은 모두 전통적 의미에서의 단순한 낭만주의 정신이 아니라는 점이 분명하다. 그 외의 창조사 성원 도정손(陶晶孫)도 신낭만주의와 밀접한 연관을 맺었던 작가였고, 후에 엽령봉(叶灵鳳), 등고(滕固) 역시 유미주의 색채를 짙게 보였던 창조사 성원들이었다.

전한은 희곡영역에서 유미주의와 중요한 연관을 가지고 있었다. 전한이 가리키는 '예술지상주의'는 주로 유미주의를 망라한 신낭만주의의 기본적 경향이었다. 전한은 일찍 일본유학시절에 일본문단의 유미주의 작가 사토하루오, 송포일(松浦一) 등의 작품을 많이 접했을 뿐만 아니라 보들레르, 에드거 앨런 포, 폴 베를렌 등의 작품을 즐겨 읽었다. 또한 일본의 유미파 작가 다나자키 준이치로와 밀접히 왕래하면서 그 영향을 받았다고 고백했으며, 특히 영국 유미주의 작가인 와일드의 영향이 컸다고 했다. 그는 곽말약에게 보내는 편지에서 "우리 예술가들은 인생의 암흑면을 폭로하고 세간의 일체 허위적인 것을 배척하여 인생의 기본을 확립하는 한편 사람들을 예술의 경지로 이끌어 생활을 예술화, 즉 인생을 미화함으로써 인간으로 하여금 현실생활의 고통을 잊어버리고 도취법과 혼연일체의 경지로 이끌어야만 비로소 책임을 다 한 것이 된다."[6] 고 했는데 이는 유미주의 선언이나 다름없는 것이다.

1921년 전한은 ≪악마시인 보들레르의 백년제≫에서 미에 대한 추구의 합리성을 강조했다. 이는 인성 내부의 모순, 역설, 분쟁에 대한 정면

---

6) 田漢, 「致郭沫若的信」, 『田漢全集』 第14卷, 花山文藝出版社, 1997, p.150.

대결을 전제한 것이다. 그는 예술의 미가 '내재적 진실'의 토대 위에 건립되어야 함을 강조했는데, 그 진실에는 두 가지 측면이 망라된다. 첫째, 인성에 내재한 분쟁, 즉 인성의 내재적 진실인바, 이러한 '인간과 하늘의 접합점'의 충돌이 바로 예술이 재량을 과시할 수 있는 곳이라는 것; 둘째, '악' 역시 인성 내재적인 요소의 하나로서 예술은 이러한 '악'을 회피하지 말아야 한다는 것이다. 실제에 있어서 각종 비윤리적 성욕망에 대한 유미주의 문학의 집착 역시 이러한 인성적 관점에서 기인한 것이다. 세기말 문학사조에서 전통적인 이성과 낙관을 겸비한 인성의 관념은 은유, 암흑한 인성관에 의해 대체되었다.

보들레르와 와일드에 대한 전한의 이해는 바로 여기에 토대를 두었던 바, 이 점은 구리야가와 하쿠손의 「고민의 상징」에 대한 수용에서 볼 수 있다. 구리야가와 하쿠손은 현대인이 시시각각 내부의 심리와 외부환경과의 충돌 속에 처해 있는바 이러한 충돌이 인생의 고민을 조성한다고 했다. 인간의 생명력은 끊임없이 충격을 가함과 동시에 외부의 압력을 받기도 하는데 생명력은 언제나 이러한 충돌 가운데서 승화를 실현하게 된다는 것이다. 생명력은 능히 '인성의 진'을 자극할 수 있는 바, 즉 생명력이 외부의 충돌과정에서 드러낸 인성의 상태, 일상의 윤리적 충돌에 말미암은 인성의 분쟁까지 포함한다. 따라서 그는 보들레르 등 '악마파'시인들이 인성의 "악의 꽃"에 대한 계시를 '인성의 진'의 촉발로 간주했다. 따라서 그는 "오인의 예술은 인성의 진을 촉발해야 한다. 여기에 무슨 평민과 귀족을 가리겠는가? 우리가 예술가라면 뜻있는 예술가가 되어야 하고 대중의 예술가로 되지 않으면 안 된다. 대중의 예술가가 되려면 진정으로 보들레르의 '악마의 검'을 빌려 마음속 집착을 찍지 않으면 안 된다."[7]

전한은 와일드의 『살로메(SaloméO)』를 번역한 외에 또 와일드의 많은 작품을 열독했다. 와일드의 자전적인 작품 『옥중기(De Profundis)』를 영어 교재로 아내에게 추천했는데 그 작품이 전한에게 미친 영향을 짐작할 수 있다. 그는 「백매원 내외」에서 "나는 늘 '즐거움'과 '비애'는 2차원적이 아니라 그 실체는 한 사물의 두 개 방면이라고 생각한다.… 와일드의 『옥중기』가 비애 속에서 미를 인지하고 그 감지한 '비애'까지 향수의 대상으로 삼았다는 점은 주지하는 바이다. 우리의 비애가 와일드가 감지한 비애와 다르다는 그 자체가 비애의 하나"[8]이다고 했다.

전한이 1920년에 창작한 「범아린과 장미(梵峨璘與薔薇)」, 「영광」 두 희곡작품은 모두 농후한 유미주의적 정서를 풍기고 있다. 전한은 「범아린과 장미」를 「4막 신낭만주의극」이라고 하면서 예술가에 대한 여성의 사심없는 사상을 통하여 예술가와 예술을 위하여 자아희생까지 마다하지 않는 유미주의 정신을 표현했다. 「영광」의 주인공은 기독교 신자이지만 역시 예술을 위해 자기를 희생한다는 면에서는 「범아린과 장미」의 주인공과 일맥상통이다. 그녀는 예술의 '초인'적인 친구로서 자기를 예술에 바치고자 했다.

예술적 미와 사회현실과의 격렬한 충돌이 전한의 초기 희곡작품의 기본적 내용 중 하나였다. 예술가가 예술에 집착하는 한편 추악한 현실은 예술가를 잔혹하게 박해하는 내용들로 충만하였다. 이러한 충돌모델은 두 개 영역, 즉 예술가, 예술세계와 사회현실을 초월했던 바, 유미주의와 현실 대립의 정서에 의탁함과 아울러 사회현실 속에 침투했다. 전통적으로 사람들은 종종 현실비판이란 시각에서 이러한 작품을 해명할 것

7) 田漢, 「惡魔詩人波德萊爾百年祭」, 『田漢全集』 第14卷, 花山文藝出版社, 1997, p.315.
8) 田漢, 「白梅之園的內外」, ≪少年中國≫ 第2卷 第12期, 1921年.

이고 이 또한 일정한 도리가 있다. 하지만 유미주의자는 심지어 현실을 예술에 도입하는 것조차 거절한다. 현실과 예술 사이에 이러한 충돌은 사실 비교적 전형적인 유미주의의 핵심 사상이었다. 유미주의에서 '미'는 영원히 사회현실과 대치상태에 놓여 있기 때문이다. 전한의 극작품 「고담속의 소리(古潭里的聲音)」는 유미주의에 가장 접근한 작품이다. 전한은 이 시나리오는 "일본의 고대 하이쿠인 '연못에서 뛰어오르는 개구리'에서 힌트를 얻었다. 한 시인이 물욕에 빠진 무녀를 구출하여 적막한 고루에 살도록 한다. 그런데 시인이 돌아왔을 때 무녀는 령의 유혹을 떨치지 못하고 다시 고루 아래 연못에 뛰어든다. 시인은 복수하기 위하여 그 연못을 짓부수려고 하나 결국 그 연못과 같이 사라지고 말았다."라고 했다. 「호수위의 비극」 또한 시인이 예술을 위해 스스로 생명을 희생하는 내용이었고, 「소주야화」는 전쟁의 배경 아래 전개된 화가 부녀의 비극적인 운명이었다. 「명배우의 죽음」은 경극예술가가 금전과 암흑한 세력에 의해 훼멸당하는 이야기인데 전한은 「전한희곡집(4)－자서」에서 "이 시나리오는 중심사상에서 유미주의 계통에 접근하고 있으며", "예술지상주의 경향의 최고 높이에 도달했다."고 하면서, 그 창작영감은 보들레르 산문시에서 자극을 얻은 것이라고 했다.

20년대 후기에 설립된 남국사(南國社)는 과도기에 처한 전한의 특징이 뚜렷했던 바, 현실감이 증가되는 한편 여전히 이원적인 문예관, 유미주의 경향을 띠고 있었다. 이러한 특수한 풍격은 바로 현실감과 유미성이 융합된 결과이다. 1928년부터 1930년에 이르기까지 남국사는 3차례 공연, 즉 1928년 상해에서의 제1차 공연, 1919년 남경, 상해의 제2차 공연, 1930년 상해의 제3차 공연을 통해 거대한 영향을 일으켰다. 공연된 희곡작품들은 시대적 요소와 사회적 초점의 주제가 뚜렷이 증가하였는데 전한의 '전향'을 일정하게 반영했다. 심지어 어떤 작품은 전한이 의도적으로 반항의 주제를 뚜렷이 내세움으로써 전향의 방향을 표명하기도 했다. 하지만 그의 희곡은 여전히 정도부동하게 '5 · 4'시기 유미주의 혹은 신낭만주의 정신의 흔적이 역력했다. 특히 주목되는 것은 전한 자신이 번역한 와일드의 「살로메」를 공연했다는 것인데 이는 전한의 모순된 심리, 즉 유미주의를 포기하기 어려운 한편 사회현실과 결합하기도 해야 하는 심리를 보여주고 있다. 그리하여 그는 유미주의와 사회의 대항을 시대의 고양된 선율 속에 병치시키려고 했는데 이는 또한 '5 · 4' 시기 전향작가의 기본적인 특징에 부합되는 점이었다.

2. 문일다와 유미주의 : 낭만과 유미 사이

'신월파'의 신율격시 창도와 창작실천은 현대문단에서 유미주의의 가장 견실한 성과였다. 그들은 신시 형식의 재건을 확고하게 추진하는 진지한 태도로 시가를 여러 형식으로 실험하면서 초기 백화시 과도기의 산문화 폐단의 범람을 교정하고자 했다. 이러한 움직임이 전부 유미주의에서 내원한 원동력이라고는 할 수 없지만 유미주의와의 일정한 연관은 부인할 수 없는 사실이다. 낭만주의는 유미주의와 얼기설기 엮어져 있기 때문이다. 한편 예술에 대한 유미주의의 경건한 태도 또한 그들이 형식미를 추구하는 과정에서 강렬한 자신과 역량을 얻을 수 있게 했다.

하지만 유미주의의 세기말 정서는 여전히 그들의 사상과 정신 속에 침투되어 있었다. 가령 창조사의 유미주의에 급진적인 세기말 정서가 보였다면 '신월파'의 유미주의는 온화한 것이다. 이는 주로 욕망, 퇴폐를 멀리하고 미와 현실 사이의 절망적인 대립에 집착하지 않았다는 데서 표현된다.

문일다는 곽말약의 「여신」에 대한 비판에서 그 '근대정신'을 긍정했지만 「여신」에 미약하게 나타난 '세기말'적 정서에 대해서는 부정적 시각을 취했다. 그는 낙관적인 근대 이성 정신으로 20세기를 이해하고자 했다. "20세기는 암흑한 세계이지만 이 암흑은 여명을 앞둔 암흑이다. 20세기는 죽은 세계이지만 이 죽음은 갱생을 예시하는 죽음이다. 이것이 바로 20세기의 중국"[9]이라는 데에서 이러한 점을 엿볼 수 있다. 따라서 '신월파'는 최후에 끝내 시가형식의 탐구에서 통일과 확고함을 지향했다.

'5・4'시대 작가 중에서 문일다는 유미주의 영향을 비교적 많이 받은 시인이다. 시가 창작실천이든 이론적 주장이든 모두 유미주의와 밀접한 관계를 보였다.

우선, 예술에 대한 태도, 즉 예술의 순수미에 대한 집착을 보였다. 문일다는 낭만주의 시인이며 유미주의 선구자인 키츠(Keats)를 찬미하면서 그를 '예술의 충신'으로 꼽았다. 키츠는 영국 낭만주의 시인 중 가장 유미주의 시인이었다. 그는 다른 시인들과 여러 가지 점에서 커다란 차이를 보였다. 그의 '소극적인 재능'의 주장은 주체로 하여금 외부의 자연에 순종하고 의도적으로 조작하지 않도록 했기에 그는 자기를 그 어떤 원칙에 좌우되지 않는 시인으로서 일체의 이론에 대한 경멸과 무관심의 태도를 보였고; 자아망각의 주장은 개성의 선양을 억제하면서 시인의 개성과 자아는 자신의 '소극적 재능'을 표현하려는 갈망과 대치[10]되는 것이라고 했으며, 낭만주의의 전기성도 반대하고 나섰다. 하지만 키츠는

9) 聞一多, 「女神的時代精神」, ≪創造周報≫ 第4號, 1923年 6月 3日.
10) 伍蠡甫, 『西方文論』下卷, 夏旦大學出版社, 1984, p.58.

'예술의 순미'를 주장한 낭만주의의 유미주의자였다. 그는 '미'와 '진'은 통일된 것이라고 하면서 시인은 상상력에 기대어 '진'의 경지에 몰입해야 하며 그것이 바로 '미'의 경계이기도하다고 했다. 이러한 미는 도덕을 초월한 것으로서 비공리적이며 후에 유미주의의 중요한 원칙과도 부합되는 것이다. 문일다는 예술지상과 유미주의를 인정하면서 유미주의에 대한 자신의 입장과 태도를 밝혔다.

문일다는 신월파에서 이론적 취미가 가장 깊은 시인이다. 그가 주장했던 신율격시의 이론적 기초에는 예술지상과 유미주의의 특징이 뚜렷했다. 1921년 문일다는 ≪청화주간≫의 문예란에 발표된 신시를 평론하는 글에서 예술지상적이며 낭만적인 유미 경향을 보였다. 그는 1년 동안 ≪주간≫에 발표된 백화시에 대해 엄격한 비판을 가하면서 자신의 주장을 공개했다. 그는 "시의 진정한 가치는 내재적 요소에 있는 것이지 외적 요소에 있는 것이 아니다. '언지무물(言之無物)'과 '무병신음(無病呻吟)'의 시는 짓지 말아야하거니와 범상한 사물, 감기나 고뿔 등도 시에 들 가치가 없는 것이다. 아래의 비평에서는 우선 환상, 정감을 첫 자리에 두고 다음 소리와 색의 요소에 중점을 둘 것이다."[11]고 했다. 이는 분명 낭만주의적 주장에 속한다. 하지만 문일다는 우선 키츠와 같이 감각으로부터 풍만하고 신비스러운 상상력을 불러일으킨 시를 가장 성공한 시로 짚었다. 이처럼 신비한 상상력은 바로 키츠가 유미주의 선구자로 꼽힌 가장 중요한 요소였던 것이다.

문일다는 「시의 율격」 서두에서 비공리적인 예술관을 자기의 이론적 기초로 삼았다. 공리성과 비공리성은 예술왕국에 장기간 존재하고 있던

---

11) 聞一多, 「評本學年"周刊"里的新詩詞」, 『最后一次演講』, 內蒙古出版社, 2003, p.221.

대립의 양면이었다. 근대에 들어 칸트가 제안한 심미의 비공리적 관점은 오랫동안 영향력을 행사했다. 칸트는 예술과 자연을 엄격히 구분하면서 예술속의 '인간'적 요소를 강조했는데 인류는 자기의 이성적 활동과 자유의지를 통해 예술을 창조하는 바 이는 자연계의 본능적인 활동과는 다르다는 점을 강조했다. 따라서 칸트는 예술을 인간의 순수한 자유로, 마치 게임의 자유처럼 대했다. 그는 '게임'으로 많은 미학적 현상을 해석했는데 시 역시 상상력의 자유로운 '게임'이라고 하면서 음악과 '색채의 예술'을 '감각게임의 예술'로 귀결시켰다. 칸트의 '게임설'은 후에 예술지상과 유미주의의 미학적 기초가 되었다. 문일다는 분명 이러한 비공리적 관념의 영향으로부터 자유롭지 못했다. 유미주의는 예술을 자연의 우위로 간주하면서 예술은 생활에 대한 모방이 아니라 오히려 생활이 예술을 모방하는 것이라고 하는데, 문일다의 "족쇄를 차고 춤을 춘다."는 시학의 게임설 역시 예술을 자연의 우위에 놓고 자신의 합리성을 논증했다.

문일다는 '5·4'시기의 시가가 낭만과 '자아표현'에서 도를 넘겼다고 하면서 예리한 비평과 조소를 가했다. 이 점은 '신월파' 공동의 이성적 정서였는데 양실추 역시 낭만주의에 반기를 들었다. 하지만 문일다로서는 자신이 숭상하던 키츠를 '예술의 충신'으로 추앙한 관점과 일치를 이루었다. 문일다의 시집 『홍촉(紅燭)』 또한 선명한 유미주의적 색채를 띠고 있다. 이 시집은 '예술지상'을 시가의 형식뿐만 아니라 보다 심각하게는 정신적인 면에서 구현했다. 『이백편』의 「이백의 죽음」에서도 미를 위해 몸을 바치는 면을 묘사했는데 이백에 대한 열광을 미로 표현함으로써 이백의 죽음에 신비한 색채를 가미했다. 이것이 바로 문일다가 일관적으로 주장하던 환상—상상력의 신비성이었다. 「검갑(劍匣)」에서도 죽음에 대하여 마찬가지로 미를 위한 순정을 보였는바, 작품에서 은일에 대한 인정, 검갑의 장식과정 및 검갑의 아름다움에 대한 진술, 선염 및 찬란한 색채 등에는 모두 동양식 유미주의 특징이 드러나고 있다. 작품 「서안」의 동안에 대한 철저한 절망과 혐오는 서안에 대한 집착과 함께 유미주의적이 아니라고 할 수 없다. 「색채」는 일반적으로 문일다의 유미적 경향의 대표적 작품으로 꼽는다. 이 작품은 '5・4'시기 기타 색채에 주목한 다른 시가와 달리 색채를 생명과 연관시키고 색채 즉 생명, 생명 즉 색채임을 보여주고 있다. 이는 미 즉 생명, 생명 즉 미라는 관점으로 문일다가 유미를 추구하는 하나의 선언격 작품이다. 하지만 문일다는 색채적 미에 일정한 도덕적 내용을 가미함으로써 서양의 유미주의와 일정한 거리를 두었다. 가령 「사수(死水)」는 유미주의의 세기말적 퇴폐와 절망을 보이는 한편 급진적인 현실비판을 가함으로써 유미주의에 현실성을 부여했다. 하지만 이는 그의 유미주의적 경향에 별로 영향을 끼치지 않았던바 유미주의의 기본정신 역시 현실에 대한 부정이기 때문이다.

제3절 모더니즘 시가 및 그 변천

1. 초기 상징파 시가와 이금발의 시가

중국 모더니즘 시의 붐은 상징주의에서 비롯되어 서양 상징주의 모더니즘 사조의 광범위한 전파와 함께 탄생했다. 모더니즘 시가는 개척기의 맹아, 발전기의 창조와 성숙기 등 세 가지 단계를 경과했는바, 구체적으로 초기 상징파 시인 이금발의 시험과 개척, 후기 상징파 즉 모더니즘 시인 대망서(戴望舒)의 발전과 창조, 고봉기에 들어서 '9엽파' 시인의 지성적인 개발을 거쳐 심화와 성숙단계에 진입했다. 중국의 상징주의, 모더니즘 시가의 조류는 곽말약을 대표로 하는 낭만주의 시, 애청을 대표로 하는 현실주의 시와 함께 중국 신시 발전의 주요 조류를 이루었고 중국 신시 발달사에서 휘황한 한 페이지를 장식했다.

중국 모더니즘 시가의 맹아는 상징파 시에서 비롯되었다. 상징파 시가는 거대한 역사적 사명을 띤 자세로 신시의 역사무대에 등장했다. '5·4'고조 이후 신시는 충분한 해방과 자유를 얻은 반역의 자세로 구시와의 투쟁을 결속 지었다. 하지만 그 뒤를 이었던 과도한 자유의 형식, 직설적이고 천박한 서정방식 그리고 필요한 시적 내용을 표현하는 백화 언어의 결핍 등으로 인하여 신시는 자체 내부에서 예술혁명의 운명에 직면했다. 그리하여 신시는 외부와 투쟁하는 혁명단계에서 내부 자체의 조정과 자아발전 및 건설을 시도하는 새로운 단계에 진입했다. 그의 목적은 시단의 규범화를 상실한 상태를 정리하고 신시 자체의 예술적 심미기능과 가치를 강화하자는 데에 있었다. 이 시기는 시가자체에 있어서도 아주 관건적인 시기로서 신시 자체의 과분한 형식의 자유에 대한 필요한 예술적 규범화를 실현하여 도에 넘치는 직설적인 서정양식을 개변함과 아울러 세련된 신시 언어를 보유해야 했다. 따라서 새로운 시학이론을 도입하거나 확립함으로써 새로운 시가의 미학적 관념을 창도하고 동시에 다른 부류의 새로운 시가의 천재와 별개 풍격의 시가유파 출현을 호소할 필요가 있었다.

이러한 배경 속에서 신시 작가들은 신시 초창기의 자유파 시가 단계 이후에 음악성이 강한 중국 전통적 율격의 고전시가에 눈을 돌리는 한편 구미 여러 나라의 현대파 시가에 대한 관심을 보였다. 전통시가에 대한 주목의 결과 그들은 새로운 율격의 시가를 창출했는데 문일다, 서지마 등이 창립한 '신월파'가 그 대표였다. 타국의 경험에 대한 수용은 그들로 하여금 상징파 시가를 대표로 하는 현대파 시가를 창출했는데 이금발(李金發), 대망서가 개척한 상징파, 현대파 시가가 그 대표였다.

중국 상징파 시가의 출현은 예술자체의 발전과 건설의 수요와 서양의 상징파 시가의 영향 외에도 당시의 사회형세와 시인들의 보편적인 심리적 욕구와 관련이 있었다. '5·4'문학혁명고조가 지나간 후 역사는 우회적이고 저조적인 시기에 진입했다. 대혁명의 실패는 시대의 앞줄에 나섰던 일부 청년들로 하여금 보편적으로 비관, 실망과 환멸을 감지케 하여 예술에서도 자아내부의 세계로 회귀케 했다. 그들은 새로운 시가의 미학적 관념에 대한 강렬한 욕구를 보였고 새로운 시가의 미학에 대한 추구에서 자신들의 영혼의 고민을 토로하고 진과 미를 동질의 적막에 빠진 사람들에게 보이고자 했다. 바로 이러한 사회배경과 심리적 욕구 및 예술적 자극 아래 그들은 서양 상징파의 자아표현, 내면세계의 발굴, 타락과 퇴폐에 대한 찬송, 내면을 향한 감상 등과 조우하고 상통함을 발견했다. 이러한 사회심리의 수용과 예술심미적 취향의 합일은 예술경향이 막을 수 없는 충격으로 전통의 속박을 탈피하고 새로운 탐구를 지향하게 했다. 이러한 탐구가 그룹적인 취향으로 변했을 때 제어하기 어려운 창작사조 또한 자연스럽게 발생한다. 중국의 상징파 시의 붐은 바로 이렇게 시작되었다. 창작영역에서 이 붐은 상징파 시가의 고향—프랑스에서 유학하고 귀국한 청년시인 이금발에게서 비롯되었다. 이금발은 탁월한 시가 창작실천에서 중국 초기의 상징파 시가를 개척했으며 창조사의 시인 목목천(穆木天), 왕독청(王獨淸), 풍내초(馮乃超) 등과 함께 중국 신시예술과 서양의 현대파 시가예술의 정합을 실현함으로써 신시예술의 초보적인 자아구축을 완성했다. 문학사에서 관례상 이금발을 대표로 하는 1925~1927년 전후의 짧은 시기 상징파 시가창작 조류를 초기 상징파 시가라고 부른다.

이금발(1900~1976)은 광동성 매현 출신으로 1919년 프랑스 유학중 조각을 전공했다. 유학 초기 그는 프랑스 남부 도시 디종(Dijon)에서 체류하다가 후에 파리로 옮기고 유학시절 당시 프랑스에서 흥행하던 상징파 시가의 영향을 받았다. 19세기 후반 프랑스 상징파 대시인인 보들레르, 폴 베를렌, 말라르메, 랭보 및 1920년대를 풍미한 상징파 시인 폴 발레리 등이 모두 그의 관심을 끌었고 그가 상징파 시가의 창작에로 나아가도록 영향을 주었다. 상징파 창시인인 보들레르의 시집 『악의 꽃』은 그가 주야불문하고 애독하던 작품이었고, 그 또한 2, 3년 사이에 대량의 시가를 창작하여 3권의 시집, 즉 『미우(微雨)』(1925), 『행복을 위한 노래(爲幸福而歌)』(1926), 『식객과 흉년(食客与凶年)』(1927)을 묶어냈다. 청년시인 이금발은 이렇게 상징파 시가의 고향에서 우국의 정서가 듬뿍 담긴 시집을 펴내면서 중국 상징파 시가의 창작도로에 올랐으며 중국 상징파 시가 창작의 선봉과 대표인물로 부상했다. 이렇게 중국 초기 상징파 시가는 이금발에 의해 탄생되었다.

하지만 진정으로 초기 상징파 시가를 위해 이론적 건설을 제공했던 자는 이금발이 아니라 목목천과 왕독청이었다. 두 사람은 초창기 신시의 지나친 사실(寫實), 직설적인 정서의 발로와 시와 산문을 구분하지 않는 산만한 상태에 대하여 자신들의 독창적인 시가미학 관념과 원칙을 제출했다. 상징파 시가의 이론은 주로 시가 자체에 대한 심미적 정의, 시의 사유방식, 시의 표현수단 및 서정양식, 시가의 미학적 색채 그리고 언어를 고도로 낯설게 함과 신기화함에서 구현된다. 이금발은 주로 창작실천영역에서 그들과 호응하면서 묵계를 이루었던 것이다.

상징파 시가는 시의 내적 생명상징의 「순시(純詩)」설을 창도했다. '순시'설은 주로 목목천이 1926년 「담시−말약에게 보내는 편지 한 통」에서 제안하고 천명한 이론이다. 목목천이 제안한 '순시'설은 주로 두 가지 면이 포함된다. 첫째, 시와 산문은 완전히 다른 두 개의 영역으로서 "순수한 표현의 세계는 시가영역에 남기고 인간생활은 산문이 담당하도록 하자.", "시의 세계는 잠재의식의 세계이다.", 시는 "내적 생명의 반사이고", "내적 생활의 진실한 상징"이라는 것이다. 둘째, 시는 산문의 사고방식, 표현양식과는 구분되어야 한다는 것이다. 시인은 "시인의 사유술법, 시적 논리학을 찾아야 한다.", "시의 사고법으로 생각해야 하며", 산문문법을 '초월'한 "시의 문장 구성법으로 표현해야 한다.", 동시에 "시는 암시적이어야 하며 시가 가장 꺼리는 것은 설명이다. 설명은 산문세계에 속하는 것이다. 시의 배후에는 커다란 철학이 있어야 하는 바, 시는 설명철학이 되지 말아야 한다.", "시는 화학의 $2H_2+O_2=2H_2O$와 같이 명백한 것이 아니다. 시는 명백하지 않을수록 좋다. 명백한 것은 개념의 세계인 바, 시가 가장 기피하는 것은 개념이다." 등의 논리인 것이다.

내적 생명을 표현하는 '순시'설은 시의 암시와 몽롱 및 논리적 사유에 대한 거부를 위주로 한 시적 사유술을 강조하고 있는데 특히 시가창작과 해독에서 연상과 상상의 중요한 지위를 강조했다. 연상과 상상을 활용해야 만이 도약적인 시적 사유를 운용할 수 있는 것이고 시인의 몽롱한 암시 속에서만이 사물 사이 피차 간의 연계를 건립할 수 있다. 이금발의 시가는 바로 상술한 특징을 뚜렷하게 드러내고 있었다. 그는 일반인이 부동하게 여기는 사물에서 동일함을 발견하고 사물 간의 새로운 관계를 발견하는 데 능했으며, 시의 조직에서 종종 생략법을 사용하는 바, 시인의 구상과정에서 시적 형상간의 연상과정을 생략하고 가장 선명한 감관적인 형상을 돌출된 지위에 놓고 독자로 하여금 자신의 상상으로 그 사이의 연관을 맺도록 한다.

이금발의 「기부(弃婦)」는 일련의 형상물, 석양, 재, 연통, 까마귀, 뱃노래 등 상관없는 사물들을 나열하고 있다. 겉보기에 이러한 사물들은 아무런 관계도 없지만 석양, 재, 까마귀, 해일, 뱃노래 등은 모두 일종의 퇴폐, 감상, 우울의 정서를 암시하고 있는데 버림받은 부인(기부)의 형언하기 어려운 내심의 '은밀한 우수'가 이러한 일련의 사물들을 통해 구체적 형상을 획득하게 된다. 기부의 이러한 은밀한 우수는 독자들에게 풍부한 연상을 불러일으키기에 충분하다. 소외된 사회에서 포기된 사람들은 모두 이러한 형언하기 어려운 우수를 지니고 있는 것일까? 이금발 시의 암시와 몽롱 그리고 도약적인 시적 사고는 연상과 상상의 수단에 힘입어 여기에서 저기로, 특수에서 보편에로 이르는 무궁한 힘을 낳게 되고 이로써 인간의 내심적 세계를 심각하게 표현한다. 멀리 상거하고 있는 사물들에서 시적 연관성을 발견하고 시가예술에서 '암시'의 지위를 돌출이 하며 독자의 감상과정에서 능동적 역할을 중요시함으로써 전통적인 외재적 현실에 대한 표현 및 내적 정서의 직설적인 서정양식과는 완전히 다른 일면을 보이고 있다. 다른 한편 이는 또 중국 당시, 송사의 시학 관념과 일정한 암묵을 이루고 있는데 그러함으로 동서양의 시학과 유기적인 결합을 이룬다. 이금발은 시집 『식객과 흉년』의 「자서」에서 "동서양의 작가들은 곳곳에 동일한 사상, 숨결, 안광과 취재를 찾아볼 수 있다", 따라서 "그들의 근본적인 점"에 착안하여 "양가의 모든 것은 소통, 즉 조화할 수 있다는 것"이라고 했다.

이금발의 시가는 또 상징파 시가의 독특한 미학적 정감의 색채, 즉 우울과 적막, 애상과 우수의 색채를 보여주고 있다. 이러한 우울과 적막, 애상과 우수의 정감적 색채는 추를 미화하는 대량의 그로테스크한 예술적 이미지에서 뚜렷하게 나타났다. 이는 그가 우울과 추악함을 미로 간주하는 상징파 시인 보들레르의 "악의 꽃"에 나타난 미학관념에서 깊은 영향을 받았음을 말해준다. 보들레르는 우울은 미의 훌륭한 동반자이며 미의 전형에는 모두 불행이 수반된다고 했다. 그는 또 시의 목적은 바로 선량과 미를 구분하고 추악의 내면에 감추어진 미를 발굴하는 것이라고 하면서 예술의 신기한 능력은 바로 가장 공포스러운 물건을 예술적으로 표현할 때 그것을 미로 전환하는 것이고 고통 역시 음률의 리듬에 따라 심신에 잔잔한 희열을 가져다주는 것으로 전환시킬 수 있다고 했다. 보들레르의 이러한 미학관점은 거의 전부 이금발에게 수용되었는데 그는 대량의 우울한 색채를 띤 그로테스크한 이미지의 시로써 그가 감지한 우울과 적막과 애상과 우수의 정감을 표현했다. 그의 시집 『미우』 99수는 거의 모두가 그로테스크한 이미지군을 이루고 있는데 시신, 해골, 한야, 황야, 낙엽, 잔양 등의 이미지만도 백여 차례 등장한다. 『미우』는 퇴폐적인 정서가 침투되어 있는 시집으로 당시 중국 사회환경의 추악한 현실에 대한 이금발의 증오의 정서와 낙후한 민족문화에 대한 우울, 적막, 애수와 우수의 심정을 표현하고 있다.

이금발의 시가는 언어에서도 상징파 시가의 특징인 고도의 생경화와 신기화의 원칙을 구현하고 있다. 이는 대량의 그로테스크한 이미지의 도입에서뿐만 아니라 낱말의 음성적 색채를 아주 중요시하면서 음색감각의 교차를 추구하며 대량의 문언을 시에 도입함으로써 문언과 백화의 융합을 이룸과 동시에 서구화 색채가 아주 농후한 시가 언어풍격을 이루었다.

물론 이금발 외에도 기타의 초기 상징파 시인들 역시 예술에서 상응한 탐구를 시도했지만 예술적 성취에서 이금발이 가장 뚜렷했다. 목목천, 왕독청 등은 주로 이론 면에서 성취를 이룩하였다. 이금발을 대표로 하는 초기 상징시파의 예술적인 추구에 따라 신시는 초창기 시가 관념, 심미원칙에 대한 자아반성과 혁신을 완성하고 신시예술의 자아조정과 구축을 실현함으로써 현대화의 새로운 단계에 진입, 세계시가 발전의 현대화 조류에 합류하게 되었다. 후기 상징파의 시가예술은 대망서에 이르러 보다 원숙하고 정치하게 되어 초기 상징파 시가의 과도한 그로테스크, 생경과 짙은 서구화의 흔적 등 그 약점을 극복했다.

2. 대망서와 현대파 시가

후기 상징파 시가는 주로 현대파 풍격의 시가 모습으로 나타났는데 30년대 현대파 시가는 후기 신월파 시가와 20년대 말기의 상징주의에서 탈퇴한 것이다. 현대파 시가는 프랑스 후기 상징주의를 위주로 영미의 이미지파와 T·S 엘리엇을 대표로 하는 서양 현대파 시가의 정신과 방법을 참조 삼아 형성된 시가 유파이다. 중국 현대파 시가는 바로 초기 상징파 시인 이금발 등의 강력한 개척을 거쳐 비로소 대망서를 대표로 하는 현대파 시가의 점진적인 성숙과 공식 확립의 단계로 전환했다. 이 유파는 상징주의와 내재적이고도 심각한 정신적 혈맥관계가 있기에 상징파라고 부르기도 한다. 하지만 실제로 미학적 관념은 발레리 등을 대표로 하는 후기 상징파 시학의 영향이 더욱 짙었는데 초기 상징주의의 발전과 심화로 간주할 수 있다. 그 과정에서 중국 전통의 고전시학 정신과 이역의 시학 관념을 유기적으로 융합시켜 초기 상징파와는 조금 다른 전통적이고도 현대적이며, 함축적이고도 친절하며, 화려하고 슬프면서도 소박하고 우아한 중서겸용, 고금병행의 단정하고 우아한 시풍을 형성했다. 이러한 이유로 이 유파를 현대파 시가라고 이름한 것이다. 현대파 시가는 주도적인 인물 대망서가 직접 참여, 편집한 문학잡지 ≪현대≫에서 그 이름을 따온 것이다.

대망서(1905~1950)는 절강성 출신으로 시집 『나의 기억(我底記憶)』, 『망서초(望舒草)』, 『망서시고(望舒詩稿)』, 『재난의 세월(災難的歲月)』 등이 있다. 대망서는 초기 상징파와 신월파의 영향을 깊이 받았던 바 1927년에 창작한 「우항(雨巷)」으로 명성을 날려 엽성도는 그를 "신시의 음절을 위해 새 기원을 열었다."[12]고 평가했다. 「우항」은 시인이 초기 상징파의 시풍에서 탈피했다는 표지이며 이로부터 신월파는 현대파로의 과도를 시작했다. 1929년 「나의 기억」의 창작은 진정한 현대파 시의 기점이었다. 1932년 시칩존(施蟄存) 주간, 대망서, 두형이 참여한 대형문학간행물 ≪현대≫(1932.10~1935.7, 총 10기 출간)가 공식 창간 출판되었다. 이 잡지는 체계적으로 서양 현대파, 이미지파의 시가이론을 대량으로 소개했고 시가창작실천에서 자각적으로 현대파 시가를 창도함으로써 현대파 시가가 독립과 성숙으로 나아가는 중요한 거점이었다. 1935년 대망서가 주최하던 간행물 ≪현대시풍≫이 출판되어 후에 대망서와 변지림(卞之琳), 양종대(梁宗岱), 풍지(馮至), 손대우(孫大雨) 등 5인이 주간을 담당한 월간 ≪신시≫(1936.10~1937.7, 총 10기 출간)와 함께 현대파 시가의 영향을 확대함으로

12) 杜衡, 「≪望舒草≫序」, 梁仁 編, 『戴望舒詩全編』, 浙江文藝出版社, 1989, p.52.

써 이론과 창작실천에서 모두 중요한 공헌을 하게 되었다.

현대파 시가에 대한 독특한 공헌과 ≪현대≫ 등 간행물에서의 탁월한 표현, 독특한 현대파 시가 풍격의 실천 등으로 인하여 대망서는 현대파 시가의 수령으로 추대받아 대망서의 이름은 ≪현대≫, 현대파 시가와 긴밀한 연관을 맺게 되었다. 현대파로 불리는 시인은 또 시칩존, 하기방(何其芳), 변지림, 김극목(金克木), 폐명(廢名), 임경(林庚), 이백봉(李白鳳) 등이 있다. 그들은 대망서와 함께 1930년대 중국 현대파 시가를 풍부하고 원숙한 경지로 이끌었으며 현대인의 시적 정서와 감수를 진지하게 표현했다.

현대파 시가의 주요 이론과 미학적 관념은 ≪현대≫에 게재된 시칩존의 시가평론에서 집중적으로 표현되었다. ≪현대≫ 주간인 시칩존이 ≪현대≫ 제4권 제1기에 발표한 「또 본간의 시에 관하여」는 현대파 시가의 선언으로 간주할 만하다. 그는 "≪현대≫의 시는 시이며 또 순전한 현대시이다. 이러한 시들은 현대인이 현대생활에서 감지한 현대적 정서를 현대의 낱말로 나열한 현대적인 시형"이라고 했다. 여기에서 강조하는 점은 첫째, 순전한 '시'라는 것, 즉 신시의 계보에서 초기 상징파의 '순시'의 전통적인 맥락에 닿는다는 것, 둘째, '현대'시라는 것, 바로 이러한 두 개 면에서 1930년대 현대파 시의 주요한 특징을 구성했다. 현대파 시의 이 두 가지 주요 특징은 대망서를 대표로 한 현대파 전체 시인들의 창작 속에서 집중적으로 구현되었다.

현대파 시는 우선 순전한 '시'의 요구에 부합되어야 하며 반드시 시의 예술적 소질을 보증해야 했다. 이는 초기 상징파의 '순시'설을 이어받았을 뿐만 아니라 또 일정한 지양의 태도로 지나친 서구화 색채, 지나친 그로테스크화, 생경, 난삽함으로 인해 부드럽고 돈후하며 친절하고 함축적이며 단정하고 우아하며 자연스럽고 소박한 전통적인 시풍에서 이탈한 초기 상징파의 부족한 점을 보완해야 했다. 이 목표를 위해 그들은 동서양의 시가 예술을 융합시켜 동서양 시학의 소통에 주력했으며 전통과 현대 사이에서 절도 있는 멋을 추구했다.

대망서를 대표로 한 1930년대 현대파 시인들은 중외 시가예술의 자양분을 섭취할 때 초기 상징파 시인들과는 달리 강렬한 현대 심미의식과 민족시가의 전통에 대한 자각적인 귀의를 보임으로써 이론탐구와 창작실천에서 스스로 중외 현대시가예술의 융합을 지향했다. 이러한 융합은 첫째, 현대파 시의 예술궤도에서 진행된 것이고, 둘째, 서양의 상징파, 현대파 시와 중국 전통시가의 예술을 수용하는 데 관한 융합으로써 그 목적은 중국 동양민족의 현대파 시를 창조하는 데 있었다. 서양 현대파 시와 중국 전통시가 예술은 융합을 이루는 불가결한 두 개 방면이었다.

대망서는 창작초기 중국 고전시가의 예술적 분위기에 침몰하여 음율미의 탐구에 주력함으로써 구시와 같은 '음미'할 요소를 찾는 한편 프랑스 시가에 많은 흥미를 갖고 경험을 얻는 데 주력했다. 프랑스 상징파 시인의 표현방법은 그에게 특수한 흡인력이 있었는데 그 근원은 프랑스 상징파 시인의 "특수한 기법이 마침 스스로를 감추지도 않고 스스로를 표현하지도 않는 그러한 시 창작의 동기와 일치했기 때문이다."[13] 그는 레드 미 구르몽(Remy de Gourmout)을 프랑스 후기 상징주의 시단의 영수라고 하면서 "그의 시는 절대적인 미묘함—심령의 미묘함과 감각의 미묘함이 있다. 그의 사랑시는 독자들에게 완전 미세하고 섬세한 감각을 준다."[14]고 했으며, 프랑시스 잠의 시는 "일체 허풍스러운 화려함, 정치함, 요사함을 포기하고 자기의 순박한 마음으로 자기의 시를 쓴다."고

13) 杜衡, 「"望舒草"序」, 梁仁 編, 『戴望舒詩全編』, 浙江文藝出版社, 1989, pp.51~52.
14) 戴望舒, 「西萊納集.譯者前記」, ≪現代≫ 第1卷 第5期, 1932年 9月 1日.

하면서 그 수식 없는 시에서 일상생활속의 가장 보편적인 소리를 듣고 이상한 미감을 얻게 된다고 했다. 이러한 점들은 모두 대망서가 과정적이고 추상적인 낱말들로 된 시편을 반대하고 포기할 것에 대한 주장과 자기의 시를 잠재적인 의식이 표현하고자 하는 그러한 "심령의 미묘함과 감각의 미묘함", 일상생활의 보편적인 소리를 시가 속에 용해하는 미학적 이상에 대한 추구를 보였다. 또한 전달에서 가장 순박하고 매혹적인 '시적 경지'를 창출하여 수용자로 하여금 '이상한 미감'을 감지하도록 하려는 노력을 보이고 있다. 프랑스 후기 상징파 시인들이 지닌 심미적 특징은 곧바로 민족전통과 신시의 현대성에 근거한 대망서의 심미탐구의 선택이었다.

쌍방향의 탐구에서 예술의 '융합', 전환을 추구하는 것은 대망서의 시가작품이 초기 상징파 시인들을 초월하고 보다 민족적인 색채의 특징을 띠게 했다. 현대파 시인들은 중국의 고전시가를 광범위하게 섭렵하고 낭독한 전제 아래 특히 이상은, 온정균(溫庭鈞) 등을 대표로 하는 만당 시인들의 작품에 경도했는데 대망서, 변지림, 하기방, 폐명, 임경(林庚) 등이 그 부류의 시인들이었다. 이들은 창작실천에서 자기 내면의 정서와 감각의 토로에 치중하면서 이러한 정서와 감각에 몽롱한 외의를 씌움으로써 몽롱한 정서의 표현이란 경지를 창출했다. 몽롱한 경지 속에서 정서와 경물, 주관과 객관의 조화로운 통일의 시적 경지와 분위기를 조성했다는 것이다. 당나라 전성기의 투명하고 분명한 정서 및 표현방법과는 달리 만당 시가의 풍격은 현대시인들이 애호하는 함축적이며 상징적인 심미적 정취에 대한 추구에 부합되는데 그들은 거기에서 서양의 상징파 시, 이미지파 시, 모더니즘 시 간의 예술적 접합점을 발견했다. 상징적인 몽롱을 창조하고 미적 특질의 이미지 창출에 주력하며 이미지의 표현과정에서 자신의 감정과 사고를 전달하는 것은 바로 만당시의 경지에 대한 추구의 한 표현이다.

대망서의 「우항(雨巷)」은 중국 전통시가의 시적 경지의 창출에 주력하는 장점을 수용했는데, 심지어는 직접 "라일락에 공연히 빗속의 우수만 쌓이네"라는 빗속의 라일락으로 개인의 해소할 수 없는 우수를 상징하는 전고를 채용하고 있지만 단순히 그것을 옮겨오거나 해석한 것이 아니라 아름다운 상징적 의미의 형상창조 노력이 깃들어 있다. 고전미의 결정체는 시인의 현대적인 전환을 거쳐 그 과정에서 서양 상징파의 기법을 흡수하여, 시가 속의 '아', '처녀', '우항' 등의 이미지에 깊은 상징적 의미를 부여했다. 이와 동시에 은닉의 투명도를 높여 서양 상징시의 난해한 흠을 피면하고 동방민족의 투명한 몽롱의 미를 창출했다. 중외 시가예술의 융합에 대한 대망서의 탐구는 이처럼 주로 상징적 이미지의 암시성과 이미지가 보여주는 심원함의 결합에서 나타나고 있다.

대망서를 대표로 하는 1930년대 현대파 시인들이 동서양 시가예술의 소통과 중외 시가예술에서 융합의 임무를 담당할 수 있었던 것은 바로 그들이 중서양 현대시의 예술융합에 대한 자각적인 의식을 가지고 있기에 예술창조 자체의 입각점, 즉 중국 현대 상징시의 현대성과 전통성의 소통 가능한 관계를 찾았던 것인데 이러한 것은 중국민족의 심미습관인 '미묘하고 정교함'의 소재이다. 따라서 그들은 초기 상징파 시의 전통에 대한 거리감과 생소함, 전달상의 '난삽함'을 개변하고 전통과 현대 사이에서 절도 있는 멋, '표현'과 '은닉' 사이의 몽롱한 미를 추구함으로써 신시의 현대적 예술의 쌍방향적 흡수와 융합을 거쳐 일종의 새로운 예술적 초월을 실현했다. 현대파 시가의 현대성에 대한 추구는 주로 '현대인의 생활'과 '현대적 (감수와) 정서' 및 '현대적 수식'이 결정한 '현대

시형'의 두 개 방면에서 표현된다.

'현대인의 생활'은 주로 도시에 거주하는 현대인의 도시생활을 가리키는 바, 도시생활에 대한 대량적인 표현은 현대파 시인들이 중국신시 영역의 중요한 공헌 중 하나이다. '현대적 (감수와) 정서'는 주로 현대 도시생활이 초래한 고독과 적막, 방랑과 뿌리 없는 감각의식을 가리키는데, 이러한 감각은 종종 담담한 애원과 향수로 나타난다. '현대적 수식'이란 주로 대망서를 대표로 하는 1930년대 현대시파가 구어의 운용을 중시하면서 그것을 교묘하게 문어와 함께 시가 속에 융합시켜 아속의 공유를 조성하여 친절하고 자연스러우면서도 함축적이고 아름다운 언어적 효과를 창출하는 것을 가리킨다. 대망서의 「나의 기억」과 기타 시인, 가령 변지림의 시 속에서 이러한 면이 집중적으로 표현되었다. 대망서가 개척한 노선을 따라 탐색을 멈추지 않은 '한원(漢園)' 3시인, 즉 하기방, 이광전, 변지림은 중국 현대파 시가를 위해 독특한 풍격의 『한원집(漢園集)』을 공헌했는데, 하기방의 『연니집(燕泥集)』, 이광전의 『행운집(行云集)』, 변지림의 『수행집(數行集)』이 망라된다. 그들은 동서양 시학의 융합을 보다 중요시했던 신세대 시인들이었다. 물론 30년대 현대파 시인들 가운데 비교적 특색이 있는 시인들로는 폐명과 신율격시 창작에 주력했던 임경도 있다. 그들은 대망서와 마찬가지로 30년대 중국 현대파 시가 창작을 제고하고 풍부히 하기 위해 탁월한 예술적 탐구와 실천을 보인 작가들로서 중국 30년대 현대파 시가로 하여금 비교적 높은 품위와 다양한 예술적 풍격을 획득하도록 했다.

3. 9엽시파

1940년대 후 당시 국민당 통치구인 상해에 선후로 두 개의 중요한 시가 전문간행물이 나타났다. ≪시창조≫(1947년 7월 창간, 총 16기 종간), ≪중국신시≫(1948년 6월 창간, 총 5기 종간) 이 시가 전문 간행물의 출범은 중국 모더니즘 시가의 발전이 심화와 성숙단계로 진입했음을 알리는 표징이며 중요한 시가 유파 9엽시파의 형성을 알리는 표징으로써 중국 현대시가사에서 중요한 의의를 지닌다. 이 두 잡지에 발표된 시가는 남북의 각각 다른 지역에서 온 9명의 젊은 시인, 신적(辛笛), 진경용(陳敬容), 당기(唐祈), 두운섭(杜運燮), 항약혁(杭約赫), 정민(鄭敏), 당석(唐湜), 원가가(袁可嘉), 목단(穆旦) 등의 작품이었다. 그들의 작품은 약속이나 한 듯이 모두 근접한 풍격을 보였고 대체로 근접한 시가의 미학적 추구를 구현했다. 그리하여 사람들은 시풍이 근접한 이 9명의 시인을 9엽시파라고 부르고, 그들의 작품은 9엽시라고 불렀다. 분명한 것은 이들이 창작실천 과정에서 점차 형성된 시가유파라는 점인데 애초에 정식으로 명명되지 않고, 1981년 강소인민출판사에서 9명 시인의 작품을 『9엽집』으로 묶어 낼 때 공식적으로 9엽시파와 9엽시인이라는 이름을 얻게 되었다.

9엽시인들은 선후로 상해, 북평, 천진 등지에서 창작에 임하여 시작들을 발표했다. 시와 현실의 관계, 시의 표현수법, 시가의식 등의 면에서 사뭇 일치된 관점을 지녔던 그들은 항약혁의 조직 아래 ≪시창조≫와 ≪중국신시≫ 두 핵심간행물에 집중하여 창작실천 과정에서 점차 한 시가 유파—9엽시파를 형성하기에 이르렀고, '남북방재자재녀의 대회집(南北方才子才女大會串)'이라고 불리웠다. 9엽시파는 바로 이 두 시가잡지에서 활약하는 가운데 피차 가까워지고 공동의 인식을 달성함으로써 시가

유파를 형성했다. 그들은 성군출판사(星群出版社)를 창립했으나 신속히 해산되었다. 9엽시파의 창작은 중국의 신시를 현대화 단계로 끌어올렸고 중국 모더니즘 시가의 고봉을 창출했다.

9엽시인의 시가관념은 서양 구미 현대파 시가 이념의 영향이 뚜렷하다. 원가가는 신시의 희곡화를 제창할 때 릴케와 오든을 극구 추앙했고, 진경용은 릴케의 시를 번역하면서 그 영향을 받았으며, 항약혁은 오든의 영향을, 목단, 두운섭, 정민은 서양 현대파 시인에게 깊은 영향을 받았다. 대체로 그들은 릴케의 시에서 "잠재적이고 심후하며 정지된 조각상 같은 미"를 발견했고, 오든의 시에서는 "활발하고 광범위하며 기동적인 유체의 미"를 발견했다. 전자는 내향적이고 심도가 있으며 후자는 외향적이고 폭이 넓었던 것이다. 목단, 정민, 신적이 전자의 풍격에 가깝고, 항약혁, 당기, 원가가는 후자에 가까우며, 진경용과 당석은 양자를 겸용하고 있다. 그 외에도 그들은 언어의 다의성, 불투명성, 암시성을 중요시하면서 아이러니, 역설의 용법에 능하고 과감하게 상상적인 논리로 개념의 논리를 대체하여 최대한 의식량을 획득하기에 주력했는데 이 모두 서양 현대파 시가에서 자주 사용되는 표현수법이었다. 따라서 그들은 주로 정신사상, 예술형식과 표현수법 등 몇 개면에서 서양 현대파 시가를 수용했다. 40년대 신시의 유파로서 그들은 20, 30년대의 신월파, 상징파, 현대파의 일부 풍격을 계승했다. 신적, 진경용이 데뷔했을 때 현대파 시풍이 붐을 일으키고 있었고, 목단, 두운섭, 정민, 원가가는 서남연대시절 문일다, 풍지, 변지림 등을 스승으로 모셨다. 따라서 9엽시파는 문일다의 애국주의와 민중에 대한 깊은 동정, 풍지의 섬세한 철학적 사고, 변지림의 심사숙고와 침착함을 이어받았다. 신월파든 상징파이든 아니면 현대파이든 모두 유럽 현대파 시가에서 일정한 영향을 받았는데 이는 객관적으로 그들 시가의 모더니즘 특징을 강화했다.

9엽시인들은 대개 고등교육을 받았던 아카데미 출신들이었다. 그들은 대학시절에 서양의 유명한 현대시인 겸 이론가, 가령 오든 등의 시학 강좌를 들었거나 또는 구미 유학을 거쳤기에 시학적 수양이 비교적 높은 편이었다. 따라서 그들은 시어와 문구의 조직에서 어느 정도 서구화 경향을 보였을 뿐만 아니라 회화와 상통하거나 여러 가지 예술을 융합하는 언어미학적 색채를 보였다. 가령 신적의 언어는 중국 고전시가와 서양 인상파의 색채를 겸용하고 있으며, 항약혁은 시어, 백화, 가요를 겸용하고 있고, 목단은 중서언어의 다의성과 유연함을 융합시켰으며, 두운섭의 익살과 기지, 정민의 조각상형의 심사숙고, 진경용의 명쾌와 의미심장함의 교체, 당기의 청신하고 유려한 목가적 정조, 당석의 웅위로운 패기와 열정 등은 모두 비교적 뛰어난 시가 언어예술의 재능을 과시했다.

9엽시파는 시가예술 창작에서 서양 모더니즘 시가 이론의 깊은 영향을 받았기에 선명한 모더니즘 시가의 특징을 지닌다. 그리고 이러한 모더니즘 시가의 특징은 언어의 다의성, 아이러니와 서구화적 경향 외에 또 하나 중요한 특징, 즉 시가 창작에서 표현상의 객관성과 간접성의 원칙을 돌출하게 강조하는 특징을 지니고 있다. 이는 주로 시인 겸 이론가인 원가가가 제안한 '신시의 희곡화' 목표를 실현하기 위함이었다. '신시의 희곡화' 목표는 의지와 정감을 경험으로 전환하여 희곡적인 표현을 얻도록 하며 설교적이거나 감상적인 열악한 경향을 회피하여 희곡효과의 제1원칙인 표현상의 객관성과 간접성을 표현한다는 것이다. 그들은 "시를 단지 격정의 노출이란 미신을 반드시 타파해야 한다. 시에 대한 피해를 초래하는 이론에서 감정의 방종보다 더 심한 것은 없다.", "반드시 사상의 성분을 융합시키고 사물의 심처, 본질에서 자신의 경험을 전환시켜야 한다."[15]고 예리하게 지적했다. 이는 주로 당시 시단에 존재하고 있던 두 가지 폐단, 즉 설교와 감상을 겨냥한 것이다. 그들은 설교와 감상은 모두 자아의 묘사에 지나지 않는다고 하면서 직접적이고 천박한 서정, 즉 전투를 묘사하는 슬로건식이거나 구호식의 시가에 반대했다.

'신시의 희곡화'에 대해 원가가는 「희곡주의를 논함」에서 희극화의 세 가지 방향을 제안했다. 첫째는 릴케 식으로 내면에 대한 끈질긴 탐구로 "자기 내면의 소득과 외계 사물의 본질을 한데 아울러 시로써 표현하는 것이고, 둘째는 오든 식으로 심리에 대한 이해를 시적 대상의 지면에 옮겨 시인의 기지 및 문자를 운용하는 특수한 재능으로 대상을 생동하게 묘사할 뿐 시인의 경향은 드러내지 않는다는 것, 셋째는 희곡적 표현방식이다." 9엽시인들은 창작실천에서 기본적으로 위의 두 가지 희곡적 경향을 드러냈는데 목단, 정민, 당석, 당기, 진경용을 대표로 한 시인들은 릴케 식에 속했고, 우운섭, 앙약혁, 원가가를 대표로 한 시인들은 기본적으로 오든 식에 속했다. 이러한 희곡화의 세 가지 방향은 모두 필연적으로 객관성과 간접성의 원칙을 채용하게 되는 것이었다.

원가가는 「신시현대화의 재분석」에서 신시 희곡화의 간접성, 객관성의 표현원칙을 자세하고도 심도있게 논술했다. 그는 표현의 간접성이란 바로 "감각곡선"의 전달로써 감각의 '직선운동'을 대체하는 것이라고 하면서 내면생활이 풍부한 작가가 특정한 시공간 내에서 얻은 감각의 발전은 필연적으로 곡절적이며 가변적이라고 했다. 따라서 오로지 간접성, 우회성, 암시성의 곡선적인 전달만이 비로소 현대적인 삶을 살아가

15) 袁可嘉, 「新詩的戲劇化」, ≪詩創造≫, 1948年 6月 第12期.

는 현대인의 날로 복잡해가는 정서를 토로하기에 적합하다는 것이다. 어떻게 곡선적으로 전달할 것인가에 대해 그는 사상감각 등과 상당한 구체적인 사물로 재현하는 방법 외에도 특별히 이미지 비유의 특수한 구조법으로 표현할 것을 제안했다. 그는 현학, 상징 및 현대시인들은 낭만과 이미지 비유의 공허함과 모호함을 극도로 혐오하는 바, "오로지 표면적으로는 전연 관계가 없지만 실질적으로는 유사한 사물의 단구 혹은 비유만이 비로소 적확하게, 충실하게, 효과적으로 자기를 표현할 수 있으며 이러한 원칙에 근거한 이미지는 모두 경이로운 불가사의, 신선함과 놀라운 정확함과 풍부한 효과를 낳을 수 있다."고 했다. 이러한 비유는 신기함에 기대어 독자들의 능력을 자극하여 그들로 하여금 "이미지 및 그 대표적인 사물의 정확함에 대한 움직임 없는 태도, 정감사상의 강렬한 결합이 낳은 복잡한 의미를 문득 깨닫게 한다."는 것이다. 이러한 이미지 비유 구조법칙은 그 실질에 있어서 모더니즘의 '원거리 비유'로 전통적인 '근거리 비유'를 대체한 것인데 주로 오든의 영향이 컸다. 원가는 이러한 객관적이고 간접적인 표현, 곡선적인 전달은 문자로 하여금 새로운 운용을 통하여 일상용어가 구비하지 못한 탄성과 강인성을 획득하도록 한다고 했다. 문자의 탄성과 강인성은 시가언어에 내재한 모호성, 풍부성을 보장하며 이러한 탄성과 강인성만이 시가로 하여금 고도의 상징성을 띠게 할 수 있다.

9엽시파는 창작실천에서 전술한 객관성과 간접성의 원칙을 구현했다. 그들은 영물시에서 객관사물에 대한 정신적인 인식으로써 사상감정의 파동을 표현하여 자기 내심의 소득과 외계사물의 본질을 한데 아우른 후 시가에서 표현했으며, 일부 전형적인 인물시에서는 자기의 기지, 총명과 문자능력을 이용하여 인물을 생동감 있게 그려냈다. 9엽시인들은 내면의 발굴에 주력하고 내부에서 외부로 발사하여 객관적인 대응물을 찾았으며 비교적 함축적이었기에 개념화, 슬로건 구호식의 폐단과 감정의 무절제한 방임의 낭만상태를 효과적으로 피면하였다. 그리하여 예술표현에서 서정시의 창작으로 한층 업그레이드하였고 중국 모더니즘 시가의 창작과 발전을 심화와 성숙의 단계로 끌어올렸다.

9엽시파의 또 한가지 중요한 특징은 도시생활을 소재로 하는 상당수의 도시시를 창작하고 이러한 작품에서 현대인의 정신적 곤경, 즉 냉담, 고독, 공허, 격리, 경쟁, 이기와 탐욕 등을 심각하게 드러냄으로써 소외된 현대인의 황막한 내면세계를 보여주었다. 이는 서양의 현대파 시가의 영향과 무관하지 않았다. 그들이 추앙하는 엘리엇, 오든, 릴케 등은 20세기 현대도시에서 살았던 시인들로서 그들이 지녔던 현대인의 감각과 사고는 9엽시인들이 40년대 중국의 도시에서 얻었던 도시 체험과 공명과 묵계를 이루었던 것이다. 40년대 중국 도시는 요지경과 같은 세계로 번화와 빈곤, 문명과 죄악이 공존하던 공간이었다. 원가가의 「상해」, 「남경」, 「동야(冬夜)」, 「진성(進城)」 등의 시작은 의도적으로 추악한 현실과 현대생활의 자연과학적 술어를 연결시켜 감성과 이성의 결합으로 기형적인 도시생활을 그려냈으며, 당기의 「노기녀」는 현대도시인의 고독을, 지경용의 「논리환자의 봄」은 현대도시인의 소외된 사실을 객관적 대응물을 통해 그려냈다.

9엽파는 현대인의 연면한 시공간적 의식, 광활한 우주의 시공간속의 관조와 역사의 철리적인 추억을 표현했다. 시간과 공간의 관념은 줄곧 모더니즘 시가의 중요한 주제로써 거의 모든 중요한 현대파 시인들이 이 주제를 섭렵했던 바 9엽파 시인 또한 예외일 수 없었다. 당기는 시간에 대한 엘리엇의 사고를 원용하여 상해를 시간이란 전반적인 구조 속에 위치시키고 여러 가지 공간적 이미지를 조직했으며, 정민은 「금황색의 볏단」에서 광활한 들판에 배열한 볏단을 그림으로써 3차원의 공간이란 입체적 형식의 이미지를 만들어냈고, 진ㅎ경용은 「논리환자의 봄」에서 우주와 인간 자체의 초라한 운명에 대한 철리적 사고를 보였다. 바로 이러한 문제에 대한 깊은 탐구는 9엽파 시인들의 작품으로 하여금 모더니즘 시가가 도달하기 어려운 깊이에 도달하게 했다.

9엽파의 예술창작 실천에는 전술한 모더니즘적 특징 외에 강렬한 리얼리즘 정신이 내재되어 있다. 9엽파 시인들은 국가의 운명과 민중의 어려움을 배려하고 있는데 그들은 ≪중국신시≫의 제1집 「우리들의 호소－서를 대신함」에서 "우리는 모두 민중생활의 일원으로 경건하고 진실한 생활을 포용하기를 갈망하고 자각적으로 심사숙고를 거친 간절한 기도를 발하며 시대에 걸맞은 소리로 호소하기를 갈망한다."고 했다. 그들은 시가 창작으로 전쟁대란을 겪은 후의 사회현상을 부각시켰고 내심 겪은 진동과 현실에 대한 강렬한 관심을 표현했다. 그들은 현대시로서 "현실에 뿌리를 내려야 하지만 현실에 구속되어서는 안 된다."고 하면서 예술에서 "현실, 상징, 현학"적 지성의 종합을 심각하게 강조하고, "비개인화"의 감정과 경험의 전달을 추구했다. 그리하여 묘사와 서술 그리고 침체와 평면적인 데 그치지도 않고 시인의 감수성과 결합하여 돌출과 일정한 깊이가 있는가 하면 또 일정한 투시와 거리감도 두는 경지, 대체적으로 상징과 사실 또는 사실적 상징이라고 할 수 있다. 9엽시파는 이렇게 그들 시가예술의 창작실천에서 리얼리즘과 모더니즘을 상호 융합, 침투시킴으로써 현실, 상징과 현학의 종합을 실현했고 최대한의 의식량의 획득을 실현함으로써 중국 신시로 하여금 현대화의 길에서 새로운 경지에 이르도록 했다.

제4절 신감각파소설

1930년대 상해 현대파 문학의 주요 성취는 아래 두 개 방면 즉, 하나는 현대파 시가이고 다른 하나는 신감각파 소설에서 구현된다.

신감각파 소설의 궐기는 일본 신감각주의 문학의 직접적인 영향을 받았다. 신감각주의는 1920년대 일본문단 선봉문학의 하나였다. 1924년 요코미쓰 리이치, 가와바타 야스나리, 나카가와 요이치, 곤 도코, 가타오카 갓페이 등이 창간한 ≪문예시대≫는 신감각주의 탄생의 표징이었다. 현대사상이 보편적으로 생명의 직각을 강조하는 것과 마찬가지로 신감각파 작가들은 현대인은 시각, 청각으로 세계를 인식, 표현해야 하는 바, 즉 감성적인 직관으로 사물을 파악해야 한다고 주장했다. 따라서 그들은 사물을 감지하는 새로운 방식으로 현실을 감지한 후 현실에 대한 정밀한 가공을 가할 것을 주장했다. 그 감각의 신기함으로 인해 신감각파로 불리게 되었던 것이다. 신감각파 문학은 서양 모더니즘의 일본식 형태로서 모더니즘 문학의 기본적인 특징을 보이고 있다. 가령 내면적인 것을 강조하고 주관과 직감을 주장하거나 인간의 내면세계를 묘사하고 리얼리즘식의 객관적인 현실반영을 거절하는 것 등이 그러하다. 그들은 문학에서 암시와 상징을 강조하고 전통문학의 양식에 극구 반항했으며 새로운 문체개혁과 실험을 시도했다. 하지만 신감각파는 일본 문단에서 단지 우담화 같은 존재로서 1920년대 말기 무산계급문학의 흥기와 함께 일부 신감각파작가들은 좌익문학으로 전향했고 ≪문예시대≫도 종간되어 신감각파는 신속히 해체되었다.

중국 문단에서 최초로 신감각파를 도입했던 작가는 류납구(劉吶鷗)였다. 대만출생인 그는 장기간 일본에서 체류했는데 일본어, 영어, 프랑스어에 능통했고 대망서와 진단대학 프랑스학과의 동기동창으로 당시 30세 미만이었다. 1928년 9월 일본에서 귀국한 류납구는 '제1선서점(第1線書店)'을 개설하고 상해의 시칩존, 대망서와 연락을 맺어 소형문학 반월간 ≪무궤열차≫를 창간했다. 간행물은 류납구가 명명하고 풍설봉, 두형, 서하촌, 요봉자, 임미음 등이 집필진이다. ≪무궤열차≫는 아주 선명한 특색을 지니고 있었는 바, 이름 그대로 아무런 고정된 궤도가 없으며, 이구범이 말하는 "정치와 예술의 이중적 급진주의" 특징을 지니고 있었다. 구체적으로 말한다면 문학영역에서 아주 선명한 모더니즘적 경향, 이데올로기영역에서는 좌익의 경향을 보였다. "이 특이한 그룹—프랑스 상징주의 시가, 일본소설과 소련 혁명 계시하의 혁명소설—은 지식과 미학에 대한 집필진의 편애를 보여주고 있다."[16]

류납구는 일본 신감각파를 아주 편애했는데 1928년 특히 요코미쓰 리이치, 가타오카 갓페이, 가와바타 야스나리 등의 작가 작품 7편을 편집하여 『색정문화』란 이름으로 자기의 서점에서 출판했다.

좌익경향의 작품을 발표한다는 죄명으로 ≪무궤열차≫는 6기를 출간한 이후 폐간당했다. 1929년 9월 시칩존이 월간 ≪신문예≫의 주간을 담당하였고 잡지는 지속적으로 ≪무궤열차≫의 '이중적 급진주의'의 궤도를 따라 진행되었다. 그들은 일본의 신감각파 소설과 서양의 모더니즘 문학에 대한 적극적인 추대와 함께 자신들의 작품을 발표했고, 다른 한편으로 진보적인 문학, 특히 좌익문예를 겸용했다. 창간호 서두에서 시칩존은 프로이드 정신분석학에 근거하여 창작한 역사소설 『구마라십(鳩摩羅什)』을 발표하였다. 그 외에도 잡지는 프랑스의 현대파 시 등을 번

16) 李歐梵, 「上海摩登ㅡㅡ种新都市文化在中國, 1930-1945)」, 北京大學出版社, 2001, pp.148~149.

역 소개했고 신감각소설, 좌익경향의 작품 등을 발표했다. 이러한 과정에서 1930년 여름 ≪신문예≫는 재차 당국에 의해 폐간되었다.

1932년 5월 시칩존은 현대서국의 위임을 받고 월간 ≪현대≫의 주간을 담당했는데 후에 두형도 편집에 참여했다. 창간호의 '창간선언'에서 시칩존은 잡지의 '문학잡지'의 성격, 비동인지로서 어느 사조나 주의나 당파에 가담하지 않으며 전체 문학동인들을 위해 봉사한다는 의향을 밝혔다. 제1권 제6기의 '편집좌담'에서 그는 재차 "나는 ≪현대≫를 중국 현대작가의 대집합으로 만들고자 한다. 이는 나의 개인적인 소원이다." 라고 했다. ≪현대≫는 대형문학월간으로서 그 편집 이념은 시칩존의 주장과 마찬가지로 특별히 어떤 경향이거나 사조를 추종하지 않고 30년대 영향력 있는 많은 작가와 흐름을 회집했다. 아울러 시칩존은 모더니즘 문학에 대한 뚜렷한 집착을 보였는데 바로 이러한 취미로 인해 뜻이 비슷한 작가들을 끌어 특이한 문학적 풍격을 형성했다.

≪현대≫에는 '신감각파'의 경향을 지닌 많은 작가들이 집중되었다. 목시영은 이미 프로경향에서 모더니즘 문학으로 전향했던 바, ≪현대≫에 「공묘(公墓)」, 「상해의 폭스트롯」, 「나이트의 5인」, 「가경(街景)」 등 신감각파의 전형적인 작품을 발표했다. 이러한 작품은 모두 시칩존이 가리키는 '현대적 정서'의 표현인바, 류납구의 「도시풍경선」과 유사했다. 시칩존은 ≪소설월보≫에 발표한 「장군의 머리」, 「석수」, 「마도」 등에서 계속하여 프로이드의 정신분석 이론으로 인성의 내면 깊이 투시함으로써 신감각파의 다른 풍격을 보여주었다. 1935년 2월 시칩존은 ≪현대≫의 주간을 사직하고 교직으로 이전했으며 목시영은 국민당 신문검사기관에 임직했다. 왕복천이 ≪현대≫의 주간이 되었는데 2기 후 폐간을 당했다. 이로써 신감각파는 완전히 해산되었다.

신감각파소설은 1930년대 문단에서 충분한 발전을 거치지 못했지만 여전히 간과할 수 없는 문학사적 의의를 지닌다.

먼저, '5·4' 모더니즘 소설의 풍격과 미감의 자연적 성장이다. '5·4'시기 모더니즘 문학, 특히 소설은 문학적 요소가 미약했다. 유미주의, 상징주의, 정신분석 소설 등은 비록 일부 작품이 선을 보였다고 하지만 모더니즘 부류의 소설로서 첫째는 번역과 소개에 그치고 창작의 수량은 미약했으며, 둘째는 낭만주의 창작에 의지하고 있었기에 창조사 작가들과 밀접한 관계를 가졌을 뿐이거나 또는 생경한 이식에 그쳤기에 미적인 면에서 많은 유감을 남겼다. 하지만 신감각파 소설은 30년대 상해 문단에서 자체의 토양을 찾았고 독특한 풍격을 지닌 일군의 작품을 선보임으로써 자신의 유파를 형성했고 뚜렷한 모더니즘적 특색을 보였다. 그리하여 현대문학을 위해 새로운 소설문체와 미감을 보완했으며 '5·4'시기에 비해 미감의 정도에서 뚜렷한 증강의 태세를 보였다. 일부 작품은 일종의 풍격을 보인 소설로서 그 미감은 30년대 리얼리즘소설의 전범으로 불리는 작품에 못지않았다.

다음으로, 신감각파 소설의 도시서사는 신문학을 위해 새로운 심미영역을 개척했다. 중국사회에서 현대성 진척의 완만함으로 인해, 특히 도시문화는 '5·4'문학 내지 현대문학 전반에서 그 지위가 상당히 빈약한 상황을 초래했다. 신감각파 소설은 상해와 같은 대도시 생활과 인물을 대상으로 도시생활상태와 도시인물의 심리, 성격에 관한 서사양식으로써의 도시체험과 서사가 부족한 신문학에 대한 크나큰 보상이었다. 신감각파 소설은 대도시생활의 도시적 특징, 경마장, 나이트클럽, 대극장, 승용차, 고급호텔, 술집, 별장, 대통로 등등 인물의 활동과 스토리 발생의 기본적 환경을 구성하고 그 환경 속에 무녀, 사교계의 꽃, 자본가, 투기상, 해원, 모험가, 회사 직원, 도시 평민들의 활동상을 보임으로써 농후한 도시생활 분위기를 조성했다.

그 다음, 신감각파 소설은 인간의 성격 및 심리의 투시와 분석, 운명에 대한 서술로써 '인간의 문학'에 부합하는 인성에 관한 서사를 위해 새로운 경로를 제공했다. '5·4'신문학은 낭만주의적 서정이든 리얼리즘적 사실이든 이간의 성격과 심리 묘사에서 모두 계몽운동 이래의 이성적 가치 토대를 척도로 삼았다. 하지만 신감각파는 모더니즘으로서 19세기 중엽 이래 현대사상을 토대로 인물의 정신적 상태의 복잡성과 분열성을 집중적으로 밝힘으로써 신문학을 위해 또 다른 인간학적 시각을 제공했다.

마지막으로, 서사양식 면에서 신감각파 소설은 심리적 체험, 감각을 축으로 전통적인 심리서술과 객관서사의 비질서적인 서술, 얼버무림과 도약의 리듬을 돌파하고 낭만주의 서정소설의 정감서술과 리얼리즘 소설의 객관적인 서사와 모두 구별되는 직각적인 언어를 사용함으로써 신문학의 서사방식을 풍부히 했다.

류납구는 신감각파소설가 중에 창작시간이 아주 짧고 작품 수량도 한정적이지만 특수하고도 중요한 위치를 차지하는 작가이다. 그는 신감각파 소설의 첫 주창자와 실천자로서 중국 현대 도시문학의 개척자이다. 그의 처녀작 「유희」는 1928년 ≪무궤열차≫ 창간호에 발표되었고, 1930년에 출간한 소설집 『도시풍경선』에는 「유희」, 「풍경」, 「류」, 「열정의 뼈」, 「두 시간의 불혹증자」, 「예의와 위생」, 「잔류」, 「방정식」 등 8편이 수록되었다. 이는 현대문학사상 모더니즘적 창작방법으로 창작한 첫 소설집이며 순수하게 대도시를 서사대상으로 한 첫 소설집이기도 하다.

도시문화에 대한 류납구의 태도는 복잡하고 모순적이었다. 그는 욕망게임을 핵심으로 한 도시문화에 대해 도취와 심취, 그리고 즐기는 심리를 취하고 있었다. 그는 도시욕망 및 물질문화를 대거 선염하는 과정에서 이러한 심리와 취미를 쉽게 감지할 수 있다. 이는 그가 도시문화에 대한 인식의 결핍과 무관하지 않은데, 그는 분명 대도시를 감지했지만 그것을 초월하지 못함으로써 자기의 그러한 감수를 승화시키지 못했다. 물론 이는 상업성, 시민성에 대한 추구를 보편적으로 드러내는 해파문학과도 일정한 연관이 있다. 이 역시 도시문화의 일부분으로서 도시문화 속에서 도시문화의 세속성과 계선을 가르기가 극히 어려웠을 것이며 특히 상해와 같은 대도시에서는 더구나 그러했다. 이러한 의미에서 본다면 류납구의 소설이 감각, 욕망에서 속된 일면, 심지어는 평면적인 천박성 역시 그럴만한 이유가 있었던 것이다.

다른 한편 류납구는 모더니즘의 자각적인 추구자로서 『도시풍경선』에서 모더니즘 문학의 기본적인 정신을 구현했으며 도시인의 정욕게임과 물질에 대한 심취의 선염에서 현대인의 생존상태에 대한 사고, 즉 고도로 발달한 공업, 상업문명의 자극 아래 억압받고 있는 정신적 초조함, 고통, 퇴폐, 침륜과 고투를 반영했다. 이 점에서 류납구는 여전히 보들레르가 개척한 『악의 꽃』의 범주에 속하는 것이다. 영혼의 정신적 방랑이 전무한 상태에서 인성 내적 욕망은 이성가치의 규범을 상실하고 광적으로 자라나 무절제한 방임, 육체와 물질적 향락으로써 정신적 분발을 환치한다. 이러한 서술은 도시의 현대병에 대한 우려와 풍자의 의미를 지닌다. 따라서 단순히 도시문화의 특성을 강조하고 문학의 엄숙성을 간과하는 것 또한 편파적이다. 「게임」에서 '뱀장어식' 여성은 모두 도시 물질성의 기호이고, 등장하지 않은 '뱀장어여사'의 남자는 자본을 소유한 장본인으로서 도시의 상징으로 간주할 수 있다. '뱀장어여사'는 자신의 육체로써 남자들과 교환관계를 맺어 현대 도시의 물질생활에서 고도의 만족을 얻는다.

신감각파 소설의 제창자와 실천자로서 류납구는 창작에서 '감각'을 특히 중요시했다. 이러한 감각은 일정한 잠재의식의 색채를 띠는 바, 그의 소설로 하여금 객관대상의 서술과 묘사과정에서 강렬한 주관적 흔적을 띠게 했다. 순수한 객관적 서술도 아니고 단순한 주관적 서정도 아닌 객관에 대한 주관의 감각으로서 상징시가의 상징화된 언어와 유사했다. 이러한 내재적 감각은 그의 소설서사에서 외부현실에 대한 객관적 논리성을 타파했고 리얼리즘 소설의 스토리구조의 법칙까지 타파함으로써 비스토리성을 형성하지만 또 일종의 내재적 진실 혹은 내심의 진실을 형성했다. 류납구는 영화의 몽타주의 시각적 기교와 유사한 방법으로 자기 심리감각을 구성하기를 즐겨했는데 부동한 감각은 자유로 움직이고 조합되어 나열됨으로써 눈부신 변화와 쾌속적인 리듬감을 낳았다.

하지만 류납구는 자신의 감각을 방종하는 한편 그러한 감각을 제어하는 데에도 주의를 돌렸다. 그의 소설은 일반적으로 전통 리얼리즘 소설 의미에서의 스토리 구조를 지니고 있는데 그는 감각의 파편을 스토리 구조 아래 종속시켰다. 독자들은 그의 소설의 이러한 스토리구조를 아주 쉽게 찾아낼 수 있는 바, 「게임」의 댄스홀에서의 무도-공원에서의 미팅-거실에서의 섹스-열차역의 배웅 등의 과정에서 '뱀장어식' 여사의 입을 통해 그녀의 남자친구를 등장시키는 것이다. 이리하여 한 여성과 두 남성의 스토리가 이루어졌다. 「두 시간의 불혹증자」에서는 경마장-다방-댄스홀이라는 스토리 진행과정에서 한 여성과 두 남자 간의 스토리가 점진적으로 전개되고 있다. 이러한 스토리구조는 심리감각 과정이 지나치게 산만한 것을 막아내어 독자들에게 소설을 이해하는 기본적인 근거와 선색을 제공할 수 있다.

목시영(1912~1940)이 최초로 문단에 영향을 미친 것은 1930년 ≪신문예≫에 「우리의 세계」, 「흑선풍」 등 일련의 하층인을 묘사한 좌익경향의 작품들을 발표하면서 좌익문단의 각광을 받을 때였다. 1932년 출간한 소설집 『남북극』은 이러한 작품들의 집합으로서 이로써 그는 '프로소설의 백미'라는 칭호를 얻었다. 같은 해에 그의 창작은 신감각파로 전향했는데 「공묘」, 「나이트의 5인」, 「흑목단」 등 신감각적 특징을 지닌 소설을 창작하여 류납구의 영향력을 초월함으로써 '귀재작가', '중국 신감각파의 성수'란 칭호를 얻기도 했다. 목시영의 소설집은 『남북극』 외에도 「공묘」, 「백금의 여인 조각상」, 「성처녀의 감정」 등과 미완성 장편소설 『중국행진』이 있다.

류납구에 비해 목시영의 창작은 보다 풍부한 일면을 보였다. 이러한 풍부함은 단지 수량적 우세뿐만 아니라 더 중요하게는 소설의 미감방면의 겸용에서 나타났다. 목시영의 창작과정을 살펴볼 때 그의 소설창작은 이중의 서사능력을 분명하게 드러내고 있음을 발견할 수 있다. 하나는 좌익적인 의미를 지닌 하층인의 고난과 반항에 관한 서술이고, 다른 하나는 모더니즘/신감각파식의 도시욕망과 초조함에 관한 서술이다. 또한 그의 예술적 취향은 류납구 식의 신각파와 조폭적이고 광포스러운 프로문풍이 위주였다.

목시영의 『남북극』은 기본적으로 사회충돌, 진동에 대한 그의 반역적 감정을 구현하고 있다. 간과할 수 없는 점은 좌익혁명문학의 궐기와 맺은 밀접한 관계이다. 류납구와 친밀한 문우관계를 지닌 목시영은 일본문단의 배경을 지니고 일본에서 신감각주의를 도입하고 무산계급문학까지 수입한 류납구에게 영향을 받지 않을 수 없었다. 20년대 말기 창조사, 태양사 등이 상해를 거점으로 혁명문학을 제창하고 실천할 때 문단에 큰 영향을 일으켰는데 이러한 문단현상은 목시영에게 강렬한 문학적 흡인력을 행사했다. 『남북극』은 바로 강렬한 계급대립과 반항의 정서를 띤 작품들의 집합이었다. 사망선에서 허덕이는 하층인들, 돈과 권세를 보유한 자들의 전횡과 교만과 사치, 이러한 사회의 압박에 불만을 품고 이판사판 반역의 길로 나서는 호한들이 작품의 주요인물들이었다.

하지만 목시영의 좌익에 대한 묘사는 좌익초기의 격정과 충동의 특징을 지니고 있어 후에 규범화된 좌익의 이데올로기가 결여되어 있다. 이러한 작품들은 대개 전통적인 중국의 녹림호한들의 반항과 반역정신을 모방한 것들이었는데, 가령 『남북극』의 첫 작품 「흑선풍」은 분명 『수호전』을 모방한 것이었다. 그 외, 「우리의 세계」의 해적 이얼예는 자신의 고난과 반항의 녹림호걸식 생애를 진술하고 있으며, 「남북극」, 「바다에서 살고 있는 사람들」의 '나' 역시 그러한 녹림호걸식 영웅이다. 이러한 녹림호걸식 영웅들의 전기적인 이야기는 목시영에 의해 아주 생동하고 활발한 일상생활용 구어로 서술되어 선동성과 감염력이 훨씬 강화되었다. 후에 목시영은 이러한 전통에 반항하는 정신의 모방을 포기하고 「빵을 훔치는 빵장수」, 「팔이 끊어진 사람」 등의 작품에서는 소인물의 고난한 생활을 주로 표현함으로써 초기보다 주류적인 좌익문학의 이데올로기 규범에 좀 더 접근한 모습을 보였다.

목시영의 소설적 특색이 가장 잘 드러난 작품은 모더니즘/신감각파식의 도시 서술 작품이었다. 1932년에 그는 「공묘」를 발표한 이후 창작의 중점을 신속히 대도시의 욕망과 초조함으로 옮겼다. 이러한 작품은 후에 모두 소설집 『공묘』, 『백금의 여인 조각상』, 『성처녀의 감정』 등에 수록되었다. '중국신감각파성수'로 불린 목시영의 소설기법은 가장 먼저 일본의 신감각파 소설을 중국에 소개한 류납구조차 미치지 못할 정도이다. 목시영의 신감각파소설은 류납구의 소설과 유사한 일면을 보이고 있지만 그 표현력과 감염력에서는 류납구를 초월했다. 이러한 신감각 작품은 모두 상해를 기본 배경으로 삼고 대상해의 현대적인 도시 경관, 사물, 인물들이 대거 등장하여 짙은 상해의 숨결과 특색으로 넘친다. 류납구와 마찬가지로 목시영 또한 도시문화의 번화, 사치에 그다지 미련을 갖거나 향수하는 심리가 부재했다. 하지만 목시영은 보다 명확한 비극적 체험이 있었는데 그가 표현하려는 것은 번화하고 사치한 현대도시에서 인간 생존의 비참한 상태였다.

목시영의 도시 서술은 뚜렷한 신감각파의 특징을 지니고 있었다. 류납구와 마찬가지로 그는 자기의 감각적 조직과 외부 세계를 주관적인 감각의 세계로 주입하는 데 능란했는데 이로써 서술대상과 주관적 감각을 하나로 융합시켜 시각, 청각, 후각을 관통한 조합을 이루어 기이하고 특이한 상상력과 감수성을 과시했다. 그의 이러한 감각화한 서술은 보다 더욱 광범위하고 능란한 일면을 보여 표현력과 감화력에서 류납구를 초월했다. 그의 소설은 거의 스토리가 없이 단지 일부 편파적인 나열뿐이고, 일정한 스토리구조를 이루지만 그 내부는 전연 주관적인 감각뿐이었다. 일부 작품에서 시각화된 서술이 있지만 보다 많은 것은 여러 가지 기이한 감각의 조합이었다. 그는 감각화 서술과정에서 일정한 정신적인 깊이를 대거 획득하는데 따라서 인물의 성격, 심리 부각과 분위기의 선염을 보다 밀접하게 결합시킬 수 있었다.

시칩존(1905~2003)은 신감각파 소설가로서 류납구, 목시영과 아주 큰 차이를 보였다. 류, 목 양자가 대도시 감각의 서술에 능하고 일본 신감각파와 가까운데 반해 시칩존은 심리의 발굴에 능했는데 그것은 일반적 의미에서의 심리소설도 아니고 심리현실주의라고 해도 적합하지 않은 전형적인 정신분석 소설이었다. 시칩존의 주요작품은 『상원등(上元灯)』(1929), 『연자처녀(娟子姑娘)』(상해아시아서국, 1929), 『장군의 머리』(신중국서국, 1932), 『장마철의 저녁(梅雨之夕)』(신중국서국, 1933), 『선녀인의 품행(善女人的品行)』(상해양우도서인쇄공사, 1933) 등이 있다. 이러한 작품들에서 프로이드의 정신분석학 이론은 시종 알게 모르게 지배적인 역량이었다.

시칩존은 1920년대 중반기부터 소설창작에 임했다. 시초에 그의 창작은 류납구, 목시영과 유사한 경향, 즉 정치와 예술이라는 이중의 급진적인 색채를 보이면서 프로문학과과 현대주의 문학과의 연계라는 두 가지 경향을 보였다. 그는 풍설봉과 밀접한 관계를 유지하면서 공동으로 ≪문학공장≫을 창간했지만 지나친 내용의 격렬함으로 말미암아 세상에 선을 보이지 못했다.

시칩존의 처녀작으로 불리는 소설집 『상원등(上元燈)』은 종합적인 작품이다. 이 작품은 그가 추구하는 '신'창작 동력의 구현, 즉 정신분석에 대한 애착을 드러내는 한편 자신의 정감과 문학적 침적의 자연적인 발로이기도 했다. 「주부인(周夫人)」은 대체적으로 정신분석 소설로 간주할 수 있는데 여성의 정감과 소년이 경력의 결합, 또는 한 소년의 시각으로 한 여성의 정욕세계를 파악한 것이라고 할 수도 있다. 「선자(扇子)」는 소년 정감의 몽롱함과 순진함을 보였는데, 담담한 실망 속에서 조용하게 과거의 순진한 정감을 진술한다. 그 과정에서 또 하나의 디테일을 회고하는데 매 고비마다 담담한 정감이 침윤되어 있는 바, 특히 소년의 몽롱하고 순진한 감정적 체험과 서술에서의 섬세하고 진지함은 아주 강함 감화력을 지니고 있었다. 『상원등』 이후 시칩존의 정신분석 소설은 자각적인 단계에 진입하게 된다. 「주부인」의 정신분석 취미는 집중적인 발전과 확대에 도달했다.

시칩존은 비록 선봉적인 새로움에 대한 추구의 갈망을 보였지만 그의 동방의 고전적인 문화수양은 그러한 갈망에 일정한 구속적 요소 역할을 했다. 그와 목시영, 류납구는 절친한 친구였지만 그는 시종 그들과 같이 개방적이고 과감하게 애욕을 그려내지 못했다. 오로지 고전적인 제재를 취하고 현실체험과 일정한 거리를 두어야만 비로소 '자아'에 대한 전통문화의 약속을 탈피하고 보다 깊고도 넓은 애욕심리의 분석에 진입할 수 있었다. 하지만 일단 현실에 대한 내용을 접하면 그의 정신분석학은 즉시 에누리되고 유미, 순정적인 요소는 욕망적인 요소를 완전히 압도했다. 작품집 『장마철의 저녁』에 수록된 작품은 대체로 두 가지 경향을 보였는데, 하나는 현실적인 제재에 대해 정신분석을 가한 것, 즉 『장마철의 저녁』과 같은 작품이다. 이러한 작품은 일찍이 『상원등』에서 보였던 풍격의 회귀로서 대체적으로 정신분석과 심리현실주의 사이의 방황이었다. 다른 하나는, 정신분석과 신비성 심리체험의 혼합으로서, 「마도(魔道)」, 「야차(夜叉)」, 「흉택(凶宅)」 등의 부류인데 미국작가 에드거 앨런 포의 영향이 컸다. 『장마철의 저녁』도 『상원등』과 마찬가지로 일인칭 서술방식을 취했는데 섬세하고 완곡한 필치 가운데 시적 정취가 다분히 드러난다. 작품 「마도」 등은 선봉성을 극치에 끌어올렸다. 가령 독특한 면을 말한다면 이러한 문학풍격은 '5·4' 이래 전무했던 것으로서 현대까지 이렇게 순수하게 심리적인 마성을 그린 작품은 찾아보기 힘들다. 이는 인간에 대한 공격적인 정신분석의 이론과 일정한 관계가 있다. 하지만 시칩존 본인은 이러한 작품을 그리 높이 평가하지 않았던바, 스스로 「마도」와 「흉택」으로부터 자신은 이미 마도에 끌려들어갔다고 했다. 사실 이는 모더니즘 문학의 일종인 "악의 꽃"의 구체적 형태였다.

『장마철의 저녁(梅雨之夕)』보다 조금 늦게 출간된 『선녀인의 품행』은 총체적인 경향으로 볼 때 역시 정신분석 소설이다. 기왕의 작품과 다른 점은 정신분석학의 현실감에 대한 강화, 즉 단순한 욕망에 대한 분석을 벗어나 광범위한 심리분석 또는 보다 일상화된 인생경험을 추가하여 일반 소인물의 일상생활과 심리에 보다 많이 주목했다는 것이다. 이러한 작품은 대체로 일상생활 중 여성의 섬세하고 미묘한 심리를 다루었는데 아주 강한 주변성 또는 개인적 성격을 보이는 반면 인물의 내적 세계와 사회, 시대 사이의 일정한 관계를 간과했다. 그럼에도 불구하고 다른 의미에서 진실감을 더해준다. 『선녀인의 품행(善女人行品)』의 「춘양(春陽)」은 문학사가들에게 줄곧 고평을 받아온 작품인데, 중요한 점은 바로 이 부류의 작품이 신문학의 미감경험에 부합된다는 것이다. 이러한 작품들은 예교를 위한 희생을 달갑게 생각하는 여성의 심리적 모순을 서술했는데, 예교 자체의 역량에 착안하지 않고 인간 자체의 욕망에 주목했다는 점이 특이하다. 인간 내면의 욕망적 역량에 대한 이러한 평가는 모더니즘과 더욱 가까운 거리에 있는 것이다. 모더니즘에 있어서 보편적 이성이, 인간에 대한 약속은 한도가 있는 것이고 진정 인간에게 결정적인 역량은 내재적 욕망 내지는 마성적 역량인 것이다. 의지, 욕망 내지 본아의 충동 등은 인격의 내재적 구동력으로서 보편적인 가치는 욕망의 만족에 도달하는 공구 또는 가면일 따름이다.

항일전쟁 폭발 1년 전에 출간한 『소진집(小珍集)』 역시 현실주의를 지향하는 시칩존의 시도로 간주할 수 있다. 그는 이제 문학에 대한 시대의 요구를 거절하지 않고 일반적인 생활 속에서 대시대의 상황을 반영하기에 주력하며 일정한 현실비판을 지니게 되었는데 여전히 심리분석의 뚜렷한 흔적을 남기고 있었다. 이 시기에 창작한 「황심대사(黃心大師)」 역시 시칩존의 역사와 괴이한 취향에 대한 기호를 표현하고 있다.

제7장 중국 자유주의 문학사조

제1절 중국 자유주의 문학 개론

1. 중국 자유주의 문학의 개념

'5·4'시기 호적이 「입센주의」에서 개성을 표현한 문학을 제창하고 주작인이 '인간의 문학'을 제창하면서 '자유세계'를 열던 당시, 주변의 아무런 명명이 없었지만 사실 그들이 주장하고 있었던 것은 자유주의 문학이었다. 주자청은 『중국신문학연구강요』에서 ≪신청년≫ 시기의 문학 지도사상을 '인도주의'라고 하면서 어사사의 사상표현을 '자유주의'와 '취미중심'[1]이라고 했다. 이는 아마 중국 최초의 '자유주의' 문학유파를 지칭한 문헌일 것이다. 1924년 번중운(樊仲云)은 일본 학자 구리야가와 하쿠손의 『문예사조론』을 번역했는데 이 책은 유럽문학의 2대 주요사조, 즉 기독교사조(히브리즘)와 그와 대립되는 이교사조 즉 헬레니즘을 소개했다. 후자의 10대 특징은 육체적, 본능적, 자기지명, 개인적 자

---

1) 祝喬森 編, 『朱自淸全集』 第8卷, 江蘇教育出版社, 1996.

각, 자유주의, 현세, 인간본위, 자아만족, 자연주의, 지적 예술, 과학적, 실험적, 객관적 경향 등이다. 이러한 특징에는 분명 자연적인 인성, 개인주의, 객관이성 등 자유주의의 내용이 포함된다. 30년대 '자유인', '자유문예'의 주장은 문학논쟁에서 유행하던 낱말이었다. 40년대 주광잠은 "나는 문예영역 내에서 자유주의를 수호한다."[2]고 했는데, 이때 자유주의 이론은 이미 비교적 성숙한 단계에 들어섰다.

이로 볼 때 자유주의 문학 개념 및 유사한 제안은 자유주의 문학이 발생하는 동시에 이미 존재하고 있었다는 것을 알 수 있다.

주지하다시피 신중국이 성립된 17년간 자본주의사상에 대한 맹렬한 비판으로 자유주의 문예는 종래로 진정한 학리적인 연구를 거치지 못했다. 문화대혁명기간의 10년은 공백상태였고 '새로운 시기'의 벽두에 비로소 자유주의 문학현상에 대한 영성한 검토가 있었다. 하지만 이러한 검토는 대개 개별작가나 단체를 연구대상으로 하였기에 부분적 긍정의 차원에 머물렀다. 80년대 초 당도의 『중국 현대문학사간편』에 이르러서야 비로소 30년대 좌익작가, 민주주의 작가와 자유주의 작가를 병치시켜 논의했지만 극히 단편적이었고 구체적이지 못했다. 홍콩의 학자 사마장풍은 1979년 『중국신문학사』에서 문일다, 심종문을 자유파로 지정하고 인생파, 낭만파와 병치시켜 논했다. 1982년 소광문은 「중국 현대 자유주의 문예사조 유파 및 성쇠를 논함」에서 20년대의 현대평론파, 30년대의 자유인과 제3종인, 40년대의 '민주개인주의' 등 자유자산계급 문예파를 연관시켜 "중국사회의 기본모순과 중국 자유자산계급의 성쇠"의 '궤적'을 분석하고 그들의 공통 특징 및 문학사적 지위를 평가했다. 이

---

2) 朱光潛, 「自由主義与文藝」, ≪周倫≫, 第2卷 第4期, 1948年 8月.

는 전반적으로 신시기 자유주의 문학을 논한 첫 논문일 것이다. 신시기 이래 관련 논저들에서 연구자들은 '자유파', '자유작가', '자유주의 작가', '자유주의 문학' 등의 명칭들을 사용하면서 개념의 통일을 이루지 못했다. 중국 자유주의 문학은 현대작가 중 방대한 진영을 확보하고 있었는데 적지 않은 유명인사, 호적, 주작인, 임어당, 양실추, 문일다, 서지마, 이금발, 대망서, 호추원, 소문, 시칩존, 목시영, 류납구, 주광잠, 소건, 사타, 종백화, 변지림, 하기방, 양종대, 이건오, 심종문, 전종서, 장애령, 목단 등이 소속되었다. 비교적 선명하게 자유주의 의미를 지녔던 현대평론파, 어사파, 신월파, 제3종인, 자유인, 경파, 신감각파, 9엽시파 등은 종파를 맺지 않는 관습으로 창작태도, 창작방식과 사조의 유사성만 보였기에 그들을 일괄 '자유파'라고 부르지 않고 '자유주의'라는 비교적 넓은 범주의 개념을 사용하기로 한다.

자유주의 작가의 문학가치관은 자유주의사상, 가령 개성적 자유에 대한 강조, 다원화 구조속에서 문학의 독립성에 대한 긍정과 자유와 미학에 대한 주목 등을 토대로 하고 있다. 창작태도와 방식에서 그들은 조직과 슬로건의 제한을 받지 않고 '자유로운' 풍격을 보였던 바, 가령 자유를 문예의 생명으로 극구 주장했던 주광잠 종래로 자유의 기치를 표방하지는 않고 정치철학도 언급하지 않던 장애령 등은 모두 전형적인 자유주의 문학가에 속한다. 물론 비자유주의 작가들이 모두 자유를 마다한 것은 아니다. 그들 역시 때로는 아주 강력하게 국가, 계급의 자유를 호소했다. 그렇다고 모든 자유주의 작가가 직접 자유주의의 정치, 철학사상을 호소하면서 항상 자유를 호소하고 있었던 것도 아니다. 자유주의자라고 할지라도 완벽하고도 전면적으로 자유주의의 모든 원칙을 선전하는 선전가는 아니었고 문학을 자유주의 전부의 교의를 선전하는 도구로 삼았던 것도 아니다. 자유주의 작가들은 종종 문학을 '선전'도구로 간주하지 않았는데 그들이 강조했던 것은 자유주의 문화와 문학 활동이었다. 일부 작가들은 자유주의 정치에 대한 강렬한 지향을 보였지만 보다 많았던 것은 자유주의의 정수 — 개인적인 자유에 대한 추구의 열망이었고 동시에 문학자유의 정신, 자유롭게 문학예술을 창작하고 창작실천에서 충분히 개성을 발휘하고 독립적인 창작입장을 지키는 등을 지향했다. 이러한 면에서 볼 때 자유주의 문학은 문학사 현상과 문학연구의 대상으로서의 객관적인 존재이며 '중국 자유주의 문학'의 총체적 개념의 제안은 충족한 역사적 근거와 이론적 근거를 확보하고 있는 것이다. 자유주의 문학의 개념은 '민주주의문학', '민족주의문학', '사회주의문학', '인도주의문학', '파시즘문학' 등과 같이 문학현상에 대한 외부의 개괄적 제안 또는 문학사회학적 개념이라고 해야 할 것이다. 이 개념은 두 개 문학사의 참조적 체계를 지니는 바, 서로 다른 시공간의 입장에서 볼 때는 중국 고대 무자유주의적 문학사조와 근현대서양의 뚜렷하지 못한 비자유주의 문학, 반자유주의 문학을 상대한 것이고, 동일한 시공간의 입장에서 볼 때는 중국 현대문단의 좌익-무산계급문학, 민주주의 문학, 우익문학, 대중통속문학을 상대한 개념이다.

2. 중국 자유주의 문학사조 개관

중국 자유주의 문학과 문화사상계의 자유주의 사조는 밀접한 연관이 있다. 간추린다면 중국 자유주의 문학과 중국 사회의 자유주의 사조는 기본적으로 동일한 구조에 속하는 상호보완과 상호제어의 관계이다. 서양 특히는 영미 자유주의 문화의 영향을 받은 자유파 작가들이 집중적으로 사회와 문학을 주목했을 때 자유주의 문학사조가 드디어 발발했다.

고대 중국에 비록 일부 국부적인 의미에서의 자유지향이 있었지만 진정한 자유주의자가 없었고 자유주의적인 사회사조나 문학사조는 더구나 전무했다. 일반적으로 중국 자유주의 문학은 중국 현대에 나타난 문학 현상을 지칭한 것이다. 19세기 중반 이래 자유민주사상을 포함한 서양 문화가 중국에 유입되었고 자아 위치에 대한 근대중국 지식인들의 의식은 비교적 큰 전환을 가져왔다. 자유는 반봉건적인 신식 무기로써 자산계급 유신파, 혁명파에게 광범위하게 운용되었고 그 표현에서도 상당한 깊이의 인식을 보였다. 하지만 당시에 '자유'는 단지 인생철학이 아닌 개혁자의 정치학설이었고 그들은 자유주의 정신을 문학 속에 융합시키지 않고 여전히 문학을 공리적인 재도의 도구로 간주하였기에 '자유' 역시 한낱 도구에 지나지 않았다. 왕국유의 초공리적인 미학사상만이 자유주의의 빛을 발함으로써 중국 자유주의 문학이론의 발생의 표징이 되었다. 하지만 왕국유의 빛도 양계초에게 가리워져 공리문학이 자유주의 문학을 압도했기에 근대중국에서 자유주의 창작사조는 결코 선을 보이지 못했다. 하지만 자유주의 문학은 이러한 간거한 환경 속에서 발전의 복선을 깊이 묻어놓았다.

'5 · 4'신문화의 활발한 전개에 따라 사상문화의 중요성이 역사과정에 나타났고 대량의 지식인(작가)들이 자유직업자가 되면서 자유주의 문학의 국면이 초보적으로 형성되었다. 호적, 진독수, 이대소, 루쉰, 주작인 등은 근대계몽사상가보다 더 강력하게 개인의 자유 가치를 강조하였으며 개인본위를 중요시했다. 특히 호적은 자유민주사상의 선전과 소개에 주력하면서 중국 현대 자유주의 문화(문학)의 시조가 되었다. 그는 일생동안 자유주의에 대한 명확한 추구를 멈추지 않았는데 그의 경력은 중국에서 자유주의 운명의 축소와 상징이라고 해도 과언이 아니다. 주작인의 '인간의 문학' 주장은 그를 중국 자유주의 문학의 이론의 터전을 닦은 일인자로 만들었다. 물론 '5·4' 및 1920년대의 문단은 하나의 복합체로서 민주주의 작가, 자유주의 작가와 일부 혁명문학을 제창한 이론가가 혼재했고 그들의 사상과 조직은 모두 혼잡한 상태였으며 그 구별 또한 별로 뚜렷하지 않았다. 사조유파로써 자유주의 문학은 현대평론파를 위시한 것이지만 호적과 진독수 등의 ≪신청년≫의 편집방침에 관한 논쟁이 시작될 즈음에 이미 자유주의와 기타 진영 간의 분기는 그 단서를 드러냈다.

신문화운동과 문학혁명운동의 발기자, 참여자들은 비록 선택은 같았지만 결과는 달랐는데 1927년 후의 새로운 사회형세 아래 각자 활약의 무대를 조성하고 심지어 상반되는 입장을 취하기도 했다. 좌익문학은 중국공산당이 단독으로 영도하는 중국혁명의 형세에 적응하고 자각적으로 공리적인 재도의 문예관을 계승하여 문학을 투쟁 도구로 삼아 당시의 혁명투쟁에서 적극적인 역할을 했다. 하지만 정치에 접근하고 예술을 멀리하며 이론이 창작보다 앞섰고 더 큰 비중을 차지하며 집체적 담론으로 개인적인 목소리를 엄살하고 위풍과 기세로 독립적인 사고를 압도하는 등의 현상을 초래했다. 가령 좌익작가들이 문학을 국민당정치와 투쟁하고 외적의 침략에 반항하는 도구로 삼았다면 파금, 노사, 조우 등 민주주의 작가들은 문학을 반봉건사상 투쟁의 도구로 삼았다. 파금 세대의 작가들은 모두 작가가 되기 위해 창작한 것이 아니라는 점을 강조하면서 '자아의 공소'를 표현하기 위해 창작했다고 했는데 노사의 평민의식과 온화한 휴머니즘적 입장, 조우의 불공평한 세상에 대한 비판은 모두 '5·4'민주주의 전통을 계승하고 있으며 강렬한 우환의식, 사명감과 비평의 예봉을 보였다. 그들의 창작동기를 지배하고 있는 것은 단순히 심미적 창조뿐만이 아니라 계몽주의적 정감도 있으며 그들의 계몽 또한 은폐된 '재도'의 방식이었다. 국민당이 지지하던 '민족주의 문학'은 더욱 문학을 총대로 간주했지만 그들의 총대는 낡은 폐물급으로 큰 힘이 되지 못했다. 계급투쟁이 격렬하던 세월에 몇 부류의 문학은 모두 선명한 공리적 성질을 지녔지만 그 정도와 지향은 각각 달랐다. 단지 자유주의 작가들만이 문학의 독립적인 가치를 견지했는바, 양실추는 인성론으로 계급론을 상대하고, '자유인' 호추원은 '물침략문예관(勿侵略文藝觀)'을 취했으며, 소문은 '제3종인'의 자세로, 심종문은 문학의 사찰에 인성의 고백을 공양했고 임어당의 성령의 토로와 유머의 주창은 어느 유파의 취미에도 적합하지 않아 미움을 사기도 했다. 이러한 상황이 바로 중국 자유주의 문학이 기타 문학 진영과의 분화와 대립을 이루던 단계였다.

40년대에 이르러 자유주의 문학은 고투와 단열의 시기에 들어섰다. 사조로서 심종문, 주광잠 등이 약간의 파장을 일으켰을 뿐 그것도 신속히 자취를 감추었다. 연안에서 자유주의 문예관은 엄격히 청산 대상이었지만 이 시기에 자유주의 문학가들은 비교적 출중한 작품을 선보였다. 가령 인생의 변두리에서 전종서는 현대 지식인의 영혼을 고문했고 아파트에 잠적한 장애령은 도시 남녀의 심리 발굴에서 상당한 깊이를 보였다. 40년대 중후기에 자유주의 빛을 발산한 9엽시파는 현대 자유주의 문학의 최후의 휘황을 이루었다. 이론건설에서 자유가 있어야 진정한 문예관이 가능하다는 주광잠의 주장과 이건오의 미학비평 역시 범속하지 않은 일면을 보였다.

중국 자유주의 문학은 이론에서 왕국위의 미학사상이 맹아였지만 사조로서는 '5 · 4'시기에 발발했다. 그 변천과정은 곡절적이었고 발전은 간거했던바, 그 이유 또한 아주 복잡했다. 구체적으로 중국 현대역사의 변천에 대한 총체적인 인식, 중국 현대문학변천에 대한 중외문학 · 문화 전통의 영향 여하 등 문제와 관련되기 때문이다.

제2절 '5 · 4' 및 20년대 자유주의 문학사조

1. 계몽운동과 자유주의 문학

'5 · 4'계몽지식인들이 발기한 신문화운동은 민국공화의 간판을 내건 지 오래지만 여전히 암흑한 세상, 혁명정권을 절취한 원세개, 봉건 복고 세력의 창궐함 등을 겨냥한 것이었다. 근대 군사, 물질 및 기물영역의 변혁과 정치제도의 변혁이후 그들은 변혁의 시야를 사상 · 문화면에 돌렸는데 진독수의 소위 '최후의 각오'는 바로 이를 가리킨다. 진독수는 '민주정치를 실행하는' '정치적 각오'가 있어야 한다고 하면서 '윤리적 각오'는 "정치에 영향을 준다"고 했다. 따라서 명교(名教), 예교, 유교의 3강지설을 반대하고 '자유 · 평등 · 독립'적 윤리사상을 수립해야 한다고 주장했다. 그는 민주제도는 '자유 · 평등 · 독립'을 원칙으로 삼기에 "윤상(倫常) 계급제도는 절대로 용납할 수 없는 것"이라고 하면서 때문에 '윤리적 각오'는 "오인의 최후의 각오 중에서도 최후의 각오이다."[3]라는 논리를 폈다.

진독수의 논리는 분명하게 신문화운동의 가장 기본적인 사고의 맥락,

3) 陳獨秀, 「吾人最后之覺悟」, 『陳獨秀文章選編』 上卷, 北京三聯書店, 1984, p.107.

즉 문화의 각오로써 민주정치의 시행을 수호함으로써 근대 이래의 구국부민을 실현하려는 것이었다. 하지만 서양의 자유주의 관념을 포함한 선진적인 사조는 계몽을 이용하여 인간의 각오를 실현하는 책략에 지나지 않았다.

'5・4'시기 다양한 '주의'가 있었지만 학리적으로 어느 하나의 주의도 제대로 해석하지 못했으며 그 많은 주의 역시 어느 하나 순수한 것이 없었다. '5・4'초기의 '××주의'와 '××주의자'는 종종 비교 의미에서만이 그 특색을 찾을 수 있고 상호 간의 교차중첩 현상은 비교적 보편적이고 정상적으로 간주되었다. 사실 자유주의라는 개념자체는 '5・4'시기에 민주주의, 민족주의, 휴머니즘, 사회주의, 무정부주의, 신촌주의 등 용어보다 별로 특이하지 않았다. '5・4'시기 수많은 '주의'는 중국의 역사와 현실의 고통을 치료하기 위한 것이었고 후에 각자의 '처방' 가운데 자유주의를 표방하는 주장이 나타났다. 일부 계몽사상가들은 정면으로 자유주의 관념을 영성하게 해석하면서 봉건문화를 배격할 때 많은 자유주의 관념을 최고의 정면적인 원칙으로 삼았지만 그들 전부의 언행은 자유주의를 시종일관 순수하게 관철시키지 못했을 뿐만 아니라 재빨리 전향을 하기도 했다. 오직 호적 등 극소수가 자유주의의 행위자각과 자유주의 특유의 인내성을 견지했을 뿐 이념적으로 '자유주의'적인 일부 선구자는 정감과 윤리의 개인적 영역 내에서 여전히 '전통주의'적인 면을 보이고 있었다. 환언한다면 자유주의를 고취하고 있었지만 자유주의의 총체적인 사상은 '5・4'시기 중국에서 학리상과 현실 실천영역에서 완전한 인정을 얻지 못한 상태였으며 대체로 그것은 단지 계몽과 변혁의 도구로써 이성적으로 이용되었다. 자유주의는 단지 '5・4'계몽 대합창의 한 성부에 불과했으며 허다한 자유주의의 기본관념을 논의했던 선구자라고 할지라도 순수한 자연주의자가 아닐 수 있었다.

'5 · 4'애국반제운동은 민족주의 정서의 보편적인 고양을 불러일으켰고 소련의 10월 혁명의 성과는 중국인을 고무시켰다. 1919년에서 1920년 사이 중국인들은 급진적인 마르크스주의에 대한 신심이 대폭 증가하였다. 눈앞에 현실적인 모델과 평소 자유 · 평등을 부르짖지만 파리강화회의에서 중국의 정당한 이익을 무시한 자본주의국가들의 행실은 중국인의 '구미환상'을 깨뜨렸기에 서양의 자유주의는 이 시기에 고갈상태에 처하게 되었다. 동서양 사람들은 제1차 세계대전의 폭발 및 그로 인해 초래된 재난적인 결과를 서양의 자유민주주의 제도의 실패로 간주하였기에 인본주의, 개성지상을 숭배하던 유럽의 사상계는 위기에 빠졌다. 이러한 상황에서 과학과 개성의 부족은 단독으로 사회진보의 동력 또는 보장이 될 수 없으며 만약 도덕역량의 제어가 결여될 경우 과학과 개성 역시 훼멸적인 역량이 될 수 있다고 주장했다. 서양의 일부 철학가들이 오랜 중국철학에 흥미를 가짐과 아울러 국내의 양계초, 장군려, 양소명 등의 보수주의 상도 머리를 들었다. 한편 10월 혁명의 투쟁학설과 폭력혁명의 승리 역시 국내의 급진주의 정서를 자극했던바 그들은 자유주의의 진적인 개혁, 평화적 개량방식에 극도의 불만을 표했다. 이 두 가지 역량 역시 자유주의의 발전공간을 억압했다.

보다 깊은 의미에서 본다면 '5 · 4'자유주의의 실세와 사회주의의 강화는 중국 민족의 심리와도 일정한 관계가 있다. 실용적인 이성을 중요시하는 다수의 중국인들은 자유, 개성에 대한 명확한 이해를 가지지 못한 상태였는데 그에 대한 체감과 상상력을 모두 결여하고 있었다. 민족독립, 국가주권 또한 긴박한 현실문제로 나섰고 마르크스 · 레닌주의는 자본주의에 대한 이론적 비판과 구체적 투쟁방침, 그리고 명확한 이상으로써 점차 우세를 확보하고 있던 시기였다. 따라서 '5・4'의 자유주의는 뿌리 없는 자유주의로서 전통문화의 근거도 없거니와 현실발전의 양호한 토양도 없었다.

전술한 바를 간추린다면 계몽의식 속에 자유주의 계몽, 구국을 하려면 먼저 인간을 구원해야 한다는 것, 입국하려면 먼저 입민해야 한다는 내용이 들어있음이 확연해진다. 계몽은 신해혁명의 보충수업이고 또한 강국이 그 목적이었다. 때문에 급가동한 가치의 재건사업은 신속히 사회개조에 자리를 양보해야 했다. 자유주의는 계몽의식의 하위이고 계몽의식은 또 민족주의 아래에 위치하고 있었다. 민족주의의 현실적 목표를 위하여 자유주의의 '시기부적절한 면'이 점차 드러났고 따라서 점차 담백화되고 소외되어 종국에는 버림받을 운명에서 벗어나기 어려웠다. 더구나 중국에서 자유주의의 발전은 원래부터 한계가 있는 것이었다. "'인간의 각성'의 운동은 '자유주의' 문화, 즉 자본주의 경제관계와 자연스럽게 연관을 맺는 소위 '개인주의' 문화를 형성하지 못했다."[4]는 지적은 타당하다. '5・4'문학이 인간의 해방, 개성의 각성을 주장하고 나섰지만 그것은 여전히 계몽의식의 틀 안의 것이지 개체문화 자신의 가치에서 출발한 것이 아니었다.

'5・4'계몽의식과 민족구조와 문학혁명의 관계가 복잡하게 뒤엉킨 상황 아래 '5・4'시기 문학의 반봉건 독재정치, 가족제도, 윤리도덕, 인격평등의 주장, 혼인의 자유, 개성의 해방, 민중의 질곡에 대한 동정 등의 내용은 설사 자유주의 색채를 띠고 있다고 할지라도 일괄적으로 자유주의 문학으로 통칭하기 어려웠다. 설사 문학작품 속의 자유주의적인 의

4) 汪輝, 「預言与危机」, ≪文學評論≫, 1989年 第3期.

미가 기타 문화계보다 더 강렬하다고 할지라도 그것은 여전히 품성의 복합에 불과했다. 복잡다단한 역사현상에서 진지한 선별을 거친다면 '5 · 4'문학의 주류는 그 내포가 보다 깊은 개념, 즉 휴머니즘이다. 따라서 '5 · 4'시기와 20년대 자유주의 문학사조는 오히려 휴머니즘 사조라고 부르는 것이 더 타당하다.

2. 휴머니즘 문학사조의 분석

휴머니즘은 시종 자유주의의 정수였다. 인간을 존중하고 인간을 모든 사회생활과 문화 활동의 목적으로 삼는 것이 휴머니즘의 핵심이었다. 19세기 상반기 자유주의 흥행기이든 제1차 세계대전 전후의 고전자유주의의 쇠락기이든 휴머니즘은 줄곧 서양의 진보적인 자유주의자가 내걸었던 기치였다. 중외사상사에서 오로지 자유주의자만이 자유를 추구하는 것이 아닌 바와 마찬가지로 자유주의자만이 인도를 추구하는 것도 아니었다. 또한 자유, 휴머니즘은 진보를 추구하는 개인과 단체가 보편적으로 접수할 수 있는 것이었다. 아울러 그 학설 속의 일부 내용은 이미 보편화되어 종래로 사라진 적이 없었다. '5 · 4'시기는 여러 가지 다양한 '주의'가 교차, 중복되던 시기였는데 휴머니즘은 그러한 '주의'를 초월하여 보다 광범하고 보다 종합력을 지닌 문화사조와 문학사조가 되었다.

봉건전제정치 체제와 종법제도는 하층의 노동인민, 여성과 아동, 개체의 가치와 개성의 자유를 멸시하는 특징을 지닌다. '5 · 4'시기 계몽사상가들의 반봉건 사상의 원천은 바로 휴머니즘이었다. 진독수는 '현대윤리학', 즉 현대인간학을 창도하고 개인의 인격의 독립을 제창하였으며 충효절의와 같은 '노예도덕'을 반대했다. 충효절의는 구도덕의 핵심으로 구식 예교, 강상, 풍속, 정치, 법률 등은 모두 여기에서 출발했다. 이대소는 마르크스주의를 수용한 이후에도 여전히 박애를 제창했는데, 사랑을 인간의 평등한 관계 속에 위치시킨 것은 그의 명철한 발견이었다. 루쉰 또한 휴머니즘의 주창자로서 '걸인'은 예교와 가족제도에 대한 그의 독특한 발견이었다. 주작인은 일본 유학시절 자산계급 휴머니즘 사상을 수용하고 루쉰 등 선구자들과 같이 구국하려면 인간을 구해야 한다는 전략을 내세웠는데 이는 그 역시 휴머니즘적인 태도의 소유자임을 말해준다. 주작인은 자연인성에 대한 연구에 주력함으로써 인간의 물질 정신생활의 발전은 조화를 이루어야 한다고 주장했다.

이상에서 볼 때 신문화운동의 창도자들은 사고의 공동방향인 계몽주의를 공유했을 뿐만 아니라, 공동의 기치인 휴머니즘을 내걸었다. 그리하여 낡은 사회의 불평등과 인성에 대한 구속을 비판하고 인간의 자유평등과 행복한 생활을 주장하며 노동인민들의 질곡를 동정하고 인간의 건전한 발전을 고취하는 데에서 일치된 면을 보였다. 따라서 문학에서 휴머니즘의 표현에 주력해야 한다는 것은 그들의 일치된 견해였다. 하지만 '5 · 4'신문화의 창도자들이 휴머니즘에 대한 이해 역시 일정한 차이가 있었다. 일반적으로 휴머니즘의 평민주의를 강조하는 경우와 휴머니즘의 개인주의를 강조하는 주장이 있다. 전자는 진독수, 이대소, 구추백, 정진탁 등이 대표인물이다. 진독수는 개인과 사회의 통일론자로서 윤리영역에서 개성의 자유는 경제적인 개성의 자유를 확립하는 기초와 전제로 삼아야 한다고 하면서 직접적으로 사회개조에 투신함으로써 개인주의의 틀에서 벗어났다. 이대소는 자유, 평등, 박애의 휴머니즘과 사회주의를 상호 결합시킨 전범으로서 사회해방과 개인해방을 결합시키려는 통일론자였다. 이대소는 자유주의가 아닌 민주주의를 출발점으로 마르크스주의를 지향하였는바, 휴머니즘의 개인주의에서 '사회주의 휴머니즘'에로 과도하는 경향을 보였다. 진독수가 「문학혁명론」에서 거론했던 '3대주의'의 첫째가 귀족문학과 대립되는 "평이하고 서정적인 국민문학"이었는데 이는 이대소의 평민주의 취향과 근접했다. 따라서 진독수와 이대소의 논리에 따라 휴머니즘의 평민주의를 특색으로 하는 신문화운동과 부속된 문학혁명운동은 인생과 평민을 위하는 선명한 민주주의와 사회주의적 색채를 띠게 되었다.

진독수, 이대소 등과 반대로 호적, 주작인은 휴머니즘의 개인주의에 주목했다. 호적은 '5·4'시기 개성의 해방과 자유 의지의 제창에 전념했던 일인자이다. 개인과 사회의 관계문제에서 그는 개인을 첫 자리에 놓고 개성의 훼멸, 자유정신의 억압이 사회로 하여금 생기를 잃게 하고 진보할 수 없는 결과를 초래한다고 하면서 개인의 중요성을 반복적으로 강조하며 사람마다 스스로를 인재로 만듦과 아울러 한 사람이라도 더 구원하여 새사회를 조성하는 역량으로 전환시켜야 한다고 했다. 이러한 논리로 그는 문학은 "개성을 좌절시키고 개인의 자유와 독립정신을 억압하는 전제제도"를 고발해야 한다고 주장했다. 그는 문학의 두 가지 표준, 인간의 문학과 자유의 문학을 제시하면서 "문학이란 것은 정부가 지도할 수 없다."[5]고 했다. 주작인은 자신이 이해한 휴머니즘을 "개인본위주의"라고 했다. 그의 개인주의는 휴머니즘의 개인주의 즉 합리적 개인주의였고, 그의 휴머니즘은 개인주의적인 휴머니즘, 또는 합리적 개인주의 휴머니즘이었다. 1924년 그는 「교훈의 무용」에서 설교의 문학을 반

5) 胡适, 「易普生主義」, ≪新青年≫ 第4卷 第6號, 1918年 6月.

대하면서 개인본위와 문학의 개인성을 강조했다. 개인화의 창작, 개인정감의 표현은 모두 개체를 내세운 것으로서 주작인이 주장했던 것은 휴머니즘의 개인주의였다.

'5・4'시기 휴머니즘에 대한 선구자들의 해석에서 휴머니즘의 평민주의와 개인주의 두 가지 주장이 있었음을 살펴보았는데, 전자는 민주주의와 사회주의에로, 후자는 자유주의 관념과 일맥상통했다. 신문학은 인간 중심을 내세웠는데 그것은 사회정치학설이 아니라 인간에 관한 학설—휴머니즘과 문학과의 관계와 가장 가까운 것이었다. '민주'와 '과학'은 신문학의 직접적인 표현대상이 되지 말아야 하며 될 수도 없지만 '민주', '과학'과 관련된 휴머니즘만은 '5・4'문학의 주류였다.

전술한 바와 같이 '5・4'시기에는 단독적인 자유주의 사회, 문화사조가 없었고 순수한 자유주의 문학사조도 존재하지 않았다. 따라서 이 시기의 주류 또한 각기 다른 자유주의 색채, 민주주의 색채를 동시에 띠고 있는 휴머니즘 문학사조였다고 해야 할 것이다. 오로지 낡은 것을 타파하는 작업이 기본적으로 완성되고 새로운 임무가 나타나며 신문학이 진일보 분화, 발전될 때만이 자유주의 문학은 상대적으로 비교가능, 구별가능, 대립가능한 상대로서 확립될 수 있다.

요컨대, '5・4'시기 계몽사상가와 문학가들은 계몽을 취지로, 휴머니즘을 기치로 삼아 동일한 궤도에 올랐지만 결과는 판이했다. 20년대 말의 격변기에 신문학은 파괴에서 전면적인 건설단계에 진입했는데, 점차 좌익혁명문학, 민주주의 문학과 자유주의 문학 등 3대 진영으로 분화되었다.

3. 중국 자유주의 문학이론의 기초자

'5・4'계몽가들은 진영이 방대해지면서 영재들이 집합된 엘리트그룹을 이루었다. ≪신청년≫이 가장 주목 받던 몇 년간 그들의 입론은 대체로 유사했고 별다른 구별이 없었다. 신문화운동 초기 계몽사상가들이 자유주의를 무기로 봉건문화를 반대하는 과정에서 비교적 많은 공통점을 보였다면 10월 혁명과 1919년 '5・4'애국운동 이후의 상황은 변하였다. '문제와 주의'에 관한 논쟁은 자유주의와 초기 공산주의자들 사이의 한 차례 진지한 겨룸이었다. 당시 이대소 등이 약간의 우세를 점했고 호적과 ≪신청년≫ 동인들과는 점차 거리가 멀어졌다. ≪신청년≫의 개편과 '통일전선'의 분화는 자유주의, 민주주의, 사회주의 사상의 충돌과 분열의 결과였다. 진독수, 이대소와 호적, 주작인을 비교한다면, 전자는 민족주의를, 후자는 세계주의를 주장했고, 전자는 휴머니즘적 평민주의를, 후자는 휴머니즘적 개인본위주의를 중요시했으며, 전자는 국민의 이익을, 후자는 개인의 이익을 중요시했으며, 전자는 정치, 경제, 문화 3위일체를, 후자는 문화지상을 중요시했으며, 전자는 사회를 개조하는 혁명방식을, 후자는 사회를 점진적으로 개조하는 방식을 채택했다. 호적과 주작인의 이러한 점은 그들의 자유주의 문화와 문학 가치관을 반영했고 그들은 그것을 문학영역에로 도입하여 계몽적 색채를 잃어버리지 않고 일정한 정도에서 점차 명확한 공리적 목적을 지닌 계몽사조를 초월했다. 따라서 호적, 주작인은 중국 현대 자유주의 문학의 최초 발언자와 이론적 기초자가 되었다.

호적은 중국 현대자유주의 문학의 창시자와 발기자였다. 문학에 상당한 정력을 기울였지만 호적의 문학 활동의 축은 미학적인 면에 있는 것이 아니라 사상문화면에 있었고 따라서 그는 문화자유주의자였다. 서양의 민주정치가 그의 사상의 주요 근간이었다면 세계주의는 그의 넓은 시야를 형성했고 존 듀이학설은 그에게 구체적인 행동지침을 제공했다. '문명재창조'의 자유주의 문화의 선구자로서 그는 사상문예로부터 착수했다.

호적은 점진적인 개혁을 주장하면서 문예의 사회의식 형태를 개조하고 문화적 계몽을 전개하며 정치적 기초를 건립하는 중개물로 삼으면서 순문학적 태도를 포기했다. 이는 호적이 문화 자유주의자가 되는 내적 원인으로 그가 문학본위의 의미에서의 자유주의자가 아니라는 것을 뜻한다. 호적의 자유주의 문학관을 이해하는 관건은 바로 그의 범공리적인 문학가치관이다. 그는 문학이 세상 사람들의 마음에 끼치는 영향을 인정했지만 문학을 직접 정치에 봉사하는 도구로 간주하지 않았다. 문학혁명시기 이는 백화도구를 제창하는 '살아 있는 문학(活的文學)', 현실주의의 '진실한 문학'과 개인본위주의의 '인간의 문학'으로 구체화되었다. 호적의 관심분야는 사회, 인생이지 정치가 아니었던 바, 그는 문학 기능의 범위를 고대의 사직과 도통에서 평범한 인간세계로 돌렸다. '5·4'문학혁명의 시작을 알린 「문학개량추의」의 주요가치는 그것이 신문학을 위해 얼마간의 구체적 개혁 양책(사실 '8사'의 주장은 조목조목 본다면 별다른 독창성이 없다)을 제공했다는 데에 있는 것이 아니라 신문학사에서 최초로 문학을 '재도'의 정치적 시야에서 끌어냈다는 데에 있다. 그는 문예의 사회 현실적 가치와 '비정치'적 범위 내에서 문예문제를 토론할 것을 강조했지만 성급해 하지 않았으며 언어영역의 문체개조를 중요시했지만 의도적으로 문학의 독특한 가치는 무시했으며 결코 초공리적이지 않았다. 호적의 이러한 범공리적 문학관의 특점은 그것을 결정하는 원인은 문학이 아니라 문화, 즉 그의 문화자유주의 입장이었다. 그는 공리에 급급한 문학관과 뚜렷한 차이를 보이면서 문학과 문체의 특징에 관한 여러 가지 주장, 즉 분명하고 똑똑하며 미적인 것을 문학 '요건'으로 삼고 문예에 대한 정부의 간섭과 문학이 직접 정치에 참여함을 반대하는 등 주장을 피력했다. 그 외에 그는 자유와 민주, 법치 등 문제에서도 자유주의 관점을 충분히 표현했다.

호적은 '5 · 4'시기 학자 가운데서 자유주의 기본관념을 가장 전면적으로 논술한 문인으로 「입센주의」는 '5 · 4'신문화운동에서 가치 있는 문헌 중 하나이다. 아쉬운 점은 호적이 문학작가와 작품에서 자유주의에 관한 논의를 유발했지만 완전히 문학 속으로 회귀하지는 못했다는 것이다. 현대 중국의 유명한 문화자유주의자로서 호적의 문학 활동 전부는 시종일관 그의 사회, 문화 활동과 연관을 맺었으며 또 문화를 사회의 축으로 삼고 문학으로 문화를 촉진하였다. 훌륭한 개척자와 중국 현대 자유주의 문학의 발기자로서 '5 · 4'시기 그의 착안점이 구문학을 상대한 신문학이었지 자유문학이 아니었다고 할지라도 그는 분명 중국 자유주의 문학의 중요한 기초적 역할을 했고, 후기의 자유주의 문학을 위한 노력과 영향은 간과할 수 없는 것이다.

중국문학사에서 최초로 인간본위적인 시각에서 문학본체를 대하는 문헌은 주작인이 '5 · 4'고조기에 발표한 「인간의 문학」이다. 그 이론은 비록 주작인 개인에게만 속하지 않는다고 할지라도 시대적 호소에 대한 주작인의 호응은 '5 · 4'문단에 곧 나타날 인간학 사조에 대한 이론적인 개괄이었다.

'인간의 문학'은 휴머니즘 문학으로써 주작인은 그것을 개인주의의 인간본위주의라고 했는데 이는 '인간의 문학' 본질에 대한 개괄이다.

'인간의 문학'은 일상인들의 생활문학으로써 "인간의 일상생활 또는 비인간적 생활"을 망라한다. '인간의 문학'은 명확한 타켓성이 있는 바, 즉 봉건 중국의 '비인간적인 문학'을 겨눈 것으로서 송명시기의 이학과 가정본위주의적인 문화관념이었다. '인간의 문학'의 이론적 근거는 자연적인 인성을 토대로 한 휴머니즘이었다. 주작인은 '5·4' 엘리트로서 인간에 대한 기본적인 이해방식을 표현했다. 그는 「신문학의 요구」에서 재차 '인간의 문학'의 함의를 천명했는데, "첫째, 이 문학은 인간적이지 수성(獸性)적이 아니고 신성한 것도 아니다.", "둘째, 이 문학은 인류의 것이고 개인의 것이지 종족의 것도, 국가의 것도, 향토 및 가족의 것도 아니다."는 것이다. 주작인은 또 개인과 사회의 관계문제에서 개체의 가치를 선양하였는데 그가 고취한 휴머니즘의 적확한 함의는 개인주의, 개인본위주의이다. 진독수, 이대소, 호적, 루쉰 등도 이와 유사한 주장을 펼쳤지만 오직 주작인만이 문학 본체적인 의미에서 인간을 문학의 중심으로 하는 현대 신문학의 품격을 증명했다. 따라서 주작인은 문단에서 자유주의 문학의 선창인이었다. '인간의 문학'에 관한 그의 이론은 비록 독립, 순수한 자유주의 문학운동을 일으키지는 않았지만 자유주의 문학발전을 위해 튼튼한 이론적 준비를 했으며, 신문학발전을 위해 커다란 영향을 발휘했다. 계몽사상가들의 일반적인 사상내용, 예술형식의 시각에서 건립한 신문학과 달리 주작인은 문학본체의 가치관의 시각에서 신문학 '새로움'의 의미가 인간의 각성, 개성의 해방에 있음을 논술했는데, 여기에 주작인의 '5·4'문단에서의 특이한 공헌이 들어 있다.

'인간의 문학'이론이 중국 자유주의 문학을 위해 견실하고도 광범한 토대를 마련했다면 주작인이 1922년부터 운영한 '자아의 원지(自己的園地)'는 자유주의 문학의 한차례 효과적인 개인화의 실천이었다. 후자는 전자의 필연적인 과도와 또 한차례의 선명한 전환이기도 한바, 그 주요 구별은 '인간의 문학'은 계몽사상의 일환으로써 명확한 공리성을 지니고 있지만 '자아의 원지'는 단지 주작인 개인에게 속한다는 점이다. 주작인은 자신이 제안한 두 개의 슬로건, '인간의 문학'과 '평민문학'이 비록 사상혁명에는 유익하지만 문학영역에서 지나친 공리화를 보였다고 반성했다. 1922년 1월 그는 ≪신보부간≫에 「자아의 원지」라는 칼럼란을 설치했다. 그는 "독립적인 예술의 미와 무형의 공리"를 주장했는데 그가 주장하는 예술은 개인을 주인으로 하고 정감표현을 목적으로 하는 개인적 활동으로서 개성과 예술의 독창성, 표현의 사적 성격을 강조하며 무형의 공리를 제창하고 유형의 공리를 반대하는 것이라고 했다. 이 시기 그는 문예 속의 개인을 반복적으로 주장하면서 창작의 원인이든 아니면 창작의 결과이든 모두 개체의 것으로서 문학은 자초지종 개인의 것이라는 논리를 폈다.

문예영역 내에서 독창성, 개체화를 강조함과 아울러 그는 '다수의 결론'과 대립도 마다하지 않고 창작의 자유를 보호했는데 이는 그 시대에 상당히 '전위적'인 관점이었다. 그는 작가의 개성을 중요시하면서 인간의 개성은 절대로 동일할 수 없기에 개성을 존중한다는 것은 바로 창작의 다원화를 존중하는 것이라고 했다. 따라서 그는 자연히 문단에서 관용(寬容)의 원칙을 제창하기에 이르렀다. 주작인은 스스로 '5・4' 고조기의 계몽주의 문학관의 대변인으로부터 '5・4'후기 자유주의 문학의 고취자로 변신했다. 그는 흥미를 강조하고 공리에 반대하였으며, 개성을 강조하고 통일을 반대하였으며, 관용을 강조하고 억압을 반대하고, 자유를 강조하고 평등을 반대하는 것으로써 자기 문예론의 주조를 이루었다. 바로 이 시기에 주작인은 가장 개성적인 풍격을 지닌 산문을 창작했는데 현대 산문사에 특이한 풍격을 남겼다.

'5·4'초기에 주작인이 제안한 '인간의 문학'에 관한 이론은 비록 계몽주의에서 이용된 공리적 요소를 띠고 있었지만 중국 자유주의 문학을 위해 잠재적 가능성과 이론적 토대를 제공했다. 그는 '5·4'후기에 개척한 '자아의 원지'는 중국 자유주의 문학의 아주 효과적인 개인화의 실천이었다. 그는 30년대 여전히 초공리, 중심미, 중 '언지'의 자유주의 문학관을 견지하면서 광범위한 영향력을 행사했다. 이러한 의미에서 주작인은 중국 문학영역 내에서 자유주의 문학사조의 최초 이론가이고 실천가이며 추동자였다.

제3절 30년대 자유주의 문학사조

1. 민주주의 문학과 자유주의 문학

30년대 중국의 문단은 5대 진영, 즉 좌익무산계급문학, 민주주의 문학, 자유주의 문학, 국민당 어용적 민족주의 우익문학과 원앙호접파를 주체로 한 대중통속문학으로 나눌 수 있다. 이는 중국사회 계급의 대분화, 정치의 첨예한 대립, 문화형태의 복잡화의 필연적인 결과이다. 민주주의 작가와 자유주의 작가를 병렬시키는 것은 다년간 지속되어온 중국 현대문학사 연구방법의 연속이고 문학사 사실에 대한 존중이기도 하다. 가령 민주와 자유라는 낱말의 뜻만 따진다면 이 두 개의 문학사 개념에 대한 직관적인 인상을 얻을 수도 있다. 자유주의자에게 있어서 민주는 정치체제와 관련되는 것이고 자유는 가치 범주에 속하는 것이며, 민주는 모든 사람에 관한 것이고 자유는 개인을 보다 중요시하는 것이며, 민주는 응용하는 것이고 자유는 본체인 것이다. 자유의 내포는 민주보다 높다는 것은 당대 세계의 기본적인 관점이다. 하지만 이러한 이치에 비추어 자유주의 문학이 민주주의보다 높은 차원인 것이라고 한다면 무단적이고도 견강부회적이 된다. 연구자들이 말하는 이 두 가지 문학형태와 두 부류의 작가들은 순수하게 민주와 자유의 개념을 문학범주 내에서 평행적으로 연장한 것이 아니라 각자 특정한 함의를 지닌다. 일반적으로 말하는 민주주의 작가는 기본적으로 '5·4'문학혁명 전통을 계승하고 민주주의, 휴머니즘을 창작지도 사상으로 삼으며 문학으로 인생과 평민을 위한다는 관념을 지니고 문학의 계몽적 효력에 주목하면서 반제·반봉건적 중국 현대 민주혁명 성질과 상호 부합되는 작가 대오를 말한다. 이에 반해 자유주의 작가는 대체로 정치적으로 개량을 주장하고 급진적인 혁명을 반대하며 문화적으로 다원과 관용을 주장하며 문학상에서 인성의 반영을 견지하고 정치를 멀리하며 심지어 문학이 직접 사상계몽의 도구로 전락되는 것에 반대하며 문학본체의 가치관을 견지하는 작가들이다. 30년대에 전자에는 파금, 노사, 조우를 대표로 정진탁, 왕통조, 빙심, 허지산 등 문학연구회 성원들과 그에 가까웠던 기타 단체유파의 성원들이 포함되고, 후자는 신월파, 논어파, 신감각파, 현대시파, 경파 등의 단체유파 작가들이 위주였다.

좌익문학은 비교적 엄밀한 조직, 강령과 행동질서가 있었지만 두 부류의 작가 대오는 느슨하고 자의적이었다. 민주주의 작가들은 당시 거의 아무런 단체조직이 없이 '5·4'의 기점에서 창작에 임했고 자유주의 작가들은 좌익급진적인 문학의 자극에 대한 반응으로 비교적 분명한 단체와 진지를 확보했다. 하지만 좌익문학과 의도적으로 일정한 거리를 유지하는 것은 그들 공통적 태도였다. 민주주의 작가와 자유주의 작가들은 예술의 특징을 간과하는 좌익문학의 결함에 대한 공통의 인식으로 창작특징에서 동일한 존중의 태도로 예술법칙에 대한 보다 자세한 탐색을 행하며 예술표현에서 각자 돌출한 성취를 이룩했다. 이는 두 부류 작가들의 또 하나의 공통점이기도 하다.

한편 두 부류의 작가들은 여러 면에서 뚜렷한 차이를 보이기도 했다. 가령 '5・4'문학에 대하여 민주주의 작가들은 직접적인 수혜자와 계승자의 자격으로 '5・4'문학을 추진하였지만 자유주의 작가는 계승 가운데 일부 수정의 태도를 취했으며, 민주주의 작가들을 지배하는 사회인생관은 주로 휴머니즘과 민족, 민주의식이었지만 자유주의 작가들을 지배하는 것은 주로 개체의식과 개인주의였고, 이와 관련된 문학형태에서 전자는 대외적 혹은 내외결합적이었고, 후자는 기본적으로 내향적이었으며, 문학적 영향력에서 전자의 영향은 후자를 초월했다. 민주주의 문학과 자유주의 문학의 주제와 제재의 처리방식에도 일정한 구별점이 있다. 전자는 선명한 휴머니즘 사상과 민족의식을 지녔고, 후자는 개성주의 사상과 개체의식을 보다 중요시했다. 파금, 로사, 조우의 작품에서 가난한 사람과 부자는 뚜렷이 구분되고 심각한 대립을 이루고 있었지만, 심종문, 폐명 등 자유주의 작가들은 도시사람과 시골사람, 현대문명과 시골문명의 차이에 더 주목했다. 자유주의 작가들이 사회의 암흑과 불공평함을 전연 무시했다는 것이 아니라 그들의 이해의 시각과 표현방식이 다르다는 것이다. 민주주의 작가들은 정치, 경제의 다중적인 원인에 주목했고 자유주의 작가들은 개인적인 요소에 비교적 주목했다. 그리하여 표현방식에서 전자는 외부 혹은 내외결합 및 인간과 사회의 충돌의 표현에 주력함으로써 뚜렷한 비판적 색채와 정감적 경향을 보였으나,

후자는 내향적으로 개성의 심리 및 인간과 자신의 충돌의 표현에 주력했던 것이다.

2. 좌익과 우익의 사이

'5・4' 및 20년대에 이르러 자유주의 문학, 민주주의 문학과 초보적인 사회주의 경향을 지닌 문학은 혼잡한 상태에서 공동으로 봉건적인 낡은 문학을 대립면으로, 신문학건설을 공동의 목표로 삼았다. 당시 국내의 계급적 대립은 30년대보다 심각하지 않았다. 따라서 '5・4'문학의 여러 가지 형태 역시 대동소이했다. 이때 무산계급문학이 공식적인 구호, 조직과 운동으로 출범했고 자유주의 문학의 특징 또한 돌출하고 선명해졌다. '5・4'문학 논쟁의 주제가 신문학과 구문학이었다면 30년대는 주로 신문학 내부의 '혁명'과 '비혁명' 또는 전진과 보수 간의 논쟁이었다.

이 시기에 자유주의 문학은 기치를 높이 내걸고 연속적으로 나타난 자유주의적 성격을 띤 단체 또는 유파들은 일정한 정도에서 좌, 우익 문학 관념의 대립형태와 문단의 보충역량이 되었다. 그들은 좌, 우익 문학관을 '교정'한다거나, 또는 스스로 인정하는 순진한 문학관을 고수하는 등 각이한 풍격을 보였다. 20년대 말의 양실추와 신월파, 30년대 초기의 '자유인', '제3종인' 및 30년대 중기의 '논어파', '인간세파' 등은 좌익문학의 영향이 미치는 곳마다 '반영향'의 모습을 드러냈다. 이러한 '반영향'에는 논쟁에 참여했거나 또는 논쟁을 일으킨 자유주의 유파뿐만 아니라 기본적으로 논쟁에 참여하지 않았던 경파, 현대시파와 신감각파 소설가들도 포함되는데 그들 창작자체가 일종의 자유주의적인 자세였던 것이다. 논쟁에 참여한 자들은 표면적으로는 첨예한 대립을 이루고 있었지만 실제적인 효과에서는 오히려 상호보완적이라고 할 수 있다. 30년대 문단의 번화함과 번영은 이러한 상황과 밀접한 연관이 있다.

가장 먼저 좌익문단과 논쟁을 벌였던 것은 신월파였다. 친영미적 자유주의 정치문화와 문학단체로서 신월파는 혁명문학에 반대하는 자체의 이유가 있었다. 자산계급민주정치의 모델, 개인행위의 자유와 개성의 자유발휘를 목적으로 한 인생의 이상, 혁명을 반대하고 개량을 숭상하는 사회발전 관념, 순수문학 형식에 대한 추구, 천재가 창조한 '귀족화' 문학가치관의 숭배 등은 신월파 성원들의 기본적인 사상 경향이었다. 당대 미국학자 에른스트 볼프는 18, 19세기 영국문학이 서정적으로 뛰어나고 신사적 풍격을 강구했는데 이는 중국 유학생들의 정신적 기질과 박자가 맞았던 바, 이것을 20~30년대 중국 유학생들이 영미문학을 수용했던 원인이라고 지적했다.[6] 당시 영미에서 유학하던 중국 학생들은 대개 중산계급 가정의 출신이었고 중외 자유주의는 중산계급을 중견으로 하고 또한 이 계급의 이익과 가치관을 반영하고 있었다.

이상에서 실천, 정감에서 이지에 이르기까지 서지마는 모두 '자유화'에 호응했다. 그는 박애, 자유, 미 3위1체를 숭상하면서 영국 정치의 엘리트와 중용정신, 신사풍격에 경도되어 혁명은 바로 개인 성령의 자유발전이라고 생각했다. 중국의 현실에 대해 그 역시 격렬한 비평을 가했지만 모두 자유 여하가 그 출발점이었다. 그는 ≪신월≫ 잡지에 문단의 원칙을 비판하는 글을 발표하여 신월파의 자유주의 문인의 이성지상, 개성지상의 가치관을 반영했다.[7] 중국 현대작가 중에 서지마는 개체의

6) [美], 恩斯特,沃爾夫, 『西方對30年代中國散文的影響』, 張玲霞, 「徐志摩的"洋"与"土"」, 『中國現代文學研究叢書』, 1991年 第3期.

자유, 특히 개체적 심령과 자유, 정애의 자유 가치를 가장 추앙했던 작가일 것인 바, 이로써 그는 완벽하고 매력적인 자신의 인격을 형성했다.

양실추 사상의 바탕에는 중국의 유학사상도 있거니와 미국학자 어빙 베빗의 신인문주의도 있었다. 그는 양자가 상호 일치한 것이라고 인정했다. 그는 일생동안 개량의식과 중용적인 태도, 이성적 도덕과 엘리트의 천재관을 견지하면서 이를 좌익문학과 논쟁하는 이론적 무기로 삼았다. 심종문은 구미유학생이 아니지만 현대평론파, 신월파와 밀접한 관계를 맺고 ≪현대평론≫과 ≪신월≫ 잡지의 중견 필진과 경파소설의 중요한 대표였다. 1928년 호적이 중국 공학의 초청으로 교직에 임한 사실이 자신의 일생에서 가지는 의의에 대해 심종문은 이는 “호적 선생의 상시 제2집이라고 할 수도 있는데 아마 그의 시집보다 영향이 더 컸을 것이다. 그 후 특별히 나의 공작에 영향이 없었지만 보다 중요한 것은 공작 태도 및 이 태도를 국내의 익숙하거나 생소한 영역에 보급할 때 천천히 작용을 했다는 점이다. 이 작용이 가장 뚜렷했던 곳이 바로 문학운동 과정에서 ‘자유주의’의 건강한 발전 및 성취이다.”[8] 심종문이 자유주의 진영과의 관계를 자랑으로 삼고 있음이 역력하다. 심종문은 비록 30년대에 자유주의 문학과 좌익문학의 논쟁에서 초연한 입장이었지만 이론과 창작에서 정치를 멀리하고 예술을 가까이 하려는 양실추와 동일한 관점을 보였다. 가령 양실추가 격렬하고 양보없는 태도로 자유주의 문예관을 수호하면서 결사적으로 논쟁에 투신했다면 심종문은 자유주의적인 태도로 모든 자유주의적, 비자유주의적인 것과 반자유주의적인 문예사조를 상대했다. 주작인이 몇 년 전에 자기는 아무런 계, 아무런 파도 아

7) 徐志摩, 「≪新月≫的態度」, ≪新月≫ 創刊号, 1928年 3月.
8) 沈從文, 「從現實實習」(二, 天津 ≪大公報≫, 1946年 11月 10日.

닌 자유파라고 선언한 것과 마찬가지로 심종문은 글에서 다른 사람이 자신을 무슨 계이니 무슨 파이니, 무슨 주의에 귀속시키는 것에 대한 반발을 표했다. 자신을 변두리에 두고 예술적 창조에 전념하려는 것은 심종문이 풍요로롭고 훌륭한 창작을 보였던 중요한 원인이다. 물론 30년대 열렬한 논쟁에 전혀 무관심한 입장이 아니라 그는 시종 자유주의의 입장을 취하고 있었다.

신월파와 좌익문학 논쟁의 중요한 이론적 버팀대가 '인성'이었다면 임어당이 내걸었던 '성령' 역시 대체로 같은 내용이었다. 물론 구별점이 없었던 것은 아닌 바, 전자의 인성에 대한 강조는 문학적 내용이고, 후자의 '성령'설은 '문풍'에 주력하는 것이며, 전자는 진정으로 자유주의 문학의 원칙을 수호하면서 서양을 많이 참조했지만, 후자는 그 이론의 논술에서 중국 고대문학에서 많은 지지를 얻기에 주력했다.

앞의 '정통'적인 자유주의 작가와 달리 '자유인', '제3종인'으로 자칭한 호추원, 소문 등은 다른 모습을 보였다. 그들은 마르크스주의 및 그 문예에 대한 진지한 연구를 거쳤거나 심지어 이론적 수양에서 다른 상대보다 한 수 더 높을 수도 있었으며 좌익문학 진영에 소속된 바 있었지만 반격의 깃발을 내든 것이다. 호추원의 주장에 의하면 그는 이 시기에 '자유주의적 마르크스주의' 또는 '마르크스주의적 자유주의'의 깃발을 내들었는데 이것을 자신의 '자유주의적 마르크스주의'[9]의 사상단계라고 했다. 호추원은 주간 ≪문화평론≫을 창간하여 정치적으로 항일을, 사상적으로는 자유를 주장했다. 발간사에 의하면 호추원은 자칭 '자유인'으로서 공산주의에 가까운 자산계급 진보작가의 계시를 받았다고 하

9) 古繼堂, 「胡秋原与中國現当代文學」, 『新文學史料』, 1996年 第4期 cf.

면서 마르크스와 자유주의의 소통을 실현하려고 했지만 이론적으로 충분한 논증이 없었고 현실에서도 '자유'를 실현하지 못하여 도처에서 막힘을 당하는 운명이었다.

특별히 짚고 넘겨야 할 점은 30년대 좌익문학과의 논쟁에 참여한 자유주의 작가들은 전적으로 좌익을 목표로 삼은 것이 아니라, 혹은 직접 좌익과 대립을 보인 우익이 아니었다. 그들은 좌익과 우익 사이의 중간파로서 좌익도 반대했거니와 우익도 반대하였기에 양면의 협공 아래 어느 한쪽도 반기지 않는 파였다. 국민당 및 그들의 문화전제주의에 대한 양실추의 비판은 상당히 예리했다. ≪신월≫에서 발기한 '인권문제'에 관한 토론에서 그의 「사상통일을 논함」은 직접 그 비판의 예봉을 국민당의 우민정책에 돌리면서 '당화교육'을 통하여 선전도구에 강제적인 주입, 통제를 가하고 정치적 권세를 이용하여 억압하는 등 3가지 방식으로 사상통일을 도모한 행실에 대해 격렬한 비판을 가했다. ≪신월≫이 국민당 당국에 의해 폐간당한 후에도 그는 기타의 동인지에 시론을 발표함으로써 자신의 자유주의 입장을 견지했다. 양실추는 정치는 정치, 문학은 문학이라는 주장 아래 국민당이 고취하던 3민주의 문학도 반대하고 소련식의 문예정책에도 반감을 표했다. 임어당은 능란한 풍자의 필치로 혁명에 참여하지도 반대하지도 않으며, 엄숙한 얼굴로 타인을 훈계하지도 않고 색정적인 비열한 글도 쓰지 않겠다는 입장을 표명했다. 그는 줄곧 자유사상, 개인의식을 기치로 '유모아(幽默)'를 제창하고 '성령'을 선양하며 '한적'을 고취했다. 그리하여 국민당의 조치도 공산당의 선전도 반대하면서 30년대 '자아의 원지'와 자유주의 문학의 원지를 고수했다.

전술한 문인들을 자유주의 작가로 자리매김하는 것은 비교 가운데서 그들의 입장과 관점의 유사한 점이 드러나기 때문이다. 그들이 비판의 예봉을 좌익문학에 겨누고 반혁명적 대지주, 대자산계급을 위해 봉사했다는 지적은 충분한 사실적 근거가 없이 과장되고 극단적인 '좌'경의 관점이다. 가령 그들의 반우익의 일면을 발견하지 못한다면 그들의 자유주의적 성격에 대한 전면적인 인식이 불가능하며 그들 사상의 일부 진보적인 성격 역시 파악할 수 없는 것이다.

3. 인성론과 계급론

1927년 이후 국민당은 형식적인 중국 통일을 실현하고 공산당과 첨예한 대립태세를 갖추었다. 무산계급의 반제·반봉건과 반국민당 집권통치의 수요에 적응하기 위해 혁명문학의 구호가 재차 제기됨과 아울러 기세 드높은 운동의 대세를 이루었다. 국민당의 우익문학에 상대한 개념으로써 좌익문학은 이때 나타났으며 일종의 사조로서 20년대를 계승하고 40년대로, 심지어 새 중국의 성립 이후의 문학에까지 이어졌다.

'홍색의 30년대'에 중국의 좌익문학가의 이론적 논술에서 '계급'은 '키워드'로서 20년대 '평민'의 개념과 '개인'의 개념을 대체했으며, '무산계급문학'의 개념으로 '인간의 문학', '평민문학'을 대체했다. 계급의식을 지도 삼아 좌익문학은 자기의 문학본체관－계급도구론을 확립했고, 초보적으로 자기의 창작원칙—전투성, 사상성, 현실성과 대중성을 형성했으며, 초보적으로 자산계급문학에서 무산계급문학에 이르는 신문학사관을 형성했다. 일각에서는 이로써 '5·4'문학을 부정하고 현시대 혁명의 반자본주의 성격과 '5·4'시기의 자산계급문예의 성격을 인정하며, 휴머니즘, 평민주의, 개성주의 등 '5·4'의 재산을 부정하고 비판하려는 시도까지 나타났다. 계급의식을 지도로 삼는 좌익문학은 작가대오에 대한 엄격한 요구 — 작가의 '방향전환'을 강조하고 '중간인'과 '동로인'을 배척해야 한다는 요구가 있었다. 혁명문학 초기에 루쉰, 모순, 욱달부, 엽성도 등에 대한 비판, '좌련'성립 후 일부 작가들에 대한 청산, 제명 및 일부작가들의 퇴출 등은 좌익문학의 선명한 '빗장주의', 종파주의의 색채를 반영했다. 그들은 대오의 순결성, 순수성을 요구하면서 민주주의 작가, 자유주의 작가들에 대한 배척의 태도를 취했다. 그리하여 대부분의 작가들을 소자산계급과 자산계급으로 획분하고 혁명의 가능성이 전혀 없다고 판단했다. 이러한 간단한 분류는 일정한 정도에서 진보적 경향을 지녔지만 아직 '혁명'으로 전향하지 않은 작가들의 내심에 대립적인 정서를 조성했다.

가령 계급의식이 좌익문학의 주도적인 의식이었다면, 30년대 자유주의 문학사조의 가장 큰 특징은 인성론과 계급성의 대치로서 창작의 자유론에 대한 계급 도구론의 대적이었다.

영미의 자유주의 사상 특히는 어빙 베빗의 신인문주의영향을 깊이 받았던 양실추는 견정불이한 인성론자였다. 1926년 그는 "위대한 문학은 자아의 표현에 있는 것이 아니라 보편적인 인성을 표현하는 데에 있다."는 관점을 제안 한 후 여러 모로 해석을 가했다. 논쟁기간 그는 문학과 인성에 대한 논의에서 인성으로 계급성을 정면적으로 부정하는 데로 전환했다. 인성문학의 기치를 추켜들었던 그의 초지는 인성으로 전통문학의 편차를 교정하는 것이었는데, 그 대상은 도교의 은둔, 소극, 향락, 퇴폐적인 문학관과 유교의 '관도재도(貫道載道)의 기예'의 문학관이 포함되었는데 이로써 인성으로 문학을 정치적 소용돌이에서 구해내는 방식으로 삼고자 했다.

양실추는 문학사상 최초로 문학이 "인성에서 발하고 인성을 토대로 하며 인성에서 그친다."[10]는 주장을 세운 이론가이다. 그는 '인성'에 문학본체적 지위를 부여했는데 종래로 인성과 문학의 관계를 이 정도로 강조한 적이 없었다. 양실추는 인문적인 의미에서의 '인성'을 강조했고 주작인보다 그 해석에서 세밀했다.

양실추의 인성에 대한 기본적인 해석은, 인성은 인간이 "공유한 것으로 고금을 구분하지 않고 중외를 차별시하지 않으며 장구적이고 보편적이며 변화 없는" '이성'이며, '비교적 높은 차원의 정감'과 '비교적 엄숙한 도덕적 관념'이라는 것이다. 여기에서 그는 인간의 자연적 요구와 보편적 특성은 지역, 계급, 종족과 국경을 초월한 것으로서 고정불변이라는 점을 강조했다. 인간의 이러한 이성적 내용을 강조할 때 자연적인 인성을 배척함과 아울러 이성, 정감, 도덕적 사회성의 내용을 배척했다. 사회성의 인정은 계급성의 인정으로 이어지기에 양실추는 사회성을 극구 배척했는데 이렇게 계급성의 존재를 무시 또는 간과한 것은 그에게 치명적인 일면으로 인성에 대한 해석조차 혼란을 피면하기 어려웠다. 좌익문학가들은 바로 그의 이러한 약점을 비판함으로써 그를 피동적인 입장으로 몰았다. 하지만 일부 좌익 이론가들은 계급성에 대한 지나친 강조로 양실추 이론의 일부 합리적 요소까지 간과했다. 단지 계급관에 의거한 인성의 해석, 문학의 해석 또한 완벽을 기하기 어려웠다. 좌익의 일부 이론가들이 계급성으로 인성을 대체하고 계급의 대립만 주목하고 계급의 전환과 상호영향, 계급의 개체적 특이성과 변이성을 무시하는 것은 실제로 인성을 부정하는 방식으로서 경직화된 인성론에 불과하다.

10) 梁實秋, 「文學的紀律」, ≪新月≫ 第1卷 第1號, 1928年 3月 10日.

양실추는 반대자의 자태로 문학의 계급성, 좌익문학 존재의 합리성을 부정했으며 좌익문학의 비평이 잇따른 것은 당연지사였다. 좌익이론가들은 계급사회에서의 문학은 필연적으로 계급성을 지니게 된다는 이치에 대한 주장을 펼치는 한편 좌익운동을 수호하는 시각에서 양실추의 입장, 동기와 효과에 대한 질의를 표했다. 그리고 논쟁을 무산계급과 자산계급 사이의 투쟁으로 간주하고 항상 사상적 자유를 호소하는 신월파 비평가들을 가리켜 실제로 부자유스러운 세월에 '치안유지'의 임무를 담당했기에 '자본가의 주구'에 불과하다고 비난했다. 쌍방의 비평과 반격은 차분한 심정과 분위기속에 진행된 이론적인 대화가 아니기에 이론적인 측면에서 깊은 토론이 보이지 않았다. 사실 자유주의 문학과 좌익문학 간의 이 논쟁은 당시의 창작에 실질적인 영향을 별로 미치지 못하고 단지 각자의 주장만 내세웠지 '인성과 계급성'이라는 이론적 문제해결에 아무런 진척도 보이지 못했다.

양실추의 관점은 고립된 것이 아니라, 그와 적지 않게 일치하는 면을 보였던 심종문의 문학이론, 일종의 인성론으로서의 임어당의 '성령론' 역시 그에 동조하는 것들이었다.

중화민족은 강렬한 입세의 태도와 실용의 이성을 지니고 있기에 자유주의자들이 고취했던 인성과 성령은 당시 격렬한 현실과 격리되었을 뿐만 아니라 인성의 추상과 공동(空洞)함, 성령의 허황함과 초탈 등은 전통적인 문화정신과도 대비를 이루는 것들이었다. 아울러 계급성과 인성은 결코 완전히 대립되는 것이 아니다. 따라서 계급의식의 절대화 또는 인성과 성령의 절대화는 모두 문학의 건전한 발전을 방해할 수밖에 없는 것이다. 이러한 의미에서 논쟁의 쌍방은 모두 부족한 점이 있었다고 할 수 있다.

4. 창작자유론과 계급공구론

자유주의 문학가들은 예외 없이 모두 문학의 독립적 가치, 창작자유를 강조했다. 창작자유는 사상자유와 언론자유의 한 방면이며 정치자유와도 관계되는 문제이기 때문이다. 자유주의 논자들은 또 사회개량론자와 평화진화론자이기도 한 바 계급전쟁과 폭력혁명을 반대하고 나섰다. 계급존재에 대한 승인여부를 떠나 그들은 모두 문학이 계급을 위해 봉사한다는 관점, 특히 문학을 정치투쟁, 계급혁명의 부속도구로 삼는 행위에 반대했다.

양실추는 "문학을 '무기'로 간주하는 것은 바로 문학을 선전품으로 삼는다는 것으로써 계급투쟁의 도구로 전락시키는 것이다. 우리는 문학을 이용하여 다른 목적에 도달하려는 그 어떤 움직임도 반대하지 않는다. 이는 문학자체에 무해한 것이다. 하지만 우리는 선전식의 문학은 문학으로 승인할 수 없다."[11]고 했다. 여기에 타인에 대한 자유주의자들의 관습인 관용이 들어 있는 한편 문학에 대한 자유주의자들의 신념이 들어 있다. 주목되는 것은 양실추가 반대한 '도구'의 문학, '무기'의 문학, '선전'의 문학은 '도구로 삼는' 관념의 자체였지 어느 영역에 사용되는 도구인가는 관계치 않았다는 점, 즉 혁명적인 도구이냐 반혁명적인 도구냐에는 관심이 없었다는 점이다. 단지 혁명진영에서 그에 대한 비판이 가장 격렬했기에 그 또한 반응이 가장 격렬할 수밖에 없었다.

심종문 역시 1927년 후 문학과 정치의 관계가 가까워지고 있는 상황에 반감을 품고 작가는 "'시대'를 기억하고 '예술'을 망각했다!"고 일갈하면서 "우리는 문예의 자유로운 발전을 찬성한다. 그것은 목전의 중국

11) 梁實秋, 「文學有階級性嗎?」, ≪新月≫ 第2卷 第6,7號 合本, 1929年 9月.

에서 문학이 정부의 재판과 다른 한 종류의 '일존독점(一尊獨占)'의 추세에서 해방되어야 만 비로소 여러 요소가 모두 성장하고 번영해질 수 있기 때문이다."[12]고 했다. 여기에서 '일존독점'이란 분명 좌익문단의 절대적인 영도와 기세 드높은 성세를 가리키는 것이다. 30년대에 이어 40년에 이르기까지 그는 시종 "문학은 정치를 도울 수 있지만 정치로써 문학을 간섭한다면 망치게 된다."[13]고 하면서 양실추와 함께 자유주의 입장을 견지하고 문학의 독립과 창작의 자유를 제창하면서 '인성'으로 정치를 대체할 것을 주장했다.

'자유인', '제3종인' 역시 창작의 자유와 문학의 독립을 극구 강조했다. 그들은 무산계급 혁명운동 자체는 반대하지 않았고 신월파와 같이 명확하게 '인성'으로 문학의 정치와 계급성을 대체할 것을 주장하지도 않고 단지 문학의 광범위한 사회인생의 내용으로 계급성을 대체할 것을 주장했다. 그들은 또한 창작의 자유라는 창작주체의 해방 문제를 보다 중요시하면서 작가에게 '자유적이고 민주적인' 선택권과 독립성을 부여할 것을 주장했다. 좌익문학의 이론과 창작에 대한 호추원, 소문의 비평용어는 모두 아주 첨예했던 바, 전자는 "예술을 정치 유성기의 일종으로 타락시켜 예술의 반역을 초래했다."는 전반적인 부정과 함께 전행촌을 사례로 개별적인 부정을 가하기도 했으며, 후자는 좌익문학이 편면적으로 계급성을 강조함으로써 "협애한 이론으로써 작가의 자유를 제한"했다고 지적했다.

문학을 계급의 도구로 삼으려는 주장과, 창작의 자유를 요구하는 주장의 첨예한 대립이었다. 이러한 대립은 우선 정치 관점의 대립, 다음으

12) 沈從文, 「一封信」, ≪大公報. 文藝≫, 1937年, 2月 21日.
13) 姚卿祥, 「學者在北平. 沈從文」, 天津 ≪益世報≫, 1946年 10月 26日.

로 예술 관념의 대립으로 나타났다. '대화'는 원래 한 차원에서 이루어지지 않았기에 당시에는 일치된 결론이 있을 수 없었다. 혁명의 입장과 혁명에 대한 이해의 수준에서 출발한 '좌련'의 상대에 대한 비평은 필요한 것이고 시기적절한 것이었다. 하지만 진지한 분석과 이해를 결여한 채 상대의 일부 관점의 합리성까지 질타하는 것은 문학발전에 불리한 것이다.

문학의 도구적인 속성에 대한 지나친 강조는 필연적으로 작가의 독립성을 무시하고 창작실천에서 공식화, 개념화를 초래하게 되는데 이는 30년대 좌익문학 창작에서 돌출된 문제였다. 1936년 '좌련' 해체 이후 '두개 구호' 논쟁이 한창일 때 심종문은 소건(蕭乾)이 주간을 담당했던 자유주의 문학의 유명한 언론진지 ≪대공보・문예≫부간에 「작가 사이에는 일종의 새로운 운동이 필요하다」는 글을 발표하여 당시 문단에 보편적으로 존재하고 있던 공식화, 개념화 경향에 대한 '반발'운동—'그럭저럭 반대운동'을 일으켰다. 1937년 봄 이 부간은 두 기에 걸쳐 '그럭저럭 반대운동 특집'을 발간했다. ≪문학≫, ≪입보(立報)≫, ≪신보≫, ≪광명≫ 등 자유주의와 좌익 소속 간행물도 이 토론에 참여하여 "남북 문단의 광범위한 필전을 야기했다."[14)]

'그럭저럭' 현상이 자유주의 작가와 좌익작가들에게 공동적으로 주목을 받았다는 것은 당시 공식화, 개념화경향의 엄중성을 말해준다. 구체적으로 어떻게 '그럭저럭' 현상에 반대할 것인가에 대해 그들은 각자의 상이한 주장을 보였다. 심종문은 작가의 창작자유를 보장하고 작가 개인은 개성을 유지하여 정치가들에게 이리저리 끌리지 말아야 한다고 했

14) ≪月報≫, 第1卷 第4期, 1937年 4月.

고, 시칩존은 심종문의 관점에 호응하면서 문예비평 차원의 건설을 강화할 것을 주장했다. 이는 30년대 양실추, 호추원, 소문 등의 관점에 대한 연장과 보완이었다. 이에 반해 좌익문단의 반응은 평화롭고 건설적인 것이었다. 모순 등은 '그럭저럭' 현상을 인정했지만 그것은 창작동기와 무관하고 오히려 작가생활경력 등 "주관적 조건이 충족하지 못한 것"과 관련이 있다고 주장했다. 아울러 모순은 창작자유 문제의 중요성을 주장했는데 이 소중한 논의에서 그는 그 자유를 주로 국민당의 문화토벌에 상대했으며 좌익문학의 내부에서도 주의를 일으켜야 할 문제라고 강조했다. 하지만 다수의 좌익작가들은 자유주의 작가를 낮잡아 보았다. 게다가 항일전쟁의 전면적인 폭발로 인해 작가들의 주의력이 분산되어 이번 논쟁의 효과는 미미했다. 한편 항일전쟁 초기 문단에 재현된 새로운 공식화, 개념화는 창작의 자유의 원칙 확립을 방해했다.

신문학사 수십 년 간 창작 자유의 구호는 종래로 계급도구론보다 커질 수 없었다. 이러한 문학사는 계급도구론('투쟁의 무기', '선전의 문학', '유성기주의', '정치를 위한 봉사' 등 포함)이 초래한 부정적인 영향이 아주 컸다는 것을 말해준다. 이는 문학의 표현영역을 좁히고 작가의 사상과 창조의 독립성을 제한했으며 따라서 내용을 중히 여기고 예술을 폄하하는 경향을 낳고 결국 경향성을 위해 진실성을 손상시키는 결함을 초래하여 문학창작의 공식화, 개념화와 문학비평의 단순화의 편향을 현상이 나타나게 되었다.

30년대 좌익문학 진영은 기타 문학 진영과 여러 차례 논쟁을 거쳤는데 그중 자유주의 문학진영과의 논쟁이 가장 많았고 격렬했으며 또한 가장 가치 있는 것이었다. 여기에서 '논쟁'이라 칭하고 '투쟁'이라 칭하지 않는 것은 보다 냉정하고 객관적인 태도를 유지하기 위함이다. 그들의 논쟁이 가치가 있다고 할 수 있는 이유는 그 당시 남긴 사상 재료들이 아직도 의미를 지닌다는 것이다. 가치가 있기에 그것은 각기 다른 문학 진영사이의 논쟁의 필요성과 합리성을 증명할 수 있으며 논쟁방식의 선택성도 다양하게 할 수 있다. 실제로 좌익문학 내부의 논쟁은 자연적으로 종말된 것이 아니라 항상 강제적으로 종료되었다. '혁명문학'의 창도자와 루쉰과의 논쟁, '두개 구호' 논쟁 등은 모두 강제 종료될 수밖에 없는 현실적 상황이 있었지만 그로 인한 부작용은 무시할 수 없는 것이었다. 투철하지 못한 이론차원의 토론으로 인해 이론적 착오가 초래되었고, 좌익내부의 종파주의 정서 또한 논쟁이 종료된 후에 상호간에 불신의 정서를 남겨 후에 대오의 건강한 발전에까지 영향을 미쳤다. 이러한 교훈은 모두 훌륭한 총화를 거치지 않아 새중국이 성립된 이후에까지 일정한 기간 문예계의 분위기에 영향을 끼쳤다.

요컨대, 논쟁은 좌익문학의 진영으로 하여금 초보적으로 마르크스주의를 운용할 수 있도록 했으며 자유주의 문학 이론도 많은 발전을 가져왔다. 전자는 신문학과 사회생활, 특히는 혁명투쟁의 연계와 역할을 과시했고, 후자는 문학 본체의 지위와 예술적 추구를 강화하여 공히 30년대 문단의 구조와 창작 실적을 풍부하게 했다. 좌익과 우익 사이에서 자유주의 문학가들은 반복적으로 자기의 문학관을 진술했으며 시종일관 인성에 대한 작가의 해석의 권리를 견지하고 수호했다. '인성'의 깃발로 문학을 정치의 소용돌이에서 '해방'시키려는 것은 이 시기 자유주의 문인들의 공동 노력이었다.

제4절 40년대 자유주의 문학사조

1. 민족생존과 자유주의 문학의 생존

1937년 전민중적 항일전쟁이 일어난 후에 현대 중국 5대진영의 문학가들은 전례없던 단결을 이루어 1938년 3월 무한에서 중화전국문예계항적협회(이하 '문협'으로 약칭)를 결성하였다. 좌익혁명작가, 민주주의 작가, 자유주의 작가, 국민당우익작가, 대중통속파 작가들은 민족의식, 민족주의 기치 아래 대단합을 이루었다. '문협'은 비정부적이고 단일한 민간조직으로서 전민항일의 문예조직의 하나였다. 이 단체의 설립은 아주 치밀했는데 여러 측을 대표한 수십 명의 이사를 두고 총무주임을 설치함으로써 실제 소집인 역할을 담당했다. 심종문, 호추원, 진서영, 주광잠, 조취인, 리열문 등 이사는 모두 공인하는 자유주의 작가였다.

항일전쟁 초기 특히 '문협'이 성립된 후 중국 문단에는 전쟁성격을 띤 공리주의 문학사조가 흥행했다. 민족이 생사존망의 위기를 앞두고 종파의미를 지녔던 중국 각 문학단체들은 스스로 각자의 기치를 거두고 파벌적인 성격을 담백화시켰다. 항일전쟁 초기 문단내부에서 가장 유명한 논쟁은 양실추가 도발한 것이다. 1938년 말 중경의 ≪중앙일보≫ 부간 ≪평명(平明)≫에 '편자의 말'이 그 발단이었다.

> 문자의 성질은 구속된 것이 아니다. 하지만 나는 몇 가지 의견을 말하고자 한다. 현재는 항일전쟁이 모든 것을 압도하는 시기로서 모든 사람들은 필을 들기만 하면 항일을 떠올리게 된다. 나의 의견은 이와는 약간 다르다. 항일과 관련된 재료라면 우리는 모두 환영하는데 항일과 무관한 재료일지라도 오직 진실하고 막힘없다면 역시 좋은 것으로서 억지로 항일

에 가져다 붙일 필요는 없다. 공허한 '항전8고(抗戰八股)'와 같은 것은 아무런 도움도 될 수 없는 것이다.15)

편집자로서 양실추는 첫째로 항일전쟁과 관련된 문자를 가장 환영한다. 둘째로 항일과 무관한 문자일지라도 창작의 요구에 부합되기만 한다면 기용할 수 있다. 공허한 '항전8고'와 같은 글은 반대한다는 3가지 뜻을 밝힌 것이다. 하지만 격정이 종종 이성을 압도 가능했던 이 시기에 양실추의 언론은 쉽게 반감을 살 수 있는 발언이었다. 불과 4일 후, 라손(羅孫)이 반발의 글을 발표했고 양실추가 즉시 재차 자신의 관점을 설명했으며 그 후 라손, 송지적(宋之的), 진백진(陳白塵) 등이 비평의 글을 발표함에 따라 파인, 욱달부, 호풍, 장천익 등도 토론에 참가했다. 이 토론은 유관, 무관의 문제와 '항전8고' 두 개 면에 집중되었다.

1년 반에 걸친 이 논쟁은 시작부터 단순히 창작제재에 관한 문학적 화제가 아니라 오히려 시대적 화제라고 해야 더 타당한 것이었다. 양실추를 반대했던 문예가들의 주요 동기는 항일구국의 강렬한 책임감과 항전문학을 수호하려는 거대한 열정이었고 그들의 기본적인 관점 또한 납득이 되는 것들이었다. 물론 종파적 색채를 띤 반감의 정서를 드러낸 논자 역시 없지 않았다.

양실추는 분명 항일문학의 주류를 인정하는 전제 아래 문학의 다양화를 제창했는데 오히려 항전무관론의 선양이라고 오해되었고, 분명 '항전8고'에 반대하는 것인데 오히려 항일문학 자체를 반대하는 것으로 오해받았기에 그야말로 억울하기 짝이 없었다. 하지만 그는 자유주의 작가의 집착으로 일찍부터 시종일관 문학의 기율을 강조하고 감상적 낭만주

15) 重慶, ≪中央日報. 平明≫, 1938年 12月 1日.

의에 반대하는 입장을 수호했다. 그는 또 이어서 국민당정부의 선명한 정책으로 문예를 통일[16]시키려는 행위에 반대했다.

1940년 전후 항일전쟁은 최초의 처절함에서 점차 대치단계에 진입했고 문학의 공간 역시 확대되었다. 심종문, 시칩존 등은 당시 문단에 대한 불만을 감추지 못하고 글을 발표하여 문단의 타락과 빈곤을 비판했다. 심종문은 「일반 혹은 특수」에서 당시 지나치게 문학의 선전역할을 강조하는 문단의 관점을 두고, 모든 문자는 모두 선전으로써 모든 문자는 재도의 역할을 할 수 있지만 일부 작가들은 단지 여기에서 '선전'이란 낱말밖에 기억하지 못한다고 비난했다. 그는 문학사 전공자는 특수한 작업자이고 선전은 단지 일반화된 지식만 필요한 것이라고 하면서 직접 '유관', '무관'의 문제를 언급하지는 않았지만 문학의 특수한 가치, 문학이 미래에 가지게 될 특별한 가치에서 출발하여 '무관'의 문학존재의 필요성을 인정했는데, 이는 양실추의 기본적인 관점과 일치하는 것이다. 그는 또 「문학운동의 재건조」에서 1926년부터 1942년에 이르는 상황을 분석하면서 두 가지 경향, 하나는 상업자본과 연분 맺기, 다른 하나는 정치파벌과 관계 맺기를 원하는 경향이 횡행하고 있다고 지적했다. 그리하여 그는 문학의 재건설은 문학이 상업과 정치의 노예로 전락되는 상황에서 탈피하자는 것인데, "학술의 장엄함은 진리를 추구하는 것으로서 자유비평과 탐구정신이 광범위하게 응용되어야 하며 이것이 바로 위대한 문학작품이 발생할 수 있는 필요조건이다."[17]라고 했다. 시칩존은 「문학의 빈곤」에서 "우리의 문학계, 설사 이 빈곤한 순문학권 안에도 여전히 일종의 빈곤의 빈곤현상이 존재한다. 항일 전쟁 이래 우리

16) 梁實秋, 「關于"文藝政策"」, ≪文化先鋒≫ 第1卷 第8期, 1942年 10月 20日.
17) 沈從文, 「文學運動的重造」, ≪文藝先鋒≫ 第1卷 第2期, 1942年 10月 25日.

에게 도대체 순문학작품이 얼마나 있었던가?"라고 질문했다. 이 두 논자의 관점은 30년대 초의 관점의 중복에 지나지 않지만 이 시기에 재차 주장했을 때에는 분명 자체의 현실 감촉과 목적성이 있으며 자유주의 작가들이 자기들의 문학 관념에 대한 일종의 고수적인 태도를 보였다. 여기에 진백진(陳白塵)과 양화(楊華)도 가세했다.

현대문단에서 여타의 유명한 논쟁과 비길 때 항일전쟁 초기의 이번 논쟁은 그리 큰 것이 아니다. 이러한 분기는 문단내부에 서로 다른 문학가치 관념의 투쟁으로 그 초점은 민족의 생존과 문학의 생존문제였다. 주류작가들은 민족의 생존을 제1위로 간주하고 그것을 위해 문학이 선전도구로 전락되는 것까지도 필요한 대가로 생각했다. 그들에게 있어서 예술성에 대한 지나친 관심, 예술기교를 지나치게 강조하는 것은 모두 중요한 것이 아니었다. 하지만 자유주의 작가들은 민족 생존이 물론 절대적인 대전제라는 점을 인정하면서 그러한 전제 아래 문학의 생존 역시 간과할 수 없다고 강조했다. 전자는 시대성을 더욱 강조하지만 후자는 예술성을 겸하여 고려해줄 것을 요구했으며, 전자는 현실에 보다 주목지만 후자는 장래에로 시야를 돌렸고, 전자가 문학의 선전교육 역할을 보다 중요시했다면 후자는 문학의 예술심미적 역할을 더욱 중요시했다.

2. 청산과 견지

1942년 중국문학은 대전환기를 맞이했다. 주류 담론이 극도로 강화되고 자유주의 문학과 민주주의 문학은 대폭 쇄약되었으며 대중통속문학도 그 방향을 전환하여 민간의 방식으로 주류담론을 표현하는 길을 선택했다.

40년대 국민당이 날로 부패상을 보이고 있는 배경 아래 수량적으로 열세에 처한 공산당은 인심의 우세를 취득했다. 그리하여 대량의 지식인, 진보를 지향하는 청년들이 분분이 연안으로 향했고 농공출신의 간부, 전사가 주체로 부상했으며 지식인 역시 그 중요한 구성분자로 되었다. 낭만적인 문인들은 국민당 통치지구에서 더 이상 낭만을 펼칠 수 없었기에 그들이 연안을 선택한 이유에는 일정한 로맨틱의 성분이 들어있었다. 바로 문인들의 몸에 밴 이러한 로맨틱이 그들로 하여금 완강하게 표현의 기회를 찾아 나서게 했던 것이다.

하지만 그들은 연안에도 여의치 않은 부분이 있음을 발견했다. 그리하여 그들은 자신들이 주관하는 매체에서 자신들의 목소리를 높였는데 정령은 여성의 독립성을, 소군은 당외인의 입장을 고수했고 애청은 민주선양의 중요성과 작가를 존중할 것을 강조하면서 작가들의 특권 — 창작자유의 특권을 요구했다. "그들이 생명으로 민주정치를 옹호하는 이유의 하나가 바로 민주정치만이 그들 예술창작의 독립적 정신을 보장할 수 있다고 믿었기 때문이다."[18] 소군 역시 문예에 대한 연안의 정치적 간섭에 대해 상당히 부정적인 시각의 글을 발표하였다. 연안의 문인들이 모두 순수한 자유주의 문인이 아닐지라도 그들의 전술한 바, 민주문제, 개성문제, 창작자유의 문제 등은 모든 자유주의자들이 관심을 갖는 문제였고 현대 지식인들이 주목하던 문제들이었다. 현대사회에서 자유주의는 본래부터 상당한 포용력을 갖고 있었던바 현대 작가들이 자연적으로 추구하는 목표는 모두 자유의 정서였다. 순수한 자유주의 작가여부를 막론하고 민주자유의 개성은 전면적인 가치로서 일종의 공리가 되

18) 艾靑, 「了解作家. 尊重作家」, 延安 ≪解放日報≫, 1942年 3月 11日.

어 공감대를 형성했다. 이러한 작가들 가운데 원래 자유주의자도 있고 일부는 '좌련'의 성원이었지만 문단에서 일정한 독립성을 갖고 있었다. 따라서 연안에서 문예에 대한 정치의 '위협'과 개성의 자유에 대한 간섭을 느꼈을 때 문예의 독립과 창작의 자유를 생명처럼 소중한 것으로 여기는 그들은 일치함을 보일 수 있었던 것이다.

모택동이 영도한 혁명은 농공을 주체로 한 혁명으로서 문예를 혁명의 일부분으로 간주했고 물론 혁명의 일부분으로서의 문예를 주체의 수요에 종속시켰다. 따라서 문예의 취미와 가치를 모두 주체의 취미와 가치에 맞추게 되었다. 그리하여 모택동은 별다른 목소리를 허락할 수 없는 입장에서 정풍운동을 전개하여 이러한 '자유'의 사상을 숙청하려고 했다.

1942년 5월 연안문예좌담회, 즉 자유주의사상을 숙청하는 회의가 열렸다. 모택동은 자유주의 사상의 청산과 숙청을 아래와 같은 몇 가지 면에서 전개했다.

첫째, 역사적인 시각. 그는 신문학 수십 년간의 발전과정을 총결하고 그 간의 거대한 성취를 긍정했다. 하지만 전반적으로 볼 때 그는 중국문화, 중국문학, 중국인의 심미정신의 현대화에서 거대한 역할을 충분히 주목하지 못했다. 자유주의 작가, 가령 양실추, 주작인, 호적 등에 대해 그는 더구나 호명비평까지 서슴지 않았다. 신문학의 전반에 대한 그의 평가는 지나치게 낮은 편이었고, 이는 또 그가 신문학을 개조하고 대방향을 전환하려는 전제였다.

둘째, 이론적 시각. 모택동은 동시에 상층건축에 귀속되는 정치와 문예를 등급화하고 문예는 정치에 복종해야 하며 문예는 정치의 치륜과 나사못이라고 규정했다. 이는 근본적으로 문예의 독립성과 창작의 자유를 취소한 것이다. 따라서 문예비평의 표준을 제정할 때 그는 정치표준을 제1로, 예술표준을 제2위로 규정하여 표현의 자율을 제한했을 뿐만 아니라 표현의 공간, 방식, 심미창조적 정신까지 제한했다. 특히 창작의 자유와 문학에서 인성표현의 문제는 모택동에게 집중비판 대상이 되었다. 이는 중국 현대 자유주의 작가들이 가장 주목했던 핵심문제로써 이로부터 금지구역이 되어버렸다.

셋째, 정치적 시각. 모택동 특유의 정치적 신분으로 인하여 이번 좌담회는 실제상 정책선전회, 통풍회, 기조회가 되었다. 모택동이 농공병방향의 문제, 보급과 제고의 문제, 정치예술의 관계문제, 비평표준의 문제, 인성과 창작자유의 문제 등에 대한 총결 이후 이에 대해 복종과 해석만 가능하고 토론과 반대를 절대 불가하는 문제로 부상했다. 모택동의 혁명영수로서의 신분, 그리고 혁명대오 내에서의 거대한 호소력, 당시 문학예술에 대한 중국혁명의 특수한 수요 등의 이유로 모택동은 중국 신문학의 새로운 방향을 개척했다. 「연안문예좌담회에서의 강화」의 거대한 영향력은 중국 역사상 여느 한 정치가, 문예가도 견줄 수 없는 것이었다. '강화' 발표 이후 중국 신문학은 새로운 시대에 진입했다. '5·4' 시기에 창립한 다원문학의 구성, 자유주의 문학, 민주주의 문학, 좌익혁명문학, 대중통속문학과 우익문학 등이 다원적으로 병존하던 국면은 점차 사라지고 신문학은 급격하게 일원화, 정치화되었다. 1949년 중화인민공화국이 성립되고 공산당이 조직, 사상, 진지, 경제적으로 문예에 대한 전면적인 관리를 실시하기 시작하면서 신문학의 정치공리적 색채는 점점 엄중해졌고 자유주의 문학은 생존공간을 완전히 상실했다.

3. 최후의 노력

'5 · 4'시기는 중국 자유주의 문화선전의 황금의 시대였고 자유주의 정치의 조종의 시험기였다. 군벌혼전기가 남긴 대량의 정치적 공간이 그러한 기회를 제공했던 것이다. 30년대에 이르러 국민당의 집권으로 인해 공산당의 역량이 강대하지 못했고 자유주의자의 생존공간도 좁아졌다. 항일전쟁시기 민족모순이 주요모순으로 부상하게 되고 민족주의가 일체를 압도하였기에 자유주의자 역시 스스로 자신들의 이념을 담백화시켰다. 항일전쟁 승리 이후 중국의 자유주의자들은 본 세기 전무후무한 발전의 고조를 맞이했다. 이 시기 '자유주의'의 사용빈도가 극히 높았는데 20세기 전반에서 이 시기에만 그러한 현상이 있었다. 이 시기에 일부 자유주의 문예 관점을 발표했던 작가들도 흥분에 젖어 분분이 문학간행물의 주간을 담당하거나 종합일간지의 문예부간의 주간을 담당하여 소속집단의 주장을 발표했다. 특히 경파 작가들은 오랜 자유주의 문학 발전의 절호의 기회라고 생각하고 분발하여 나섰다. 1946년 3월 소건은 상해 ≪대공보≫의 문예부간의 주간을 담당했고, 같은 해 8월 심종문은 북경으로 돌아와 10월에 천진의 ≪익세보≫ 문학 주간을 담당했다. 1947년 6월 대형문학간행물 ≪문학잡지≫가 복간되어 주광잠이 주간을 담당했다. 그들은 문예간행물의 편집주간이었지만 가끔 시국에 관한 글도 발표했다. 그들은 모든 희망을 자유주의자들에게 걸고 '중간노선', '자유주의자의 신념'을 굳게 믿어 마지않았다.

소건은 ≪대공보≫에 여러 차례에 걸쳐 자유주의와 자유주의 문예에 대한 글을 실었다. 그는 자유주의를 일종의 이상, 포부로 간주하면서 근본적인 인생태도를 대표하는 것이라고 했다. 그가 이해한 자유주의는 개인을 지극히 존중하는 고전적 자유주의도 있고 평등과 빈부의 현저한 차이를 극복하고, 사회복지에 주목하는 신자유주의도 있는 바, 따라서 그는 사회주의를 배척하지 않는 자유주의자라고 할 수 있다. 그는 천진하게 지금 시대는 자유주의로써 중국의 현실적인 사회, 문화문제를 해결할 시기라고 생각했다. 그는 민주, 자유, 관용의 결핍은 신문학발전이 가장 꺼려하는 것이라고 하면서 그 어떤 정치적 역량에 기대어 스스로를 진리 독점자로 자처하는 법관식의 비평, 몽둥이식 비평, 비예술적인 비평에 반감을 표했다. 그는 또 정면으로 자신의 민주, 자유 문예의 관점을 피력하면서 중국문단이 '5・4' 이래 민주정신을 발양하여 "문단으로 하여금 온통 전쟁판에서 화원으로 변하게 해야 한다."고 주장했다.

심종문은 당시의 상황에서 국가가 진보하고 인민이 부강하려면 반드시 인민으로 하여금 '쟁탈' 이외에 일종의 교육을 접수하도록 해야 하는데, 그것이 바로 문학교육이라고 했다. 그는 「일종의 새로운 문학관」 등의 글에서 시종일관 문학이 정치에서 독립해야 한다는 관점을 견지했다. 기타 중국 현대 자유주의 작가들과 마찬가지로 심종문 역시 시국과 정치에 무관심하고 정치의 특수한 중요성을 인정하지 않는 것이 아니었으며, 문학이 정치를 표현하고 문학에 대한 정치의 영향 또한 절대적으로 반대하는 것이 아니었다. 그는 문학에 대한 정치의 강력한 간섭을 반대함으로써 문학이 정치의 도구로 전락하여 문학의 독립성이 취소되는 결과에 반대했던 것이다.

주광잠은 귀국 이후 비교적 순수한 학술논문의 집필에 주력하다가 문단에서 일약 청고한 자유주의 문인의 형상으로 두각을 드러내었다. 그는 문예와 사상은 밀접한 관계가 있지만 반드시 '문이재도'의 옛길에 들어설 필요는 없다고 하면서, 문화사상에서 영향을 섭취하는 것과 훈계의 태도로 문예를 일종의 도구로 삼아 그 어떤 도덕, 종교나 정치적 신조를 선전하는 것은 별개의 것이라고 했다. 1944년 7월 그는 「문학상의 저급취미」라는 글을 발표하여 현대문단에서 홍행하던 표어구호 경향을 저급취미라고 비난하였는데 대량의 작품이 그 범주에 포함되었을 뿐만 아니라 당시 '도구작품', '순종작품'을 창작하는 것으로 영광을 누리고 있던 일부 작가들까지 폄하하였기에 스스로 적대편을 확대했다. 1948년 1월 그는 「중국 현대문학」에 이어 8월에 「자유주의와 문예」를 발표하여 보다 집중적으로 자유주의 문예관념을 피력했다. 그는 어원학의 시각에서 자유의 함의를 명시한 다음, 자유주의와 휴머니즘은 완전히 같은 것이라고 하면서 두 가지로 그 이유를 밝혔다.

첫째, "문예는 자유로워야 하는 바, 그 뜻은 그것이 자주적이지 노예 활동이 아니라는 것이다."고 하면서, 인간의 일반 활동은 자연적인 수요의 지배를 받지만 예술에서는 자연의 지배를 초월한다. "따라서 예술 활동에서 가장 주요한 것은 자유로운 활동이다. … 이 자유성은 인성의 존엄을 충분히 표현한다."

둘째, "문예의 요구는 인성의 가장 보귀한 점으로서 자유롭게 생성 발전해야지 억압이나 박해를 받아서는 안 된다."고 하면서 인성에는 구지(求知), 상호(想好), 애미(愛美) 3가지 기본요구가 포함된다고 했다. 구지는 학문적 활동으로 진의 가치를 실현하는 것이고, 상호는 도덕적 활동으로 선의 가치를 실현하며, 애미는 예술적 활동으로 미적 가치를 실현하는 것이라고 밝힌 그는 인간은 반드시 이 세 가지 면에서 종합적으로 발전해야 하며 "이러한 의미에서 문예 자체가 진정한 자유 활동일 뿐만 아니라 또한 인간으로 하여금 자유로운 힘을 얻도록 한다."고 했다.

이를 출발점으로 주광잠은 진일보한 자유를 문예의 본성이라고 역설하는 한편 문예심리학에서 출발하여 예술의 심리활동은 직각과 상상이지 사고와 의지력이 아니며, 직각과 상상의 특성은 바로 자유와 자생자발이라고 했다. 이 글은 현대 작가 중에서 가장 집중적이고 심도 있게 문예와 자유의 관계를 해석한 문헌이다. 주광잠은 문예의 특성, 효용 등의 면에서 문예와 자유의 특수한 친화관계를 논술했고 자유가 문예의 생명임을 논술했다. 문예의 미적 가치는 창조에 달렸고, 창조는 자유로운 활동이라는 점에서 본다면 주광잠은 중국 자유주의 문학을 위해 종국적인 이론적 토대를 마련했으며 문예의 범위 내에서 자유주의를 제창하기 위한 충분한 이유를 제공했다고 할 수 있다.

1948년 국공 양당의 대립은 이미 심각한 일변도의 현상을 보였다. 정치무대이든 전쟁터이든 아니면 문화선전이든 민심에서든 공산당이 뚜렷한 우세를 차지했다. 이때 자유주의자들은 비록 자신들의 기본이념과 치국방책의 해석에 노력하고 있었지만 문화영역에서는 이미 퇴각의 추세를 보였고 공산당의 문예사업은 점차 의식형태화의 특징을 지니면서 자유주의 문예에 대한 청산도 일정 수준에 올랐다. 이번 청산은 40년대 초기 주로 이론과 정풍의 방식차원에서가 아니라 현실적인 인원에 대한 직접적인 호명비판이었다. 곽말약은 「1년래 중국문예운동 및 추세」에서 단번에 4종의 '반인민의 문예'를 공소하면서 심종문, 소건 등 자유주의 작가에 대한 호명비판을 가했는데 이러한 방법은 부정적인 영향을 극대화시켜 이후 문학발전에 재난적인 결과를 초래했다.

1948년 3월 중국 지도자의 의지를 반영하여 전국의 대중 도시에서 많은 영향을 행사한 간행물 ≪대중문예총간≫이 창간되었고, 중국공산당의 영도 아래 홍콩에서 ≪화성보(華聲報)≫는 '중간노선을 배격하자'는 이름의 칼럼란을 설치했다. 같은 해에 중공의 영도와 영향 아래 기타의 간행물, 가령 ≪소설≫, ≪문예생활≫ 등도 국민당 통치지역에서 영향력 있는 자유주의 작가와 작품에 대한 계획적인 비평과 비판을 전개했다. 곽말약이 자유주의 실질을 소련과 공산당을 반대하는 것이고, 결국은 친미국, 친국민당이라고 한 것[19]과 같이 이러한 문장들은 흔히 정치비판식의 정치 분석으로 심미분석을 대체하고 작가의 정치적 입장으로 작품의 예술표현을 대체하며 사상투쟁으로 문예감상을 대체하고 '인민문예', '인민지상주의 문예', '대중문예'로 개인의 창조와 작가의 독립적인 사상과 개성을 대체했다. 따라서 모든 자유주의 작가들에게 지나친 심리적 압력을 조성하였고 신중국이 성립된 후 이들은 자아반성과 검토에 여념이 없었고 분분이 절필하거나 자기가 사랑하는 문학사업을 떠나 자유로운 창조정신을 잃었을 뿐만 아니라 부득이 직업을 바꾸는 등 극히 나쁜 결과를 초래했다.

중국의 자유주의 문학사조는 1949년에 중단되었고 신민주주의 담론에서는 자유주의 담론을 허용하지 않았다. 신중국이 성립된 후 공산당원은 사상상, 조직상, 진지상, 경제상으로 문학에 대한 통일된 영도를 실시하여 개성, 자유를 추구하던 자유주의 문학은 표현의 무대를 잃고 말았으며 엄격한 숙청을 당했다. 그리하여 일종의 운동으로서 자유주의는 중국에서 실패를 고하고 하나의 이념으로 영원히 존재할 이유만을 남기고 사라졌다.

19) 郭沫若, 「文藝的新方向」, ≪大衆文藝叢刊≫ 第1輯, 1948年 3月 1日.

제5절 중국 자유주의 문학의 운명과 역사적 경험

중국에서 자유주의 사회정치 운동의 좌절에는 자유주의 문학사조의 좌절도 포함된다. 자유주의 사회정치 운동의 결점 또한 일정한 정도 자유주의 문학의 결점이었다. 하지만 자유주의 사회정치 운동의 실패는 자유주의 문학의 실패를 뜻하는 것이 아니다. 문학은 정신적 창조물로서 일단 나타난 이후에는 오직 정신적 창조의 가치 표준으로만 평가 가능한 것이다. 따라서 자유주의 문학의 이론에서 '현대성'과 자유주의 문학실천의 비교적 높은 성취는 문학사에 남은 교훈뿐만이 아니라 총결할 가치가 있는 경험과 유익한 계시였다.

1. 곡절적인 여정, 간거한 발전

중국의 자유주의 문학은 중국 자본주의의 한정된 발전, 출판업의 발달과 직업작가의 출현, 그리고 계몽운동과 서양 자유민주사상과 문학관념의 수입, 중국의 자유주의 사회정치와 문화운동의 흥행에 따라 변화, 발전했다. 하지만 여러 가지 조건 가운데서 어느 하나 충분히 그 발전에 만족할만한 정도에 이르지 못했기에 발전 또한 곡절적이고 간거할 수밖에 없었다. '5·4'시기 자유주의는 계몽의식의 중요한 영역으로 소개되었고 점차 비교적 독립적인 문학창작 역량으로 성장했다. 또한, 20년대 중, 후기와 30년대에는 계급의식의 대립과 상호보완 중에도 자유주의는 확대되면서 많은 작가군을 창출했지만 여전히 변두리상태에 처해 있었다. 항일전쟁이 폭발한 후 민족구원의 주제에 자유주의 작가를 포함한 절대다수의 애국지식인들이 밀집되었기에 자유주의 문학 역시 산발적인 모습을 보였다. 일부 자유주의 작가들이 연안에 진입한 사실은 중국혁명의 역사적 필연성과 거대한 호소력을 증명함과 아울러 자유주의 문학이 중국에서 발전의 한계성을 반영한 것이기도 하다. 다른 일부 자유주의 작가들은 신중국 성립을 전후하여 해외로 진출하거나 절필을 선택했는데 이는 주류의식 형태에서 자유주의 작가들이 소원되었다는 것, 그리고 전자에 대한 후자의 배척과 무시를 말해주고 있다. 중국 자유주의 문학발전의 간거하고 곡절적인 사실은 시작부터 소수파였고, 시종일관 주변화된 지위밖에 없었다는 데에서 나타난다. 호적의 문화자유주의는 장기간 동안 신문화운동의 분열의 힘으로 간주되었고, 주작인의 '자아의 원지'로의 회귀는 낙후한 거동으로, 신월사의 인성본체에 대한 항변은 좌익문학의 공격 대상으로, 경파, 논어파, 신감각파의 정치를 멀리하고 예술을 가까이 하는 태도 역시 여러 차례 비판의 대상으로 전락되었으며 40년대 자유주의 문학의 미약한 목소리 역시 우담화의 운명에 지나지 않았다. 후기 문학사 연구에서 자유주의 문학은 여전히 폄하의 운명을 벗어나지 못했고 양실추의 산문과 논문은 종종 비판의 과녁이었으며, 이건오(李健吾), 주광잠, 장애령, 전종서, 양종대(梁宗岱) 등 우수한 작가, 이론가들 역시 장기간 가려져 있었거나 망각의 대상이었다.

중국 자유주의 문학의 기구한 운명은 당시 형세와 문학관의 중압의 원인도 있었고 자체의 한계에 의해 결정되는 것이기도 했다. 자유주의 문학 자체가 필요한 조건으로 볼 때 그것이 중국현대에서 주변적 지위, 산발성과 종말은 필연적이었고 이러한 필연 속에서 중국 자유주의 문학 발전의 한계성 또한 분명하게 드러나고 있다.

첫째, 자유주의 사회정치의 강대한 배경적 지원이 부족했다. 중국 자유주의 운동의 미약한 지위는 자유주의 문학과 동등한 것이었다. 중국의 자유주의자들은 서양 자유주의 사상을 차용하면서 그것을 인류문화의 본원적인 최고 가치로 간주하지 않고 부각입국의 도구와 수단으로 삼았다. 환언한다면 자유주의 사조는 중국에서 주로 도구적 이성이었지 가치 이성의 산물은 아니었다. 중국 현대 자유주의 문학이론은 호적에서 비롯되어 주작인이 토대를 마련했고 양실추, 심종문, 이건오 등의 산발적인 해석을 거쳐 주광잠의 학자식 총화를 거쳤는데 그 발전의 경로는 간헐적이었다. 문학은 정신의 창조물인데 그들은 자유주의 문학의 출발점을 가치이성에 두었지 도구이성에 두지 않았다. 하지만 농경문명 전통과 내우외환의 현실에서 자유주의는 대거 선양할 무대를 얻지 못했고 광범한 호응과 사회적 토대가 결핍되었다. 따라서 자유주의 문학 관념은 보편적인 확립을 얻지 못한 것이다.

둘째, 자유주의는 이성을 강조하고 질서를 호소했지만 중국의 현대는 그들에게 필요한 질서를 제공하지 않았고 자유주의자들은 그러한 질서를 확립할 역량이 없었다. 따라서 자유주의 문학은 번영에 필요한 법률적 보장하의 창작 자유가 결핍되었다. 독재적인 국민당은 사상여론과 문학예술을 압제했는데 그 주요목표는 좌익문단이지만 독재와 대립한 자유주의 문학도 마찬가지로 억압대상이었다. 중국 자유주의 문학은 종종 정치적 겨룸 양측의 틈바구니에서 그들이 대치단계에 상대적인 활약상을 보였다. 따라서 정치세력이 비교적 적거나 문학의 영역에 관여할 겨를이 없을 때가 자유주의 문학이 가장 큰 성취를 이룩할 시기였다. 이는 그 발전의 불균형성을 말해주는 것이기도 하다.

셋째, 중국 자유주의 문학은 광범위한 중산계급과 지식인 독자층이 결핍되었다. 자유주의는 주로 자식인과 중산계급의 이익을 대변하지만 중국의 자본주의가 발달하지 못한 상태에서 지식인이 적었고 따라서 자유주의 또한 독자층을 충분히 확보하지 못했다.

넷째, 중국 자유주의 작가의 구성에서 볼 때 그들은 중국 현실에서 뚜렷한 소외감이 있었다. 그들은 대개 구미유학을 거친 지식인 또는 구미의 자유주의 사상에 깊이 영향 받은 작가들로서 그들의 민주이상, 자유개성, 이성원칙, 신사풍격 등은 뒤흔들리고 있는 국가와 재난 속에서 허덕이던 민중에게는 사치품에 지나지 않았다. 그들의 엘리트의식은 아직 높은 차원의 문화에 대한 추구와 거리가 있는 민중 앞에서 쉽게 미움을 사는 귀족의식으로 비치기 마련이었다. 자유주의자들은 정치상의 평민주의, 평등의 원칙 등을 견지하였지만 심미활동에서는 종종 귀족적인 멋을 풍겼다. 주작인이 '귀족성'으로 그의 '평민문학'을 수정하고 양실추의 문학은 소수인의 특허라는 관점과 전종서의 '담벽'안의 사람들에 대한 조소와 상대적인 초탈은 모두 이러한 점을 말해주고 있다. 자유주의 작가들은 민중의 고난과 보편적으로 거리가 있었으며 그들의 예술추구 또한 그러한 것이었다는 점은 분명한 사실이다.

공리와 정치를 멀리하고 예술에 충실하는 관점, '근예술, 원시대'의 사상경향과 그들에 대한 현실정치의 억압 때문에 그들은 부득이 정치에 관심을 보이는 한편(가령 호적, 양실추, 심종문 그리고 속세를 이탈한 듯한 서지마 등), 다른 방면으로 예술의 범주 내에서는 역시 본의 아니게 정치를 도피하거나 고대 산수전원에 빠지거나 서양의 문예에 심취하는 등의 경향을 보이기도 했다.

자유주의자들은 대개 '성실한 지식인'으로서 개인의 기호를 이유로 시대와 백성과 대립면에 나서지 않고 종종 현실 속에서 자기의 사상과 예술을 조절했다. 하기방, 변지림, 대망서 등은 철저하게 자유주의를 포기한 적은 없을 것이며 잠시 자유주의를 방치했을 가능성이 더 크다. 그것은 자유주의가 시대에 맞지 않았지만 그 소중한 가치를 버리기 아쉬웠던 것으로 이해할 수도 있는 것이다.

2. 중국 자유주의 문학의 '현대성'

중국문학의 현대화 도상에서 좌익문학은 현대문학에 혁명적 내용을 장려하고 격앙된 풍격을 주입했고, 민주주의 작가들은 시종일관 반봉건 독재, 외적의 침략, 민중의 질곡에 대한해 휴머니즘적 동정의 입장을 견지했으며, 자유주의 문학의 문학본체관념에 대한 탐구, 예술독립에 대한 견지 등은 사실 일종의 '합력'을 이루어 공동으로 중국문학의 현대화를 추진했다. 좌익문학과 민주주의 문학의 성취에 주목하는 한편 자유주의 문학의 공헌도 충분히 총화하고 주목해야 만이 중국 현대문학의 전반적인 틀에 대해 보다 전면적인 인식을 가질 수 있다.

1) 문학본체관에 대한 견지

중국 자유주의 문학의 '현대성'은 문학본체관의 고집스러운 견지에서 표현된다. 주작인의 '인간의 문학'관과 '독립적인 예술미'에 대한 강조, 문일다의 "문예의 목적은 바로 문예이다."는 긍정, 시칩존의 '문학작품 자체'를 표준으로 한 ≪현대≫의 편집방침, 심종문의 창작에서 '독단'정신에 대한 숭상, 주광잠의 "작가들은 대개 예술 자체에 충성한다."는 주장, 9엽시인의 "시예의 특질"에 대한 추구 등등은 모두 중국 현대문학사상 자유주의 작가들이 문학자체의 특질을 가장 중요시했으며 문학본체의 속성으로 문학의 가치관을 확립했다는 것을 말해준다.

문학은 일정한 의식형태성을 지니고 일반적으로 문화의 한 개 부분으로 간주되며 사회정치, 역사문화, 민속심리 등에 대한 광범위한 포용성을 지니고 있다. 따라서 문학을 어떤 목적에 도달하려는 도구로 삼으려는 관점은 중외문학사에서 흔히 보이는 일이다. 문학을 봉사성, 종속성을 지닌 도구로 간주하는 관점은 종종 공리에 급급하고 내용을 중히 여기고 예술을 폄하하는 추세를 낳게 되고 결국은 문학의 독립성을 취소하게 되는데 거기에는 자유인성에 대한 작가의 추구와 위대한 작품의 탄생을 방해하는 위험이 도사리게 된다. 문학의 포용성과 의식형태성은 문학의 다층적 가치를 결정한다.

문학의 다층적 가치도 승인해야 하지만 보다 중요한 것은 문학으로서의 자체가치의 확립이다. 문학과 역사의 관계에서 본다면 비록 문학은 역사 속에 존재하고 역사를 반영할 수 있지만 문학자체는 역사가 아니다. 1970년대 말 80년대 초에 중국의 학계에서는 문학과 정치, 문학과 계급성에 대한 열렬한 토론이 있었다. 문학의 정치에 대한 봉사와 계급도구론 등이 이미 20년대에 존재하고 있었다는 점, 신중국이 성립된 후 악성발전으로 인해 문학의 가치관에 가져다 준 재난적인 결과를 감안한 사람들은 문학본체의 문제를 또 다시 인식하기 시작했던 것이다.

2) 인간을 창작의 중심으로

자유주의 문학의 '현대성'은 인간을 창작의 중심으로 삼은 점에서도 표현된다. 주작인이 '인간의 문학'을 주장할 때 '5・4'신문화운동은 비로소 진정으로 문학혁명의 관건적인 단계에 진입했다. 서지마, 문일다의 인간정감세계에 대한 구가, 양실추의 문학이 인성을 표현해야 한다는 관점에 대한 집착, 심종문의 인성을 신으로 받들겠다는 고백, 장애령의 "인성과 정상적인 인성의 약점"에 대한 주목, 전종서의 '털없는 양발동물(無毛兩足動物)'에 대한 묘사, 현대파 시인과 소설가들이 '현대인의 생활에 표현된 현대적 정서' 발굴 등은 현대문학에서 진정으로 인간을 중요시하는 문학을 구성했다. 인간의 이성과 비이성, 행동과 심리, 자아와 타자, 의식과 무의식, 성애와 문명, 생활과 생명, 사망과 고독 등은 자유주의 작가의 작품에서 충분히 표현되었고 일련의 생동한 인물 형상들이 자유주의 작가의 작품에서 탄생하였다.

자유주의 작가들은 인간의 존재에 대한 탐구를 포기한다는 것은 작가의 실직이며 문학의 사망이라고 간주했다. 인간을 문학의 중심으로 간주한다는 것은 문학본체에 대한 존중으로서 서정문학이든 서사문학이든 모두 착안점을 인간과 인간존재의 의의에 두었다. 그들 작품에는 여러 종류의 인간의 현대적인 정서가 표출되는 동시에 보다 많은 인간에 대한 인식과 사고를 남겨주었다. 심종문의 상서인물계열, 신감각파와 장애령의 도시남녀계열, 전종서의 지식인계열 등은 현대문학 작품의 인물화랑을 풍부히 했다.

중국 현대문학은 주제를 중히 여기고 인물을 가볍게, 계급신분을 중히 여기고 인성의 자아를 가볍게, 행위과정을 중히 여기고 내면의 충돌을 가볍게 여기는 경향이 있었다. 그 원인은 작가들이 문학을 선전도구로 간주하고 작품의 인물을 이념 전달에 필요한 메가폰으로 삼아 인성탐구에 대한 작가의 신성한 직책을 버렸기 때문이다. 중국의 일부 현대작가들은 인간을 계급적 기호로, 인간의 모든 활동을 계급의식의 지배적인 기호화과정으로 축약시켰다. 그들은 자유주의 문학의 결함을 비평할 때 여전히 이러한 '축약'법을 원용하고 있었다.

자유주의 작가들은 종래로 자기를 인류영혼의 공정사로 간주하지 않고 단지 자신들의 탐구자 신분만 인정한다. 스스로 인류영혼의 공정사로 자처하는 작가들은 사실 맹목적으로 인간사회의 진리를 장악한 것으로 자처하는데 사실 그들의 창작은 설계도에 따른 공사에 불과하다. 오로지 탐구자로 자처하는 자만이 영원히 복잡하고 생동한 인간세상에 대한 주목을 중단하지 않고 견정불이하게 인성의 빛을 발굴하며 창작 속에서 인성의 즐거움을 찾고 진정으로 예술의 자유와 인간의 예술창조의 자유를 존중한다.

3) 문학과 자유

자유주의 문학의 현대성은 시종 문학의 자유로운 품격과 창작의 자유문제를 포함한 문학과 자유의 관계에 주목한 점에서 표현되었다. 호적의 정부문학불가간섭론, 주작인의 문학 "다수결"불가론, 30년대 자유주의 작가들의 "죽을지언정 문예는 민주적이고 자유적이어야 한다."는 주장에 대한 해석, 40년대 주광잠의 "자유가 있어야 진정한 문예가 있다."는 관점 등등 문학자유에 대한 해석과 호소는 중국 자유주의 문학발전의 전반과정에 일관되게 나타나고 있었다. 세계문학의 발생, 발전의 역사에서 볼 때 문학이 '자유롭게' 인간의 '자유'를 표현하는 것은 상식적인 '진리'로서 중국 자유주의 문학가들이 고수하려는 것은 하나의 상식에 불과하다. 그들의 '자유문학'의 노정은 아주 간거하였고 상당한 대가를 지불했지만 수확은 그리 풍요롭지 못했다.

다른 문화계통에서는 쉽게 이해되는 상식과 진리가 중국 신문학에서는 무엇 때문에 이토록 관철하기 그토록 어려웠을까? 왕부인은 중국인 문화심리와 문학창작 주체의 관계의 시각에서 중국인은 '자아'가 이미 없어진 상황에서 수천 년 동안 생활하였기에 이러한 생활과 문학에 습관되었기 때문이라고 간결하고도 설득력 있게 개괄했다.[20] 자유주의의 핵심은 인간의 자유로운 쾌락과 행복이고 문학은 인간을 중심으로 한다. 따라서 문학과 자유는 천연적으로 친화관계가 있다. 인성의 발전과 풍부화, 인성의 자유품격, 인간의 심미적 추구는 문예가 존재할 수 있는 유일하고도 최고의 이유이다. 심지어 문학은 인간의 자유를 위해 존재하는 것이라고 할 수 있다. 그 이유를 간단하게 정리한다면 다음과 같다.

문학의 본성에서 볼 때, 문학은 기타 예술과 마찬가지로 인간이 창조한 미적 존재형식으로 인간의 자유품질을 구현하다. 인간은 미의 창조와 감상 과정에서 자유자재로 자기의 천성을 전시하며 보편적인 이성형식과 조화로운 통일을 이룬다. 때문에 심미활동은 가장 자유로운 활동이며, 심미왕국은 가장 자유로운 왕국이다. 미는 인간의 자유와 조화의 근본적인 구현으로 인간은 오로지 미적 경지에서만이 진정으로 자유로운 것이다.

마르크스는 보다 심각하게 자유의 소중함과 미의 본성과의 관계를 논하면서 "자유의 영역은 필요한 외적 목적의 규정 아래 노동이 중단된 곳에서 시작되는 것이며", "협애한 동물생산영역의 피안"에 있는 것이라고 했다.[21] 이 '영역', '피안'은 미의 세계이고 자유의 세계이다. 여기에서 미와 자유의 초공리성에 대한 마르크스주의의 긍정을 보아낼 수 있다. 인간의 자유창조는 인간이 동물과 구분되는 가장 본질적인 특징이며 인간의 가장 소중한 특성이고 미의 기초이다. 인간의 자유는 창조된 자유로서 미를 창조하고 인간의 미적 감각과 심미감을 창조했으며 인성을 풍부히 하고 인간 자체의 발전을 도모했다. 예술의 미는 인간의 자유에 의해 창조된 특수한 형식으로써 예술가가 미적 법칙에 의해 형

20) 王富仁,『灵魂的挣扎』, 時代文藝出版社, 1993, p.83.
21) [德], 馬克思,『資本論』第3卷, 人民出版社, 1976, p.926.

상을 창조하는 과정을 반영한다. 문학이 자유롭게 자유와 미를 표현한다는 것은 문학의 가장 근본적인 이치이다. 이 이치를 망각하거나 간과할 경우 문학뿐만 아니라 인간 자체에까지 손상을 받게 된다. 중국 현대문학사에서 문학의 의식형태성, 기타 의식형태의 생활에 대한 인식, 현실지도에서 공리적인 면과 문학의 일면을 동일하게 강조하는 것은 종종 예술부류로서의 문학적 심미형식의 관점을 압도했다. 이는 문학의 본질 인식에 대한 괴리로서 문학과 자유의 관계에 대한 인식을 방해한 것으로서 오류를 범할 수밖에 없다.

문학의 발생과 문학창작의 과정에서 볼 때 문학의 기원에 대한 어떠한 추측과 해석이 있다고 할지라도 심리적 동기에서 그것은 인간의 심미적 요구, 자유롭게 미적 형식을 창조하려는 인간의 충동에서 기원한 것으로서 인간이 점차 동물성을 탈피하고 보다 "인간화"(자유화)에 달하는 방식이다. 작가의 창작은 외적 강제가 아닌 자유선택적인 노동이며 작가 내면에서 우러나온 심미창조의 충동이며, 이는 문예창작과 기타 모든 물질적, 정신적 노동과 다른 점이다. 수용자의 입장에서 본다면 인간이 문학예술을 애호하고 감상하는 것은 직접적인 물질적, 공리적 목적을 떠난 정신적 수요이며 미와 자유에 대한 동경과 추구에서 우러난 것이다.

중국 현대문학사에서 종종 문학조직을 중요시하고 작가개체를 경시하며 이론적 지도와 창작이론의 부합여부를 중요시하고 창작의 특이성, 개인적 편향은 경시하면서 문학창작에 대한 개체화, 자유화 특징을 간과하는데, 이 역시 오류를 범할 수밖에 없다.

문학과 현실의 관계에서 볼 때 문예는 현실적, 이상적 생활을 그리고 인류의 진정한 생활에 대한 갈망을 구현한다. 진실한 생활의 한계는 창작의 번영여부 및 당시 사회문화적 환경의 자유 정도와 관련되며; 진정한 생활(자유로운 생활)의 유혹 및 작가의 자유로운 창조는 문예로 하여금 일정한 한도 내에서 제한을 초월하고 보다 많이 상대적인 자유를 표현하도록 한다. 우수한 문예작품은 시공간의 영구성을 초월한다. 그것이 자유롭게 창조된 것이고 인성의 자유품격을 표현한 것이며, 그 자체로써 인간의 자유 방식을 창조하였기에 인간이 반드시 자유롭지 못한 현실에서도 자유의 미를 표현하고 체득하게 할 수 있다. 환언한다면 부자유 또는 불완전한 자유의 현실에서 오로지 예술만이 상대적으로 가장 자유로운 것이다. 예술은 현실에서 취재한 것이지만 사실에 대한 일정한 개조를 거친다. 예술은 현실의 합리성을 타파하고 사실을 자체에 적응할 수 있는 소재로 분해한 후에 다시 자유로운 방식으로 그 자체의 합리성에 따라 그 소재들을 '미학'적 사실로 개조할 수 있다. 예술은 현실과 다른 합리성과 논리를 허용하며 그것으로 현실을 개조할 수 있다. 현실의 합리성과 논리는 인간에 대한 노역에 복종하는 것이기에 "예술적 개조는 바로 행복"이고, "예술은 대 거절, 즉 현존사물에 대한 항의이다."[22]

중국 현대문학사에서는 종종 현실에 대한 문예의 복종관계를 강조하고 현실에 대한 문예의 '초월'과 '미'적 각도에서 진행되는 개조의 경향은 무시하는데, 이 역시 오류를 범할 수밖에 없다.

가령 세계적인 문학의 시각에서 볼 때, 중국 현대문학의 총체적인 성취는 그리 높은 것이 아니다. 이는 문예와 자유의 관계의 중요성에 대한 충분한 인식여부와 관계되며, 문학의 독립, 인성중심, 자유창조의 자유

22) 鄒鐵軍 編, 『自由的歷史建构』, 人民出版社, 1994, p.449.

주의 문학의 원칙에 대한 충분한 실천여부와 관계된다. 중국의 자유주의 문학의 총체적인 성취가 그리 높지 못했던 것은 이러한 환경 속에서 자유주의자 자신들까지도 그러한 원칙들을 충분히 관철하기 어려웠거나 심지어 견지하지 못했기 때문이다. 문학과 현실의 부착성을 지나치게 강조하면서 문학의 초월성을 간과하거나, 문학의 계급성을 지나치게 강조하고 문학의 인성을 간과하거나, 문학의 정치성을 지나치게 강조하고 문학의 독립성을 간과하거나, 문학의 인식교육 기능을 지나치게 강조하고 문학의 심미오락적 기능을 간과하는 것 등등, 요컨대 지나치게 문학의 종속성만 강조하고 문학의 자율성을 간과하는 것은 그릇된 태도이다. 어려운 세월에 실용이성이 지배적 지위를 차지한 환경 속에서 좌익문학은 부득이하게 대량적인 '초월'을 행했지만 자유주의 문학은 문학의 빈곤 속에서 '가불'을 행했던 것이다. 그들은 부자유스러운 세월에서 '자유'문학을 추구했기에 법제와 이성적 질서에서만이 비로소 가능한 진정한 자유를 '가불'한 것이다.

제8장 민족화와 대중화 문학사조

제1절 민족화와 대중화 문학사조의 연원

중국문학의 현대화 과정에는 시종일관 민족화와 대중화의 요구가 관철되고 있었다. 근대초기에 나타난 '시계혁명', '소설계혁명', '문계혁명' 등은 백화문체제 개혁의 전주곡이었다. 백화문으로 문언문을 대체하려는 '5·4'신문화운동은 '인간의 문학', '평민문학'에 이르기까지 문학혁명의 열조 아래 '평민화' 추세를 보였으며, 장광자를 대표로 하는 초기 무산계급의 시가는 '5·4'시가의 '평민화' 추세를 극치로 이끌어 대중문화의 요구를 보였다. 1930년대 항일전쟁 폭발을 전후하여 '좌련'을 핵심으로 하는 무산계급문학 동인들의 대중문예노선의 적극적인 주장은 '국방문학' 및 문예의 대중화, 민족화, 민간화 문제를 중심으로 여러 차례에 걸친 토론을 전개했다. 신문학은 점차 '5·4'시기의 서구화 노선에서 민족과 민간의 전통으로 복귀하여 항일전쟁과 해방전쟁 시기 궐기한 민족화와 대중화 문학사조의 연원이 되었다. 아울러 문학의 상호공리적 색채도 점차 강화되어 초기의 계몽을 주도로 하는 전방위적인 사회공리성에서 단일한 정치공리성으로 전환하였고 1940년대 농공병문예노선의 확립과 신중국 성립 후의 17년 문학, '문화대혁명'시기의 문학에 지속적인 영향을 미쳤다.

1. '5・4'문학혁명 시기의 '평민화' 추세

2,000년에 걸친 봉건독재와 봉건의식의 통치는 중화민족의 나약한 성격을 형성했고 원초시기의 솔직한 품성은 이미 '걸인'의 봉건예교에 의해 잠식당하고 말았다. 서양 현대 공업문명의 형성에 따라 인류역사상 주체의식을 가장 잘 반영한 현대정신이 나타났는데 그 핵심은 바로 자유, 민주, 독립, 과학을 기본내용으로 하는 평민정신이었다. 만청 이래로 국가의 위기, 열강의 억압, 국민의 우매 등의 현상은 중국의 선진 지식인들로 하여금 사상적으로 사회의 폐단을 완치하고 구국과 생존을 수호하려면 반드시 서양의 정치, 군사, 문화, 예술 등 일체의 현대문명을 수입하고 배우고 수용함으로써 사상계몽과 사회변혁을 실시하여 외침을 막고 위기를 극복해야 한다는 이치를 깨닫게 했다. 이러한 형세에서 문학은 사상계몽과 도덕혁신의 선봉에서 예리한 무기로 간주되었고 필연적으로 급진적인 태도로 모든 봉건적 진영을 부수고 현대 이성정신을 건설하며 나약한 국민성 개조에 나서게 되었다. 당시의 중국 지식인들은 사회를 변혁하고 인심을 구원하는 경로는 바로 봉건전제주의를 뒤엎고 새로운 사회사조의 영향 아래 반봉건을 주도로 하는 '5・4'신문학사조를 추진해야 한다고 생각했다.

전통적인 '문이재도' 또는 '유희적, 금전적, 소일적' 문학관념은 문학으로 하여금 난해와 고문경학(古文經學) 속에 빠지거나 저속한 것으로 전락하여 사회인생과 멀어지게 했다. '5 · 4'신문화운동은 사상계몽과 반봉건을 주지로 구미, 일본의 선진사상, 인권, 평등, 자유, 민주, 과학, 이성 등 대량의 현대 시민의식을 번역 소개하여 시대적 정신으로 확립했다. 따라서 문예이론의 건설과 창작실천에서 신문학의 '평민화' 경향이 나타나게 되었다. 이러한 경향은 문학의 내용 면에서는 곳곳에서 '인간의 각성'으로 충일되었고 인성 및 사회 제문제에 대한 연구와 탐구를 모든 것을 압도하는 주제로 삼는 데서 표현되며, 언어문자에서는 명료하고 통속한 백화문체로 문언문체를 철저히 대체하여 언문일치를 실현한다는 데에서 표현되었다. '병을 들추어내어 치료하도록 주의'시키기 위해 '5 · 4'신문화운동을 시작으로 한 문학혁명은 종국에는 견고한 '무쇠방'에 향한 공격을 시작했다.

1) 이론 건설

1917년 초 ≪신청년≫에 신문학의 발발을 알리는 두 편의 '격문' — 호적의 「문학개량추의」와 진독수의 「문학혁명론」이 발표되어 언어와 내용에서 변혁을 실시할 것을 주장하고 나섰다. 호적은 '8사(八事)'의 개량을 제안하여 문학 언어와 형식면에서 백화문학을 주장했을뿐만 아니라 내용면에서도 생활에 접근할 것을 주장하면서 신문학의 첫 시작으로 평민화의 낙인을 찍었다. 그는 1918년 4월 「건설 중의 문학혁명론」에서 진일보한 '국민문학'론을 제안하면서 언문일치의 신국어로써 '평민사회'와 '일체 고통스러운 정형'을 반영하여 사상계몽을 실현할 것을 주장했다. 진독수는 호적의 문학개량 조치보다 상대적으로 급진적이고 혁명적인 주장, 문학혁명의 '3대주의'를 제안하여 평이하고 서정적이며 통속적이고 명료하게 사회민생을 반영한 문학을 건설할 것을 제안했는데 이는 신문학의 ‘평민화’ 목표를 명확히 한 것이다. ‘국민문학’은 평민문학으로서 사실적인 수법으로 사회를 반영하고 통속적인 문구로 민생에 접근하며 민주, 독립, 자유로 충만된 현대정신으로 대중을 계몽하고 그 목적을 아부, 과장, 허위와 우매한 국민성 개조에 두어야 한다는 것이다.

주작인은 휴머니즘의 개인본위주의 입장에서 ‘인간의 문학’, ‘평민문학’의 주장을 제안했는데 이는 ‘5 · 4’신문학사조 형성의 중요한 이론적 표징이며 아울러 ‘5 · 4’신문학의 가장 전형적 의의를 띤 평민화의 잠재적인 흐름을 대표하고 있다. 1918년 12월 ≪신청년≫ 제5권 제6호에 발표된 「인간의 문학」에서 명확하게 작가는 ‘휴머니즘’을 근본으로 인생의 제반 문제를 기록, 연구해야 할 것을 요구했다. 그는 ‘인간의 문학’은 “인간의 일상생활, 또는 비인간적인 생활”을 반영한 것으로 그 내용에서 신문학의 발전방향을 규정하고 세상의 추악과 신산을 사실적으로 써내야 만이 비로소 이상적인 생활에 이르는 변혁방법을 찾아낼 수 있다고 주장했다. 1919년 초 그는 또 ≪매주평론≫ 제5기에 「평민문학」을 발표하여 ‘인간의 문학’을 보다 세밀하고 심도 있게 해석했다. 그는, 평민문학은 진지하고 일반적인 문체로써 진지하고도 일반적인 사상과 사실을 기록해야 한다고 하면서, ‘평민문학’은 단순하게 통속문학을 지칭하는 것이 아닌 바, 그 원인은 평민문학은 평민을 위하여 만들어낸 전문용이 아니라 평민의 생활을 연구하는 것—‘인간생활’의 문학이라고 지적했다.

중국에서 예로부터 시가는 문학의 원조로 간주되었고 소설, 희곡은 문인들의 놀음에 지나지 않아 공식적인 장소에 모습을 드러낼 수 없었다. 문학혁명은 신시에서 비롯되었는데 가장 현저하게 신문학혁명의 ‘평민화’ 경향을 대표했고 신시의 통속, 간단명료하고 쉬운 이해의 기치를 내걸었다. 초기의 백화시인 호적은 강령적인 이론문헌 「신시를 논함」에서 '시체(詩體)의 대해방'을 주장하면서 구시의 속박을 뒤엎고 '자연스러운 음절' 존중하며 율격, 평칙, 장단에 얽매이지 말고 시 창작 역시 일반 글을 짓듯이 대하며, '구체적인 작법'으로 시를 창작할 것을 요구했다. 따라서 중국 근래의 신시운동은 '시체의 대해방'으로 간주할 수 있다[1]고 주장했다.

'5·4'신문학의 '평민화' 추세를 극치로 발전시키며 최초로 문학이 대중을 위해 봉사해야 한다는 주장을 펼친 것은 초기 무산계급시가의 이론이다. 1923년 등중하는 「신시인의 일갈」, 「신시인 전의 공헌」 등 글에서 신시는 반드시 자각적으로 무산계급 영도하에 민주혁명의 도구가 되어야 한다고 하면서 시인들에게 "혁명의 실제활동에 종사"[2]할 것을 호소했는데, 문학이 혁명투쟁을 위해 봉사해야 하고 작가는 대중을 위해 봉사해야 한다는 '도구론'을 최초로 제안했다. 그 뒤를 이어 장광자는 1928년 ≪태양월간≫ 제2기에 발표한 「혁명문학에 관하여」에서 무산계급혁명의 입장으로 현실혁명의 시각에서 작가이든 작품이든 모두 이미 궐기한 군중의 역량을 중심으로 삼아 대중화노선을 걸어야 한다고 했다.[3]

2) 창작실천

문학혁명은 재빨리 상당한 수량의 창작실적을 쌓았고 여러 단체와 사조 또한 풍우의 기세를 이루어 백화문체 및 새로운 형식에 의한 창작의

1) 胡適, 「談新詩」, 胡適 編選, 『中國新文學大系·建設理論集』(影印本), 上海文藝出版社, 2003, p.295.
2) 錢理群, 吳福輝, 溫儒敏, 『中國現代文學30年』, 北京大學出版社, 1998, p.107.
3) 蔣光慈, 「關於革命文學」, ≪太陽月刊≫, 1928年 第2期.

고조를 일으켰다. 이 시기 대량의 우수한 백화시문은 모두 '평민화'의 정신과 추구를 구현하고 있었다.

'5・4' 이후 중국 각지에는 대량의 문학단체와 선진적인 백화문 신문 잡지가 발행되어 백화문이 진정으로 문언문을 대체하는 상황으로 발전했다. 1920년 민국교육부는 초등학교 저급학년의 국문과교육은 통일적으로 백화문교재와 교수를 실시할 것에 관한 명령을 반포했다. 백화문의 전면적인 보급은 '5・4'신문학운동이 '평민화'과정에서 거둔 중대한 수확이었다. '문제소설'에서 '인생을 위한'파의 소설이 문단의 주도적 지위를 차지했고 중국 신문학작가들은 커다란 열정으로 엄숙하게 하층 빈민의 생활, 인생, 사회의 모든 문제, 가령 정치, 전쟁, 교육, 개성해방, 자주혼인, 노공, 아동, 여성 등 사회문제를 표현, 연구했고 그것들을 모두 문학의 시야에 종속시켰다. 루쉰의 「광인일기」, 「아Q정전」, 엽소균의 「이것도 사람이다」, 그리고 향토파소설의 출현 등은 모두 현대적 의미에서 평민정신을 구현했고 모두 개성해방과 반봉건의 내용을 담고 있었다. 하지만 가장 집중적으로 '평민'색채를 구현한 것은 그래도 초기의 백화시가를 꼽아야 할 것이다.

왕임숙은 1937년 초에 신시를 회고하는 논문에서 초기의 신시는 "비록 광대한 내용도 없고 구어를 이용한 대중화 형식을 취했지만 자유롭게 정서를 발표하는 도구라는 목적은 이루었다. 이는 모든 시 창작자들이 일제히 '영감'에 따라 적당한 형식을 취했음을 말해준다. 이 시기를 우리는 '이기조형식(以已造形式)'의 시기라고 명명할 수 있다."고 했다. 가령 중국 백화신시의 '제일인자'로 꼽히는 호적은 『상시집』에서 비록 모순으로 충만되었고 적지 않은 구체시도 있었지만 신시과도기를 대표할 수 있는 시작 「별 하나(一顆星儿)」는 구체시의 음절을 이용하여 통속적이고 명료한 경지와 취미를 표현했다. 그의 다른 작품 「호상(湖上)」 역시 왕백추(王伯秋)의 초청으로 현무후의 야경을 구경한 후 지은 것인데 형식이 자유롭고 또한 그 경치를 직접 목격하는 듯한 경지를 창출했으며 전편이 구어식 백화로 되어 있어 독자에게 마치 친구와 한담하는 것과 같은 느낌을 주었다. 심윤묵(沈尹默)의 「삼현(三弦)」 역시 난삽한 전고, 반듯한 대구도 없고 평측을 강조하지 않은 작품인데 호적의 "시 창작 역시 일반 글을 짓듯"한 주장과 같이 매구마다 백화의 자연적인 음절에 따라 지었기에 '낫 놓고 기역자도 모를' 문맹 역시 대충은 알아들을 수 있었다. 이렇게 신시의 산문화 노력은 점차 효과를 보이기 시작했고 공식적인 장소에서만 선을 보일 수 있었던 시는 점점 하층평민의 생활에 진입하기 시작했다.

이 시기 대중화 형식으로 대중생활을 그려내고 '개인의지'가 아닌 '사회의경'의 표현에 주력했던 대중시가 역시 적지 않게 작품을 창출했다. 이러한 시가들은 모두 가요의 성격을 띠었는데 그 내용은 농민, 학도, 노동자 등에 대한 묘사를 위주로 했다. 가령 거리의 삼척동자도 부를 수 있었던 「노동가」, 대계도(戴季陶)의 「나타(懶惰)」 등이 그러한 작품에 속했다.

1920년 주작인, 류반농, 심윤묵 등 초기의 백화시인들은 북경대학에서 가요운동을 발기하고 북대가요(北大歌謠)연구회를 설립했다. 그들은 민족과 민간의 자양분의 차용에 주력하여 현대시의 "가요화"를 위해 노력했다. 류반농이 강음(江陰)의 방언으로 편찬한 『와부집(瓦斧集)』에는 '4구두산가' 20수가 수록되어 있으며, 류대백(劉大白)의 「매포요(賣布謠)」, 「전주래(田主來)」 등도 민간가요체식의 창작물이었다.[4] 이는 '평민화' 사조의

4) 錢理群, 吳福輝, 溫儒敏, 『中國現代文學30年』, 北京大學出版社, 1998, p.107.

구현인 동시에 신시의 민족화, 민간화의 색채를 보여주기도 했다.

초기 신시와 구별되는 개인주의적 평민의 어조였던 작품은 장광자의 시집 『신몽(新夢)』(1925)를 대표로 하는 초기 무산계급 시가로서 '5·4'신시의 '평민화' 경향의 발전을 극치로 끌어올렸고 무산계급 시가의 대중화시대를 열었다. 장광자는 무산계급혁명의 입장에서 스스로를 군중 속에 용해시키고 그러한 모습을 작품 「자제소상」 등에서 표현했다.

중국 현대 화극은 '5·4'신문학의 '평민화' 물결 속에 나타난 신생아로서 그 천성인 오락성과 대중성은 시민계층의 심미적 정취에 더욱 접근하고 있다. 가령 구양예천(歐陽予倩)의 가정극은 평민들이 가장 잘 알고 있는 계층의 인물을 등장시켰을 뿐만 아니라 언어표현, 동작까지도 일상생활에 상당히 접근한 모습이었다. 하지만 이러한 제재의 세속화와 상업화는 일정한 부정적 결과, 즉 속되거나 낙후한 취미, 봉건의식, 예술상의 조야한 일면 등을 초래했다.

3) 총결

'5·4'신문화운동은 반봉건을 주도로 하는 사상계몽 운동이었다. 이 시대의 주제는 신문학의 주제, 즉 현대정신의 유입과 봉건적 낡은 윤리도덕에 대한 반대의 성격을 결정했는데 그 중 '평민화'적 추세는 간단하게 아래와 같이 귀납할 수 있다.

첫째, 신문화선구자들은 문학을 낡은 도덕을 향해 던진 날카로운 무기로 삼고 문학의 '평민화' 요구를 사상계몽과 중국 현대화 과정에 용해시켜 국가로 하여금 봉건적 질곡에서 탈피하여 신생으로 나아가도록 하려고 했다. 언어문자와 문체형식 면의 언문일치 요구는 백화로써 문언문을 대체할 것과 일상생활 용어와 담론의 논리에 부합될 것에 관한 요구였다.

둘째, 문학관념과 내용에서 근본적인 전환이 나타났다. '문이재도' 또는 '유희적, 소일거리적'인 경직된 문학관념을 뒤엎고 작가들은 더 큰 열정과 엄숙한 태도로 일체의 반봉건 주제를 반영했다. 이 시기부터 문학은 전면적으로 평민 특히 하층빈민의 생활을 표현하고 연구하기 시작했으며 문학은 사회현실 특히 가장 보편적인 민중의 생활과 정서를 추구해야 한다는 주장을 선양하게 되었다. 인생, 사회에 관련된 모든 문제, 가령 정치, 전쟁, 교육, 개성해방, 자주혼인, 노인, 아동, 여성 등 일체의 사회문제가 모두 문학이 주목하는 시야에 들게 되었다.

셋째, 이 세대의 신문화인들은 모두 선진지식인(엘리트)으로서 상층인에게 계시를 주고, 하층의 몽매를 깨뜨린다는 포부를 지녔기에 '5・4'문학은 비록 '평민화'의 추세를 보였지만 시종일관 엘리트문화를 주입하고 있었다. 그들은 높은 층위에서 가장 광범위한 민중 속으로 심입하지 않고 오로지 부처와 같은 자비의 마음으로 중생을 초도하려고 했다. 게다가 이 시대의 여러 가지 사조가 모두 외국에서 수입한 것이어서 문체, 언어, 내용면에서 모두 서구화 색채를 농후하게 띠고 있었다.

넷째, 평민을 주목하고 평민들 마음의 목소리를 담아내야 한다는 '5・4'신문학의 요구는 사회와 인심을 개조하려는 강렬한 색채를 띠고 있었는데 이는 문학이 영원히 탈피할 수 없는 자연적인 속성이었다. 작가들의 타고난 사회정의감과 책임감은 그들의 작품에 권력을 부여했지만 신문학 초기의 '유치병'은 불가피하게 작품에서도 드러났다. 길고 지루한 도덕적 설교, 번잡한 논의, 논리에 부합되지 않는 대호 등등이 그러한 부분들이었다.

2. '좌련' 무산계급 혁명문학시기의 대중화와 민족화의 취향

'5・30'참안 및 대혁명이 실패한 후 국공합작관계는 완전히 파열되었고 '5・4'정신 역시 저조기에 들어섰으며 수많은 청년들은 방황에 처해 있었다. 1928년 국제무산계급 문학운동이 활발한 발전을 가져왔고 마르크스주의 이론의 지도 아래 1930년 3월 2일 중국 좌익작가연맹이 상해에서 성립되었다. '좌련'은 엄준한 혁명적 형세에 직면하여 이론적 강령을 반포함으로써 무산계급의 혁명문예를 건설하여 봉건계급, 자산계급과 '사회적 지위를 잃어버린' 소자산계급을 반대할 것을 주장했다. 광범위한 민중을 단결시켜 혁명에 참여하도록 호소하기 위하여 '좌련'은 문예의 대중화문제를 특히 중요시하면서 오직 문학이 민중을 위해 봉사하도록 하는 것만이 중국문학의 유일한 방향이라고 했다. '좌련'은 문예대중화연구회와 중국시가회를 설립하여 대중화문예이론의 탐구에 주력했으며 ≪대중문예≫, ≪북두≫, ≪문학≫, ≪신보・자유담≫, ≪문학월보≫ 등 여러 매체에서 3차례의 대토론을 벌였는데 각지의 신문과 잡지에서도 분분이 문예부간을 개척하여 대중화문제에 대해 논의한 글을 실었다.

1931년 '9・18'사변 이후 동북이 함락되었다. 망국멸종의 위기를 앞두고 전국범위에서 항일 구국운동이 날로 앙양되었는데 이 시대적 주제가 재차 중국문예의 방향을 결정했다. '좌련'의 진보작가들은 일본제국주의에 반대하는 것을 혁명문학의 중대한 임무로 간주했다. 그들은 적극적으로 문예의 대중화운동을 창도하고 영도하면서 민중이 즐기는 형식으로 중화민족이 나라와 고향을 보위하는 전통에 참가하도록 동원하였다. 그리하여 기세 드높은 대중화, 민족화 및 소형식, 구형식을 이용하는 문제에 관한 토론과 구국문학, 구국희곡 등이 서막을 열었다. 고향과 정신적 낙원을 상실한 동북의 작가들과 그들의 창작은 구국문학을 최고조로 끌어올렸다. 1936년 봄 '좌련'이 해방된 후에 '국방문학'과 '민족혁명전쟁의 대중문학', 두 개의 구호에 관한 논쟁을 벌였는데 이는 항일전쟁 후 민족화와 대중화 문학사조 건설을 위한 토대를 마련했다.

1) 이론건설

'좌련'시기 규모가 비교적 큰 3차례의 문예대중화 토론이 있었다 제1차는 1930년 봄 '좌련'성립을 전후하여, 제2차는 1931~1932년으로, 이 두 차례의 토론은 문예대중화의 의의, 형식문제에 대해 논의를 집중하여 제재, 언어 문제까지 섭렵했다. 제3차는 1934년, 주로 구형식의 이용 문제에 관한 논의로서 대중어와 문자의 라틴어 문제였다. 문학대중화의 목적은 신흥무산계급의 문학운동, 정치운동을 대중속에 용해시키기 위함이었다. 1930년 1월 1일 은부(殷夫)가 발표한「과거 문화운동의 결점과 금후의 임무」는 문화운동을 실제투쟁과 밀접하게 결합시켜 문화운동을 실제투쟁의 일부분으로 간주할 것을 명확하게 제안했다. 그는 '5・4'는 실패한 한차례 운동으로서 그 중요한 약점은 바로 청년농공대중 속으로 심입하지 않은 것이다. 따라서 반드시 금후의 문예에서 군중화를 추구해야 한다고 주장했다. 총결적 성격의 이 글은 보편적인 노농대중의 문화정도가 '5・4'의 '서구화'가 낳은 엘리트형 문학에 적응하지 못했다고 지적했다.

1930년 3월 2일, '좌련'의 성립대회에서 루쉰의 유명한 강연「좌익작가연맹에 대한 의견」은 문예연합전선의 통일에서 '공동의 목적', 즉 "목적은 모두 노농대중에 있다."는 것을 필요조건으로 삼아야 할 것을 지적했다. ≪대중문예≫ 잡지는 1930년 3월 제2권 제3기에「신흥문예전호」

를 설치하고 대중화 문제에 대해 열렬한 토론을 전개했다. 루쉰은 「문예의 대중화」에서 교육이 불평등한 사회에서 해독난도가 다른 여러종류 문학이야말로 여러 수준의 독자들의 요구를 만족시킬 수 있으며 현재 전부 대중화한다는 것은 단지 공담에 지나지 않는다고 했다. 그는 대중화적 문예건설은 "정치력의 도움이 반드시 필수"적이며 대중화는 문학에 억지를 강요하는 것이 아닌 바, 그렇지 않을 경우에는 저속적인 것들에 영합하거나 아부하는 문학을 낳게 되어 오히려 대중에게 불리하다고 지적했다.

이는 대중화를 어떻게 실현할 것인가 하는 문제를 야기시켰다. 당시 중국 민중의 문화정도를 감안할 때 진정한 계몽문학은 대중문학이어야 하고 루쉰이 제안한 대중의 여러 차원의 수준에 적합한 작품이어야 했다. 대중문학의 속성은 평이, 진실, 간단, 명료라고 할 수 있는 바, 대중화문제의 핵심은 어떻게 대중으로 하여금 자기들의 문학을 얻게 하는가에 있었다. 언어문자의 운용에서 물론 대중의 일상용어를 채용하며 가급적이면 수식이거나 탁마를 거치지 말아야 할 것, 대중형식의 문제에서는 구형식을 이용할 것에 초점을 모았다. 정백기는 민요, 단막극, 삽화소설 등 대중이 익숙한 형식을 대중문학의 창작에 운용할 것을 제안했으며[5] 전행촌은 낡은 형식을 이용하는 한편 지속적으로 그것을 대체할 수 있는 새로운 형식을 창안하며 신구의 형식을 모두 동원할 것을 주장했다.[6]

1931년 11월 '좌련'집행위원회는 「중국무산계급 혁명문학의 새로운

5) 鄭伯奇, 「關于文學大衆化的問題」, 『中國新文學大系.文學理論集二(1927~1937)』, 上海文藝出版社, 1987, p.289.
6) 錢杏邨, 「大衆文藝与文藝大衆化」, Ibid., p.303.

임무」라는 결의를 통과시키고 문예의 새로운 임무와 노선을 제출함으로써 문학영역 내에서 반제국주의와 반봉건주의의 공작을 강화하며 노농대중들에게 무산계급 혁명문학을 보급할 것을 요구했다. 「결의」는 문학의 대중화는 무산계급 혁명문학을 건설하는 '제일 중대한 문제'로서 금후의 문예는 반드시 "대중에게 속하고 대중에게 이해되고 대중에게 사랑받는 것을 원칙으로" 삼아야 하며 이를 위해 '대중문학위원회'를 창설했다. 대중화문제는 좌익문학 이론의 초점의 하나로 되었다는 것을 설명하는데 창작문제에서 결의는 다음과 같은 내용 규정을 하였다.

첫째, 제재내용의 선택에서 작가는 혁명문학임무를 가장 훌륭하게 완성할 수 있는 중국 현실사회 중 광범위한 제재를 선택해야 한다. 가령 집중적으로 제국주의, 봉건군벌, 지주자본가 등 반동세력의 중국 민중에 대한 잔혹한 착취와 압박을 반영하거나 분석하고 소비에트운동, 토지혁명 및 홍군 노농대중의 영용한 투쟁을 표현하거나 찬송하며, 농촌경제의 변호와 자산계급의 형성 및 몰락, 노동자와 자본가와의 대립과 투쟁을 묘사해야 한다는 것이다.

둘째, 창작방법에서 작가가 무산계급 세계관의 각도에서 유물변증법을 운용하여 창작에 임할 것을 요구했다. 그리고 기타의 주의, 관념과 분명하게 선을 가르고 마르크스주의와 소련 무산계급 문학작품을 학습할 것도 요구했다.

셋째, 창작의 언어에서 문자는 간결하고 쉽게 이해되는 것이어야 하고 반드시 노농대중들이 알아들을 수 있는 언어문자를 운용하며 필요한 경우 방언의 사용도 가능하다.

넷째, 제재(題材)의 선택문제에서 고유의 형식을 수용하며 노농대중들이 쉽게 받아들이는 것을 원칙으로 한다. 새로운 보고문학, 선전예술,

벽보소설, 대중낭독 등 문학양식을 창조하고 운용한다.

대중화문학의 형식문제에서 양한생의 「문예대중화와 대중문예」(1932), 루쉰의 「"구형식의 채용"을 논함」(1934)과 「가져오기주의」(1934)는 대체로 당시의 관점을 대표할 수 있는 글들이다. 형식의 문제는 첫째는 언어를, 둘째는 제재를 가리킨다. 언어면에서 대중문학이 '절대적으로 백화'[7]를 채용할 것, 즉 대다수 노농들이 사용하는 보통말을 작품에서도 사용할 것을 주장했다. 제재면에서는 대중을 이탈한 서구적인 삽입이거나 전도, 신출귀몰의 구조이거나 창작방법을 떠나 그림연극(連环圖畵), 가두의 창법(街頭小唱), 속요(小調), 고자사(鼓詞) 등 구형식을 이용하는 한편 보고문학, 벽보소설, 군중합창 등 새로운 형식을 이용하며 노동자 통신원들이 이러한 형식으로 새로운 내용을 표현하도록 격려할 것을 요구했다. 구형식의 채용은 민족화, 민간화의 입장을 구현함과 아울러 신형식과도 별로 모순되지 않았다. 루쉰은 구형식의 채용은 신형식의 탐구를 위한 것이며 그것을 변혁으로 간주하고 '가져오기주의'는 서구화와 문예대중화의 문제로서 주로 외국의 우수한 문예형식을 선택하기 위함이라고 했다.

'국방문학'은 일찍 1934년에 제창한 바 있는데, 주양의 「국방문학」, 주립파의 「'국방문학'에 관하여」 등이 대표작이다. 1936년에 이르러 날로 준엄해지는 망국의 위기를 앞두고 단결과 항일구국은 시대적 흐름이 되었다. '좌련'이 해산을 앞둔 시점에서 '국방문학'과 '민족혁명전쟁의 대중문학' 구호가 선후로 대두되었고 일부 작가들이 이 구호를 둘러싸고 논쟁을 벌였다. 이는 혁명문예계 내부논쟁으로 쌍방은 "어떻게 통일

7) 寒生(陽翰笙), 「文藝大衆化与大衆文藝」, 『中國新文學大系.文學理論集二(1927-1937)』, 上海文藝出版社, 1987, p.386.

전선을 건립하며 통일전선조직에서의 무산계급의 지위와 역할, 그리고 어떤 구호가 더 적합하고 과학적이며 항일문학의 이해와 창작 등 영역"[8]에서의 각각 다른 의견을 가지고 있었지만 원칙적인 분기는 없었다. 쌍방의 논쟁 목적은 일치했던 바, 즉 민족혁명전쟁과 인민대중의 생활을 긴밀히 연계시키고 일체의 문예는 모두 구국을 위함이라는 것이다.

총체적으로 '민족혁명전쟁의 대중문학' 구호가 커버한 내용은 '국방문학'보다 광범위했다. 단지 제재의 범주에서 볼지라도 비록 제국주의와 봉건주의를 반대하는 것이 위주이지만 국방문학은 제재적으로 아주 국한되었던 바, 영용한 혁명영웅과 의용군의 전투적 사적을 포함한 영웅적 제재를 주장했고 낙관적인 혁명이상을 견지했으며 결말에서 항상 '일본제국주의를 타도하자' 또는 '중국필승'의 구호를 첨가했다. 하지만 '민족혁명전쟁의 대중문학'은 중국 대중의 각종 생활과 투쟁의 묘사를 허용했으며 당면한 모든 생활, 심지어 식사, 취침 등 사소한 일까지 모두 민족생존문제와 관련되고 일본의 침략과 관련된 것으로 간주했기에 작자는 자유롭게 노동자, 농민, 학생, 강도, 창녀, 가난한 사람, 부자 등 여하튼 모든 것을 제재로 삼을 수 있으며, 작품의 결말에도 공허한 전쟁 표어나 장식용 꼬리를 달 필요가 없었다. 오직 작품속의 생활이 진실적하다면 그것은 생동한 대중의 문학이라는 것이다.

2) 창작실천

'좌련'시기 성립한 문예대중화연구회, 중국시가회는 대중화문제에 관한 3차례의 토론을 거쳐 문예창작과 현실투쟁을 결부시키는 노선 아래

8) 周揚, 「"關于'國防文學'"作者附記」, 『周揚文集』 第1卷, 人民文學出版社, 1984, 馬良春, 張大明 主編 『中國現代文學思潮史』下冊, 北京十月文藝出版社, 1995, p.1023 재인용.

대중화, 민족민간화의 성격을 띤 문예작품을 창출했다.

≪대중문예≫는 문예대중화 토론 특집을 발간하는 동시에 적지 않은 작품을 게재했다. 그 중에서 대중화 표준에 가장 부합되는 작품으로는 도정손의 인형극 「바보의 치료(傻子的治療)」, 공빙노의 소품 「노동조직」이 있다. 전자는 주로 노동자들의 나쁜 습관 가령 기회주의, 나태 등을 고발하고 노동자들에게 일체의 부정확한 경향들을 극복하고 노동조직에 참가할 것을 선동하는 내용이었고, 후자는 노농대중들의 부정적인 면에 착안하여 일부 봉건관념들을 반영하고 그러한 나쁜 행위들에 대한 질타를 가하는 내용이었다. 그 외의 작품들은 기술적으로 조잡하거나 내용 면에서 공허한 것들이었다.

이 시기에 일련의 대중화, 민간화운동, 즉 남산(襤衫)극단운동, 대중가창대 — 대중낭송시, 대중합창극, 혁명가사 등의 내용 운동이 일어났다.

'동북작가군'은 1931년 '9·18'사변 이후 동북에서 망명하여 관내로 들어온 문학청년들이 좌익문학운동의 추동 아래 공동 또는 자발적으로 문학창작을 시작한 군체를 가리킨다. 그들의 작품은 주로 일제의 통치와 '위만주국' 괴뢰정권의 유린 하에 있는 동북인민들의 비참한 조우를 반영하고 침략자에 대한 적대시, 고향친인들에 대한 그리움 및 하루속히 국토를 수복하려는 강렬한 염원 등을 표현하고 있다. 그들은 최초로 '망국노'의 슬픔을 감지했던 군체이기에 정식적인 낙원과 인격존엄의 상실에 대한 체험 역시 각골적인 것으로 우수한 작품이 비교적 많이 창출되었고 구국문학운동을 최고조로 끌어올렸다.

구국문학의 최대의 성취는 소설에 있었고 그 대표작으로는 이휘영(李輝英)의 「최후일과(最后一課)」, 갈금(葛琴)의 「총퇴각(總退却)」, 애무의 「포효하는 허가둔(咆哮的許家屯)」, 소홍의 「호란하전(呼蘭河傳)」, 「생사장」, 소건의 「8

월의 향촌」, 「생과 사」 등이 있다. 이러한 소설들은 선혈로 낭자한 전쟁과 잔혹한 인생을 정시하면서 동북함락지구 난민들의 처절하고 견인한 생활을 반영하였으며 망국의 치욕을 호소했다. 희곡은 주로 단막극 위주였는데 대표작으로는 적이(适夷)의 「S・O・S」, 백미(白微)의 「북녕로 어느 역」 등이 있다. 이러한 극들은 형식적으로 짤막하여 소규모적 공연과 인심을 선동하는 데 유리하고 내용들은 직접 현실과 관련된 것들이었다. 하지만 인물의 개성이 결핍되었고 지루한 혁명적 대도리의 선전으로 일관하였으며 대화 또한 조잡하기에 예술적 가치 면에서는 큰 의미가 없었다. 그들의 작품은 조야하고 웅위로운 풍격으로서 동북의 민속풍습을 그려냄으로써 농후한 지방적 색채를 보였다.

중국시가회는 1932년 9월 상해에서 성립된 좌익 군중적 시가단체였다. 1933년 2월 그들은 기관지 순간(旬刊) ≪신시가≫(후에 반월간, 월간으로 개간)를 간행했다. 중국시가회는 시가의 대중화 경로를 탐구했는데 최대의 공헌은 신시의 민족화와 대중화 추구에 있다. 중국시가회는 상해에 총부를 두고 북평, 광주, 청도 및 일본의 동경 등지에 지회를 두었다. 시인 포풍(蒲風), 목목천, 임균(任鈞), 양소(楊騷) 등이 주요 발기자였고 그중에서 영향력이 가장 컸던 대표적 시인은 포풍으로 시집 『망망야(茫茫夜)』, 장편서사시 『6월류화(六月流火)』 등이 대표작이다.

1936년 봄, '국방문학'의 구호에 상응한 '국방희곡운동'이 나타났다. 문화영역의 각 분야에서 희곡은 가장 유력하고 효과적인 예술형식이었다. 희곡은 가장 형상적이고도 직관적인 표현형식으로 현실을 반영하여 가장 적시적으로 군중을 선동함으로써 문학의 공리성을 실현할 수 있는 쾌속적인 도구였다. '국방희곡운동'은 '5・4' 이래 시민, 학생과 일반 지식인을 주요대상으로 하는 희곡운동과 달리 대량의 희곡공작자들은 유동적인 극단을 조직하여 농촌, 내지와 전선으로 향했다. 희곡은 소형화와 통속화를 실현했고 항일전쟁과 반봉건을 주제로 하였는데 일부 중외 민족해방의 역사를 반영한 희곡종목도 있어 항일전쟁에서 적극적인 선전과 격려의 역할을 했다. 우수작으로는 전한의 「아비서니아의 모친(阿比西尼亞的母親)」, 양한생의 「전야」, 우극(尤兢)의 「야광배(夜光杯)」, 능학(凌鶴)의 「흑지옥」 및 집단창작으로 홍심이 집필한 「양백당(洋白糖)」, 장민(章泯)이 집필한 「우리의 고향(我們的故鄉)」, 우극이 집필한 「한간의 자손(漢奸的子孫)」 등이 있다. 하연의 국방극 「새금화(賽金花)」는 영화, 희곡 영역의 공작자들의 노력 아래 '40년대극사'에서 첫 공연을 하였는데 우극, 사동산(史東山), 홍심(洪深), 능학, 손사의(孫師毅), 응위운(應爲云), 사도혜민(司徒慧敏), 구양예천(歐陽予倩) 등이 감독단을 담당했으며 왕영(王瑩), 왕헌재(王獻齋), 우광조(尤光照), 백노(白璐), 이려련(李麗蓮), 금산(金山), 매희(梅熹), 장익(張翼), 류경(劉琼), 구양산존(歐陽山尊) 등이 공연에 참여했다.

3) 총결

'좌련'시기는 중국 무산계급 문예대중화가 발발하기 시작한 시대로서 '5·4'시기의 '서구화' 습관은 점차 민족화, 민간화로 복귀했다. 이 시기의 문학사조는 아래와 같은 특징이 있다.

첫째, 문학은 정치의 추동 아래 정치운동의 일부분이 되어 광범위한 사회계몽 공리성은 정치공리성에 가려졌고 문학은 군중에게 봉사하는 각색을 담당하여 직접 구국운동과 정치생활에 작용했다.

둘째, 문학의 주제는 일본제국주의 침략에 반대하는 것을 주도로, 반봉건을 보충으로 했다. 제재의 선택에서 영웅주제를 편면적으로 강조한 국방문학이든 아니면 항일구국의 영향하 어떤 생활을 제재로 했든 간에 모두 민족혁명전쟁의 시대적 주제를 전시했다.

셋째, 문학의 형식면에서 '대중화'와 '민족화'의 요구에 응하여 점차 '5·4'후 형성된 '양팔고'투를 포기하고 좌익진영 아래의 문학창작은 모두 노농대중의 일상생활 용어를 운용했으며, 제재면에서 비판적으로 민중이 쉽게 이해하고 익숙한 구형식, 가령 대고사, 속요, 쾌판(快板) 등을 이용했으며, 그 밖에 보고문학, 벽보소설, 통신 등 소형식을 창조하여 짧은 시간내에 민중을 감화했다.

넷째, '대중화' 공리성의 추구에 힘입어 단시일 내의 성급함은 적지 않은 상처를 남겼다. 가령 인물이 단일하여 풍부하고도 입체적인 성격을 이루지 못한다거나, 대화가 창백하고 인물의 신분에 부합되지 않는 대량의 대도리가 빈번하게 나타난다거나, 스토리가 너무 단조로워 일정한 변화나 기복이 결여되어 서두만 보면 결말이 짐작되어 예술적 감화력이 결핍되는 등등이 그러한 것들이다.

제2절 민족화와 대중화문학사조의 여정과 이론

1937년 '7·7사변', 즉 노구교사변은 일본제국주의의 전면적인 중국 침략전의 시작이며 중국의 전면적인 항일 민족해방전쟁의 서막이기도 하다. 이 생사존망의 위기에서 중국 사회 각계급 및 정치파벌은 오직 전 민족이 단결하여 항일해야 구국의 목적을 달성할 수 있음을 자각하고 있었다. 일련의 담판 및 군대의 개편을 거친 후 국민당 중앙통신사는 같은 해 9월 22일 <중국중앙 국공합작을 위한 선언>을 발표했고 23일 장개석의 공개담화는 사실상 중국공산당의 합법적 지위를 승인한 것이다. 중공의 「선언」과 장개석의 담화발표는 대혁명시기 제1차 국공합작 이후, 제2차 국공합작 형성을 의미하며 동시에 중국의 항일 민족통일전선의 형성을 선고했다.

문학계에서 '구국'은 전에 없던 응집력을 드러냈는데 과거의 정치견해 및 문학관점의 차이로 상호 논쟁하던 여러 파의 문학가들은 전국에서 넘치는 구국열정을 앞두고 상호 양해 아래 항일국국이란 위대한 시대적 조류에 뛰어들었다. 1938년 성립된 '문협'은 문예계에서 가장 광범위한 항일 민족통일전선 조직으로 그 성립은 문예계의 각기 다른 파벌과 계층 모두 '민족해방'의 대깃발 아래 단결시켜 집단적 역량을 이루어 항일을 위해 봉사하기 시작했음을 알리고 있다. 이는 현대문학사에서 첫 번째, 그리고 각 계층이 대단합을 이룬 유일한 조직이었다.

'문협'은 성립초기 즉시 '문장하향, 문장입오(文章入伍)'를 호소하면서 작가를 전지방문단, 각 전쟁구에 여러 차례 파견하여 방문, 위로와 선전을 진행하면서 작가로 하여금 현실투쟁에 심입하게 했다. '문협'은 각종 통속독물 50여 종, 『항전소총서』 40여 종을 편찬하고 여러 차례 학술좌담회, 토론회, 보고회를 조직하여 시가는 어떻게 항일을 위해 봉사할 것인가, 소설은 어떻게 인물을 묘사할 것인가 하는 문제에 대한 토론을 전개하여 문예의 민족화, 통속화, 대중화를 추진했다. '문협'은 총부를 무한에 두고 전국 각지 즉 광주, 성도, 곤명, 계림, 홍콩, 연안, 귀양, 상해 등에 선후로 수십 개의 지회를 성립했다. '문협' 총부는 각지의 지회와 함께 선후로 각자의 간행물을 발행했는데 그 중에서 '문협' 총회의 ≪항전문예≫와 모순이 주간을 담당한 ≪문예진지≫의 영향력이 가장 컸다. 대량의 애국작가, 예술가들은 '문협'의 기치 아래 모여 각종 활동과 창작을 진행하여 항일초기의 문예활동은 생기발랄한 모습을 보였다.

1937년 8월, 중공중앙은 낙천(洛川)회의에서 적후발전에 주력하고 적후전장을 개척하며 적후항일 근거지를 건립하고 주로 전략적으로 국민당군대와 협조하여 작전을 전개할 것을 결정했다. 1938년 10월 광주, 무한이 함락되어 항일전쟁은 전략적인 방어단계에 진입했다. 중국공산당은 선후로 화북의 진찰기(晉察冀), 진서북(晋西北)과 대청산(大青山), 진기예(晋冀豫), 진서남(晋西南), 기노변(冀魯邊), 산동, 화중의 소남(蘇南), 완중(皖中), 예동(豫東) 등 항일근거지를 건립했다. 연안은 중공중앙의 전략적인 총후방인 섬감녕변구의 핵심도시로서 전국 각지의 애국청년들 마음속의 혁명 성지였다. 연안은 그 후에 문예의 민족화, 대중화 문제를 토론하고 실천하는 중심지가 되었다.

1. 민족화와 대중화 문학운동

혈전과 고투의 항일전쟁과 간거한 해방전쟁을 거친 중화민족은 도탄속에서 허덕였다. 아울러 이는 중화민족의 역사적 대전환이기도 했다. 이 특수한 역사환경 속에서 '5·4'신문화운동과 좌익문학이 창도하고 발전시킨 민족화, 대중화 문예사조는 전면적이고도 충분한 발전을 가져왔던 바, 이는 특히 중국공산당이 영도한 해방구(항일시기에는 항일민주 근거지라고 칭함)와 중국국민당 관할지역인 국통구에서 뚜렷했다. 사조로서 문예의 민족화, 대중화는 1940년대 중국에서 대량의 풍부한 이론적 창도와 주장이 창출되었을 뿐만 아니라 문학운동과 문학창작 영역에서도 전례없는 발전을 이룩했다. 이 사조는 항일 민족통일전선의 형성 및 항일전쟁과 해방전쟁의 승리에서 간과할 수 없는 추동적 역할을 일으키는 한편 '5·4'신문학운동 이래 발전의 일익으로서 신문화, 신문학운동과 민족전통의 격리상태, 광대한 인민대중과의 거리감을 극복하여 신문화, 신문학발전을 새로운 단계로 끌었다.

1) 국통구의 문학운동

항일전쟁을 거쳐 중국의 신문학은 민족의 구원, 일본침략에 항거를 중심으로 하는 항일문예운동 단계로 진입했다. 국가의 위기에 직면하여 국통구문예계는 전민을 항일에 동원하기 위하여 여러 협회를 조직함으로써 군중속으로 들어가 항일을 선전했는데 희곡활동면에서 비교적 돌출한 표현이 있었다. 1937년 중국극작협회와 상해희곡구망협회가 선후로 상해에서 성립되어 집체감독을 통해 화극 「노구교를 보위하다(保衛盧溝橋)」, 거리극 「네 채찍을 놓아라(放下你的鞭子)」를 공연했다. 상해희곡계구국협회는 또 13개의 구국공연대를 조직하여 내지와 전선, 후방에서 공연을 전개했는데 전쟁이 문예를 민중의 생활에 도입시킨 결과였다. 1937년 7월 28일 상해문화계구국협회가 성립되었고 기관지 ≪구망일보(救亡日報)≫를 창간했는데 그 부간은 문예작품의 발표에 치중하였고, 내용이 풍부하고 형식이 다양한 벽보, 거리극, 시, 통신, 대고, 가곡, 목각 등 여러 가지 형식을 선보였다. 그들은 각자의 작품으로 문예의 통속화, 대중화를 실천했을 뿐만 아니라 문장을 발표하여 문예의 통속화, 대중화운동을 창도하고 지도했다. 이때 작가들은 분분이 항일구국의 실제공작과 문예운동에 뛰어들어 신속히 현실투쟁을 반영하고 선전과 선동 역할을 일으키며 대중들의 환영을 받는 여러 가지 소형의 항일작품 형식과 각종 민간형식의 통속문예를 활용했다. 그리하여 일시 민족화, 대중화의 문학조류가 항일전쟁초기 항일문예운동의 주요 특색을 이루었다. 1938년 1월 1일 '중화전국희곡계항적협회'(이하 '극협'으로 약칭)가 한구(漢

口)에서 성립되어 희곡계 동인들에게 "농촌으로, 혈투의 민족전장으로"[9]를 호소했다. '극협'의 설립은 희곡계 동인들을 단합시켜 당시 희곡으로 하여금 민중의 추동자와 조직자로 부상시켰다. 상해가 함락된 후 무한이 일시 항일전쟁 문예운동의 중심지가 되었다. 상해, 평진과 동북 등지에서 온 대량의 문예공작자들은 무한3진에 모여들었고 1938년 3월 27일 중화전국문예계항적협회('문협'으로 약칭)를 성립했다. '문협'은 '문예의 대중화'를 가장 중요한 임무로 삼고 "문예가는 전장으로, 유격대 속으로, 부상자병원으로, 난민수용소로, 내지도시와 농촌으로 가야 한다."[10]고 호소했다. 뒤이어 '문협'은 '통속문예공작위원회'를 설립하고 '어떻게 농공병독물좌담회를 편집할 것인가', '통속문예강습반' 등 활동을 전개하였고 일련의 통속독물을 편집 출간했다. 그들은 또 '작가전지방문단'을 조직하여 작가들이 전선과 군중 속에 심입하기 위한 조건을 창조했다. '문협'이 성립됨과 동시에 곽말약이 주최하는 국민정부군사위원회정치부제3청이 무한에서 성립되어 10개 항적공연대, 5개항적선전대를 조직하고 '어린이극단(孩子劇團)'을 영도하여 전선과 후방의 도시, 농촌에서 항일선전을 전개하기도 했다. 이러한 조직과 활동은 객관적으로 문학의 민족화, 대중화 과정을 추진했다.

문예이론의 영역에서도 선후하여 '문학대중화', '구형식이용', '민족형식' 등의 문제를 둘러싸고 토론활동을 전개했다. 1938년부터 1939년까지 문예계는 선후로 '통속문예문제', '선전, 문학, 구형식의 이용', "'낡은 병에 새 술을 담는' 창작방법에 관하여" 등 좌담회를 가지는 한편 대량의 글들을 연속 발표했다. 모순의 「대중문예에 관하여」, 남탁(南卓)의

9) 「中華全國戲劇界抗敵協會宣言」, ≪抗戰戲劇≫ 第1卷 第4期, 1938年 1月 1日.
10) 「全國文藝界抗敵協會成立大會(社論)」, ≪新華日報≫, 1938年 3月 27日.

「'문예대중화'에 관하여」, 하용(何容)의 「구병석의(旧瓶釋疑)」 등은 문예의 대중화, 구형식의 이용문제에 관하여 광범하고도 심도 있는 토론을 전개하여 항일전쟁시기 문예대중화의 필요성과 비판인 '구형식' 이용이 문예대중화에서 일으키는 추진역할을 충분히 긍정했다. 1939년 말에서 1941년 초에 이르기까지는 '민족형식'에 관한 대토론을 전개했는데 그 시작은 모택동의 「민족전쟁에서 중국공산당의 지위」(1938)와 「신민주주의론」(1940)에서 피력한 '민족형식'에 대한 이해였다. 이번 토론은 분기가 비교적 컸는데 '민족형식의 중심원천'을 초점으로 향림빙(向林冰)을 대표로 하는 '민간형식관'과 갈일홍을 대표로 하는 '신문예관'의 두 가지 각이한 논점이 형성되었다. 하지만 토론의 내용은 모두 민간형식을 운용할 데 관한 문제에 국한되었다. 1941년 신화일보사에서 '민족형식'문제에 관한 좌담회를 열어 '민족형식'문제에 대한 토론을 심입화시켰다. 이때 논증의 초점은 이미 중심원천문제가 아니라 '민족형식'의 형식과 내용 등의 문제에 집중되었고 곽말약, 호풍, 모순 등이 '종합통일관'의 관점을 제안했다. 이번 토론은 1년 넘게 지속되어 문예계에 광범위한 영향을 행사했으며 신문학의 민족화, 대중화에 적극적인 역할을 일으켰다.

이와 동시에 모택동의 「신민주주의론」은 "민족적 과학적 대중적 신민주주의 문화"를 건설하는 것에 관해 논했는데 이 또한 국통구에서 아주 큰 반응을 불러일으켰다. 1942년 모택동은 연안문예좌담회에서의 강화에서 진일보 문예의 '농공병'방향을 명확히 했다. 어떤 의미에서 모택동의 일련의 문장과 언론은 국통구문예의 민족화, 대중화를 위해 강대한 이론적 근거와 발전 동력을 제공했다. 이를 토대로 국통구의 문예계에서는 분분이 글을 발표하여 국민들이 '민족적, 대중적, 과학적' 신민주주의 문화와 문예의 창조하기 위해 분투할 것을 호소했다. 1944년을 전후하여 국통구에서는 인민을 중심으로 한 사회민주운동이 일어나 문예계에까지 파급되었다. 1944년 9월 24일 광미연(光未然), 고한(高寒), 상월(尚鉞), 이하림(李何林) 등은 곤명에서 '문예의 민주문제'에 관한 좌담회를 열고 문예가들이 '민족화, 대중화, 과학화'적인 신민주주의문화와 문예를 창조하기에 노력할 것을 요구했다. 따라서 문예의 민족화, 대중화는 신민주주의 운동속에서 진일보 확대되고 심화되었다.

1945년 일본이 무조건 투항을 선포하고 8년에 걸친 중화민족의 항일전쟁도 승리를 거두었다. 1946년 5월 4일 중화전국문예계항적협회 총회는 「제2회 '5·4'문예절을 기념하여 전국 문예공작자들에게 고함」을 발표하여 국통구문예의 민족화, 대중화운동에 대한 훌륭한 총화와 함께 금후의 발전방향을 지적했다. 이리하여 문예 민족화, 대중화는 자기의 항전임무를 완수하고 새로운 시대를 맞이함과 아울러 새로운 시대의 새 도전에 직면했다.

2) 해방구의 문학운동

1930, 40년대 중국공산당의 영도 아래 해방구의 민족화, 대중화 문학운동은 국통구에 상대하여 광범하고도 깊이가 있었다. 이는 해방구에 비교적 자유로운 정치 환경이 있을 뿐만 아니라 모택동의 이론적인 지도와도 갈라놓을 수 없는 밀접한 관계가 있다. 항일전쟁이 전면적으로 폭발된 후 대량의 문예공작자들은 선후하여 상해, 무한, 중경 등지에서 연안 및 각 항일근거지에 진입하여 현지의 문예공작자들과 함께 군중속으로 심입하여 항일을 선전했다. 그들은 선후하여 섬감녕변구문화계항일근거지, 중화전국희곡계항적협회섬감녕변구분회, 전국문예계항적협회 연안분회, 서북전지복무단, 항적극사, 전가사, 루쉰예술문학원 등 문예단

체 조직을 설립하고 군중적인 선전과 활동을 전개함과 아울러 ≪해연(海燕)≫, ≪문예월간≫, ≪문예전선≫ 등의 간행물을 발행하여 대량의 민족화, 대중화의 이론적인 글과 문학작품을 게재했다. 1938년 8월 7일, 섬감녕변구문협, 전가사, 서북전지복무단전지사는 연합하여 「가두시가운동선언」을 발표하여 이 운동을 1942년까지 지속적으로 전개하였다. 이 운동은 항일이란 특수한 시기에 일부 시인이 발기하고 추진하여 형성한 광범위한 군중시가운동으로서 각 항일근거지에로 파급되었다. 이 운동의 추진 아래 여러 가지 소규모적인 문예형식들이 발발했고 연안과 변구의 많은 시인, 문화공작자, 시가애호자, 광대한 군중들은 모두 항전이란 주제를 둘러싸고 항전의 정치내용을 이야기화, 형상화했으며 제때에 선동성이 강한 많은 가두시를 창작했다. 이러한 짧고 정묘하며 생동하고 명쾌한 작품들은 군중을 동원하고 고무하며 적들을 타격하는 데 효과적인 역할을 했다.

가두시 운동의 심입 발전과 함께 해방구문예 이론계에서는 '민족형식'문제를 둘러싸고 격렬한 토론을 벌였다. 1938년 10월 12일부터 14일까지 중국공산당은 연안에서 제6차 6중전회를 소집했고 모택동은 회의에서 「새로운 단계를 논함(論新階段)」이란 제목으로 중요한 보고를 했다. 모택동은 이 글에서 처음으로 '민족형식' 문제를 거론하면서 민족형식에는 반드시 중국의 특성이 있어야 하며 국제주의와도 상호 결합되어야 한다고 했다. 이 논술은 문예공작자들 사이에서 열렬한 토론을 야기시켰다.

1939년초, 연안에서 먼저 '민족형식'에 관한 대토론을 전개했다. ≪문예돌격(文藝突擊)≫, ≪신중화보≫, ≪중국문화≫, ≪문예전선≫ 등 간행물들은 집중하여 토론에 참여한 글들을 발표했다. 토론은 주로 대중문예

발생의 필연성, 문예대중화의 도정 등을 둘러싸고 전개되었다. 애사기(艾思奇), 가중평, 주양, 모순, 사정, 하기방, 소삼 등이 모두 이 토론에 참여했다. 비록 일부 구체적인 문제에서 다른 의견이 있었지만 토론자들은 모두 모택동의 '민족형식'에 관한 이론을 지도로 삼아 각자의 의견을 제시했다. 1939년에서 1941년에 걸친 '민족형식'의 대토론은 이렇게 전개되었던 것이다.

이번 토론은 해방구문학의 민족화, 대중화 운동과 직접적으로 관련되었다. 논제는 어떻게 '구형식', '민간형식' 및 '민족형식'과 관련된 문제들을 대할 것인가 등을 망라했다. 이번 논쟁을 거쳐 구형식의 이용, 민간형식의 민족화, 대중화사조는 광범위한 호응을 얻었다. 1940년 1월 1일, 섬감녕변구문화계 항일구국협회 제1차 대표대회가 개막되었다. 모택동은 회의에서 「신민주주의의 정치와 신민주주의의 문화」(후에 「신민주주의론」으로 개제)의 제목으로 보고를 했다. 그는 우리의 현단계 임무는 신민주주의문화를 창조하기에 노력하는 것인 바, "소위 신민주주의문화라는 것은 바로 인민대중들이 반제·반봉건의 문화"라고 하면서 문예의 '인민성'을 돌출화했다. 이 기간에 연안루쉰예술학원을 중심으로 비대중화활동에 대한 비판도 전개되고 있었다.

1942년 5월 5일부터 22일까지 연안문예좌담회가 개최되었다. 회의에서 모택동은 명확하게 문예의 '농공병방향'을 제출하고 건설적으로 줄곧 문예계를 곤혹케 하던 "문예는 어떻게 대중을 위해 봉사할 것인가"하는 문제에 대답했다. 문예의 민족화, 대중화는 자연스럽게 해방구 및 각 항일근거지의 유일한 문학적 성취로 꼽혔다. 모택동의 연안문예좌담회의에서 강화의 요점은 소군의 「당전문예 제문제에 대한 아견」이 1942년 5월 14일 ≪해방일보≫에 게재됨에 따라 대외로 전파되었다. 3차례에 걸친 강화가 정리된 후 1943년 10월 19일 ≪해방일보≫에 공식 발표되었다. 이러한 이론적인 논술은 연안예술가들의 사상을 새로운 경지로 이끌었다. 섬감녕변구문화위원회, 진찰기변구문, 음악, 미술, 연극 각 협회, 섬감녕변구정부문위임시공작위원회, 진수군구정치부, 섬감녕변구문협 등의 단체들은 분분이 희곡, 시가 등 각 영역의 좌담회를 조직하여 모택동의 「강화」를 학습하고 금후의 '농공병'운동 방향을 확립하고 여러 가지 시가낭송, 가두시 등 군중적인 문예활동을 전개했다. 이 시기 문예방향의 확정과 사상인식의 제고는 해방구 군중문예운동의 광범위한 전개를 견인했다. 1942년 5월 28일 섬감녕변구문화위원회는 음협, 미협, 극협 등 단체를 모집한 회의를 열고 문화인의 전시동원 활동을 실시하면서 부대로, 지방민병대오로 심입하여 '문화입오(文化入伍)'운동을 전개할 것을 호소했다. 이러한 열정으로 1944년에는 항전 7주년기념행사 문예응모활동, 1943년 춘절에는 성대한 민간공연활동, 1944년 춘절에는 150여종의 공연종목을 포함한 군중예술절을 개최했으며 1946~1947년 기간에는 대규모적인 군중적인 희곡운동을 발동했다.

이러한 경과를 거쳐 해방구의 문예 민족화, 대중화운동은 모택동이론의 지도와 전체문예공작자와 노농대중의 노력 아래 거듭 고조를 일으켰다. 1949년 7월 2일 중화전국문학예술공작자들은 제1차 대표대회를 개최하였다. 주덕총사령이 중국공산당중앙위원회를 대표하여 강화를 발표하여 "문학예술의 무기로써 전국인민들을 고무하며 우선 노동민중의 일치된 단결을 도모하고 곤난을 극복하고 결점을 시정하여 우리의 독립, 자유, 민주, 통일, 부강한 새로운 국가를 건설하기 위해 노력하자."는 문학예술공작자들의 새로운 시대 임무를 제시했다.

2. 국통구문학의 민족화와 대중화의 이론적 주장

전쟁의 역사적 환경은 문학으로 하여금 민족구원의 사명을 담당하도록 했으며 문학과 대중의 관계 또한 재차 거론되었다. 문예공작자들은 분분이 이 문제에 대한 자신의 견해를 발표하면서 이론적으로 문학의 민족화, 대중화에 대한 지도와 추진을 시도했다. 이 시기 국통구 이론계의 주장은 엄중하게 엇갈렸는데 이러한 복잡다단한 이론의 검토가 객관적으로 문학의 민족화, 대중화의 역사적 과정을 추진했다. 아래에 몇 가지로 나누어 살피기로 한다.

1) '민간문예'를 본위로 한 이론적 주장

'문예대중화'는 '5・4'시기에 제출된 이래 줄곧 미해결 상태에 처해 있었다. '5・4' 및 30년대의 '대중화'에 관한 3차례의 토론을 거쳐 문예공작자들은 보편적으로 현대문학이 대중에게서 이탈된 원인은 작가들이 군중들의 생활 속으로 진입하지 못하고 오직 자기의 작은 '정자'안에 들어앉아 상상에 의거한 창작을 할 수밖에 없었기 때문이라는 점이 밝혀졌다. 아울러 작가들은 보편적으로 '서구화'의 창작방식으로 창작에 임했기에 현대문학과 대중은 두 갈래의 평행선상에 놓여 있었다. 이러한 이유로 항일전쟁이 폭발한 후에 통일전선을 형성하기 위하여 '민간'의 개념이 특별히 제기되었고 그것은 현대문학과 대중 사이를 잇는 가장 직접적인 유대가 되었다. 작가들은 분분이 필치를 '민간'이라는 복잡하지만 풍요로운 원생태의 토양에로 돌렸다.

우선 문예가를 흡인한 것은 민간의 문예전통이었다. 남탁은 「'문예의 대중화'에 관하여」에서 민간문예에는 무궁무진한 보물(수많은 주제)들이 내장되어 있는데 이러한 주제의 연장과 연합과정에서 그들의 수법을 배운다면 보다 새롭고, 수준 높은 대중문예를 구성할 수 있다[11]고 했다. 이 시기에 민간문예전통에 대한 주목은 주로 고사, 속요, 피황(皮黃), 평서(評書) 등 '구형식'의 이용문제에서 돌출하게 표현되었다. 이론계에서는 보편적으로 문예에서 이러한 '구형식'의 민간경향을 이용하는 것은 "현재 항전문예운동의 중요한 하나의 과제"[12]라고 간주했다. 오조상은 당시 전반 문예공작을 논하면서 적어도 두 개 방면의 공작, 즉 첫째는 지식인 또는 문화수준이 상당한 독자를 대상으로 문예창작의 수준을 재고해야 하며; 둘째는 일반 민중을 대상으로 통속작품을 창작해야 한다고 하면서 "구형식의 이용은 바로 이러한 통속작품을 창작하는 방법의 하나이다."[13]고 했다. '구형식'이용의 주장에서 이론가들은 구형식은 절대로 십분 완벽한 것이 아니기에 이용하는 과정에서 그대로 옮겨 적용하지 말아야 하며 이용방법에 주의해야 한다고 지적했다. 그 외에 그들은 또 민간문예전통의 참고에서 통속적이고 이해가 쉬운 언어에 중시하면서 배움의 중점은 "표면적 형식에 있는 것이 아니라 그 풍부한 언어와 경구 등에 있으며 이것이 바로 새로운 문학 언어의 중요한 내원의 하나이다."[14]고 했다.

요컨대, 민간문예전통에 대한 운용은 상당한 정도에서 문학과 대중간의 거리를 축소시켰지만 일정한 정도에서 문학으로 하여금 자체의 예술적 추구를 포기하고 대중 품위에 적응하도록 만들었다.

---

11) 南卓, 「關于"文藝大衆化"」, ≪文藝陣地≫ 第1卷 第3期, 1938年 5月 16日.
12) 茅盾, 「關于大衆文藝」, ≪新華日報≫, 1938年 2月 13日.
13) 吳組緗, 「宣傳. 文學, 旧形式利用」, ≪七月≫ 第3卷 第1期, 1938年 5月 1日.
14) 光未然「文藝的民族形式問題」, ≪文學月報≫ 第1卷 第5期, 1940年 6月 15日.

2) '신문예'를 본위로 한 이론적 주장

'5·4'운동 이래로 중국의 문학은 현대화단계에 진입하고 종전의 경직된 문학현상을 타파하고 현대적인 언어와 문학형식으로 중국 현대인의 사상, 감정, 심리를 표현했다. 항일전쟁이 폭발한 후 새로운 시대의 도전에 직면하여 문예가들은 현단계 문학의 민족화와 대중화는 '5·4' 이래의 신문예를 토대로 '5·4'문학의 기본정신에 착안해야 비로소 그 완성이 가능하다는 주장이었다. 이 시기에 '5·4' 이래의 신문예에 대한 중요시는 아래와 같은 몇 개면으로 개괄할 수 있다.

첫째, 신문예의 '현실주의' 전통에 대한 긍정이다. 계여(奚如)는 문학의 관점에서 출발하여 문학의 민족화와 대중화에서 먼저 중국 인민대중의 실제생활, 언어, 감정, 희망사항을 이해할 것을 요구하면서 신문학운동의 주류를 견지할 것을 주장했고,[15] 호풍은 대중화 역시 '5·4'의 전통에서 벗어날 수 없으며 시종일관 현실주의 생활을 반영하고 비판하는 요구에 복종할 것[16]을 주장했다.

둘째, 불굴의 '투쟁정신'에 대한 긍정이다. 엽이군(叶以群)은 당시 문단의 신문예가치에 대한 부정의 경향에 대해 논할 때 투쟁과 개선과정에서 신문예가 거둔 성취를 긍정하면서 민족형식의 창조는 현재의 신문학이 이미 달성한 성취를 토대로 중국 역대문학의 우수한 유산, 민간문예의 우량한 성분과 서양문학의 정수에 대한 흡수를 강화해야 한다[17]고 주장했고, 갈일홍(葛一虹)은 심지어 '5·4' 이래의 신문학을 민족형식이 창조한 '중심원천'이라고 주장하면서 역시 '5·4' 이래 신문예의 전통을

15) Ibid.

16) 胡風, 「論民族形式問題底提出和爭論-對于若干反現實主義傾向的批判, 幷以紀念魯迅先生逝世底四周年」, ≪中蘇文化≫ 第7卷 第5期, 1940年 10月 25日.

17) 「文藝的民族形式問題座談會」, ≪文學月報≫ 第1卷 第5기, 1940年 6月 15日.

이어갈 것[18]을 역설했다.

셋째는 신문예 형식에 대한 긍정이다. 나손(羅荪)은 "민족형식의 창조는 신문예를 기초로 해야 한다."[19]고 주장했고, 광미연 역시 '5·4' 이래 신문학운동을 긍정하면서 그것을 민족문예 전통의 중요한 일환이라고 했다.

3) '현실생활'을 본위로 한 이론적 주장

생활은 예술의 유일한 원천으로서 역대로 문학가들은 모두 문학창작에 대한 생활체험의 역할을 십분 강조했다. 국통구문학의 민족화와 대중화 운동은 작가가 군중의 실제생활에 심입하여 실천속에서 민족의 특성을 체험하고 민족의 우량한 전통을 배울 것을 요구했다. 오직 충실하게 생활을 묘사하고 민족의 특성을 표현해야만 그것이 대중적이고 민족적일 수 있으며 중국 백성들이 즐겨하는 중국의 작품과 중국의 기상이 될 수 있다. 녹지환(鹿地亘)은 문예의 민족화, 대중화를 찬성하면서 형식을 불문하고 진정 인간의 내면적 깊이를 파헤친 것만이 민중의 마음의 진실한 일면을 파악한 것이라고 주장했으며, 곽말약은 심지어 민족형식 창조의 중심원천은 "현실생활"에 있다고 주장하면서 오늘의 민족현실을 반영하면 물론 오늘의 민족문예의 형식이 될 수 있다[20]고 역설했다. 반자년(潘梓年), 호풍 등 이론가들 역시 유사한 주장 아래 끊임없이 문학공작자들이 군중생활을 익숙히 하고 이해할 것을 강조하고 작가들이 대중의 생활 속으로 심입하여 그들의 희로애락을 이해할 것을 주장했다. 파

18) 葛一虹, 「民族形式的中心源泉在所謂"民間形式"嗎?」, ≪新蜀報≫, 1940年 4月 10日.
19) 羅荪, 「論証中的民族形式"中心源泉"問題」, ≪讀書月報≫ 第2卷 第9기, 1940年 12月 1日.
20) 郭沫若, 「"民族形式"商兌」, ≪大公報≫, 1940年 6月 9日, 10日.

인(巴人)은 중국 민중을 이해하며 그들의 우수와 고통을 분담하지 않을지라도 그들이 처한 사회의 역사적 전통을 이해하고 그들을 혁명에로 이끌 것을 주장하면서 이것이야말로 '현실주의 대중문학'이 성장하는 길[21]이라고 역설했다. 요봉자(姚蓬子)는 보다 직설적으로 낡은 것이든, '5・4' 이래로 나타난 것이든, 외국의 것이든 막론하고 생활에 심입하는 한편 우수한 문예작품에서 표현방법을 배워야 한다고 주장하면서 현실을 토대로 중외고금을 막론하고 보다 훌륭하고 심도 있게 현실을 반영할 수 있는 모든 가치 있는 예술성과를 흡수해야 한다는 주장[22]에 손을 들었다.

3. 해방구 문학의 민족화와 대중화의 이론적 주장

해방구는 이 시기에 이론적 주장이든 아니면 문학창작이든 모두 단일한 국면을 보였다. 모택동의 일련의 강화는 해방구 이론가와 작가들에게 깊은 영향을 미쳤다. 문예의 민족화와 대중화사조는 모택동의 인도 아래 농공병문학의 사조로 발전했다. 1938년 모택동은 당의 6차6중전회에서 「민족전쟁에서 중국공산당의 지위」라는 제목으로 보고를 했다. 이 보고에서 모택동은 "양팔고를 반드시 폐지하고 허황되고 추상적인 논조는 반드시 적게 부르며 교조주의는 반드시 휴식해야 하고, 신선하고 활발하며 중국백성들이 즐겨 듣고 볼 수 있는 중국작품과 중국 기상으로 대체해야 한다."[23]고 지적하면서 처음으로 '민족형식' 창조의 구호를 제

21) 巴人, 「中國气派与中國作風」, ≪文藝陣地≫ 第3卷 第10期, 1939年 9月 1日.
22) 「文藝的民族形式問題座談會」, ≪文學月報≫ 第1卷 第5기, 1940年 6月 15日.
23) 毛澤東, 「中國共産党在民族解放戰爭中的地位」, ≪解放≫ 週刊 第57期, 1938年 11月 25日.

출했다. 1940년 「신민주주의론」에서 모택동은 "소위 신민주주의 문화란 바로 인민대중들의 반제·반봉건적 문화이다.", "바로 무산계급이 영도하는 인민대중들의 반제·반봉건적 문화이다."라고 하면서 "중국문화는 자기의 형식이 있어야 하는 바, 그것은 바로 민족형식이다. 민족형식, 신민주주의의 내용—이것이 바로 오늘날 우리의 신문화이다."[24]라고 했다. 1942년 모택동은 「강화」에서 문예의 농공병방향을 명확히 하고 문예는 '중화민족의 최대 부분', 즉 '가장 광범위한 인민대중을 위해 봉사해야 하는 바', 가장 광대한 인민대중은 바로 노동자, 농민, 병사와 도시 소자산계급으로서 그들을 위해 봉사하는 방법은 농공병 상호 결합하는 길[25]이라고 지적했다. 모택동이 제출한 여러 가지 문제와 논점은 해방구문예의 민족화와 대중화 이론 주장의 기초로써 구체적으로 다음과 같다.

문예공작자의 각도에서 무산계급 인민대중적인 입장과 태도, 정확한 세계관을 지니는 것은 문예의 민족화와 대중화의 중요한 전제이다. 가령 국통구 문예의 민족화와 대중화 이론이 문예가 어떻게 대중을 위해 봉사해야 하는가를 강조했다면 해방구에서는 문예공작자의 수양, 학급과 개조문제를 강조해야 한다. 모택동은 「강화」에서 해방구 문예공작자의 '자기의 정확한 입장을 상실'한 문제에 대하여 "우리는 무산계급과 인민대중의 입장에 서 있다."고 명확하게 지적했다. 즉 우리 문예공작자는 반드시 문예창작을 무산계급과 인민대중의 표준에 맞추어야 한다는 것이다. 모택동은 여기에서 우선 문예공작자의 각도에서 출발하여 그들

24) 毛澤東, 「新民主主義論」, 『毛澤東選集』 第2卷, 人民出版社, 1991, p.707.
25) 毛澤東, 「在延安文藝座談會以上的講話」, 『毛澤東選集』 第3卷, 人民出版社, 1991, pp.854~858.

이 정확한 태도와 입장을 지니고 문예의 민족화와 대중화를 추진하며, 작자는 의식형태 영역에서 반드시 우선적으로 대중의 쪽에 서야 한다는 점을 논술했다. 요컨대, 작자의 무산계급적, 대중적 입장과 태도, 정확한 세계관에 대한 뚜렷한 강조는 해방구문예의 민족화와 대중화의 뚜렷한 특징 중 하나이다.

문예공작 대상의 각도에서 문예는 반드시 광대한 인민대중을 위해 봉사해야 한다는 것은 문예의 민족화와 대중화의 관건이다. 중국 현대사회의 변혁은 집중적으로 노농을 주력으로 하는 계급투쟁, 민족투쟁에서 표현된다. 시공을 치환한 배경 아래 새롭게 궐기한 역사주체로서의 노농대중은 계몽대상이 아닌 혁명의 주력이며 그들은 필연코 자기의 문학이상을 제출할 것이며 문학의 주체로 될 것을 요구하고 자체를 기준으로 신형의 주체문학을 창건할 것이다. 이러한 객관적인 요소에 기초하여 문예가들은 문예는 인민을 위한 것이고 "가장 광대한 인민, 전인구의 90% 이상을 점하는 인민, 노동자, 농민, 병사와 도시 소자산계급"[26]을 위하는 것이라고 했다. 주덕, 장문천, 정령 등도 다소 편파적인 면이 없지 않았지만 해방구 문예가 "인민대중을 위해 봉사"해야 한다는 주제를 특별히 강조했다. 이 주제를 돌출함과 아울러 문예공작자들이 민중의 요구를 이해하고 익숙히 하는 과정이 의사일정에 올랐다. 대중을 이해하고 익숙히 한다는 것은 높은 곳에 앉아 내려다보는 자태가 아니라 실제적으로 그들의 생활, 언어, 사상, 감정 등을 감수하고 "대중 속에 융합되어 대중의 일원이 되며 대중을 다시는 '그들'이라 칭하지 않고 자랑스럽게 그들과 같이 '우리'가 되는 것이다."[27]는 논리였다.

26) 毛澤東, 「在延安文藝座談會以上的講話」, 『毛澤東選集』 第3卷, 人民出版社, 1991, p.855.
27) 「關于詩歌大衆化」, ≪解放日報≫, 1942年 11月 1日.

문예공작의 '창작실천' 각도에서 작품이 반드시 중국 백성들이 즐겨 듣고 보는 '중국작품과 중국기상'적이어야 하는 바, 이는 문예의 민족화와 대중화의 중요한 중심이었다. '창작실천'은 반드시 문예의 민족화, 대중화 운동의 가장 관건적인 일환으로서 문예공작자들의 일체의 노력은 모두 그가 창작한 작품 속에서 구현되어야 한다. 한편 작품의 대중 수용여부는 주로 작품이 전달하는 운치, 사상과 정감에 의해 결정되는 바, '창작실천'은 문예가 대중을 위해 봉사하는 교량이라고 할 수 있다.

문학의 민족화와 대중화 문제에 따라 불거져 나온 것은 구형식의 이용문제였다. 모택동은 「강화」에서 구형식의 이용을 거절하지 말아야 하지만 그것은 개조가 필요하며 새로운 내용을 첨가하여 인민대중에게 봉사할 수 있도록 해야 한다고 지적했다. 주양은 '5・4' 이래 문예공작자들이 중국의 옛 문화에 대한 냉담과 무시의 태도를 총결하면서 구형식의 이용을 긍정함과 아울러 내용과 형식의 관계에 착안하여 구형식의 개조와 새로운 내용 첨가의 중요성을 피력했다.[28] 애사기는 「구형식운용의 기본원칙」에서 '구형식'의 이용문제를 중국 민족의 구문예전통의 계승과 발양의 각도에서 논했다. 요컨대 주양의 「문학에서 구형식이용에 대한 한 관점」의 아래와 같은 논단은 해방구 '구형식' 이용의 특점을 잘 대변하고 있다.

"구형식은 광대한 사회적 기초가 있기에 구형식의 이용은 특별히 필요가 있는 것이다. … 구형식의 이용은 신형식의 발전과 상호보완적이며 후자를 실현하기 위한 목적을 지닌다. 민족적, 민간적 구예술형식 중에서 우량한 성분을 신문예에 흡수시켜 신문예에 청신하고 건강한 영양

28) 周揚, 「我們的態度」, 『文學運動史料選』 第4冊, 上海教育出版社, 1979, p.76.

을 공급함으로써 신문예로 하여금 더욱 민족적이고 대중적이 되도록 하며 보다 견실하고 풍부히 해야 한다."[29]

새로운 시대적 환경과 사회적 내용은 문예에서 새로운 형식의 창조를 요구했다. 민족의식의 고양에 따라 사람들은 어떻게 문화영역에서 민족특색을 돌출시킬 것인가를 더욱 고려하게 되었다. 따라서 민족형식의 창조문제는 문예의 민족화와 대중화를 배경으로 보다 두드러지게 나타났다. 모택동은 「신민주주의론」에서 "중국문화는 자기의 형식이 있어야 하는 바, 그것은 바로 민족형식이다."라고 명확하게 지적했다. 가중평(柯仲平)은 중국기상은 한 민족의 특수한 경제, 지리, 인종, 문화적 전통에 의해 조성된다고 하면서 중국기상 건설의 중요성을 논했다.[30] 하기방은 '민족형식'의 창조는 신문학을 토대로 해야 한다고 주장했으며[31] 주양은 민족형식의 창조에 대한 구형식, 민간문학, 외국문예의 추진역할을 긍정하면서 민족형식의 건립에서 '현실주의 방침'을 돌출시킬 것을 강조했고,[32] 손리와 류범은 모두 민족형식의 창조에서 현실생활을 강조했다.[33]

그 외에 '창작실천'의 영역에서 보편적으로 주목된 점은 문학의 언어문제였다. 통속적이고 백성들에게 쉽게 받아들여지고 이해되는 언어를 제창하는 것이 일반적인 주장이었다. 하지만 언어의 '재고' 문제를 아주 중요시했는데 백성들에게 접수됨과 아울러 용렬하고 속되지 말아야 하기에 보급과 동시에 '재고'가 필요하며 '발전'을 시도해야 한다는 것이

29) 周揚, 「對旧形式李永在文學上的一个看法」, ≪中國文化≫ 創刊號, 1940年 2月 1日.
30) 柯仲平, 「談中國气派」, ≪新中華報刊≫, 1939年 2月 7日.
31) 何其芳, 「論文學上的民族形式」, ≪文藝戰線≫ 第1卷 第5號, 1939年 11月 16日.
32) 周揚, 「對旧形式李永在文學上的一个看法」, ≪中國文化≫ 創刊號, 1940年 2月 1日.
33) 孫梨, 「接受遺産問題」, ≪晋察冀日報≫, 1941年 3月 15日.
流梵, 「談談文藝的民族形式」, ≪華北文藝≫ 創刊號, 1941年 5月 1日.

다.[34] 동시에 대중이 스스로 문학창작을 시도할 것을 제창했는데 이로써 문예의 민족화와 대중화 진척을 추진하고자 했다. 엄진은 시가창작을 논하면서 "우리는 시가의 대중화, 조화롭고 밀접하게 대중과 결합할 것을 요구하는 바, 가장 좋기는 물론 농공 스스로가 창작할 것을 제창한다. 오직 그들의 것만이 비로소 신선하고 활발하며 생동하고 견실하며 삶의 숨결이 넘치는 것"[35]이라고 했다.

제3절 국통구 민족화와 대중화 문학사조의 심미적 특징

항일전쟁은 인민대중의 민족주의 정서를 격발했고 따라서 중국 신문학은 민족화와 대중화 방향으로 발전했다. 작가들은 '5·4' 이래 신문학의 형식을 채용하는 것 외에 광범위하게 민간의 여러 가지 문학형식을 활용하여 민족해방과 부흥을 위한 창작에 임했다. 이리하여 항일전쟁시기 전반, 특히 항전초기 민간문학이 전에 없던 번영을 이루어 원유의 민간예인들이 분분이 새로운 가사와 곡목을 편성함과 아울러 일부 유명한 작가와 신문예공작자들도 민간문예의 창작 붐에 투신했다. 중국의 민간예술은 유구한 역사를 자랑하고 있지만 과거 민간예술의 내용은 러브스토리이거나 역사이야기로서 봉건미신과 선정적인 색채를 띠고 있었다. 그러나 항일전쟁시기의 민간예술은 군민의 애국행위나 완강한 저항정신을 노래하는 것, 일본침략군의 무치한 폭행 또는 한간의 추태를 고발하

34) 周文, 「文化大衆化實踐当中的意見」, ≪中國文化≫ 第2卷 第3,4기, 1940年 11月 25日, 12月 25日.

35) 嚴辰, 「關于詩歌大衆化」, ≪解放日報≫, 1942年 11月 1日.

거나 비판하는 것, 항일투쟁에 참여한 소수민족과 국제우호인사들의 감격적인 사적을 묘사하는 것 등에 한한 것들로 본의 또는 자연스럽게 항일투쟁에 동조했다. 이 시기 민간예술의 내용은 광범위하고 형식이 다양하며 모든 민간예술 양식을 동원하였는데, 총체적으로 본다면 가요, 설창문학, 통속고사와 통속소설이 이 시기 3대 민간예술 형식이 되었다.

가요는 현재의 민가인데 인민대중들이 감회가 있을 때 서정적으로 정서를 토로하는 구두시가이다. 일반적으로 가요는 형식이 간단하고 내용이 쉽게 이해되며 어구가 통속적이고 간결하며 풍격이 소박하고 명쾌하여 백성들이 즐긴다. 전쟁시기 대부분의 민가는 일제의 폭행과 한간의 매국적인 추행에 대한 민중들의 분노를 담아냄과 아울러 항일과 한간제거투쟁을 끝까지 진행하려는 견정불이한 결심을 표현했다. 유명한 것으로는 노항(老向)의 「병장점검(点將)」, 애무의 「8백리에 벼 누르네(八百里來稻子)」, 낙사(洛沙)의 「애마마」, 산서의 동요 「한간을 죽이다(殺漢奸)」, 「소간장(小杆杖)」, 왕조문의 「일제히 일어나 한간을 죽이자(一致起來除漢奸)」, 「항전소년(抗戰少年)」, 「전쟁터에 가는 님을 배웅하는 항일가(送郎出征抗日歌)」 등이 있다. 그 밖에도 집안에서 자녀를 군대에 보내거나 또는 자원 참군하여 적을 무찌르는 내용의 가요, 참군한 친인들을 그리면서도 그들의 선택을 지지하는 내용의 가요, 일제침략 하에 민중들이 겪는 고초를 그린 가요 등이 있다. 이러한 작품들은 대개 항일선전의 수요에 맞추어 유명한 작가 또는 신진 문예공작자들이 옛 민간예술 형식에 새로운 시대의 주제를 주입시켜 창작한 것들이다. 이렇게 창작된 가요는 구전, 전단, 신문과 잡지, 군중공연 등 여러 가지 형식을 통해 전해지면서 민간에서 인정을 받게 되었다.

설창문학은 평서(評書), 고사(鼓詞), 재담[相聲], 쾌판(快板), 추자사(墜子詞)

등 민간예술형태로서 항일전쟁시기 문예전선의 메가폰이었다. 이러한 통속문학은 설(說)이든 창(唱)이든 아니면 설창이 결합된 형식이든 모두 편폭이 짧고 통속적이며 스토리성이 강하기에 현지 백성들이 가장 환영하고 즐기는 예술형식이다. 설창문학의 담장자는 소수의 민간예인 외에 '문장하향, 문장입오'의 구호에 호응하여 스스로 항일선전공작에 투신한 신문예 공작자와 아마추어 작가들이 다수였다. 이러한 작품들은 끊임없이 구두표현 또는 서면 형식으로 발표되어 항일선전의 중요한 예술부류가 되었다. 이 부류의 작품 내용들은 대부분이 중국군인과 민중들의 항일과 한간을 제거하는 영웅적 사적들이고 민족해방을 위해 분투하는 영웅적 행위를 노래하고, 일제와 매국적인 한간들이 하늘에 사무치는 죄악에 대한 폭로로 일관되었다. 대표작으로는 노사의 고사 「왕꼬마 나귀를 몰다(王小赶驢)」, 「신'전와와'(新'拴娃娃')」, 조경심의 고사 「평형관」, 「8백영웅(八百英雄)」, 풍옥상의 쾌판 「등현을 지키다(守滕縣)」, 「소영웅」, 임서의 평서 「풍영장의 석궁산대첩(馮營長大戰石弓山)」, 호우준의 창사 「학생군이 한간을 생포하다(學生軍活捉漢奸)」 등이 있다. 객관적으로 볼 때 이러한 작품은 당시 민중들의 사상문화 수준과 항일선전의 수요에 맞추었기에 총체적으로 작품의 선전 교조적 색채가 비교적 농후한 바, 특히 개념화정도가 비교적 강하여 실제적 기능이 그 예술적 가치를 훨씬 초월했다.

통속고사와 통속소설은 전시에 아주 크게 발전했다. 작가들은 대중의 낭독습관과 수용능력을 중요시하면서 중국 민족소설의 전통적 예술특색을 고양하는 기초에서 새로운 출로를 개척하는 일환으로 구예술 형식을 이용하여 새로운 시대적 내용을 담아내는 데서 적극적인 노력과 성과를 보였다. 이러한 작품들은 일반적으로 인물의 언어와 행위를 통하여 인물의 성격을 표현하는데 스토리는 비교적 간단하고 앞과 뒤가 조응을 이루며 서사의 발전이 디테일하고 논리적이며 언어가 통속적이고 명백했다. 이러한 특징은 중국 신소설의 민족화와 대중화에 적극적인 역할을 했다. 대표작으로는 장한수(張恨水)의 「81몽(八十一夢)」, 구양산의 「유혈기념장(流血紀念章)」, 노사의 「오누이 종군(兄妹從軍)」, 진지양의 「철도를 허물다(拆鐵道)」, 호신(胡晨)의 「산동호한」 등으로 민간에 널리 전파되었다. 총체적으로 대부분의 통속소설과 통속적인 스토리는 구조가 너무 간단하고 인물 부각이 그리 섬세하지 못한 바, 특히 개념화 정도가 너무 강하여 예술적으로 치명적인 결함이 되었다. 그럼에도 불구하고 이 부류의 작품들은 민중의 들끓는 전투열정과 일제에 대한 극도의 분노를 표현했고 민족해방운동을 반영했으며 민중의 마음의 소리를 전달하여 시대를 관찰하는 한 거울이 됨으로써 항일선전에서 대체불가한 역할을 했다.

대후방의 문학이 '항정을 위하여', '민족해방을 위하여' 봉사한다는 주제를 둘러싸고 전개되었으며 광대한 민중들이 가장 주요한 독자군체이다. 이 시기 문학의 가장 현저한 특징은 대중화와 통속화였다. 이에 수반된 문학의 언어는 통속화와 구어화의 지향이었다. 「반 수레의 밀짚이 모자라다(差半車麥秸)」는 요설은의 데뷔작으로서 항일전쟁 초기문학의 중요한 수확이었으며, 노언(盧隱)의 「우리의 나팔」 역시 그 시기의 대표작이다. 두 작품은 형명전쟁 과정에서 소인물의 성장과정을 그렸는데 그 선전성은 아주 뚜렷한 것이었지만 서사 언어나 인물의 대화 등에서 모두 간결하고 생동한 구어들을 사용하였다.

통속문학의 대상은 교육정도와 문화수준이 높지 않으며 심지어 지면매체를 통해 지식을 획득할 수 없는 독자까지 포함되어 있었다. 따라서 언어 사용에서 가급적이면 통속적이고 명백하며 간단해야만 구두표현이나 서면낭독의 형식으로 군중에게 접수될 수 있었다. 항일전쟁시의 통속문학의 구어화와 대중화 정도는 아주 높아 민중들이 익히 알고 있는 구어로 창작되었고 방언이나 토속적인 언어로 된 창작도 보편화되었다. 가령 왕영소의 방언낭송시 「상소야(祥少爺)」, 민간예인들이 부르던 사천 청음 「5경탄국정」, 구양산의 통속소설 「유혈기념장」 등이 그 대표작들이다. 이러한 작품들은 비록 '문학은 항전을 위해 봉사해야 한다'는 취지에서 이탈할 수 없다고 하지만 교화적 내용으로 넘치고 사상예술가치도 총체적으로 볼 때 그리 높지 않았다. 하지만 이러한 작품들은 민중들이 익히 알고 있는 통속적인 구어로 창작되었기에 친절하고 자연스러우며 읽기 쉬워 아주 좋은 느낌을 주었다.

기타의 문학제재와 달리 시가는 원래부터 함축, 온화, 우아함과 낯설게 하기의 특징을 지니고 있었다. 그러함으로써 독자의 감지시간을 연장하여 천천히 음미할 수 있는 시적 경지를 낳을 수 있다. 전시의 시가는 시인의 현실 공리적 시도, 그리고 당시 사회적 환경이 시인의 언어와 예술적 추구에서의 탁마를 허용할 수 없었기에 역시 구어화와 통속화 경향을 보였다. 이 점에서 '5・4'시기의 일부 '예술을 위한 예술'파 시인의 작품도 예외가 아니었다. 그들은 민중의 구어 심지어는 방언을 대량적으로 수용하여 보다 많은 사람들이 읽고 가창하고 전할 수 있는 시가작품을 창작하기에 주력했다. 일부 작품은 낭독과 가창이 모두 가능하였는데 전간, 하경지의 일부 시작, 변지림의 「공군전사(空軍戰士)」, 하녹정의 「유격대가」, 원수박의 「즉흥시 2수(卽興詩兩首)」, 대망서의 「원일축복(元日祝福)」 등이 그 전형들이었다.

마범타(馬凡陀)의 산가는 신시의 민족화, 군중화에서 새로운 실험으로 비교적 좋은 효과를 거두었다. 작가는 민가, 민요, 동요에서 예술적 경험을 흡수하여 5언, 7언 등 대중들이 즐기는 시가형식으로 소박하고 통속적인 언어를 이용하여 독특한 풍격과 신선하고 활발한 산가를 형성했다. 일부 시가는 가곡으로 편성되어 민주운동 가운데 널리 가창되었으며 일부 시가는 극으로 개편되어 공연되기도 했다. 요컨대 마범타의 산가는 시가창작에서 일종의 새로운 진보적 경향을 대표한 것으로 당시 진보적인 간행물에 그의 창작에 대한 긍정과 칭송의 글이 대량 게재되었다.

제4절 해방구의 민족화와 대중화 문학사조의 심미적 특징

해방구문학은 진정으로 인민대중에게 속하는 문학으로 군중성과 민족화 및 대중화의 길을 개척함으로써 중국 신문학에 파격적인 공헌을 했다. 대중화는 일찍이 중국 신문학이 제출한 과제, 가령 '5·4'시기의 '평민문학', 좌련시기의 '대중문학' 등인데 효과는 그리 현저하지 못했다. 항일시기 모택동이 창도한 "중국 백성들이 즐겨 듣고 보는 중국 작풍과 중국 기상", '민족형식', '당팔고 반대'과 그 후 진일보 "농공병을 위해 창작하고 농공에게 이용되는" 등 일련의 주장은 해방구에서 열렬한 호응과 진지한 실천을 확보하게 되었다. 작가와 예술가들은 틀을 버리고 군중과 그들의 언어, 사상감정, 문학예술, 감상습관과 표현형식을 배웠다. 그리하여 군중과 도저히 융합할 수 없던 곤경에서 벗어나 "옷은 노동인민의 옷이요 얼굴은 오히려 소자산계급 지식인의 얼굴" 상황과 서구화된 언어, "학생티의 어조"를 극복하고 군중 속에 내재된 심후한 미적 보물을 발견했으며 그것으로 흙냄새와 현대적 분위기를 아우르는 소설, 시가, 희곡, 보고문학 등 참신한 작품들을 창출했다. 그 외에 그들은 또 군중을 조직하여 창작운동을 전개했는데, '홍1방면군 장정기', '연안의 5월', '기중1일(冀中一日)', '777' 등 응모작활동, 설창문학과 신양걸의 부흥을 조직했다. 전문가와 군중의 결합은 민족화와 대중화의 생동한 면모와 오직 해방구에서만이 가능한 중국 신문학사의 새로운 움직임을 보였다.

해방구문학은 전쟁과 농촌이란 환경 속에서 그 한계점과 곤란이 있었다. 하지만 이는 해방구 작가와 예술가로 하여금 민족화와 대중화에 대한 탐구를 보다 자극했으며 가장 심후한 토양에서 진품을 발굴하고 가장 간거한 조건속에서 여전히 진지한 창작에 임할 수 있도록 격려했다. 농후한 생활적 정취와 독특한 민족풍격을 갖춘 시대의 새로운 작품의 창출은 인위적인 한계를 신속하게 극복하고 국내외 전문가와 광대한 독자들의 인정과 찬양을 얻게 되었다. 「백모녀」, 「왕귀와 이향향」, 「이유재판화(李有才板話)」, 「무적3용사(无敵三勇士)」, 「이용의지뢰진(李勇大擺地雷陣)」, 「연꽃늪」, 「태양은 쌍간하를 비춘다」, 「폭풍취우」 등의 작품은 그에 대한 훌륭한 증명이다. 비록 장시기 동안 전쟁과 농촌의 환경에 처해 있었지만 해방구문학은 밀폐공간에 안주하면서도 세계와 거리를 둔 것이 아니라 가급적이면 여러 방면에서 타산지석을 구했다. 그들은 소련문학의 혁명정신, 서양문학의 민주적 정화를 동시에 수용했고 극히 어려운 조건 아래 연안과 각 대형 항일근거지에서는 많은 외국문학과 희곡작품을 출판, 공연, 소개했다. 당시에 이미 중국에 수입된 일부 현대파 사조 또한 해방구에서 적지 않은 시장을 확보했다. 이는 해방구문학이 맹목적으로 타자를 배척하거나 서양을 숭배하지 않고 시종일관 유익한 부분에 착안하여 중국문학의 민족화와 대중화에서 과학적인 태도를 취했다는 점을 말해준다.

역대로 문인과 위대한 시인작가들은 모두 민중들 속에서 자양분을 섭취하여 민족의 걸출한 대표로 성장했던 바, 이는 민간문학은 시종 문예발전의 원천이었다는 점을 말해준다. 그럼에도 불구하고 민간문학은 항상 문인들의 '아문학'보다 한층 낮은 것으로 간주되어 공식적인 장소에서 배제되는 상황이었다. 구시대에 민간예인들은 주로 기예를 파는 것으로 생계를 유지하면서 떠돌이 신세를 면하지 못했다. 하지만 그들은 그러한 어려운 곤경에서 끊임없이 대중화된 민간문학을 전승하고 창조하면서 위대한 민족의 문화재부를 존속시켰다. 1942년 모택동이 「강화」를 발표하여 신문예공작자들이 농공병과 결합하고 인민에게 배우며 그들의 문예창작을 배울 것을 호소하기에 이르러 민간문학은 비로소 중시대상으로, 진지한 학습의 대상으로 부상되었다. 그리하여 설창문학, 서사장시, 희곡 등의 영역에서 혁신의 붐 및 '기중1일' 등 군중적 창작운동이 발발했고 민족화와 대중화의 예술풍격이 점차 두드러지게 나타났다. 그 외에 소설창작 영역에서 민족화와 대중화를 아주 훌륭하게 실현한 성과로서 민중들이 즐기는 일련의 작품, 조수리의 「쑈얼허이의 결혼」, 「이유재판화」, 「이가장의 변천(李家庄的變遷)」, 손리의 「연꽃늪」, 정령의 「태양은 쌍간하를 비춘다」, 주립파의 「폭풍취우」, 마봉(馬烽), 서융(西戎)의 「여량영웅전(呂梁英雄傳)」, 공궐(孔厥), 원정(袁靜)의 「신아녀영웅전(新儿女英雄傳)」, 류청(柳靑)의 「파종기(播种机)」, 구양산의 「고간대(高干大)」, 초명(草明)의 「원동력」, 류백우(劉白羽)의 「무적3용사」, 「정치위원」, 소자남(郡子)의 「지뢰진」, 가람의 「양철통의 이야기」, 왕희견의 「지복천번기(地覆天翻記)」, 화산(華山)의 「닭꼬리편지(鷄毛信)」, 관화(管樺)의 「우뢰는 죽지 않았다(雨來沒有死)」, 강탁의 「나의 두 집 주인(我的兩个房東)」, 「봄에 심고 가을에 거두다(春种秋收)」, 마가(馬加)의 「장산촌 10일(將山村十日)」과 「지지 않는 꽃(開不敗的花)」 등이 나타났다. 해방구 생활의 여러 측면의 전투에서 일상생활에 이르기까지, 장군에서 백성에 이르기까지, 사회변혁에서 인간의 정신적인 변화에 이르는 모든 영역을 제때에 반영한 이러한 소설들은 민중뿐만 아니라 지식인들 사이에도 널리 읽혀졌다.

해방구 소설은 대개 예술적인 기요에 승부수를 두는 것이 아니라 생활의 표현, 인물의 진실성으로 독자들을 감동시켰다. 이는 반드시 빼어난 점은 아닐지라도 해방구 단편소설 창작의 뛰어난 특점의 하나이다. 해방구 소설의 표현수법은 비교적 소박하고 생동한 것으로서 작가들은 인민대중들의 감상습관과 예술적 기호에 따르고 민족 민간문학의 형식을 배우고 운용하여 일정한 성취를 이룩했다. 일반적으로 해방구의 단편소설은 구조가 비교적 완벽하고 서두와 결말이 조화를 이루며 스토리가 명백하기에 서사성과 스토리성이 뛰어나다고 해야 할 것이다. 일부 작품들은 인물의 부각에 주력했지만 주로 이야기 속에서 인물의 성격을 전개하고 작가 또한 이야기를 떠나 인물의 외모와 심리활동이 무시되고 더구나 경물묘사는 보기 힘들었다. 이러한 작품은 비교적 농민독자들이 즐기는 스타일이다.

조수리는 해방구의 대중화, 통속문학의 가장 대표적인 작가이다. 조수리는 농촌출신인 동시에 지식인으로서 해방구에서 줄곧 기층공작을 책임지고 있었기에 중국의 농민에 대한 깊은 요해가 있었고 농촌생활에 깊은 뿌리를 두고 있었으며 농민과 같이 희로애락을 겪었다. 그의 작품은 두 가지 특징, 하나는 현재 농민들의 절박한 요구를 반영한 것이고 다른 하나는 독창적으로 발전시킨 민족적, 대중적 신형식을 보유하고 있다. 그는 스스로 자기 소설을 '문제소설'이라고 했는데 그것은 농민의 요구에 대한 반영을 가리키는 것이다. 그의 민족적, 대중적 형식은 일반적으로 중국 전통소설 기법을 위주로, 즉 서술을 위주로 서술과정에서 묘사를 전개하면서 언제나 스토리의 전개과정에서 인물의 성격창조를 완성했다. 물론 이는 예술적으로 일정한 한계가 있지만 그는 그것을 개의치 않았다. 따라서 그의 「쇼얼허이의 결혼」 이후 연속 창작된 작품은 과거에 볼 수 없었던 풍격으로 독자들의 경이로움을 자아냈다. 깊이 있는 사상, 생동한 인물 등은 새로운 민족화, 대중화 작품의 본보기를 보임과 아울러 전통소설과 밀접한 연관을 가지면서 전연 새로운 대중문학을 창출했다.

1943년 5월 조수리는 자신의 명성을 이룩한 「쑈얼허이의 결혼」에 이어 10월에 다른 한 대표작 「이유재판화」를 선보였다. 그 후로 가작들이 연속선을 보였는데 「내내왕왕(來來往往)」, 「맹상영번신(孟祥英翻身)」, 「장판(地板)」, 「이가장의 변천」, 「양곡을 재촉하는 관리(催粮差)」, 「류일화와 왕계성(劉一和与王継圣)」, 「소경리(小經理)」, 「사불압정(邪不壓正)」, 「대물림보배(傳家宝)」, 「전과부 참외를 지키다(田寡婦看瓜)」 등등이 그러한 것들이었다. 조수리의 신문학소설에서 인물계열에는 번신한 농민들로 휘황하고 새로운 형상들이 창조되었는데, 그들은 대담하고 애증이 분명하며 미래에 대한 자신감이 충만되어 새시대 농민들의 정신적 면모를 보였다.

한편 속위(束爲), 마봉, 서융도 사상과 예술적으로 조수리와 아주 유사한 일면을 보였는데, 모두 최하층 출신으로 민족화와 대중화를 추구하고 있었다. 신시기 이래 그들은 기타 산서의 작가 및 조수리와 함께 '산약단파(山藥蛋派)'로 불렸다. 하지만 그들은 사상적으로 조수리처럼 깊지 못하고 예술추구의 과정에서도 조수리처럼 곡절을 겪지 못했다. 전반적으로 그들은 모두 활기차고 작품 속에서 생동하고 새로운 인물을 부각시켰다는 데에서 공통점을 찾을 수 있다.

그 외에 해방구의 중, 장편소설 영역에서는 인민무장력의 항일투쟁에서의 성취를 표현하는 면에서 일부 대작들을 선보였다. 『양철통의 이야기』, 『여량영웅전』, 『신아녀영웅전』 등이 그러한 작품들인데 공통의 특점은 사상적으로 혁명적 낙관주의와 영웅주의를, 예술형식에서는 통속적이고 쉽게 이해할 수 있다는 것이다. 그들은 기본적으로 통속문예에 속하지만 예술적으로 현저한 제고가 있었다. 그 취약점 또는 결함은 때로 통속문예 형식이 초래한 것으로서, 가령 인물의 부각에서 전형화의 부족, 스토리의 일반화, 현실투쟁에 대한 반영의 세밀함과 심각성 부족 등이 그러한 것들이다. 하지만 총체적으로 볼 때 당시의 혁명과 독자들의 수요에 적응했기에 열렬한 환영을 받았으며 소설창작의 민족화와 대중화 과정의 한 시험이라고 할 수 있다.

설창문학은 민간문학의 일부분으로 민간예인들이 전승자와 전문공연을 담당한 구두문학이다. 민간예인, 가수는 민족민간문학의 전승자와 창조자로서 연창기술이 뛰어나다. 어릴 때부터 설창기예를 터득한 그들 대다수는 민간시학을 장악하고 있기에 민간의 예술특색과 지방특색을 충분히 표현하여 민중들의 환영을 받았다. 이 점에서 설창문학은 장기간 신문학이 대중에게 수용되지 못하던 문제를 해결했다. 공궐의 「인민영웅 류지단(人民英雄劉志丹)」은 류지단을 노래하는 민가형식으로 창작되어 류지단의 일생을 그려냈다. 작자는 서정시 형식으로 서사를 풀어내면서 시로써 류지단의 이야기를 엮었고 신천유(信天游)의 곡조와 일부 속요의 곡조를 결합시켰고, 언어 역시 섬북의 시화된 언어를 사용하였기에 민중들에게 쉽에 받아들여졌다. 이밖에도 고사, 쾌판 형식의 작품들이 있었는데 모두 시편에 의거하여 인물, 스토리를 엮어냈고 설, 창의 여러 가지 조합형식을 채용했다. 이러한 작품들은 승리와 형세에 대한 보도식의 시편과 함께 예술적으로 거칠지만 인민들의 해방과 번신이라는 위대한 투쟁에 대한 역사적 기록의 한페이지로 의의가 있는 것이다.

모택동의 「강화」가 발표된 후 많은 시인들은 민가를 수집, 정리한 기초위에 대중화, 통속화의 예술풍격을 탐구하면서 창조적으로 섬북민가의 '신천유' 및 기타 민가의 예술형식을 차용하여 군중의 환영을 받는 작품들을 창작했다. '신천유'는 일종 서정적 민가체식으로 일반적으로 2구로 1절을 이루며 매절마다 상대적으로 완벽한 뜻을 담는다. 하지만 그 대표작인 이계(李季)의 「왕귀와 이향향」은 비록 2구로 1절을 이루었지만 몇 절로 한 정경 또는 한 사건을 표현하면서 수백 개의 절을 장으로 이어서 장편적 이야기를 서술함으로써 '신천유'라는 민간체 생활표현의 수용량을 확대했다.

희곡의 개혁에서도 돌출한 성적을 취득했는데, 우선 해방구의 희곡창작에서 농공병의 여러 유형의 인물을 희곡의 주인공으로 하고 노동민중의 구어를 희곡의 언어에 이용하기 시작하면서 희곡이 표현하려는 사상감정이 점차 중국민중들과 일치를 이루게 되었다. 그리고 혁명현실주의 창작방법의 활용에 주력하면서 노동민중의 전형적인 형상을 부각하고 무산계급의 사상을 전파하는 것을 목표로 삼고 희곡의 형식에서도 노동민중의 감상습관에 적응하려는 노력을 보였다. 그리하여 외국에서 전해온 희곡형식은 사병과 광대한 농민군중들이 사랑하는 희곡형식이 되었다으며, 민족풍격을 지닌 가극 「왕수란(王秀蘭)」 등 우수한 작품이 출현했다. 섬간녕변구에서는 신 양걸극운동이 나타나 민가의 곡조를 이용하여 창작한 대량의 양걸극이 나타났다. 이 극은 제재 선택, 정절 안배, 인물

부각, 언어 운용에서 음악가사의 창작, 곡보의 창신, 악기의 개진, 표현 방법과 형식에 이르기까지 모두 민간에서 널리 전해지고 있던 구식양걸을 기초로 대담하고도 섬세한 개혁을 거침과 아울러 일부 지방희곡의 우수한 점을 흡수하여 거기에 혁명적 내용을 추가했을 뿐만 아니라 내용과 조화로운 통일을 이룬 새로운 형식을 창출했다. 이러한 실험을 토대로 하여 1945년 4월 대형가극 「백모녀」가 나타나게 되었다. 이 극은 민가, 희곡과 외국가극의 장점을 종합하여 창조한 희곡으로 서양극과도 다른 민족적인 신가극이다. 비록 완벽하지 못하다고 할지라도 혁명적 사상내용과 군중들이 즐기는 형식으로 당시에 열렬한 환영을 받았다.

구희곡의 개혁에서도 항일전쟁시기 선전의 필요에 따라 각 해방구는 구희곡 형식의 이용에서 많은 실험을 했고 많은 극단들에서도 애국정신을 고취하고 외적의 침략과 폭행에 저항하는 내용의 구희곡들을 공연했다. 경극을 즐기고 희곡개혁에 주력하던 일부 문예공작자들은 역사유물주의 관점에서 역사적 제재를 정리하는 시범으로 신편 역사경극 「핍박으로 양산에 오르다(逼上梁山)」를 창작하여 관중과 당중앙의 긍정과 찬양을 얻었다. 모택동은 편지를 써서 작자 양소훤(楊紹萱), 제연명(齊燕銘)에게 축하를 표하면서 "이로써 구식극은 새로운 면모를 보이게 되었다.", "이는 구식극 혁명의 획기적인 발단이다."라고 고평했다. 그 후로 연안에서는 연이어 신편 역사경극 「축가장을 세 번 치다(三大祝家庄)」, 산동에서는 「목란종군(木蘭從軍)」, 진기노예 변구에서는 「망송감(亡宋鑒)」 등의 희곡작품들이 선을 보였다. 뿐만 아니라 현실생활을 반영하는 희곡, 현대극도 나타났는데 영향력이 비교적 컸던 것들로는 섭감녕의 친창 「피눈물의 원수(血泪仇)」, 「류쵸얼의 상소(劉巧儿告狀)」, 진기노예의 현대경극 「탕가한(蕩家恨)」, 동명소설을 개편한 희곡 「쑈얼허이의 결혼」 등이 있다.

第5절 민족화와 대중화 문학사조의 재사고

이 시기 문예의 민족화와 대중화에 대한 토론, 그 발전과 최종 문학사조를 형성하기까지 여러 가지 요소들이 작용했다. 망국멸종의 위기는 문예공작자들의 역사적 책임감을 자극했고 전쟁이 백열화됨에 따라 그들은 문학선전에 있어서 민중 힘의 중요성을 깨닫게 되었다. 선전적 역할에 치중했던 공리적인 문학으로서 그 수용자의 조건은 근본적으로 문학창작의 방향을 결정하기 마련이다. 모택동이 말하는 '인민대중'은 당시 "바야흐로 적들과 잔혹한 유혈투쟁을 하고 있지만 장시기에 걸쳐 봉건계급과 자산계급의 통치 아래 글자도 모르고 문화가 없기에 보편적인 계몽운동을 절실히 요구하며 시급히 필요되고 쉽게 접수할 있는 문화지식과 문예작품을 획득할 것을 절실하게 요구한다."[36] 이러한 목표를 이룩하기 위해 문예공작자들은 필연적으로 인민대중에게 보다 잘 수용될 수 있는 형식과 내용을 선택하게 되고 이러한 선택은 문예공작자가 문예창작의 실천에서 선택한 제재, 언어, 형식 등 문학적 요소가 꼭 민족화와 대중화적이라는 점을 결정한다. 그 외에 이 문학도로의 선택과 중국공산당의 추진 역시 긴밀한 연관이 있다. 전술했던 일련의 토론과 회의들은 모두 당시 문학의 방향에 커다란 영향을 미쳤다.

1. 국통구 민족화와 대중화 문학사조에 대한 사고

기타의 문학사조와 마찬가지로 국통구의 민족화와 대중화의 통속문학

36) 毛澤東,「延安文藝座談會議上的講話」,『毛澤東選集』第3卷, 人民文學出版社, 1991, pp.861~862.

사조 역시 심각한 역사적 연원과 현실적 근원이 있다. 중국 현대문학은 그 시작부터 선명한 민족화와 대중화 경향을 띠고 중국 고전문학의 민족화와 통속화의 두 맥락을 따라 발전했다. 환언한다면 중국의 문학전통에는 일찍부터 민족화와 대중화의 성격을 농후하게 포함되어 있었다. 민족화 전통은 굴원, 두보, 등을 대표로 하는 애국시인의 작품에까지 소급될 수 있으며, 대중화는 『시경』, 화본소설을 대표로 하는 민간문학작품에까지 소급될 수 있다. 여기에 아래와 같은 세 가지 문제는 사람들의 사고를 자아내는 것이다.

첫째, 가정과 국가에 대한 전통문인의 정감을 계승하여 각별히 강화했다. '5・4'신문화운동과 '5・4'신문학 선구자들은 문학을 사상계몽과 구국구민의 수단으로 삼고 국민정신의 해방만이 사회의 혁신과 진화를 실현할 수 있다고 생각했다. ≪신청년≫은 민주와 과학정신의 제창에 주력하면서 서양의 '덕선생'과 '새선생'을 청하여 "중국의 정치, 학술, 사상 면에서의 모든 암흑을 치료할 것"[37]을 주장했다. 루쉰은 이국에서 '새로운 목소리'를 찾아 '정신계의 전사'의 출현을 호소하면서 '중국의 침체'를 타파할 것을 주장했다. 구체적으로 문학창작에서 루쉰은 불후의 작품으로 깊이 있게 '국민성'을 해부하였고 곽말약은 포만된 격정으로 개성이 고양된 시작을 창작함으로써 조국의 신생을 호소하고 노래했으며, 문일다는 정겹게 애국의 정감, 민족정서를 노래하였다. 이러한 경향은 모두 '5・4'신문학이 자각적으로 민족화를 추구하고 있으며 많은 작품에서 농후한 민족의식이 넘치고 있었음을 보여준다.

전시의 특수한 사회와 시대적 환경은 신문학 작가들의 애국열정과 민

37) 陳獨秀, 「≪新青年≫罪案之答辯書」, ≪新青年≫ 第6卷, 第1號.

족의식을 전례없이 격발시켰고 그들로 하여금 자각적으로 민족생존을 위한 대오에 뛰어들게 했다. 그들은 포만된 열정으로 전쟁터의 민족영웅과 항전을 위해 묵묵히 기여하고 있는 지식인들을 노래하고 민족의 신생을 방해하는 반동세력과 부패한 통치를 맹렬하게 비판했다. 이러한 의미에서 국통구의 민족화와 대중화 문학사조는 중국 고전문학과 '5・4'신문학의 우수한 애국전통 및 '가국천하(家國天下)'의 민족의식을 계승하고 발전시킨 것이다. 사회적 역할에서 국통구의 민족화와 대중화 문학사조는 중국민중의 민족의식을 불러일으키고 중국민중의 애국열정을 격발시키며, 결사코 항전하겠다는 용기를 고무했고 민족의 생존과 갱신에 대한 신념을 견정히 하는 데 중요한 역할을 했다. 아울러 이는 전시의 항일과 장개석 반대의 선전에 훌륭하게 동조했으며 객관적으로 시대투쟁의 위대한 모습을 반영했다. 하지만 작가들이 과다하게 사회적 역할에만 치중했기에 절대 다수의 작품들은 문예의 미적 추구를 간과하여 극소수 작품 외에 대부분 예술에서 수준 미달이었다. 객관적으로 볼 때 유구한 애국전통과 강렬한 민족의식을 지닌 중국작가로서 전시의 특수한 사회적 배경의 강한 영향을 감안할 때 그다지 탓할 바도 아니다.

둘째, 중국 고대문학의 대중화, 통속화 전통이 '5・4'신문학에서 진일보 연장되고 발전했다. '5・4'신문학 작가들은 민간문학에서 자양분을 섭취하여 자신의 창작을 풍부히 하는 것을 아주 중요시했으며 이는 신문학 독자들을 양성하고 객관적으로 신문학의 민족화와 대중화 과정을 추진했다. 일찍이 1918년에서 1925년까지 ≪북경대학일간≫의 '가요선(歌謠選)', ≪가요≫ 주간을 시작으로 류반농, 호적, 주작인 등 '5・4'시기의 지식인들은 가요응모와 연구운동을 전개했다. 그 후에 수많은 잡지와 지식인들이 "가요"를 위주로 하는 민간문학과 문화에 깊은 주목과 흥미를 보이기 시작했다. 가장 먼저 백화시를 창작한 호적은 가요문학의 표현형식의 차용에 주목하였고, 류반농은 가요의 수집과 정리에 주력하면서 사상내용에서 형식, 심지어 심미관념에 이르기까지 민간가요를 따랐다. 류대백(劉大白), 강백정(康白情), 심윤묵 등의 시인들 역시 창작에서 민간화와 통속화 경향을 드러냈다. 좌익시기 문학의 대중화, 통속화 경향은 한층 더 뚜렷했던 바, 특히 '문예대중화 문제'가 제출된 이후로 비록 그것이 문학의 외적 사회역량의 소위라 할지라도 필경 문학이 독자에게 한걸음 더 다가서게 했다. 마찬가지로 국통구의 문학도 '5・4' 신문학과 좌익문학의 대중화와 통속화 조류의 연장이었다. 형식과 언어면에서 민간문학의 자원에 관심을 가지고 항전문학에 신선한 내용을 주입하려고 했으며 최대한으로 문학을 민중의 생활과 독자에게로 접근시켜 '항전을 위해 봉사'하는 문학의 목표에 도달하려는 것이 이 시기의 뚜렷한 움직임이었다.

셋째, 신문학의 유명한 작가이든 신문예 공작자이든 아니면 민간 예인이든 기본적으로 모두 민간예술 형식의 활용에 능란했으며 생동하고 질박한 민간의 구어에서 유익한 예술적 자양분을 섭취했다. 이는 '5・4' 신문학 이래 언어의 서구화 경향을 잘 교정했고 신문학의 표현형식과 문학용어를 풍부하게 했으며 신문학작품의 표현력과 감화력을 강화했다. 국통구문학은 형식예술과 언어예술에서 모두 민간의 요소에 주목하여 신문학의 민족화 정도를 강화했으며 신문학으로 하여금 가장 광범위한 민중에게 접근하도록 하여 항일선전, 사기의 고무, 투지의 격발 등 사회적 역할을 절실히 행사하게 했다. 비록 수작이 많지는 않았지만 장한수의 「81몽」, 노사의 「오누이 종군」, 원수박의 「사람이 개를 물다(人咬狗)」 등은 민간문학의 내용과 형식에 따른 높은 예술수준에 달한 작품이다. '5 · 4'시기 문학이 민간을 향한 수용에서 단지 수집과 정리에 머물렀다면 민간문학에 대한 전시 국통구문학의 수용은 전면적인 모방, 실천과 함께 최종적으로 통속적이고 이해가 용이하며 공식적인 장소의 진출도 가능한 작품, 민간적 풍격과 민족적 특색을 동시에 갖춘 신문학의 가작을 창출하기에까지 이르렀다.

요컨대, 이 시기 국통구의 민족화와 대중화 문학사조의 현저한 성취는 충분히 긍정할 만한 것들이었다. 하지만 일부 작가들이 민간문예작품의 내용에 대한 개념 바꾸기, 구호적인 내용에서 벗어나지 못하고 형식상 아무런 창신적인 면모가 없었던 것들은 결함이었다. 심지어 민간언어에 익숙하지 못하여 민간문예의 형식 차용에서 속아가 분명하지 못한 이상한 모양새의 작품도 없지 않았다. 이처럼 부족과 결함이 있었지만 국통구문학의 민간문예자원에 대한 탐구는 충분히 긍정할 필요가 있다.

2. 해방구 민족화와 대중화 문학사조에 대한 사고

반세기전 해방구에서 흥행한 민족화와 대중화 문학사조를 어떻게 이해할 것인가? 문학계에서는 상반된 두 가지 견해, 단순칭송과 완전부정의 태도가 있다. 아무런 사고와 감식도 없이 단순히 칭송만 일삼는 것은 과학적인 태도가 아니지만 해방구문학 전반을 아무런 가치도 없다는 것으로 판단하는 것도 경솔하고 유해무익한 태도이다. 선배작가들과 무수한 아마추어 작가들이 생명과 선혈로 창조한 해방구문학에서 미흡한 점은 부인할 수 없다. 하지만 당시 풍부하고 다양하며 생동하고 독특한 문학의 다원적 형태를 보였는데, 문제는 시대와 당시 인식에서의 제한으로 일부 문학풍격의 작품이 충분한 발전을 이룩하지 못했다는 점인데

이는 해방구 작품에 대한 연구실천에서 시종 의식해야 할 기본문제이다.[38)]

우선, 해방구의 민족화와 대중화 문학사조는 20세기 중국문학사가 전쟁환경과 밀접한 관계를 이룬 특수한 단계의 존재이다. 민족위기의 시대에 문학예술은 자신의 일부 '특수성'을 희생하고 선전과 선동을 전개함으로써 위기에 처한 민족 구출사업과 역사발전을 위해 거대한 추진작용을 일으켰다. 이는 어느 시점에서나 모두 긍정을 받아야 할 점이다. 그 시대가 해방구문학이 필연코 중국의 전통문화와 혈맥관계를 맺도록 결정했으며, 항전시기 민족역사의 휘황함을 찬미하는 것으로 민족의 자신감을 제고하여 혈전에 있는 군민에게 민족의 생기를 부여하는 것은 당연한 것이었다.[39)]

다음, 해방구의 민족화와 대중화 문학사조는 일정한 역사시기의 산물로써 특정한 시기 사회생활의 반영이다. 엥겔스는 미학의 역사적 표준으로 예술적 법칙을 규정하면서 일정한 시대의 정치, 철학 등 의식형태로 구성된 사회환경과 문예환경은 문예의 발생과 발전을 결정하거나 영향을 끼친다고 했다. 해방구 민중에게 보편적으로 환영을 받았던 해방구문학은 민족, 민주 혁명전쟁의 과정을 진실하게 반영함으로써 해방구의 광대한 민중들의 문화생활에 활력소를 주입했을 뿐만 아니라 해방구 문화 건설을 추진했고 보다 중요한 것은 민족, 민주 혁명전쟁의 승리를 위해 유력한 정신적 무기를 제공했다.

그 다음, 해방구의 민족화와 대중화 문학사조는 무산계급 문예사조 운동으로서 중국 현대문학의 발전과 사회주의 문학건설을 위해 풍부하

38) 劉增杰, 『中國解放區文學史』, 河南大學出版社, 1988, p.8.
39) 劉增杰, 『中國解放區文學史』, 河南大學出版社, 1988, pp.1~2.

고 소중한 예술적 경험을 누적했던바 간과할 수 없는 영향을 끼쳤다. 신중국이 성립된 초기 농업합작화를 진실하게 반영한 많은 작품들, 1960년대에 혁명역사를 재현한 대량의 소설들, 이 시기 장기간 민중들의 마음에 억눌려 있던 분노와 불평을 털어놓았던 '상흔문학'과 열정적으로 '4개현대화' 건설의 개척자, 창업자를 찬양했던 '개혁문학' 등은 여전히 1940년대 해방구의 민족화와 대중화 문학사조와 일정한 연관이 있었다. 따라서 등소평은 전국 제4차 문예공작자대표대회에서 무산계급 문학예술 발전의 특수한 규칙에 근거하여 재차 "인민은 문예공작자의 모친으로서 일체 진보한 문예공작자의 예술생명은 인민과 혈육적인 연계에 있는 것이다. 이러한 연계를 망각하거나 간과하거나 혹은 끊어버린다면 예술생명은 즉시 고갈되고 말 것이다."라고 강조했다.

물론 해방구 민족화와 대중화 문학사조의 가치와 의의를 긍정하는 동시에 그 부족한 점과 부정적인 영향도 파악해야 한다.

우선, 역사산물로써 반드시 일정한 시간, 지점과 계급적인 한계가 있으며 그 진리성도 상대적인 것이다. 당시 문예공작자들의 사상관념이 도를 넘치게 일치하고 강화되었으며 제재, 주제 범위까지 협소하여 작가들의 시야와 사상의 확장 및 재능 창조의 공간은 모두 제한을 받을 수밖에 없었다. 이는 작품의 예술형식과 풍격의 다양성 결핍에 반영되었는데 "결과는 42년 이후 해방구 작품에 거의 서정시, 서정산문이 없었으며 제1인칭으로 된 소설도 아주 드물었다. 오직 객관적인 묘사에 치중한 서사시, 보고문학과 비교적 스토리성이 강한 소설뿐이었다. 이러한 작품에는 소자산계급인 지식인제재를 반영한 것이 극히 드물었는데, 설사 있다고 할지라도 비웃거나 비판의 대상이 되었을 뿐이다."[40]

다음, 해방구 작가들은 모두 과감하게 자기의 주체의식을 드러내지 못하고 개인 특유의 재능과 예술적 개성을 한정된 제재와 양식 내에 함몰시켰기에 작품은 다양한 색채를 잃어버리고 일정한 정도의 '빈혈증'을 초래했다. 인물전형의 부각에서 반영된 상황은 더구나 낙관적일 수 없었던바, "거의 모든 작품에 하나의 밀폐된 사상체계를 설정해 놓았고, 주동인물의 정신발전의 종지성과 반동인물의 사상발전의 고정성은 인물의 정신적 발전을 위해 특정한 지점을 정해놓았으며, 인물형상의 전형적 의의 역시 작가가 묘사하는 특정한 투쟁, 특정한 시대와 환경 속에 고정시켰다."[41] 그리하여 인류사회와 정신문명의 역사적 발전의 높이에서 그 전부의 의미를 구현할 수 없었다. 형식상에서 반영된 경직화된 추세 역시 민중의 다방면의 예술적 욕구를 충분히 만족시킬 수 없었다. 40년대 해방구문예의 한계는 후에 직접적으로 제재의 뇌동성, 인물의 도식화, 주제의 동일화 등 불량한 결과를 초래하여 엄중한 역사적 교훈을 남겼다.

3. 민족화와 대중화 문학사조에 대한 총체적 사고

민족화와 대중화는 하나의 문학적 추세로서 중국 현대문학사 전반에 일관되어 있다. '5・4'신문화운동, '좌익문학'에서 '항전문학'에 이르기까지 이 문학적 추세는 추상에서 구체적으로, 이론에서 창작으로 이어져 민족위기를 구출하는 항일전쟁과 해방전쟁에서 기세 높은 문학사조를 형성했다. 이 사조의 기복은 자체내지는 시대의 휘황을 창조하는 한

40) 王瑤, 「從現代文學的發展看"在延安文藝座談會上的講話"」, ≪社會科學戰線≫, 1982年 第4期.

41) 王富仁, 「在广闊的世界性聯系中開辟民族文學發展的新道路」, ≪中國現代文學研究叢刊≫, 1985年 第1期.

편 우리에게 반성하지 않을 수 없는 문학, 문화내지 사회역사적 과제를 남겼다. 이 점은 아래와 같은 몇 개면으로 개괄할 수 있다.

1940년대의 국통구, 해방구 문학현상으로 볼 때 이 사조의 충분한 발전은 중국 신문학으로 하여금 전례없이 민족국가, 인민대중과 밀접한 연관을 맺도록 했다. 그리하여 항전과 해방전쟁의 준엄한 형세에서 민족독립과 민중해방의 역사적 과정을 추진하고 동조하게 했다. 이 시기는 문학이 항전과 번신해방을 창작목표로 삼고 인민대중의 일상생활, 사상, 감정을 심도있게 그려내며 문학의 형식으로 민중을 항전과 번신사업의 동원에 주력할 것을 요구했다. 한편 이 시대는 지식인들이 민중속으로 들어가 그들의 생활, 학습과 언어를 배우고 민간문예의 우량한 전통을 흡수하며 인민들이 즐기는 민족의 신형식을 창조하여 문예가 광대한 민중의 민간문예전통에 깊이 뿌리내리도록 할 것을 요구했다. 조수리, 요설, 손리 등의 작품은 모두 다른 차원에서 민중의 각종 생활, 정신적 면모를 반영하는 데에서 비교적 높은 성취를 이룩했다. 하지만 도에 넘치게 "문예는 혁명적 정치를 위해 봉사해야 한다.", "문예는 농공병을 위해 봉사해야 한다."를 강조한 결과 문학발전의 편면성을 초래하여 문학의 정치성과 예술성, 농공병 생활과 지식인의 심리, 전통예술형식의 계승과 예술기법의 현대화 요구, 통속과 우아함의 문제 등에서 종종 전자를 강조하고 후자를 간과하게 되었다. 그 결과는 이 시기의 문학을 단일하고 편면적이며 점차 경직화된 지경으로 빠뜨렸다. 여기에 아래와 같은 몇 가지 면이 포괄된다.

1940년대 민족화와 대중화 사조는 종적으로 볼 때 계승과 개척의 역할을 일으켰다. 우선, 문학의 민족화와 대중화 운동은 '5・4'신문화운동, 30년대 '좌익문학'의 민족화와 대중화문학사조의 계승과 충분한 발전으로서 현대문학이 발생한 이래 줄곧 존재하던 서구화와 민중이탈의 폐단을 바로잡고 문학으로 하여금 진정으로 지식인의 협소한 세계를 벗어나 민중에게로 향하게 하여 중국 신문학의 현대화 과정을 추진했다. 다음, 이 운동은 신중국 성립 후 문학발전 과정에도 많은 영향을 끼쳤다. 한편으로 중국 사회주의 문학 건설을 위해 풍부하고 소중한 예술적 경험을 누적하여 신중국 성립 후 혁명역사를 재현한 대량의 소설, 신시기에 민중들의 울분을 털어놓은 '상흔문학'과 '4개 현대화' 건설의 개척자, 창업자들을 친양하는 '개혁문학' 등이 여전히 40년대 민족화와 대중화 문예사조와 일정한 연관을 맺도록 했다. 다른 한편 그의 일부 폐단과 부족한 점은 직접적으로 신중국 성립 후 문예계에 일부 '좌경'적 사유, 가령 호풍에 대한 비판, 「해서파관」에 대한 토론 및 창작 중 작품제재의 뇌동, 인물의 도식화, 주제의 경직화 등 불량한 현상을 초래하여 심지어 후기의 '문혁'문학에까지 영향을 미쳤다.

1940년대 민족화와 대중화 사조는 횡적인 면으로 볼 때 '전통'을 동조하고 '서양'을 거절했다.

우선, 중국 전통문학과 민간문예 자원의 문제에 있어서 문학은 '항전', '번신해방', '인민대중'을 위해 봉사한다는 구호 속에서 전통문학과 민간문학에 대한 학습과 차용이 붐을 일으켰다. 이론가, 문학가들은 모두 전통의 발굴, 특히 전통 민간문학의 발굴, 가령 고사, 속요 평서 등 구형식에 대한 발굴을 제창했다. '구형식 이용', '민족적 신형식 창조'에 관한 이론적 제창과 창작실천은 전반 문단을 휩쓸었으며 따라서 이 시기는 '복고시기'로까지 불릴 정도였다. 신문학은 탄생한 이래로 외국문학의 영향권에 있었는데 이번 본토에서 내원한 민간문화, 민족전통의 추진은 특수한 가치가 있는 것이었다. 한편 중국 전통문예는 신문예의 계시 아래 발발하고 부흥함과 아울러 민간문예의 원시적인 창조활력은 현대 신문학을 보완하고 풍부히 했다. 다른 한편 전통문학 자원으로 볼 때 민간문학 전통 및 농민에 대한 도에 넘친 강조는 상대적으로 중국 전통문학의 정통적이고 우아한 '엘리트'자원을 간과한 일면을 조성하여 문학은 불가피하게 다른 한 극단, 즉 세속화의 일면이 강조되었다. 이러한 폐단은 1943년 즈음하여 해방구에서 창도했던 여러 차례의 군중적인 창작운동에서 일별할 수 있다. 이러한 군중적 창작운동은 모든 사람이 작가가 되어 문학창작에 참여할 것을 호소하고 문학이란 이 특수한 영역을 범화시켜 군중성적인 운동으로 발전시켰다. 이는 비록 문학의 '보급'에 유리하지만 문학의 본질적인 특성을 희생했다. 물론 민족화와 대중화의 핵심이 문학의 형식문제에 있는 것이 아니라 중화민족 수천 년의 민족정신, 민족의식의 발굴에 있는 것이라는 이해까지 도달했지만 창작실천에서는 일정한 한계점을 보일 수밖에 없었다.

다음, 외국(서양)의 현대문학 자원에 대한 태도 문제이다. 이 시기 서양의 현대문학 자원과 전통문예 자원의 태도는 선명한 대조를 이루었는데 학계의 이론과 창작실천은 모두 서양의 문예전통과 경험을 중요시하지 않았다. 비록 일부 비평가, 이론가들이 이론적으로 서양 현대문학의 가치를 승인하면서 중국의 민족적 대중적 신문학은 '5·4'의 우량한 전통을 계승함과 아울러 서양의 우수한 문학전통을 흡수해야 한다고 주장했지만 문학실천 과정에서는 대개 민족전통의 이용과 재창조에 치우치기 일쑤였다. 특히 해방구문학은 이 시기에 아주 보수적이었는데 이는 중국문학의 현대화 과정에 영향되는 문제였다. 오직 현대의식 조명 아래의 민간문화 전통만이 진정으로 '민족화', '대중화'가 될 수 있기 때문이다. 이 과정에서 가령 서양문화를 무시하거나 거절한다면 일정한 정도에서 중국문학의 현대성과 세계성이 단절될 우려가 있는 것이다. 여기서 언급된 서양 현대문학은 주로 구미의 현대문학 자원인데, 이에 반해 소련과 기타 피압박 속에 있는 약소민족과 국가의 문학은 당시 정계와 문단에서 긍정적인 평가를 얻고 있었다. 40년대 문학이 이렇게 중국 현대문학에서 현대성과 세계성을 단절시키는 관점은 편파적인 것이다. 당시의 민족화와 대중화 문학은 자체로 독특한 현대성과 세계성이 있는 것으로서 문학의 내용과 정신면에서 모두 세계 반파쇼문학의 불가결한 하나의 역량이었다. 따라서 문학예술 형식에서 소련과 기타 약소민족문학의 자양분을 섭취하였다는 점 또한 연구에서 간과할 수 없는 부분이다.

1940년대 민족화와 대중화 사조 자체는 독특한 의의와 모순을 동시에 내재하고 있다.

우선, '계몽주의 문학사조'가 항일전쟁, 해방전쟁 시기에 이르러 나타낸 변이로서 그 속에서 한 세대의 지식인들의 독특한 심리 변천이 엿보인다. 당시의 역사 문화적 환경에서 문예와 인민은 점차 동일화되어가는 과정인데 여기에는 정치적 요소의 역할 외에 지식인이라는 특수한 계층이 포섭된다. '가국천하'는 중국 지식인 특유의 정서로서 40년대 국가와 민족의 위기에서 지식인들은 민족, 국가, 계급이익을 충분히 인식하고 있는 주도적 정신의 대표자였다. 따라서 민중에게 사상계몽을 실시한 문화전략적 임무를 문예로써 민중의 항일 적극성을 동원하는 무기로 간소화시켰다. 비록 이러한 문학적 도구론이 문학의 위축을 초래하지만 국가와 민족이 생사존망의 위기에 처했을 때 지식인들은 자각적으로 국가와 민족의 위치에서 문학이 따라야 할 바와 위치를 생각하고 있었다. 이러한 특수한 역사적 환경은 객관적으로 이 세대의 지식분자들이 세계와 민족, 도시와 농촌, 현대화 전통, 개체와 군체, 심미와 공리,

차용과 계승에 대한 변증법적 사고를 촉구했다.

다음, 중국의 민족화와 대중화 문학사조를 종적으로 볼 때 '5・4'시기이든 30년대 '혁명문학'과 40년대의 '항전문학' 시기이든 또는 당대문학이든 이 사조의 변천과정에서 민족화와 대중화라는 두 개념은 시종 그림자처럼 갈라진 적이 없음을 발견할 수 있다. 그들은 역사발전 과정에서 동일한 구조위에서 2위1체의 관계를 유지하고 있었다. 가령 40년대 해방구의 "민족화가 대중화이고 대중화는 '농공병'과 등식이 성립되는 것이다."라는 인식과 같은 것들이다. 이러한 인식은 문학발전에 상당한 영향을 미쳐 '민족화'의 범위를 대대적으로 축소시켜 '대중화' 역시 근근이 '민간화'의 범주 내에 국한시켰다. 물론 이는 중국의 여러 가지 현실적 상황 및 특수한 국정과 연관이 있다고 하지만 민족화와 대중화 및 그들 양자와 전통 민간문예 형식은 간단한 등식으로 규정할 수 없는 것이다. 문학의 '민족화와 대중화'는 사회적인 문제로 단순히 문학이 부담해야 할 바가 아니며 부담할 수도 없는 것이다.

요컨대, 1940년대의 민족화와 대중화 문학사조는 간거한 발전과정에서 자신의 휘황을 창조하면서 시대의 진보를 유력하게 추진했다. 동시에 자체의 여러 가지 결점도 드러냈는데, 특히 도처에서 '정치'를 표준으로 하는 사고방식은 일정한 정도에서 문학을 경직된 처지에 빠뜨렸다. 이는 그 시대의 특유의 산물로서 시대의 요구에 부합되며 당대의 시대적 추이를 반영하고 있으며 자체의 영구한 공적이기도 하다. 아울러 이는 역사경험에 대한 반성적 과제를 남기고 있기에 역사의 흐름 속에서 영원히 지울 수 없는 존재이기도 하다.

주요 참고문헌

李何林, 編著, 近二十年中國文藝思潮論[M], 上海：上海生活書店, 1939.
魏紹馨, 中國現代文學思潮史[M], 杭州：浙江大學出版社, 1988.
許怀中, 魯迅与文藝思潮流派[M], 長沙：湖南人民出版社, 1985.
馬良春 編, 中國現代文學思潮流派討論集[M], 北京：人民文學出版社, 1984.
劉增杰等, 19-20世紀中國文學思潮史[M], 鄭州：河南大學出版社, 1992.
邵伯周, 中國現代文學思潮研究[M], 上海：學林出版社, 1993.
賈植芳 主編, 中國現代文學的主潮[M], 上海：夏旦大學出版社, 1990.
黃曼君 主編, 中國近百年文學理論批評史[M], 武漢：湖北教育出版社, 1997.
羅成琰, 現代中國的浪漫文學思潮[M], 長沙：湖南教育出版社, 1992.
劉川鄂, 中國自由主義文學論稿[M], 武漢：武漢出版社, 2000.
兪兆平, 中國現代三大文學思潮新論[M], 北京：人民文學出版社, 2006.
唐正序, 陳厚誠 主編 20世紀中國文學与西方現代主義思潮[M], 成都：四川人民出版社, 1992.
黎山峣, 中國20世紀文學思潮論[M], 武漢：武漢大學出版社, 1994.
許祖華, 五四文學思想論[M], 武漢：華中師范大學出版社, 2002.
艾曉明, 中國左翼文學思潮探源[M], 長沙：湖南文藝出版社, 1991.
王澤龍, 中國現代主義詩潮論[M], 武漢：華中師范大學出版社, 1995.
劉增杰, 趙福生, 杜運通, 中國現代文學思潮研究[M], 鄭州：河南大學出版社, 1996.
盧洪濤, 中國現代文學思潮史論[M], 北京：中國社會科學出版社, 2005.
廖超慧, 中國現代文學思潮論爭史[M],武漢：武漢出版社, 1997.
劉衛國, 中國現代人道主義文學思潮研究[M], 長沙：岳麓書社, 2007.
張俊才, 中國現代文學主潮論[M], 北京：人民文學出版社, 2007.
兪兆平, 現代性与五四文學思潮[M], 厦門：厦門大學出版社, 2002.
王嘉良, 現代中國文學思潮史論[M], 北京：中國社會科學出版社, 2008.
楊春時, 兪兆平 主編, 現代性与20世紀中國文學思潮[M], 桂林：广西師范大學出版社, 2005.
吳中杰, 中國現代文藝思潮史[M], 上海：夏旦大學出版社, 1996.
張器友, 現当代文學思潮散論[M], 合肥：安徽教育出版社, 2003.
張大明, 中國象征主義百年史[M], 鄭州：河南大學出版社, 2007.

인명 색인

ㅂ • • •

ㅅ • • •

ㅈ • • •

후기

본 저서는 중국현대, 당대문학 석사연구생을 위해 편찬된 교재이다. 편찬 원칙은 가능한 한도 내에서 중국 현대 8종의 주요 문학사조의 기본적인 모습, 발전맥락을 그려냄을 토대로 특정 문학사조에 대한 편찬자 개인의 연구성과를 충분히 발표하려는 것이었다. 편찬에 참여한 학자들은 특정의 문학사조의 전문연구자들이다. 따라서 본 저서는 교재라고 하지만 실제로 학술저서에 해당하며 상정한 독자는 중국 현대, 당대 문학영역의 연구자들이다.

본 저서의 편찬원칙, 대강은 류중수가 총괄기획을 맡고 허조화가 구체적인 수행을 담당했다. 8개 대학교의 16명의 학자들은 충분한 토론을 거쳐 각장의 내용의 편찬을 분담했다. 그 구체적인 분담상황은 다음과 같다.

劉中樹(吉林大學) : 서론.
張富貴、楊丹丹(吉林大學) : 제1장의 제1절, 제2절, 제3절, 제4절.
黃也平(吉林大學) : 제1장의 제5절, 제5장의 제4절.
許祖華(華中師范大學) : 제2장, 제3장 제3절의 제1, 4부분.
宋琼英(華中師范大學) : 제3장의 제1절.
余新明(广東教育學院) : 제3장의 제2절.
李嵐(湖北第二師范學院) : 제3장 제3절의 제2, 3부분.
陳欣(湖北第二師范學院) : 제3장 제4절의 제1부분.
尹莹(華中師范大學) : 제3장 제4절의 제2부분.
羅成琰(湖南師范大學) : 제4장.
周黎燕(浙江理工大學) : 제5장의 제1절, 제2절, 제3절.
王學謙(吉林大學) : 제6장의 제1절, 제2절, 제4절.
趙彬(吉林大學) : 제6장의 제3절.
劉川鄂(湖北大學) : 제7장.
蘇春生(山西大學) : 제8장.

저자 류중수(刘中树)

길림성 집안 출생, 1958년 동북인민대학교(길림대학교 전신) 중문학과 졸업. 1987~1995년 길림대학교 부총장, 당위 부서기, 서기 역임. 1996~2002년 길림대학교 총장 역임.
현재 길림대학교 종신 교수, 중국현·당대문학전공 박사지도교수, 중국 국무원 학위위원회 중국언어문학학과 평의조 소집인, 교육부 사회화학위원회 위원, 국가사회과학기금 평심위원, 길림성 고급 전문가, 길림성 문학학회 회장, 제9회 전국인민대표대회 대표.

허조화(许祖华)

호북성 선도시 출생, 1982년 호북대학교 졸업, 1986년 길림대학교에서 문학석사학위 취득, 1991년 동북사범대학교에서 문학박사학위 취득.
현재 화중사범대학교 중문계에 재직, 교수, 현대문학전공 박사지도교수, 미국 University of California, San Diego 방문학자.

역자 권혁률(权赫律)

길림성 반석시 출생, 1990년 동북사범대학교 정치학과 졸업, 1998~2003년 한국 인하대학교 국어국문학과에서 문학석사학위와 문학박사학위 취득.
현재 길림대학교 외국어학원 조선어학과 교수, 부원장.

중국 현대문학사조사 中国现代文学思潮史

초판 인쇄 2014년 12월 22일
초판 발행 2014년 12월 30일

저 자 刘中树·许祖华
역 자 권혁률
펴낸이 이대현
편 집 이소희
펴낸곳 도서출판 역락
서울 서초구 동광로 46길 6-6 문창빌딩 2층
전화 02-3409-2058(영업부), 2060(편집부)
팩시밀리 02-3409-2059
이메일 youkrack@hanmail.net
등록 1999년 4월 19일 제303-2002-000014호
ISBN 979-11-5686-139-3 93820
정 가 43,000원

中华社会科学基金资助 Chinese Fund for the Humanities and Social Sciences